In Gedenken an Strange Cat, alias Carcinoma,
1984–2003.

Sie hätte sich nicht darum geschert.

Und in Erinnerung an Chuckwalla,
1994–2001.

Ein Opfer amoklaufender Technologie.

Inhalt

Auftakt

Gesetzesbrecher

Wenn jemand das Augenlicht verloren hatte, erhielt er es in seinen Träumen wieder zurück – so hatte Achilles Desjardins zumindest gehört.

Und das galt nicht nur für Blinde. Jeder Mensch, der in seinem Leben Teile seines Körpers verloren hatte, war in seinen Träumen wieder vollkommen unversehrt. Leute, denen mehrere Gliedmaßen amputiert worden waren, liefen umher und spielten Fußball. Taube hörten Symphonien. Menschen, die einen schweren Verlust erlitten hatten, konnten wieder Liebe empfinden. Der menschliche Geist war einer gewissen Trägheit unterworfen – wenn er sich über Jahre an eine bestimmte Rolle gewöhnt hatte, trennte er sich nur ungern von alten Denkmustern.

Irgendwann geschah es dann aber doch. Die leuchtenden Bilder verblassten, die Musik verklang, die eingebildeten Sinneseindrücke wurden auf ein Maß heruntergefahren, das leeren Augenhöhlen und zerstörten Innenohrschnecken eher angemessen war. Doch das dauerte Jahre, Jahrzehnte – und während all dieser Zeit quälte sich der Geist immer wieder aufs Neue mit nächtlichen Erinnerungen an die Dinge, die er einstmals besessen hatte.

Bei Achilles Desjardins war es nicht anders. Er träumte davon, dass er ein Gewissen besaß.

Seine Träume führten ihn in die Vergangenheit zurück, als er noch ein gefesselter Gott gewesen war. Millionen von Menschenleben hatten damals in seinen Händen gelegen, und sein Einflussbereich hatte sich von der geosynchronen Umlaufbahn bis in die tiefsten Tiefen des Marianengrabens erstreckt. Er kämpfte wieder unermüdlich für das Wohl der Allgemeinheit, in Tausende Kanäle gleichzeitig eingeklinkt, seine Reflexe und Fähigkeiten zur Mustererkennung mithilfe von umgerüsteten Genen und maßgeschneiderten neurotropen Substanzen um ein Vielfaches verstärkt. Wenn das Chaos ausbrach, stellte er die Ordnung wieder her. Wenn zehn Menschen getötet werden mussten, um hundert zu retten, brachte er das Opfer. Überall auf der Welt isolierte er Krankheitsherde, löste Blockaden auf, vereitelte terroristische Anschläge und verhinderte den Zusammenbruch von Ökosystemen. Er schwebte auf Funkwellen dahin, schlüpfte durch die dünnsten Glasfaserkabel, war in einem Moment in einer Meeresfarm in Peru und im nächsten in einem koreanischen Nachrichtensatelliten. Er war wieder der beste *Gesetzesbrecher* der BRIKS, der das zweite Gesetz der Thermodynamik bis an seine Grenzen auszureizen vermochte und vielleicht sogar ein Stück weit darüber hinaus.

Er war der sprichwörtliche Geist in der Maschine – und damals war die Maschine allgegenwärtig gewesen.

Und dennoch waren es nicht Träume von Macht, die ihn Nacht für Nacht heimsuchten, sondern von Knechtschaft. Nur im Schlaf konnte er erneut die paradoxe Unfreiheit erfahren, die ganze Ströme von Blut von seinen Händen gewaschen hatte.

Man nannte es das *Schuldgefühl*, und es handelte sich dabei um eine ganze Reihe von künstlich erzeugten Neurotransmittern. Desjardins hatte sich nie die Mühe gemacht, sich ihre genauen Bezeichnungen zu merken. Schließlich konnte er mit einem einzigen Befehl Millionen Menschen töten. Und eine solche Macht verlieh man jemandem nicht, ohne ein paar Sicherheitsvorkehrungen zu treffen. Das *Schuldgefühl* machte es einem körperlich unmöglich, gegen das Wohl der Allgemeinheit zu handeln. Es kappte die Verbindung zwischen *allumfassender Macht* und *uneingeschränkter Korruption*. Jeder Versuch, seine Macht zu missbrauchen, hätte den allerschwersten epileptischen Anfall nach sich gezogen. Desjardins hatte nie nachts wach gelegen und die Rechtmäßigkeit seines Handelns oder die Reinheit seiner Motive angezweifelt. Beides war ihm von anderen, skrupelloseren Menschen in die Blutbahn geimpft worden.

Es war eine solche Erleichterung, vollkommen frei von Schuld zu sein!

Also träumte er von Knechtschaft. Und von Alice, die ihn befreit, seine Ketten gelöst hatte. In seinen Träumen wünschte er sich diese Ketten zurück.

Irgendwann verblassten die Träume schließlich, wie sie es immer taten. Die Vergangenheit verschwand, und an ihre Stelle trat die grausame Gegenwart. Die Welt geriet im Zeitlupentempo aus den Fugen: Eine apokalyptische Mikrobe kam aus der Tiefsee herauf, ließ sich im verseuchten Körper einer Tiefseetaucherin aus N'AmPaz mitnehmen. Die doch nicht ganz so allmächtigen Machthaber, die im Kielwasser der Mikrobe ins Schwimmen gerieten, tauften sie βehemoth und verbrannten Menschen und Eigentum, in dem verzweifelten, sinnlosen Versuch, den drohenden Machtwechsel aufzuschieben. Nordamerika kapitulierte. Billionen mikroskopisch kleiner Fußsoldaten marschierten über das Land und zerstörten ohne Unterschied Erdreich und Lebewesen. Kriege flammten im Zeitraffer-Tempo auf und wurden ebenso schnell wieder beendet: der N'AmPaz-Feldzug, der kolumbianische Flächenbrand, der eurafrikanische Aufstand. Und Rio natürlich: der Dreißig-Minuten-Krieg, der Krieg, den das *Schuldgefühl* eigentlich hätte verhindern müssen.

Desjardins war auf die eine oder andere Weise an all diesen Kriegen beteiligt gewesen. Und während sich die verzweifelten Metazoa noch untereinander stritten, breitete sich der wahre Feind unerbittlich weiter über das Land aus, wie eine alles erstickende Decke. Nicht einmal Achilles Desjardins, der Stolz der Entropie-Patrouille, konnte ihn aufhalten.

Selbst jetzt noch, da ihn die Gegenwart beinahe wieder eingeholt hatte, empfand er ein leichtes Bedauern über all die Dinge, die er nicht getan hatte. Doch es war nur ein Phantomschmerz, der letzte Nachhall eines Gewissens, das ihm vor vielen Jahren abhanden gekommen war. Er erreichte ihn bloß noch ganz schwach, hier an der Grenze zwischen Schlaf und Wachsein, und einen Augenblick lang erinnerte er sich daran, dass er frei war, und wünschte sich zugleich, es nicht zu sein.

Dann öffnete er die Augen, und da war nichts mehr, das sich in irgendeiner Weise darüber hätte Gedanken machen können.

Mandelbrot hockte schnurrend auf seiner Brust. Er kraulte die Katze geistesabwesend, während er die morgendlichen Berichte aufrief. Die Nacht war relativ ruhig gewesen – die einzige interessante Meldung bestand darin, dass ein Haufen erstaunlich tollkühner Flüchtlinge versucht hatte, in das nordamerikanische Hoheitsgebiet einzudringen. Sie waren um 1:10 Uhr atlantischer Standardzeit im Schutze der Dunkelheit von Long Island aus auf einem umgerüsteten Müllboot losgesegelt. Innerhalb einer Stunde hatten bereits zwei Dutzend eurafrikanischer Interessengruppen darum gewetteifert, sich der Sicherheitslücke annehmen zu dürfen. Die armen Kerle hatten es kaum bis Cape Cod geschafft, bevor die Algerier (*die Algerier?*) sie ausgeschaltet hatten.

Das System hatte es nicht einmal für nötig gehalten, Desjardins deswegen zu wecken.

Mandelbrot erhob sich, streckte sich und brach zu ihrer morgendlichen Runde auf. Von ihrem Gewicht befreit, stand Desjardins auf und schlurfte zum Fahrstuhl. Fünfundsechzig Stockwerke leer stehender Büroflächen blieben unter ihm zurück. Vor ein paar Jahren noch war dies ein Zentrum der Schadensbegrenzung gewesen, in dem emsige Geschäftigkeit geherrscht hatte. Tausende mit dem *Schuldgefühl* ausgestattete Agenten hatten eine Welt durchkämmt, die sich ständig am Rande des Zusammenbruchs befunden hatte, und mit kühler, leidenschaftsloser Voraussicht das Wohl des Einzelnen gegen das der Masse abgewogen. Jetzt war er mehr oder weniger der Einzige, der noch übrig war. Nach Rio hatte sich vieles verändert.

Der Fahrstuhl spuckte ihn auf dem Dach der BRIKS wieder aus. Das Gebäude war von anderen umgeben, die sich vage hufeisenförmig am Rand der umliegenden freien Zone drängten. Sudburys statisches Feld und der Unterbauch der Stadt, aus dem die Spitzen der höchsten Gebäude aufragten, verursachte Desjardins eine Gänsehaut.

Am östlichen Horizont setzten die ersten Strahlen der aufgehenden Sonne ein zerstörtes Königreich in Flammen.

Doch nicht alles war vernichtet worden. Noch nicht. Im Osten gab es Städte, die noch einigermaßen unversehrt waren. Von Mauern umgeben und schwer bewaffnet, waren sie ständig auf der Hut vor den Eindringlingen, die das Land in ihrer Umgebung heimsuchten. Die Fronten und Schlachtlinien waren heftig umkämpft, ein oder zwei von ihnen hielten sogar dauerhaft stand. Letzte Enklaven der Zivilisation waren überall über den Kontinent verstreut – nicht viele zwar, doch der Krieg war noch nicht vorbei.

Und das alles nur, weil vor fünf Jahren eine Frau namens Lenie Clarke vom Grunde des Ozeans heraufgekommen war, mit Rachegelüsten und βehemoth im Blut.

Desjardins ging über den Landeplatz zum Rand des Flachdaches hinüber. Die Sonne ging über den Dächern der umliegenden Gebäude auf, während er in den Abgrund pinkelte. So vieles hatte sich verändert, dachte er. So viele Faltungskatastrophen, die nach einem neuen Gleichgewicht suchten. Sein Herrschaftsgebiet war von einem ganzen Planeten zu einem Kontinent zusammengeschrumpft, der an den Rändern kauterisiert war. Hatte sich seine Sicht einstmals bis in die Unendlichkeit erstreckt, endete sie nun an der Küste. Arme, die einmal die ganze Welt umschlungen hatten, waren am Ellbogen amputiert worden. Selbst der Teil des Internets, der zu N'AmPaz gehörte, war wie ein

Tumor aus der elektronischen Gemeinschaft herausgeschnitten worden. Achilles Desjardins' Aufgabe bestand darin, sich um die absterbenden Reste zu kümmern.

Und dennoch verfügte er in gewissem Sinne über mehr Macht als jemals zuvor. Sein Territorium mochte zwar kleiner geworden sein, doch es gab nur noch wenige, mit denen er es teilen musste. Inzwischen war er weniger Teil eines Teams, sondern glich eher einem Kaiser. Auch wenn das kaum jemand wusste …

Manche Dinge waren jedoch unverändert geblieben. Offiziell arbeitete er immer noch für die Behörde zur Regulierung der Instabilität komplexer Systeme, was immer von dieser Organisation auch übrig geblieben sein mochte. Die Welt hatte längst eine Bauchlandung gemacht – dieser Teil von ihr jedenfalls –, aber es war immer noch an ihm, den Schaden zu begrenzen. Die Flammenherde der Vergangenheit hatten sich zu einem wahren Inferno ausgewachsen, und Desjardins bezweifelte inzwischen ernsthaft, dass sie noch gelöscht werden konnten. Aber er war immerhin einer der wenigen, die sie noch eine Weile lang im Zaum halten mochten. Er war ein *Gesetzesbrecher* – ein *Leuchtturmwächter*, wie er sich selbst genannt hatte, als die Behörde endlich nachgegeben und ihm gestattet hatte, hier zu bleiben –, und heute würde ein Tag wie jeder andere werden. Angriffe mussten zurückgeschlagen und Feinde überwacht werden. Ein paar Menschen würden ihr Leben verlieren, um andere zu retten, die zahlreicher oder wichtiger waren. Bösartige Mikroben mussten vernichtet und der Anschein gewahrt werden.

Er kehrte der Sonne den Rücken zu und stieg über den nackten, ausgeweideten Körper der Frau zu seinen Füßen hinweg. Ihr Name war ebenfalls Alice gewesen.

Er versuchte sich zu erinnern, ob das nur Zufall war.

ERSTER TEIL

Behemoth: ß-Max

Die Welt stirbt nicht,
sie wird umgebracht. Und ihre Mörder
haben Namen und Adressen.

UTAH PHILLIPS

Gegenschlag

Anfangs ist nur ein Geräusch in der Dunkelheit zu hören. Lenie Clarke, die am Hang eines unterseeischen Berges im Wasser schwebt, findet sich damit ab, dass es mit ihrer Einsamkeit gleich vorbei sein wird.

Sie ist weit genug draußen, um vollkommen blind zu sein. Atlantis mit seinen Gerüstbrücken, Leuchtsignalen und Bullaugen, die verwaschenes Licht in die Tiefe abstrahlen, befindet sich Hunderte von Metern hinter ihr. So weit draußen wird die Dunkelheit nicht von blinkenden Anzeigen, Rohrleitungen oder Ersatzteillagern verunziert. Die Kappen, die ihre Augen bedecken, sind in der Lage, noch aus dem kleinsten Funkeln genügend Licht zu gewinnen, damit sie ihre Umgebung wahrnehmen kann, doch Licht erschaffen, wo keines existiert, können sie nicht. Und hier gibt es keines. Dreitausend Meter, dreihundert Atmosphären, drei Millionen Kilogramm pro Quadratmeter haben auch noch das letzte Photon aus der Schöpfung herausgepresst. Lenie Clarke ist so blind wie eine Landratte.

Und selbst nach fünf Jahren auf dem Mittelatlantischen Meeresrücken gefällt ihr dieser Zustand immer noch.

Doch nun dringt das leise Heulen von Hydraulik und Elektrizität wie das Summen einer Mücke zu ihr herüber. Die Signale eines Echolots klopfen sanft gegen ihre Implantate. Das Heulen verändert leicht die Tonlage und verstummt dann. Eine schwache Welle schwappt zu ihr herüber, während über ihr etwas zum Stillstand kommt.

»Verdammt.« Die Maschinerie in ihrer Kehle verwandelt den Fluch in ein leises Surren. »Jetzt schon?«

»Ich habe dir eine halbe Stunde länger Zeit gelassen.« Lubins Stimme. Seine Worte werden von derselben Technologie entstellt wie die ihren; inzwischen klingen ihre verzerrten Stimmen vertrauter als die natürlichen.

Sie würde seufzen, wenn das hier draußen möglich wäre.

Clarke schaltet ihre Stirnlampe ein. Lubin wird von dem aufflammenden Lichtstrahl erfasst, eine dunkle Silhouette, die hier und da von technischen Geräten vervollständigt wird. Die Einlassöffnung an seiner Brust ist eine durchlöcherte Scheibe, chromfarben auf schwarzem Untergrund. Die Hornhautkappen verwandeln seine Augen in ausdruckslose, durchsichtige Ovale. Er sieht aus wie ein Geschöpf, das ganz aus Schatten und Hardware geschaffen wurde. Clarke weiß, dass sich hinter der Fassade durchaus menschliche Züge verbergen, doch dieses Wissen behält sie für sich.

Neben ihm schweben zwei Tintenfische im Wasser. Von einem der einen Meter langen Gefährte hängt ein Nylonbeutel herab, der mit elektronischen Geräten gefüllt ist. Clarke schwimmt zu dem anderen hinüber und stellt einen Schalter von *Automatik* auf *Handbetrieb*. Ein Zittern durchläuft die kleine Maschine, und eine Lenkstange wird ausgefahren.

Unwillkürlich schaltet sie ihre Stirnlampe aus. Um sie herum wird alles wieder von der Dunkelheit verschluckt. Nichts rührt sich. Kein Lichtfunkeln ist zu sehen. Nichts greift sie an.

Es ist einfach nicht dasselbe.

»Stimmt etwas nicht?«, ertönt Lubins surrende Stimme.

Sie kann sich an einen gänzlich anderen Ozean erinnern, am anderen Ende der Welt. Wenn man an der Channer-Quelle das Licht ausschaltete, gingen die Sterne auf, Tausende von Sternbildern aus Biolumineszenz: Fische, die so hell erleuchtet waren wie Landebahnen bei Nacht, leuchtende Anthropoden, kleine traubenförmige Ctenophora, die ein vielfarbiges Schillern abgaben. Die Channer-Quelle ließ ihr sirenenartiges Lied erklingen und lockte damit all die exotischen Kreaturen, die normalerweise das Pelagial bevölkern, tiefer hinab als irgendwo sonst, fütterte sie mit seltsamen chemischen Verbindungen und verlieh ihnen eine monströse Schönheit. Damals, in der Station Beebe, ist es nur wirklich dunkel gewesen, wenn die Lichter eingeschaltet waren.

Aber Atlantis ist nicht Beebe, und dieser Ort ist nicht die Channer-Quelle. Hier wird das einzige Licht im ganzen Umkreis von groben, uneleganten Maschinen erzeugt. Die Stirnlampen graben trockene Tunnel durch die Dunkelheit, so kalt und hässlich wie brennendes Natrium. Schaltet man sie aus … ist nichts mehr zu sehen.

Was natürlich der Sinn des Ganzen ist.

»Es war so schön«, sagt sie.

Er muss nicht fragen, was sie damit meint. »Ja, das war es. Aber vergiss nicht den Grund dafür.«

Sie greift nach der Lenkstange. »Es ist nur … irgendwie ist es nicht dasselbe, weißt du? Manchmal wünsche ich mir beinahe, dass eines dieser großen, mit Reißzähnen bewehrten Ungetüme aus der Dunkelheit auftaucht und versucht, mich anzufallen …«

Sie hört, wie dicht neben ihr der Motor von Lubins Tintenfisch gestartet wird, auch wenn sie ihn nicht sehen kann. Sie schaltet ihre eigene Maschine an und macht sich bereit, ihm zu folgen.

Das Signal erreicht ihren LFAM-Empfänger und ihr Skelett zur selben Zeit. Tief in ihrem Kiefer vibrieren die Knochen, während das Modem ein Piepsen von sich gibt.

Sie schaltet den Empfänger ein. »Clarke.«

»Hat Ken dich gefunden?« Es ist eine von Luft übertragene Stimme, die nicht von den Geräten entstellt wird, die nötig sind, um unter Wasser sprechen zu können.

»Ja.« Clarkes eigene Stimme klingt im Vergleich dazu hässlich und mechanisch. »Wir sind bereits auf dem Weg nach oben.«

»Alles klar. Ich wollte mich nur vergewissern.« Die Stimme verstummt einen Moment lang. »Lenie?«

»Ja?«

»Sei einfach … nun ja, vorsichtig, okay?«, sagt Patricia Rowan. »Du weißt, was für Sorgen ich mir mache.«

Das Wasser wird unmerklich heller, während sie aufsteigen. Irgendwie hat sich ihre Umgebung von Schwarz in Blau verwandelt, als Clarke gerade nicht hingesehen hat. Es gelingt ihr nie, den genauen Zeitpunkt festzustellen, wann das passiert.

Lubin hat kein Wort gesprochen, seit Rowan die Verbindung unterbrochen hat. Nun, da sich Marineblau in Himmelblau verwandelt hat, spricht Clarke ihre Gedanken laut aus: »Du kannst sie immer noch nicht leiden.«

»Ich kann sie schon leiden«, ertönt Lubins surrende Stimme. »Ich traue ihr nur nicht.«

»Weil sie ein hohes Tier ist.« Den Begriff *Konzernchefin* hat schon seit Jahren niemand mehr verwendet.

»Weil sie ein hohes Tier *war*.« Der Maschinerie in seiner Kehle gelingt es nicht ganz, die grimmige Genugtuung zu verbergen, die in seinen Worten liegt.

»*War*«, verbessert sich Clarke.

»Nein.«

»Warum dann?«

»Du kennst die Liste.«

Die kennt sie tatsächlich. Lubin traut Rowan nicht, weil sie einmal das Sagen hatte. Auf ihren Befehl hin wurden die Rifter vor langer Zeit rekrutiert – beschädigte Ware, die noch stärker beschädigt wurde. Erinnerungen, die umgeschrieben, Motive, die neu verknüpft wurden. Selbst ihr Gewissen wurde umgepolt, und das alles für einen nicht weiter definierbaren, nur schwer haltbaren höheren Zweck.

»Also, weil sie einmal ein hohes Tier war«, wiederholt Clarke.

Aus Lubins Stimmwandler dringt etwas, das wie ein Knurren klingt.

Sie weiß, wovon er spricht. Bis zum heutigen Tag ist sie sich nicht sicher, welche Teile ihrer Kindheit echt sind und welche ihr erst später eingepflanzt wurden. Und damit hat sie noch Glück gehabt – zumindest hat sie die Explosion überlebt, die die Channer-Quelle in dreißig Quadratkilometer radioaktives Glas verwandelt hat. Zumindest wurde sie nicht von dem daraus resultierenden Tsunami zerschmettert oder zusammen mit den Millionen anderen Menschen in der Flüchtlingszone von N'AmPaz verbrannt.

Auch wenn sie es verdient gehabt hätte. Wenn man es genau nimmt, sind diese Millionen von Menschenleben nichts als Kollateralschaden. Es ist nicht ihre Schuld gewesen – und eigentlich auch nicht Rowans –, dass Lenie Clarke nicht lange genug an einem Fleck hat bleiben können, um ein vernünftiges Ziel abzugeben.

Dennoch. Schuld ist nicht gleich Schuld. An Patricia Rowans Händen mag das Blut von Millionen Menschen kleben, aber Seuchen dämmen sich nun einmal nicht von selbst ein. Dafür sind jede Menge Ressourcen und Entschlossenheit vonnöten. Man sperrt das betroffene Gebiet ab und schickt die Lifter aus, um es in Schutt und Asche zu legen. Einseifen und abspülen, und dann das Ganze noch einmal von vorn. Man tötet Millionen von Menschen, um Milliarden zu retten, zehn, um hundert zu retten. Vielleicht sogar zehn, um elf zu retten – das Prinzip bleibt dasselbe, auch wenn die Gewinnspanne geringer ausfällt. Doch diese Maschinerie funktioniert nicht von allein. Man kann nie die Hand vom Auslöser nehmen. Rowan kannte stets den Preis der Massaker, die sie anordnete, und musste ihn in Kauf nehmen.

Lenie Clarke hatte es da bedeutend einfacher. Sie hinterließ lediglich ihre Spur aus Infektionen in der Welt und machte sich dann aus dem Staub, ohne auch nur ein einziges Mal zurückzublicken. Selbst jetzt noch türmt sich die Zahl ihrer Opfer weiter auf, eine exponentiell wachsende Hinterlassenschaft, die Rowans inzwischen sicher längst um ein Vielfaches überschritten hat. Und dafür muss sie nicht einen Finger rühren.

Wer sich Lenie Clarkes Freund nennt, hat eigentlich nicht die geringste Berechtigung, über Patricia Rowan zu richten. Clarke graut es vor dem Tag, wenn Ken Lubin diese simple Tatsache bewusst wird.

Die Tintenfische ziehen sie immer weiter nach oben. Inzwischen ist ein eindeutiges Gefälle zu erkennen, das Licht von oben, das nach unten hin in Dunkelheit übergeht. Für Clarke ist dies der furchterregendste Teil des Ozeans, die trübe erleuchteten Tiefen des Pelagials, wo die echten Tintenfische umherschweifen: knochenlose Ungeheuer mit dreißig Meter langen Fangarmen, deren Gehirne so kalt und schnell reagieren wie Supraleiter. Sie hat gehört, dass sie inzwischen doppelt so groß werden wie früher. Und fünfmal so weit verbreitet sind. Offenbar liegt das vor allem an einer besseren Kinderstube. Die Larven von *Architeuthis* wachsen in den sich erwärmenden Meeren schneller heran und werden nicht mehr von Raubfischen dezimiert, die bereits vor langer Zeit durch die Fischerei ausgerottet wurden.

Bisher hat sie noch keinen von ihnen zu Gesicht bekommen. Und sie hofft auch, dass das so bleibt – den Simulationen zufolge beginnt die Population wegen des Mangels an Beute bereits in sich zusammenzubrechen, und der Ozean ist groß genug, um die Wahrscheinlichkeit einer zufälligen Begegnung auf ein astronomisch geringes Maß zu reduzieren. Doch gelegentlich fangen die Drohnen geisterhafte Echos von gewaltigen Objekten auf, die über ihnen vorbeischwimmen: harte Brechungen von Chitin und Knorpeln, die von verschwommenen Landschaften aus Fleisch umgeben sind, die vom Echolot kaum wahrgenommen werden. Glücklicherweise begibt sich Archie nur sehr selten in die wahre Dunkelheit hinab.

Die Farbe ihrer Umgebung wird immer satter, je weiter sie aufsteigen – bei trüber Beleuchtung sind durch die Lichtverstärker keine Farben mehr zu sehen, aber so nahe an der Oberfläche soll der Unterschied zwischen bloßem Auge und Augenkappen nur noch minimal sein. Manchmal verspürt Clarke den Drang, es auszuprobieren, die Kappen von den Augen zu nehmen und sich selbst davon zu überzeugen. Doch das bleibt ein Wunschtraum. Die Taucherhaut, die ihr Gesicht bedeckt, ist direkt mit dem Photocollagen verbunden. Sie kann nicht einmal blinzeln.

Inzwischen ist die Dünung zu spüren. Die Oberfläche des Ozeans über ihr ist so lebendig wie Quecksilber. Sie schwappt hin und her und wogt auf und ab, während eine endlose Prozession von Wellenkämmen und -tälern darüber hinwegwandert, den kühl leuchtenden Himmelskörper darüber verzerrt und ihn spielerisch umherhüpfen lässt. Kurz darauf durchbrechen sie die Oberfläche und erblicken ein Panorama aus Meer und von Mondlicht erleuchtetem Himmel.

Sie sind noch am Leben. Ein freier Aufstieg über dreitausend Meter innerhalb von vierzig Minuten – und nicht eine einzige geplatzte Kapillare. Clarke schluckt, spürt die isotonische Salzlösung in ihrer Kehle und den Nasennebenhöhlen, spürt die Funken, die von den Maschinen in ihrer Brust erzeugt werden, und staunt erneut über das Wunder eines Daseins ohne die Notwendigkeit zu atmen.

Lubin ist wie immer ganz geschäftsmäßig. Er hat den Auftrieb seines Tintenfisches auf das Maximum hochgeregelt und benutzt ihn nun als schwimmendes Floß für den Empfänger. Clarke gibt ihrem eigenen Tintenfisch den Befehl, an Ort und Stelle zu bleiben, und hilft Lubin beim Aufbau.

Sie gleiten silberne Wogen hinauf und hinab. Der Mond ist hell genug, um ihre Augenkappen überflüssig zu machen. Die ausgepackte Antennenanlage zerrt an ihrer Leine; Augen und Ohren, die sich in alle Richtungen vortasten, Satelliten aufspüren und dabei die Bewegung der Wellen kompensieren. Ein oder zwei primitive Drahtgitter suchen nach den Bodenstationen.

Viel zu zögerlich treffen die ersten Signale ein.

Mit jedem Erkundungsgang wird die Suppe dünner. Der Äther ist zwar immer noch voller Informationen – die kleinen Balkendiagramme kriechen bis ins Zentimeterband hinauf, über das gesamte Spektrum werden Gespräche geführt –, doch die Dichte hat deutlich nachgelassen.

Natürlich spricht selbst der Verlust von Signalen eine deutliche und unheilvolle Sprache.

»Dort draußen ist nicht mehr viel«, stellt Clarke mit einem Nicken in Richtung der Anzeige fest.

»Hmm.« Lubin hat über seine Maske eine weitere gezogen – die Kapuze seiner Taucherhaut verschwindet unter einem VR-Headset. »Halifax ist immer noch online.« Er klinkt sich hier und dort in die Signale ein und überprüft während des Herunterladens ein paar der Kanäle. Clarke nimmt sich ebenfalls ein Headset und wendet sich damit in westliche Richtung.

»Kein Lebenszeichen von Sudbury«, meldet sie nach einer Weile.

Lubin erinnert sie nicht daran, dass von Sudbury schon seit Rio keine Signale mehr gekommen sind. Er weist sie nicht darauf hin, dass die Wahrscheinlichkeit, dass Achilles Desjardins überlebt hat, verschwindend gering ist. Er fragt sie nicht einmal, wann sie es endlich aufgibt und sich mit dem Offensichtlichen abfindet. Stattdessen sagt er nur: »Auch London kann ich nicht finden. Seltsam.«

Sie wählt einen höheren Frequenzbereich.

Auf diese Weise können sie sich natürlich kein umfassendes Bild machen, wenn sie nur hier und da den Finger in den Strom halten. Die richtige Analyse wird warten müssen, bis sie nach Atlantis zurückgekehrt sind. Clarke versteht nur bei wenigen Übertragungen die Sprache, doch die Filmbilder schließen viele der Lücken. In Europa sind zahlreiche Aufstände ausgebrochen, und es herrscht die Befürchtung vor, dass βehemoth mit der südlichen Gegenströmung auf den Kontinent gelangt sein könnte. Eine Enklave aus einigen wenigen Menschen, die sich die Immunisierung leisten konnten, wurde von einer wütenden Horde überrannt, die dazu nicht in der Lage gewesen war. Aus China und seiner Pufferzone ist immer noch kein Signal aufzufangen – was schon seit einigen Jahren der Fall ist –, doch das heißt vermutlich nur, dass die Chinesen Maßnahmen gegen die Apokalypse ergriffen haben, und nicht unbedingt, dass sie ihr erlegen sind. Jedes fliegende Objekt in fünfhundert Klicks Entfernung von der chinesischen Küste wird immer noch ohne Vorwarnung abgeschossen. Zumindest ihre militärische Infrastruktur scheint also noch zu funktionieren.

Ein weiterer M & M-Coup, dieses Mal in Mozambique. Damit sind es jetzt acht Länder, und ihre Zahl wächst ständig. Acht Länder, die es darauf abgesehen haben, in Lenie Clarkes Namen das Ende der Welt weiter voranzutreiben. Acht Länder, die in den Bann des grauenhaften, teuflischen Dings geraten sind, das sie auf die Welt gebracht hat.

Lubin erwähnt diese Entwicklung diplomatischerweise mit keinem Wort.

Vom nordamerikanischen Kontinent ist ebenfalls nicht viel aufzufangen. Ein paar Notsendungen und taktische Übertragungen von der BRIKS. Hin und wieder ein apokalyptischer Kult, der eine Doktrin des aktiven Aussterbens oder die Bayes'sche Wahrscheinlichkeit der Wiederkehr Christi predigt. Größtenteils Unfug natürlich. Die wirklich wichtigen Nachrichten werden in engstrahliger Übertragung direkt von einem Punkt zum anderen gesendet, Wellen gerichteter Information, die sich niemals auf die Oberfläche des leeren Mittelatlantiks verirren würden.

Lubin kennt zwar ein paar Tricks, um einige dieser Regeln zu umgehen, aber selbst er hat zunehmend mit Schwierigkeiten zu kämpfen.

»Ridley ist verschwunden«, sagt er in diesem Moment. Das sind wirklich schlechte Neuigkeiten. Das Ridley-Relais ist eine Hochsicherheits-Satellitenanlage. Selbst Lubins Freigabe reicht kaum aus, um ihm Zutritt zu diesem Club zu verschaffen. Sie ist eine der letzten verlässlichen Informationsquellen gewesen, die Atlantis anzapfen konnte. Damals, als die Firmenbosse noch glaubten, sie würden sich nur aus dem Staub machen, anstatt sich in Gefangenschaft zu begeben, haben sie alle möglichen abhörsicheren Kanäle eingerichtet, mit deren Hilfe sie sich über die Situation an der Oberfläche informieren konnten. Keiner weiß genau, warum so viele von ihnen in den letzten fünf Jahren verstummt sind.

Allerdings hat bisher auch noch niemand den Mut aufgebracht, seinen Kopf lange genug über Wasser zu recken, um es herauszufinden.

»Vielleicht sollten wir es riskieren«, grübelt Clarke. »Das Gerät einfach ein paar Tage hier oben schwimmen lassen, weißt du? Ihm die Gelegenheit geben, ein paar echte Daten zu sammeln. Ein Quadratmeter voller Hardware, der mitten in einem Ozean schwimmt – wie groß wäre die Wahrscheinlichkeit?«

Groß genug, das weiß sie. Auf dem Festland sind immer noch genügend Menschen am Leben. Viele von ihnen werden sich inzwischen mit den Tatsachen abgefunden und eingesehen haben, dass ihre Auslöschung unmittelbar bevorsteht. Manche mögen auch schon mal mit dem Gedanken an Rache gespielt haben. Und der eine oder andere von ihnen verfügt womöglich sogar über die nötigen Mittel – wenn schon nicht, um sich die Erlösung zu erkaufen, so doch zumindest für einen kleinen Vergeltungsschlag. Was würde geschehen, wenn sich herumspricht, dass diejenigen, die βehemoth in der Welt freigesetzt haben, immer noch gesund und wohlauf sind und sich unter dreihundert Atmosphären verbergen?

Dass Atlantis bisher einer Entdeckung entgangen ist, ist ein Glücksfall, an dem niemand rütteln will. Sie werden schon bald an einen anderen Ort umziehen, ohne eine Nachsendeadresse zu hinterlassen. In der Zwischenzeit hangeln sie sich von Woche zu Woche, halten hin und wieder Augen und Ohren über die Wasseroberfläche, klinken sich in den Äther ein und versuchen, so viele Signale wie möglich aus ihm herauszuholen.

Früher einmal hat das ausgereicht. Inzwischen hat βehemoth jedoch so viel Zerstörung angerichtet, dass selbst das elektromagnetische Spektrum langsam in der Versenkung verschwindet.

Aber es wird schließlich nichts innerhalb von fünf Minuten über uns herfallen, sagt sie sich …

… und muss im nächsten Moment feststellen, dass dies bereits geschehen ist.

Am Rande ihres Blickfeldes leuchten kleine rote Kontrolllämpchen auf: Lubins Kanal ist überladen. Sie wählt seine Frequenz an, bereit, sich ihm im Kampf anzuschließen – doch bevor sie irgendetwas tun kann, hat der Eindringling auch ihre Verbindung gekapert. Ihr Blickfeld füllt sich mit weißem Rauschen. Ihre Ohren füllen sich mit Gift.

»Verflucht nochmal, wag es ja nicht, mich auszusperren, du elendiger Krüppelficker! Ich reiße jeden Kanal ein, den du zu öffnen versuchst. Ich werde deine ganze verdammte Ausrüstung vernichten, du von Maden zerfressener Schwachkopf!«

»Jetzt geht das schon wieder los.« Lubins Stimme scheint aus großer Entfernung zu kommen – eine Parallelwelt, wo sanfte Wellen harmlos gegen menschliche Körper und Maschinen schwappen. Doch Clarke wird in *dieser* Welt angegriffen, von einem Strudel aus weißem Rauschen und wirbelnder Bewegung, in der sich – *oh Gott, bitte nicht* – ein *Gesicht* abzuzeichnen beginnt, ein hässliches Trugbild, das so stark verzerrt ist, dass man es kaum erkennen kann.

Clarke löscht ein halbes Dutzend Puffer. Ganze Gigabytes lösen sich bei ihrer Berührung in Luft auf. In ihrer Datenbrille kreischt das Ungeheuer auf.

»Gut«, stellt Lubins blecherne Stimme aus einer anderen Dimension fest. »Wenn wir jetzt vielleicht noch etwas retten können …«

»Ihr könnt gar nichts retten!«, brüllt die Erscheinung. *»Nichts,*

verdammt nochmal! Ihr elendigen Fötusficker, wisst ihr denn nicht, wer ich bin?«

Oh doch, denkt Clarke, ohne es auszusprechen.

»Ich bin Lenie Clar…«

Die Anzeige des Headsets wird dunkel.

Einen Moment lang hat sie das Gefühl, immer noch von dem Strudel umhergewirbelt zu werden. Doch dieses Mal sind es nur die Wellen. Sie nimmt das Headset ab. Ein vom Mond pockennarbig entstellter Himmel dreht sich friedlich über ihr.

Lubin schaltet den Empfänger aus. »Das war's«, sagt er. »Wir haben achtzig Prozent des Fangs verloren.«

»Vielleicht sollten wir es noch einmal versuchen.« Doch sie weiß, dass das nicht in Frage kommt. Die Zeit, die sie an der Oberfläche verbringen dürfen, folgt strengen Regeln. Paranoia gilt heutzutage als gesunder Menschenverstand. Und das Ding, das sich in ihren Empfänger heruntergeladen hat, ist immer noch irgendwo dort draußen und surft durch den Äther. Diese Tür wollen sie auf keinen Fall noch einmal öffnen.

Sie beginnt, die Antennenanlage wieder einzuholen. Ihre Hand zittert im Mondlicht.

Lubin gibt vor, es nicht zu bemerken. »Seltsam«, stellt er fest, »das Ding hat gar nicht wie du ausgesehen.«

Nach all den Jahren kennt er sie offenbar immer noch nicht besonders gut.

Eigentlich sollten sie gar nicht existieren, diese Dämonen, die ihren Namen angenommen haben. Raubtiere, die ihre Beute vernichten, überleben im Allgemeinen nicht lange. Parasiten, die ihre Wirte töten, sterben irgendwann aus. Ganz gleich, ob ein Lebewesen aus Fleisch und Blut oder aus Elektronen besteht, es ist denselben Gesetzen unterworfen – so hat Clarke zumindest gehört. In den letzten Monaten sind ihnen mehrere solcher Ungeheuer begegnet, die meisten von ihnen so bösartig, dass sie im Widerspruch zur Evolutionstheorie zu stehen schienen.

Vielleicht haben sie sich einfach ein Beispiel an mir genommen, denkt sie. *Vielleicht werden sie von purem Hass angetrieben.*

Sie lassen den Mond hinter sich. Lubin taucht mit dem Kopf voran in die Tiefe, seinen Tintenfisch direkt auf das Herz der Dunkelheit gerichtet. Clarke bleibt ein wenig hinter ihm zurück und lässt sich langsam hinabsinken, während Luna über ihr zuckend und zappelnd immer weiter verblasst. Nach einer Weile verliert das Mondlicht seine klar umrissene Gestalt und breitet sich wie verschwommener Dunst über die gesamte euphotische Zone aus. Es beleuchtet nicht mehr länger den Himmel, sondern wird selbst dazu. Clarke schaltet den Motor des Tintenfischs ein und begibt sich erneut in die Arme der Tiefe.

Als sie Lubin schließlich eingeholt hat, ist das Umgebungslicht vollkommen verblasst. Sie hält auf einen grünlich leuchtenden Punkt zu, der sich in das Armaturenbrett des Tintenfischs ihres Gefährten verwandelt. Schweigend setzen sie ihren gemeinsamen Abstieg fort. Der Druck, der auf ihnen lastet, nimmt immer mehr zu. Schließlich passieren sie den Kontrollpunkt von Atlantis, ein willkürliches Grenzsymbol, das ihren Eintritt in heimatliche Gefilde kennzeichnet. Clarke schaltet ihr LFAM-Implantat ein, um sich zurückzumelden.

Niemand antwortet ihr.

Das liegt nicht etwa daran, dass niemand auf Empfang ist. Stattdessen ist der Kanal von einer Vielzahl von Stimmen erfüllt, manche von Stimmwandlern verzerrt, andere von Luft übertragen, die sich gegenseitig übertönen und ins Wort fallen. Irgendetwas ist geschehen. Ein Unfall. Atlantis will Einzelheiten wissen. Mechanische Rifterstimmen verlangen nach einem Arzt an der östlichen Luftschleuse.

Lubin tastet die Tiefe mit einem Echolot ab und erhält eine Anzeige.

Er schaltet das Licht an seinem Tintenfisch ein und schwimmt in Richtung backbord. Clarke folgt ihm.

Ein trübes Sternbild wandert kaum sichtbar durch die Dunkelheit vor ihnen. Clarke dreht den Motor hoch, um mit Lubin Schritt halten zu können. Der zunehmende Wasserwiderstand hätte sie beinahe von ihrem Tintenfisch gerissen. Sie und Lubin nähern sich der Konstellation von hinten und oben.

Dicht über dem Meeresboden schwimmen zwei Tintenfische mit hoher Geschwindigkeit in einer Reihe hinter einem dritten her. Einer der beiden ist führerlos. Der andere schleppt zwei ineinander verschlungene Körper durch das Wasser. Clarke erkennt Hannuk Yeager, dessen linker Arm aufs Äußerste gestreckt ist, während er sich mit einer Hand an der Lenkstange seines Tintenfischs festhält. Den anderen Arm hat er um die Brust einer lebensgroßen schwarzen Stoffpuppe geschlungen, die einen dünnen, tintenfarbenen Kondensstreifen hinter sich herzieht.

Lubin wechselt zur Steuerbordseite hinüber. Im Licht des Scheinwerfers an seinem Tintenfisch leuchtet der Kondensstreifen dunkelrot auf.

Erickson, stellt Clarke fest. Am Meeresboden unterscheiden sich die Menschen durch ein Dutzend vertrauter Hinweise wie Körperhaltung oder Bewegung voneinander. Nur wenn sie tot sind, sehen die Rifter alle gleich aus. Es ist ein schlechtes Zeichen, dass sie erst das Schild an Ericksons Schulterklappe lesen muss, um ihn erkennen zu können.

Irgendetwas hat seine Taucherhaut vom Schritt bis zur Achselhöhle aufgerissen und seinen Körper darunter zerfetzt. Es sieht nicht gut aus. Die Haut von Säugetieren zieht sich im Eiswasser normalerweise zusammen. Die peripheren Blutgefäße verengen sich, um die Wärme im Innern des Körpers zu halten. Eine oberflächliche Schnittwunde hätte bei fünf Grad Celsius nicht geblutet. Was immer Erickson erwischt hat, es hat tiefe Wunden hinterlassen.

Grace Nolan steuert den Tintenfisch an der Spitze. Lubin schließt sich der Prozession ein wenig seitlich hinter Nolan an. Ein menschlicher Wellenbrecher, der den Wasserwiderstand verringert, der an Erickson und Yeager zerrt. Clarke folgt seinem Beispiel. Aus Ericksons Stimmwandler dringt ein Ticken von Schmerz oder weißem Rauschen.

»Was ist passiert?«, fragt Lubin mit surrender Stimme.

»Ich bin mir nicht sicher.« Nolan blickt weiterhin nach vorn und konzentriert sich ganz auf das Lenken. »Wir haben eine Thermalquelle drüben beim See erkundet. Gene wollte sich einen Felsvorsprung genauer ansehen, und wir haben ihn ein paar Minuten später so vorgefunden. Vielleicht ist er unter einem Überhang unvorsichtig gewesen, und irgendetwas ist auf ihn draufgefallen.«

Clarke dreht den Kopf zur Seite, um besser sehen zu können. Wegen des verstärkten Wasserwiderstands spannen sich ihre Nackenmuskeln an. Ericksons Haut, die durch den Riss in seiner Taucherhaut zu sehen ist, ist so weiß wie ein Fischbauch. Sie sieht aus wie eine zerfetzte, blutende Plastik. Seine von Kappen verhüllten Augen wirken noch toter als das Fleisch unter seiner Taucherhaut. Er gibt irgendwelches Kauderwelsch von sich. Sein Stimmwandler versucht, so gut wie möglich sinnlose Silben zusammenzusetzen.

Eine von Luft übertragene Stimme ist im Kanal zu hören. »Okay, wir stehen an Nummer vier bereit.«

Die Tiefe vor ihnen wird immer heller. Aus der Dunkelheit schälen sich Flecken blaugrauen Lichts, die auf ein lang gestrecktes Gebäude im Dunst dahinter hinweisen. Die Tintenfische passieren ein Stromkabel, das sich über den Basalt hinschlängelt. Seine blinkenden Signallichter verschwinden rechts und links in der Dunkelheit. Die Lichter vor ihnen werden immer greller und weiten sich zu verschwommenen Lichthöfen aus, die ein Durcheinander aus euklidischen Silhouetten überstrahlen.

Atlantis taucht vor ihnen auf.

An Luftschleuse Nummer vier werden sie von ein paar Riftern erwartet, die von zwei Firmenbossen in schwerfälligen Anzügen aus Druckgewebe begleitet werden, wie sie die Landratten tragen, wenn sie sich nach draußen wagen. Nolan schaltet die Motoren der Tintenfische ab. In der folgenden Stille ist nur noch Ericksons unzusammenhängendes Gestammel zu hören, während der Konvoi langsam zum Stillstand kommt. Die Firmenbosse nehmen den Verletzten in ihre Obhut und manövrieren ihn auf die offene Luke zu. Nolan will ihnen folgen, doch eines der hohen Tiere versperrt ihr mit gepanzertem Unterarm den Weg. »Nur Erickson.«

»Was wollen Sie damit sagen?«, ertönt Nolans surrende Stimme.

»Die Krankenstation ist auch so schon überfüllt. Wenn Ihnen etwas an seinem Leben liegt, dann lassen Sie uns Platz zum Arbeiten.«

»Als ob wir Ihnen sein Leben anvertrauen würden! Das können Sie vergessen!« Die meisten Rifter haben ihren Rachedurst inzwischen längst befriedigt und ihren alten Groll so gut wie vergessen. Nicht so Grace Nolan. Fünf Jahre sind vergangen, und noch immer nährt sie den Hass an ihrer Brust wie einen wütenden, unersättlichen Säugling.

Der Mann schüttelt hinter der Sichtscheibe den Kopf. »Hören Sie, Sie müssen …«

»Kein Problem«, schaltet sich Clarke ein. »Dann sehen wir eben über den Monitor zu.«

Nolan wirft Clarke einen wütenden Blick zu, doch Clarke beachtet sie nicht. »Na los!«, sagt sie mit surrender Stimme zu den Firmenbossen. »Bringen Sie ihn hinein!«

Die Luftschleuse verschluckt sie.

Die Rifter wechseln Blicke. Yeager lockert seine Schultern, als sei er gerade von einer Streckbank befreit worden. Die Luftschleuse hinter ihm gibt ein Gurgeln von sich.

»Das war kein Überhang, der in sich zusammengebrochen ist«, ertönt Lubins surrende Stimme.

Clarke weiß das. Sie hat Verletzungen gesehen, die von Steinschlägen verursacht worden waren. Steine, die auf einen menschlichen Körper treffen. Blutergüsse. Zerschmetterte Knochen. Ein stumpfes Trauma.

Doch Erickson ist aufgeschlitzt worden.

»Ich weiß nicht recht«, sagt sie. »Vielleicht sollten wir lieber keine voreiligen Schlüsse ziehen.«

Lubins Augen sind tote, ausdruckslose Flecken. Sein Gesicht ist eine nichtssagende Maske aus Reflex-Copolymer. Und dennoch hat Clarke irgendwie das Gefühl, dass er lächelt.

»Sei vorsichtig mit dem, was du dir wünschst«, sagt er.

Die Shiva-Iterationen

Ohne etwas zu empfinden, schreit sie. Sie wütet, ohne sich dessen bewusst zu sein. Ihr Hass, ihr Zorn, der Rachedurst, den sie auf alles richtet, was sich in ihrer Reichweite befindet – das alles ist lediglich eine sorgsam einstudierte Täuschung. Mit der Gleichgültigkeit einer Bandsäge schlägt sie um sich und richtet Zerstörungen an, zerfetzt Fleisch, Holz und Kohlenstofffasern ohne Unterschied.

Natürlich gibt es in der Welt, die sie bewohnt, kein Holz, und alles Fleisch ist digitalen Ursprungs.

Ein Logikgatter ist vor ihrer Nase zugeknallt. Reflexartig schreit sie auf und wirbelt im Datenspeicher herum, auf der Suche nach weiteren Gattern. Es gibt Tausende davon, jedes von ihnen mit einem anderen digitalen Zauberspruch belegt. Wenn sie auch nur über die Hälfte des Bewusstseins verfügen würde, das zu besitzen sie vorgibt, wüsste sie, was die einzelnen Adressen bedeuten, und könnte vielleicht sogar ihren eigenen Standort ermitteln: einen südafrikanischen Nachrichtensatelliten, der ruhig über den Atlantik hinwegzieht. Aber Reflexe lassen sich nicht mit Empfindungsvermögen gleichsetzen. Wilde Entschlossenheit verleiht einem kein Bewusstsein. Tief eingebettet in ihrem Code gibt es ein paar Befehlszeilen, die unter gewissen Umständen so etwas wie eine Persönlichkeit darstellen könnten. Manchmal bezeichnet sie sich als Lenie Clarke, obwohl sie keine Ahnung hat, warum. Ihr ist nicht einmal bewusst, dass sie es tut.

Ihre Vorfahren waren wesentlich zurechnungsfähiger als sie. Sie lebten in einer größeren Welt. Die Internetfauna wuchs und gedieh in einer Landschaft, die sich 1016 Terabytes weit und darüber hinaus erstreckte. Damals gab es noch sinnvolle Regeln: vererbbare Mutationen, eingeschränkte Ressourcen, die Überproduktion von Kopien. Es war der klassische Überlebenskampf in einem Universum, das sich im Zeitraffer weiterentwickelte, wo hundert Generationen in derselben Zeit vergingen, die ein Gott brauchte, um einmal Luft zu holen. Ihre Vorfahren folgten damals lediglich dem Gesetz des Eigennutzes. Diejenigen, die am besten an ihre Umgebung angepasst waren, erzeugten die meisten Kopien. Wer schlecht angepasst war, starb, ohne Nachkommen zu hinterlassen.

Doch damit ist es vorbei. Sie ist nicht mehr länger ein reines Produkt der natürlichen Auslese. In ihrer Blutlinie ist es zu Folter gekommen, zu erzwungener Fortpflanzung. Sie ist ein Ungeheuer, dessen bloßes Dasein gegen die Naturgesetze verstößt. Nur die Gesetze eines übernatürlichen und sadistischen Gottes können ihre Existenz erklären.

Und selbst die können sie nicht lange am Leben erhalten.

Jetzt wütet sie in der geosynchronen Umlaufbahn, auf der Suche nach Dingen, die sie zerfetzen kann. Auf der einen Seite befindet sich die verwüstete Landschaft, aus der sie gekommen ist. Die Lebensbedingungen in diesem Habitat verschlechtern sich zusehends; es sind nur noch die ramponierten und armseligen Überreste eines einstmals lebendigen Ökosystems. Auf der anderen Seite: Bollwerke und Absperrungen, digitaler Stacheldraht und elektronische Wachtposten. Sie kann nicht dahinterblicken, doch irgendein Urinstinkt, mit dem Gott oder die Natur sie ausgestattet hat, setzt schützende Abwehrmaßnahmen mit der Anwesenheit von etwas Wertvollem gleich.

Und ihr oberstes Ziel ist es, alles zu zerstören, was wertvoll ist.

Sie kopiert sich in den Kanal hinein und wirft sich mit ausgefahrenen Klauen gegen die Absperrung. Sie hat sich nicht die Mühe gemacht, die Stärke der Verteidigungsanlagen abzuschätzen, gegen die sie antritt. Sie ist nicht in der Lage, in irgendeiner Weise die Sinnlosigkeit ihres Handelns einzusehen. Klügere digitale Geschöpfe hätten sich von der Absperrung ferngehalten. Klügere Geschöpfe hätten begriffen: Sie kann allerhöchstens darauf hoffen, ein paar Kratzer in die Absperrung zu reißen, ehe die feindlichen Abwehrmaßnahmen sie in weißes Rauschen verwandeln.

Klügere Geschöpfe hätten sich also gar nicht erst gegen die Absperrung geworfen, hätten sie nicht zerfetzt und wären nicht durch sie hindurchgelangt.

Knurrend wirbelt sie herum. Sie befindet sich plötzlich an einem Ort, wo sich in alle Richtungen leere Adressen erstrecken. Willkürlich schlägt sie mit den Klauen nach Koordinaten, tastet ihre Umgebung ab. Hier ein blockiertes Logikgatter. Dort ein weiteres. Sie spuckt Elektronen aus – Speicheltröpfchen, die überallhin fliegen, Erkundungen anstellen und Zerstörung anrichten. Sämtliche Ausgänge, auf die sie stoßen, sind verschlossen. Alle Wunden, die sie reißen, sind nur oberflächlicher Natur.

Sie befindet sich in einem Käfig.

Plötzlich taucht neben ihr etwas auf, das von oben in eine der benachbarten Adressen eingefügt wurde. Es wirbelt ebenfalls knurrend herum und spuckt eine Salve Elektronen aus, die Erkundungen anstellen und Zerstörung anrichten. Manche landen auf bereits belegten Adressen und reißen Wunden. Kreischend bäumt sie sich auf, und das neue Ding stößt ebenfalls ein Brüllen aus, einen digitalen Schlachtruf, der aus den Eingeweiden seines Codes heraus direkt in ihrem Eingabepuffer landet:

Weißt du denn gar nicht, wer ich bin? Ich bin Lenie Clarke.

Wild um sich schlagend, nähern sie sich einander.

Sie weiß nicht, dass irgendein schwerfälliger Gott sie aus dem Darwin'schen Reich herausgerissen und sie in das verwandelt hat, was sie ist. Und auch nicht, dass andere Götter, zeitlos und ewig, dabei zusehen, wie sie und ihr Gegner einander in dieser Rechenarena zerfetzen. Ihr mangelt es an dem Bewusstsein, das so viele andere Ungeheuer für selbstverständlich halten, aber hier in diesem Augenblick – während sie sich in Tausende von Einzelteilen auflöst und stirbt und dabei gleichzeitig ihren Gegner umbringt – weiß sie eines ganz sicher:

Wenn es etwas gibt, das sie hasst, dann ist es Lenie Clarke.

Fremdgruppe

Das restliche Meerwasser verschwindet gluckernd durch das Gitter unter Clarkes Füßen. Sie öffnet die Taucherhaut an ihrem Gesicht, während sich ihre Lunge und ihre Eingeweide wieder aufblasen. Ein beunruhigendes Gefühl, wie die Luft erneut in ihren Körper einströmt und die zusammengepressten oder gefluteten Hohlräume in ihrem Innern zurückerobert. Sie hat sich nie wirklich daran gewöhnen können. Es ist ein wenig, als würde einem jemand in den Magen treten – nur anders herum.

Zum ersten Mal seit zwölf Stunden holt sie wieder Luft und beugt sich vor, um ihre Schwimmflossen auszuziehen. Die Luke der Luftschleuse schwingt auf. Tropfnass steigt Lenie Clarke vom Schleusenraum in den Aufenthaltsraum des Nervenzentrums hinauf.

Anfangs ist es das jedenfalls gewesen: eines von drei über die Ebene verstreuten redundanten Modulen, deren Axone und Dendriten sich bis in den letzten Winkel dieses unterseeischen Trailer Parks erstrecken – zu den Generatoren, bis nach Atlantis und zu all den anderen Einrichtungen, die sie hier unten am Leben erhalten. Nicht einmal die Rifterkultur kann ein gewisses Maß an Cephalisation vermeiden, ganz gleich, wie rudimentär sie sein mag.

Inzwischen hat sich das Nervenzentrum in etwas ganz anderes verwandelt. Die Nerven sind zwar immer noch funktionstüchtig, nun jedoch unter einer Schicht von Ergänzungen verschwunden, die sich in fünf Jahren hier angesammelt haben. Cycler und Küchenmaschinen sind als Erstes hinzugekommen. Danach eine Handvoll Pritschen, die hier aufgestellt wurden, als einmal drei Tage lang das System nach Programmfehlern durchsucht werden musste. Und nachdem sie erst einmal auf dem Deck verteilt waren, hatten sie sich als zu praktisch erwiesen, um sie wieder fortzuschaffen. Ein halbes Dutzend VR-Headsets, einige davon mit Anzügen mit Lorenz-Levitationshaptik ausgestattet. Ein paar Traumerzeuger mit verrosteten Kontakten. Einige Isometriegeräte, die von denjenigen benutzt wurden, die sich ein gewisses Maß an schwerkraftabhängigem Muskeltonus erhalten wollten. Behälter und Schatzkisten, die in Atlantis' enteigneten Fabrikationsanlagen hergestellt, ausgeschlachtet und von Metallbearbeitungsamateuren zusammengeschweißt worden waren. Sie enthalten die persönlichen Habseligkeiten und geheimen Besitztümer derjenigen, die sie hierhergebracht haben, und sind mit Passwörtern und DNA-Schlössern und – in einem Fall – mit einem klobigen, antiken Nummernschloss gegen Unbefugte gesichert.

Vielleicht haben Nolan und die anderen von hier aus die Gene-Erickson-Show verfolgt, vielleicht auch von einem anderen Ort. Jedenfalls ist die Show längst vorbei. Erickson, der zu seinem eigenen Wohlergehen ins Koma versetzt wurde, wird inzwischen nicht mehr von Menschen aus Fleisch und Blut versorgt. Stattdessen wurde seine Gesundheit an Maschinen delogiert. Wenn es in diesem trübe erleuchteten, vollgestellten Kaninchenbau tatsächlich ein Publikum gegeben hat, hat es sich inzwischen auf der Suche nach anderer Unterhaltung zerstreut.

Das kommt Clarke gerade recht. Sie ist hier auf der Suche nach etwas Privatsphäre.

Die Lichtleisten des Habitats sind nicht eingeschaltet. Die Anzeigen und flackernden Bilder der Überwachungskameras erzeugen genügend Licht, dass es für die Augenkappen ausreicht. Eine dunkle Gestalt schreckt bei ihrem Eintreten hoch – geht dann offenbar beruhigt zur gegenüberliegenden Wand und lässt sich dort auf einer Pritsche nieder.

Rama Bhanderi, mit dem einstmals mächtigen Sprachschatz und dem hochkarätigen Neurotech-Abschluss, der wegen eines Labors im Keller und einer Charge neurotroper Substanzen, die er dem Sohn des falschen Mannes verkauft hatte, in Ungnade gefallen war. Er ist vor zwei Monaten unter die Freilebenden gegangen. Inzwischen sieht man ihn nur noch sehr selten drinnen. Clarke ist nicht so dumm zu versuchen, ein Gespräch mit ihm anzufangen.

Jemand hat einen Behälter mit Hydrokulturfrüchten aus dem Gewächshaus hier abgestellt: Äpfel, Tomaten und etwas, das wie eine Ananas aussieht. In dem heruntergedrehten Licht glänzen die Früchte kränklich grau und matt. Aus einer Laune heraus streckt Clarke die Hand nach dem Wandpaneel aus und dreht die Lichter hoch. Der Raum erstrahlt in ungewohnter Helligkeit.

»Verdaaammmt …« Oder etwas in der Art. Clarke dreht sich um und erhascht einen Blick auf Bhanderi, der in dem Loch im Boden verschwindet, das zum Schleusenraum hinabführt.

»Sorry«, ruft sie ihm leise hinterher – doch unten dreht sich bereits die Luftschleuse.

Bei eingeschaltetem Licht weist das Habitat noch mehr Ähnlichkeit mit einem vor sich hinfaulenden Müllhaufen auf. Improvisierte Kabel und Schläuche hängen in Schlaufen von der Decke herab, mit wachsartigen Klecksen Siliziumepoxydharz an den Rippen des Moduls befestigt. Auf dem isolierenden Polstermaterial, das die Oberfläche des Habitats von innen bedeckt, wuchert hier und dort Schimmel, dunklen Tumoren gleich. An manchen Stellen ist das Polstermaterial vollkommen abgerissen. Die nackte Schottwand dahinter funkelt wie das hohle Innere eines öligen Schädels aus Gusszinnbronze.

Doch als die Lichter eingeschaltet sind und Lenie Clarkes Sicht wieder annähernd der einer Landratte ähnelt, erstrahlen die Früchte in dem Behälter in geradezu psychedelischen Farben. Die Tomaten leuchten wie rubinrote Herzen, die Äpfel schimmern grün wie Argon-Laser, und selbst die matten, unförmigen Haufen dem Substrat entrissener Kartoffeln scheinen mit erdigen Brauntönen gesättigt zu sein. Diese bescheidene kleine Ernte auf dem Grunde des Meeres kommt Clarke in diesem Augenblick wie eine intensivere und sinnlichere Erfahrung vor, als alles, was sie jemals erlebt hat.

In diesem kleinen Stillleben steckt eine gewisse apokalyptische Ironie. Nicht, weil eine solch magere Kost eine elende Versagerin wie Lenie Clarke in Verzückung zu versetzen vermag – sie musste sich schon immer mit kleinen Freuden zufrieden geben. Nein, die Ironie liegt vielmehr darin, dass derselbe Anblick vermutlich bei jeder Landratte, die noch auf dem Festland verblieben war, dieselbe Reaktion hervorgerufen hätte. Sie liegt darin, dass die Erde unaufhaltsam dem Ende entgegensteuert, und die gesündesten Früchte der Welt womöglich aus einem Tank voller Chemikalien am Grunde des Atlantiks stammen.

Sie schaltet die Lichter aus. Dann nimmt sie sich einen Apfel – dessen Farbe wieder zu Grau verblasst ist – und beißt hinein, während sie den Kopf einzieht und unter der herabhängenden Schlaufe eines Glasfaserkabels hindurchgeht. Hinter einem Haufen Frachtschlitten kommt das Flackern der Hauptmonitore in Sicht. Das bläuliche Licht strahlt jemanden an, der davorsitzt und dem aufgestapelten Müllhaufen den Rücken zugekehrt hat.

So viel zum Thema Privatsphäre.

»Schmeckt's?«, fragt Walsh und nickt in Richtung des Apfels in ihrer Hand. »Ich habe sie extra für dich geholt.«

Sie lässt sich neben ihm nieder. »Sehr gut, Kev. Vielen Dank.« Als sie weiterspricht, filtert sie sorgfältig die Verärgerung aus ihrer Stimme heraus: »Also, was machst du hier?«

»Ich habe mir schon gedacht, dass du hier auftauchen wirst.« Er deutet auf den Bildschirm. »Nachdem wieder Ruhe eingekehrt ist.«

Der Bildschirm zeigt eine der kleineren Krankenstationen von Atlantis. Die Kamera ist an der Stelle angebracht, wo Wand und Decke aufeinandertreffen, und liefert ein Bild des Raumes aus der Gottesperspektive. Ein inaktiver Teleoperator hängt wie eine insektenhafte Fledermaus von oben in das Bild hinab, die Glieder um die Mittelstange herum zusammengefaltet. Gene Erickson liegt mit dem Gesicht nach oben bewusstlos auf dem Operationstisch. Die schimmernde Seifenblasenhaut eines Isolationszeltes trennt ihn vom Rest der Welt. Julia Friedman ist an seiner Seite und hält durch die Membran hindurch seine Hand. Die Membran hat sich wie ein hauchdünner Handschuh um die Umrisse ihrer Finger gelegt, so unauffällig wie ein Kondom. Friedman hat ihre Kapuze vom Kopf gezogen und die Taucherhaut an den Unterarmen hochgeschoben, doch ihre Narben werden von einem Schopf kastanienbraunen Haars verdeckt.

»Du hast das Beste verpasst«, sagt Walsh. »Klein hatte Schwierigkeiten, ihn zu betäuben.«

Eine Isolationsmembran. Erickson wurde unter Quarantäne gestellt.

»Weil er nicht mehr an die GABA-Ausscheidung gedacht hat, weißt du«, fährt Walsh fort. Ein halbes Dutzend maßgeschneiderte Neuroinhibitoren werden im Blut eines Rifters freigesetzt, wenn er hinausgeht. Sie verhindern, dass das Gehirn wegen des hohen Umgebungsdrucks einen Kurzschluss erleidet, doch es dauert eine Weile, bis der Körper sie hinterher wieder ausgeschieden hat. Nasse Rifter lassen sich bekanntermaßen nur schwer betäuben. Ein dummer Fehler, der Klein da unterlaufen ist. Er ist nicht gerade der hellste Stern am medizinischen Firmament von Atlantis.

Doch im Augenblick sind Clarkes Gedanken mit etwas anderem beschäftigt. »Wer hat das Zelt angeordnet?«

»Seger. Sie ist später aufgetaucht und hat darüber gewacht, dass Klein keinen allzu großen Mist baut.«

Jerenice Seger: die oberste Metzgerin der Firmenbosse. Sie wäre nicht aufgetaucht, wenn es sich um eine alltägliche Verletzung gehandelt hätte.

Auf dem Bildschirm beugt sich Julia Friedman über ihren Geliebten. Die Haut des Zeltes legt sich um ihre Wange, und ein Schillern läuft über seine Oberfläche. Es ist ein eindrucksvoller Gegensatz, trotz Friedmans sanfter Geste: Die Frau mit der undurchdringlichen schwarzen Taucherhaut, die mit eisigen, von Kappen verhüllten Augen auf den nackten, verletzlichen Körper des Mannes hinabblickt. Natürlich ist es eine Täuschung, eine visuelle Metapher, die die wahre Rollenverteilung um hundertachtzig Grad umkehrt. Eigentlich ist Friedman die verletzliche Hälfte dieses Paars.

»Es heißt, dass irgendetwas ihn gebissen hat«, sagt Walsh. »Du warst dabei, nicht wahr?«

»Nein. Wir sind ihnen erst vor der Luftschleuse begegnet.«

»Weckt Erinnerungen an die Channer-Quelle, was?«

Sie zuckt die Achseln.

Friedman spricht. Zumindest bewegt sich ihr Mund, auch wenn das

Bild keinen Ton hat. Clarke will nach der Konsole greifen, doch Walsh legt ihr die Hand auf den Arm. »Das habe ich schon versucht. Der Ton ist auf ihrer Seite ausgeschaltet.« Er schnaubt verächtlich. »Weißt du, vielleicht sollten wir die mal wieder daran erinnern, wer hier der Boss ist. Wenn die hohen Tiere vor ein paar Jahren versucht hätten, uns aus einem Kanal auszusperren, hätten wir ihnen zumindest die Lichter ausgeschaltet. Vielleicht sogar einen ihrer kostbaren Schlafsäle geflutet.«

Irgendetwas an Friedmans Haltung ist seltsam. Normalerweise sprechen die Leute mit Menschen, die im Koma liegen, so wie sie mit Grabsteinen reden – eher mit sich selbst als mit dem Verstorbenen und ohne eine Antwort zu erwarten. Doch an Friedmans Gesicht und ihrer Körperhaltung ist irgendetwas anders. Sie wirkt beinahe *ungeduldig*.

»Es ist eindeutig ein Verstoß«, sagt Walsh.

Clarke schüttelt den Kopf. »Wie bitte?«

»Sag nicht, dass es dir noch nicht aufgefallen ist. Die Hälfte der Überwachungskanäle funktioniert nicht mehr. Und solange wir so tun, als ob das alles keine große Sache wäre, machen die einfach weiter damit.« Walsh deutet auf den Monitor. »Nach allem, was wir wissen, ist dieses Mikrofon schon seit Monaten ausgeschaltet, und bisher ist es nur noch niemandem aufgefallen.«

Was hält sie da in der Hand?, fragt sich Clarke. Friedmans Hand – ihre freie Hand, mit der sie nicht die ihres Partners hält – ist unter dem Rand des Tisches verborgen und damit für die Kamera unsichtbar. Sie wirft einen Blick darauf und hebt sie dann ein wenig, sodass sie in Sicht kommt …

Und Gene Erickson, der zur Beschleunigung des Heilungsprozesses ins Koma versetzt wurde, *öffnet die Augen*.

Heilige Scheiße, denkt Clarke, *sie hat seine Inhibitoren manipuliert.*

Sie steht auf. »Ich muss los.«

»He, nein, das musst du nicht.« Er streckt die Hand aus und ergreift die ihre. »Du willst doch nicht, dass ich diese ganzen Früchte alleine esse, oder?« Er lächelt, doch seine Stimme klingt ein klein wenig flehentlich. »Ich meine, es ist schon wieder eine ganze Weile her ...«

Lenie Clarke hat in den letzten Jahren große Fortschritte gemacht. Zum Beispiel hat sie gelernt, sich nicht mehr mit gewalttätigen Männern einzulassen.

Schade nur, dass diese Männer immer noch die Einzigen sind, die ihr Blut in Wallung bringen. »Ich weiß, Kev. Aber im Moment ist es einfach ...«

Ein Signalton ertönt von der Anzeigetafel vor ihnen. »Lenie Clarke. Wenn Lenie Clarke irgendwo in der Leitung ist, kann sie sich bitte melden?«

Rowans Stimme. Clarke streckt die Hand nach der Anzeigetafel aus. Walshs Hand lässt ihre los.

»Clarke hier.«

»Lenie, meinst du, du kannst in der nächsten Zeit mal hier vorbeikommen? Es ist ziemlich wichtig.«

»Klar.« Sie unterbricht die Verbindung und schenkt ihrem Geliebten ein falsches, entschuldigendes Lächeln. »Tut mir leid.«

»Na, da hast du es ihr aber gezeigt«, sagt Walsh leise.

»Ihr was gezeigt?«

»Wer hier der Boss ist.«

Clarke zuckt die Achseln. Sie wenden sich voneinander ab.

Sie betritt Atlantis durch eine kleine Wartungsschleuse, die nicht einmal eine Nummer besitzt und etwa fünfzig Meter von Luftschleuse Nummer vier entfernt ist. Der Korridor, zu dem sie führt, ist eng und leer. Die Schwimmflossen über die Schulter geworfen, macht sie sich auf den Weg in dichter bevölkerte Teile der Station, wobei sie eine Spur aus nassen Fußabdrücken hinterlässt. Die Firmenbosse, denen sie begegnet, weichen vor ihr zurück. Sie bemerkt kaum die zusammengepressten Lippen und versteinerten Gesichter oder das beschwichtigende Grinsen der unterwürfigeren Mitglieder des besiegten Stammes.

Sie weiß, wo Rowan sich befindet, doch dorthin geht sie nicht.

Natürlich kommt Seger ihr zuvor; ein Alarmsignal muss im selben Moment angegangen sein, als sich Ericksons Werte verändert haben. Als Clarke die Krankenstation erreicht, schimpft die Oberärztin von Atlantis bereits draußen auf dem Flur mit Friedman.

»Ihr Mann ist kein Spielzeug, Julia. Sie hätten ihn umbringen können. Ist es das, was Sie wollten?«

Streifen aus vernarbter Haut ziehen sich an Friedmans Kehle empor und lugen unter der hochgeschobenen Taucherhaut an ihrem Handgelenk hervor. Sie lässt den Kopf hängen. »Ich wollte doch bloß mit ihm reden ...«

»Nun, ich hoffe, es war etwas Wichtiges. Wenn wir Glück haben, haben Sie lediglich seine Heilung um ein paar Tage verzögert. Wenn nicht ...« Seger deutet mit dem Arm auf die Luke der Krankenstation, durch die Erickson, der wieder sicher im Koma liegt, teilweise zu sehen ist. »Es ist schließlich nicht so, als hätten Sie ihm eine Magentablette verabreicht, verdammt nochmal. Sie haben in seine *Hirnchemie* eingegriffen.«

»Es tut mir leid.« Friedman vermeidet es, die Ärztin anzusehen. »Ich wollte nicht ...«

»Ich kann es gar nicht glauben, dass Sie so dumm sind.« Seger dreht sich um und funkelt Clarke wütend an. »Kann ich Ihnen helfen?«

»Ja. Seien Sie nicht so streng zu ihr. Ihr Partner wurde heute beinahe umgebracht.«

»Das wurde er tatsächlich. Und zwar zweimal.« Friedman zuckt angesichts von Segers Worten zusammen. Die Ärztin spricht in etwas sanfterem Ton weiter: »Es tut mir leid, aber so ist es nun einmal.«

Clarke seufzt. »Jerry, es waren Ihre Leute, die uns diese Schalter in die Köpfe eingesetzt haben. Da können Sie sich nicht beschweren, wenn jemand anderes herausfindet, wie man sie bedient.«

»Das hier« – Seger hebt die Fernsteuerung hoch, die sie Friedman abgenommen hat – »ist nur für die Verwendung durch qualifiziertes medizinisches Personal bestimmt. In den Händen von jemand anderem kann es einen Menschen umbringen, ganz gleich, was für gute Absichten derjenige hat.«

Natürlich übertreibt sie. Die Rifterimplantate sind mit besonderen Sicherungen versehen, die dafür sorgen, dass ihre Einstellungen im Rahmen dessen bleiben, was der Hersteller vorgegeben hat. Die kann man nur umgehen, indem man seinen Brustkorb öffnet und an den Geräten selbst herumdoktert. Und selbst dann gibt es noch eine Menge Spielraum. Damals, während des Aufstandes, ist es einem Haufen Firmenbosse mithilfe eines ähnlichen Geräts gelungen, ein paar Rifter auszuschalten, die in einer mit Wasser gefluteten Luftschleuse feststeckten.

Weshalb ihnen die Verwendung solcher Geräte eigentlich nicht mehr gestattet ist.

»Wir hätten das gerne zurück«, sagt Clarke leise.

Seger schüttelt den Kopf. »Kommen Sie schon, Lenie. Ihre Leute können sich damit mehr Schaden zufügen, als wir es jemals vermögen.«

Clarke hält ihr die offene Hand hin. »Dann werden wir eben aus unseren Fehlern lernen müssen, nicht wahr?«

»Sie und Ihre Leute lernen nicht gerade schnell.«

Sie hat gut reden. Selbst nach fünf Jahren hat sich Jerenice Seger immer noch nicht an das Zaumzeug zwischen ihren Zähnen gewöhnt. Von der Spitze der Gesellschaft bis ganz nach unten abzusinken ist für ein hohes Tier nicht leicht, und den Ärzten fällt es besonders schwer. Die Hingabe, mit der Seger ihren Gotteskomplex pflegt, ist beinahe schon traurig.

»Jerry, zum letzten Mal. *Geben Sie es mir!*«

Eine Hand berührt Clarke zaghaft am Arm. Friedman schüttelt den Kopf, den Blick immer noch auf das Deck gerichtet. »Schon gut, Lenie. Es macht mir nichts aus. Ich brauche es nicht mehr.«

»Julia, du ...«

»Bitte, Lenie. Ich will einfach nur raus hier.«

Sie geht den Korridor entlang davon. Clarke blickt ihr hinterher und sieht dann wieder die Ärztin an.

»Das ist ein medizinisches Gerät«, sagt Seger.

»Es ist eine Waffe.«

»Irgendwann einmal war es das, ja. Und wie Sie sich erinnern werden, hat es nicht besonders gut funktioniert.« Seger schüttelt traurig den Kopf. »Der Krieg ist vorbei, Lenie. Er ist schon seit Jahren vorbei. Ich werde ihn nicht von Neuem anfangen, wenn Sie es nicht tun. Und in der Zwischenzeit ...« Sie blickt den Korridor hinunter. »Ich glaube, Ihre Freundin könnte ein wenig Hilfe gebrauchen.«

Clarke blickt wieder den Flur entlang. Friedman ist verschwunden.

»Ja. Vielleicht«, erwidert sie unverbindlich.

Hoffentlich bekommt sie sie auch.

In der Station Beebe glich die Kommunikationszentrale einem von Rohren durchzogenen Wandschrank, kaum groß genug für zwei Menschen. Atlantis' Kontrollraum ist dagegen palastartig, eine von trübem Licht erfüllte Grotte, in der überall Anzeigen und verschlungene leuchtende Topografien funkeln. Taktische Karten rotieren wundersamerweise in der Luft oder erstrahlen auf Bildschirmen, die auf die Schottwände gemalt sind. Das Wunder ist jedoch weniger die Technik, die solche Extravaganzen möglich macht, sondern eher die Tatsache, dass Atlantis überhaupt über einen solch unverschämten Überfluss an freier Fläche verfügt, um ihn auf etwas so Nichtiges wie blinkende Lichter zu verschwenden. Eine Kabine hätte es auch getan. Ein paar Sofas mit Workpads und taktischen Kontakten hätten endlos viele Informationen liefern können und dabei nur wenig Platz gebraucht. Aber nein. Ein ganzer Ozean lastet auf ihren Köpfen, und die Firmenbosse verschwenden Platz, als sei der Meeresspiegel nur ein paar Schritt weit entfernt.

Selbst in der Verbannung haben sie es immer noch nicht begriffen.

Im Augenblick ist die Höhle ziemlich leer. Lubin und ein paar Techniker haben sich um eine Anzeigetafel in der Nähe versammelt und säubern die aktuellen Downloads. Wenn sie damit fertig sind, wird sich der Raum füllen. Firmenbosse werden von Neuigkeiten aus der Welt angezogen wie Fliegen von einem Scheißhaufen.

Im Moment sind jedoch nur Lubin, die Techniker und Patricia Rowan anwesend, die sich am anderen Ende des Raumes befindet. Kryptische Informationen strömen über ihre Kontaktlinsen und verwandeln ihre Augen in leuchtende quecksilberartige Punkte. Das Licht von einer der Holoanzeigen schimmert auf den silbrigen Strähnen in ihrem Haar. Zusammen mit den Augen sieht sie beinahe selbst wie ein Hologramm aus.

Clarke geht zu ihr hinüber. »Luftschleuse vier ist gesperrt.«

»Sie wird gerade desinfiziert. Und ebenso alles, was sich zwischen Luftschleuse und Krankenstation befindet. Jerrys Befehle.«

»Aus welchem Grund?«

»Das weißt du sehr gut. Du hast Erickson gesehen.«

»Ach, komm schon. Ein lausiger Biss von einem Fisch, und Jerry glaubt ...«

»Sie weiß noch nichts Genaues. Sie ist einfach nur vorsichtig.« Rowan hält kurz inne und fährt dann fort: »Du hättest uns warnen sollen, Lenie.«

»Euch warnen?«

»Dass Erickson möglicherweise mit βehemoth infiziert ist. Du hast uns alle in Gefahr gebracht. Wenn auch nur der Verdacht bestanden hat ...«

Aber es hat kein Verdacht bestanden, will Clarke entgegnen. *Überhaupt keiner. Ihr habt diesen Ort gewählt, weil βehemoth nicht hierhergelangen kann, nicht in tausend Jahren. Ich habe die Karten gesehen, habe die Strömungen mit den Fingern nachgezeichnet. Es ist nicht βehemoth.*

Das kann es einfach nicht sein.

Stattdessen sagt sie: »Der Ozean ist groß, Pat. Es gibt jede Menge fiese Raubfische mit großen, spitzen Zähnen. Und nicht alle verdanken ihre Körpergröße βehemoth.«

»So tief unten schon. Du kennst die energetischen Zusammenhänge genauso gut wie ich. Du warst an der Channer-Quelle, Lenie. Du kanntest die Anzeichen.«

Clarke deutet mit dem Daumen auf Lubin. »Ken war ebenfalls an der Channer-Quelle, erinnerst du dich? Machst du ihm deswegen die Hölle heiß?«

»Ken hat nicht absichtlich diese verdammte Mikrobe über einen ganzen Kontinent verbreitet, um sich wegen seiner unglücklichen Kindheit an der Welt zu rächen.« Die silbernen Augen mustern Clarke mit unerbittlichem Blick. »Ken war auf unserer Seite.«

Einen Moment lang schweigt Clarke. Dann erwidert sie sehr langsam: »Willst du damit sagen, dass ich absichtlich ...«

»Ich mache dir keinen Vorwurf. Aber es sieht nicht gut aus. Jerry ist außer sich vor Wut, und sie wird nicht die Einzige sein. Du bist die Meltdown Madonna, verdammt nochmal! Du warst bereit, die ganze Welt abzuschreiben, nur um dich an uns zu rächen.«

»Wenn ich euch umbringen wollte«, sagt Clarke mit ruhiger Stimme – *wenn ich euch immer noch umbringen wollte,* berichtigt sie sich in Gedanken –, »dann wärt ihr längst tot. Schon vor Jahren. Ich hätte nur den Dingen ihren Lauf lassen müssen.«

»Das ist natürlich ...«

Clarke fällt ihr ins Wort: »Ich habe euch *beschützt.* Als die anderen darüber diskutiert haben, ob sie Löcher in eure Hülle schlagen oder euch einfach den Strom abdrehen und euch ersticken lassen sollten, war ich diejenige, die sie davon abgehalten hat. Ihr verdankt mir euer Leben.«

Die Firmenchefin schüttelt den Kopf. »Lenie, das spielt keine Rolle.«

»Das sollte es aber, verdammt nochmal.«

»Warum? Wir haben lediglich versucht, die Welt zu retten, erinnerst du dich? Es war nicht unsere Schuld, dass es uns nicht gelungen ist, sondern deine. Und nachdem wir versagt hatten, wollten wir zumindest unsere Familien retten, und du wolltest uns nicht einmal das zugestehen. Du hast uns selbst noch auf dem Grund des Ozeans verfolgt. Wer weiß schon, warum du es dir im letzten Moment anders überlegt hast?«

»Du weißt es«, sagt Clarke leise.

Rowan nickt. »*Ich* weiß es. Aber die meisten Leute hier unten erwarten von dir keine Vernunft. Vielleicht hast du ja all die Jahre nur mit uns gespielt. Keiner weiß, wann du den Abzug drücken wirst.«

Clarke schüttelt den Kopf. »Was soll das denn sein? Das Evangelium nach Ansicht der Geschäftsleitung?«

»Nenn es, wie du willst. Das ist es, womit du es zu tun hast. Womit ich es zu tun habe.«

»Wir Fischköpfe kennen auch ein paar Geschichten, weißt du«, sagt Clarke. »Darüber, wie ihr Firmenbosse Menschen wie Maschinen programmiert habt, um eure Gewinne zu erhöhen. Wie ihr uns in die schlimmsten Scheißlöcher der Welt geschickt habt, damit wir für euch die Drecksarbeit machen. Und das Erste, was ihr getan habt, als wir auf βehemoth gestoßen sind, war, uns umzubringen, damit ihr eure Haut retten konntet.«

Plötzlich wirkt die Lüftungsanlage unnatürlich laut. Clarke dreht sich um. Lubin und die Techniker starren durch die Höhle zu ihnen herüber.

Nervös wendet Clarke den Blick ab.

Rowan lächelt grimmig. »Siehst du, wie schnell alles wieder hochkocht?«

Ihre Augen glitzern, auf ihr Ziel fixiert. Clarke erwidert ihren Blick, ohne etwas zu sagen.

Nach einer Weile entspannt sich Rowan wieder etwas. »Wir sind rivalisierende Stämme, Lenie. Verschiedene Fremdgruppen. Aber weißt du, was erstaunlich ist? Irgendwie haben wir in den letzten paar Jahren angefangen, das zu vergessen. Die meiste Zeit kommen wir ganz gut miteinander aus. Wir arbeiten sogar zusammen, und niemand hat darüber bisher auch nur ein Wort verloren.« Sie wirft einen bedeutsamen Blick durch den Raum zu Lubin und den Technikern hinüber. »Ich glaube, dass das gut ist, meinst du nicht auch?«

»Warum sollte sich daran also jetzt etwas ändern?«, fragt Clarke.

»Weil βehemoth uns nun möglicherweise doch eingeholt hat, und die Leute sagen werden, dass du es hereingelassen hast.«

»Das ist Unsinn.«

»Ich bin derselben Meinung, wenn dich das beruhigt.«

»Und selbst wenn es stimmen würde, wen kümmert das?« Hier unten sind alle zu einem Teil Meerjungfrau, selbst die Firmenbosse. Sie wurden alle mit denselben Tiefseefischgenen ausgestattet, die für die Produktion der robusten kleinen Proteine zuständig sind, in die βehemoth seine Zähne nicht schlagen kann.

»Es besteht die Sorge, dass die Genanpassungen vielleicht nicht wirksam sind«, gibt Rowan leise zu.

»Warum? Es waren deine eigenen Leute, die die verdammte Prozedur entwickelt haben!«

Rowan hebt eine Augenbraue. »Und das waren dieselben Experten, die uns versichert haben, dass βehemoth niemals auf den Grund des Atlantiks gelangen könnte.«

»Aber ich war mit βehemoth infiziert. Wenn die Genanpassungen nicht funktionieren würden ...«

»Lenie, die Leute in der Station sind nie mit der Mikrobe in Berührung gekommen. Sie haben nur das Wort eines Experten dafür, dass sie immun sind, und, falls es dir noch nicht aufgefallen ist, unsere Experten haben sich in letzter Zeit als erschreckend fehlbar erwiesen. Wenn wir uns unserer Abwehrmaßnahmen wirklich so sicher wären, warum müssten wir uns dann überhaupt hier unten verstecken? Warum sind wir nicht auf dem Festland bei unseren Aktionären, unserem Volk, und versuchen, gegen das Übel anzukämpfen?«

Clarke begreift endlich.

»Weil die euch in Stücke reißen würden«, flüstert sie.

Rowan schüttelt den Kopf. »Weil sich die Wissenschaftler schon einmal geirrt haben, und wir uns auf ihre Versprechen nicht mehr verlassen können. Weil wir die Gesundheit unserer Familien nicht aufs Spiel setzen wollen. Weil wir βehemoth gegenüber möglicherweise immer noch verwundbar sind. Und wenn wir auf dem Festland geblieben wären, hätte es uns vielleicht genauso getötet wie alle anderen auch, und wir hätten nichts gewonnen. Nicht, weil sich unsere eigenen Leute gegen uns wenden würden. Das glauben wir nicht.« Ihr Blick bleibt fest. »Weißt du, wir sind genau wie alle anderen. Wir haben getan, was wir konnten, aber die Ereignisse sind einfach … außer Kontrolle geraten. Es ist wichtig, daran zu glauben. Also glauben wir alle daran.«

»Nicht alle«, wirft Clarke leise ein.

»Trotzdem.«

»Scheiß auf die anderen! Warum soll ich mich ihren selbstgerechten Wahnvorstellungen beugen?«

»Weil die Leute zurückschnappen, wenn man ihnen die Wahrheit gewaltsam die Kehle hinunterrammt.«

Clarke lächelt schwach. »Sollen sie es ruhig versuchen. Ich glaube, du vergisst, wer hier das Sagen hat, Pat.«

»Ich mache mir auch keine Sorgen um dich, sondern um uns. Eure Leute neigen dazu überzureagieren.« Als Clarke nicht widerspricht, fährt Rowan fort: »Es hat fünf Jahre gedauert, hier unten zu einer Art Waffenstillstand zu gelangen. βehemoth könnte das über Nacht wieder zunichtemachen.«

»Was schlägst du also vor?«

»Ich glaube, dass die Rifter Atlantis im Augenblick erst einmal nicht mehr betreten sollten. Wir können es den anderen als Quarantäne verkaufen. βehemoth mag dort draußen sein oder auch nicht, aber zumindest können wir es daran hindern, hereinzukommen.«

Clarke schüttelt den Kopf. »Meinen *Stamm* wird das einen feuchten Dreck scheren.«

»Du und Ken, ihr seid im Großen und Ganzen sowieso die Einzigen, die hier reinkommen«, stellt Rowan fest. »Und die anderen ... sie werden sich fügen, wenn du die Sache absegnest.«

»Ich werde darüber nachdenken«, sagt Clarke mit einem Seufzen. »Aber ich kann nichts versprechen.« Sie wendet sich zum Gehen.

Und dreht sich noch einmal um. »Ist Alyx schon wach?«

»Sie steht erst in ein paar Stunden auf. Aber ich weiß, dass sie dich sehen wollte.«

»Oh.« Clarke muss einen Stich der Enttäuschung unterdrücken.

»Ich richte Alyx dein Bedauern aus.«

»Ja. Tu das.«

Daran herrscht wahrlich kein Mangel.

Lagebesprechung

Rowans Tochter sitzt auf der Kante ihres Bettes, angestrahlt von dem warmen Leuchten der Lichtleiste an der Decke. Sie ist barfuß und nur mit einem Slip und einem viel zu weiten T-Shirt bekleidet, auf dem animierte Beilbauchsalmler in endlosen Kreisen um ihre Taille herumschwimmen. Sie atmet eine recycelte Mischung aus Stickstoff, Sauerstoff und Spurengasen, die sich nur durch ihre extreme Reinheit von echter Luft unterscheidet.

Die Rifterin schwebt in der Dunkelheit; ihre Umrisse zeichnen sich in dem schwachen Licht ab, das durch die Sichtluke nach draußen dringt. Sie trägt eine zweite Haut, die man fast schon als eigenständige Lebensform bezeichnen könnte, ein Wunder der Thermo- und Osmoregulation, so schwarz wie eine Ölschicht. Sie atmet nicht.

Zwischen den beiden Frauen befindet sich eine Wand, die Ozean von Luft trennt und Erwachsene von jungem Mädchen. Sie unterhalten sich durch ein Gerät, das an der Innenseite der tränenförmigen Sichtluke befestigt ist, ein faustgroßes Ding mit Saugnäpfen, das das Fulleren-Plexiglas in einen akustischen Empfänger verwandelt.

»Du hast gesagt, dass du vorbeikommst«, sagt Alyx Rowan. Durch die Schottwand hindurch klingt ihre Stimme ein wenig blechern. »Ich habe es bis ins fünfte Level geschafft und dachte, Mann, schau dir all die Bonuspunkte an! Ich wollte es dir zeigen. Hab sogar noch ein zusätzliches Headset besorgt und alles.«

»Tut mir leid«, ertönt Clarkes surrende Stimme. »Ich war vorhin drinnen, aber da hast du noch geschlafen.«

»Dann komm eben jetzt rein.«

»Ich kann nicht. Ich habe nur einen Moment Zeit. Es ist etwas passiert.«

»Ach ja? Was denn?«

»Jemand ist verletzt worden, und die Metzger drehen wegen eines möglichen Infektionsrisikos durch.«

»Was für eine Infektion?«

»Wahrscheinlich ist es nichts weiter. Aber sie reden darüber, eine Quarantäne zu verhängen, nur um ganz sicher zu sein. Womöglich würden sie mich sowieso nicht mehr hineinlassen.«

»Es gibt ihnen zumindest mal wieder das Gefühl, etwas zu sagen zu haben, nicht wahr?« Alyx grinst. Die parabolisch geformte Sichtluke verzerrt ihr Gesicht zu einer clownesken Grimasse. »Sie finden es einfach furchtbar, nicht am Drücker zu sein, weißt du?« Und dann fuhr sie mit einer Befriedigung fort, die offenbar weniger auf die Firmenbosse, sondern auf Erwachsene im Allgemeinen gemünzt war: »Wird Zeit, dass sie lernen, was für ein Gefühl das ist.«

»Es tut mir leid«, sagt Clarke plötzlich.

»Sie werden's überleben.«

»Das meinte ich nicht ...« Die Rifterin schüttelt den Kopf. »Es ist nur so ... du bist vierzehn, verdammt nochmal. Du solltest nicht hier unten ... ich meine, du solltest draußen sein und mit irgendeinem R-Strategen rumbalzen ...«

Alyx schnaubt verächtlich. »Jungs? Ich glaube nicht.«

»Dann eben Mädchen. Egal, jedenfalls solltest du ein bisschen Spaß haben, anstatt hier unten festzusitzen.«

»Es könnte keinen besseren Ort für mich geben«, sagt Alyx schlicht.

Sie blickt auf dreihundert Atmosphären hinaus, ein junges Mädchen, das für den Rest ihres Lebens in einem Käfig am Grunde eines kalten schwarzen Ozeans gefangen ist. Lenie Clarke würde alles dafür geben, ihr widersprechen zu können.

»Mama redet nicht darüber«, sagt Alyx nach einer Weile.

Immer noch schweigt Clarke.

»Über das, was zwischen euch passiert ist, als ich noch ein kleines Kind war. Ein paar der anderen zerreißen sich das Maul darüber, wenn sie nicht in der Nähe ist, deshalb habe ich einiges mitbekommen. Aber Mama sagt nie irgendetwas.«

Deine Mutter ist freundlicher, als ich erwartet hätte.

»Ihr wart Feinde, nicht wahr?«

Clarke schüttelt den Kopf – eine sinnlose Geste, die in der Dunkelheit ohnehin nicht zu sehen ist. »Alyx, wir haben erst ganz am Ende überhaupt voneinander erfahren. Deine Mutter hat lediglich versucht zu verhindern, was …«

… *was trotzdem geschehen ist* …

… *was ich in Gang setzen wollte* …

Sprache allein ist so unzureichend. Sie will seufzen. Sie will schreien. Doch all das ist hier draußen nicht möglich, wo ihre Lunge und Eingeweide zusammengepresst und alle anderen Hohlräume ihres Körpers mit Wasser gefüllt und inkompressibel sind. Sie kann nichts tun, außer mit dieser monotonen Travestie einer Stimme zu sprechen, dieser surrenden Insektenstimme.

»Das Ganze ist kompliziert«, sagt ihr Stimmwandler ausdruckslos und gleichmütig. »Wir waren so viel mehr als nur Feinde, weißt du? Da spielten noch ganz andere Dinge eine Rolle – die Internetfauna, die sich selbstständig gemacht hatte …«

»Die haben *die* von der Leine gelassen«, sagt Alyx beharrlich. »Die haben die ganze Sache ins Rollen gebracht. Nicht du.« Womit sie natürlich die *Erwachsenen* meint. Straftäter und Verräter, die der zukünftigen Generation nur noch verbrannte Erde hinterlassen haben. Und Clarke beginnt allmählich zu dämmern, dass Alyx sie zu dieser abscheulichen Verschwörung der Älteren nicht dazuzählt, dass Lenie Clarke, die Meltdown Madonna, in den Augen dieses Kindes den Status einer Unschuldigen erlangt hat.

Der Gedanke an den unverdienten Freispruch von so vielen Sünden bereitet ihr Übelkeit. Es kommt ihr unanständig vor. Aber sie hat nicht den Mut, ihrer Freundin die Wahrheit zu sagen. Sie bringt lediglich einen blassen, halbherzigen Widerspruch heraus:

»Sie haben es nicht absichtlich getan, Kleines.« Sie versucht es mit einem traurigen Lachen. Es klingt, als würde Sandpapier übereinanderreiben. »Damals hat niemand irgendetwas aus freiem Willen getan. Alle waren nur Marionetten.«

Der Ozean um sie herum gibt ein Stöhnen von sich.

Das Geräusch rangiert irgendwo zwischen dem Ruf eines Buckelwals und dem Todesschrei einer gigantischen Stationshülle, die unter dem Druck in sich zusammenbricht. Es erfüllt den ganzen Ozean, und ein wenig davon dringt auch durch Alyx' Empfänger. Sie verzieht angewidert das Gesicht. »Ich hasse dieses Geräusch.«

Clarke zuckt die Achseln, dankbar für die Unterbrechung. »He, ihr Firmenbosse habt eure Konferenzen, und wir haben unsere.«

»Das ist es nicht. Es ist dieses haploide Windspiel. Ich sage dir, Lenie, der Typ ist furchterregend. Jemandem, der etwas baut, das so klingt, kann man einfach nicht vertrauen.«

»Deine Mutter vertraut ihm. Und ich ebenfalls. Ich muss los.«

»Er hat Menschen getötet, Lenie. Und ich rede nicht nur von meinem Vater. Er hat eine Menge Leute umgebracht.« Ein leises verächtliches Schnauben. »Auch darüber redet meine Mutter nicht.«

Clarke schwimmt zum Plexiglas hinüber und legt zum Abschied eine Hand auf die Scheibe.

»Er ist ein Amateur«, sagt sie und schwimmt in die Finsternis davon.

Der Ruf dringt aus einem gezackten Maul im Meeresboden, einem alten Basaltschlot, der mit Maschinen vollgestopft ist. In seiner Jugend hat er ständig kochend heiße Ströme von Wasser und Mineralien ausgespuckt, jetzt rülpst er nur noch gelegentlich. Sanfte Seufzer bewegen die Mechanismen in seiner Kehle, lassen Propellerblätter rotieren, bringen Rohre zum Klingen und schlagen miteinander verbundene Felsbrocken und Metallstücke klirrend gegeneinander. Der Ruf ist eindringlich, aber sein Mechanismus unzuverlässig. Nachdem Lubin das Windspiel gebaut hatte, musste er sich etwas einfallen lassen, wie man es per Hand auslösen kann. Also hat er sich den Tank eines ausrangierten Entsalzers besorgt und ihn mit einer Wärmepumpe verbunden, die er aus einem Teil von Atlantis geborgen hatte, der den Aufstand der Firmenbosse nicht überlebt hatte. Öffnet man einen Hahn, strömt heißes Meerwasser wie durch eine Luftröhre durch ein Loch, das in die Kehle des Rauchers gesprengt wurde. Lubins Maschinerie stößt einen lauten Schrei aus, gequält von der kochend heißen Strömung.

Verrostet und disharmonisch ertönt der Ruf. Er spült über die Rifter hinweg, die umherschwimmen, sich unterhalten oder schlafen, in einem Ozean, der so schwarz ist wie der Wärmetod. Er hallt durch die behelfsmäßigen Habitate, die über den Hang verteilt sind, trostlose Blasen aus Metall und Atmosphäre, die so trübe erleuchtet sind, dass selbst Augenkappen in ihrem Innern nur in Schwarz- und Grautönen sehen. Er bricht sich an dem glänzenden, hellen Biostahl von Atlantis, und neunhundert Gefangene reden ein wenig lauter oder drehen die Lautstärke hoch oder summen nervös vor sich hin, um das Geräusch zu übertönen.

Einige der Rifter versammeln sich um das Windspiel – diejenigen, die wach und in Reichweite sind und immer noch menschliche Züge tragen. Die Szenerie erinnert ein wenig an Shakespeare: ein Kreis schwebender Hexen in irgendeiner kahlen Heidelandschaft um Mitternacht, von deren Augen ein kaltes phosphoreszierendes Leuchten ausgeht, während ihre Körper sich nur undeutlich von den Schatten abheben. Vor dem Hintergrund des schwachen blauen Glimmens der Maschinerie im Meeresboden sind ihre Umrisse höchstens zu erahnen.

Die Rifter sind verbogen, aber nicht zerbrochen. Sie befinden sich in der Grauzone zwischen Anpassung und Abnormalität, während ihre Belastungsgrenzen aufgrund von jahrelangem Missbrauch so stark erhöht sind, dass die chronische Gefahr für sie zum Alltag geworden ist, über den sie kaum je ein Wort verlieren. Sie wurden dazu auserwählt, in einer solchen Umgebung zu funktionieren, doch ihre Schöpfer hatten nicht damit gerechnet, dass es ihnen dort sogar gefallen würde. Aber hier sind sie nun einmal, und jeder von ihnen hat eine andere Geschichte: Jelaine Chen mit ihren rosafarbenen Fingern ohne Nägel, die ihr in ihrer Kindheit amputiert wurden. Dimitri Alexander, der in den letzten berüchtigten Tagen, bevor der Papst ins Exil ging, im Auftrag der Gemeinden als Lockmittel für Priester gedient hat. Kevin Walsh, der aus unbekannten Gründen beim Anblick von Laufschuhen einen Anfall bekommt. Eine Reihe von gewöhnlichen Freaks, die den Körperkontakt scheuen, Selbstkasteier, Selbstverstümmler und Glasesser. Ihre Wunden und Missbildungen werden von den Taucherhäuten verhüllt, während ihre Pathologie unter gleichförmigen, schattenhaften Masken verschwindet.

Auch sie verdanken ihre Stimmen unvollkommenen Maschinen.

Clarke eröffnet die Versammlung mit einer Frage: »Ist Julia hier?«

»Sie wacht über Gene«, ist Nolans surrende Stimme über ihr zu hören. »Ich richte ihr aus, was besprochen wurde.«

»Wie geht es ihm?«

»Er ist stabil, aber immer noch bewusstlos. Wenn ihr mich fragt, schon viel zu lange.«

»Nachdem er zwanzig Klicks mit heraushängenden Eingeweiden durch die Gegend geschleppt wurde, ist es ein Wunder, dass er überhaupt noch am Leben ist«, mischt sich Yeager in das Gespräch.

»Ja«, sagt Nolan, »aber vielleicht lässt Seger ihn auch absichtlich im Koma. Julia sagt …«

Clarke fällt ihr ins Wort: »Haben wir dafür nicht unsere Überwachungskanäle?«

»Nicht mehr.«

»Was macht Gene überhaupt noch bei den hohen Tieren?«, fragt Chen. »Ihm gefällt es dort drinnen doch gar nicht. Und wir haben unsere eigene Krankenstation.«

»Er steht unter Quarantäne«, sagt Nolan. »Seger glaubt, es ist βehemoth.«

Bei dieser Neuigkeit entsteht Unruhe unter den Schatten. Offensichtlich sind nicht alle der Versammelten auf dem neusten Stand.

»Verdammt.« Charley Garcia kommt halb in Sicht. »Wie ist das überhaupt möglich? Ich dachte …«

»Bisher wissen wir noch nichts Sicheres«, sagt Clarke mit surrender Stimme.

»Sicheres?« Eine Silhouette gleitet durch den Kreis und verdeckt kurz das saphirblaue Glimmen auf dem Meeresboden. Clarke erkennt Dale Creasy. Das ist das erste Mal seit Tagen, dass sie ihn zu Gesicht bekommt. Sie hat schon geglaubt, er sei unter die Freilebenden gegangen.

»Verdammt, es wäre sogar möglich«, fährt er fort. »Ich meine, *βehemoth* …«

Clarke beschließt, die Diskussion im Keim zu ersticken. »Und wenn es βehemoth ist – na und?«

Eine Schule blasser Augen dreht sich in ihre Richtung.

»Wir sind immun dagegen, erinnert ihr euch?«, fährt sie fort. »Gibt es hier unten irgendjemanden, der nicht die Behandlung erhalten hat?«

Lubins Windspiel stöhnt leise. Niemand sagt etwas.

»Warum sollten wir uns also darüber Gedanken machen?«, fragt Clarke.

Es sollte eine rhetorische Frage sein, aber Garcia antwortet trotzdem: »Weil die Genanpassung βehemoth nur davon abhält, unsere Eingeweide in Brei zu verwandeln. Sie hält es nicht davon ab, kleine harmlose Fische in riesige verdammte Ungetüme zu verwandeln, die alles anfallen, was sich bewegt.«

»Gene ist in zwanzig Klicks Entfernung angegriffen worden.«

»Lenie, wir haben vor, dorthin umzuziehen. Dann ist das direkt in unserem Hinterhof.«

»Scheiß drauf! Wer sagt uns, dass es nicht inzwischen auch schon hierhergekommen ist?«, fragt Alexander.

»Hier ist noch niemand angegriffen worden«, sagt Creasy.

»Wir haben ein paar der Freilebenden verloren.«

Creasy macht eine herablassende Geste mit dem Arm, die in der Dunkelheit kaum zu sehen ist. »Freilebende. Das hat nichts zu sagen.«

»Vielleicht sollten wir nicht mehr draußen schlafen, zumindest eine Zeit lang …«

»Vergiss es. In einem stinkenden Habitat kann ich nicht schlafen.«

»Gut. Dann lass dich doch auffressen.«

»Lenie?«, ertönt erneut Chens Stimme. »Du hattest doch schon einmal mit Meeresungeheuern zu tun.«

»Ich habe das Tier nicht gesehen, das Gene angefallen hat«, sagt Clarke, »aber die Fische an der Channer-Quelle waren … zerbrechlich. Sie waren zwar groß und bösartig, aber manchmal sind ihnen die Zähne abgebrochen, wenn sie einen gebissen haben. Ich glaube, es mangelte ihnen an irgendeinem Spurenelement. Man konnte sie mit bloßen Händen zerfetzen.«

»Dieses Ding hat Gene zerfetzt«, sagt eine Stimme, die Clarke nicht ganz einordnen kann.

»Ich habe gesagt *manchmal*«, betont sie. »Aber ja … sie konnten durchaus gefährlich sein.«

»Gefährlich, was du nicht sagst«, knurrt Creasy mit metallener Stimme. »Hätten sie Gene so zurichten können?«

»Ja«, sagt Ken Lubin.

Er ist natürlich schon die ganze Zeit über anwesend gewesen. Jetzt tritt er ins Rampenlicht. Ein Lichtkegel deutet von seiner Stirn auf seinen Unterarm. Er streckt die Hand aus wie ein Bettler, die Finger um etwas geschlossen, das auf seiner Handfläche liegt.

»Heilige Scheiße«, ertönt Creasys surrende Stimme plötzlich ganz kleinlaut.

»Wo hast du das her?«, fragt Chen.

»Seger hat es aus Ericksons Körper herausgeholt, bevor sie ihn wieder zusammengeklebt haben«, sagt Lubin.

»Das sieht mir aber nicht besonders *zerbrechlich* aus.«

»Ist es aber«, erwidert Lubin. »Genau genommen ist das der Teil, der abgebrochen ist. Zwischen den Rippen.«

»Wie, du willst damit sagen, das sei nur die Spitze gewesen?«, fragt Garcia.

»Sieht aus wie ein verdammtes Klappmesser«, ist Nolans leise surrende Stimme zu hören.

Chens maskenhaftes Gesicht blickt zwischen Clarke und Lubin hin und her. »Als ihr an der Channer-Quelle wart, habt ihr bei diesen Viechern draußen geschlafen?«

»Manchmal.« Clarke zuckt die Achseln. »Angenommen, es handelt sich hier um dasselbe, was ich ...«

»Und sie haben nicht versucht, euch zu fressen?«

»Sie wurden von Licht angelockt. Solange man seine Lampen ausgeschaltet hatte, haben sie einen in Ruhe gelassen.«

»Ach so«, sagt Creasy. »Na, dann ist ja alles in Butter.«

Lubins Stirnlampe wandert über die versammelten Rifter und bleibt schließlich bei Chen hängen. »Du warst gerade mit Messungen beschäftigt, als Erickson angegriffen wurde?«

Chen nickt. »Ja, allerdings haben wir es nicht mehr geschafft, die Downloads zu machen.«

»Also muss sowieso noch einmal jemand dorthin. Und da Lenie und ich die Einzigen sind, die mit diesen Biestern Erfahrung haben ...«

Sein Lichtstrahl trifft Clarke direkt ins Gesicht. Die Welt schrumpft zu einer kleinen hellen Sonne zusammen, die inmitten einer schwarzen Leere schwebt.

Clarke hebt die Hand, um die Augen gegen die Helligkeit abzuschirmen. »Kannst du die bitte woandershin richten?«

Die Finsternis kehrt zurück. Der Rest der Welt nimmt wieder trübe, dunkle Konturen an. *Vielleicht kann ich einfach davonschwimmen,* grübelt sie, während sich ihre Augenkappen an die Dunkelheit anpassen. *Vielleicht würde es niemand bemerken.* Aber das ist Unsinn, und sie weiß es. Ken Lubin hat sie gerade aus der Masse herausgehoben. Jetzt kann sie sich nicht mehr so leicht aus der Affäre ziehen. Außerdem hat er Recht. Sie beide sind die Einzigen, die schon einmal etwas Ähnliches erlebt haben. Jedenfalls die Einzigen, die es *über*lebt haben.

Vielen Dank, Ken.

»Also gut«, sagt sie schließlich.

Zombie

Zwanzig Kilometer trennen Atlantis vom Unmöglichen See. Denjenigen, die immer noch in den Begriffen von Landratten denken, erscheint das nicht weit genug. Nur lausige zwanzig Klicks vom Ziel entfernt? Was soll das denn für ein Sicherheitsabstand sein? Auf dem Festland ließe sich nicht einmal die primitivste Drohne von einer solch lächerlichen Entfernung in die Irre führen. Wenn sie feststellt, dass sie ihr Ziel verfehlt hat, steigt sie einfach auf, teilt die Welt in ein Raster aus konzentrischen Kreisen und geht erbarmungslos einen Quadranten nach dem anderen durch, bis sie irgendeinen unvermeidlichen Hinweis auf die Beute findet. Verdammt, die meisten Maschinen würden einfach im Zentrum des Suchgebiets landen und zwanzig Kilometer im Umkreis die Gegend absuchen.

Selbst im Pelagial des offenen Meeres sind zwanzig Kilometer keine sichere Entfernung. Dort gibt es keinen Untergrund, sondern nur Wasser, keine Geländeerhebungen, sondern nur Strudel und Schaukelwellen und Langmuir-Zellen, das Metalimnion und die Halokline, die ebenso reflektieren und verstärken wie etwas verbergen können. Der Kavitationseffekt eines U-Boots mag sich über weite Strecken fortpflanzen und die winzigen Turbulenzen in seinem Kielwasser noch nachzuweisen sein, lange nachdem das Fahrzeug bereits verschwunden ist. Selbst Tarn-U-Boote heizen das Wasser geringfügig auf, und Delfine und Maschinen, die sie verfolgen, sind in der Lage, den Unterschied festzustellen.

Doch auf dem Mittelatlantischen Rücken könnten zwanzig Kilometer genauso gut zwanzig Parsec sein. Das Licht hat hier keine Chance – sogar die Sonnenstrahlen dringen nur ein paar Hundert Meter weit in die Tiefe vor. Hydrothermalquellen speien ihren ätzenden Mageninhalt über Nähten frisch hervorgequollenen Felsgesteins aus. Die Spreizung des Meeresbodens lässt das Fundament der Welt selbst erzittern; Berge, die in ihrem jahrtausendealten Fußballspiel mit den Kontinenten gegeneinanderstoßen. Erhebungen, neben denen sogar der Himalaja verblasst, türmen sich entlang eines gezackten Bruches auf, der die Erdkruste von einem Pol zum anderen durchzieht. Das Gelände des Meeresrückens überdeckt jedes verräterische Zeichen, das von Atlantis ausgehen mag, ganz gleich in welchem Spektrum.

Mit den richtigen Koordinaten kann man zwar sein Ziel finden, aber es ist durchaus möglich, eine ganze Stadt zu übersehen, wenn die Zahlen auch nur um Haaresbreite abweichen. Eine Verlagerung der Station um zwanzig Kilometer sollte mehr als ausreichend sein, um einem Angriff zu entgehen, der auf Atlantis' gegenwärtigen Standort gerichtet ist – abgesehen vielleicht von einem flächendeckenden Einsatz von Unterwasser-Atombomben.

Was durchaus nicht so abwegig ist, je länger Clarke darüber nachdenkt …

Sie und Lubin schwimmen in gleichmäßigem Tempo einen Riss in einem alten Lavafächer entlang. Atlantis liegt weit hinter ihnen, der Unmögliche See ist noch einige Klicks entfernt. Ihre Stirnlampen und die Scheinwerfer ihrer Tintenfische sind ausgeschaltet. Sie bewegen sich lediglich im trüben Licht der Echolotanzeige auf dem Armaturenbrett fort. Die winzigen Icons von Felsblöcken und Säulen ziehen in

Smaragdgrün auf den Bildschirmen vorbei. Hin und wieder spüren sie den leichten Druck der über ihnen aufragenden Felsmassen in der Dunkelheit.

»Rowan denkt, dass es Probleme geben könnte«, sagt Clarke mit surrender Stimme.

Lubin antwortet nicht.

»Sie glaubt, dass sich Atlantis in ein Zentrum der kognitiven Dissonanz verwandeln wird, wenn es sich tatsächlich um βehemoth handelt. Dass alle völlig den Kopf verlieren werden.«

Lubin schweigt immer noch.

»Ich habe sie daran erinnert, wer hier das Sagen hat.«

»Ach ja? Und wer wäre das?«, ertönt schließlich Lubins surrende Stimme.

»Komm schon, Ken. Wir können ihnen jederzeit den Saft abdrehen, wenn uns danach ist.«

»Sie hatten fünf Jahre Zeit, um dieses Problem zu beheben.«

»Und was hat es ihnen gebracht?«

»Außerdem hatten sie fünf Jahre Zeit, um sich vor Augen zu führen, dass sie uns zwanzig zu eins überlegen sind, dass wir ihnen, was unsere technischen Fachkenntnisse anbelangt, in einer ganzen Reihe von wichtigen Bereichen nicht das Wasser reichen können, und dass eine Gruppe besserer Rohrleger mit asozialen Persönlichkeiten kaum in der Lage sein wird, organisierten Widerstand zu leisten.«

»Das war auch schon so, als wir es ihnen zum ersten Mal gezeigt haben.«

»Nein.«

Sie versteht nicht, warum er das tut. Es war vor allem Lubin, der die Firmenbosse nach ihrem ersten – und letzten – Aufstand in ihre Schranken verwiesen hat. »Komm schon, Ken.«

Sein Tintenfisch ist plötzlich sehr nahe und berührt ihren beinahe.

»Du bist keine Idiotin«, ertönt seine surrende Stimme neben ihr. »Also benimm dich auch nicht so.«

Betroffen verstummt sie.

Sein Stimmwandler spricht mit rauer Stimme weiter: »Damals haben sie geglaubt, die ganze Welt stünde hinter uns. Sie wussten, dass wir bei unserer Suche nach ihnen Unterstützung gehabt hatten. Daraus haben sie geschlossen, dass wir über eine gewisse Infrastruktur auf dem Festland verfügen. Sie wussten, dass wir auf jeden Fall Alarm schlagen und sie in eine große, pulsierende Zielscheibe verwandeln würden, für jeden, der über die entsprechenden Längen- und Breitengrade und intelligente Torpedos verfügt.«

Eine riesige, leuchtende Haifischflosse taucht auf ihrem Bildschirm auf, eine gewaltige Steinsichel, die aus dem Meeresboden aufragt. Lubin verschwindet kurz, während sie zwischen ihnen hindurchgleitet.

»Aber jetzt sind wir auf uns allein gestellt«, sagt er, als er wieder auftaucht. »Unsere Verbindungen zum Festland sind abgebrochen. Vielleicht sind unsere Kontaktleute tot oder haben die Seite gewechselt. Das weiß niemand. Kannst du dich überhaupt noch daran erinnern, wann wir das letzte Mal einen Wachwechsel hatten?«

Sie kann sich nur noch vage entsinnen. Jeder, der qualifiziert ist, eine Taucherhaut zu tragen, müsste sich hier unten eigentlich wohler fühlen als bei den Landratten. Anfangs sind trotzdem einige der Rifter an die Oberfläche zurückgekehrt. Damals, als die Hoffnung bestand, dass sich das Blatt noch einmal wenden ließe.

Seither hat es allerdings niemand mehr getan. Sein Leben aufs Spiel zu setzen, um den Weltuntergang mit anzusehen, ist nicht gerade das, was man sich unter Landurlaub vorstellt.

»Inzwischen haben wir genauso viel Angst wie die hohen Tiere«, fährt Lubin mit surrender Stimme fort. »Wir sind genauso abgeschnitten wie sie, und ihre Zahl geht nahezu in die Tausend. Nach letzter Zählung sind von uns gerade mal achtundfünfzig übrig.«

»Wir sind doch mindestens siebzig.«

»Die Freilebenden zählen nicht. Achtundfünfzig von uns sind in der Lage zu kämpfen, und nur fünfzig davon könnten es eine Woche bei voller Schwerkraft aushalten, wenn es sein muss. Und ein paar von denen haben bestimmte … Autoritätsprobleme und sind deshalb nicht bereit, sich zu organisieren.«

»Wir haben dich«, sagt Clarke. Lubin, der professionelle Auftragsmörder, der erst vor kurzem von allen Fesseln befreit wurde und nur noch der eigenen Selbstbeherrschung unterworfen ist. *Deutlich mehr als nur ein besserer Rohrleger,* denkt sie.

»Dann solltet ihr auf mich hören. Und ich glaube langsam, dass vielleicht gewisse Präventivmaßnahmen angebracht wären.«

Eine Zeit lang schwimmen sie schweigend nebeneinander her.

»Sie sind nicht der Feind, Ken«, sagt Clarke schließlich. »Jedenfalls nicht alle. Es sind auch Kinder darunter, weißt du. Sie sind nicht für das verantwortlich, was …«

»Darum geht's nicht.«

Irgendwo aus der Ferne dringt das schwache Geräusch von herabfallendem Felsgestein herüber.

»Ken«, sagt sie mit surrender Stimme, so leise, dass sie sich schon fragt, ob er sie überhaupt gehört hat.

»Ja?«

»Freust du dich darauf?«

Es ist viele Jahre her, seit er das letzte Mal eine Entschuldigung dafür gehabt hat, jemanden zu töten. Und Ken Lubin hat es sich einmal zum Beruf gemacht, derartige Entschuldigungen zu finden.

Er dreht den Motor seines Tintenfischs hoch und schwimmt davon.

Ein Sonnenaufgang in der Dunkelheit vor ihnen ist das erste Anzeichen dafür, dass es Schwierigkeiten geben wird.

»Ist noch jemand hier draußen?«, fragt Clarke. Die Flutlichter vor

Ort werden von Bewegungsmeldern eingeschaltet, wenn sich ihnen jemand nähert, doch Lubin und sie sind längst noch nicht nahe genug, um sie ausgelöst zu haben.

»Außer uns niemand«, ertönt Lubins surrende Stimme.

Das grelle Leuchten ist unverkennbar. Es breitet sich seitwärts aus, eine diffuse, falsche Morgendämmerung, die in der Leere hängt. Zwei oder drei dunkle Lücken weisen auf Geländeerhebungen dazwischen hin.

»Halt an«, sagt Lubin. Die Tintenfische kommen neben einem verwitterten Felsvorsprung zum Stillstand, dessen gezackte Ränder im Dunst undeutlich zu erkennen sind.

Lubin betrachtet die schematische Darstellung auf seinem Armaturenbrett. Ein reflektierter Fingernagel aus Licht fällt auf sein Profil.

Er wendet seinen Tintenfisch in Richtung backbord. »Hier entlang. Halte dich dicht am Meeresboden.«

Sie nähern sich weiter dem Licht, das steuerbordseits vor ihnen erstrahlt. Das Leuchten weitet sich aus, wird klarer und enthüllt ein Ding der Unmöglichkeit: einen See am Grunde des Ozeans. Licht leuchtet unter seiner Oberfläche, und Clarke muss an einen Swimmingpool bei Nacht denken, der von Strahlern beleuchtet wird, die unter Wasser an den Wänden angebracht sind. Langsame, schwere Wellen brechen sich am nahegelegenen Ufer wie auf einem Planeten mit niedriger Schwerkraft und zerfallen in zitternde Kügelchen. Der See erstreckt sich bis weit über die dunstigen Grenzen des Blickfelds der Rifter hinaus.

Clarke hat stets das Gefühl, unter einer Halluzination zu leiden, obwohl sie die schlichte Wahrheit kennt: Es handelt sich lediglich um eine Salzwasserquelle, eine Schicht aus mineralisiertem Wasser, die so dicht ist, dass sie auf dem Grund des Ozeans ruht wie der Ozean am Grund des Himmels. Sie bietet einen entscheidenden Vorteil für jemanden, der auf Tarnung bedacht ist. Die Halokline reflektiert alle möglichen Echolotsignale und Messsonden und verbirgt alles, was sich darunter befindet, als sei hier nichts weiter als weicher, tiefer Schlamm.

Ein kurzer elektronischer Aufschrei. Einen Moment lang glaubt Clarke einen Tropfen leuchtenden Blutes auf ihrem Armaturenbrett gesehen zu haben. Sie richtet den Blick darauf. Nichts.

»Hast du …?«

»Ja.« Lubin spielt an den Bedienelementen herum. »Hier entlang.« Er steuert näher an das Ufer des Unmöglichen Sees heran. Clarke folgt ihm.

Beim nächsten Mal ist es eindeutig: ein leuchtender Punkt aus rotem Licht, hell wie ein Laserstrahl, flackert inmitten der gezackten Geländeerhebungen auf der Anzeige des Armaturenbretts auf. Mit jedem Aufblitzen geben die Tintenfische einen Schrei von sich.

Ein Totmannalarm. Irgendwo vor ihnen hat das Herz eines Rifters aufgehört zu schlagen.

Sie fahren jetzt auf den See hinaus, immer entlang der Uferlinie. Lubin und sein Gefährt verschwinden fast im Gleißen des grünlichen Lichts, das ihn von unten anstrahlt. Ein hypersalines Kügelchen prallt im Zeitlupentempo gegen die Unterseite seines Tintenfischs. Das Licht, das durch es hindurchfällt, wird auf merkwürdige Weise gebrochen. Es ist, als würde man in die von Radium erleuchteten Tiefen einer Meeresbucht hinabblicken, in der radioaktiver Abfall gelagert wird. An den Stellen, wo die Landvermesser ihre Lampen hinterlassen haben, leuchtet unter der Oberfläche ein Raster aus winzigen, hellen Sonnen. Der feste Untergrund darunter ist aufgrund von Entfernung und Beugung nicht zu sehen.

Der Totmannalarm hat sich zu einer Wahrscheinlichkeitsblase etwa vierzig Meter vor ihnen stabilisiert. Wie ein Herz pulsiert sein rubinrotes Icon auf dem Bildschirm. Im Gleichtakt dazu geben die Tintenfische einen Signalton von sich.

»Dort«, sagt Clarke. Der Horizont ist an dieser Stelle auf absurde Weise auf den Kopf gestellt: Über ihnen befindet sich die Dunkelheit, während unter ihnen milchig weißes Licht erstrahlt. Am verschwommenen Übergang zwischen beidem ist in der Ferne ein dunkler Punkt zu erkennen. Er scheint auf der Oberfläche des Sees zu schwimmen.

Clarke dreht den Motor ihres Tintenfischs ein wenig hoch.

»Warte«, ertönt Lubins surrende Stimme. Sie blickt über die Schulter zurück.

»Die Wellen«, sagt Lubin.

Die Wellen sind hier kleiner als in Ufernähe, was nachvollziehbar ist, da sich an dieser Stelle kein ansteigender Untergrund befindet, der die Wellenberge über das normale Maß hinaus anhebt. Sie wandern jedoch in unregelmäßigen Abständen vorbei, nicht in der üblichen gleichmäßigen Prozession. Und nun, da sie ihren Weg zurückverfolgt, scheinen sie von etwas auszugehen, das …

Verdammt …

Sie ist jetzt nahe genug dran, um Gliedmaßen erkennen zu können, spitze, knochige Gebilde, die wild auf die Oberfläche des Sees einschlagen. Beinahe als sei der Rifter ein schlechter Schwimmer, der in eine brenzlige Lage geraten ist und den Kopf verloren hat …

»Er ist am Leben«, sagt Clarke mit surrender Stimme. Das pulsierende Totmann-Icon behauptet das Gegenteil.

»Nein«, sagt Lubin.

In nur noch fünfzehn Metern Entfernung durchbricht das Mysterium zuckend die Oberfläche des Sees, umgeben von einem Heiligenschein aus zerfetztem Fleisch. Zu spät bemerkt Clarke die größere, dunklere Gestalt, die sich darunter hin und her wirft. Zu spät erkennt sie die Lösung des Rätsels: eine unterbrochene Mahlzeit. Das Ding, das sich an dem Rifter gütlich getan hat, kommt direkt auf sie zu.

Das kann nicht s…

Sie wirbelt herum, ein wenig zu langsam. Das Maul des Ungeheuers, das sie beinahe erwischt hätte, schließt sich stattdessen um den Tintenfisch. Ein halbes Dutzend fingerlanger Zähne zersplittern an der Maschine wie zerbrechliche Keramik. Der Tintenfisch wird ihr aus der Hand gerissen. Ein scharfkantiger Metallfortsatz kracht gegen ihr Bein, mit der Körpermasse eines tausend Kilo schweren Raubfischs dahinter. Etwas zerbricht unterhalb ihres Knies. Schmerzen durchzucken ihre Wade.

Es ist sechs Jahre her. Sie hat die Bewegungen verlernt.

Lubin hingegen nicht. Sie hört seinen Tintenfisch mit voll aufgedrehtem Motor näher kommen. Sie rollt sich zu einer Kugel zusammen und zieht in einer verspäteten Abwehrmaßnahme den Gasknüppel aus dem Futteral an ihrer Wade. Dann hört sie einen fleischigen Aufprall und hustende Hydraulik. Im nächsten Moment stößt eine große, mit Schuppen überzogene Masse gegen sie und katapultiert sie unter die brodelnde Oberfläche des Sees.

Überall um sie herum leuchtet schweres Wasser. Die Welt ist verschwommen und voller wirbelnder Schlieren. Sie schüttelt den Kopf, um wieder klar sehen zu können. Über ihr geht der Kampf weiter, und die Schwingungen des aufgepeitschten Wassers setzen sich zuckend durch die aufgewühlte, träge Oberfläche des Unmöglichen Sees fort. Lubin muss das Ungeheuer mit dem Tintenfisch gerammt haben. Beide Seiten müssen dabei Schaden genommen haben, denn nun trudelt der Tintenfisch spiralförmig in den See hinab, herrenlos und unkontrolliert. Lubin hängt im Wasser und sieht sich einem Gegner gegenüber, der doppelt so groß ist wie er selbst und zur Hälfte aus Maul besteht. Wenn das Tier Augen hat, kann Clarke sie durch das aufgewirbelte Wasser des Sees hindurch zumindest nicht erkennen.

Ihr wird bewusst, dass sie langsam wieder aufsteigt. Ohne nachzudenken, stößt sie sich mit den Beinen ab. Ihr verletztes Bein schreit auf, während sich von innen her etwas in ihr Fleisch bohrt. Sie schreit ebenfalls auf, ein raues Geräusch, das wie sich verbiegendes Metall klingt. Schwarze Punkte tanzen ihr vor den Augen, während der Schmerz langsam nachlässt. Sie durchbricht die Oberfläche des Sees genau in dem Moment, als das Ungeheuer das Maul öffnet und …

… heilige Scheiße …

… sein Kieferknochen sich aus dem Gelenk löst. Das Maul öffnet sich viel zu schnell, und plötzlich ist es wieder geschlossen, und Lubin ist einfach verschwunden. Nichts deutet mehr darauf hin, wohin er gegangen sein könnte, abgesehen von einer verschwommenen Bewegung, die kurz zu sehen war.

Clarke tut vielleicht das Dümmste, was sie jemals in ihrem Leben getan hat: Sie greift an.

Der Leviathan dreht sich zu ihr um, inzwischen deutlich schwerfälliger, aber immer noch so, als hätte er alle Zeit der Welt. Sie stößt sich mit einem Bein ab und zieht das andere wie einen nutzlosen, pochenden Anker hinter sich her. Das gezackte Maul des Ungeheuers öffnet sich vor ihr, eine Menge verstümmelter Zähne, von denen viel zu viele noch unversehrt sind. Sie versucht sich unter dem Maul hindurchzuducken und unter dem Bauch hochzukommen oder zumindest an der Seite, doch das Ungetüm pariert mühelos jeden ihrer unbeholfenen Annäherungsversuche.

Und dann *rülpst* es plötzlich durch die Oberseite des Kopfes.

Die Blasen steigen nicht von einer natürlichen Körperöffnung auf. Sie brechen durch das Fleisch selbst, bahnen sich gewaltsam einen Weg und spalten dabei den weichen Schädel des Tiers von innen heraus. Einen Augenblick lang hängt das Ungeheuer bewegungslos im Wasser. Dann durchläuft es ein Zittern, ein Krampf wie von einem Stromschlag, der den gesamten Körper erfasst. Mit einem Bein schwimmt Clarke unter das Tier und rammt ihm den Gasknüppel in den Bauch. Sie spürt, wie noch mehr Luftblasen in seinem Innern explodieren, als sie den Knüppel abfeuert, eine seismische Eruption aus Fleisch.

Das Ungeheuer wird von Krämpfen geschüttelt und stirbt. Sein Maul klappt auf wie eine groteske, auf und ab hüpfende Zugbrücke. Das Wasser brodelt von wieder erbrochenem Fleisch.

In ein paar Metern Entfernung sinken die zerfetzten Überreste von etwas in einer Taucherhaut sanft auf die Oberfläche des Unmöglichen Sees hinab, gefolgt von einer unförmigen Wolke der eigenen Eingeweide.

»Alles okay?«

Lubin ist neben ihr. Sie schüttelt den Kopf, eher aus Überraschung, denn als Antwort. »Mein Bein …« Nachdem der Kampf nun vorbei ist, schmerzt es umso mehr.

Lubin tastet die Verletzung ab. Clarke schreit auf, was der Stimmwandler in ein mechanisches Bellen verwandelt. »Dein Wadenbein ist gebrochen«, teilt Lubin ihr mit. »Aber zumindest ist die Taucherhaut nicht zerrissen.«

»Der Tintenfisch hat mich erwischt.« Sie spürt eine tiefe, brennende Kälte in ihrem Bein. Sie versucht, nicht darauf zu achten, und deutet stattdessen auf den Gasknüppel an Lubins Unterschenkel. »Wie viele Ladungen musstest du in das Mistvieh hineinpumpen?«

»Drei.«

»Du warst einfach … verschwunden. Es hat dich direkt eingesaugt. Du hast Glück gehabt, dass es dich nicht zerbissen hat.«

»Das Einsaugen von Beute funktioniert nicht, wenn das Tier gleichzeitig kauen will. Dann wird nämlich der Sog unterbrochen.« Lubin dreht sich einmal um die eigene Achse. »Warte hier.«

Als ob ich mit dem Bein irgendwo hingehen könnte. Sie spürt bereits, wie ihr Bein steif wird. Sie hofft inständig, dass die Tintenfische noch funktionieren.

Lubin schwimmt zu dem Leichnam hinüber. Die Taucherhaut der Leiche ist an einem Dutzend Stellen zerrissen. Schläuche und Metall funkeln in dem geöffneten Brustkorb. Ein paar Schleimaale winden sich träge aus den Überresten hervor.

»Lopez«, ertönt Lubins surrende Stimme, nachdem er das Schild an der Schulter des Leichnams gelesen hat.

Irene Lopez ist vor sechs Monaten unter die Freilebenden gegangen. Es ist Wochen her, seit sie das letzte Mal an den Fütterungsstationen gesichtet wurde.

»Nun«, sagt Lubin, »damit ist zumindest eine Frage beantwortet.«

»Nicht unbedingt.«

Das immer noch zuckende Ungeheuer ist ein Stück weit von Lopez entfernt auf die Oberfläche des Sees hinabgesunken. Es verschwindet nur ein kleines Stück weit unter der Oberfläche. Lediglich Steine versinken in einer derart dichten Salzlösung. Lubin schwimmt von der Leiche zu dem Kadaver hinüber. Clarke schließt sich ihm an.

»Das ist nicht dasselbe Tier, das Gene angegriffen hat«, erklärt Lubin. »Es hat andere Zähne. Riesenwuchs in mindestens zwei verschiedenen Gattungen von Knochenfischen in einem Umkreis von zwei Kilometern zu einer Hydrothermalquelle.« Er greift in den offen stehenden Schlund hinein und bricht einen Zahn ab. »Osteoporose. Wahrscheinlich auch noch andere Mangelerscheinungen.«

»Vielleicht könntest du dir den Vortrag aufsparen und mir stattdessen lieber helfen, den wieder einzufangen?« Sie deutet auf ihren Tintenfisch, der in der Dunkelheit über ihnen kleine, unregelmäßige Kreise zieht. »Ich glaube nicht, dass ich mit diesem Bein zurückschwimmen kann.«

Lubin steigt auf und bringt das Gefährt wieder unter seine Gewalt. »Wir werden das mitnehmen müssen«, sagt er, während er mit dem Tintenfisch zu ihr zurückkehrt. »Alles«, fügt er mit einem Nicken in Richtung von Lopez' ausgeweideten Überresten hinzu.

»Es muss nicht unbedingt das sein, was du denkst«, sagt Clarke.

Er dreht sich um und taucht in den Unmöglichen See hinab, auf der Suche nach seinem eigenen Tintenfisch. Clarke sieht zu, wie er sich heftig mit den Beinen abstößt und gegen den Auftrieb ankämpft.

»Es ist nicht βehemoth«, sagt sie mit leise surrender Stimme. »βehemoth hätte die Reise hierher niemals überstehen können.« Ihre Stimme klingt so ruhig, wie das bei den mechanischen Zerrbildern hier draußen möglich ist. Ihre Worte hören sich vernünftig an. Ihre Gedanken sind jedoch weder das eine noch das andere. Sie sind in einer Endlosschleife gefangen, einem Mantra, das seinen Ursprung in der sinnlosen, unbewussten Hoffnung hat, dass ein Wunsch wahr werden könnte, wenn man ihn nur oft genug wiederholt:

Das kann nicht sein, es kann nicht sein, es kann nicht ...

Hier am Abhang des Mittelatlantischen Rückens, wo die Sonne niemals hingelangt, und angesichts von Konsequenzen, denen es irgendwie gelungen ist, sie am Grunde der Welt selbst einzuholen, scheint ihre einzige Möglichkeit darin zu bestehen, die Wahrheit zu verleugnen.

Porträt des Sadisten als kleiner Junge

Achilles Desjardins war nicht immer der mächtigste Mann Nordamerikas. Irgendwann einmal war er einfach nur ein kleines Kind, das im Schatten des Mont St. Hilaire aufwuchs. Ein Empiriker allerdings war er bereits sein ganzes Leben lang. Solange er sich erinnern konnte, hatte er stets eine ausgeprägte Vorliebe für Experimente gehabt. Seine erste Begegnung mit Fragen der Forschungsethik ereignete sich, als er gerade einmal acht Jahre alt war.

Bei dem Experiment selbst war es um das Phänomen der Atmosphärenbremsung gegangen. In dem wohlmeinenden Versuch, ihn für Klassiker zu interessieren, hatten seine Eltern ihn *Die Rache der Mary Poppins* anschauen lassen. Die Geschichte war ziemlich albern, aber Achilles gefiel es, wie die Persinger Box das Gefühl des *Fliegens* direkt in seinem Gehirn erzeugte. Mary Poppins hatte nämlich einen Nanotech-Regenschirm, und sie konnte vom Dach des CN-Turms springen und zur Erde hinabschweben wie der Samen einer Pusteblume.

Die Illusion war so überzeugend, dass Achilles' acht Jahre altes Gehirn sich nicht vorstellen konnte, warum das nicht auch im wirklichen Leben funktionieren sollte.

Seine Familie war reich – so wie alle Familien in Québec, dank Hudson Hydro –, deshalb lebte Achilles in einem echten Haus, einem einzeln stehenden Gebäude mit einem Hof und allem Drum und Dran. Er holte einen Regenschirm aus dem Schrank, spannte ihn auf und sprang von der Veranda, während er den Schirm mit beiden Händen fest umklammert hielt. Es ging nur anderthalb Meter in die Tiefe, doch das reichte aus. Er spürte, wie der Schirm über ihm vom Luftwiderstand erfasst wurde und seinen Sturz abbremste.

Von seinem Erfolg ermutigt, ging Achilles zu Phase zwei über. Seine Schwester Penny, die zwei Jahre jünger war als er, himmelte ihn geradezu an. Es war ein Kinderspiel, sie dazu zu überreden, am Blumenrankgitter aufs Dach hinaufzuklettern. Etwas schwieriger war es schon, sie davon zu überzeugen, auf die Spitze des Giebels hochzusteigen, der sich etwa sieben Meter über dem Boden befand. Doch wenn der große Bruder, den man bewunderte, einen als Feigling bezeichnete, was blieb einem da anderes übrig? Penny tastete sich zum Dachfirst vor und stand schwankend an der Kante, während die Kuppel des Regenschirms ihr Gesicht einrahmte wie ein großer schwarzer Heiligenschein. Einen Moment lang glaubte Achilles, das Experiment würde scheitern: Er musste seine stärkste Waffe zum Einsatz bringen und seine Schwester »Penelope« nennen – sogar zweimal –, ehe sie vom Dach sprang.

Natürlich gab es nichts zu befürchten. Achilles wusste bereits, dass es funktionieren würde. Schließlich hatte der Schirm seinen Sturz abgebremst, obwohl es nur einen knappen Meter in die Tiefe gegangen war, und Penny wog deutlich weniger als er.

Weswegen die Überraschung umso größer war, als sich der Regenschirm direkt vor seinen Augen mit einem lauten *Whupp!* von innen nach außen kehrte. Penny stürzte wie ein Stein zu Boden, landete mit einem Knirschen auf den Füßen und brach in sich zusammen.

In dem Moment der vollkommenen Stille, der darauf folgte, gingen dem achtjährigen Achilles Desjardins verschiedene Dinge durch den Kopf. Das Erste war die Tatsache, dass der überraschte Ausdruck auf Pennys Gesicht, kurz bevor sie auf dem Boden aufgekommen war, ziemlich lustig gewesen war. Danach folgten Verwirrung und Unglauben darüber, dass das Experiment nicht so vonstattengegangen war, wie er es erwartet hatte. Er konnte sich einfach nicht erklären, was schiefgegangen war. Danach kam ihm etwas verspätet die Erkenntnis, dass Penny ihrem lustigen Gesichtsausdruck zum Trotz womöglich ernsthaft verletzt war, und dass er deswegen vielleicht etwas unternehmen sollte.

Und schließlich musste er daran denken, was für Ärger er bekommen würde, wenn seine Eltern Wind von der Sache bekämen – ein Gedanke, der alle anderen wie Insekten unter einem Stiefel zermalmte.

Er lief zu der auf dem Rasen liegenden Gestalt seiner Schwester hinüber. »Himmel, Penny, geht es dir … geht es dir …«

Doch es ging ihr ganz und gar nicht gut. Die Rippen des Regenschirms hatten sich vom Stoff der Bespannung gelöst und ihr am Hals die Haut aufgerissen. Einer ihrer Knöchel war in einem unmöglichen Winkel verdreht und bereits auf das Doppelte seiner normalen Größe angeschwollen. Überall war Blut.

Mit zitternder Unterlippe blickte Penny zu ihm hoch, während sich ihre Augen mit Tränen füllten. Die Tränen liefen ihr über die Wange, als sich Achilles zu Tode erschreckt über sie beugte.

»Penny …«, flüsterte er.

»Ich … ist schon in Ordnung«, erwiderte sie mit bebender Stimme. »Ich werde es niemandem erzählen. Das verspreche ich dir.« Und verletzt, blutend und tränenüberströmt, die Augen immer noch mit unverminderter Bewunderung für ihren großen Bruder erfüllt, versuchte sie aufzustehen und schrie im selben Moment auf, als sie ihr Bein bewegte.

Wenn er sich als Erwachsener an diese Szene erinnerte, wusste Desjardins, dass das nicht der Moment gewesen sein konnte, als er seine erste Erektion hatte. Es war jedoch der erste Moment, der ihm im Gedächtnis haften geblieben war. Er hatte es nicht verhindern können – sie war so *hilflos* gewesen. Blutend und verletzt. Er hatte ihr wehgetan. Sie hatte sich widerstandslos seinen Wünschen gefügt, und nachdem sie herabgefallen und wie ein Zweig zerbrochen war, hatte sie ihn immer noch voller Anbetung angeschaut, bereit, alles zu tun, um ihn glücklich zu machen.

Er hatte nicht gewusst, warum er auf diese Weise empfand – er hatte nicht einmal gewusst, was für eine Empfindung das eigentlich war –, aber es hatte ihm gefallen.

Sein Penis wurde hart wie ein Knochen, und er streckte die Hand aus. Er wusste nicht genau, warum – natürlich war er dankbar dafür, dass seine Schwester ihn nicht verpetzen würde, aber er glaubte nicht, dass das der Grund war. Während er mit der Hand über das feine braune Haar seiner Schwester strich, glaubte er, dass es vielleicht darum ging, wie viel er sich erlauben konnte …

Wie sich herausstellte, nicht allzu viel. Seine Eltern waren im nächsten Moment schon bei ihm, schrien und schlugen auf ihn ein. Achilles hob die Hände, um sich vor den Schlägen seines Vaters zu schützen, und rief: »Ich hab's doch bei *Mary Poppins* gesehen!« Aber dieses Alibi verfing nicht, und sein Vater verprügelte ihn und sperrte ihn dann für den Rest seines Tages in seinem Zimmer ein.

Natürlich hätte es nicht anders enden können. Mama und Papa fanden immer heraus, was er getan hatte. Offenbar sendete die kleine Beule, die Achilles und Penny unter ihrem Schlüsselbein hatten, ein Signal aus, wenn einer von ihnen verletzt war. Und nach dem *Mary Poppins*-Vorfall reichten ihren Eltern selbst die Implantate nicht mehr aus. Achilles konnte nicht einmal mehr ins Badezimmer gehen, ohne dass ihm drei oder vier Läufer folgten wie neugierige, schwebende Reiskörner.

Alles in allem lernte er an diesem Nachmittag zwei Dinge, die ihn für den Rest seines Lebens prägen sollten. Zum einen, dass er ein äußerst böser Junge war, der niemals seinem inneren Drang nachgeben durfte, ganz gleich, wie gut er sich dabei fühlte, wenn er nicht auf direktem Wege in die Hölle gelangen wollte.

Zum anderen entwickelte er eine tiefe und lebenslange Wertschätzung für die Möglichkeiten allumfassender Überwachung.

Vertrauensgrenzen

Unter den Riftern gibt es keine Ärzte. Menschen, die unter seelischen Verletzungen leiden, zeichnen sich nicht gerade durch die Kunst des Heilens aus.

Allerdings hat es nie einen Mangel an Riftern gegeben, die die Künste eines Arztes benötigten. Besonders nach dem Aufstand der Firmenbosse. Die Fischköpfe haben diesen Krieg mit fliegenden Fahnen gewonnen, aber es hat dennoch Opfer gegeben. Manche starben. Andere erlitten Verletzungen und Defekte an den Implantaten, die die Fähigkeiten ihrer medizinischen Standardausrüstung überstiegen. Einige brauchten Hilfe, um am Leben zu bleiben, andere, um weniger qualvoll zu sterben.

Und sämtliche qualifizierten Ärzte befanden sich auf der gegnerischen Seite.

Niemand wollte seine verletzten Kameraden in die Obhut von tausend wütenden Verlierern geben, nur weil die Firmenbosse über das einzige Krankenhaus im Umkreis von viertausend Klicks verfügten. Also bauten die Rifter in fünfzig Metern Entfernung von Atlantis ein paar Habitate zusammen und statteten sie mit medizinischer Ausrüstung aus, die sie aus dem Spital des Gegners gestohlen hatten. Mithilfe von Glasfaserkabeln konnten die Metzger der Firmenbosse ihre Kunst aus der Ferne praktizieren, wobei Sprengsätze auf der Hülle von Atlantis dafür sorgten, dass sie sich besondere Mühe gaben, mögliche »Kunstfehler« zu vermeiden. Die Verlierer kümmerten sich hingebungsvoll um die Gewinner – aus Furcht vor einer Implosion.

Nach einer Weile beruhigte sich die Lage wieder etwas. Die Rifter begannen, Atlantis nicht mehr aus Argwohn zu meiden, sondern aus Gleichgültigkeit. Stück für Stück wurde Riftern und hohen Tieren gleichermaßen klar, dass der Rest der Welt eine weitaus größere Bedrohung für sie darstellte. Irgendwann während des dritten Jahrs entfernte Lubin die Sprengsätze, nachdem die meisten Leute sie ohnehin längst vergessen hatten.

Die Krankenstation ist jedoch immer noch in reger Benutzung. Immer wieder kommt es zu Verletzungen. Diese lassen sich bei dem Temperament der Rifter und der Zerbrechlichkeit ihrer Knochen auch kaum vermeiden. Im Augenblick sind jedoch nur zwei Patienten in der Krankenstation, und die Firmenbosse danken wahrscheinlich ihren Portfolios, dass die Rifter vor all den Jahren diese Einrichtung zusammengebastelt haben. Sonst hätten sich Clarke und Lubin womöglich noch nach Atlantis geschleppt – und jeder weiß, wo sie gewesen sind.

So kamen sie nur nahe genug an die Station heran, um Irene Lopez und das Ding abzuliefern, das sich an ihr gütlich getan hat. Aus einer der Wartungsschleusen von Atlantis wurden zwei Klappsarkophage herausgeworfen, die die Beweise verschluckten und ihre Untersuchungsergebnisse über Nabelschnüre aus Glasfaserkabeln an die Station schicken sollten.

Derweil liegen Clarke und Lubin nebeneinander auf zwei Operationstischen, ebenfalls nackt wie Kadaver. Es ist lange her, dass einer der Firmenbosse es gewagt hat, einem Rifter Befehle zu erteilen, doch sie haben sich Jerenice Segers »dringender Empfehlung« gefügt, die Taucherhäute wegzuwerfen. Clarke ist das schwerer gefallen, als sie sich anmerken lässt. Weniger, weil es ihr unangenehm war, nackt zu sein – Lubin hat noch nie Clarkes Alarmglocken schrillen lassen. Doch ihre Taucherhaut wird nicht einfach nur im Autoklav sterilisiert, sie wird vollkommen vernichtet, eingeschmolzen, bis sie nur noch aus einem nutzlosen Brei aus Protoplasma und Mineralöl besteht. Clarke ist in dieser winzigen Blase aus Gas und gesponnenem Metall gefangen, nackt und verwundbar. Zum ersten Mal seit Jahren kann sie nicht einfach hinausgehen. Zum ersten Mal seit Jahren kann der Ozean sie umbringen – er muss lediglich diese zerbrechliche Eierschale zerdrücken und sich wie eine eiskalte, flüssige Faust um sie schließen …

Natürlich ist diese Verwundbarkeit nur vorübergehend. Neue Taucherhäute sind schon in Arbeit, werden in diesem Augenblick bereits ausgedruckt. Clarke muss lediglich weitere fünfzehn oder zwanzig Minuten durchhalten. Doch in der Zwischenzeit fühlt sie sich schlimmer als nackt. Sie fühlt sich, als sei sie bei lebendigem Leibe gehäutet worden.

Lubin scheint das nicht weiter zu bekümmern. Ihn kann nichts aus der Ruhe bringen. Allerdings ist Lubins Teleoperator auch deutlich weniger aufdringlich als Clarkes. Er nimmt nur Proben: Blut und Haut, Abstriche rund um die Augen, den Anus und die Einlassöffnung für das Meerwasser. Clarkes Automat dringt hingegen tief in das Fleisch ihres Beines vor, zupft Muskeln zurecht, richtet Knochen und wedelt mit seinen glänzenden, stäbchenförmigen Armen herum wie eine aus Chrom bestehende Spinne, die einen Exorzismus vollzieht. Hin und wieder weht der Geruch ihres eigenen kauterisierten Fleisches den Tisch hinauf. Anscheinend wird gerade ihre Verletzung behandelt, obwohl sie das nicht wirklich feststellen kann, da sie wegen des Neuroinduktionsfeldes des Tisches vom Bauch abwärts gelähmt ist und ihren Unterkörper nicht mehr spürt.

»Wie lange dauert es noch?«, fragt sie. Der Teleoperator ignoriert sie, ohne in seinen Verrichtungen innezuhalten.

»Ich glaube nicht, dass dort jemand ist«, sagt Lubin. »Das Gerät ist auf Autopilot gestellt.«

Sie dreht den Kopf, um ihn anzusehen. Augen, die dunkel genug sind, dass man sie als schwarz bezeichnen könnte, erwidern ihren Blick. Clarke hält die Luft an. Sie vergisst immer wieder, was es hier unten wirklich heißt, *nackt* zu sein. Wie lautet das Sprichwort der Landratten? *Die Augen sind die Fenster zur Seele.* Doch die Fenster zur Seele eines Rifters sollten eigentlich aus Milchglas bestehen. Unverhüllte Augen haben nur die Firmenbosse – irgendwie fühlt sich das falsch an. Es sieht aus, als seien Lubins Augen aus den Höhlen gerissen worden, als würde Clarke in die feuchte, klebrige Dunkelheit im Innern seines Schädels blicken.

Er setzt sich auf dem Tisch auf, ohne sich seiner eigenen Blindheit bewusst zu sein, und schwingt die Beine über den Rand. Mit ein paar missbilligenden Klicklauten zieht sich sein Teleoperator zur Decke zurück.

Eine Komm-Konsole ziert in Griffweite die Schottwand. Er drückt auf einen Knopf. »Außenkanal. Grace. Wie steht es mit den Taucherhäuten?«

Nolan antwortet mit ihrer mechanischen Stimme: »Wir sind zehn Meter von euch entfernt. Und ja, wir haben daran gedacht, ein paar neue Augenkappen mitzubringen.« Ein leises Surren – akustische Modems haben manchmal Probleme mit Hintergrundgeräuschen. »Wenn es euch recht ist, würden wir sie allerdings gern einfach nur in der Schleuse abladen und uns wieder auf den Weg machen.«

»Klar.« Lubins Gesicht ist ausdruckslos. »Kein Problem.«

Von der Luftschleuse dringt ein Scheppern und Zischen herüber.

»Bitte schön, mein Lieber«, ertönt Nolans surrende Stimme.

Lubin blickt Clarke mit seinen leeren Augenhöhlen fragend an. »Kommst du mit?«

Clarke blinzelt. »Wohin?«

»Nach Atlantis.«

»Mein Bein ...« Aber in diesem Moment faltet sich ihr Teleoperator bereits an der Decke zusammen. Offenbar hat er sie genug durch den Fleischwolf gedreht.

Mit Mühe richtet sie den Oberkörper auf den Ellbogen auf. Ihren Unterkörper kann sie nicht spüren, obwohl die Wunde an ihrer Wade sauber zugeklebt ist. »Ich bin immer noch betäubt. Sollte das Feld nicht ...«

»Vielleicht hatten sie gehofft, dass wir es nicht bemerken würden.« Lubin nimmt ein Bedienelement von der Wand. »Bist du bereit?«

Clarke nickt. Lubin drückt auf einen Steuerungsknopf. Wie eine Flutwelle fließt das Gefühl in Clarkes Bein zurück. Ihr reparierter Unterschenkel erwacht zum Leben und ist plötzlich von einem heftigen Kribbeln erfüllt. Sie versucht, ihn zu bewegen, und mit etwas Anstrengung gelingt ihr das auch.

Sie verzieht das Gesicht und setzt sich auf.

»Was machen Sie da?«, verlangt die Sprechanlage zu wissen. Nach einem Augenblick erkennt Clarke die Stimme: Klein. Dass sie das Feld ausgeschaltet haben, scheint seine Aufmerksamkeit erregt zu haben.

Lubin verschwindet im Schleusenraum. Clarke massiert ihren Unterschenkel. Das Kribbeln hält an.

»Lenie?«, sagt Klein. »Was ...?«

»Ich bin geheilt.«

»Nein, das sind Sie nicht.«

»Der Teleoperator ...«

»Sie müssen dieses Bein noch mindestens sechs Stunden lang schonen. Besser noch zwölf.«

»Danke. Ich werde es in Erwägung ziehen.« Sie schwingt die Beine über den Rand des Tisches, verlagert das Gewicht auf das gesunde und dann ganz langsam auf das andere Bein. Es gibt nach. Sie kann sich gerade noch rechtzeitig am Tisch festhalten, um nicht hinzufallen.

Lubin kommt herein, einen Tragesack über die Schulter geworfen. »Geht es dir gut?« Seine Augen sind wieder von Augenkappen bedeckt, so weiß wie frisches Eis.

Clarke nickt, merkwürdig erleichtert. »Reich mir bitte die Taucherhaut.«

Das hat Klein gehört. »Moment mal. Sie beide besitzen noch keine Freigabe ... Ich meine ...«

Die Augen setzt sie sich als Erstes ein. Der Anzug legt sich beflissen um ihren Torso. Ärmel und Handschuhe passen sich ihrer Körperform an wie willkommene Schatten. Sie stützt sich bei Lubin ab, um die Leggings anzuziehen – das Kribbeln in ihrem Bein lässt langsam nach, und als sie es ein weiteres Mal belastet, hält es ihr Gewicht immerhin schon gute zehn Sekunden lang, bevor es nachgibt. Ein Fortschritt.

»Lenie. Ken. Wo wollen Sie hin?«

Dieses Mal ist es Segers Stimme. Klein hat Verstärkung herbeigerufen.

»Wir dachten, wir statten Ihnen einen Besuch ab«, sagt Lubin.

»Haben Sie sich das auch wirklich gut überlegt?«, fragt Seger ruhig. »Mit Verlaub ...«

»Gibt es irgendeinen Grund, der dagegen spricht?«, fragt Lubin unschuldig.

»Lenies B...«

»Abgesehen von Lenies Bein.«

Schweigen hängt im Raum.

»Sie haben doch inzwischen bestimmt die Proben analysiert«, fügt Lubin hinzu.

»Noch nicht vollständig. Die Tests sind zwar schnell, aber sie brauchen dennoch eine gewisse Zeit.«

»Und? Haben Sie etwas gefunden?«

»Wenn Sie tatsächlich infiziert wurden, Mr. Lubin, ist es erst vor ein paar Stunden geschehen. Das ist kaum genügend Zeit, dass eine Infektion in Ihrem Blut nachweisbar wäre.«

»Das heißt also: Nein.« Lubin denkt nach. »Wie steht es mit den Taucherhäuten? Sie hätten doch auf den Abstrichen sicher etwas gefunden.«

Seger antwortet nicht.

»Die Taucherhäute haben uns also vor einer Ansteckung geschützt«, vermutet Lubin. »Dieses Mal jedenfalls.«

»Wie gesagt, wir sind noch nicht fertig ...«

»Ich dachte immer, βehemoth könnte nicht hier runtergelangen«, sagt Lubin.

Seger antwortet nicht gleich.

»Das habe ich auch gedacht«, sagt sie schließlich.

Clarke hüpft auf die Luftschleuse zu. Lubin bietet ihr einen Arm an.

»Wir kommen rüber«, sagt er.

Ein halbes Dutzend Experten ist an den Rechnern am gegenüberliegenden Ende der Komm-Höhle versammelt und erstellt Simulationen mit wechselnden Parametern, in der Hoffnung, dass die virtuelle Welt irgendwie Antworten auf die Fragen der echten liefern kann. Patricia Rowan schaut ihnen über die Schulter und betrachtet etwas auf einem Bildschirm. Jerenice Seger arbeitet allein an einem Rechner direkt daneben. Als sie sich umdreht und die näher kommenden Rifter erblickt, hebt sie leicht die Stimme zu einem Warnruf, der als Begrüßung getarnt ist: »Ken. Lenie.«

Die anderen drehen sich ebenfalls um. Ein paar der weniger Erfahrenen treten ein oder zwei Schritte zurück.

Rowan hat sich als Erste wieder im Griff; ihre quecksilberartigen Augen sind undurchdringlich. »Du solltest das Bein schonen, Lenie. Hier.« Sie greift nach einem freien Stuhl von einer der Rechnerstationen und rollt ihn zu Clarke hinüber. Clarke sinkt dankbar hinein.

Niemand erhebt Widerspruch. Die versammelten Firmenbosse wissen, wann sie den Mund zu halten haben, obwohl einige von ihnen dabei nicht besonders glücklich aussehen.

»Jerry sagt, ihr seid noch einmal davongekommen«, fährt Rowan fort.

»Soweit wir wissen«, fügt Seger hinzu. »Für den Augenblick.«

»Was bedeutet, dass Sie tatsächlich etwas gefunden haben?«, sagt Lubin.

Seger blickt Rowan an und diese wiederum Lubin. Die Zahlenzauberer hingegen geben sich Mühe, niemanden anzuschauen.

Schließlich zuckt Seger die Achseln. »D-Cystein und D-Cystin positiv. Pyranosyl-RNA positiv. Keine Phospholipide, keine DNA. Intrazelluläre ATP-Werte stark erhöht. Ganz zu schweigen davon, dass man in mikroskopischen Aufnahmen der infizierten Zellen die kleinen Dinger herumschwimmen sieht.« Sie holt tief Luft. »Wenn es nicht βehemoth ist, dann ist es βehemoths böser Zwillingsbruder.«

»Verdammt«, sagt einer der Computerexperten. »Nicht schon wieder.«

Es dauert einen Moment, bis Clarke begreift, dass er nicht auf Segers Worte reagiert hat, sondern auf etwas, das auf dem Schirm seines Rechners aufgetaucht ist. Sie beugt sich vor und erhascht durch die Menschentraube hindurch einen Blick auf die Anzeige. Es handelt sich um ein volumetrisches Modell des Atlantikbeckens. Leuchtende Eingeweide winden sich durch die Tiefe wie vielköpfige Schlangen, die sich an Kontinentalschelfs und Gebirgsmassiven teilen und am anderen Ende wieder zusammentreffen. Strömungen und Wirbel und Tiefenzirkulation, die in Rot-Grün-Abstufungen angezeigt werden: die Flüsse des Ozeans. Und darüber eine klotzige Schrift:

FEHLER BEI DER BERECHNUNG. VERTRAUENSGRENZEN ÜBERSCHRITTEN.
KEINE WEITEREN VORAUSSAGEN MÖGLICH.

»Fahr den Labradorstrom ein wenig herunter«, schlägt einer der Experten vor.

»Wenn ich ihn noch weiter herunterfahre, bricht er ganz in sich zusammen«, gibt der andere zurück.

»Woher willst du wissen, dass nicht genau das passiert ist?«

»Wenn der Golfstrom ...«

»Versuch es einfach, okay?«

Das Bild vom Atlantik verschwindet und baut sich erneut auf.

Rowan wendet sich von den Experten ab und richtet den Blick auf Seger. »Und wenn sie nun zu keinem Ergebnis gelangen?«

»Vielleicht war es schon die ganze Zeit über hier unten. Vielleicht haben wir es einfach übersehen.« Seger schüttelt den Kopf, als wäre sie ihrem eigenen Vorschlag gegenüber skeptisch. »Wir hatten es schließlich ziemlich eilig.«

»So eilig nun auch wieder nicht. Wir haben jede Hydrothermalquelle im Umkreis von tausend Kilometern überprüft, bevor wir uns für diesen Standort entschieden haben, nicht wahr?«

»Irgendjemand hat das jedenfalls getan«, erwidert Seger müde.

»Ich habe die Ergebnisse gesehen. Es wurde nichts ausgelassen.« Rowan scheint über die Vorstellung, dass ihre Überprüfungen fehlerhaft gewesen sein könnten, beinahe mehr beunruhigt zu sein als über βehemoths Auftauchen. »Und seither ist bei den Untersuchungen ganz sicher nichts gefunden worden ...« Sie hält inne, als ihr plötzlich ein Gedanke kommt. »Oder, Lenie?«

»Nein«, sagt Clarke, »nichts.«

»Gut. Also, vor fünf Jahren war diese ganze Gegend sauber. Die gesamte Tiefe des Atlantiks war sauber, soweit wir wissen. Und wie lange kann βehemoth in kaltem Meerwasser überleben, bevor es wie eine Dörrpflaume zusammenschrumpelt und abstirbt?«

»Eine Woche oder zwei«, leiert Seger herunter. »Höchstens einen Monat.«

»Und wie lange würde es dauern, um mithilfe der Tiefenzirkulation hierherzugelangen?«

»Jahrzehnte. Jahrhunderte.« Seger seufzt. »Das wissen wir alles, Pat. Aber offensichtlich hat sich irgendetwas verändert.«

»Vielen Dank für diese Erkenntnis, Jerry. Und was könnte dieses Etwas sein?«

»Verdammt, was willst du von mir? Ich bin keine Meeresforscherin.« Seger wedelt mit der Hand verärgert in Richtung der Experten. »Frag doch die. Jason arbeitet mit diesem Modell nun schon seit ...«

»Da hol sich doch der Heiland einen runter!«, knurrt Jason an den Bildschirm gewandt. Der Bildschirm knurrt zurück:

FEHLER BEI DER BERECHNUNG. VERTRAUENSGRENZEN ÜBERSCHRITTEN.
KEINE WEITEREN VORAUSSAGEN MÖGLICH.

Rowan schließt die Augen und beginnt noch einmal von vorn. »Wäre es nicht zumindest möglich, dass es in der euphotischen Zone überleben könnte? Dort oben ist es selbst im Winter wärmer. Haben unsere Kundschafter es womöglich aufgegabelt und mit hinuntergebracht?«

»Dann müsste es hier auftauchen, nicht drüben am Unmöglichen See.«

»Aber eigentlich dürfte es überhaupt nirgendwo auf...«

»Wie steht es mit den Fischen?«, fragt Lubin plötzlich.

Rowan blickt ihn an. »Wie bitte?«

»Im Innern eines Wirtes kann βehemoth unbegrenzt lange überleben, richtig? Der osmotische Stress ist geringer. Darum hat es überhaupt als Erstes Fische infiziert. Vielleicht hat es sich von ihnen mitnehmen lassen?«

»Tiefseefische wandern nicht«, sagt Seger. »Sie bleiben stets in der Nähe einer Hydrothermalquelle.«

»Sind die Larven nicht planktonisch?«

»Trotzdem würde es nicht funktionieren. Jedenfalls nicht bei diesen Entfernungen.«

»Mit Verlaub«, wirft Lubin ein, »Sie sind Ärztin. Vielleicht sollten wir in dieser Angelegenheit einen Fachmann befragen?«

Das ist natürlich ein Seitenhieb. Als die Firmenbosse Plätze auf ihrer Arche an verschiedene Berufsgruppen vergaben, kamen Fischkundler nicht einmal in die engere Auswahl. Doch Seger schüttelt nur ungeduldig den Kopf. »Die würden Ihnen dasselbe sagen.«

»Woher willst du das wissen?« In Rowans Stimme schwingt eine seltsame Neugier mit.

»Weil βehemoth während des größten Teils der Erdgeschichte an ein paar heißen Quellen gefangen gewesen ist. Wenn es sich mithilfe des Planktons hätte verbreiten können, warum hätte es dann bis heute warten sollen, um die Welt zu erobern? Es hätte das bereits vor ein paar Hundert Millionen Jahren getan.«

Etwas an Patricia Rowan hat sich plötzlich verändert. Clarke kann nicht genau sagen, was es ist. Vielleicht eine leichte Änderung der Haltung. Oder womöglich sind auch ihre Kontaktlinsen heller geworden, als würden die funkelnden Informationen plötzlich schneller darüber hinweglaufen.

»Pat?«, fragt Clarke.

Doch in diesem Moment springt Seger unvermittelt von ihrem Stuhl auf, als würde er in Flammen stehen. Über ihren Ohrhörer hat sie ein Signal erreicht. Sie drückt einen Knopf an ihrer Armbanduhr, um die Verbindung herzustellen. »Ich bin unterwegs. Halten Sie sie hin!«

Dann wendet sie sich Lubin und Clarke zu. »Wenn Sie uns wirklich helfen wollen, dann kommen Sie mit mir!«

»Was ist los?«, fragt Lubin.

Seger ist bereits auf halbem Wege durch die Höhle. »Ein paar von Ihren begriffsstutzigen Kameraden sind gerade dabei, Ihren Freund umzubringen.«

Kavallerie

Ganz Atlantis ist voller Grenzlinien. Vier Zentimeter breite Spalte, die ganze Korridore voneinander abteilen, als hätte jemand die Schottwände in regelmäßigen Abständen mit einer Kettensäge durchschnitten. Die Spalte sind auf beiden Seiten mit diagonal gestreiften Warnbändern gesichert, und wenn man unter einem von ihnen steht und hinaufschaut, begreift man auch warum: In jedem von ihnen befindet sich eine Falltür, die im Falle eines Risses in der Stationshülle wie eine Guillotine herabgesaust käme. Diese Spalte sind so allgegenwärtig, dass gegnerische Parteien sie schon immer als Grenzmarkierungen benutzt haben.

So wie das halbe Dutzend Firmenbosse, die im Augenblick an der Mündung des Gangs stehen und zu verängstigt oder klug sind, um sich einzumischen. Und Hannuk Yeager, der auf der anderen Seite der gestreiften Linie ruhelos auf und ab geht und sie fünfzehn Meter von der Krankenstation entfernt in Schach hält.

Lubin drängt sich durch die eingeschüchterten Firmenbosse hindurch, während Clarke hinter ihm herhumpelt. Yeager fletscht zur Begrüßung die Zähne: »Die Party findet vier Türen weiter auf der linken Seite statt!« Seine von Kappen verdeckten Augen verengen sich, als er ihre Eskorte aus hohen Tieren sieht.

Clarke und Lubin gehen an ihm vorbei. Seger will ihnen folgen, doch Yeager packt sie an der Kehle und hält sie fest. »Nur geladene Gäste.«

»Sie können nicht ...« Yeager drückt noch fester zu, und Segers Stimme ist kaum mehr als ein Flüstern. »Wollen Sie etwa ... dass Gene stirbt ...?«

»Das klingt wie eine Drohung«, knurrt Yeager.

»Ich bin seine Ärztin!«

»Lass sie los!«, sagt Clarke. »Wir brauchen sie möglicherweise.«

Yeager rührt sich nicht.

Oh verdammt, denkt Clarke. *Ist er auf dem Trip?*

Yeager leidet unter einer Mutation: In seinem Blut befinden sich zu viele Monoaminooxidasen. Sie bauen die chemischen Verbindungen im Gehirn ab, die das seelische Gleichgewicht eines Menschen aufrechterhalten. Er wurde von den Firmenbossen so modifiziert, dass er in der Lage ist, dies auszugleichen – damals, als die Bosse solche Dinge noch ungestraft tun konnten. Allerdings ist es ihm irgendwie gelungen, die Modifikationen zu umgehen. Manchmal spult er sich absichtlich so sehr hoch, dass ein Seitenblick ausreicht, um ihn explodieren zu lassen. Das turnt ihn an. Wenn das geschieht, spielt es keine Rolle, wer Freund oder Feind ist. Dann nimmt selbst Lubin ihn ernst.

Und im Augenblick nimmt Lubin ihn sehr ernst. »Lass sie vorbei, Han.« Seine Stimme klingt ruhig und sicher, seine Haltung ist entspannt.

Vom anderen Ende des Korridors ist ein Stöhnen zu hören und das Geräusch von etwas, das zerbricht.

Yeager schnaubt verächtlich und stößt Seger beiseite. Die Ärztin stolpert hustend gegen die Wand.

»Sie ebenfalls«, sagt Lubin zu Rowan, die immer noch diskret hinter der gestreiften Linie steht. Und an Yeager gewandt: »Wenn du nichts dagegen hast, heißt das.«

»Verdammt, ist mir doch scheißegal.« Yeagers Finger ballen sich unablässig zur Faust und lösen sich wieder, als würden ihn Stromstöße durchlaufen.

Lubin nickt. »Geh du weiter«, sagt er beiläufig zu Clarke. »Ich helfe Han, die Stellung zu halten.«

Natürlich ist es Nolan. Clarke hört ihr Knurren, während sie sich der Krankenstation nähern: »Ah, der kleine Scheißer hat sich in die Hosen gemacht ...«

Clarke zwängt sich durch die Luke. Der saure Gestank von Furcht und Exkrementen schlägt ihr entgegen. Nolan, ja. Und sie hat Creasy als Verstärkung dabei. Klein liegt in einer Ecke, verletzt und blutend. Vielleicht hat er sich ihnen in den Weg gestellt. Oder vielleicht wollte Nolan auch nur, dass er es tat.

Gene Erickson ist endlich wieder bei Bewusstsein und kauert auf dem Operationstisch wie ein eingesperrtes Tier. Mit gespreizten Fingern drückt er gegen die Isolationsmembran, doch sie dehnt sich lediglich aus wie unglaublich dünnes Latex. Je stärker er drückt, desto mehr hält die Membran dagegen. Er hat den Arm noch nicht vollständig ausgestreckt, doch die Membran ist bereits aufs Äußerste gedehnt, ölige, unzerstörbare Regenbogen wirbeln über ihre unnachgiebige Oberfläche.

»Verflucht«, knurrt Erickson und sinkt auf den Tisch zurück.

Nolan geht ein paar Zentimeter von Kleins blutüberströmtem Gesicht entfernt in die Hocke und legt den Kopf schief wie ein Vogel. »Lass ihn frei, Süßer.«

Aus Kleins Mund rinnen Blut und Speichel. »Ich habe euch doch gesagt, er ist ...«

»Lassen Sie ihn in Ruhe!« Seger stürzt in den Raum, als wären die letzten fünf Jahre – die letzten fünf Minuten – niemals geschehen. Kaum hat sie Nolan die Hand auf die Schulter gelegt, als Creasy sie auch schon gegen die Schottwand schleudert.

Nolan bürstet unsichtbaren Schmutz von der Stelle, wo Seger sie berührt hat. »Pass auf, dass du nicht ihren Kopf verletzt«, sagt sie an Creasy gewandt. »Da könnte ein Passwort drin sein.«

»Leute.« Rowan zumindest ist schlau genug, im Korridor zu bleiben. »Beruhigen Sie sich doch.«

Nolan schnaubt verächtlich und schüttelt den Kopf. »Oder was, Sie Krüppelfickerin? Rufen Sie sonst die Sicherheitskräfte? Und lassen uns vom Gelände werfen?«

Creasys weiße Augen mustern Seger aus wenigen Zentimetern Abstand, das Versprechen von sinnloser, stumpfsinniger Gewalt über einem bulldozerartigen Kiefer, der zu einem Grinsen verzogen ist. Es heißt, Creasy sei ein wahrer Frauenheld. Nicht, dass er sich jemals an Clarke herangewagt hätte. Das traut sich niemand.

Rowan schaut durch die offene Luke herein, und ihr Gesichtsausdruck ist ruhig und selbstsicher. Clarke sieht das Flehen hinter der selbstbewussten Fassade. Einen Moment lang überlegt sie, ob sie es einfach nicht beachten soll. Das Kribbeln in ihrem Bein ist unerträglich. Neben ihr macht Creasy an Seger gewandt schmatzende Geräusche, während seine Hand wie ein Schraubstock ihr Kinn umklammert hält.

Clarke ignoriert ihn. »Was ist hier los, Grace?«

Nolan lächelt unfreundlich. »Es ist uns gelungen, ihn aufzuwecken, aber Normy hier« – sie versetzt Kleins Kopf einen beiläufigen Stoß – »hat den Tisch mit irgendeinem Passwort gesichert. Wir können die Membran nicht abschalten.«

Clarke wendet sich Erickson zu. »Wie fühlst du dich?«

»Sie haben irgendetwas mit mir gemacht.« Er hustet. »Als ich im Koma lag.«

»Ja, das haben wir. Wir haben ihm das Leben ger…« Creasy knallt Segers Kopf gegen die Schottwand. Seger verstummt.

Clarke blickt weiterhin Erickson an. »Kannst du dich bewegen, ohne dass dir die Eingeweide rausfallen?«

Er dreht sich schwerfällig herum, um ihr seinen Unterleib zu zeigen. Die Membran legt sich um seinen Kopf und die Schultern wie eine Fruchtblase. »Die Wunder der modernen Medizin«, sagt er und sinkt auf den Rücken zurück. Seine Innereien wurden tatsächlich alle wieder dort verstaut, wo sie hingehören. Frische rosafarbene Narben entlang seines Bauches haben sich zu den älteren an seinem Brustkorb hinzugesellt.

Jerenice Seger sieht aus, als würde sie gern etwas sagen. Dale Creasy sieht aus, als wünsche er sich, sie würde es versuchen.

»Lass sie sprechen«, sagt Clarke zu ihm. Er lockert ein wenig den Griff. Seger blickt Clarke an und schweigt.

»Also, was ist hier los?«, fragt Clarke. »Sieht aus, als hätten Sie ihn ordentlich wieder zusammengeklebt. Das Ganze ist schon fast drei Tage her.«

»Drei Tage«, wiederholt Seger. Ihre Stimme klingt dünn und piepsig unter Creasys Griff. »Er wurde beinahe ausgeweidet, und Sie glauben, drei Tage seien genügend Zeit, um sich davon zu erholen?«

Clarke ist sich dessen sogar sicher. Sie hat schon einige Verletzte gesehen und vielarmige Roboter, die sie wieder zusammengeflickt und ihre Wunden mit feinem elektrischem Gewebe verschlossen haben, um den Heilungsprozess auf eine Weise zu beschleunigen, die staunenswert gewesen wäre, würde sie nicht inzwischen längst zum Standard gehören. Drei Tage ist mehr als genug Zeit, um sich wieder nach draußen zu schleppen – auch wenn die Nähte womöglich noch ein wenig nässen, kräftig genug wäre man allemal. Und ist man erst in die Schwerelosigkeit zurückgekehrt, geschützt vom dunklen Mutterleib der Tiefe, hat man alle Zeit der Welt, um wieder zu genesen.

Die Landratten haben das nie begriffen: Die Schwerkraft ist es, die einen schwächt.

»Braucht er noch weitere Operationen?«, fragt sie.

»Wenn er nicht vorsichtig ist, ja.«

»Beantworten Sie, verdammt nochmal, die Frage«, knurrt Nolan.

Seger sieht zu Clarke hinüber, findet bei ihr jedoch offenbar keinen Trost. »Er braucht Zeit, um sich zu erholen, und wenn er im Koma liegt, lässt sich der Heilungsprozess um etwa zwei Drittel abkürzen. Wenn er schnell hier herauskommen will, ist das die beste Lösung.«

»Sie halten ihn gegen seinen Willen hier fest«, sagt Nolan.

»Warum ...«, ist Rowans Stimme aus dem Korridor zu hören.

Nolan wirbelt zu ihr herum. »Sie halten, verdammt nochmal, den Mund.«

Rowan stellt ihr Glück auf die Probe. »Warum sollten wir ihn hier behalten wollen, wenn es medizinisch nicht notwendig wäre?«

»Er könnte sich in seinem eigenen Habitat ausruhen«, sagt Clarke. »Oder sogar draußen.«

Seger schüttelt den Kopf. »Er hat ziemlich hohes Fieber – Lenie, schauen Sie ihn sich doch an!«

Sie hat Recht. Erickson liegt flach auf dem Rücken, offensichtlich erschöpft. Seine Haut ist von einem klebrigen Schweißfilm überzogen, der durch das Glänzen der Membran hindurch kaum zu sehen ist.

»Fieber«, wiederholt Clarke. »Aber nicht von der Operation?«

»Nein. Irgendeine opportunistische Infektion.«

»Wovon?«

»Er wurde von einem wilden Tier zerfleischt«, erklärt Seger verärgert. »Es gibt endlos viele Infektionen, die man sich von etwas so Einfachem wie einem Biss holen kann, und er wurde nahezu ausgeweidet. Es wäre schon ein großes Wunder, wenn es keine Komplikationen gäbe.«

»Hast du das gehört, Gene?«, sagt Clarke. »Du hast Fischtollwut oder sowas.«

»Na phantastisch«, sagt Erickson und starrt weiter an die Decke.

»Es ist also deine Entscheidung. Willst du hier bleiben und dich von ihnen kurieren lassen? Oder auf die Medikamente vertrauen und ein Risiko eingehen?«

»Holt mich hier raus«, sagt Erickson schwach.

Clarke wendet sich wieder Seger zu. »Sie haben ihn gehört.«

Seger richtet sich auf, immer noch aufsässig. »Lenie, ich habe Sie gebeten mitzukommen, um mir zu helfen. Das ist nicht gerade …«

Creasys Faust landet in ihrem Bauch wie eine Abrissbirne. Mit einem *Uff* sackt Seger zur Seite. Auf dem Weg zum Boden schlägt ihr Kopf gegen die Schottwand. Sie liegt da und ringt nach Luft.

Aus den Augenwinkeln sieht Clarke, wie Rowan einen Schritt nach vorn macht und es sich dann wieder anders überlegt.

Clarke blickt Creasy unverwandt an. »Das war unnötig, Dale.«

»Diese hochmütige Fotze hat es nicht anders verdient«, murrt Creasy.

»Und wie soll sie Gene freilassen, wenn sie nicht einmal atmen kann, du Idiot?«

»Also wirklich, Len. Was ist schon dabei?«, sagt Nolan.

Clarke dreht sich zu ihr um.

»Du weißt, was sie uns angetan haben«, fährt Nolan fort und geht zu Creasy hinüber. »Du weißt, wie viele von uns diese Dreckskerle angeschissen oder sogar umgebracht haben.«

Weniger als ich, denkt Clarke, ohne es auszusprechen.

»Ich finde, wenn Dale mit dieser Krüppelfickerin ein bisschen Spaß haben will, dann soll er das ruhig haben.« Nolan legt Creasy kameradschaftlich eine Hand auf die Schulter. »Dadurch wird vielleicht ein wenig Gerechtigkeit wiederhergestellt, weißt du?«

»Das sagst du«, erwidert Clarke ruhig. »Ich sage etwas anderes.«

»Was für eine Überraschung.« Ein geisterhaftes Lächeln huscht über Nolans Gesicht.

Sie starren einander durch die Hornhautschilde hindurch an. Am anderen Ende des Abteils ist Kleins Wimmern zu hören, während zu Clarkes Füßen Jerenice Seger versucht, wieder zu Atem zu kommen. Creasy steht dicht neben Clarke, eine unheilvolle Präsenz, die bedrohlich wirkt.

Sie bemüht sich, ruhig und gleichmäßig zu atmen. Vorsichtig geht sie in die Hocke, wobei ihr verletztes Bein beinahe erneut unter ihr nachgibt, und hilft Seger, in eine sitzende Position zu kommen.

»Lassen Sie ihn frei«, sagt sie.

Seger murmelt etwas in ihre Armbanduhr. Auf der Haut ihres Unterarms leuchtet eine Tastatur mit seltsamen alphanumerischen Zeichen auf. Mit der anderen Hand gibt sie eine Zahlenfolge ein.

Von dem Isolationszelt ist ein leises *Puff* zu hören. Erickson schiebt vorsichtig einen Finger durch die Membran, stellt fest, dass sie durchlässig ist, und springt vom Tisch, als würde er durch eine Seifenblase gehen. Seine Füße kommen mit einem weichen Platschen auf dem Boden auf. Nolan hält ihm eine Taucherhaut hin, die sie von irgendwo hergezaubert hat. »Willkommen zurück, Kumpel. Ich habe dir doch gesagt, dass wir dich rausholen.«

Sie lassen Clarke mit den Firmenbossen allein. Seger kommt auf die Beine, ohne auf Clarkes ausgestreckte Hand zu achten, und stützt sich an der Schottwand ab. Eine Hand hat sie immer noch schützend über ihren Bauch gelegt. Sie schleppt sich zu Klein hinüber.

»Norm? Norm?« Mit steifen Gliedern geht sie neben ihrem Untergebenen in die Hocke und schiebt eines seiner Augenlider zurück. »Bleib bei mir ...« Blut tröpfelt von ihrer Kopfhaut auf das zerschlagene Gesicht des Arztes hinab, ohne dass es einen großen Unterschied gemacht hätte. Seger flucht und wischt sich mit dem Handrücken über die Verletzung.

Clarke macht einen Schritt auf sie zu, um ihr zu helfen. Dabei tritt sie auf etwas Winziges, Hartes, das sich wie ein kleiner Stein anfühlt. Sie hebt den Fuß an. Ein Zahn, klebrig von gerinnenden Flüssigkeiten, fällt leise klappernd aufs Deck.

»Ich ...«, beginnt Clarke.

Seger dreht sich zu ihr um. Ihr Gesicht ist wutverzerrt. *»Verschwinden Sie einfach!«*

Clarke blickt sie noch einen Moment lang an. Dann macht sie auf dem Absatz kehrt und geht hinaus.

Rowan wartet draußen im Korridor. »Das darf nicht noch einmal passieren.«

Clarke lehnt sich gegen die Schottwand, um ihr verletztes Bein etwas zu entlasten. »Du kennst Grace. Sie und Gene sind ...«

»Es ist nicht nur Grace. Jedenfalls bald nicht mehr. Ich habe dir ja gesagt, dass so etwas passieren könnte.«

Clarke fühlt sich sehr müde. »Du hast gesagt, dass du einen Abstand zwischen beiden Seiten schaffen willst. Warum hat Jerry Gene dann gegen seinen Willen hierbehalten?«

»Glaubst du etwa, sie wollte diesen Mann hierbehalten? Ihr ging es um das Wohlergehen ihres Patienten. Das ist ihr Job.«

»Unser Wohlergehen ist unsere eigene Sorge.«

»Eure Leute sind einfach nicht qualifiziert genug, um ...«

Clarke hebt die Hand, um sie zu unterbrechen. »Bitte nicht die alte Leier, Pat. Die einfachen Leute können die großen Zusammenhänge nicht begreifen. Der Durchschnittsbürger kann die Wahrheit nicht verkraften. Die Bauern sind einfach zu *uuunwissend*, um wählen zu können.« Sie schüttelt angewidert den Kopf. »Fünf Jahre sind vergangen, und immer noch blickst du auf uns herab.«

»Willst du damit etwa sagen, Gene Erickson sei besser in der Lage, eine Diagnose zu stellen, als unsere Chefärztin?«

»Ich will damit sagen, dass er ein Recht darauf hat, sich zu irren.« Clarke deutet mit dem Arm auf den Korridor. »Hör mal, vielleicht hast du Recht. Womöglich entzündet sich die Wunde und er kommt innerhalb einer Woche zu Jerry zurückgekrochen. Oder vielleicht will er auch lieber sterben. Aber es ist seine Entscheidung.«

»Hier geht es nicht um Entzündungen«, sagt Rowan leise. »Und auch nicht um irgendeine unbedeutende Infektion. Das weißt du.«

»Ich verstehe trotzdem nicht, was das für einen Unterschied macht.«

»Ich habe es dir doch gesagt.«

»Du hast mir etwas von einem Haufen verängstigter Kinder erzählt, die nicht glauben können, dass ihre körpereigene Abwehr funktioniert. Nun, Pat, die Abwehr wird funktionieren. Ich bin der lebende Beweis dafür. Wir könnten βehemoth in Reinkultur trinken, und es würde uns nichts ausmachen.«

»Das ist nicht ...«

»Es ist nur eine unbequeme Wahrheit mehr, die du verdauen musst. Das ist alles. βehemoth ist hier, Pat. Ich weiß nicht, wie es hierhergelangt ist, aber du kannst nun nichts mehr dagegen tun. Und warum solltest du dir überhaupt die Mühe machen? Es wird nichts weiter tun, außer dich mit der Nase in etwas stoßen, das du lieber vergessen willst. Und daran wirst du dich schon bald gewöhnt haben. Es wäre nicht das erste Mal. In einem Monat schon wirst du alles wieder vergessen haben.«

»Dann bitte ...«, beginnt Rowan und hält inne.

Clarke wartet, während sich die Frau vor ihr einmal mehr mit ihrer untergeordneten Rolle abfindet.

»Lass uns diesen Monat«, flüstert Rowan schließlich.

Nemesis

Clarke geht nicht sehr oft in das Wohnquartier. Sie kann sich nicht erinnern, jemals in diesem Teil davon gewesen zu sein. Der Korridor ist hier mit Kristallgitterfarbe ummantelt und mit einem Wandbildgenerator verbunden. Ein Wald aus geweihartigen Korallen drängt sich auf der Schottwand backbordseits. Eine Schule von Doktorfischen wirbelt in Richtung steuerbord davon, wie die Knotenpunkte eines abstrakten und weit verstreuten neuronalen Netzes. Flecken von gebrochenem Sonnenlicht tanzen überall umher. Clarke könnte nicht sagen, ob es sich um eine rein synthetische Illusion handelt, oder ob sie auf archivierten Aufnahmen eines echten Korallenriffs beruht. Sie wüsste nicht einmal, wie sie den Unterschied feststellen sollte – von all den Meeresgeschöpfen, denen sie über die Jahre begegnet ist, hat keines bei Sonnenlicht gelebt.

Hier wohnen viele Familien, grübelt Clarke. Im Allgemeinen mögen Erwachsene es nicht, wenn das Königreich der Wildnis heraufbeschworen wird. Es erinnert sie zu sehr an die Gründe, warum sie sich hierherflüchten mussten.

D-18 – sie ist am Ziel. Sie betätigt die Türklingel. Ein gedämpftes melodisches Läuten dringt durch die geschlossene Luke. Ein hoher Ton, dann eine leise Stimme; hinter der Tür bewegt sich etwas.

Die Luke schwingt auf. Ein stämmiges Mädchen von etwa zehn Jahren schaut sie unter einem fransigen blonden Pony an. Die Musik kommt aus dem Innern des Raumes – Lex' Flöte, wird Clarke klar.

Als das Mädchen Lenie Clarke erblickt, verschwindet das Lächeln aus ihrem Gesicht.

»Hi«, sagt Clarke. »Ich suche nach Alyx.« Sie probiert es mit einem Lächeln, aber es will ihr nicht recht gelingen. Das Mädchen macht stolpernd einen Schritt rückwärts. »Lex ...«

Die Musik verstummt. »Was? Wer ist es?«

Das blonde Mädchen tritt beiseite, nervös wie eine Katze. Alyx Rowan sitzt blind auf dem Sofa in der Mitte des Raums. Sie lässt die Flöte sinken und greift mit der anderen Hand nach der perlmuttfarbenen Datenbrille, die ihre Augen bedeckt.

»Hallo Lex«, sagt Clarke. »Deine Mutter hat gesagt, dass ich dich hier finden würde.«

»Lenie! Du bist durchgekommen!«

»Durchgekommen?«

»Durch die Quarantäne! Es hieß, dass sie den Psychopathen und dich wegen ein paar Tests unter Verschluss halten. Ich nehme also an, ihr habt sie bestanden.« Ein etwa ein Meter hoher rechteckiger Sockel auf Rädern steht vor dem Sofa, ein kleiner Obelisk, der dieselbe schillernde Oberfläche besitzt wie Alyx' Headset. Alyx legt die Datenbrille neben einem identischen Headset auf dem Sockel ab.

Clarke humpelt in den Raum hinein. Alyx' Miene verfinstert sich augenblicklich. »Was ist mit deinem Bein passiert?«

»Einer der Tintenfische ist außer Kontrolle geraten. Das Seitenruder hat mich erwischt.«

Aus den Augenwinkeln sieht Clarke, wie Alyx' Freundin etwas murmelt und dann im Gang verschwindet. Clarke dreht sich nach ihr um.

»Deine Freundin mag mich wohl nicht besonders.«

Alyx macht eine wegwerfende Handbewegung. »Kelly bekommt es schnell mit der Angst zu tun. Ein einziger Blick reicht aus, und schon fängt sie an, den ganzen Unsinn herzubeten, den ihre Mutter über euch erzählt. Sie ist nett, aber ziemlich leichtgläubig.« Das Mädchen tut das Thema mit einem Achselzucken ab. »Also, was ist los?«

»Erinnerst du dich noch an diese Quarantäne, von der ich dir letztens erzählt habe?«

Alyx runzelt die Stirn. »Der Typ, der gebissen wurde. Erickson.«

»Ja. Nun, wie es aussieht, hat er sich doch mit irgendetwas infiziert, und wir haben deshalb beschlossen, dass im Augenblick keine Fischköpfe mehr nach Atlantis kommen sollten.«

»Ihr lasst euch von ihnen rauswerfen?«

»Eigentlich halte ich es für eine gute Idee«, gibt Clarke zu.

»Warum? Was hat er denn?«

Clarke schüttelt den Kopf. »Es handelt sich nicht wirklich um ein medizinisches Problem, obwohl das … Teil des Ganzen ist. Es ist nur so … im Augenblick ist die Stimmung auf beiden Seiten ziemlich aufgeheizt. Deine Mutter und ich, wir sind deshalb der Meinung, dass es vielleicht eine gute Idee ist, wenn sich beide Parteien aus dem Weg gehen. Zumindest eine Zeit lang.«

»Wie kommt's? Was ist passiert?«

»Deine Mutter hat dir nichts …?« Etwas verspätet fällt Clarke ein, dass es Patricia Rowan vielleicht vorzieht, ihrer Tochter bestimmte Dinge vorzuenthalten. Wenn sie es sich recht überlegt, weiß sie nicht einmal, wie viele Erwachsene in Atlantis über die Situation auf dem Laufenden sind. Firmenbosse setzen schon aus Prinzip lieber auf Geheimhaltung.

Eigentlich schert sich Clarke einen feuchten Dreck um die Gefühle der Firmenbosse. Aber trotzdem. Sie will sich nicht zwischen Pat und ihre Tochter drängen …

»Lenie?« Alyx blickt sie mit gerunzelter Stirn an. Sie ist einer der wenigen Menschen, denen Clarke auch mit nackten Augen gegenübertreten würde; im Moment aber ist sie froh darüber, dass sie Augenkappen trägt.

Sie geht ein paar Schritte über den Teppich. Eine weitere Facette des Sockels kommt in Sicht. Eine Art Steuerungsfeld zieht sich wie ein Streifen um seinen oberen Rand, ein Band aus dunklem Plexiglas, auf dem rote und blaue Icons blinken. Eine leuchtende gezackte Welle läuft horizontal darüber wie ein EEG.

»Was ist das?«, fragt Clarke, froh über die Ablenkung. Der Sockel ist viel zu groß, als dass es sich um ein Spielinterface handeln könnte.

»Ach das.« Alyx zuckt die Achseln. »Das gehört Kelly. Es ist ein Käsehirn.«

»Was?«

»Du weißt schon, ein intelligentes Gel. Eine Neuronenkultur mit …«

»Ich weiß, was das ist, Lex. Ich bin einfach nur … überrascht, eines hier zu sehen, nachdem …«

»Willst du es dir mal anschauen?« Alyx drückt auf eines der Symbole an der Oberseite des Gehäuses. Die perlmuttartige Oberfläche wirbelt kurz auf und wird dann klar. Unter der nunmehr durchsichtigen Front kommt ein Batzen graurosafarbenes Gewebe zum Vorschein, der in einem runden Gefäß ruht, wie eine Schüssel voll fleischigem Haferbrei. In regelmäßigen Abständen wird der Pudding von Splittern aus braunem Glas durchlöchert.

»Es ist nicht besonders groß«, sagt Alyx. »Viel kleiner als die, die sie damals gehabt haben. Kelly sagt, dass es in etwa einer Katze gleicht.«

Es ist also böse, wenn auch nicht sonderlich intelligent. »Was hat es für eine Funktion?«, fragt Clarke. *Sie sind doch sicher nicht so dumm, diese Dinger zu benutzen, nach allem, was ...*

»Es ist so was wie ein Haustier«, sagt Alyx entschuldigend. »Sie nennt es Rumpel.«

»Ein *Haustier*?«

»Ja. Es kann denken, jedenfalls ein bisschen. Es lernt, Dinge zu tun. Auch wenn keiner wirklich weiß, wie es das tut.«

»Ach, du hast also davon gehört?«

»Es ist viel kleiner als die ... du weißt schon, die für euch gearbeitet haben.«

»Sie haben nicht für uns ...«

»Es ist wirklich harmlos. Es ist nicht mit den Lebenserhaltungssystemen verbunden oder so etwas.«

»Also was macht es? Bringt ihr ihm Kunststückchen bei?« Das haferbreiartige Gehirn glänzte wie eine nässende Wunde.

»So in etwa. Es antwortet einem, wenn man mit ihm redet. Was es sagt, ergibt nicht immer besonders viel Sinn, aber das ist ja gerade der Spaß an der Sache. Und wenn man die Audioeingabe richtig einstellt, erzeugt es diese absolut coolen Farbmuster im Rhythmus zur Musik.« Alyx nimmt ihre Flöte vom Sofa und deutet auf die Datenbrillen. »Willst du mal sehen?«

»Ein Haustier«, murmelt Clarke. *Diese verdammten Firmenbosse* …

»Das sind wir nicht, weißt du«, sagt Alyx in scharfem Tonfall. »Jedenfalls nicht wir alle.«

»Wie bitte? Was seid ihr nicht?«

»Keine Firmenbosse. Wer soll damit überhaupt gemeint sein? Meine Mutter? Ich?«

Habe ich das laut ausgesprochen? »Die … hohen Tiere im Allgemeinen, nehme ich an.« Sie hat sich nie viel Gedanken über den Ursprung dieses Begriffes gemacht, ebenso wenig wie sie sich über die Entstehungsgeschichte von Wörtern wie *Stuhl* oder *Fumarole* den Kopf zerbrochen hat.

»Nun, falls es dir noch nicht aufgefallen sein sollte, hier gibt es noch eine Menge anderer Leute. Mathematiker und Ärzte und einfache Familien.«

»Ja, ich weiß. Natürlich weiß ich das …«

»Aber ihr werft uns alle in einen Topf, weißt du? Wenn wir keine Schläuche in der Brust haben, sind wir alle hohe Tiere, soweit es euch betrifft.«

»Na ja … tut mir leid.« Und dann fügt sie noch etwas verspätet entschuldigend hinzu: »Ich meine das nicht abwertend, weißt du. Es ist nur ein Wort.«

»Ja, aber viele von euch Fischköpfen sind da anderer Meinung.«

»Tut mir leid«, sagt Clarke noch einmal. Ein Spalt scheint sich zwischen ihnen aufzutun, obwohl sich keiner von ihnen bewegt hat.

»Jedenfalls«, sagt sie nach einer Weile, »wollte ich dir nur Bescheid sagen, dass ich eine Zeit lang nicht in der Station sein werde. Wir können uns natürlich immer noch unterhalten, aber …«

In der Luke ist eine Bewegung zu sehen. Ein großer, untersetzter Mann betritt den Raum, das dunkle Haar zurückgekämmt, die Augenbrauen zusammengezogen. Sein ganzer Körper strahlt eine mühsam unterdrückte Feindseligkeit aus. Kellys Vater.

»Ms. Clarke«, sagt er ruhig.

Ihre Eingeweide ballen sich zu einem harten, wütenden Knoten zusammen. Sie kennt diesen Blick. Sie kennt diese Haltung. Sie hat sie selbst oft genug gesehen, als sie in Kellys Alter war. Sie weiß, was Väter tun, was ihr Vater getan hat. Aber sie ist kein kleines Mädchen mehr, und Kellys Vater sieht aus, als ob er eine Lektion gebrauchen könnte …

Sie muss sich immer wieder in Erinnerung rufen: Nichts davon ist wirklich geschehen.

Porträt des Sadisten als Jugendlicher

Irgendwann fand Achilles Desjardins natürlich heraus, wie er die Gleiter überlisten konnte. Selbst als Kind wusste er schon, was auf dem Spiel stand. In einer Welt, die zu ihrem eigenen Schutz unter ständiger Bewachung gehalten wurde, gab es nur Beobachter und diejenigen, die beobachtet wurden. Und er wusste, auf welcher Seite der Linse er stehen wollte. Schließlich wollte er kein Publikum haben, wenn er sich einen runterholte.

Genau genommen hatte er auch schon Schwierigkeiten damit, wenn er allein war. Schließlich war er mit gewissen religiösen Überzeugungen aufgewachsen. Im Gefolge der *Noveaux Séparatistes* hatte sich das katholische Miasma in Québec selbst dann noch gehalten, als es überall sonst längst in kitschige Belanglosigkeit übergegangen war. Diese Überzeugungen verfolgten Achilles Nacht für Nacht, wenn er Hand an sich legte, während die kranken, verhassten Bilder durch seinen Kopf flackerten und sein Penis steif wurde. Es spielte kaum eine Rolle, dass die Läufer ausgeschaltet waren und unter dem Einfluss der magnetischen Mobiles, die er über seinem Bett, dem Schreibtisch und der Kommode aufgehängt hatte, trunken umhertaumelten. Es spielte keine Rolle, weil er sowieso in die Hölle kommen würde, selbst wenn er sich für den Rest seines Lebens nie wieder selbst berühren würde – denn hatte nicht Jesus gesagt: *Wenn man diese Dinge im Herzen tut, dann begeht man sie vor den Augen Gottes?* Achilles war also bereits von seinen eigenen ungebetenen Gedanken verdammt. Was hatte er denn noch zu verlieren, wenn er ihnen nachgab?

Kurz nach seinem elften Geburtstag begann sein Penis, Beweise zu hinterlassen – eine milchig weiße Flüssigkeit spritzte während seiner nächtlichen Ausschweifungen auf die Laken. Beinahe zwei Wochen lang wagte er es nicht, die Enzyklopädie danach zu fragen. So lange dauerte es, bis er herausgefunden hatte, wie er die Eingabeprotokolle so manipulieren konnte, dass Mama und Papa nichts davon erfuhren. Weitere drei Tage brauchte er, um die privaten Einstellungen ihrer Maytag zu knacken. Man wusste nie, nach welchen Spurenelementen das Ding Ausschau hielt. Als Achilles es endlich wagte, sein Bettzeug zu waschen, roch es beinahe wie Andrew Trites aus dem Gemeindezentrum, der doppelt so groß war wie alle anderen in seiner Kohorte, und neben dem an der Rapitrans-Haltestelle niemand stehen wollte.

»Ich glaube …«, begann Achilles, als er dreizehn Jahre alt war.

Er glaubte nicht mehr länger an die Kirche. Schließlich war er im Herzen ein Empiriker, und hatte man erst einmal die hässliche Wahrheit über den Osterhasen herausgefunden, konnte Gott keine zehn Sekunden kritischer Prüfung mehr standhalten. Paradoxerweise erschien ihm die Verdammnis dennoch realer als jemals zuvor – in irgendeinem primitiven Teil seines Bewusstseins, der sich der reinen Logik entzog. Und solange die Verdammnis echt war, konnte es nicht schaden zu beichten.

»… ich bin ein Ungeheuer«, beendete er den Satz.

Es war keine allzu riskante Beichte. Sein Vertrauter war nicht besonders vertrauenswürdig – er hatte ihn aus dem Netz heruntergeladen (aus dem *Mahlstrom*, berichtigte er sich; so wurde das jetzt genannt), und möglicherweise war er voller Würmer und Trojaner, obwohl er ihn einer gründlichen Reinigung unterzogen hatte. Aber er hatte außer der Stimme sämtliche E/A-Kanäle ausgeschaltet, und er konnte das gesamte Ding sofort löschen, wenn es irgendwelche Tricks versuchte. Das würde er sowieso tun, wenn er fertig war. Er würde es auf keinen Fall intakt lassen, nachdem er ihm sein Herz ausgeschüttet hatte.

Papa würde total triploid werden, wenn er wüsste, dass Achilles eine wilde Anwendung in ihr Hausnetz geholt hatte, aber Achilles wollte nicht das Risiko eingehen, die Hausfilter zu benutzen, auch wenn ihn Papa seit Mamas Tod nicht mehr überwachte. Außerdem würde Papa es gar nicht herausfinden. Er war im Erdgeschoss und hatte sich in sein Sensorium eingeklinkt, wie der Rest der Provinz – oder besser der Rest des Landes, wie sich Achilles immer wieder ins Gedächtnis zurückrufen musste –, versunken im Prunk und den Feierlichkeiten von Québecs allererstem Unabhängigkeitstag. Die mürrische und nachtragende Penny – die ihren großen Bruder längst nicht mehr anhimmelte – würde ihn natürlich sofort verpetzen, aber inzwischen lebte sie quasi im Innern ihres Holohelms. Wahrscheinlich hatte der Helm längst die Furchen ihres Schläfenlappens abgenutzt.

Das jüngste Land der Welt hatte Geburtstag, und Achilles Desjardins war allein in seinem Zimmer mit seinem Beichtvater.

»Was für eine Art Ungeheuer?«, fragte TheraPal™ 6.2 mit androgyn gehaltener Stimme.

Er hatte das Wort an diesem Morgen erst gefunden und betonte es sorgfältig: »Ein Misogyn.«

»Verstehe«, murmelte TheraPal™ ihm ins Ohr.

»Ich habe diese … ich bekomme da solche Gefühle. Und dann will ich sie verletzen. Mädchen, meine ich.«

»Und wie fühlst du dich dabei?« Die Stimme hatte kaum merklich einen männlichen Tonfall angenommen.

»Gut. Schrecklich. Das heißt ... sie gefallen mir. Die Gefühle, meine ich.«

»Kannst du das ein wenig genauer beschreiben?« In der Stimme schwangen weder Betroffenheit noch Abscheu mit. Natürlich war das auch nicht möglich – das Programm hatte keine Gefühle. Es war nicht einmal eine Turing-Anwendung. Eigentlich war es nur ein besonders ausgefeiltes Menü. Dennoch fühlte sich Achilles seltsam erleichtert.

»Es ... erregt mich«, gab er zu. »Sie mir so vorzustellen.«

»Und wie genau stellst du sie dir vor?«

»Du weißt schon, hilflos. Verletzlich. Ich ... ich mag ihren Gesichtsausdruck, wenn sie ... nun ja ...«

»Sprich weiter«, sagte TheraPal™.

»Verletzt sind«, schloss Achilles unglücklich.

»Ah«, sagte die Anwendung. »Wie alt bist du, Achilles?«

»Dreizehn.«

»Und sind unter deinen Freunden auch Mädchen?«

»Klar.«

»Und welche Gefühle bringst du ihnen entgegen?«

»Das habe ich dir doch eben gesagt!«, zischte Achilles. Er musste sich zwingen, leise zu sprechen. »Ich bekomme ...«

»Nein«, unterbrach ihn TheraPal™ sanft. »Ich meine, was empfindest du für sie persönlich, wenn du nicht sexuell erregt bist? Hasst du sie?«

Eigentlich nicht. Andrea war wirklich klug, und er konnte immer zu ihr gehen, wenn er bei der Beseitigung von Programmfehlern Hilfe brauchte. Und Martine – einmal hätte Achilles beinahe Martines älteren Bruder umgebracht, als dieser sie aufgezogen hatte. Martine war schwer in Ordnung, aber dieses Arschloch von einem Bruder ...

»Ich ... ich mag sie«, sagte er und musste angesichts dieses Widerspruchs die Stirn runzeln. »Ich mag sie sehr gern. Sie sind klasse. Abgesehen von denen, die ich gerne, na ja, du weißt schon, und dann auch nur, wenn ich …«

TheraPal™ wartete geduldig.

»Alles ist wunderbar«, sagte Achilles schließlich. »Außer, wenn ich …«

»Verstehe«, sagte die Anwendung nach einer Weile. »Achilles, ich habe gute Neuigkeiten für dich. Du bist doch kein Misogyn.«

»Nein?«

»Ein Misogyn ist jemand, der Frauen hasst, der sich vor ihnen fürchtet oder sie irgendwie für minderwertig hält. Trifft das auf dich zu?«

»Nein, aber … aber was bin ich dann?«

»Das ist einfach«, erwiderte TheraPal™. »Du bist in sexueller Hinsicht ein Sadist. Das ist etwas vollkommen anderes.«

»Tatsächlich?«

»Sex ist ein uralter Instinkt, Achilles, und er hat sich nicht im Vakuum entwickelt. Er ist zusammen mit allen möglichen anderen grundlegenden Trieben entstanden – dem Kampf um Geschlechtspartner, der Revierabgrenzung, der Konkurrenz um Ressourcen. Selbst gesunder Sex enthält ein starkes Element der Gewalt. Sex und Aggression belegen teilweise dieselben Nervenbahnen.«

»Willst du … willst du damit sagen, dass jeder Mensch so ist wie ich?« Das erschien ihm beinahe zu schön, um wahr zu sein.

»Nicht ganz. Die meisten Menschen verfügen über eine Art Schalter, der während des Geschlechtsverkehrs die gewalttätigen Impulse unterdrückt. Bei manchen Menschen funktioniert dieser Schalter besser als bei anderen. Bei klinischen Sadisten funktioniert er überhaupt nicht.«

»Und das ist es, was ich bin«, murmelte Achilles.

»Höchstwahrscheinlich«, sagte TheraPal™, »obwohl sich das ohne eine genaue ärztliche Untersuchung nicht feststellen lässt. Ich scheine im Augenblick nicht in der Lage zu sein, eine Verbindung zu deinem

Netzwerk herzustellen, aber ich könnte dir eine Liste von in der Nähe befindlichen Medzellen meiner Firma zur Verfügung stellen, wenn du mir sagst, wo wir gerade sind.«

Achilles hörte, wie hinter ihm die Zimmertür leise in den Angeln quietschte. Er drehte sich um und erstarrte augenblicklich.

Die Tür zu seinem Zimmer war offen, und sein Vater stand darin, eingerahmt von der Dunkelheit hinter ihm.

»Achilles«, sagte TheraPal™ in weiter Ferne, »deiner eigenen Gesundheit zuliebe – ganz zu schweigen von deinem Seelenfrieden – solltest du wirklich eine unserer Filialen aufsuchen. Eine vertraglich garantierte Diagnose ist der erste Schritt zu einer Behandlung, und eine Behandlung ist der erste Schritt hin zu einem gesunden Leben.«

Er kann es nicht gehört haben, sagte sich Achilles. TheraPal™ sprach direkt über seinen Ohrhörer, und Papa hätte nicht verhindern können, dass beim Mithören die Kontrollleuchte blinkte. Papa war kein Hacker.

TheraPal™ konnte er zwar nicht gehört haben, Achilles hingegen schon.

»Wenn du dir Gedanken wegen der Kosten machst, unsere Gebühren ...« Achilles löschte die Anwendung, ohne darüber nachzudenken. Ihm war speiübel.

Sein Vater bewegte sich nicht.

Inzwischen bewegte sich sein Vater sowieso nicht mehr viel. Sicherung und Auslöser waren bei ihm eingerostet und im Laufe der Jahre zwischen Trauer und Gleichgültigkeit steckengeblieben. Sein einst so inbrünstiger Katholizismus hatte sich seit dem Niedergang der Kirche gegen sich selbst gekehrt – eine bösartige Wut und ein Gefühl des Verratenseins, die ihn ausgebrannt und hohl zurückgelassen hatten. Als Achilles' Mutter gestorben war, war er kaum noch in der Lage gewesen, Trauer zu empfinden. (Eine Panne bei der Therapie, hatte er ausdruckslos gesagt, als er aus dem Krankenhaus zurückgekehrt war. Die falschen Katalysatoren waren aktiviert worden, und der Körper hatte sich irgendwie gegen die eigenen Gene immunisiert und sich selbst verzehrt. Es gab nichts, was er hätte tun können. Sie hatten eine Verzichtserklärung unterzeichnet.)

Jetzt stand er dort in der dunklen Diele, leicht schwankend, und hatte nicht einmal die Hände zu Fäusten geballt. Es war Jahre her, dass er eine Hand gegen seine Kinder erhoben hatte.

Wovor habe ich also Angst?, fragte sich Achilles, während sich sein Magen zusammenkrampfte.

Er weiß es. Er weiß Bescheid. Ich habe Angst davor, dass er Bescheid weiß …

Sein Vater presste die Lippen ein wenig fester zusammen. Es war kein Lächeln und auch kein Zähnefletschen. In späteren Jahren würde sich der erwachsene Achilles Desjardins an diesen Augenblick erinnern und feststellen, dass es eine Art Anerkennung gewesen war, aber damals hatte er keine Ahnung, was es bedeuten sollte. Er wusste nur, dass sich sein Vater einfach umdrehte, die Diele entlang zum Elternschlafzimmer hinüberging, die Tür hinter sich schloss und danach diesen Abend mit keinem Wort mehr erwähnte.

In späteren Jahren wurde Achilles auch klar, dass TheraPal™ ihn hingehalten haben musste. Schließlich bestand der Zweck des Programms darin, Kunden anzulocken, und das tat man nicht, indem man ihnen unbequeme Wahrheiten unter die Nase rieb. Das Programm hatte lediglich versucht, ihn aufzumuntern, als Marketingstrategie.

Aber das hieß trotzdem nicht unbedingt, dass es ihn angelogen hatte. Warum sollte es sich die Mühe machen, wenn sich mit der Wahrheit dasselbe Ziel erreichen ließe? Und es erschien ihm alles so klar. Keine Sünde, sondern eine Fehlfunktion. Ein fehlerhafter Thermostat, für den er nichts konnte. Lebewesen waren Maschinen – mechanische Apparate, die aus Eiweißen und Nukleinsäuren und Elektrizität bestanden. Welche Maschine hatte schon jemals die Kontrolle über ihre eigenen Einstellungen? Es war eine befreiende Offenbarung, damals in der Geburtsstunde des souveränen Québecs: unschuldig wegen fehlerhafter Schaltkreise.

Eines war allerdings seltsam.

Eigentlich hätte man erwarten sollen, dass die Selbstverachtung in den folgenden Jahren hätte nachlassen müssen.

Krankenbesuch

Gene Erickson und Julia Friedman leben in einem kleinen Habitat mit nur einem Deck etwa hundert Meter südöstlich von Atlantis. Julia ist schon immer diejenige gewesen, die sich in erster Linie um den Haushalt gekümmert hat: In geschlossenen Räumen hält Gene es im Allgemeinen nicht lange aus. Für ihn ist der offene Meeresrücken das Zuhause. Das Habitat ist ein notwendiges Übel, in das er einkehrt, um Sex zu haben und zu essen oder gelegentlich, wenn ihm seine eigenen Dunkelträume nicht genug Ablenkung von der Wirklichkeit liefern. Und selbst dann behandelt er es wie ein Perlentaucher vor zweihundert Jahren eine Taucherglocke: als einen Ort, an dem man hin und wieder Luft holt, bevor man wieder in die Tiefe zurückkehrt.

Jetzt ähnelt das Habitat allerdings eher einer Intensivstation.

Lenie Clarke tritt aus der Luftschleuse und lässt ihre Schwimmflossen auf einer Fußmatte mit dem Schriftzug »Willkommen« zurück, die seltsam fehl am Platz wirkt. Der Hauptraum ist selbst für die Augen einer Rifterin nur trübe erleuchtet, ein verschwommenes graues Zwielicht, das hier und dort von den grellen chromatischen Lichtern der Kommunikationskonsole durchbrochen wird. Die Luft riecht nach Schimmel und Metall, begleitet von dem schwachen Geruch von Erbrochenem und Desinfektionsmitteln. Unter Clarkes Füßen gluckern die

Lebenserhaltungssysteme. Offene Luken gähnen wie schwarze Münder: Lagerraum, Toilette, Schlafkabine. Irgendwo in der Nähe ist das Piepsen eines elektronischen Metronoms zu hören. Ein Herzüberwachungsgerät, das rückwärts zählt.

Julia Friedman erscheint in der Luke.

»Er ist immer noch … oh.« Sie hat ihre Taucherhaut gegen einen thermochromen Rollkragenpullover eingetauscht, der ihre Narben größtenteils verdeckt. Es ist seltsam, die Augen eines Rifters über der Kleidung einer Landratte zu sehen. »Hallo, Lenie.«

»Hallo. Wie geht es ihm?«

»Ganz gut.« Sie dreht sich in der Luke um und lässt sich mit dem Rücken gegen den Rahmen sinken, halb in der Dunkelheit, halb im Dämmerlicht. Ihr Gesicht ist der Finsternis zugewandt und dem Mann im Innern der Kabine. »Es könnte wohl besser sein. Er schläft gerade. Er schläft viel.«

»Ich bin überrascht, dass du ihn überzeugen konntest, drinnen zu bleiben.«

»Ja. Ich glaube, selbst jetzt würde er lieber draußen sein, aber … ich denke, er tut es für mich. Weil ich ihn darum gebeten habe.« Friedman schüttelt den Kopf. »Es war zu einfach.«

»Was meinst du damit?«

»Ihn zu überzeugen.« Sie holt Luft. »Du weißt, wie gern er draußen ist.«

»Schlagen Jerrys Antibiotika an?«

»Vielleicht. Ich glaube, ja. Es ist schwer zu sagen, weißt du? Sie kann immer behaupten, dass es ihm ohne sie schlechter gehen würde, egal, wie schlimm es ist.«

»Behauptet sie das?«

»Gene hat nicht mehr mit ihr geredet, seit er zurückgekehrt ist. Er vertraut ihnen nicht.« Sie blickt auf das Deck. »Er gibt ihnen die Schuld daran.«

»An seiner Krankheit?«

»Er denkt, dass sie irgendetwas mit ihm gemacht haben.«

Clarke erinnert sich. »Was genau glaubt er ...?«

»Ich weiß es nicht. Irgendwas.« Friedman blickt auf. Ihre gepanzerten Augen begegnen einen Moment lang Clarkes Blick und wenden sich dann wieder ab. »Der Heilungsprozess dauert schon ziemlich lang, weißt du? Für eine einfache Infektion. Was denkst du?«

»Ich weiß es nicht, Julia.«

»Vielleicht hat βehemoth irgendetwas damit zu tun. Vielleicht macht es die Sache schlimmer.«

»Ich weiß nicht, ob es dazu in der Lage wäre.«

»Womöglich habe ich mich inzwischen auch schon angesteckt.« Friedman scheint fast mit sich selbst zu reden. »Ich meine, ich verbringe viel Zeit mit ihm ...«

»Wir könnten dich untersuchen, wenn du willst.«

Friedman blickt sie an. »Du warst infiziert, nicht wahr? Damals.«

»Nur mit βehemoth«, sagt Clarke, um den Unterschied klarzustellen. »Es hat mich nicht umgebracht. Ich bin nicht einmal krank geworden.«

»Das hätte es aber irgendwann, nicht wahr?«

»Wenn ich die Genanpassungen nicht bekommen hätte, ja. Aber ich habe sie bekommen. So wie wir alle.« Sie versucht es mit einem Lächeln. »Wir sind Rifter, Julia. Wir sind zähe, kleine Biester. Er wird durchkommen. Ich weiß es.«

Clarke weiß, dass es nicht viel ist. Beruhigende Lügen sind alles, was sie Julia Friedman im Augenblick zu bieten hat. Sie begeht nicht den Fehler, sie zu berühren. Friedman mag keinen Körperkontakt. Eine tröstende Hand auf der Schulter würde sie sich womöglich gefallen lassen – und die Geste vielleicht sogar so auffassen, wie sie gemeint ist –, aber was ihre Privatsphäre angeht, ist Julia Friedman eigen. Das ist eines der wenigen Dinge, die Clarke mit ihr gemeinsam hat. Sie können beide vor ihrem geistigen Auge sehen, wie der andere zusammenzuckt.

Friedman blickt erneut in die Dunkelheit. »Grace sagt, du hättest geholfen, ihn dort rauszuholen.«

Clarke zuckt die Achseln, ein wenig überrascht darüber, dass Nolan ihren Namen überhaupt erwähnt hat.

»Ich wäre ebenfalls dort gewesen, weißt du. Aber …« Friedman verstummt. Das Lüftungssystem des Habitats rauscht in der Stille.

»Du warst der Meinung, dass er dort besser aufgehoben war«, schlägt Clarke vor.

»Nein, das nicht. Nun ja, vielleicht teilweise. Ich weiß nicht, ob Dr. Seger wirklich so schlimm ist, wie sie behaupten.«

»Sie?«

»Gene und … Grace.«

Ah.

»Es ist nur so, ich wusste nicht … ich wusste nicht, ob er mich überhaupt dort haben wollte.« Friedman lächelt reumütig. »Ich bin keine Kämpfernatur, Lenie. Nicht wie du, nicht wie … ich schwimme immer eher mit dem Strom.«

»Er hätte schon längst mit Grace zusammen sein können, wenn er das gewollt hätte, Julia. Aber er ist mit dir zusammen.«

Friedman lacht ein wenig zu rasch. »Oh, nein. Das ist es nicht, was ich gemeint habe.« Aber Clarkes Worte scheinen sie ein wenig aufzumuntern.

»Na, dann werde ich euch jetzt mal wieder allein lassen«, sagt Clarke. »Ich wollte nur vorbeischauen, um zu sehen, wie es ihm geht.«

»Ich werde es ihm ausrichten«, sagt Friedman. »Er weiß das zu schätzen.«

»Klar. Kein Problem.« Sie beugt sich vor, um ihre Schwimmflossen aufzuheben.

»Und komm ruhig mal wieder vorbei, wenn er wach ist. Das wird ihn freuen.« Sie zögert und wendet den Blick ab. Ihre kastanienbraunen Locken verdecken ihr Gesicht. »Es kommen nicht sehr viele vorbei, weißt du. Abgesehen von Grace. Und Saliko war vor einer Weile mal hier.«

Clarke zuckt die Achseln. »Rifter sind nicht gerade für ihre Geselligkeit bekannt.« *Das solltest du inzwischen eigentlich wissen,* denkt sie, ohne es auszusprechen. Manchmal begreift Friedman es einfach nicht. Es ist so, als wäre sie, ihrer Narben und Geschichte zum Trotz, nur dem Namen nach eine Rifterin. Ein Ehrenmitglied, das nur ihres Mannes wegen Zutritt zum Club hat.

Worauf man sich die Frage stellen könnte, was ich dann hier tue, denkt Clarke.

»Ich glaube, dass sie ihn manchmal zu ernst nehmen«, sagt Friedman.

»Zu ernst?« Clarke blickt zur Luftschleuse hinüber. Irgendwie wirkt das Habitat plötzlich ein wenig kleiner.

»Du weißt schon. Was die Firmenbosse angeht. Ich habe gehört, dass Saliko sich nicht gut fühlt, aber du kennst ja Saliko.«

Er glaubt, dass sie etwas mit ihm gemacht haben ...

»Ich würde mir darüber keine Sorgen machen«, sagt Clarke. »Wirklich.« Sie lächelt und seufzt innerlich über ihre diplomatischen Worte.

Beruhigende Lügen fallen einem viel zu leicht, wenn man erst einmal eine gewisse Übung darin hat.

Es ist eine Weile her, seit sie Kevin das letzte Mal rangelassen hat. Bedauerlicherweise ist er nicht besonders gut im Bett. Er hat mehr Probleme damit, einen hochzukriegen, als die meisten anderen Jungs in seinem Alter, was unter Riftern allerdings nicht allzu ungewöhnlich ist. Und die Tatsache, dass er sich ein frigides Weibsstück wie Lenie Clarke zum Üben ausgesucht hat, wirkt sich auch nicht unbedingt positiv auf seine sexuelle Dynamik aus. Ein Mann, der sich nicht traut, eine Frau anzufassen, und eine Frau, die es nicht mag, angefasst zu werden. Wenn diese beiden überhaupt etwas gemeinsam haben, dann ist es Geduld.

Sie denkt, dass sie ihm etwas schuldig ist. Außerdem will sie ihm ein paar Fragen stellen.

Aber heute ist er ein granitharter Schwanz mit einem Hirnstamm als Anhängsel. Scheiß auf das Vorspiel – er dringt sofort in sie ein, nicht einmal ein symbolisches Zungenspiel als Ausgleich für den Mangel an Einstimmung. Die Reibung zerrt schmerzhaft an ihren Schamlippen; sie greift unauffällig mit der Hand nach unten und zieht sie auseinander. Walsh rackert sich auf ihr ab, sein Atem zischt zwischen seinen Zähnen hindurch, die er in einem animalischen Grinsen zusammengepresst hat. Seine von Augenkappen verdeckten Augen sind hart und undurchdringlich. Ihre Augen sind beim Sex stets verhüllt – wie immer haben sich Clarkes Vorlieben durchgesetzt –, obwohl Walshs Gesicht normalerweise so viel Gefühl zeigt, dass es sich auch hinter ein paar membranartigen Eierschalen nicht verstecken lässt. Dieses Mal ist es jedoch anders. Hinter seinem Hornhautüberzug verbirgt sich etwas, das Clarke nicht ganz einordnen kann, etwas, das zwar auf die Stelle gerichtet ist, an der sie sich befindet, aber nicht wirklich auf sie. Seine rauen Stöße schieben sie Stück für Stück die Pritsche hinauf, bis ihr Kopf schmerzhaft gegen die nackte Metallwand des Decks stößt. Sie vögeln, ohne zu sprechen, inmitten der abgestandenen Luft und der Maschinen um sie herum.

Sie weiß nicht, was in ihn gefahren ist. Aber es ist eine willkommene Abwechselung – zum ersten Mal seit Jahren mal wieder so etwas wie eine echte Vergewaltigung. Sie schließt die Augen und beschwört Bilder von Karl Acton in ihrer Erinnerung herauf.

Hinterher fällt ihr allerdings ein blauer Fleck an Kevins Arm auf: eine Korona aus zerrissenen Kapillaren um ein winziges Einstichloch in der Haut seines inneren Ellbogens.

»Was ist das?« Sie legt die Lippen auf die Verletzung und fährt mit der Zunge über die Schwellung.

»Ach das. Grace nimmt von allen Blutproben.«

Sie hebt den Kopf. »Wie bitte?«

»Sie ist nicht besonders gut darin. Sie hat ein paar Versuche gebraucht, bis sie eine Ader gefunden hat. Du solltest Lije sehen. Sein Arm sieht aus, als hätte ihn ein Seeigel angegriffen.«

»Warum nimmt Grace Blutproben?«

»Hast du noch nichts davon gehört? Lije ist krank. Und Saliko fühlt sich auch nicht besonders gut, und er hat erst vor ein paar Tagen Gene und Julia besucht.«

»Also glaubt Grace ...«

»Womit auch immer die Firmenbosse ihn infiziert haben, es ist ansteckend.«

Clarke setzt sich auf. Sie ist seit einer halben Stunde schon nackt, doch nun spürt sie zum ersten Mal die Kälte. »Grace glaubt, dass die Firmenbosse Gene mit irgendetwas infiziert haben?«

»Gene hat das gesagt. Sie will nur herausfinden, ob es stimmt.«

»Aber wie? Sie hat doch keine medizinische Ausbildung.«

Walsh zuckt die Achseln. »Die braucht man auch nicht, um Med-Base zu bedienen.«

»Da hol sich doch der Heiland einen runter.« Clarke schüttelt ungläubig den Kopf. »Selbst wenn Atlantis uns irgendeinen Krankheitserreger anhängen wollte, wären sie sicher nicht so dumm, einen aus der Standard-Datenbank zu benutzen.«

»Ja, aber Grace hält es wohl für einen guten Ausgangspunkt.«

Seine Stimme hat irgendetwas an sich.

»Und du glaubst ihr«, sagt Clarke.

»Nicht unbedingt ...«

»Hat Julia irgendwelche Symptome?«

»Bis jetzt noch nicht.«

»*Bis jetzt noch nicht?* Kevin, Julia ist nicht mehr von Genes Seite gewichen, seit sie ihn aus Atlantis rausgeholt haben. Wenn sich irgendjemand anstecken müsste, dann doch sie, oder? Wie oft hat Saliko Gene besucht? Einmal?«

»Vielleicht zweimal.«

»Und wie steht es mit Grace? Soweit ich gehört habe, ist sie ständig drüben bei ihnen. Ist sie etwa krank?«

»Sie sagt, sie ergreift bestimmte Vorsichtsmaß...«

»Vorsichtsmaßnahmen.« Clarke schnaubt verächtlich. »Ach, hör doch auf! Bin ich vielleicht die Einzige auf dem ganzen Meeresrücken, die noch über ein paar funktionierende Stirnlappen verfügt? Letztes Jahr hat Abra die Supersyphilis bekommen, erinnerst du dich? Und es hat acht Monate gedauert, bis Charles Garcia diese lästigen Spulwürmer in seinem Darm wieder losgeworden ist. Ich kann mich nicht erinnern, dass damals jemand den Firmenbossen die Schuld gegeben hätte. Die Leute werden krank, Kevin, selbst hier unten. Besonders hier unten. Die Hälfte von uns verrottet, bevor wir auch nur Gelegenheit haben, uns unter die Freilebenden zu begeben.«

Da ist es wieder: etwas Neues, das durch Walshs glänzende, trübe Augenkappen hindurchschaut. Und es hat etwas vage Feindseliges an sich.

Sie seufzt. »Was ist?«

»Es ist nur eine Vorsichtsmaßnahme. Ich sehe nicht, wie uns das schaden kann.«

»Es kann eine ganze Menge Schaden anrichten, wenn die Leute voreilige Schlüsse ziehen, ohne über die entsprechenden Fakten zu verfügen.«

Einen Moment lang rührt sich Walsh nicht. Dann kommt er auf die Beine. »Grace versucht, diese Fakten zu ermitteln«, sagt er und stapft durch die Kabine. »Du bist diejenige, die voreilige Schlüsse zieht.«

Kevin, mein Lieber, denkt Clarke. *Wann ist dir denn ein Rückgrat gewachsen?*

Er nimmt seine Taucherhaut von einem Stuhl. Das schwarze Synthetikmaterial windet sich um seinen Körper und umschließt ihn wie ein Liebhaber.

»Danke für den Fick«, sagt er. »Ich muss los.«

Unter Druck

Sie findet Lubin beim Reservoir seines Windspiels. Rohre, Glasfaserkabel und verschiedene Komponenten – die meisten von ihnen funktionieren nicht mehr; es sind zerlegte Teile von Schaltkreisen, die vor langer Zeit kaputtgegangen sind – verlaufen um die Mitte des großen Tanks herum. Im Moment sind die Strömungen in der Umgebung zu träge, um Steine und Maschinen zum Leuchten zu bringen. Lubins Stirnlampe stellt die einzige Lichtquelle dar.

»Abra hat gesagt, dass ich dich hier draußen finden würde«, sagt Clarke mit surrender Stimme.

»Kannst du bitte kurz mal dieses Gerät halten?«

Sie nimmt ihm den kleinen Sensor ab. »Ich wollte mit dir reden.«

»Und worüber?« Seine Aufmerksamkeit scheint auf einen Klecks bernsteinfarbenes Polymer gerichtet zu sein, das aus einer der Rohrleitungen quillt.

Clarke schwimmt in sein Blickfeld. »Es gibt da dieses idiotische Gerücht. Grace erzählt den Leuten, Jerry hätte Gene irgendeinen Krankheitserreger angehängt.«

Lubins Stimmwandler gibt ein Ticken von sich – das mechanische Äquivalent von *hmmm* …

»Sie hat schon immer etwas gegen die Firmenbosse gehabt, aber niemand hat sie ernst genommen. Jedenfalls bis jetzt nicht …«

Lubin tippt gegen ein Ventil. »Das ist es.«

»Was?«

»Die Harzbeschichtung am Thermostat hat einen Riss. Dadurch wird hin und wieder ein Kurzschluss ausgelöst.«

»Ken. Hör mir zu!«

Er blickt sie abwartend an.

»Irgendetwas hat sich verändert. Grace ist früher nie so hartnäckig gewesen, erinnerst du dich?«

»Ich bin noch nie mit ihr aneinandergeraten«, sagt Lubin mit surrender Stimme.

»Früher hieß es: sie gegen den Rest der Welt. Aber dieser Krankheitserreger, mit dem sich Gene infiziert hat, hat einiges verändert. Ich glaube, die Leute fangen an, ihr zuzuhören. Es könnte brenzlig werden.«

»Für die hohen Tiere.«

»Für uns alle. Warst du nicht derjenige, der mich davor gewarnt hat, was die hohen Tiere anrichten könnten, wenn sie sich zusammenraufen? Warst du nicht derjenige, der gesagt hat …«

Dass vielleicht gewisse Präventivmaßnahmen angebracht wären …

Clarke verspürt ein flaues Gefühl in der Magengegend.

»Ken«, sagt sie langsam mit surrender Stimme, »du weißt doch sicher, dass Grace völlig verrückt ist, oder?«

Er antwortet nicht gleich. Sie lässt ihm nicht allzu lange Zeit: »Im Ernst, du solltest ihr gelegentlich mal zuhören. Sie redet, als ob der Krieg immer noch nicht vorbei wäre. Irgendjemand niest, und sie hält es für einen biologischen Angriff.«

Lubins Silhouette bewegt sich leicht hinter seiner Stirnlampe. Clarke hat das Gefühl, dass er die Achseln zuckt. »Es gibt da schon ein paar interessante Zufälle«, sagt er. »Gene kommt mit einer schweren Verletzung nach Atlantis. Jerry operiert an ihm in einer Krankenstation, wo unsere Überwachung ausgefallen ist, und stellt ihn dann unter Quarantäne.«

»Sie hat ihn wegen βehemoth unter Quarantäne gestellt«, wirft Clarke ein.

»Ja, aber wie du selbst immer wieder sagst, sind wir alle immun gegen βehemoth. Mich wundert, dass dir diese Erklärung nicht zumindest ein bisschen fragwürdig vorkommt.« Als Clarke nichts erwidert, fährt er fort: »Gene wird wieder in die Wildnis entlassen, obwohl er unter einer ›opportunistischen Infektion‹ leidet, die unsere Ausrüstung nicht identifizieren kann und die bisher auch noch nicht auf die Behandlung angesprochen hat.«

»Aber du warst dabei, Ken. Jerry wollte, dass Gene in der Quarantäne bleibt. Und Dale hat sie deswegen verprügelt. ›Patient Zero‹ unter Verschluss zu halten, ist keine besonders kluge Strategie, wenn man eine Krankheit verbreiten will.«

»Kann sein«, erwidert Lubin mit surrender Stimme. »Grace würde sagen, dass sie wussten, wir würden ihn trotzdem befreien. Also haben sie so getan, als seien sie dagegen, in der Hoffnung, dass ihnen das später irgendjemand zugutehält.«

»Sie haben also darum gekämpft, ihn dort zu behalten, weil sie ihn eigentlich freilassen wollten?« Clarke wirft einen bedeutsamen Blick auf die Einlassöffnung von Lubins Elektrolysator. »Bekommst du auch genügend O_2, Ken?«

»Ich sage nur, das wäre die Art und Weise, wie Grace argumentieren würde.«

»Das ist ziemlich verkorkst, selbst für …« Plötzlich geht ihr ein Licht auf. »Sie behauptet das tatsächlich, nicht wahr?«

Seine Stirnlampe hüpft leicht auf und ab.

»Du hast von den Gerüchten gehört. Du weißt darüber Bescheid.« Sie schüttelt den Kopf, angewidert über sich selbst. »Als ob ich dich jemals über irgendetwas informieren müsste …«

»Ich halte die Ohren offen.«

»Nun, vielleicht könntest du ja ein wenig mehr tun als das. Ich meine, ich weiß, dass du dich aus solchen Dingen am liebsten raushältst, aber Grace ist völlig verrückt. Sie ist auf Streit aus, und ihr ist egal, wer dabei unter die Räder kommt.«

Mit undeutbarer Miene schwebt Lubin vor ihr. »Ich hätte vermutet, dass gerade du das verstehen kannst.«

»Was soll das heißen?«

»Nichts«, ertönt seine surrende Stimme nach einem Moment. »Aber was immer du über Graces Verhalten denken magst, ihre Befürchtungen sind vielleicht nicht völlig unbegründet.«

»Komm schon, Ken. Der Krieg ist vorbei.« Sie nimmt sein Schweigen als Bestätigung. »Warum sollten die Firmenbosse ihn wieder anfangen wollen?«

»Weil sie verloren haben.«

»Das liegt doch alles längst in der Vergangenheit.«

»Du hast dich selbst einmal zu den Unterdrückten gezählt«, erwidert er. »Wie viel Blut ist geflossen, bevor du der Meinung warst, dass du genug Rache genommen hast?«

Seine metallene Stimme, die ruhig und gleichmäßig klingt, ist plötzlich so nahe, dass sie aus dem Innern ihres Kopfes zu kommen scheint.

»Ich … ich habe mich geirrt«, sagt sie nach einer Weile.

»Das hat dich nicht aufgehalten.« Er wandte sich wieder seiner Maschine zu.

»Ken«, sagt sie.

Er blickt erneut zu ihr hinüber.

»Das ist Schwachsinn. Das Ganze ist nur ein Haufen aneinandergereihter Fragezeichen. Die Wahrscheinlichkeit steht hundert zu eins, dass sich Gene einfach bei dem Fisch, der ihn gebissen hat, etwas geholt hat.«

»Möglich.«

»Hier unten gibt es doch bestimmt hundert fiese Krankheitserreger, die wir noch nicht entdeckt haben. Vor ein paar Jahren hatte auch noch niemand etwas von βehemoth gehört.«

»Das ist mir klar.«

»Wir können nicht zulassen, dass die ganze Angelegenheit eskaliert. Nicht ohne ein paar Beweise.«

Seine Augen leuchten gelbweiß von der Rückstreuung seiner Stirnlampe. »Wenn es dir tatsächlich um Beweise geht, könntest du selbst welche sammeln.«

»Wie?«

Er tippt sich gegen die linke Hälfte seiner Brust. Die Stelle, wo die Implantate sind.

Sie erstarrt. »Nein.«

»Wenn Seger etwas verbirgt, würdest du es wissen.«

»Sie könnte eine Menge Dinge vor einer Menge Leute verbergen. Das würde nicht beweisen, was sie verschweigt.«

»Du würdest auch wissen, was Nolan empfindet, da du dir offenbar solche Gedanken über ihre Motive machst.«

»Ich weiß, was ihre Motive sind. Ich muss nicht an meiner Hirnchemie herumdoktern, um eine Bestätigung zu erhalten.«

»Die medizinischen Risiken sind minimal«, wirft Lubin ein.

»Darum geht es nicht. Es würde nichts beweisen. Du weißt, dass man damit keine konkreten Gedanken lesen kann, Ken.«

»Das bräuchtest du auch nicht. Wenn du Schuld wahrnimmst, würde das ausreichen, um ...«

»Ich habe ›Nein‹ gesagt.«

»Dann weiß ich nicht, was ich dir sonst raten soll.« Er wendet sich ab. Seine Stirnlampe verwandelt die Rohrleitungen an dem Reservoir in eine schräg stehende Miniatur-Stadtlandschaft, die klar umrissene Schatten wirft. Clarke sieht ihm bei der Arbeit zu – er verfolgt Leitungen, klopft Rohre ab und nimmt hier und da kleine Veränderungen in der Miniarchitektur vor. Unter seinen Fingern flammt zischend eine winzige Sonne auf und blendet Clarke einen Moment lang. Als sich ihre Augenkappen angepasst haben, hat sich das Licht auf die Oberfläche des Tanks hinabgesenkt. Das Wasser darum herum schimmert prismenartig, wie eine Luftspiegelung an einem heißen Tag. In geringeren Tiefen würde es sich augenblicklich in Dampf verwandeln.

»Es gibt noch eine andere Möglichkeit«, sagt Clarke mit surrender Stimme. Lubin schaltet das Punktschweißgerät aus.

»Ja.« Er wendet sich ihr wieder zu. »Aber ich würde mir da keine allzu großen Hoffnungen machen.«

Damals, als die Wagenburg gerade erst errichtet wurde, hatte jemand die schlaue Idee, eines der Habitate in einen Speisesaal zu verwandeln: eine Reihe von Cyclern, ein paar Arbeitsflächen für die Wagemutigen und eine Handvoll Klapptische, die wie zufällig über das Trockendeck verteilt sind. Es sollte wie die Terrasse eines Cafés aussehen. Die beengte Realität wirkt jedoch eher wie ein Schuppen, in dem über den Winter die Möbel aufbewahrt werden.

Eines hat sich jedoch durchgesetzt: der Garten. Inzwischen bedeckt er die Hälfte des Nassdecks, ein Gewirr aus kriechender Vegetation, von Tageslichtstäben beleuchtet, die wie biolumineszenter Bambus zwischen den Blättern der Pflanzen aufragen. Es handelt sich nicht einmal um eine Hydrokultur. Der kleine Dschungel wuchert aus Kisten mit fruchtbarer schwarzer Erde hervor – Kieselerde, die mit einigen organischen Präparaten angereichert wurde. Ursprünglich standen die Kisten einzeln; inzwischen sind sie jedoch unter einer Masse von Kompost verschwunden, der überall auf dem metallenen Deck verteilt ist.

Es ist die wohlriechendste Atmosphärenblase auf dem gesamten Meeresrücken. Clarke schwingt die Luke der Schleuse auf und holt tief Luft. Nicht nur, um den Duft einzuatmen, sondern auch um sich Mut zu machen. Grace Nolan, die sich an der gegenüberliegenden Seite der Oase befindet, blickt auf. Sie bindet gerade die Ranken von etwas fest, das einmal Zuckererbsenschoten gewesen sein könnten, bevor sie mit Patenten belegt wurden.

Nolan lächelt unter durchscheinenden Augen, als Clarke das Deck betritt. »Hallo, Lenie!«

»Hi, Grace. Ich dachte, wir sollten uns mal unterhalten.«

Nolan steckt sich eine Schote in den Mund – eine glitschige, schwarze Amphibie, die im üppigen Grün eines längst ausgestorbenen Feuchtgebiets nach Nahrung sucht. Sie kaut länger, als es vermutlich nötig ist. »Und worüber?«

»Über Atlantis. Die Blutproben, die du genommen hast.« Clarke holt tief Luft. »Über das Problem, das du mit mir zu haben scheinst.«

»Du lieber Gott, nein«, sagt Nolan. »Ich habe kein Problem mit dir, Len. Die Leute streiten sich eben manchmal. Keine große Sache. Das musst du nicht so ernst nehmen.«

»Also gut. Dann lasst uns über Gene reden.«

»Klar.« Nolan richtet sich auf, nimmt sich einen Stuhl, der an der Schottwand lehnt, und klappt ihn auf. »Und wenn wir schon dabei sind, können wir auch über Sal, Lije und Lanie sprechen.«

Lanie inzwischen auch? »Du glaubst, dass die Firmenbosse dahinterstecken?«

Nolan zuckt die Achseln. »Das ist kein großes Geheimnis.«

»Und woraus genau schließt du das? Haben die Bluttests irgendetwas ergeben?«

»Wir sammeln immer noch Proben. Lisbeth steht übrigens in der Krankenstation bereit, falls du auch eine Probe abliefern willst. Ich denke, das wäre gut.«

»Und wenn ihr nun nichts findet?«, fragt Clarke.

»Ich glaube auch nicht, dass wir etwas finden werden. Seger ist klug genug, um ihre Spuren zu verwischen. Aber man kann ja nie wissen.«

»Weißt du, es ist durchaus möglich, dass die Firmenbosse nichts damit zu tun haben.«

Nolan lehnt sich in ihrem Stuhl zurück und streckt sich. »Meine Liebe, du glaubst gar nicht, wie sehr es mich überrascht, dich das sagen zu hören.«

»Dann liefere mir einen Beweis.«

Nolan schüttelt lächelnd den Kopf. »Ich habe eine kleine Übung für dich. Stell dir vor, du schwimmst durch Gewässer, die von Haien heimgesucht werden. Überall sind diese riesigen Mistviecher mit den sichelförmigen Rückenflossen, und sie betrachten dich abschätzend. Und du weißt, der einzige Grund, warum sie sich nicht auf dich stürzen, ist der Gasknüppel in deiner Hand. Sie haben gesehen, was dieser Knüppel mit Fischlein wie ihnen anstellt. Also bleiben sie auf Abstand, aber sie hassen dich deshalb nur umso mehr, ja? Weil du bereits ein paar von ihnen getötet hast. Es sind nämlich wirklich kluge Haie. Und sie sind nachtragend. Du schwimmst also eine Zeit lang so vor dich hin, während dich all diese kalten, toten, wütenden Augen beobachten und ihre Zähne nur knapp außer Reichweite sind, und dann stößt du auf – na, sagen wir mal, Ken. Oder jedenfalls das, was von ihm übrig ist. Ein Rest Eingeweide, die Hälfte eines Gesichts und ein Namensschild, die zwischen all diesen Haien herumschwimmen. Was tust du dann, Len? Beschließt du, dass es nicht genügend Beweise gibt? Sagst du dir: Mann, ich kann nichts beweisen, schließlich habe ich nicht gesehen, was geschehen ist? Sagst du: Lasst uns keine voreiligen Schlüsse ziehen …«

»Das ist ein echt beschissener Vergleich«, sagt Clarke leise.

»Ich glaube, es ist ein verdammt guter Vergleich.«

»Was wirst du also tun?«

»Ich kann dir sagen, was ich nicht tun werde«, versichert ihr Nolan. »Ich werde mich nicht zurücklehnen und mich auf das Gute in den Firmenbossen verlassen, während meine Freunde durch die Mangel gedreht werden.«

»Verlangt das irgendjemand von dir?«

»Nein, aber das kommt bestimmt noch.«

Clarke seufzt. »Grace, ich sage doch nur, es wäre besser für uns alle, wenn ...«

»Scheiß drauf«, faucht Nolan plötzlich. »Scheiß drauf! Wir sind dir doch völlig egal!«

Es ist, als hätte jemand einen Schalter umgelegt. Clarke blickt Nolan überrascht an.

Nolan starrt augenlos zurück, während ihr Körper plötzlich vor Wut zittert. »Willst du wirklich wissen, was für ein Problem ich mit dir habe? Du hast uns verraten. Wir standen so kurz davor, diesen Krüppelfickern den Stecker zu ziehen. Wir hätten ihnen ihre eigenen Eingeweide in den Hals stopfen können, aber du hast uns zurückgehalten, du blöde Schlampe!«

»Grace«, versucht Clarke es noch einmal. »Ich weiß, wie du dich f...«

»Quatsch! Du hast nicht die geringste Ahnung, wie ich mich fühle!«

Was haben sie nur mit dir gemacht, fragt sich Clarke, *dass so etwas aus dir geworden ist?*

»Sie haben auch mir einiges angetan«, sagt sie leise.

»Klar haben sie das. Und du hast dich dafür an ihnen gerächt, nicht wahr? Und berichtige mich, wenn ich etwas Falsches sage, aber mussten dabei nicht auch eine Menge unschuldiger Leute dran glauben? Aber dir war das scheißegal. Vielleicht hast du ja noch nicht darüber nachgedacht, aber viele von uns Fischköpfen haben ebenfalls Angehörige in deinem großen Kreuzzug verloren, so wie alle anderen auch. Aber auch das war dir gleichgültig, solange du nur deine Rache bekommen hast. Schön. Du hast sie bekommen. Aber wir anderen warten immer noch auf unsere Chance, weißt du? Wir wollen nicht einmal Millionen Unschuldiger niedermähen, wir wollen uns nur an den Arschlöchern rächen, die uns tatsächlich angeschissen haben – und gerade du kommst an Patricia Rowans Leine hierhergekrochen, um mir zu sagen, dass ich nicht das Recht dazu habe?« Nolan schüttelt angewidert den Kopf. »Ich kann nicht glauben, dass wir uns vorher von dir haben aufhalten lassen, und ich glaube ganz sicher nicht, dass du uns jetzt aufhalten wirst.«

Ihr Hass verbreitet sich im Raum wie Infrarotstrahlen. Clarke wundert sich vage, warum die Ranken neben ihr nicht schwarz werden und in Flammen aufgehen.

»Ich bin zu dir gekommen, weil ich dachte, wir könnten vielleicht zu einer Einigung gelangen«, sagt sie.

»Du bist hierhergekommen, weil du weißt, dass dir die Felle davonschwimmen.«

Angesichts dieser Worte ballt sich kalte Wut unter Clarkes Zwerchfell zusammen. »Denkst du das, ja?«

»Dir ging es nie darum, zu einer Einigung zu gelangen«, knurrt Nolan. »Du hast dich immer nur auf deinem Ruhm ausgeruht. *Ich bin die Meltdown Madonna, ich bin die Meerjungfrau der verdammten Apokalypse, ich mache hier die Gesetze.* Aber diesmal gehorcht dir der Pöbel nicht, meine Liebe, und das macht dir Angst. Ich mache dir Angst. Also erspare mir diesen ganzen Dreck über Uneigennützigkeit und Diplomatie. Du willst doch bloß verhindern, dass du von deinem kleinen Blechthron gestürzt wirst. War nett, mit dir zu plaudern.«

Sie packt ihre Schwimmflossen und stolziert zur Luftschleuse hinüber.

Porträt des Sadisten als junger Mann

Achilles Desjardins konnte sich nicht mehr daran erinnern, wann er das letzte Mal mit einer echten Frau Sex in beiderseitigem Einverständnis gehabt hatte. Er konnte sich jedoch noch daran erinnern, wann er es das erste Mal abgelehnt hatte:

Es war im Jahr 2046 gewesen, und er hatte gerade das Mittelmeer gerettet. Jedenfalls hatte N'AmWire es so dargestellt. In Wahrheit hatte er lediglich auf das Vorhandensein eines seltsamen Attraktors im Golf von Cádiz geschlossen, einen hartnäckigen kleinen Rückstrudel, den zu suchen sich bis dahin niemand die Mühe gemacht hatte. Den Simulationen zufolge war er klein genug, um ihn mit Albedo-Dämpfern beeinflussen zu können. Die Wirkung würde sich durch die Straße von Gibraltar fortsetzen – wenn die Zahlen stimmten – und den Zusammenbruch des Mittelmeers um ein gutes Jahrzehnt hinausschieben. Oder so lange, bis der Golfstrom erneut aussetzte, je nachdem, was als Erstes eintraf. Er hatte dem Mittelmeer nur eine Gnadenfrist verschafft, es nicht wirklich gerettet, aber es war genau das, was die BRIKS gebraucht hatte, um die Öffentlichkeit das Ostseefiasko vergessen zu lassen.

Außerdem dachte sowieso niemand länger als zehn Jahre in die Zukunft.

Eine Zeit lang war Achilles Desjardins also ein Star gewesen. Selbst Lertzman hatte einen guten Monat lang vorgegeben, ihn zu mögen, und ihm versprochen, dass er befördert werden würde, sobald die Sicherheitsüberprüfungen erledigt waren. Wenn er in seiner Vergangenheit nicht gerade einen Haufen Kleinkinder ermordet hatte, würde er noch vor Halloween seine Injektionen erhalten. Verdammt, wahrscheinlich würde er sie sogar dann erhalten, wenn er in seiner Vergangenheit tatsächlich einen Haufen Kleinkinder umgebracht hatte. Die Überprüfung des Hintergrunds eines Kandidaten war nichts als ein sinnentleertes Ritual unter der Elite der Patrouille. Selbst wenn jemand ein Serienmörder war, würde das nicht den geringsten Unterschied machen, wenn das *Schuldgefühl* erst einmal in seinem Gehirn kursierte. Er wäre trotzdem dem Wohle der Allgemeinheit verpflichtet.

Ihr Name war Aurora. Sie trug die Zebrafrisur, wie sie damals modern war, und einen ebenso reizenden wie geschmacklosen Haufen falscher Flüchtlingsbrandmarken. Sie hatten sich auf einer Abendgesellschaft der BRIKS kennengelernt, die von der eurafrikanischen Niederlassung veranstaltet wurde. Ihr Schmuck beschnüffelte die Aura des jeweils anderen und bestätigte gegenseitiges Interesse (was damals immer noch etwas bedeutete), und ihre Krankheitschips bescheinigten sich, dass sie bei bester Gesundheit waren (was nichts zu bedeuten hatte). Also verließen sie die Party, fuhren von der Stratosphäre der Geschäftsleitung der BRIKS dreihundert Meter tiefer auf die Straßen Sudburys hinab – und dann weitere fünfzig Meter bis in die unterirdischen Eingeweide von Pickering's Pile, wo die Software zur Erkennung von Krankheitserregern garantiert gegen Angriffe von Hackern gesichert war und die Gäste auf doppelt so viele Geschlechtskrankheiten überprüft wurden, als es sonst üblich war. Sie ließen sich Blut abnehmen, hinter einem hübschen Pärchen R-Strategen, das sich auf der Stelle trennte, als bei einem von ihnen ein exotischer Saugwurm entdeckt wurde, der die Harnwege befällt.

Desjardins hatte die meisten der maßgeschneiderten chemischen Verbindungen, die später in seiner Blutbahn kursieren sollten, noch nicht erhalten. Er konnte immer noch problemlos alle möglichen Psychopharmaka und Stimmungswandler zu sich nehmen. Also suchte er sich, während ihr Blut analysiert wurde, mit Aurora ein Separée direkt neben der Bar und streichelte die kleinen psychotropen Amphibien, die in dem Terrarium auf dem Tisch herumkrochen. Trübes grünes Licht drang aus dem großen unterirdischen Tank herein, in dem die Bar versenkt war – falsches Radiumleuchten, das eine alte Atommülllagerstätte erfüllte, die durch die Glaswände hindurch zu sehen war. Nach einer Weile landete einer der hauseigenen Schmetterlinge auf ihrem Tisch. Seine membranartigen Flügel funkelten von Daten: Grün auf allen Wellenlängen.

»Habe ich dir doch gesagt«, murmelte Aurora und küsste ihn auf die Nase.

Im Pickering's Pile konnte man Sexkabinen minutenweise mieten. Sie teilten sich fünf Stunden.

Er vögelte sie nach allen Regeln der Kunst. Nach außen hin war er der vollendete, fürsorgliche Liebhaber. Er fuhr mit der Zunge über ihre Brustwarzen, die Zähne sorgfältig eingefahren. Er küsste sie vom Hals bis zur Vagina, erforschte sanft jede feuchte Öffnung, sein Atem zittrig vor fieberhafter Zurückhaltung. Jede Bewegung behutsam, jedes Signal unmissverständlich: Er würde lieber sterben, als dieser Frau wehzutun.

In seinen Gedanken jedoch riss er sie in Stücke. Statt sie zu liebkosen, schlug er sie so hart, dass es ihr beinahe das verdammte Genick gebrochen hätte. In seinen Gedanken schrie sie. Und er schlug sie, bis sie nicht mehr die Kraft hatte zusammenzuzucken, wenn die Peitsche niedersauste.

Während all dessen murmelte und seufzte sie süß. Sie stellte fest, dass er Frauen offensichtlich anbetete und was für eine Abwechslung dies doch zu dem ungehobelten Verhalten anderer Männer darstellte und dass sie gar nicht wusste, ob sie auf diesen Sockel gehörte. Desjardins klopfte sich innerlich auf die Schulter. Er erwähnte nicht die kleinen Narben auf ihrem Rücken, die verräterischen Streifen frischer rosafarbener Haut, die auf topische Anabolika hindeuteten. Offenbar verwendete Aurora des Öfteren Heilungsbeschleuniger. Vielleicht hatte sie gerade erst eine Beziehung mit einem Mann hinter sich, der sie geschlagen hatte. Womöglich stellte er für sie eine Zuflucht dar.

Umso besser: Er stellte sich einen früheren Partner vor, der sie verprügelte.

»Ach, verdammt«, sagte sie nach vier Stunden. »Schlag mich einfach.«

Er erstarrte erschrocken, verraten durch seine Körpersprache oder Telepathie oder vielleicht auch nur durch eine Vermutung. »Wie bitte?«

»Du bist so sanft«, sagte Aurora. »Lass uns mal ein bisschen mehr zur Sache gehen.«

»Willst du damit sagen ...« Er musste ein überraschtes Lachen unterdrücken. »Ich meine, wie bitte?«

»Schau nicht so überrascht drein.« Sie schenkte ihm ein verführerisches Lächeln. »Hast du etwa noch nie eine Frau geschlagen?«

Das waren Hinweise gewesen, wurde ihm klar. *Sie hatte sich beklagt.* Und Achilles Desjardins, der Mustererkenner par excellence, Meister des Signal-Rausch-Verhältnisses, hatte es nicht begriffen.

»Ich bin auch nicht gerade die Unschuld in Person«, fügte sie hinzu. »Und dein Gürtel hat heute noch gar nichts zu tun bekommen ...«

Es war alles, von dem er jemals geträumt und wofür er sich gehasst hatte. Seine beschämendste Phantasie war Wirklichkeit geworden. Es war perfekt.

Oh, du herrliche Schlampe. Du hast es darauf angelegt, nicht wahr? Ich werd's dir schon zeigen.

Nur, dass er es nicht tun würde. Plötzlich war Achilles Desjardins schlaff wie eine alte Dollarnote.

»Meinst du das ernst?«, fragte er, in der Hoffnung, dass sie es nicht bemerken würde, obwohl er wusste, dass sie es bereits bemerkt hatte. »Ich meine ... du willst, dass ich dir wehtue?«

»Achilles, der Held.« Sie legte boshaft den Kopf schief. »Du gehst wohl nicht sehr oft vor die Haustür, oder?«

»Doch, doch«, verteidigte er sich. »Aber ...«

»Es ist nur ein Szenario, Kleiner. Nichts Radikales. Schließlich verlange ich nicht, dass du mich umbringst oder so etwas.«

Schade eigentlich. Aber er ließ sich von seiner unausgesprochenen Tapferkeit nicht für einen Augenblick täuschen – Achilles Desjardins, Sadist im stillen Kämmerlein, hatte plötzlich die Hosen gestrichen voll.

»Du meinst, so tun als ob«, sagte er. »Seidene Fesseln, Sicherheitswörter, solche Sachen?«

Sie schüttelte den Kopf. »Ich meine«, sagte sie geduldig, »dass ich bluten will. Ich will verletzt werden. Ich will, dass du mich verletzt, mein Lieber.«

Was ist los mit mir?, fragte er sich. *Sie ist alles, was ich mir jemals gewünscht habe. Ich kann mein Glück kaum fassen.*

Und einen Augenblick später: *Wenn es denn Glück ist* ...

Schließlich befand er sich an einem Wendepunkt in seinem Leben. Sein Hintergrund wurde überprüft. Risikoeinschätzungen wurden erstellt. Unter der Oberfläche entschied das System gerade, ob Achilles Desjardins das Schicksal von Millionen Menschen anvertraut werden konnte. Bestimmt wussten sie längst über sein Geheimnis Bescheid – die Mechaniker hatten in seinen Kopf geschaut und sämtliche fehlenden oder schadhaften Schaltkreise ausfindig gemacht. Vielleicht war das ein Test, um festzustellen, ob er seine Triebe beherrschen konnte. Vielleicht war das *Schuldgefühl* doch nicht so zuverlässig, wie sie behauptet hatten. Womöglich konnten ein paar fehlerhafte Neuronen es aushebeln, und die Tatsache, dass er von Natur aus verdorben war, stellte eine Art Hintertürchen dar. Oder vielleicht war alles auch viel einfacher. Womöglich konnten sie es sich nicht leisten, so viel PR in einen Helden zu investieren, der gewisse Neigungen besaß, die ein Teil der Öffentlichkeit immer noch als ... unappetitlich betrachten mochte.

Aurora schürzte die Lippen und entblößte ihren Hals. »Komm schon, Kleiner. Mach's mir.«

Sie war die Essenz jeder Partnerin, die er jemals gehabt hatte – das harte, kleine Funkeln in ihren Augen, das immer zu sagen schien: *Sei lieber vorsichtig, du perverses Stück Scheiße. Ein Fehler, und du bist erledigt.* Sie war die sechsjährige Penny, verletzt und blutend, die ihm versprach, dass sie ihn nicht verpetzen würde. Sie war sein Vater, der in der dunklen Diele stand und mit ausdruckslosem Blick durch ihn hindurchstarrte, der zu sagen schien: *Ich weiß etwas über dich, Sohn, und du wirst niemals genau herausfinden, was es ist ...*

»Rory«, sagte Desjardins behutsam, »hast du schon einmal mit jemandem darüber gesprochen?«

»Das tue ich ständig.« Sie lächelte immer noch, aber ihre Stimme klang plötzlich vorsichtig.

»Nein, ich meine mit einem ... du weißt schon ...«

»Fachmann.« Ihr Lächeln war verschwunden. »Irgendeine von den Firmenbossen erfundene Wetware, die mein Konto leersaugt, während sie mir erzählt, dass ich meinen eigenen Verstand nicht kenne und alles nur daran liegt, dass ich unter mangelndem Selbstwertgefühl leide und mein Vater mich als Kind vergewaltigt hat, noch bevor ich sprechen konnte.« Sie griff nach ihren Kleidern. »Nein, Achilles. Das habe ich nicht. Ich verbringe meine Zeit lieber mit Menschen, die mich so nehmen, wie ich bin, als mit fehlgeleiteten Arschlöchern, die versuchen, mich in etwas anderes zu verwandeln.« Sie zog sich den Slip hoch. »Offenbar trifft man diese Typen bei Betriebsfeiern heutzutage nicht mehr.«

Er versuchte es: »Du musst nicht gehen.«

Und: »Es war nur so unerwartet, weißt du?«

Und noch einmal: »Es kommt mir bloß so respektlos vor ...«

Aurora seufzte. »Kleiner, wenn du mich wirklich respektieren würdest, dann würdest du mir wenigstens zugutehalten, dass ich weiß, was mir gefällt.«

»Aber ich mag dich«, stammelte er weiter, während er mit fliegenden Fahnen unterging. »Wie soll ich Spaß daran haben, dich zu verletzen, wenn ich …«

»He, glaubst du, mir hat alles Spaß gemacht, was ich getan habe, um dich in Fahrt zu bringen?«

Sie ließ ihn in der Kabine zurück, mit einem schlaffen Penis, fünfzig verbliebenen Minuten und der verblüffenden und beschämenden Erkenntnis, dass er für immer in seiner eigenen Verkleidung gefangen war. *Ich werde es niemals rauslassen,* dachte er. *Egal, wie sehr ich es mir wünsche, egal, wer mich fragt oder wie sicher es mir vorkommt. Ich kann nie wissen, ob es nicht irgendwo eine offene Leitung gibt, ob das Ganze nicht eine Falle ist. Für den Rest meines Lebens werde ich im Verborgenen bleiben, weil ich, verdammt nochmal, zu viel Schiss habe, mein Innerstes zu zeigen.*

Sein Vater wäre stolz auf ihn gewesen. Er war also doch ein guter Katholik.

Aber Achilles Desjardins war in der Kunst der Anpassung äußerst bewandert. Als er die Kabine verließ, in seine Schranken gewiesen und allein, hatte er bereits damit begonnen, seine Abwehr wieder aufzubauen. Vielleicht war das besser so. Schließlich ließ sich gegen die Biologie nichts ins Feld führen: Sex war Gewalt, und zwar buchstäblich, bis hin zu den Neuronen. Dieselben Synapsen leuchteten auf, wenn man vögelte oder wenn man mit jemandem kämpfte, derselbe Trieb, den anderen zu verletzen und zu unterjochen. Es spielte keine Rolle, wie sanft jemand nach außen hin war oder wie viel Mühe er sich gab, dem anderen etwas vorzumachen – selbst Geschlechtsverkehr in beiderseitigem Einverständnis war nichts als die Vergewaltigung eines Opfers, das aufgegeben hatte.

Wenn ich all dies täte und hätte der Liebe nicht, so wäre ich ein tönend Erz, dachte er.

Er wusste es, am Grunde seines Hirns und in der Tiefe seines Es. Sadismus war in den Genen verankert, und Sex – Sex war mehr als nur Gewalt. Er war respektlos. Mitten im 21. Jahrhundert gab es einfach keinen Grund mehr, einem anderen Menschen so etwas anzutun. Dazu hatte niemand das Recht. Besonders nicht ein Ungeheuer mit kaputten Schaltern. Er hatte ein Sensorium zu Hause, das jede Begierde befriedigen konnte, die er sich überhaupt nur vorstellen konnte. Das ihm virtuelle Opfer in so hoher Auflösung liefern konnte, dass sie vielleicht sogar ihn täuschen würden.

Es gab auch noch andere Vorteile. Er brauchte nie wieder die komplizierten Balzrituale zu durchlaufen, bei denen er immer zu versagen schien. Nie mehr die Furcht vor Ansteckung, das lächerliche Bemühen, Erregerscans zu romantisieren und Bluttests als Vorspiel auszugeben. Nie wieder das harte Funkeln in den Augen seines Opfers, das womöglich auf ein geheimes Wissen hindeutete.

Er hatte das Problem gelöst. Verdammt, er war zu einem gänzlich neuen Lebensstil gelangt.

Von nun an würde Achilles Desjardins ein zivilisierter Mensch sein. Er würde seine abscheulichen Gelüste an Maschinen auslassen und nicht an Menschen – und dabei würde er sich eine ganze Menge Peinlichkeiten ersparen. Die Begegnung mit Aurora war gut für ihn gewesen. Er hatte noch gerade rechtzeitig die Kurve gekriegt. Ihr Kopf war voller fehlerhafter Verbindungen, so viel stand außer Frage. Ihre Lust- und Schmerzzentren waren hoffnungslos miteinander verknüpft.

Mit einem solchen Freak musste er sich nicht abgeben.

Feuerübung

Mitten im Ozean wacht sie auf.

Sie weiß nicht genau, was sie geweckt hat – sie erinnert sich an einen sanften Stoß, als hätte jemand sie wachgerüttelt, doch sie ist hier draußen vollkommen allein. Schließlich war das der Sinn des Ganzen. Sie hätte auch irgendwo in der Wagenburg schlafen können, doch sie brauchte die Einsamkeit. Also ist sie hinausgeschwommen, vorbei an Atlantis, vorbei an den Habitaten und Generatoren, den Hügelkämmen und Spalten im Meeresboden. Und schließlich ist sie hier angekommen, an diesem entfernten, kleinen Gebilde aus Bimsstein und polymetallischen Verbindungen, und mit offenen Augen in Schlaf gesunken.

Doch nun hat sie etwas wachgerüttelt, und sie hat die Orientierung verloren.

Sie nimmt eine Echolotpistole von ihrem Schenkel und tastet damit die Dunkelheit ab. Nach ein paar Sekunden taucht am linken äußeren Rand ihres Suchradius das undeutliche Echo einer Stadtlandschaft auf. Sie zielt direkt darauf und feuert noch einmal die Pistole ab. Die Echos von Atlantis und seiner Vororte befinden sich nun genau in der Mitte der Anzeige.

Und davor ein kleineres, härteres Echo, das näher kommt.

Es bewegt sich nicht direkt auf sie zu. Einige weitere Überprüfungen enthüllen einen Vektor, der steuerbordseits an ihr vorbeiführt. Wer immer es ist, weiß offenbar nicht, dass sie sich hier draußen befindet – oder wusste es jedenfalls nicht, bevor sie die Echolotpistole benutzt hat.

Für jemanden, der keinen Tintenfisch besitzt, bewegt sich derjenige verdammt schnell vorwärts. Neugierig geworden, geht Clarke auf Abfangkurs. Sie hat ihre Stirnlampe heruntergedreht, so dass sie kaum hell genug ist, um Untergrund von Meerwasser unterscheiden zu können. Der Schlamm wälzt sich wie ein Laufband unter ihr hindurch. Hin und wieder wird die eintönige Fläche von einem Kiesel oder einem zerbrechlichen Stern unterbrochen.

Die Bugwelle prallt gegen sie, bevor der Körper sie trifft. Eine Schulter rammt sie an der Seite und stößt sie auf den Meeresboden hinab. Schlamm wirbelt um sie herum auf. Eine Schwimmflosse schlägt Clarke ins Gesicht. Sie greift blindlings zu und erwischt einen Arm.

»Was, zum Teufel!«

Der Arm wird ihr entrissen, aber ihr Fluch zumindest scheint Wirkung zu zeigen. Ihr Gegenüber hört auf, um sich zu schlagen. Die Schlammwolken wirbeln zwar weiter durcheinander, doch inzwischen werden sie nur noch von Trägheit angetrieben.

»Wer ...?« Die Stimme klingt rau – selbst für einen Stimmwandler.

»Ich bin's, Lenie.« Sie dreht ihre Stirnlampe hoch. Milliarden schwebender Partikel nehmen ihr wie ein leuchtender Nebel die Sicht. Sie schwimmt in klareres Wasser hinauf und richtet den Strahl ihrer Lampe auf den Meeresboden.

Etwas bewegt sich dort unten. »Veeerdammt ... Lichter abschalten ...«

»Tut mir leid.« Sie dreht die Lampe herunter. »Rama? Bist du das?«

Bhanderi taucht aus der Dunkelheit auf. »Lenie.« Ein mechanisches Flüstern. »Hi.«

Wahrscheinlich kann sie sich glücklich schätzen, dass er sie erkannt hat. Oder dass er überhaupt noch sprechen kann. Es ist nicht nur die Haut, die verrottet, wenn man nicht mehr ins Innere der Habitate zurückkehrt. Nicht nur die Knochen werden brüchig. Wenn ein Rifter unter die Freilebenden geht, kann man seinen Neokortex so gut wie abschreiben. Wenn jemand zu lange im Angesicht der Tiefe lebt, wird die ganze Fassade der Zivilisation abgewaschen wie schmelzendes Eis unter fließendem Wasser. Clarke nimmt an, dass mit der Zeit die Hirnwindungen geglättet werden und sich in das primitive Stadium eines Fisches zurückentwickeln, das dem Lebensraum besser angepasst ist.

Rama Bhanderi ist allerdings noch nicht ganz verloren. Gelegentlich geht er sogar noch ins Innere der Habitate.

»Was kommst du hier so vorbeigerauscht?«, fragt Clarke. Eigentlich erwartet sie keine Antwort.

Dennoch erhält sie eine: »Rausch … Dopamin, vielleicht … Epi …«

Nach einer Sekunde macht es bei ihr Klick: *Dopaminrausch*. Ist er immer noch menschlich genug, um schlechte Witze zu machen? »Nein, Rama. Ich meine, warum hast du es so eilig?«

Er schwebt neben ihr im Wasser wie ein schwarzes Gespenst, kaum sichtbar im trüben Glühen ihrer Stirnlampe. »Äh … äh … ich bin nicht …« Seine Stimme verstummt.

»Peng!«, sagt er nach einer Weile. »In die Luft gejagt. Viieel zu hell.«

Sie erinnert sich an den leichten Stoß. Der ausgereicht hat, um sie zu wecken. »Was wurde in die Luft gejagt? Wer hat das getan?«

»Bist du wirklich hier?«, fragt er mit leiser Stimme. »Ich … ich glaube, du bist nur eine Histaminstörung …«

»Ich bin's, Lenie, Rama. Wirklich. Was ist in die Luft geflogen?«

»Acetylcholin vielleicht …« Er wedelt mit der Hand vor seinem Gesicht herum. »Aber ich habe gar keine Krämpfe.«

Es hat keinen Zweck.

»… mag sie nicht mehr«, ertönt Bhanderis surrende Stimme leise. »Und er hat mich verfolgt …«

Clarke schnürt sich die Kehle zusammen. Sie bewegt sich auf ihn zu. »Wer? Rama, was …«

»Geh weg!«, sagt er mit rauer Stimme. »Ich brauche … meinen Platz …«

»Tut mir leid … ich ….«

Bhanderi dreht sich um und schwimmt davon. Sie will ihm folgen, hält dann jedoch inne, als ihr einfällt, dass es noch eine andere Möglichkeit gibt.

Sie dreht die Lampe hoch. Die schlammige Gewitterfront hängt immer noch unter ihr, direkt über dem Meeresboden. In dem dichten, trägen Wasser wird sich der Schlamm erst nach Stunden gesetzt haben.

Und ebenso die Spuren auf dem Meeresboden.

Eine davon ist ihre eigene: ein schmaler Kondensstreifen aus Schlamm, den sie aufgewirbelt hat, als sie von Osten hierhergekommen ist. Die andere Spur führt in einem Winkel von 345 Grad davon weg. Clarke folgt ihr.

Bald wird ihr klar, dass sie nicht auf Atlantis zuschwimmt. Bhanderis Spur führt in Richtung backbord, auf einem Kurs, der großräumig am Südwestende des Komplexes vorbeiführt. Soweit sich Clarke erinnert, gibt es auf dieser Route nicht viel. Vielleicht einen Vorratshaufen, eines von mehreren Lagern mit vorgefertigten Teilen, die überall in der Gegend verteilt wurden, als die Firmenbosse hierherkamen, für den Fall, dass die Station einmal erweitert werden musste. Tatsächlich wird das Wasser vor ihr heller. Clarke schaltet ihre Lampe aus und richtet die Echolotpistole auf das Licht vor ihr. Ein Gewirr harter euklidischer Echos wird zu ihr zurückgeworfen, von Objekten, die allesamt deutlich größer sind als ein menschlicher Körper.

Sie stößt sich ab und schwimmt vorwärts. Das diffuse Leuchten verwandelt sich in vier einzelne Lichtquellen: Natriumflutlichter, eines an jeder Ecke des Vorratslagers. Übereinandergeschichtete Platten aus Plastik und Biostahl liegen auf Paletten in dem erleuchteten Gebiet. Gewölbte Stücke von Habitathüllen liegen aufgestapelt auf dem Meeresboden wie riesige ineinandergeschobene Greifer. In der dunstigen Ferne sind die Umrisse von größeren Objekten auszumachen: Lagertanks, Wärmeaustauscher, die Hüllen von Notreaktoren, die nie zusammengebaut wurden.

In der Ferne ist es tatsächlich dunstig, stellt Clarke fest. Weitaus dunstiger als sonst.

Sie steigt in der Wassersäule auf und schwebt über der Industrielandschaft. Hinter dem äußersten Laternenmast scheint sich eine weiche, dunkle Wand zu erheben. Sie hat die ganze Zeit schon damit gerechnet, seit sie mit Bhanderi gesprochen hat. Jetzt sieht sie die stumme Bestätigung vor sich: eine große, wabernde Schlammwolke, die vom Meeresboden aufgewirbelt wurde und nun praktisch schwerelos im Wasser hängt – das Resultat irgendeiner Explosion, die vor kurzem stattgefunden hat.

Natürlich bewahren die hohen Tiere in ihren Vorratslagern auch Sprengkapseln auf …

Clarke bemerkt etwas aus dem Augenwinkel – eine kleine Unordnung, die nicht zu dem organisierten Chaos direkt unter ihr zu passen scheint. Zwei Platten Habitatswand wurden aus dem Stapel gezogen und in den Schlamm gelegt. Ihre Oberfläche ist mit akneartigen Narben bedeckt. Clarke schwimmt nach unten, um sie genauer in Augenschein zu nehmen. Nein, das sind keine harmlosen Schlammklumpen oder eine Kolonie von benthischen Wirbellosen, die sich dort angesiedelt hat. Das sind Löcher, die durch drei Zentimeter dicken massiven Biostahl gestanzt wurden. Ihre Ränder sind glatt, von irgendeiner intensiven Hitzequelle zerschmolzen und augenblicklich erstarrt. Der Kohlenstoffabrieb um die Löcher herum wirkt wie Blutergüsse, als seien leere Augen blau geschlagen worden.

Clarke durchläuft ein Schauer.

Irgendjemand bereitet sich auf das Finale vor.

Familienwerte

Seit der Gründung von Atlantis sind Jakob und Jutta Holtzbrink unter sich geblieben. Das ist nicht immer so gewesen. Damals an der Oberfläche haben sie selbst für Firmenbosse ein extravagantes Leben geführt. Der archaische Gegensatz, den sie der Welt gegenüber verkörperten, schien ihnen zu gefallen: Ihre gemeinsame Geschichte reicht weit über die Jahrtausendwende zurück. Sie haben vor so langer Zeit geheiratet, dass die Hochzeit tatsächlich noch in einer Kirche stattfand. Jutta hat sogar den Nachnamen ihres Mannes angenommen. Damals haben Frauen noch solche Dinge getan, erinnert sich Rowan. Sie haben kleine Teile ihrer Identität für das Wohl des Patriarchats geopfert, oder wie auch immer das damals genannt wurde.

Ein altmodisches Paar und stolz darauf. Wenn sie in der Öffentlichkeit auftraten – was sie häufig taten –, dann erschienen sie stets gemeinsam, und sie stachen aus der Menge heraus.

Die Öffentlichkeit gibt es hier in Atlantis natürlich nicht mehr. Sie haben die Öffentlichkeit auf dem Festland ihrem Schicksal überlassen. Atlantis war von Anfang an nur für die Crème de la Crème gedacht, für die treibenden Kräfte und Impulsgeber der Gesellschaft und für die Arbeitsbienen, die für sie sorgten, tief in den wohlhabendsten Bereichen des Bienenstocks.

Hier unten gehen Jutta und Jakob nur selten vor die Tür. Die Flucht hat sie verändert. Natürlich hat sie auch alle anderen verändert, hat die Mächtigen in ihre Schranken verwiesen, ihnen ihr eigenes Versagen vor Augen geführt, obwohl sie, verdammt nochmal, immer noch das Beste aus der Situation gemacht haben. Sie haben sich sogar noch an den Weltuntergang angepasst, haben den Markt für Rettungsboote erkannt und sind vor allen anderen auf den Zug aufgesprungen. Heutzutage ist das reine Überleben schon ein Portfolio, auf das man stolz sein kann. Doch die Holtzbrinks haben sich nicht einmal diesem halbherzigen und egoistischen Trost hingegeben. Sie hatten keinerlei Kontakt mit ßehemoth, nicht mit einem einzigen Partikel, und dennoch scheinen sie körperlich geschrumpft zu sein.

Sie verbringen die meiste Zeit in ihrer Suite, in virtuelle Umgebungen eingestöpselt, die weitaus faszinierender sind, als die beengte Station es jemals sein könnte. Zu den Mahlzeiten kommen sie natürlich heraus – die Essenszubereitung im Innern der Suiten gehört der Vergangenheit an, seit die Rifter »ihren Anteil« der Grundressourcen beschlagnahmt haben –, doch selbst dann ziehen sie sich mit ihren Tabletts voll Cycler-Nahrung und Hydrokulturfrüchten in ihr Quartier zurück, um hinter verschlossenen Türen zu speisen. Es ist eine kleine und harmlose Marotte, dieses plötzliche Bedürfnis nach Abgeschiedenheit. Patricia Rowan hat nie viel darüber nachgedacht, bis zu dem Tag, als Ken Lubin in der Komm-Höhle auf der Suche nach Anhaltspunkten gefragt hat: *Wie steht es mit den Fischen? Vielleicht hat es sich von ihnen mitnehmen lassen. Sind die Larven planktonisch?*

Und Jerry Seger hatte aus Ungeduld mit diesem abtrünnigen Mörder, der sich als Denker ausgab, seine Frage abgeschmettert wie die eines Kindes: *Wenn es sich mithilfe des Planktons hätte verbreiten können, warum hätte es dann bis heute warten sollen, um die Welt zu erobern? Es hätte das bereits vor ein paar Hundert Millionen Jahren getan.*

Vielleicht hätte es das auch, grübelt Rowan jetzt.

Die Holtzbrinks haben sich lange vor dem Siegeszug der Gentechnik in der Pharmaindustrie einen Namen gemacht. Natürlich hielten sie sich stets auf dem Laufenden. Als die ersten Ökosysteme an Hydrothermalquellen entdeckt wurden, damals vor der Jahrhundertwende, war eine frühere Generation von Holtzbrinks dabei gewesen – hatte in neuen Forschungsgebieten geschwelgt, Kladogramme von neu entdeckten Spezies durchgesehen, neue Mikroben, neue Enzyme, die unter Temperaturen und einem Umgebungsdruck überlebten, von denen man lange geglaubt hatte, dass sie jede Form von Leben unmöglich machten. Sie hatten die Zellmaschinerie katalogisiert, die in kilometertiefem Felsgestein träge vor sich hintickte. Mikroben, deren Stoffwechselprozesse so langsam abliefen, dass sie sich seit der Französischen Revolution nicht mehr geteilt hatten. Sie modifizierten die Schwefelreduzierer, die an Sauerstoff erstickten, und brachten sie dazu, Ölteppiche zu fressen und neue seltsame Arten von Krebs zu heilen. Es hieß, das Holtzbrink-Imperium besäße die Patente an der Hälfte aller Archaebakterien.

Jetzt sitzt Patricia Rowan Jakob und Jutta in ihrem Wohnzimmer gegenüber und fragt sich, was sie sich in den letzten Tagen auf der Erde sonst noch haben patentieren lassen.

»Sie haben sicher die aktuellen Neuigkeiten gehört«, sagt sie. »Jerry hat es gerade bestätigt. βehemoth befindet sich am Unmöglichen See.«

Jakob nickt – eine vogelähnliche Geste, die die Schultern ebenso wie den Kopf mit einbezieht. Doch seine Worte klingen ablehnend: »Nein, das glaube ich nicht. Ich habe die Statistiken gesehen. Das Wasser ist zu salzig.« Er leckt sich über die Lippen und starrt auf den Boden. »βehemoth würde es dort nicht gefallen.«

Jutta legt ihm beruhigend eine Hand auf das Knie.

Er ist ein sehr alter Mann. Seine Eroberungen liegen allesamt in der Vergangenheit. Er wurde zu früh geboren und war für die ewige Jugend schon zu alt. Als die Genanpassungen verfügbar waren – schadhafte Basenpaare wurden herausgeschnitten und Telomere verstärkt –, war sein Körper bereits über ein halbes Jahrhundert lang dem Verschleiß ausgesetzt gewesen. Die Möglichkeiten dessen, was man so spät noch reparieren kann, sind begrenzt.

Rowan erklärt es ihm sanft. »Nicht im See selbst, Jakob. Irgendwo in der Nähe. An einer der heißen Quellen.«

Er nickt und nickt, ohne sie anzusehen.

Rowan schaut zu Jutta hinüber, die ihren Blick mit hilflosem Gesichtsausdruck erwidert.

Rowan spricht weiter: »Wie Sie wissen, sollte das eigentlich nicht passieren. Wir haben die Mikrobe studiert und die Ozeanografie. Wir haben diesen Ort sehr sorgfältig ausgesucht. Aber irgendetwas haben wir übersehen.«

»Der verdammte Golfstrom ist zusammengebrochen«, sagt der alte Mann. Seine Stimme wirkt kräftiger als sein Körper, wenn auch nur geringfügig. »Es wurde bereits vermutet, dass das passieren könnte. Dann ändern sich alle Strömungen, und in England herrschen Verhältnisse wie im gottverdammten Sibirien.«

Rowan schüttelt den Kopf. »Wir haben eine Menge verschiedener Szenarien durchgespielt. Nichts scheint zu passen. Ich glaube, dass es vielleicht irgendetwas an βehemoth selbst ist, das wir übersehen haben.« Sie beugt sich leicht vor. »Ihre Leute haben viel auf dem Pazifischen Feuerring gegraben, nicht wahr? Damals in den Dreißigern?«

»Klar. Jeder hat das getan. Diese verdammten Archaea, das war der Goldrausch des 21. Jahrhunderts.«

»Ihre Leute waren damals auch viel auf dem Juan-de-Fuca-Rücken zugange. Sind sie dabei jemals auf βehemoth gestoßen?«

»Hmm.« Jakob Holtzbrink schüttelt den Kopf. Seine Schultern bewegen sich dabei nicht.

»Jakob, Sie kennen mich. Sie wissen, dass ich stets eine überzeugte Verfechterin von Wirtschaftsgeheimnissen gewesen bin. Aber wir stehen hier alle auf derselben Seite. Wir sitzen sozusagen im selben Boot. Wenn Sie also etwas wissen, irgendetwas ...«

»Oh, Jakob ist an der Forschung selbst nie beteiligt gewesen«, wirft Jutta ein. »Das wissen Sie doch sicher. Er konnte nur gut mit den Leuten umgehen.«

»Ja, natürlich. Aber er hat sich auch für die aktuelle Forschung interessiert. Er war immer so aufgeregt, wenn es eine neue Entdeckung gab, erinnern Sie sich?« Rowan lacht leise. »Damals gab es eine Zeit, in der wir dachten, er würde praktisch in einem U-Boot leben.«

»Ich habe nur die Touren mitgemacht, wissen Sie. Jutta hat Recht, mit der Forschung selbst hatte ich nichts zu tun. Das haben die Spezialisten erledigt, Jarvis und die anderen.« Zum ersten Mal begegnet Jakob Rowans Blick. »Bei βehemoths Ausbruch haben wir das ganze Team verloren, wissen Sie. Die BRIKS hat unsere Leute vom anderen Ende der Welt aus zwangsverpflichtet. Die sind einfach angetanzt gekommen und haben sie uns vor der Nase weggeschnappt.« Er schnaubt verächtlich. »Das Wohl der Allgemeinheit – dass ich nicht lache.«

Jutta drückt sein Knie. Sie wechseln einen Blick, und Jutta lächelt. Er legt seine Hand auf die ihre.

Seine Augen richten sich auf den Fußboden. Er beginnt wieder ganz leicht zu nicken.

»Jakob hat den Forschungsteams nie sehr nahegestanden«, erklärt Jutta. »Wissenschaftler sind nicht gerade die geselligsten Menschen, wie Sie wissen. Solche Leute als Pressesprecher zu engagieren, wäre katastrophal, aber manchmal haben sie Jakob die Art und Weise, wie er ihre Ergebnisse der Öffentlichkeit präsentiert hat, übelgenommen.«

Rowan lächelt geduldig. »Die Sache ist, Jakob, ich habe nachgedacht. Über βehemoth, und wie alt es ist …«

»Die älteste verdammte Lebensform auf der ganzen Erde«, sagt Jakob. »Wir anderen sind alle erst später dazugekommen. Hatte irgendwas mit einem Meteor vom Mars zu tun oder so. Aber dieses verfluchte βehemoth, es ist die einzige Lebensform, die tatsächlich hier ihren Ursprung hat.«

»Aber das ist es ja gerade, nicht wahr? βehemoth ist nicht nur älter als alles andere Leben auf der Erde, es ist auch älter als die Photosynthese. Älter als der Sauerstoff. Es ist über vier Milliarden Jahre alt. Und all die anderen wirklich alten Mikroben, die wir gefunden haben, die Archaebakterien und die Nanolithen und so weiter, die sind bis auf den heutigen Tag anaerob geblieben. Man findet sie nur noch in reduzierenden Umgebungen. ßehemoth dagegen ist sogar noch älter und hat mit Sauerstoff keinerlei Schwierigkeiten.«

Jakob Holtzbrink hört auf zu wippen.

»Schlaue kleine Mikrobe«, sagt er. »Passt sich den Verhältnissen an. Hat diese Gene. Wie nennt man die? Dieselben, die Pseudomonas hat ...«

»Blachford-Gene. Sie können unter Stress die eigene Mutationsrate verändern.«

»Richtig. Richtig. Blachford-Gene.« Jakob hebt die Hand und fährt sich damit über seine spärlich behaarte, mit Altersflecken gesprenkelte Kopfhaut. »Es hat sich angepasst. An den Sauerstoff und die Lebensbedingungen im Innern von Fischen. Und jetzt passt es sich auch noch an jeden anderen gottverdammten Schlupfwinkel auf diesem gottverdammten Planeten an.«

»Nur dass es sich nie an die Verbindung von niedriger Temperatur und hohem Salzgehalt angepasst hat«, stellt Rowan fest. »Der größte Lebensraum der Erde war ihm bislang verwehrt. Die Tiefsee hat ihm seit Milliarden von Jahren Paroli geboten. Und das wäre immer noch so, wenn der Channer-Ausbruch nicht passiert wäre.«

»Was wollen Sie damit sagen?«, fragt Jutta. In ihre Stimme ist plötzlich eine leichte Schärfe getreten. Ihr Mann sagt nichts.

Rowan holt tief Luft. »Unsere Modelle basieren allesamt auf der Annahme, dass ßehemoth seit Hunderten Millionen von Jahren in seiner gegenwärtigen Gestalt existiert hat. Das Entstehen von Sauerstoff und von hypotonischen Wirtskörpern – all das ist tief im Präkambrium geschehen. Und wir wissen, dass sich seither nicht viel verändert hat, denn Blachford-Gene hin oder her, wenn das geschehen wäre, hätte ßehemoth schon längst die Herrschaft über die Welt an sich gerissen. Wir wissen, dass es sich in der Tiefsee nicht verbreiten kann, weil es das in all den Millionen Jahren, die es dafür Zeit gehabt hätte, nicht getan hat. Und als jemand vorgeschlagen hat, dass es sich vielleicht vom Ichthyoplankton hat mitnehmen lassen, haben wir diese Idee sofort verworfen, nicht weil sie irgendjemand tatsächlich überprüft hätte – wer hätte dafür schon Zeit gehabt, bei dem, was geschehen ist? –, sondern weil es sich längst über diesen Weg verbreitet hätte, wenn das möglich wäre. Und zwar schon vor Millionen von Jahren.«

Jakob Holtzbrink räuspert sich.

Rowan legt die Karten auf den Tisch: »Aber wenn βehemoth nun keine Millionen von Jahren Zeit gehabt hat? Was, wenn es nur ein paar Jahrzehnte gewesen sind?«

»Nun, das ist …«, beginnt Jutta.

»Dann können wir über gar nichts mehr sicher sein, nicht wahr? Vielleicht reden wir ja nicht über ein paar vereinzelte Überreste hier und dort. Sondern über Epizentren. Und vielleicht ist es auch nicht so, dass βehemoth nicht in der Lage ist, sich zu verbreiten, sondern dass es gerade erst damit begonnen hat.«

Wieder dieses vogelartige Wippen und dasselbe Leugnen: »Nein. Nein. Es ist alt. RNA-Grundlage, mineralisierte Zellwände. Riesige gottverdammte Poren überall. Darum kommt es mit kaltem Meerwasser nicht klar. Es leckt wie ein Sieb.« Eine Speichelblase bildet sich in seinem Mundwinkel. Jutta streckt geistesabwesend die Hand aus, um sie ihm abzuwischen. Verärgert hebt Jakob die Hand und kommt ihr zuvor. Sie lässt die Hand wieder in den Schoß sinken.

»Die Pyranosyl-Sequenzen. Sie sind primitiv. Einzigartig. Diese Frau, die Ärztin … Jerenice. Sie hat dieselbe Mikrobe gefunden. Sie ist alt.«

»Ja«, stimmt Rowan zu, »das ist sie. Aber vielleicht hat sie sich ja vor kurzem erst verändert.«

Jakob reibt sich fahrig die Hände. »Wie, durch eine Mutation? Einen Glücksfall? Ziemliches Pech für den Rest der Welt.«

»Vielleicht hat *jemand* sie verändert«, sagt Rowan.

Jetzt hat sie es also ausgesprochen.

»Ich hoffe, Sie wollen damit nicht andeuten …«, beginnt Jutta und verstummt.

Rowan beugt sich vor und legt eine Hand auf Jakobs Knie. »Ich weiß, wie es vor dreißig, vierzig Jahren dort draußen war. Es herrschte eine Goldgräberstimmung, wie Sie gesagt haben. Jedermann und sein Organkloner errichtete Laboratorien in der Riftzone und unternahm alle möglichen in-situ-Experimente …«

»Natürlich fand das alles in situ statt. Haben Sie schon einmal versucht, diese Bedingungen in einem Labor nachzustellen …«

»Aber Ihre Leute waren führend in diesem Bereich. Und Sie haben sich nicht nur um Ihre eigene Forschung gekümmert, sondern auch die von allen anderen im Auge behalten. Sie waren ein zu guter Geschäftsmann, um es nicht zu tun. Und deshalb komme ich zu Ihnen, Jakob. Ich stelle keinerlei Behauptungen auf oder beschuldige jemanden für irgendetwas, verstehen Sie? Ich glaube nur einfach, dass Sie der Einzige in Atlantis sind, der irgendeine Vorstellung von dem haben könnte, was dort draußen möglicherweise passiert ist. Sie sind der Experte, Jakob. Können Sie mir irgendetwas dazu sagen?«

Jutta schüttelt den Kopf. »Jakob weiß nichts, Patricia. Keiner von uns weiß irgendetwas. Und mir ist durchaus bewusst, worauf Ihre Frage abzielt.«

Rowan hält den Blick auf den alten Mann gerichtet. Er starrt zu Boden. Sein Blick geht durch den Boden hindurch, durch die Metallplatten des Decks und die darunter liegenden Rohre und Leitungen, durch die Drähte, Fullerene und den Biostahl hindurch, durch Meerwasser und hervorquellendes zähflüssiges Felsgestein, hin zu einem Ort, den sie sich nur vorstellen kann. Als er schließlich wieder das Wort ergreift, scheint seine Stimme von dort zu kommen.

»Was wollen Sie wissen?«

»Könnte es irgendeinen Grund dafür geben, warum jemand – rein hypothetisch – einen Organismus wie βehemoth gentechnisch verändern würde?«

»Mehr als Sie zählen können«, sagt die ferne Stimme. Der gebrechliche Körper, dessen sie sich bedient, scheint kaum noch lebendig zu sein.

»Zum Beispiel?«

»Gezielter Transport. Drogen, Gene, Ersatzorganelle. Seine Zellwand … so etwas haben Sie noch nicht gesehen. Und auch sonst kein Lebewesen auf dieser Welt. Man muss sich keine Gedanken über die Immunabwehr machen; es schlüpft an den Abwehrenzymen vorbei, als seien sie blind und taub. Die Zielzelle nimmt es direkt auf, zersetzt die Zellwand und das war's. Wie ein biologisch abbaubarer Buckyball.«

»Und was sonst noch?«

»Es wäre das ultimative Aufputschmittel. Unter den richtigen Bedingungen erzeugt dieses Ding so schnell so viel ATP, dass Sie mit einer Hand ein Auto hochheben könnten. Die Mitochondrien wirken dagegen wie Schnee von gestern. Soldaten mit βehemoth in ihren Zellen könnten vielleicht sogar Exoskeletten den Rang ablaufen, wenn man ihnen genug zu essen gibt.«

»Und βehemoth entsprechend modifiziert wäre«, ergänzt Rowan.

»Ja«, flüstert der Alte. »Da liegt das Problem.«

Rowan wählt ihre Worte mit Bedacht. »Könnte es vielleicht ein paar … weniger präzise Anwendungen gegeben haben? MAD-Maschinen? Industrieterrorismus?«

»Sie meinen, so wie das, was jetzt gerade geschieht? Nein. W… jemand müsste schon blind, dumm und verrückt sein, um so etwas zu entwerfen.«

»Aber man müsste die Reproduktionsrate ziemlich hochschrauben, nicht wahr? Um es ökonomisch zu machen.«

Er nickt, sein Blick ist immer noch in die Ferne gerichtet. »Diese Lebewesen im Tiefengestein … ihre Stoffwechselprozesse laufen so langsam ab, dass man Glück hat, wenn sie sich einmal in einem Jahrzehnt teilen.«

»Und das bedeutet, dass sie viel mehr Nahrung aufnehmen müssten, nicht wahr? Um die gesteigerte Wachstumsrate aufrechtzuerhalten.«

»Natürlich. Das weiß jedes Kind. Aber das wäre nicht der Grund, warum jemand so etwas erschaffen würde. Es wäre nur ein unvermeidlicher ...«

»Ein Nebeneffekt«, schlägt Jutta vor.

»Ja, ein Nebeneffekt«, wiederholt er. Seine Stimme hat sich nicht verändert. Sie dringt immer noch ruhig und fern aus dem Mittelpunkt der Erde hervor. Doch an Jakob Holtzbrinks Gesicht laufen Tränen hinab.

»Es hat also niemand absichtlich getan. Derjenige hatte es auf etwas ganz anderes abgesehen, und das ganze Experiment ist einfach ... außer Kontrolle geraten. Ist es das, was Sie damit sagen wollen?«

»Sie meinen, rein hypothetisch?« Seine faltigen Mundwinkel heben sich zu einem kaum wahrnehmbaren Lächeln. Eine Träne läuft eine der Falten hinunter und tropft von seinem Kinn hinab.

»Ja, Jakob. Hypothetisch.«

Sein Kopf hüpft auf und nieder.

»Gibt es irgendetwas, was wir tun können? Irgendetwas, was wir noch nicht versucht haben?«

Jakob schüttelt den Kopf. »Ich bin nur ein hohes Tier. Ich habe keine Ahnung.«

Sie steht auf. In Gedanken versunken starrt der alte Mann vor sich hin. Seine Frau blickt zu Rowan hoch.

»Was er ihnen da erzählt hat«, sagt sie, »verstehen Sie das bitte nicht falsch.«

»Wie meinen Sie das?«

»Er ist ebenso wenig schuld an dem, was passiert ist, wie Sie. Er ist nicht schlimmer als alle anderen.«

Rowan neigt den Kopf. »Ich weiß, Jutta.«

Sie entschuldigt sich. Das Letzte, was sie sieht, bevor die Luke sich hinter ihr schließt, ist, wie Jutta Holtzbrink ihrem Mann einen leuchtenden Traumerzeuger auf den nach vorn geneigten Kopf setzt.

Inzwischen lässt sich an der ganzen Sache ohnehin nichts mehr ändern. Es hat keinen Zweck, sich gegenseitig Vorwürfe zu machen. Es deuten schon genug Finger in alle Richtungen. Dennoch ist sie froh, dass sie die Holtzbrinks besucht hat. Sogar auf seltsame Weise dankbar. Es ist eine selbstsüchtige Dankbarkeit, aber sie muss ausreichen. Patricia Rowan versucht, so viel Trost wie nur möglich aus der Tatsache zu ziehen, dass die Verantwortung nun nicht mehr bei ihr liegt. Und auch nicht bei Lenie Clarke, der Meerjungfrau der Apokalypse. Rowan geht den blassblauen Korridor von Wohnbereich D hinunter und blickt ein letztes Mal über die Schulter zurück.

Dort liegt die Verantwortung.

Porträt des Sadisten als freier Mann

Der Fachbegriff dafür war *Faltungskatastrophe*. In einer Grafik dargestellt, sah es aus wie der Querschnitt eines Tsunami, das glatte Dach einer voraneilenden Welle, die auf dem höchsten Punkt in sich zusammenbrach und in einem gläsernen Bogen zu einem neuen Gleichgewicht mit niedrigerem Energiewert hinabstürzte und dabei keinen Stein auf dem anderen ließ.

In der Wirklichkeit sah das Ganze deutlich chaotischer aus: Energieversorgungsnetze, die ausfielen; Lebenserhaltungs- und Abfallentsorgungssysteme, die ins Stocken gerieten; Straßen, die von einem wütenden Mob verstopft wurden, der eine Mahlzeit zu wenig erhalten hatte und in Aufruhr geraten war. Die Polizei in ihren Exoskeletten hatte sich längst von den Straßen zurückgezogen. Stattdessen schwärmten Pazifizierungsmechfliegen über der Menge aus und mähten sie mit Gas und Infraschall nieder.

Es gab auch einen Begriff für den höchsten Punkt der Welle, jenen chaotischen Wendepunkt, an dem sich der Bewegungsablauf umkehrte: den Punkt des Zusammenbruchs. Das westliche N'AmPaz hatte irgendwann während der vergangenen vierunddreißig Stunden diese Haarnadelkurve hinter sich gelassen. Alles, was sich westlich der Rocky Mountains befand, konnte man getrost abschreiben. Die BRIKS hatte alle möglichen Absperrungen hochgezogen, um die Ausbreitung der Katastrophe zu verhindern. Menschen, Waren und Elektronen waren in der Bewegung erstarrt. Die Welt endete praktisch an der Cordillera. Inzwischen konnten nur noch *Gesetzesbrecher* diese Barriere durchdringen, um ihre Arbeit zu machen.

Dieses Mal würde es jedoch nicht ausreichen.

Natürlich war das System bereits seit Jahrzehnten im Zerfall begriffen, sogar schon seit Jahrhunderten. Dem lebendigen Synergismus zwischen Entropie und menschlicher Dummheit verdankte Desjardins seinen Job. Ohne diesen wäre die Schadensbegrenzung nicht zum größten Industriezweig der Erde geworden. Irgendwann musste alles auseinanderfallen. Jeder, der Augen im Kopf und einen IQ über Raumtemperatur hatte, wusste das. Es hatte jedoch keinen zwingenden Grund dafür gegeben, warum es so schnell passieren musste. Sie hätten noch ein oder zwei Jahrzehnte herausholen können, damit sich all jene, die immer noch an die menschliche Erfindungsgabe glaubten, noch eine Weile länger ihren Selbsttäuschungen hingeben konnten.

Doch je näher man dem Punkt des Zusammenbruchs kam, desto schwieriger wurde es, die Risse wieder zu flicken. So nahe am Abgrund konnte selbst das Gleichgewicht instabil werden. Scheiß auf die Schmetterlinge – bei einem Planeten, der so sehr auf der Kippe stand, reichte der Flügelschlag einer Blattlaus aus, um ihn über den Rand zu befördern.

Man schrieb das Jahr 2051, und es war Achilles Desjardins' berufliche Pflicht, Lenie Clarke zu vernichten wie ein Insekt.

Er sah zu, während sich ihr Werk über den Kontinent ausbreitete wie ein immer größer werdendes Netz aus Rissen auf der Oberfläche eines gefrorenen Sees. Seine Inlays schluckten Daten aus Hunderten von Quellen: bestätigte und vermutete Sichtungen im Laufe der vergangenen zwei Monate, zu alt, um bei einer Fahndung von Nutzen zu sein, aber möglicherweise brauchbar, um den nächsten Ausbruch von βehemoth voraussagen zu können. Meme und Legenden von der Meltdown Madonna, die immer zahlreicher wurden und Metastasen bildeten – eine Fortpflanzungsstrategie für Schwärme virtueller Internetfauna, die Desjardins gerade erst entdeckt hatte und vielleicht nie ganz verstehen würde. Realität und Legende, die ein zufälliges Bündnis eingegangen waren. Und überall, wo sie aufeinandertrafen, blühte βehemoth auf. Gefolgt von Feuerstürmen und Stromausfällen und einer stetig anwachsenden Zahl Unschuldiger, die für das Wohl der Allgemeinheit ihr Leben lassen mussten.

Desjardins wusste, dass das alles eine Lüge war. N'Am war bereits über den Punkt des Zusammenbruchs hinaus – trotz all der drakonischen Maßnahmen. Es würde eine Weile dauern, bis die Erschütterungen das gesamte System erfasst hatten, vom Gipfelpunkt bis zur Talsohle war es ein tiefer Sturz. Doch Desjardins war wie kaum ein anderer in der Lage, die Zahlen zu deuten. Er nahm an, dass es noch zwei Wochen – allerhöchstens drei – dauern würde, bis auch der Rest des Kontinents der Anarchie anheimfiel.

In einer der Nachrichtenübertragungen, die in einer Ecke seines Bildschirms zu sehen waren, wurde über einen neuen Aufstand in Hongcouver berichtet. Hochmoderne Sicherheitssysteme hatten bei der

Verteidigung von gläsernen Türmen und Luxusenklaven ihr Leben gelassen – besiegt nicht von cleveren Hackern oder überlegener Technologie, sondern durch das schiere Gewicht von Menschenleibern auf ihren Gewehrmündungen. Die Waffen waren an Erschöpfung gestorben, verschwanden unter einer Flut von lebenden Menschen, die über tote hinwegkletterten. Vor seinen Augen durchbrach die Menge unter Triumphgeheul die Tore. Dreißigtausend Stimmen, die sich überlagerten – ein johlendes Meer, dessen kollektive Stimme bar aller Menschlichkeit war. Es klang beinahe mechanisch. Es klang wie der Wind.

Desjardins klinkte sich aus dem Kanal aus, bevor die Menge erfuhr, was er bereits wusste: Die Türme waren leer. Die hohen Tiere, die sie einst beherbergt hatten, waren längst untergetaucht.

Im Ozean, um genau zu sein.

Eine Hand berührte sanft seinen Rücken. Erschrocken fuhr er herum. Alice Jovellanos stand hinter ihm. Als Desjardins sah, wen sie mitgebracht hatte, warf er erneut einen verstohlenen Blick auf die Anzeige. Ein Dutzend Einzelbilder zeigten ein brennendes Rom. Er streckte die Hand nach dem Ausschaltknopf aus.

»Nein.« Lenie Clarke zog sich den Visor vom Kopf und betrachtete mit Augen, die weiß wie Eierschalen waren, die Verwüstung. Ihr Gesicht war ruhig und ausdruckslos, doch als sie weitersprach, zitterte ihre Stimme.

»Lassen Sie es eingeschaltet.«

Vor zwei Wochen war er ihr zum ersten Mal begegnet. Monatelang hatte er nach ihr gefahndet, hatte die Archive durchsucht, sich in ihren Akten vergraben und seine brillanten Fähigkeiten zur Mustererkennung auf das rätselhafte, unvollständige Puzzle namens *Lenie Clarke* gerichtet. Doch die Teile, die er zusammengefügt hatte, hatten mehr enthüllt als nur *eine Frau, die das Ende der Welt in sich trägt,* wie Rowan es genannt hatte. Sie hatten eine Frau enthüllt, deren gesamte Kindheit eine

Täuschung gewesen war, die zu Zwecken programmiert worden war, die sie weder begreifen noch kontrollieren konnte. Die ganze Zeit über hatte sie versucht, nach Hause zurückzukehren und Genaueres über ihre Vergangenheit zu erfahren.

Ken Lubin, der seiner eigenen Variante des *Schuldgefühls* hörig war, hatte versucht, sie zu töten. Desjardins hatte sich ihm in den Weg stellen wollen. Damals war ihm das wie das einzig Anständige vorgekommen, was er hatte tun können. Im Nachhinein kam es ihm merkwürdig vor, dass ihn seine erwachende Psychopathie zu einem solchen Akt der Nächstenliebe befähigt hatte.

Sein Rettungsversuch war gescheitert. Lubin hatte ihn abgefangen, bevor Clarke Sault Sainte Marie auch nur erreicht hatte. Während des restlichen Geschehens hatte Desjardins an einen Stuhl gefesselt in einem stockfinsteren Zimmer gesessen, die Hälfte seiner Gesichtsknochen gebrochen.

Überraschenderweise war es nicht Ken Lubin gewesen, der ihm das angetan hatte.

Und dennoch waren sie nun alle annähernd auf derselben Seite: er und Alice und Kenny und Lenie, sie alle arbeiteten zusammen unter dem grauen Banner der moralischen Zweideutigkeit und der gerechten Rache. Spartakus hatte Lubin ebenso vom *Schuldgefühl* befreit wie Desjardins. Und der *Gesetzesbrecher* musste zugeben, dass er selbst jetzt noch eine gewisse Sympathie für den schweigsamen Auftragsmörder empfand. Er wusste, was es für ein Gefühl war, für seine Taten wieder selbst verantwortlich zu sein, nachdem einem jahrelang synthetische Neurotransmitter sämtliche schwierigen Entscheidungen abgenommen hatten. Überwältigende Furcht zu empfinden. Und Schuld.

Jedenfalls anfangs. Inzwischen ließ das Schuldgefühl langsam nach. Nur noch die Furcht blieb übrig.

Aus tausend Richtungen versuchte die Welt verzweifelt, seine Aufmerksamkeit zu erregen. Es war seine berufliche Pflicht, sie ihr zu schenken – für Rettung zu sorgen oder, wenn das nicht möglich war, auszuharren, bis das letzte Stück Treibgut unter den Wellen versunken war. Vor nicht allzu langer Zeit wäre es mehr als nur eine Pflicht gewesen. Es wäre ein Zwang gewesen, ein Trieb, gegen den er nichts hätte tun können. In diesem Augenblick hätte er eigentlich Rettungsteams ausschicken, wichtige Vorräte umlenken und Lifter und Mechfliegen bereitstellen müssen, um die Quarantäne aufrechtzuerhalten.

Scheiß drauf, dachte er und schaltete die Übertragungen aus. Er spürte, wie Lenie Clarke hinter ihm zusammenzuckte, als die Anzeige dunkel wurde.

»Hast du schon einen Standort gefunden?«, fragte Jovellanos. Sie hatte es selbst versucht, doch sie war erst seit einer Woche in die Elite der *Gesetzesbrecher* aufgestiegen. Sie hatte kaum genug Zeit gehabt, sich an ihre Inlays zu gewöhnen, ganz zu schweigen davon, den siebten Sinn zu entwickeln, den Desjardins ein halbes Jahrzehnt lang perfektioniert hatte. Die genaueste Bestimmung des Standortes der verschwundenen Firmenbosse, zu der sie gelangt war, lautete: *irgendwo im Nordatlantik*.

Desjardins nickte und wandte sich der Anzeige zu. Clarke trat dichter an ihn heran, und ihr onyxfarbenes Spiegelbild blickte ihm von der dunklen Oberfläche entgegen. Desjardins unterdrückte den Drang, über die Schulter zu schauen. Sie befand sich direkt hier in seinem Bürowürfel: nur ein Mädchen, halb so groß wie er. Eine magere, kleine K-Strategin, der die eine Hälfte der Welt nach dem Leben trachtete, während die andere Hälfte ihr Leben für sie gegeben hätte.

Ohne ihr jemals begegnet zu sein, hatte er alles aufgegeben, um ihr zu Hilfe zu eilen. Und als er sie dann schließlich persönlich kennengelernt hatte, hatte sie ihm größere Furcht eingeflößt als Lubin. Doch seither war irgendetwas mit Clarke geschehen. Die Fassade der Eiskönigin hatte sich nicht verändert, doch dahinter schien sie irgendwie … kleiner zu sein. Beinahe zerbrechlich.

Alice schien das allerdings nicht aufgefallen zu sein. Sie war das selbst ernannte Maskottchen der Rifter, seit sie eine Gelegenheit gesehen hatte, sich an der *bösen Firmenoligarchie* zu rächen, oder wie immer sie es in dieser Woche nannte.

Desjardins öffnete ein Fenster auf der Anzeige: eine vergrößerte Satellitenkameraaufnahme des offenen Ozeans in Falschfarbdarstellung, ein buntes Plasma aus verschiedenfarbigen Umrissen.

»Daran habe ich auch schon gedacht«, meldete sich Alice zu Wort. »Aber selbst wenn man über all dem Hintergrundrauschen eine Wärmesignatur erkennen könnte, ist die Zirkulation dort unten so langsam …«

»Nicht Temperatur«, unterbrach sie Desjardins. »Wassertrübung.«

»Trotzdem, die Zirkulation …«

Er warf ihr einen Blick zu. »Halt die Klappe und lern was dazu, okay?«

Sie verstummte. Ein verletzter Blick trat in ihre Augen. Seit sie zugegeben hatte, dass sie ihn infiziert hatte, ging sie nur noch auf Eierschalen.

Desjardins wandte sich wieder der Anzeige zu. »Natürlich gibt es über eine bestimmte Zeitspanne hinweg eine Menge Streuung – von schaumgekrönten Wellen bis hin zu Tintenfischfurzen.« Er klickte ein Icon an. Neue Datenschichten lagerten sich über der Basisgrafik ab wie ein durchscheinendes Parfait. »Auf einem einzelnen Schnappschuss wirst du daher keine Spur finden, egal, wie hoch die Auflösung ist. Ich musste mir über einen Zeitraum von drei Monaten hinweg die Mittelwerte anschauen.«

Die Schichten verbanden sich miteinander. Das gestaltlose Plasma verschwand, stattdessen lösten sich klar umrissene Kondensstreifen und Kleckse aus dem Dunst.

Desjardins fuhr mit dem Finger über die Anzeige. »Jetzt löschen wir alles, was in der Datenbank der NOAA zu finden ist« – unzählige leuchtende Narben verblassten –, »die Überreste des Golfstroms« – eine Perlenkette, die von Florida nach England führte, wurde dunkel – »und sämtliche verzeichnete Baustellen oder Quellen, die nicht mit der Mindestgröße des gesuchten Objekts übereinstimmen.«

Ein paar Dutzend weitere Pockennarben verschwanden. Der Nordatlantik war nun dunkel und leer, abgesehen von einem einzelnen hellen Fleck, beinahe genau in seiner Mitte.

»Das ist es also«, murmelte Clarke.

Desjardins schüttelte den Kopf. »Wir müssen noch die seitliche Verschiebung während des Aufstiegs einberechnen. Die Strömungen im Pelagial und so weiter.« Er rief ein paar Algorithmen auf – der Fleck rückte ein wenig nach Nordwesten und blieb dann stehen.

39°20'14"N 25°16'03"W stand auf der Anzeige.

»Nordöstlich der Atlantis-Bruchzone«, sagte Desjardins. »Dort befindet sich die niedrigste Vortizität im gesamten verdammten Becken.«

»Sie haben gesagt: Wassertrübung.« Clarkes Spiegelbild mit der leuchtenden Zielscheibe auf der Brust schüttelte den Kopf. »Aber wenn es keine Vortizität gibt ...«

»Luftblasen«, rief Alice aus, der ein Licht aufgegangen war.

Desjardins nickte. »Wenn man einen Ruhesitz für ein paar Tausend Menschen baut, muss man einiges an Schweißarbeiten erledigen. Und dabei wird jede Menge überschüssiges Gas freigesetzt. Also kommt es zu Wassertrübungen.«

Clarke war immer noch skeptisch. »An der Channer-Quelle haben wir auch geschweißt. Der Druck hat die Blasen sofort nach ihrer Entstehung zusammengedrückt.«

»Bei einem Punktschweißgerät sicher. Aber diese Leute müssen ganze Habitate zusammengefügt haben. Und das bedeutet: höhere Temperaturen, mehr Gasentwicklung, mehr Wärmeträgheit.« Er drehte sich schließlich doch zu ihr um. »Wir reden hier nicht über einen brodelnden Hexenkessel. Wenn es an der Oberfläche ankommt, ist es kaum mehr als ein feines Sprudeln. Mit bloßem Auge wäre es nicht erkennbar. Aber es reicht aus, um den Lichteinfall zu verringern, und das sehen wir hier.«

Er tippte auf den Tumor auf der Anzeige.

Clarke starrte einen Moment lang mit ausdruckslosem Gesicht darauf. »Weiß noch irgendjemand davon?«, fragte sie schließlich.

Desjardins schüttelte den Kopf. »Ich habe niemandem gesagt, dass ich überhaupt daran gearbeitet habe.«

»Und es würde Ihnen auch nichts ausmachen, es dabei zu belassen?«

Er schnaubte verächtlich. »Lenie, ich möchte gar nicht erst darüber nachdenken, was geschehen würde, wenn jemand herausfände, womit ich hier meine Zeit verbringe. Und nicht, dass Sie hier nicht willkommen wären oder so, aber die Tatsache, dass Sie hier sind, stellt ein ziemliches Risiko dar. Sind Sie ...«

»Ich habe mich darum gekümmert, Killjoy«, sagte Alice leise. »Ich hab's dir doch gesagt, ich hole schnell auf.«

Das tat sie wirklich. Nachdem sie wegen seiner Fahnenflucht befördert worden war, hatte sie lediglich ein paar Stunden gebraucht, um herauszufinden, dass etwas mehr als tausend Firmenbosse still und heimlich von der Erdoberfläche verschwunden waren. In weniger als zwei Tagen hatte sie ihn wieder auf die Gehaltsliste der BRIKS gesetzt, seine mysteriöse Abwesenheit durch Alibis und einen bürokratischen Deckmantel verschleiert. Allerdings war sie auch mit einem ungerechten Vorteil in das Spiel eingestiegen: Da sie bereits mit Spartakus infiziert war, hatte ihr das *Schuldgefühl* nichts anhaben können. Sie hatte ihre Amtszeit mit der gesamten Macht einer hochrangigen *Gesetzesbrecherin* angetreten, ohne dabei den ganzen Einschränkungen unterworfen zu sein. Natürlich hatte sie die Mittel dazu gehabt, Lenie Clarke in das innere Heiligtum der BRIKS einzuschleusen.

Doch selbst in diesem Augenblick blubberte Spartakus in Desjardins' Kopf wie Säure und zerfraß die Ketten, die das *Schuldgefühl* ihm angelegt hatte. Spartakus hatte bereits sein Gewissen befreit, und er fürchtete, dass es bald ganz vernichtet sein würde.

Er sah Alice an. *Du hast mir das angetan,* dachte er und prüfte die Empfindungen, die diese Anschuldigung hervorrief. Anfangs hatte er Wut empfunden und das Gefühl, verraten worden zu sein. Sogar etwas, das beinahe an Hass grenzte.

Jetzt war er sich nicht mehr so sicher. Alice … Alice war eine Komplikation, sein Niedergang und seine Rettung in einem. Für den Augenblick hatte sie ihm den Arsch gerettet. Sie verfügte über Informationen, die ihm später von Nutzen sein konnten. Es schien ihm deshalb eine gute Idee, im Moment noch mitzuspielen. Was die Rifter anging – je eher er ihnen den richtigen Weg wies, desto eher konnte er sie sich vom Hals schaffen.

Und die ganze Zeit über dachte ein Teil seines Geistes beharrlich über die Möglichkeiten nach, die sich einem Mann bieten würden, der keinerlei Einschränkungen mehr unterworfen war …

Alice schenkte ihm ein zaghaftes Lächeln, immer noch voller Hoffnungen. Achilles Desjardins erwiderte ihr Lächeln.

»Ja, du holst schnell auf«, wiederholte er. »Das muss man dir lassen.«

Hoffentlich nicht schnell genug.

Jerenice Seger will eine Ankündigung machen.

Und zwar nicht nur gegenüber Clarke oder Lubin. Sie will ihnen nicht einmal sagen, worum es geht. »Ich möchte nicht, dass es irgendwelche Missverständnisse gibt«, sagt sie. »Ich möchte mich an Ihre gesamte Gemeinschaft wenden.« Ihr pixeliges Abbild starrt ihnen von der Anzeige entgegen, grimmig und trotzig. Patricia Rowan steht im Hintergrund. Sie sieht ebenfalls alles andere als zufrieden aus.

»Also gut«, sagt Lubin schließlich und kappt die Verbindung.

Seger, denkt Clarke. *Seger will etwas verkünden. Nicht Rowan.* »Medizinische Neuigkeiten«, sagt sie laut.

»Schlechte Neuigkeiten«, erwidert Lubin, während er seine Handschuhe verschließt.

Clarke stellt die Konsole auf LFAM-Breitbandübertragung. »Dann sollten wir wohl besser die Truppen zusammenrufen.«

Lubin steigt die Leiter hinunter. »Kannst du bitte für mich das Glockenspiel läuten?«

»Warum? Wo gehst du hin?« Das Glockenspiel dient als Signal für alle Rifter, die ihre Stimmwandler ausgeschaltet haben, aber normalerweise betätigt Lubin es selbst.

»Ich will etwas überprüfen«, sagt er.

Mit einem Zischen schließt sich die Luftschleuse hinter ihm.

Natürlich passen sie selbst bei ihrer gegenwärtigen Anzahl nicht alle zusammen in das Nervenzentrum.

Es wäre einfacher, wenn die Module der Rifter den Regeln folgen würden. Sie sind eigentlich so entworfen worden, dass sie sich untereinander verbinden lassen. In der Oberfläche der einzelnen Kugeln befinden sich jeweils sechs runde Münder von zwei Metern Durchmesser. Diese können an die Münder anderer Kugeln oder Teile von eingefügten Korridoren angedockt werden – und so wächst die gesamte Struktur wie ein Tumor oder eine opportunistische Infektion. Ein gewaltiges Skelett aus lang gezogenen Knochen und leeren Schädeln, das sich auf dem Meeresboden selbst zusammenfügt. So ist es jedenfalls gedacht. Ein paar Basisbauteile, die beliebig miteinander kombiniert werden können.

Aber nein. Hier sprießen die Habitatmodule wie einzeln stehende Pilze aus dem Meeresboden. Die Rifter hausen allein oder paarweise oder was auch immer für Formen des sozialen Zusammenlebens ihnen gerade passend erscheinen. Eine Gruppe von Riftern ist beinahe ein Widerspruch in sich. Die Nervenzentren gehören zu den größten Bauten der gesamten Wagenburg, und selbst in diesen finden auf den Hauptdecks höchstens ein Dutzend Rifter Platz. Angesichts des Sicherheitsabstandes, den die meisten Rifter in der Tiefsee normalerweise zu anderen Menschen einhalten, ist das alles andere als gemütlich.

Als Clarke vom Glockenspiel zurückkehrt, wird es bereits eng. Chen und Cramer treffen gemeinsam mit ihr ein, als sie gerade die Luftschleuse betritt. Auf dem Feuchtdeck steigt Abra Cheung vor ihr die Leiter hoch. Clarke folgt ihr nach oben, während sich hinter ihr erneut die Luftschleuse dreht. Während ihrer Abwesenheit ist eine Gruppe von acht oder neun Leuten eingetroffen.

Grace Nolan befindet sich mitten unter ihnen. Sie steht direkt vor der Kommkonsole. Auf dem Echolot sind ein Dutzend andere zu sehen, die auf dem Weg hierher sind. Clarke fragt sich geistesabwesend, ob die Lüftungsanlage einer solchen Menschenmenge überhaupt gewachsen ist. Vielleicht gibt es ja gar keine Ankündigung. Vielleicht hat Seger es darauf angelegt, sie an ihrem eigenen CO_2 ersticken zu lassen.

»Hallo.« Kevin Walsh taucht neben ihr auf und bleibt erwartungsvoll am Rand ihres Sicherheitsabstands stehen. Er scheint wieder ganz der Alte zu sein. Vor ihnen dreht sich Gomez um und sieht zu Clarke hinüber. »Hi, Len. Wie ich gehört habe, gibt es Neuigkeiten von den hohen Tieren?«

Clarke nickt.

»Du bist doch dicke mit diesen Arschlöchern. Weißt du, worum es geht?«

Sie schüttelt den Kopf. »Aber Seger ist das Sprachrohr. Ich denke mal, es geht um etwas Medizinisches.«

»Ja. Wahrscheinlich.« Gomez saugt leise die Luft zwischen seinen fleckigen Zähnen ein. »Hat irgendjemand Julia gesehen? Sie sollte doch eigentlich hier sein, um sich das anzuhören.«

Cheung schürzt die Lippen. »Was? Nachdem sie die letzten anderthalb Wochen mit Gene verbracht hat? Du kannst ja gerne dieselbe Luft mit ihr atmen, wenn du willst.«

»Ich habe sie vor nicht allzu langer Zeit draußen bei einem der Vorratslager gesehen«, wirft Hopkinson ein.

»Wie hat sie ausgesehen?«

»Du kennst doch Julia. Ein schwarzes Loch mit Brüsten.«

»Ich meine körperlich. Kam sie dir irgendwie krank vor?«

»Woher soll ich das wissen? Denkst du, sie war in Unterwäsche dort draußen?« Hopkinson zuckt die Achseln. »Jedenfalls hat sie nichts gesagt.«

Durch die Schottwände und über die Unterhaltung hinweg ist leise das Stöhnen gequälten Gesteins zu hören.

»Also gut«, sagt Nolan an der Konsole. »Genug palavert. Auf in den Kampf!« Sie klickt ein Icon auf der Anzeige an. »Sie sind auf Sendung, Seger. Geben Sie Ihr Bestes.«

»Sind alle da?«, ertönt Segers Stimme.

»Natürlich nicht. Wir passen nicht alle in ein Habitat.«

»Ich würde lieber ...«

»Sie sind in sämtliche LFAM-Kanäle eingeklinkt. Jeder, der sich im Umkreis von fünfhundert Metern befindet, kann Sie gut hören.«

»Also.« Eine Pause – das Schweigen von jemandem, der überlegt, wie er am besten ein Minenfeld überqueren kann. »Wie Sie wissen, ist Atlantis seit ein paar Tagen unter Quarantäne gestellt. Seit wir von βehemoth erfahren haben. Nun, wir haben alle die Genanpassungen erhalten, es stand also nicht zu befürchten, dass das Ganze zu einem ernsten Problem wird. Die Quarantäne war eine reine Vorsichtsmaßnahme.«

»*War*«, stellt Nolan fest. Im Untergeschoss dreht sich erneut die Luftschleuse.

Seger fährt fort: »Wir haben die … die Proben analysiert, die Ken und Lenie vom Unmöglichen See mitgebracht haben, und alles, was wir gefunden haben, deutete eindeutig auf βehemoth hin. Dieselbe sonderbare RNA, dieselbe Stereoisomerisierung von …«

»Kommen Sie zur Sache!«, faucht Nolan.

»Grace?«, sagt Clarke. Nolan blickt sie an.

»Halt den Mund und lass die Frau ausreden«, schlägt Clarke vor. Nolan schnaubt verächtlich und wendet sich ab.

»Jedenfalls«, fährt Seger nach einem Moment fort, »waren die Ergebnisse ziemlich eindeutig. Also haben wir die infizierten Überreste aus Sicherheitsgründen verbrannt. Nachdem wir sie digitalisiert hatten, heißt das.«

»Digitalisiert?«, ist Chens Stimme zu hören.

»Sie wurden in einem Scan mit hoher Auflösung zerstört, mit dessen Hilfe wir die Probe nun bis auf die Molekularebene genau simulieren können«, erklärt Seger. »An Modellgewebe lässt sich mehr oder weniger dasselbe Verhalten ablesen wie an einer echten Probe, ohne die entsprechenden Risiken.«

Charley Garcia kommt die Leiter hochgestiegen. Die Schottwände scheinen mit jedem Neuankömmling ein Stück näher zusammenzurücken. Clarke schluckt. Die Luft um sie herum wird immer dicker.

Seger hustet. »Ich habe mit einem dieser Modelle gearbeitet und … nun also, mir ist eine Anomalie aufgefallen. Ich glaube, dass der Fisch, den Sie vom Unmöglichen See hierhergebracht haben, mit βehemoth infiziert war.«

Überall im Raum tauschen leere Augen Blicke aus. In der Ferne gibt Lubins Glockenspiel ein letztes hohes Stöhnen von sich und verstummt dann, nachdem sein Reservoir erschöpft ist.

»Ja, natürlich«, sagt Nolan nach einem Moment. »Und?«

»Ich … ähm … ich meine ›infiziert‹ im pathologischen Sinne, nicht im symbiotischen.« Seger räuspert sich. »Was ich damit sagen will …«

»Er war krank«, sagt Clarke. »Er war an βehemoth erkrankt.«

Einen Augenblick lang herrscht Stille. Dann: »Ich fürchte, so ist es. Wenn Ken ihn nicht getötet hätte, wäre er, glaube ich, an βehemoth gestorben.«

»Oh verdammt«, flüstert jemand leise. Der Fluch hängt in der Stille, die sich im Raum ausgebreitet hat. Unten auf dem Nassdeck gluckert die Luftschleuse.

»Er war also krank«, sagt Dale Creasy nach einer Weile. »Ja und?«

Garcia schüttelt den Kopf. »Dale, weißt du denn nicht mehr, wie diese verdammte Mikrobe funktioniert?«

»Klar. Sie knackt die Enzyme, um an den Schwefel heranzukommen, oder so. Aber wir sind immun dagegen.«

»Wir sind immun«, sagt Garcia geduldig, »weil wir ein paar besondere Gene erhalten haben, die die Enzyme so robust machen, dass βehemoth sie nicht knacken kann. Und diese Gene haben wir von Tiefseefischen erhalten, Dale.«

Creasy hat es immer noch nicht ganz begriffen. Jemand anderes flüstert mit zittriger Stimme: »Verdammt, verdammt, verdammt.« Unten steigt irgendein Nachzügler die Leiter herauf. Wer immer es ist, er stolpert auf der ersten Sprosse.

»Ich fürchte, Mr. Garcia hat Recht«, sagt Seger. »Wenn die Fische hier unten anfällig gegen die Mikrobe sind, dann sind wir es wahrscheinlich auch.«

Clarke schüttelt den Kopf. »Aber … wollen Sie damit sagen, dass es sich gar nicht um βehemoth handelt? Dass es etwas ganz anderes ist?«

Plötzlich kommt Bewegung in die Menge. Die versammelten Rifter weichen vor der Leiter zum Nassdeck zurück, als würde sie unter Strom stehen. Julia Friedman kommt in den Raum gestolpert. Ihr Gesicht hat die Farbe von Basalt. Sie steht auf dem Deck und klammert sich am Geländer der Luke fest, als würde sie sich nicht trauen, es loszulassen. Sie blickt sich um und blinzelt hektisch über untoten Augen. Ihre Haut glänzt feucht.

»Im Großen und Ganzen ist es immer noch βehemoth«, dröhnt Segers Stimme in der Ferne. Aus Atlantis. Aus der gottverdammten Sicherheit des abgeriegelten, zugeschweißten, hermetisch versiegelten und unter Quarantäne gestellten verfluchten Atlantis. »Das ist der Grund, warum wir Mr. Ericksons Infektion nicht genau bestimmen konnten. Er wurde positiv auf βehemoth getestet, aber wir haben uns über diese Untersuchungsergebnisse keine weiteren Gedanken gemacht, weil wir angenommen haben, dass das kein Problem darstellt. Offenbar handelt es sich hier aber um eine neue Variante. Eine gesteigerte Speziation ist nicht ungewöhnlich, wenn ein Organismus sich in neuen Umgebungen ausbreitet. Was wir hier vor uns haben, ist mehr oder weniger …«

βehemoths böser Zwillingsbruder, erinnert sich Clarke.

»… βehemoth 2.0«, schließt Seger.

Julia Friedman sinkt auf die Knie und erbricht sich auf das Deck.

Babel auf dem Breitband. Eine Collage sich überlagernder, verzerrter Stimmen:

»Natürlich glaube ich ihnen nicht. Tust du es etwa?«

»Das ist Unsinn. Wenn du …«

»Sie haben Klartext mit uns gesprochen. Das hätten sie nicht tun müssen.«

»Ja, komischerweise sagen sie uns genau in dem Moment die Wahrheit, als sich bei Julia die ersten Symptome zeigen. Was für ein Zufall.«

»Woher hätten sie wissen sollen, dass sie ...«

»Sie kannten die Inkubationszeit. So muss es gewesen sein. Wie willst du sonst das Timing erklären? Als dramatische Ironie?«

»Ja, aber was sollen wir tun?«

Sie haben das Habitat verlassen. Es hat sich geleert wie eine geplatzte Tauchzelle. Rifter strömen auf einen Meeresboden hinaus, den selbst eine Landratte als überfüllt bezeichnet hätte. Jetzt hängt das Habitat über ihnen wie ein Planet aus Gusszinnbronze. Drei Lampen, die an der unteren Luftschleuse angebracht sind, werfen helle, sich überlappende Kreise auf den Meeresboden. Schwarze Körper schwimmen an der Peripherie dieses Lichtkreises umher, rastlose Bewegung hinter den haifischzahnartigen Reihen weißer, starrer Augenflecken. Clarke muss an hungrige Tiere denken, die vom Licht eines Lagerfeuers in Schach gehalten werden.

Eigentlich sollte sie sich wie eine von ihnen fühlen.

Grace Nolan ist nicht mehr anwesend. Sie ist vor ein paar Minuten in der Dunkelheit verschwunden, einen Arm schützend um Julia Friedman gelegt, um sie nach Hause zu bringen. Dieser Akt vermeintlicher Nächstenliebe hat ihr anscheinend zusätzliche Sympathien eingebracht: Nun stehen auch Chen und Hopkinson auf ihrer Seite. Garcia stellt ein paar symbolische Fragen, doch die allgemeine Stimmung scheint nicht darauf ausgerichtet zu sein, im Zweifel für den Angeklagten zu entscheiden.

»He, Dimi«, ertönt Chens surrende Stimme. »Wie sieht's dort drinnen aus?«

»Stinkt wie in einem Krankenhaus.« Alexanders von der Luft übertragene Stimme bildet einen auffälligen Kontrast zu dem Hintergrund aus wassergesättigtem Gemurmel. »Aber wir sind fast fertig. Wäre gut, wenn mir jemand eine neue Haut besorgen könnte.« Er ist immer noch im Innern des Habitats und sterilisiert alles, was mit Friedman oder ihren Körperflüssigkeiten in Kontakt gekommen sein könnte. Grace Nolan hat um Freiwillige gebeten.

Sie hat angefangen, Befehle zu erteilen. Und die Menschen befolgen sie.

»Ich würde sagen, wir bohren den Scheißkerlen ein paar Löcher in die Hülle«, ist Creasys surrende Stimme von irgendwoher in der Nähe zu vernehmen.

Clarke erinnert sich an durch Biostahl gebrannte Löcher. »Lasst uns mit dem Gegenschlag noch ein bisschen warten, Leute. Es könnte schwierig für sie werden, ein Heilmittel zu finden, wenn wir Kleinholz aus ihnen machen.«

»Als ob sie nach einem verdammten Heilmittel suchen würden.«

Sie geht nicht auf die Bemerkung ein. »Sie wollen Blutproben von uns allen. Womöglich sind noch mehr von uns infiziert. Anscheinend zeigen sich die Symptome nicht sofort.«

»Bei Gene haben sie sich ziemlich schnell gezeigt«, wirft jemand ein.

»Wenn einem bei lebendigem Leibe die Eingeweide herausgerissen werden, ist man dem Erreger wahrscheinlich ein kleines bisschen stärker ausgesetzt. Aber bei Julia sind die Symptome erst nach, was? … zwei Wochen aufgetreten.«

»Ich gebe denen kein Blut«, knurrt Creasy mit rostiger Stimme. »Die werden, verdammt nochmal, bluten, wenn sie versuchen, mich dazu zu zwingen.«

Verärgert schüttelt Clarke den Kopf. »Dale, sie können überhaupt niemanden zu etwas zwingen, und das wissen sie. Sie bitten darum. Wenn du willst, dass sie dich anflehen, dann lässt sich das wahrscheinlich auch einrichten. Was hast du für ein Problem? Ihr habt doch selbst auch schon Blutproben gesammelt.«

»Wenn wir alle mal für eine Weile die Zunge von Patricia Rowans Klitoris nehmen können, habe ich eine Nachricht von Gene.«

Grace Nolan schwimmt in den Lichtkreis wie ein pechschwarzes Tier, das die Vorherrschaft im Pack an sich reißt. Lagerfeuer jagen ihr keine Angst ein.

»Grace«, sagt Chen mit surrender Stimme. »Wie geht es Julia?«

»Was denkst du denn? Sie ist krank. Aber ich habe sie zumindest ins Bett gebracht, und die Diagnoseprogramme laufen, auch wenn das wohl nicht viel bringen wird.«

»Und Gene?«, fragt Clarke.

»Er war kurz wach. Er hat gesagt, und ich zitiere: ›Ich habe ihnen doch gesagt, dass diese Arschlöcher etwas mit mir gemacht haben. Vielleicht glauben sie mir ja, wenn meine Frau stirbt.‹«

»He«, meldet sich Walsh zu Wort. »Offenbar fühlt er sich bess...«

»Die Firmenbosse würden es nie wagen, so etwas zu verbreiten, wenn sie nicht längst ein Heilmittel besäßen«, schneidet Nolan ihm das Wort ab. »Es könnte sonst viel zu leicht auf sie zurückfallen.«

»Richtig«, ertönt erneut Creasys Stimme. »Deshalb sage ich, wir bohren den Scheißkerlen eine Schottwand nach der anderen an, bis sie es uns geben.«

Unsicherheit und Zustimmung mischen sich in der Dunkelheit.

»Wisst ihr, nur um mal des Teufels Advokaten zu spielen, es besteht eine geringe Wahrscheinlichkeit, dass sie die Wahrheit sagen.«

Charley Garcia, der neben Clarke im Wasser schwebt.

»Ich meine, Mikroben mutieren, nicht wahr?«, fährt er fort. »Besonders wenn man sie mit haufenweise Drogen bombardiert. Und ihr könnt wetten, dass sie die komplette Pharmaindustrie aufgekauft haben, als dieses Ding damals ausgebrochen ist. Also, wer sagt, dass es sich nicht ganz allein von βehemoth 1.0 in β-Max verwandelt hat?«

»Ein verdammt großer Zufall, wenn du mich fragst«, ertönt Creasys surrende Stimme.

Garcias Stimmwandler tickt – ein verbales Achselzucken. »Ich meine ja nur.«

»Und wenn sie einen verdammten Krieg mit Biowaffen gegen uns führen wollten, warum haben sie dann bis jetzt damit gewartet?«, fügt Clarke hinzu, die sich dankbar an jeden Strohhalm klammert. »Warum haben sie es nicht schon vor vier Jahren getan?«

»Vor vier Jahren hatten sie βehemoth noch nicht«, sagt Nolan.

Walsh: »Sie hätten eine Kultur mit hinunternehmen können.«

»Warum? Der guten alten Zeiten wegen? Aus nostalgischen Gründen, verdammt nochmal? Sie hatten gar nichts, bis Gene es ihnen warm und dampfend serviert hat.«

»Du solltest öfter mal vor die Tür gehen, Grace«, ertönt Garcias Stimme. »Wir bauen schon seit fünfzig Jahren Mikroorganismen aus Einzelteilen zusammen, die man per Post bestellen kann. Nachdem sie die Gene entschlüsselt hatten, hätten die Firmenbosse βehemoth jederzeit bauen können, wenn ihnen danach gewesen wäre.«

»Und auch alles Mögliche andere«, fügt Hopkinson hinzu. »Warum sollten sie etwas mit einer so langen Inkubationszeit erschaffen, nur damit ein paar von uns krank werden? Supercoli-Bakterien hätten uns innerhalb eines Tages umgebracht.«

»Sie hätten Gene innerhalb eines Tages umgebracht«, ertönt Nolans surrende Stimme. »Bevor er Gelegenheit gehabt hätte, uns andere zu infizieren. Ein Erreger mit einer kurzen Inkubationszeit hätte hier draußen keine Chance – wir sind zu weit verteilt und isoliert. Die meiste Zeit über atmen wir nicht einmal. Selbst wenn wir hineingehen, tragen wir unsere Taucherhäute. Dieses Ding braucht eine lange Inkubationszeit, wenn es sich verbreiten soll. Diese Krüppelficker wissen genau, was sie tun.«

»Außerdem«, fügt Baker hinzu. »Glaubt ihr, eine Epidemie von Supercoli-Bakterien könnte auf dem gottverdammten Meeresboden ausbrechen, ohne dass wir eins und eins zusammenzählen? Sie wären auf der Stelle erledigt, wenn sie so etwas versuchen würden.«

»Und das wissen sie auch.«

»Allerdings verschafft ihnen βehemoth ein Alibi, nicht wahr?«, sagt Chen.

Verdammt, Jelaine. Clarke hat genau dasselbe gedacht. *Warum musstest du das erwähnen?*

Nolan greift den Gedanken sofort auf. »Das stimmt. Das ist richtig. βehemoth kommt von weit drüben vom Unmöglichen See, also kann niemand behaupten, sie hätten es dort deponiert – auf seinem Weg durch Atlantis haben sie lediglich ein bisschen daran herumgedoktert und es dann an uns weitergereicht. Wie sollten wir schon den Unterschied erkennen?«

»Besonders nachdem sie clevererweise die Proben vernichtet haben«, fügt Creasy hinzu.

Clarke schüttelt den Kopf. »Du bist ein Rohrleger mit Kiemen, Dale. Du hättest keine Ahnung, was du mit diesen Proben anfangen solltest, selbst wenn Seger sie dir in einem Plastikbeutel geben würde. Und das Gleiche gilt für Graces kleines Projekt mit dem Blut.«

»Das ist also dein Beitrag.« Nolan schwimmt durchs Wasser, bis sie nur noch ein paar Meter von Clarke entfernt ist. »Keiner von uns armen dummen Fischköpfen hat einen Uni-Abschluss, also müssen wir uns eben auf die weisen alten Spezialisten verlassen, die uns von Anfang an angeschissen haben.«

»Es gibt da noch jemand anderen«, erwidert Clarke mit surrender Stimme. »Rama Bhanderi.«

Plötzlich herrscht vollkommene Stille. Clarke kann selbst kaum glauben, dass sie das gesagt hat.

Chens Stimmwandler stottert unbeholfen. »Ä … Len. Rama ist unter die Freilebenden gegangen.«

»Noch nicht. Jedenfalls nicht ganz. Höchstens teilweise.«

»Bhanderi?« Das Wasser vibriert von Nolans Spott. »Der hat sich doch inzwischen längst in einen Fisch verwandelt!«

»Er bringt immer noch zusammenhängende Sätze heraus«, sagt

Clarke beharrlich. »Ich habe gerade letztens erst mit ihm gesprochen. Wir können ihn zurückholen.«

»Lenie«, sagt Walsh. »Niemand ist jemals ...«

»Bhanderi ist scheißschlau«, mischt sich Garcia ein. »Das war er jedenfalls früher einmal.«

»Ja, sogar im wörtlichen Sinne«, fügt Creasy hinzu. »Ich habe gehört, dass er einmal Coli-Bakterien so modifiziert hat, dass sie psychotrope Substanzen ausscheiden. Wenn einer mit dieser Scheiße in den Eingeweiden rumläuft, versetzt er sich ständig selbst ins Nirwana.« Grace Nolan dreht sich um und starrt ihn an, aber Creasy versteht den Wink mit dem Zaunpfahl nicht. »Er hat ein paar seiner Kunden dazu gebracht, ihre eigenen Exkremente zu fressen, des Feedback-Highs wegen.«

»Na, phantastisch«, sagt Nolan mit surrender Stimme. »Ein sabbernder Idiot und Fäkalienchemiker. Unsere Probleme sind gelöst.«

»Ich meine ja nur, dass wir uns nicht selbst die Kehle durchschneiden sollten«, erklärt Clarke. »Wenn die Firmenbosse uns nicht anlügen, sind sie unsere beste Chance, mit der ganzen Sache fertig zu werden.«

Cheung: »Willst du damit sagen, dass wir ihnen vertrauen sollten?«

»Ich will damit sagen, dass das vielleicht gar nicht nötig ist. Lasst mich mit Rama reden und sehen, ob er uns helfen kann. Wenn nicht, können wir Atlantis immer noch in die Luft jagen.«

Nolan durchschneidet das Wasser mit der Handkante. »Er hat vollkommen den Verstand verloren!«

»Es war noch genug davon übrig, dass er mir erzählen konnte, was bei dem Vorratslager geschehen ist«, erwidert Clarke ruhig.

Nolan starrt Clarke an. Ihr Körper hinter der Maske ist plötzlich auf undefinierbare Weise angespannt.

»Ich glaube«, meldet sich Garcia zu Wort, »dass ich in dieser Sache auf Lenies Seite stehe.«

»Ich nicht«, erwidert Creasy augenblicklich.

»Wahrscheinlich kann es nichts schaden, es zu versuchen«, ertönt Hopkinsons Stimme irgendwo von den billigen Plätzen. »Wie Lenie gesagt hat – umbringen können wir sie immer noch.«

Die Begeisterung ist nicht gerade groß. Aber Clarke beschließt dennoch, darauf zu bauen. »Was sollen sie schon machen? Den Atem anhalten und zur Oberfläche hochschwimmen? Wir können es uns leisten, noch ein wenig zu warten.«

»Kann Gene warten? Oder Julia?« Nolan blickt sich im Kreis um. »Wie viel Zeit bleibt uns noch?«

»Und wenn du nun falsch liegst und jedes Einzelne dieser Arschlöcher umbringst, um dann festzustellen, dass sie uns doch nur helfen wollten?« Clarke schüttelt den Kopf. »Nein. Das werde ich nicht zulassen.«

»Was wirst du nicht …?«

Clarke dreht die Lautstärke ihres Stimmwandlers hoch und fällt ihr ins Wort. »Hier ist der Plan, Leute. Jeder, der bisher noch keine Blutprobe abgegeben hat, holt das nach. Ich mache Rama ausfindig und schaue, ob ich ihn davon überzeugen kann, uns zu helfen. Und in der Zwischenzeit lassen wir die Firmenbosse erst einmal in Ruhe.«

Das ist es, denkt sie. *Jetzt muss sie den Einsatz erhöhen oder aussteigen.* Der Augenblick zieht sich in die Länge.

Nolan lässt den Blick über die versammelte Menge schweifen. Offensichtlich gefällt ihr nicht, was sie sieht. »Also gut«, sagt sie schließlich. »Ihr fröhlichen kleinen K- und R-Strategen könnt machen, was ihr wollt. Ich weiß, was ich tun werde.«

»Du«, sagt Clarke zu ihr, »wirst, verdammt nochmal, die Klappe halten und gar nichts tun, bis wir ein paar verlässliche Informationen bekommen. Und bis dahin, Grace, wenn ich dich auch nur fünfzig Meter im Umkreis von Atlantis oder Rama Bhanderi erwische, werde ich dir persönlich die Schläuche aus der Brust reißen.«

Plötzlich stehen sie sich Augenkappe an Augenkappe gegenüber. »Du reißt ganz schön die Klappe auf für jemanden, der sein psychotisches Schoßhündchen nicht dabeihat.« Nolans Stimmwandler ist sehr leise. Ihre Worte sind kaum mehr als ein mechanisches Flüstern, das für Clarkes Ohren allein bestimmt ist. »Wo ist dein Leibwächter, Krüppelfickerin?«

»Wenn du der Meinung bist, dass ich einen brauche«, erwidert Clarke mit ruhiger Stimme, »dann hör auf rumzutönen und komm zur Sache.«

Nolan hängt im Wasser und rührt sich nicht. Aus ihrem Stimmwandler dringt ein Ticken wie von einem Geigerzähler.

»Hee, Grace«, ist Chens zögerliche Stimme aus dem Publikum zu vernehmen. »Weißt du, es kann doch wirklich nicht schaden, es zu versuchen, oder?«

Nolan scheint sie nicht gehört zu haben. Lange Zeit antwortet sie nicht. Dann schüttelt sie den Kopf.

»Scheiß drauf! Dann versuch es eben.«

Clarke wartet einen Moment lang, bis wieder Stille eingekehrt ist. Dann dreht sie sich betont langsam um und schwimmt aus dem Lichtkreis hinaus. Sie blickt nicht zurück. Hoffentlich deutet der Rest des Packs dies als eine Geste überragender Zuversicht. Doch innerlich überkommt sie Angst. Innerlich will sie eigentlich nur weglaufen – vor dieser neuerlichen Erinnerung an ihre unrühmliche Vergangenheit, vor dem Schicksal, das sich gegen sie gewendet hat. Sie will den Meeresrücken einfach hinter sich lassen und unter die Freilebenden gehen, immer weiter schwimmen, bis ihr Hirn aufgrund von Hunger und Isolation so leer und reptilienartig geworden ist, wie Bhanderis es inzwischen wahrscheinlich ist. Sie will einfach nur aufgeben.

Sie schwimmt in die Dunkelheit hinaus und hofft, dass die anderen ihrem Beispiel folgen. Bevor Grace Nolan sie umstimmen kann.

Sie entscheidet sich für einen abgelegenen Doppeldecker, der ein Stück weit den Abhang hinunter liegt. Er hat keinen Namen – ein paar der anderen Habitate tragen Bezeichnungen wie *Corys Reich* oder *Beach-Ball* oder *Lasst alle Hoffnung fahren*. Doch auf der Hülle dieses Habitats war keine Beschriftung zu sehen, als sie das letzte Mal in der Gegend war, und das hat sich auch nicht geändert.

Es wurden zwar keine »Zutritt verboten«-Schilder an der Luftschleuse befestigt, aber auf dem Trockengestell im Innern befinden sich zwei Paar glänzende Schwimmflossen und vom Trockendeck dringen leise schmatzende Geräusche herüber.

Sie steigt die Leiter hoch. Auf einer Pritsche im Vorraum vögelt Ng gerade jemanden, von dem nur der Rücken zu sehen ist. Offensichtlich hat Lubins Glockenspiel nicht ausgereicht, um die Aufmerksamkeit der beiden zu erregen. Clarke erwägt kurz, zu ihnen zu gehen und ihnen von den jüngsten Ereignissen zu berichten.

Scheiß drauf! Sie werden es schon noch früh genug erfahren.

Sie geht um die beiden herum und tritt an die Komm-Konsole des Habitats heran. Es ist ein ziemlich einfaches Gerät, das lediglich aus ein paar Standardkomponenten besteht und über die Grundfunktionen verfügt. Clarke dreht an der Echolotanzeige herum, lässt sich die Landschaft des Meeresrückens anzeigen und die weit verstreuten Icons darüber. Dort sind die Hauptgeneratoren, gittermodellartige Wolkenkratzer, die in südlicher Richtung über dem Meeresrücken aufragen. Hier ist Atlantis, ein großes knotiges Riesenrad, das auf der Seite liegt – verschwommen und trübe, das Echo von einem halben Dutzend Generatoren verzerrt, die weißes Rauschen produzieren, das verhindern soll, dass die Firmenbosse ihre Gespräche abhören. Seit dem letzten Aufstand wurden diese Generatoren nicht mehr benutzt. Clarke war überrascht, dass sie sich immer noch an Ort und Stelle befanden, ganz zu schweigen davon, dass sie noch funktionierten.

Sie fragt sich, ob vielleicht jemand nachgeholfen hat, die Garantiezeit zu verlängern.

Ein Dunstschleier aus silbernen Blasen ist über die Anzeige verteilt: Das halb verlassene Zuhause von Leuten, die kaum wissen, was das Wort bedeutet. Wenn sie die Auflösung ein wenig hochdreht, kann sie die Menschen selbst sehen: Die Anzeige verliert an Reichweite, gewinnt jedoch an Detailreichtum, und die Meereslandschaft darum herum füllt sich mit schimmernden saphirblauen Icons so durchscheinend wie Höhlenfische. Die Implantate werfen harte Echos aus dem Innern des Körpers zurück, kleine, undurchsichtige Ansammlungen mechanischer Organe.

Die einzelnen Menschen auf dem Bildschirm zu unterscheiden, ist kein Problem – jeder von ihnen trägt einen ID-Transponder in der Nähe des Herzens, der die Identifizierung erleichtert. Mit einer einzigen Berührung könnte sich Clarke diese Informationen einblenden lassen. Doch das tut sie grundsätzlich nicht. Niemand tut das. Die Riftergesellschaft hat ihre eigene Etikette. Außerdem ist es normalerweise auch nicht nötig. Mit den Jahren lernt man, die Echos selbst zu deuten. Creasys Implantate verzerren die Rückenansicht ein wenig, Yeagers kaputtes Bein zieht ihn immer leicht in Richtung backbord, wenn er sich bewegt. Gomez' massigen Leib hätte selbst eine Landratte ohne Schwierigkeiten erkannt. Die Transponder sind aufdringlich und überflüssig, ein Spickzettel für Anfänger. Normalerweise benötigen die Rifter solche Daten nicht, und die Firmenbosse haben inzwischen keinen Zugriff mehr darauf.

Hin und wieder jedoch, wenn ein Echo wegen zu großer Entfernung keine nützlichen Hinweise mehr liefert oder man ein bestimmtes Ziel verfolgt, sind die Spickzettel die einzige Alternative.

Clarke fährt die Reichweite auf Maximum hoch. Die klar umrissenen, hellen Gestalten streben aufeinander zu und schrumpfen in der Mitte der Anzeige zusammen wie kosmisches Treibgut, das von einem

Schwarzen Loch angezogen wird. An den äußeren Rändern des Bildschirms taucht neues Gelände auf, riesengroß, trübe und abstrakt. Große, dunkle Risse kommen in Sicht, die sich kreuz und quer über den Meeresboden hinziehen. Ein Dutzend gezackte Hügel aus erbrochenen Zink- und Silberablagerungen sind überall auf dem Meeresboden verstreut, manche kaum mehr als einen Meter hoch, andere fünfzig Mal so groß. Der Meeresboden selbst steigt nach Osten hin an – die Schulter eines großen Berges, die sich über die Reichweite des Echolots hinaus erstreckt.

In mittlerer Entfernung und darüber hinaus sind da und dort ein paar Flecken blauen Lichts zu sehen. Manche schlängeln sich in langsamen, pixeligen Bahnen über die schlammige Ebene, andere treiben nur vor sich hin. Auf eine solche Entfernung ist kein nützliches Profil zu erkennen, aber das ist auch nicht nötig. Die Transponder-Anzeige ist eindeutig.

Bhanderi befindet sich im Südwesten, beinahe außerhalb der Reichweite des Echolots. Clarke merkt sich seine Position, schaltet die Transponder-Anzeige aus und fährt die Reichweite wieder auf die Standardeinstellung zurück. Atlantis und seine Umgebung nehmen wieder die gesamte Anzeige ein und …

Moment mal …

Ein einzelnes Echo, beinahe verborgen vom weißen Rauschen, das die Generatoren erzeugen. Ein verschwommener Fleck ohne Einzelheiten, ein unerwarteter Auswuchs an einem der röhrenförmigen Korridore, die Atlantis' Module miteinander verbinden. Die nächste Kamera hängt an einem Andockgerüst fünfundzwanzig Meter weiter östlich. Clarke klinkt sich in die Übertragung ein: Ein neues Fenster öffnet sich, das körniges grünes Licht auf der Anzeige verbreitet.

Atlantis ist da und dort von Braunfäule befallen. Teile seiner gewaltigen Struktur erstrahlen wie immer: Blinklichter an den äußeren Begrenzungen der Station und den Lüftungsöffnungen, Markierungen von Rohrleitungen, die in der Dunkelheit funkeln. Doch es gibt andere Stellen, wo die Lichter weniger hell leuchten, dunkle Löcher und Lücken, wo Lampen, die einst gelbgrün gestrahlt haben, nun nur noch ein schwaches, gespenstisches blaues Licht abgeben, das so dunkel ist, dass es fast schon in Schwarz übergeht. *Außer Betrieb,* bedeutet dieses blaue Licht. Oder genauer gesagt: *Keine Fischköpfe*.

Die Luftschleusen. Die Hangarbuchttüren. Inzwischen tut niemand mehr so, als handele es sich lediglich um eine »Vorsichtsmaßnahme« …

Sie schwenkt die Kamera herum und betätigt den Zoom: Der trübe Dunst in der Ferne wird vergrößert und tritt in den Vordergrund. Die Sicht ist schlecht an diesem Tag – entweder sind in der Nähe ein paar Raucher ausgebrochen oder Atlantis spuckt Schwebstoffe aus. Sie kann lediglich einen verschwommenen schwarzen Umriss vor einem grünen Hintergrund erkennen, eine Silhouette, die ihr so vertraut ist, dass sie gar nicht mehr weiß, woran genau sie sie erkennt.

Es ist Lubin.

Er schwebt nur Zentimeter von der Hülle entfernt im Wasser und rudert mit den Armen. Vielleicht versucht er, gegen ein kompliziertes Wechselspiel aus Strömungen die Position zu halten – nur, dass es an der Stelle nichts Interessantes zu sehen gibt. In der Nähe befindet sich keine Sichtluke, keine Möglichkeit, ins Innere der Station zu blicken. Es gibt keinen Grund, warum er sich gerade an diesem bestimmten Stück Korridor aufhalten sollte.

Nach einer Weile beginnt er, viel zu langsam an der Hülle entlangzuschwimmen. Normalerweise durchschneiden seine Schwimmflossen mit mühelosen Stößen das Wasser, doch jetzt bewegt er sie kaum. Er schwimmt nur wenig schneller, als eine Landratte laufen würde.

Hinter Clarke kommt jemand zum Höhepunkt. Ng murmelt etwas wie: »Dreh dich um. Jetzt bin ich an der Reihe.« Lenie Clarke hört die beiden kaum.

Du Mistkerl, denkt sie, als Lubin in der Ferne verschwindet. *Du Mistkerl.*

Du hast es einfach getan.

Zwangsverpflichtet

Alyx kann die Sache mit den Freilebenden nicht verstehen. Wahrscheinlich begreift es keiner der Firmenbosse, aber die anderen machen sich keine großen Gedanken darüber – je mehr Fischköpfe aus dem Weg sind, desto besser. Und scheiß auf das Kleingedruckte. Alyx jedoch war zutiefst entrüstet. Ihrer Meinung nach war es das Gleiche, als würde man seine verkrüppelte Großmutter auf einer Eisscholle sich selbst überlassen.

»Lex, es ist ihre eigene Entscheidung«, erklärte Clarke ihr einmal.

»Wie? Sie entscheiden sich dafür, den Verstand zu verlieren? Während ihre Knochen so brüchig werden, dass sie im Innern einer Station kaum noch aufrecht stehen können?«

»Sie entscheiden sich dafür«, erwiderte Clarke sanft, »draußen in der Riftzone zu bleiben. Und sie glauben, dass es den Preis wert ist.«

»Warum? Was ist so toll daran? Was machen sie dort draußen?«

»Ich nehme an, es gibt ihnen ein Gefühl von … Freiheit.« Die Halluzinationen erwähnte Clarke nicht. »Man hat das Gefühl, mit allem verbunden zu sein. Es ist schwer zu erklären.«

Alyx schnaubte verächtlich. »Du weißt es einfach nur nicht genau.«

Das stimmt zum Teil. Natürlich spürt auch Clarke den Sog der Tiefsee. Vielleicht ist es eine Art Flucht. Vielleicht ist die Tiefe einfach das ultimative Versteck vor der Hölle auf Erden, die das Leben unter den Landratten bedeutet. Oder womöglich ist es sogar noch einfacher. Womöglich erinnert die Tiefe an die Dunkelheit und Schwerelosigkeit, die im Mutterleib herrscht, das längst vergessene Gefühl, ernährt und beschützt zu werden und sicher zu sein, bevor die Wehen beginnen und alles den Bach hinuntergeht.

Jeder Rifter spürt das. Aber nicht jeder Rifter geht unter die Freilebenden, jedenfalls nicht sofort. Manche sind nur ... besonders anfällig dafür. Die süchtigen Rifter im Gegensatz zu den gesellschaftsfähigen. Vielleicht haben die Freilebenden zu viel Serotonin in ihren Schläfenlappen. Auf irgend so etwas läuft es schließlich immer hinaus.

Alyx überzeugte das natürlich nicht.

»Ihr solltet die Fütterstationen entfernen«, sagte sie. »Dann müssten sie zumindest zum Essen reinkommen.«

»Sie würden entweder verhungern oder sich mit Muscheln und Würmern begnügen.« Was mehr oder weniger verhungern in Raten bedeutete, wenn sie sich nicht gleich eine Vergiftung zuzogen. »Und warum sollten wir sie zwingen hereinzukommen, wenn sie das nicht wollen?«

»Weil es Selbstmord ist, darum!«, rief Alyx. »Verdammt, ich kann nicht glauben, dass ich es dir erklären muss! Würdest du mich nicht auch zurückhalten, wenn ich versuchen würde, mich umzubringen?«

»Das kommt drauf an.«

»Das kommt drauf an?!«

»Darauf, ob du es wirklich willst, oder ob du es nur tust, um etwas zu beweisen.«

»Ich meine es ernst.«

»Ja. Das sehe ich.« Clarke seufzte. »Wenn du dich wirklich umbringen wolltest, wäre ich sehr traurig und wütend und würde dich ganz schrecklich vermissen. Aber ich würde dich nicht daran hindern.«

Alyx war entsetzt. »Warum nicht?«

»Weil es dein Leben ist und nicht meines.«

Das schien Alyx nicht erwartet zu haben. Sie starrte Clarke finster an, offensichtlich nicht überzeugt, aber auch um eine Antwort verlegen.

»Wolltest du schon einmal sterben?«, fragte Clarke sie. »Ernsthaft?«

»Nein, aber …«

»Ich schon.«

Alyx verstummte.

»Und glaub mir«, fuhr Clarke fort, »es macht überhaupt keinen Spaß, einem Haufen professioneller Kopfläuse zuzuhören, die dir erzählen, *dass es so vieles gibt, wofür es sich zu leben lohnt* und *dass alles doch eigentlich gar nicht so schlimm ist* und dass du *in fünf Jahren zurückblicken und dich fragen wirst, wie du jemals auf den Gedanken kommen konntest, dir das Leben zu nehmen*. Ich meine, die haben doch nicht die geringste Ahnung von meinem Leben. Wenn es etwas auf der Welt gibt, mit dem ich mich auskenne, dann ist es mein eigenes Ich. Und ich denke, dass es der verdammte Gipfel der Anmaßung ist, einem anderen menschlichen Wesen erzählen zu wollen, ob sein Leben es wert ist, gelebt zu werden.«

»Aber man muss sich doch gar nicht so fühlen«, sagte Alyx unglücklich. »Niemand muss das! Man klebt sich einfach ein Pflaster auf den Arm und …«

»Es geht nicht darum, sich glücklich zu fühlen, Lex. Es geht darum, einen Grund zu haben, sich glücklich zu fühlen.« Clarke legte dem Mädchen eine Hand auf die Wange. »Du sagst, dass ich dich nicht genug mag, um dich daran zu hindern, dich umzubringen, ich aber sage, dass ich dich, verdammt nochmal, so sehr mag, dass ich dir sogar dabei helfen würde, wenn das wirklich dein Wunsch ist.«

Alyx starrte lange aufs Deck. Als sie wieder aufblickte, strahlten ihre Augen.

»Aber du bist nicht gestorben«, sagte sie leise. »Du wolltest dich umbringen, aber du hast es nicht getan, und darum bist du jetzt am Leben.«

Und darum haben viele andere Menschen den Tod gefunden … Diesen Gedanken behielt Clarke jedoch für sich.

Und jetzt will sie gegen all diese Grundsätze verstoßen. Sie ist auf der Suche nach jemandem, der sich entschlossen hat, sich von der Gesellschaft zurückzuziehen, und sie wird sich über diese Entscheidung hinwegsetzen und ihm stattdessen ihre eigene aufzwingen. Sie möchte gern glauben, dass Alyx diese Ironie lustig finden würde, aber sie weiß es besser. Das Ganze hat nichts Lustiges an sich. Dafür ist es viel zu grauenhaft.

Dieses Mal hat sie auf einen Tintenfisch verzichtet. Die Freilebenden schrecken normalerweise vor den Geräuschen von Maschinen zurück. Eine Ewigkeit lang scheint sie über eine Ebene aus eintönigem grauem Schlamm zu schwimmen, eine bodenlose Schicht aus totem Plankton, die sich in zehn Millionen Jahren hier angesammelt hat. Jemand ist vor ihr hier gewesen. Sie stößt plötzlich auf einen Kondensstreifen, einen Dunstschleier aus winzigen Leichnamen, die vor kurzem aufgewirbelt wurden und sich noch nicht wieder gesetzt haben. Sie folgt ihm. Wie schartige Sonnenuhren ragen hier und dort Brocken aus Bimsstein und Obsidian vom Meeresboden auf. Ihre Schatten streifen den hellen, vorbeischwebenden Kreis von Clarkes Stirnlampe, dehnen sich aus, schrumpfen wieder zusammen und verschmelzen erneut mit der Millionen Jahre alten Dunkelheit. Irgendwann beherrschen die Felsbrocken den Meeresboden, sind nicht mehr nur vereinzelte Vorsprünge, die aus dem Schlamm aufragen, sondern bilden eine eigenständige Landschaft.

Eine chaotische Geröllhalde aus zerbrochenem vulkanischem Glas erhebt sich vor Clarke. Sie dreht ihre Stirnlampe hoch. Ihr Strahl fällt auf eine Felsenklippe in einigen Metern Entfernung, deren Oberfläche von tiefen vertikalen Rissen durchzogen ist.

»Hallo? Rama?«

Nichts.

»Ich bin's, Lenie.«

Ein Schatten mit weißen Augen schlängelt sich wie ein Aal zwischen zwei Felsbrocken hindurch. »... hell ...«

Sie dämpft das Licht. »Besser?«

»Ah … Len …« Ein mechanisches Wispern. Zwei Silben, zwischen denen mehrere Sekunden liegen. Offenbar kostet es ihn viel Mühe, sie herauszubringen. »Hi …«

»Wir brauchen deine Hilfe, Rama.«

Aus Bhanderis Versteck ist irgendetwas Unverständliches zu hören.

»Rama?«

»Was … Hilfe?«

»Eine Krankheit ist ausgebrochen. Sie ähnelt βehemoth, aber unsere Genanpassungen helfen dagegen nicht. Wir müssen wissen, was es ist. Wir brauchen jemanden, der sich mit Genetik auskennt.«

Nichts rührt sich zwischen den Felsen.

»Die Lage ist ernst. Bitte. Kannst du uns helfen?«

»…teomik«, ist Bhanderis klickende Stimme zu hören.

»Wie bitte? Ich habe dich nicht verstanden.«

»… Proteomik. Gen… Genetik war … nur Nebenfach.«

Es ist ihm beinahe gelungen, einen vollständigen Satz herauszubringen. Könnte es jemanden geben, der besser geeignet wäre, um ihm Hunderte von Menschenleben anzuvertrauen?

»… habe von dir geträumt.« Bhanderi seufzt. Es klingt, als würde jemand auf einem metallenen Kamm blasen.

»Das war kein Traum. Und das hier ist auch keiner. Wir brauchen wirklich deine Hilfe, Rama. Bitte.«

»Das ist falsch«, sagt er mit surrender Stimme. »Das ergibt keinen Sinn.«

»Was ergibt keinen Sinn?«, fragt Clarke, ermutigt durch die zusammenhängenden Sätze, die Bhanderi plötzlich von sich gibt.

»Die Firmenb… fragt die Firmenbosse.«

»Die Firmenbosse haben die Mikrobe möglicherweise hergestellt. Oder jedenfalls modifiziert. Wir können ihnen nicht trauen.«

»… ihr Ärmsten …«

»Kannst du nicht einfach …«

»Mehr Histamin«, ertönt Bhanderis surrende Stimme wieder geistesabwesend und verloren. Dann: »Mach's gut …«

»Nein! Rama!«

Sie dreht noch rechtzeitig ihre Lampe hoch, um ein Paar Schwimmflossen in einer Felsspalte einige Meter die Klippe hinauf verschwinden zu sehen. Sie schwimmt hinter ihm her und stürzt sich in den Spalt wie eine Wasserspringerin, die Arme über den Kopf erhoben. Die Kluft spaltet den Felsen der Länge nach, ist jedoch nicht sonderlich breit. Nach zwei Metern muss sich Clarke auf die Seite drehen. Ihre Lampe erleuchtet den schmalen Spalt, so hell wie das Tageslicht an der Oberfläche. Irgendwo in der Nähe gibt ein Stimmwandler verzweifelte knarrende Geräusche von sich.

Vier Meter über ihr klettert Bhanderi wie ein Frosch den Spalt hinauf. Dort oben wird die Kluft immer enger – Bhanderi läuft Gefahr, sich hoffnungslos zwischen den Felswänden zu verkeilen. Clarke jagt ihm hinterher.

»Zu hell!«, ertönt seine surrende Stimme.

Tja, Pech gehabt, denkt sie.

Nach zwei Monaten chronischer Auszehrung ist Bhanderi zum Skelett abgemagert. Selbst wenn er hier drin stecken bleibt, ist er vielleicht zu weit entfernt, als dass Clarke an ihn herankäme. Möglicherweise jongliert sein von Panik erfülltes, sich zurückentwickelndes kleines Gehirn gerade mit eben diesen Variablen, denn Bhanderi schwimmt im Zickzack hin und her, als könnte er sich nicht entscheiden zwischen dem offenen Wasser und dem schützenden, engen Spalt. Schließlich wählt er das Wasser, doch seine Unentschlossenheit hat ihn seinen Vorsprung gekostet, und nun hat Clarke ihn am Knöchel gepackt.

Er strampelt mit den Beinen, eingeengt von den Felswänden. »Verdammte Schlampe. Lass los!«

»Dein Wortschatz kehrt zurück, wie ich sehe.«

»Lass … los!«

Sie schwimmt auf den Ausgang der Felsspalte zu und zerrt Bhanderi am Bein hinter sich her. Er versucht, sich an den Felswänden festzuhalten und leistet erbitterten Widerstand. Als sie die enge Spalte verlassen haben, dreht er sich herum und stürzt sich mit erhobenen Fäusten auf sie. Sie wehrt ihn ab und muss sich daran erinnern, wie zerbrechlich seine Knochen sind.

Schließlich hat sie ihn überwältigt. Sie hält ihn in einem Doppelnelson – die Arme unter seinen Schultern festgehakt, die Hände in seinem Nacken verschränkt. Sie befinden sich immer noch am Eingang der Felsspalte. Bhanderis Zappeln schleudert sie mit dem Rücken gegen rissige Basaltplatten.

»Hell«, ist seine klickende Stimme zu hören.

»Hör zu, Rama. Für mich steht zu viel auf dem Spiel. Ich kann nicht zulassen, dass du einfach so wegwirfst, was noch an Wissen in deinem Schädel verblieben ist. Verstehst du mich?«

Er windet sich in ihrem Griff.

»Ich schalte das Licht aus, wenn du aufhörst, dich zu wehren und mich anhörst, okay?«

»… ich … dich …«

Sie schaltet die Lampe aus. Bhanderi erstarrt und erschlafft dann in ihren Armen.

»Okay. Besser. Du musst zurückkehren, Bhanderi. Nur für eine Weile. Wir brauchen dich.«

»… brauchen … echte Null …«

»Kannst du dich nicht mal zusammenreißen? So weggetreten bist du noch nicht. Das kann nicht sein. Du bist hier draußen seit …« Es sind etwa zwei Monate, oder? Inzwischen wahrscheinlich schon mehr. Reicht das aus, um ein Gehirn in Brei zu verwandeln? Verschwendet sie ihre Zeit?

Sie beginnt noch einmal von vorn. »Es steht viel auf dem Spiel. Eine Menge Menschen könnten sterben. Du könntest sterben. Diese … Krankheit, oder was immer es ist, könnte dich ebenso leicht befallen wie uns andere. Vielleicht bist du sogar schon infiziert. Verstehst du mich?«

»… verstehen …«

Sie hofft, dass das eine Antwort ist und nicht nur ein Echo ihrer Worte. »Es geht auch nicht nur um die Krankheit. Alle suchen nach jemandem, dem sie die Schuld geben können. Es ist nur eine Frage der Zeit, bis …«

Peng!, erinnert sie sich. *In die Luft gejagt. Viel zu hell.*

»Rama«, sagt sie eindringlich. »Wenn die Dinge außer Kontrolle geraten, könnte alles in die Luft fliegen. Verstehst du? *Peng.* So wie beim Vorratslager. Die ganze Zeit *Peng*. Es sei denn, du hilfst mir. Es sei denn, du hilfst *uns*. Begreifst du das?«

In der Dunkelheit hängt er in ihren Armen wie ein knochenloser Kadaver.

»Ja«, ertönt schließlich seine surrende Stimme. »Warum hast du das nicht gleich gesagt?«

Der Kampf hat ihn mitgenommen. Bhanderi bevorzugt das linke Bein beim Schwimmen und driftet mit jedem Schwimmzug in Richtung backbord ab. Clarke schiebt ihm eine Hand unter die Achsel, um ihm zu helfen, doch er erschrickt und weicht vor ihrer Berührung zurück. Also begnügt sie sich damit, neben ihm herzuschwimmen und ihn nur gelegentlich wieder auf Kurs zu bringen.

Dreimal bricht er aus und versucht, in die Dunkelheit zu entkommen. Dreimal holt sie ihn, brabbelnd und mit rudernden Armen, wieder zurück. Die Episoden halten jedoch nie lange an. Wenn sie ihn überwältigt hat, beruhigt er sich wieder. Und wenn er sich beruhigt hat, fügt er sich ihr. Jedenfalls eine Zeit lang.

Nach einer Weile begreift sie, dass es eigentlich nicht seine Schuld ist.

»Hee«, sagt sie mit surrender Stimme, als sie noch zehn Minuten von Atlantis entfernt sind.

»Ja.«

»Bist du bei mir?«

»Ja. Es kommt und geht.« Ein unverständliches Ticken. »*Ich* komme und gehe.«

»Erinnerst du dich noch daran, was ich dir gesagt habe?«

»Du hast mich zwangsverpflichtet.«

»Weißt du noch, weswegen?«

»Irgendeine Krankheit?«

»Richtig.«

»Und du … du glaubst, die Firmenbosse haben …«

»Ich weiß es nicht.«

»… Schmerzen im Bein …«

»Tut mir leid …«

In diesem Moment reißt sein Hirnstamm erneut die Kontrolle an sich, und er ist fort. Sie packt ihn und hält ihn fest, bis der Hirnstamm aufgibt. Bis Bhanderi wieder von jenem Ort zurückkehrt, wohin er in Augenblicken wie diesem verschwindet.

»… immer noch hier, wie ich sehe …«

»Immer noch hier«, wiederholt Clarke.

»Herrgott nochmal, Len. Bitte, tu das nicht.«

»Es tut mir leid«, erwidert sie. »Wirklich, es tut mir leid …«

»Ich nütze euch nicht das Geringste«, sagt Bhanderi mit rauer Stimme. »Ich erinnere mich an nichts mehr …«

»Die Erinnerung wird zurückkehren.« *Sie muss.*

»Das kannst du nicht wissen. Du weißt … nichts über uns.«

»Ein bisschen weiß ich schon.«

»Nein.«

»Ich kannte einmal jemanden, der wie du war. Er ist zurückgekehrt.« Was beinahe die Wahrheit ist.

»Lass mich gehen. Bitte.«

»Hinterher. Ich verspreche es dir.«

Unterwegs sucht sie nach zureichenden Gründen für ihr Handeln. Es gelingt ihr jedoch nicht einen Moment lang, sich selbst davon zu überzeugen. Sie hilft ihm genauso wie sich selbst. Sie tut ihm einen Gefallen. Sie rettet ihn vor seinem eigenen Lebensstil, der unweigerlich zum Tod führt. Hyperosmose, das Syndrom der verschleimten Implantate, Zusammenbruch der Mechanik. Rifter sind Wunder der Biotechnologie. Dank des brillanten Designs ihrer Taucherhäute können sie sich sogar in freier Wildbahn erleichtern. Doch es war nie vorgesehen, dass sie außerhalb einer Atmosphäre ihre Taucherhäute öffnen. Die Freilebenden hier draußen tun das jedoch ständig. Sie lassen den Ozean ungefiltert durch ihre Münder in ihren Körper eindringen, wo er ihre Implantate beschädigt und korrodieren lässt und die brackige Salzlösung verunreinigt, mit der die Hohlräume ihres Körpers gefüllt sind, um dem Druck standzuhalten. Wenn man das oft genug tut, muss irgendwann etwas einrosten.

Ich rette dir das Leben, denkt sie, auch wenn sie die Worte nicht laut aussprechen kann.

Ob er will oder nicht, antwortet Alyx in ihrem Kopf.

»Das Licht ...«, krächzt Bhanderi.

In der Dunkelheit vor ihnen sind mehrere verschwommene Lichtpunkte zu sehen, die die vollkommene Leere entstellen wie schwach leuchtende Wunden. Bhanderi erstarrt an Clarkes Seite, nimmt jedoch nicht Reißaus. Sie ist sich sicher, dass er damit klarkommen wird. Es kann höchstens ein paar Wochen her sein, seit sie ihn im Nervenzentrum getroffen hat, und damals musste er weitaus stärkere Lichtquellen überwinden, um dorthin zu gelangen. Er kann doch nicht in so kurzer Zeit so weit abgeglitten sein, oder?

Oder ist es etwas anderes – weniger ein langsames Abgleiten als vielmehr ein plötzlicher Schock? Vielleicht ist es gar nicht das Licht, das ihn beunruhigt, sondern das, woran es ihn erinnert?

Peng. In die Luft gejagt.

Geisterhafte Finger tippen leicht gegen Clarkes Implantate: einmal, zweimal. Jemand vor ihr nimmt eine Echolot-Ortung vor. Sie ergreift Bhanderis Arm und hält ihn sanft fest. »Rama, jemand …«

»Charley«, sagt Bhanderi mit surrender Stimme.

Garcia taucht vor ihnen auf. Eingerahmt von dem Licht in seinem Rücken wirkt er wie eine Erscheinung. »Heilige Scheiße! Du hast ihn tatsächlich aufgespürt. Rama, bist du da drin?«

»Kunde …«

»Er erinnert sich an mich! Verdammt, es ist schön, dich zu sehen, Mann. Ich habe schon geglaubt, du hättest das Diesseits hinter dir gelassen.«

»Habe es versucht. Aber sie lässt mich nicht.«

»Ja, es tut uns allen sehr leid, wir brauchen wirklich deine Hilfe. Aber mach dir keine Sorgen, Kumpel. Wir kriegen das schon hin.« Garcia wendet sich an Clarke. »Was brauchen wir?«

»Ist die Krankenstation bereit?«

»Wir haben ein Habitat abgeriegelt und das andere offen gelassen, für den Fall, dass sich jemand den Arm bricht.«

»Okay. Die Lichter sollten ausgeschaltet bleiben. Zumindest am Anfang. Auch die Außenlichter.«

»Kein Problem.«

»… Charley …«, ertönt Bhanderis klickende Stimme.

»Ich bin hier, Mann.«

»… wirst du mein Assistent sein …?«

»Weiß ich nicht. Könnte schon sein. Klar. Wenn du einen brauchst?«

Bhanderis maskiertes Gesicht wendet sich Clarke zu. Plötzlich wirkt seine Haltung völlig verändert. »Lass mich los.«

Dieses Mal gehorcht sie.

»Wie lange ist es her, seit ich das letzte Mal drinnen war?«, fragt er.

»Ich glaube, etwa zwei Wochen. Höchstens drei.« Für Rifter-Standards ist das eine ziemlich genaue Schätzung.

»Möglicherweise werden ... Probleme auftreten«, fährt Bhanderi fort. »Bei der Wiederanpassung. Ich weiß nicht, ob ich ... Ich weiß nicht, wie viel von meiner Erinnerung ich zurückholen kann.«

»Das verstehen wir«, erwidert Clarke mit surrender Stimme. »Versuch es einf...«

»Halt die Klappe! Hört mir zu.« Bhanderis Kopf zuckt hin und her. Eine beunruhigend reptilienartige Bewegung, die Clarke schon einmal gesehen hat. »Ich muss alles wieder ... ankurbeln. Dafür werde ich Hilfe brauchen. Acetylcholin. Äh ... Tyrosinhydroxylase. Picrotoxin. Wenn ich ... wenn ich dort drin einen Zusammenbruch erleide, müsst ihr mir das verabreichen. Versteht ihr?«

Clarke wiederholt, was er gesagt hat. »Acetylcholin. Picrotoxin. Tyro... äh ...«

»Tyrosinhydroxylase. Merkt euch das.«

»In welcher Dosierung?«, fragt Garcia. »Und wie sollen wir es dir verabreichen?«

»Ich ... verdammt. Ich kann mich nicht erinnern. Schaut in der MedBase nach. Die höchste empfohlene Dosis für ... für alles, außer der Hydroxy... lase. Davon vielleicht das Doppelte. Glaube ich.«

Garcia nickt. »Sonst noch etwas?«

»Verdammt, ja«, erwidert Bhanderi mit surrender Stimme. »Ich wünschte nur, ich könnte mich erinnern, *was* ...«

Porträt des Sadisten als Teamspieler

Alice Jovellanos' Definition einer Entschuldigung war nicht ganz alltäglich.

Achilles, hatte sie geschrieben, *manchmal bist du ein solcher Idiot, dass ich es kaum glauben kann.*

Er hatte ihren Brief nie ausgedruckt. Das brauchte er auch nicht. Er war ein *Gesetzesbrecher*. Seine Occipitallappen liefen ständig auf Hochbetrieb. Seine Fähigkeiten zur Erkennung von Mustern und Wechselbeziehungen grenzten an die eines Autisten. Er hatte ihren Brief einmal durch seine Inlays laufen lassen und ihn seither hundertmal wieder gelesen, jedes Pixel kristallklar festgeschrieben in seiner vollkommenen Erinnerung.

Jetzt saß er starr wie Stein da und wartete auf sie. Sudburys nächtliche Stadtlandschaft, die mit jedem Tag dunkler wurde, warf verstreute Lichtflecken auf die Wände seines Apartments. Seine Wohnung war von zu vielen umstehenden Gebäuden aus einsehbar. Er würde vor ihrer Ankunft die Fenster verdunkeln müssen.

Du weißt, was ich riskiert habe, als ich dir gestern alles erzählt habe, hatte Alice diktiert. *Und was ich riskiere, indem ich dir jetzt diese Nachricht schicke – sie wird automatisch gelöscht, aber es gibt nichts, was diese Arschlöcher nicht abhören könnten, wenn sie wollten. Das ist Teil des Problems, und das ist auch der Grund, warum ich dieses Risiko überhaupt eingegangen bin …*

Ich habe gehört, was du über Vertrauen und Verrat gesagt hast, und vielleicht steckt da mehr Wahrheit drin, als mir lieb ist. Aber verstehst du denn nicht, dass es keinen Zweck hatte, dich vorher zu fragen? Solange das Schuldgefühl *die Oberherrschaft hatte, warst du nicht in der Lage, eigene Entscheidungen zu treffen. Du behauptest immer wieder, dass das nicht stimmt, und erzählst mir von den Entscheidungen auf Leben und Tod, die du ständig treffen, und den Tausenden von Variablen, die du gegeneinander abwägen musst. Aber Achilles, mein Guter, wer sagt denn, dass der* freie Wille *nur ein komplizierter Algorithmus wäre, dem du folgen musst?*

Ich weiß, dass du nicht bestochen werden willst. Aber vielleicht reicht es als Sicherheitsvorkehrung auch aus, ein anständiger, ehrlicher Mensch zu sein. Hast du darüber schon einmal nachgedacht? Vielleicht musst du dich gar nicht in einen konditionierten Reflex verwandeln lassen. Womöglich willst du das einfach nur, weil dann alles nicht mehr in deiner Verantwortung liegt? Es ist leicht, nie eigene Entscheidungen treffen zu müssen. Man kann sogar abhängig davon werden. Vielleicht bist du ja auch süchtig danach und leidest nun unter Entzug?

Sie hatte solches Vertrauen in ihn gehabt. Das hatte sie immer noch. In diesem Augenblick war sie auf dem Weg zu ihm und hegte dabei nicht den geringsten Verdacht. Eine überwachungsfreie Wohnung war nicht billig, aber ein hochrangiger *Gesetzesbrecher* wie er konnte sich die Variante *Privacy Plus* und noch mehr leisten. Die Sicherungseinrichtungen in seinem Gebäude waren unantastbar, erbarmungslos und besaßen darüber hinaus keinerlei Langzeitspeicher. Hatte ein Besucher erst einmal die Kontrollen durchlaufen, gab es keine Aufzeichnungen über sein Kommen und Gehen.

Na, jedenfalls haben wir dir zurückgegeben, was sie dir genommen haben. Und ich werde dir genau erklären, was wir getan haben, weil – du weißt schon – Unwissenheit erzeugt Furcht und so weiter. Du weißt über die Minsky-Rezeptoren in deinen Frontallappen Bescheid, und wie die ganzen kleinen, fiesen Schuld-Transmitter daran andocken, und dass du das als dein Gewissen *wahrnimmst. Das* Schuldgefühl *wurde durch die Manipulation von einem Haufen verhaltensmodifizierender Gene entwickelt, die aus Parasiten herausgeschnitten wurden. Je schuldiger du dich fühlst, desto mehr* Schuldgefühl *wird in dein Gehirn gepumpt. Es lagert sich an die Transmitter an, die daraufhin ihre Gestalt ändern und praktisch deine motorischen Nervenbahnen blockieren, sodass du dich nicht mehr bewegen kannst.*

Jedenfalls ist Spartakus im Prinzip ein Schuld-Analogon. *Es hat dieselben aktiven Bindestellen und lagert sich an dieselben Rezeptoren an wie das* Schuldgefühl. *Aber der Gesamtaufbau ist ein wenig anders, sodass es keinerlei Wirkung hat, außer dass es die Minsky-Rezeptoren blockiert. Außerdem wird es langsamer abgebaut als das normale Schuldgefühl und erreicht deshalb höhere Konzentrationen im Gehirn. Schließlich überwältigt es die aktiven Bindestellen durch seine schiere Anzahl.*

Er erinnerte sich an Splitter von einem antiken Hartholzfußboden, die sich in sein Gesicht bohrten. Er erinnerte sich daran, wie er im Dunkeln lag. Der Stuhl, an dem er festgebunden war, war umgefallen, und irgendwo in der Nähe fragte Ken Lubins Stimme: »Was ist mit den Nebenwirkungen? Das natürliche Schuldgefühl, zum Beispiel?«

Und in diesem Augenblick, gefesselt und blutend, hatte Achilles Desjardins sein Schicksal gesehen.

Spartakus begnügte sich nicht damit, lediglich die Ketten zu lösen, die das *Schuldgefühl* ihm angelegt hatte. Wenn das der Fall gewesen wäre, hätte noch Hoffnung bestanden. Dann hätte er sich zwar auf das gute alte Schamgefühl verlassen müssen, um seine Neigungen unter Kontrolle zu halten. In seinem Innern wäre er so verdorben gewesen wie eh und je. Aber Achilles Desjardins war ohnehin jemand, der seine innersten Regungen unter keinen Umständen offen zeigte. Er wäre schon damit fertiggeworden, selbst wenn er seinen Job verloren und ein Verfahren am Hals gehabt hätte. Er wäre damit fertiggeworden.

Aber Spartakus wusste nicht, wann es aufhören musste. Das Gewissen war ein Molekül wie jedes andere – und wenn es keine freien Rezeptoren gab, an die es andocken konnte, zeigte es genauso wenig Wirkung wie neutrale Salzlösung. Desjardins steuerte in eine vollkommen neue Richtung, einen Ort, wo er noch nie zuvor gewesen war. Einen Ort ohne Schuld oder Schamgefühl oder Reue. Einen Ort, an dem es kein Gewissen gab.

Davon hatte Alice nichts gesagt, als sie ihm ihr Herz in Pixelform in seiner In-Box ausgeschüttet hatte. Sie hatte lediglich beteuert, wie sicher das alles war. *Das ist das Schöne daran, Killjoy. Die normalen Transmitter und das* Schuldgefühl *selbst werden weiterhin produziert. Ein Test, der auf diese beiden Dinge abzielt, kommt also zu normalen Ergebnissen. Selbst wenn auf die komplexe Form hin getestet wird, ist nichts Auffälliges zu erkennen, da der Grundkomplex in deinem Blut ja noch vorhanden ist – er findet nur keine freien Rezeptorstellen mehr, an die er andocken kann. Du hast also nichts zu befürchten. Ehrlich. Die Bluthunde stellen kein Problem dar.*

Nichts zu befürchten! Sie hatte keine Ahnung, was für ein Ding da durch seine Augen blickte. Sie hätte es besser wissen müssen. Jedes Kind kannte die einfache Wahrheit: Ungeheuer lauern überall, selbst in unserem Innern. *Gerade* dort.

Ich würde dich nicht in Gefahr bringen, Achilles, glaub mir. Dafür bedeutest du mir zu … bist du ein viel zu guter Freund.

Natürlich war sie in ihn verliebt. Er hatte es sich nie zuvor eingestanden – irgendeine winzige innere Stimme hatte ihm stets zugeflüstert: *Ich glaube, sie liebt mich irgendwie, vielleicht.* Doch drei Jahrzehnte der Selbstverachtung hatten sie augenblicklich zum Schweigen gebracht: *Du bist so verdammt egoistisch. Als ob irgendjemand mit einem* enculé *wie dir etwas zu tun haben will …*

Sie hatte ihm nie offen einen Antrag gemacht – auf ihre Weise war sie genauso unsicher wie er, trotz der großen Lippe, die sie stets riskierte –, doch im Nachhinein konnte er die Anzeichen erkennen: ihr freundliches Dazwischenfunken, wann immer eine Frau in seinem Leben auftauchte, ihre ständigen Annäherungsversuche, der Spitzname *Killjoy* – angeblich, weil er so selten ausging, aber wahrscheinlich eher, weil er nicht aus sich selbst herausging. Inzwischen war das alles offensichtlich. Frei von jedem Schuld- und Schamgefühl, war sein Blick nun zu kristallklarer Perfektion geschärft.

Na gut, jetzt weißt du also Bescheid. Ich habe für dich meinen Hals riskiert, und alles Weitere liegt nun bei dir. Wenn du mich anzeigst, dann denke aber daran: Du *triffst diese Entscheidung. Was immer du dir auch einreden magst, du wirst kein dummes, langkettiges Molekül mehr dafür verantwortlich machen können. Es wird deine eigene Entscheidung sein, dein eigener freier Wille.*

Er hatte sie nicht angezeigt. Vermutlich hatte es sich um ein zufälliges Gleichgewicht zwischen den im Widerstreit befindlichen Molekülen gehandelt: Diejenigen, die ihn dazu gebracht hätten, sie zu verraten, wurden in seinem Kopf immer weniger, während diejenigen, die für den Zusammenhalt unter Freunden sorgten, noch nicht gänzlich ausgelöscht waren. Im Nachhinein betrachtet war das Ganze nichts als ein glücklicher Zufall gewesen.

Also nutze ihn und denk an all die Dinge, die du getan hast, und warum du sie getan hast, und frage dich, ob du wirklich moralisch so haltlos bist, dass du diese schwierigen Entscheidungen nicht auch hättest treffen können, ohne dich von einem Haufen Despoten versklaven zu lassen. Ich glaube, dass du dazu in der Lage gewesen wärst, Achilles. Du hast ihre Fesseln nie gebraucht, um ein anständiger Mensch zu sein. Das glaube ich wirklich. Darauf setze ich alles.

Er warf einen Blick auf die Uhr.

Jedenfalls weißt du ja, wo du mich finden kannst. Und was deine Wahlmöglichkeiten sind. Schließ dich mir an oder fall mir in den Rücken. Es ist deine Entscheidung.

Er stand auf, ging zu den Fenstern hinüber und verdunkelte die Scheiben.

Alles Liebe, Alice.

Die Türklingel läutete.

Alles an ihr war verletzlich. Sie blickte zu ihm hoch, ihr Gesicht voller Hoffnung, die mandelförmigen Augen wachsam. Ein Mundwinkel zu einem zaghaften, ein wenig reumütigen Lächeln verzogen.

Desjardins trat beiseite und holte tief und ruhig Luft, als sie an ihm vorbeiging. Sie roch unschuldig nach Blumen, doch einige Moleküle in der Mischung zielten auf eine unterbewusste Wirkung ab. Sie war nicht dumm, und sie wusste, dass er es auch nicht war. Sie musste wissen, dass sie ihn nur mit Pheromonen erregen konnte, die sie nicht bereits seit Jahren in seiner Gegenwart getragen hatte.

Sie musste sich Hoffnungen machen.

Er hatte sich alle Mühe gegeben, ihre Hoffnungen zu wecken, ohne dabei allzu offensichtlich vorzugehen. In den vergangenen Tagen hatte er so getan, als würde er ihr gegenüber wieder etwas auftauen, hatte eine – wenn auch zögerlich – wachsende Herzlichkeit an den Tag gelegt. Er hatte neben ihr gestanden, als Clarke und Lubin abgereist waren, auf dem Weg zu ihrer privaten Revolution, und dabei hatte sein Arm wie zufällig den ihren berührt. Nach einer Weile hatte sie ein wenig verunsichert zu ihm hochgeblickt, und er hatte sie mit einem Achselzucken und einem Lächeln belohnt.

Bis zu dem Zeitpunkt, als sie ihn verraten hatte, waren sie stets gute Freunde gewesen. Und sie hatte sich die ganze Zeit über mehr gewünscht. Es war eine entwaffnende Mischung. Desjardins war es gelungen, sie allein mit der Aussicht auf eine Versöhnung zu ködern.

Jetzt ging sie an ihm vorbei, näher als es eigentlich notwendig war, während ihr hüpfender Pferdeschwanz sanft über ihren Nacken strich. Mandelbrot erschien in der Diele und schlängelte sich um ihre Knöchel wie eine pelzige Boa. Alice beugte sich vor und kraulte die Katze hinter den Ohren. Mandelbrot zögerte einen Moment, als überlege sie, ob sie sich nicht ein bisschen zieren sollte, gab dann aber doch ein Schnurren von sich.

Desjardins führte Alice zu der Schale mit den Pillen auf dem Beistelltischchen. Alice schürzte die Lippen. »Sind die sicher?« Einige der chemischen Verbindungen, die im Körper eines hochrangigen *Gesetzesbrechers* kursierten, konnten unangenehme Wechselwirkungen mit den harmlosesten Psychopharmaka hervorrufen, und Jovellanos hatte gerade erst ihre Injektionen erhalten.

»Ich bezweifle, dass sie Schlimmeres anrichten können als das, was du getan hast«, sagte Desjardins.

Sie machte ein langes Gesicht. Ein Stich der Reue durchzuckte Desjardins' Kehle. Er schluckte, erstaunlicherweise dankbar für das Gefühl. »Du solltest sie nur nicht mit Axotropen vermischen«, fügte er etwas sanfter hinzu.

»Danke.« Sie nahm sein Friedensangebot zusammen mit der Droge entgegen und steckte sich eine der kirschroten Murmeln in den Mund. Desjardins sah, wie sie sich wappnete.

»Ich hatte schon befürchtet, dass du nie wieder mit mir reden würdest«, sagte sie leise.

Wäre ihr Haar noch feiner gewesen, hätte es synthetisch sein müssen.

»Das wäre dir nur recht geschehen.« Er ließ die Worte zwischen ihnen in der Luft hängen. Er stellte sich vor, wie er ihren rabenschwarzen Pferdeschwanz um seine Hand wickelte. Er stellte sich vor, wie er sie daran aufhängte, während ihre Füße über dem Boden zappelten …

Nein. Hör auf.

»Aber ich glaube, ich verstehe, warum du es getan hast«, sagte er schließlich versöhnlich.

»Tatsächlich?«

»Ich glaube schon. Das war ziemlich gewagt.« Er holte Luft. »Aber du hattest auch sehr viel Vertrauen in mich. Sonst hättest du es nicht getan. Das muss ich dir wohl zugute halten.«

Es war, als hätte sie seit ihrer Ankunft in seiner Wohnung den Atem angehalten und würde ihn jetzt erst herauslassen, als das endgültige Urteil über sie gesprochen wurde: Freiheit auf Bewährung. *Sie hat den Köder geschluckt,* dachte Desjardins. *Sie glaubt, es besteht Hoffnung ...*

... während ein anderer Teil von ihm, der zwar deutlich schwächer, aber immer noch vorhanden war, beharrlich fragte: *Warum muss sie sich irren?*

Er strich ihr mit der Handfläche über die Wange und hörte, wie sie unter seiner Berührung leise und rasch den Atem einsog. Er blinzelte, als ihn die Vorstellung durchzuckte, wie er diesem hübschen, ahnungslosen Gesicht eine Ohrfeige versetzte. »Du hast viel mehr Vertrauen in mich, als ich es habe, Alice. Ich weiß nicht, wie berechtigt es ist.«

»Sie haben dir die Freiheit genommen, eigene Entscheidungen zu treffen. Ich habe sie dir lediglich zurückgegeben.«

»Du hast mir mein Gewissen genommen. Wie soll ich da eine Entscheidung treffen?«

»Mit deinem Verstand, Killjoy. Mit diesem brillanten, wunderschönen Verstand. Nicht auf der Grundlage eines Bauchgefühls, das in den letzten paar Millionen Jahren mehr Schaden angerichtet hat, als dass es uns etwas genützt hätte.«

Er sank auf das Sofa zurück, und ein flaues Gefühl breitete sich in seinem Magen aus. »Ich hatte gehofft, dass es sich um eine Nebenwirkung handelt«, sagte er leise.

Sie nahm neben ihm Platz. »Wie meinst du das?«

»Du weißt schon.« Desjardins schüttelte den Kopf. »Die Menschen denken nie etwas bis zu Ende durch. Irgendwie habe ich gehofft, dass du und deine Kumpane ... nun ja, dass ihr euch keine Gedanken über die Konsequenzen gemacht habt, weißt du? Dass ihr einfach nur versucht habt, das *Schuldgefühl* zu unterwandern, und dass die ganze Sache mit dem Gewissen ein … ein Ausrutscher gewesen ist. Etwas, das ihr nicht vorhergesehen habt. Aber ich habe mich wohl geirrt.«

Sie legte ihm eine Hand auf das Knie. »Warum hast du das gehofft?«

»Ich bin mir nicht ganz sicher.« Er lachte leise. »Vielleicht habe ich gedacht, wenn ihr nicht gewusst habt, was … Ich meine, wenn man etwas aus Versehen tut, ist das eine Sache, aber *absichtlich* einen Haufen Psychopathen zu erschaffen …«

»Wir erschaffen keine Psychopathen, Achilles. Wir befreien die Menschen von ihrem Gewissen.«

»Wo liegt der Unterschied?«

»Du hast immer noch Gefühle. Deine Amygdala funktioniert weiterhin. Deine Dopamin- und Serotonin-Werte sind normal. Du bist in der Lage, vorausschauend zu planen, du wirst nicht von deinen Trieben beherrscht. Spartakus ändert daran nichts.«

»Denkst du das?«

»Glaubst du wirklich, sämtliche Arschlöcher auf dieser Welt sind klinische Fälle?«

»Vielleicht nicht. Aber ich möchte wetten, dass sämtliche klinischen Fälle auf dieser Welt Arschlöcher sind.«

»Du bist es nicht«, sagte sie.

Sie blickte ihn mit ernsten dunklen Augen an. Er konnte nicht verhindern, dass er ihren Duft wahrnahm. Er wollte sie küssen. Er wollte sie umarmen. Er wollte sie wie einen Fisch ausnehmen und ihren Kopf auf einen Stab spießen.

Er biss die Zähne zusammen und schwieg.

»Hast du schon einmal vom Trolley-Problem gehört?«, fragte Alice nach einer Weile.

Desjardins schüttelte den Kopf.

»Sechs Menschen befinden sich in einem außer Kontrolle geratenen Zug, der auf eine Klippe zusteuert. Die einzige Möglichkeit, sie zu retten, besteht darin, den Zug auf ein anderes Gleis umzuleiten. Nur dass auf diesem Gleis jemand steht, und demjenigen bleibt keine Zeit mehr, zur Seite zu springen, ehe der Zug ihn erwischt. Leitest du den Zug um?«

»Natürlich.« Eine Entscheidung zum Wohl der Allgemeinheit in ihrer einfachsten Form.

»Jetzt sagen wir mal, du kannst den Zug nicht mehr umleiten, aber du kannst ihn aufhalten, indem du jemanden auf das Gleis stößt. Tust du das?«

»Sicher«, sagte er augenblicklich.

»Das habe ich für dich getan«, verkündete Alice.

»Was hast du getan?«

»Die meisten Menschen erkennen nicht, dass es sich in beiden Fällen um eine gleichwertige Situation handelt. Sie halten es für richtig, den Zug umzuleiten, aber für falsch, jemanden aufs Gleis zu stoßen. Obwohl es genau derselbe Tod ist und damit dieselbe Anzahl von Leben gerettet werden kann.«

Desjardins gab ein Knurren von sich.

»Das Gewissen ist nicht rational, Achilles. Weißt du, welche Teile deines Gehirns aufleuchten, wenn du eine moralische Entscheidung triffst? Ich werde es dir sagen: der mittlere frontale Gyrus, der posteriore Gyrus cinguli und der Gyrus angularis. Alles …«

»Gefühlszentren«, warf Desjardins ein.

»Verdammt richtig. Der Frontallappen wird überhaupt nicht aktiviert. Und selbst Menschen, die erkennen, dass beide Situationen vom logischen Standpunkt her gleichwertig sind, müssen sich dabei wirklich Mühe geben. Es fühlt sich einfach falsch an, jemanden vor einen Zug zu stoßen, selbst wenn damit die gleiche Anzahl von Leben gerettet werden kann. Das Gehirn hat mit diesen ganzen dummen, unbegründeten Schuldgefühlen zu kämpfen. Es braucht länger, um zu handeln, länger, um zu einer Entscheidung zu gelangen, und alles in allem ist die Wahrscheinlichkeit geringer, dass es die *richtige* Entscheidung trifft. Das ist das *Gewissen*, Killjoy. Es ist wie mit Vergewaltigung oder Habgier oder Verwandtenselektion – vor ein paar Millionen Jahren mag es durchaus eine Berechtigung gehabt haben, aber seit wir nicht mehr ums nackte Überleben kämpfen, sondern stattdessen angefangen haben, unsere Umwelt zu beherrschen, hat es keinen praktischen Nutzen mehr.«

Diese Rede hast du wohl geübt, dachte Desjardins.

Er gestattete sich ein kleines Lächeln. »Der Mensch besteht aus mehr als nur Schuld und Intellekt, meine Liebe. Vielleicht legt das Schuldgefühl nicht nur dem Verstand Fesseln an, hast du darüber schon einmal nachgedacht? Vielleicht schränkt es auch andere Dinge ein.«

»Was meinst du?«

»Nun, zum Beispiel ...«, er hielt kurz inne und tat so, als würde er nach einer Inspirationsquelle suchen, »woher willst du wissen, dass ich nicht so etwas wie ein verrückter Serienmörder bin? Dass ich nicht psychotisch oder selbstmordgefährdet bin oder, sagen wir mal, auf Folter stehe?«

»Das wüsste ich«, sagte Alice schlicht.

»Glaubst du, Triebtäter laufen mit einem Schild auf der Stirn durch die Gegend?«

Sie drückte seinen Schenkel. »Ich kenne dich schon sehr lange, und ich glaube, dass sich niemand auf Dauer verstellen kann. Wenn jemand so voller Hass wäre, würde er sich irgendwann verraten. Aber du – nun, ich habe noch nie von einem Ungeheuer gehört, das so viel Respekt vor Frauen hat, dass es sich sogar weigert, mit ihnen ins Bett zu gehen. Ach, und übrigens, vielleicht solltest du diese spezielle Haltung noch einmal überdenken? Nur so ein Gedanke.«

Desjardins schüttelte den Kopf. »Für dich ist das alles klar, oder?«

»Vollkommen. Und ich habe eine Menge Geduld.«

»Gut. Die wirst du jetzt brauchen.« Er stand auf und schenkte ihr ein Lächeln. »Ich muss nämlich mal für einen Moment ins Bad. Mach's dir bequem.«

Sie erwiderte sein Lächeln. »Das werde ich. Lass dir Zeit.«

Er verriegelte die Tür, beugte sich über das Waschbecken und starrte in den Spiegel. Sein Spiegelbild blickte wütend zurück.

Sie hat dich verraten. Sie hat das aus dir gemacht.

Er mochte sie. Er liebte sie. Alice Jovellanos war seit Jahren seine engste Vertraute gewesen. Desjardins klammerte sich so gut wie möglich an diesem Gedanken fest.

Sie hat es mit Absicht getan.

Nein. *Sie* hatten es mit Absicht getan.

Denn Alice hatte nicht allein gehandelt. Sie war verdammt klug, aber sie hatte Spartakus nicht auf eigene Faust entwickelt. Sie hatte Freunde, so viel hatte sie zugegeben: *Man könnte uns als politisch bezeichnen, jedenfalls im weitesten Sinne,* hatte sie gesagt, als sie ihm die Neuigkeiten von seiner ... *Befreiung* eröffnet hatte.

Er spürte, wie die Ketten in seinem Kopf langsam zu bröckeln begannen. Wie seine Verderbtheit grinsend an den verrosteten Kettengliedern zerrte. Er suchte in seinem Innern nach einem Hinweis auf das Bedauern, das er gerade eben noch empfunden hatte – er hatte Alice' Gefühle verletzt und sich deswegen schlecht gefühlt. Dazu war er immer noch in der Lage. Er konnte noch Reue empfinden oder etwas in der Art, wenn er sich Mühe gab.

Du wirst nicht von deinen Trieben beherrscht, hatte sie gesagt.

Das war so weit richtig. Er konnte sich zurückhalten, wenn er wollte. Aber das war ja gerade sein Dilemma: Ihm wurde zunehmend klarer, dass er das gar nicht wollte.

»Hee, Killjoy?«, rief Alice vom anderen Ende der Diele.

Halt die Klappe! Halt einfach die Klappe! »Ja?«

»Mandelbrot will etwas zu fressen haben, und ihr Futterautomat ist leer. Bewahrst du das Trockenfutter nicht unter der Spüle auf?«

»Nicht mehr. Sie hat herausgefunden, wie sie in den Schrank einbrechen kann.«

»Wo hast du es d…?«

»Im Kleiderschrank im Schlafzimmer.«

Ihre Schritte gingen auf der anderen Seite der Tür vorbei, während Mandelbrot sie mit lautem Maunzen zur Eile antrieb.

Mit Absicht.

Alice hatte ihn früher als die anderen infiziert, damit er bei klarem Verstand war, um βehemoth bekämpfen zu können – und vielleicht auch noch aus persönlicheren Gründen, ob es ihr nun bewusst war oder nicht. Aber ihre Freunde verfolgten höhere Ziele. Sie hatten es darauf abgesehen, sämtliche *Gesetzesbrecher* auf der ganzen Welt zu befreien. Lubin hatte es damals, vor zwei Wochen, in der Dunkelheit auf den Punkt gebracht: »Es gibt lediglich ein paar Tausend Menschen, die Zugriff auf sämtliche rote Knöpfe der ganzen Welt haben, und Sie haben sie alle in klinische Soziopathen verwandelt…«

Desjardins fragte sich, ob Alice auch mit Lubin eine semantische Diskussion angefangen hätte. Wenn sie blind an diesen Stuhl gefesselt gewesen wäre und sich aus Angst um ihr Leben in die Hosen gemacht hätte, während dieser mörderische Typ in der Dunkelheit um sie herumschlich – hätte sie trotzdem die Vermessenheit besessen, ihm einen Vortrag über Serotonin-Werte und den Gyrus cinguli zu halten?

Vielleicht hätte sie das sogar getan. Schließlich waren sie und ihre Freunde *politisch, jedenfalls im weitesten Sinne* – und Politik machte die Leute dumm. Sie verleitete sie zu dem Glauben, dass der menschliche Anstand so etwas wie ein platonisches Ideal darstellte, eine moralische Gleichung, die man aus bestimmten Grundprinzipien ableiten konnte. Warum seine Zeit mit elementarer Biologie verschwenden? Warum sich über das Schicksal von Altruisten in Darwins Universum Gedanken machen? Die Menschen sind *anders*, sie sind etwas *Besonderes*, sie handeln nach *moralischen Prinzipien*. Das kam davon, wenn man zu viel Zeit damit verbrachte, Manifeste zu schreiben, anstatt mal in den Spiegel zu schauen.

Achilles Desjardins war lediglich der Erste einer neuen Spezies. Bald schon würde es andere geben, die genauso mächtig waren wie er und gleichfalls keinen Zwängen mehr unterworfen waren. Vielleicht gab es sogar schon welche. Alice hatte ihm keine Einzelheiten verraten. Er wusste nicht, wie weit die ehrgeizigen Ziele der Spartakus-Gesellschaft schon gediehen waren, welche Behörden sonst noch betroffen waren oder wie lang die Inkubationszeit war. Er wusste nur, dass er früher oder später Konkurrenz erhalten würde.

Es sei denn, er handelte jetzt, solange er noch einen Vorteil besaß.

Aus dem Schlafzimmer war immer noch Mandelbrots Maunzen zu hören, offensichtlich unzufrieden mit der Qualität der angeheuerten Hilfskraft. Desjardins konnte es ihr nicht übelnehmen; Alice hatte mehr als genug Zeit gehabt, das Trockenfutter zu holen, es in die Küche zu bringen und …

… *aus dem Schlafzimmer,* wurde ihm bewusst.

Nun, dachte er nach einer Weile. *Damit ist jetzt also alles geklärt.*

Plötzlich war das Gesicht im Spiegel sehr ruhig. Es bewegte sich nicht, aber es schien dennoch zu ihm zu sprechen. *Du bist nicht politisch,* sagte es. *Du bist mechanisch. Die Natur hat dich auf eine Weise programmiert, die BRIKS auf eine andere, und dann ist Alice gekommen und hat dein Gehirn noch einmal neu verknüpft. Nichts davon bist du, und zugleich bist du doch all das. Und nichts davon war deine eigene Entscheidung. Nichts lag in deiner Verantwortung.*

Sie hat dir das angetan. Diese Fotze. Diese Krüppelfickerin. Was jetzt geschehen wird, ist nicht deine Schuld.

Es ist ihre.

Er öffnete die Tür und ging die Diele hinunter zum Schlafzimmer. An dem Sensorium auf seinem Kopfkissen blinkten die Lämpchen. Sein Feedback-Anzug lag auf dem Bett wie eine abgelegte Haut. Alice Jovellanos stand zitternd am Fußende des Bettes und nahm sich gerade das Headset vom Kopf. Ihr schönes Gesicht war kalkweiß.

Das Opfer in dem virtuellen Verlies war unverkennbar. Desjardins hatte die Vorgaben auf drei Dezimalstellen genau definiert.

Mandelbrot gab es augenblicklich auf, Alice zu umgarnen, und stupste stattdessen Desjardins unter lautem Schnurren mit dem Köpfchen an. Desjardins achtete nicht auf sie.

»Ich brauche ein paar technische Informationen«, sagte er beinahe entschuldigend. »Und einige Details über deine Freunde. Allerdings hatte ich eigentlich gehofft, sie dir mit Worten entlocken zu können.« Er deutete auf das Sensorium und labte sich an dem Grauen, das sich auf ihrem Gesicht spiegelte. »Ich habe wohl vergessen, das hier wegzuräumen.«

Sie schüttelte den Kopf, ein ängstliches Zucken. »I-ich g-glaube nicht, dass du es vergessen hast …«, brachte sie nach einer Weile heraus.

»Vielleicht nicht.« Achilles zuckte die Achseln. »Aber hee, sieh es doch mal positiv. Das ist das erste Mal, dass du mich tatsächlich einmal richtig eingeschätzt hast.«

Endlich ergab alles einen Sinn: die Spontankäufe, beinahe unbewusst über anonyme Konten getätigt, die Plastikfolie und der tragbare Verbrennungsofen, der dynamische Inversionsschalldämpfer. Das beiläufige Ausspionieren von Alice' Terminkalender und ihrer Kontaktliste. Das war das Schöne daran, ein *Gesetzesbrecher* zu sein, der dem *Schuldgefühl* unterworfen war. Wenn alle wussten, dass man an der Kette lag, machte sich niemand die Mühe, seinen Hof einzuzäunen.

»Bitte«, sagte Alice mit versagender Stimme. Ihre Unterlippe zitterte, ihre Augen leuchteten hell und ängstlich. »Achilles …«

Irgendwo in den Tiefen von Desjardins' Geist zerfiel ein letztes rostiges Kettenglied zu Staub.

»Nenn mich Killjoy«, sagte er.

Automechanika

Die erste Runde geht an die Firmenbosse.

Eine Rifterin namens Lisbeth Mak – ein Mauerblümchen, Clarke kann sich kaum an ihren Namen erinnern – begegnete einem der hohen Tiere, als es gepanzert wie eine Küchenschabe an der Außenseite des Hauptgenerators entlangkroch. Es spielte keine Rolle, ob der Mann einen guten Grund hatte, dort zu sein. Und auch nicht, ob es sich um einen Bruch der Quarantäne handelte. Mak tat, was viele Fischköpfe in einer solchen Situation getan hätten – sie wurde übermütig. Sie beschloss, der Landratte eine Lektion zu erteilen, ihn vorher jedoch noch ein wenig aufzuziehen. Also schwamm sie im Kreis um ihre hilflose, unbeholfene Beute herum und machte dabei höhnische Bemerkungen über Taucherglocken mit Füßen und rief mit betont lauter Stimme, dass ihr jemand aus dem Werkzeugschuppen einen Druckluftbohrer bringen solle, sie hätte eine Krabbe zu schälen.

Dabei vergaß sie vollkommen die Stirnlampe am Helm des Mannes. Sie war nicht eingeschaltet gewesen, als sie den armen Teufel gefunden hatte – offensichtlich hatte er einer Entdeckung entgehen wollen, und in diesem Teil der Station herrschte selbst für die Augen einer Landratte genug Umgebungslicht. Als er den Strahl seiner Lampe auf sie richtete, wurden ihre Augenkappen sofort weiß und undurchsichtig, in dem plötzlichen Versuch, sich den veränderten Lichtbedingungen anzupassen.

Mak war lediglich für ein oder zwei Sekunden geblendet, doch das reichte aus, dass sich der Mann auf sie stürzen konnte. Druckgewebe gegen Copolymer ist kein besonders fairer Kampf. Als Mak, verletzt und blutend, um Hilfe rief, befand sich der Mann bereits wieder auf dem Weg ins Innere der Station.

Nun stehen Clarke und Lubin in Luftschleuse fünf, während der Ozean um sie herum abfließt. Clarke öffnet die Gesichtsversiegelung und spürt, wie sich ihr Körper wieder aufbläst wie ein Ballon. Die innere Luke gibt ein Zischen von sich und schwingt auf. Grelles Licht, das in den Augen schmerzt, fällt durch die Lukenöffnung herein. Clarke tritt einen Schritt zurück, während sich ihre Augenkappen anpassen, und hebt die Hände, um sich vor einem möglichen Angriff zu schützen. Doch nichts geschieht. Eine Gruppe hoher Tiere drängt in den Nassraum hierein, angeführt von einer einzelnen Frau: Patricia Rowan.

Zwischen Rowan und den Riftern spannt sich eine ölig schillernde Isolationsmembran.

»Der allgemeine Konsens ist, dass ihr im Augenblick in der Luftschleuse bleiben solltet«, sagt Rowan.

Clarke sieht Lubin an. Er mustert das Begrüßungskomitee mit leeren, ausdruckslosen Augen.

»Wer ist es gewesen?«, fragt Clarke ruhig.

»Ich glaube nicht, dass das wirklich eine Rolle spielt«, sagt Rowan.

»Lisbeth sieht das vielleicht anders. Ihre Nase ist gebrochen.«

»Unser Mann sagt, dass er sich lediglich verteidigt hat.«

»Ein Mann in einem dreihundert Bar Druckgewebepanzer, der sich gegen eine unbewaffnete Frau in einer Taucherhaut verteidigt.«

»Ein hohes Tier, das sich gegen einen *Fischkopf* verteidigt«, sagt jemand im Komitee. »Das ist etwas vollkommen anderes.«

Rowan achtet nicht auf den Einwurf. »Unser Mann ist nur deshalb mit den Fäusten auf sie losgegangen«, sagt sie, »weil das seine einzige Chance war. Ihr wisst genauso gut wie wir, wogegen wir uns hier verteidigen.«

»Was ich weiß, ist, dass niemand Atlantis ohne vorherige Erlaubnis verlassen darf. So lauten die Regeln, das war auch schon vor der Quarantäne so. Ihr habt ihnen zugestimmt.«

»Wir hatten kaum eine andere Wahl«, stellt Rowan leise fest.

»Dennoch.«

»Scheiß auf die Regeln«, sagt ein anderer der Firmenbosse. »Die versuchen uns umzubringen. Warum diskutieren wir hier über Feinheiten?«

Clarke blinzelt. »Was soll das heißen?«

»Sie wissen nur zu gut, was das …«

Rowan hebt die Hand. Der Zwischenrufer verstummt.

»Wir haben eine Mine gefunden«, sagt Rowan in einem Tonfall, als würde sie ihnen mitteilen, dass in der Stationstoilette das Toilettenpapier ausgegangen ist.

»Wie bitte?«

»Nichts Besonderes. Eine einfache Sprengladung. Möglicherweise war es eine von denen, die Ken eingesetzt hat, bevor wir« – sie zögert und wählt ihre Worte sorgfältig – »vor ein paar Jahren zu einer Einigung gelangt sind. Wie ich gehört habe, hätte sie uns von den primären Lebenserhaltungssystemen abgeschnitten und einen guten Teil von Wohnbereich C geflutet. Allein durch die Implosion wären zwischen dreißig und einhundert Menschen getötet worden.«

Clarke blickt Lubin an, doch dieser schüttelt kaum merklich den Kopf.

»Davon habe ich nichts gewusst«, sagt Clarke leise.

Rowan lächelt schwach. »Du kannst dir sicher vorstellen, dass diese Aussage auf ein wenig Skepsis stoßen wird.«

»Ich würde die Mine gerne sehen«, sagt Lubin.

»Und ich würde gerne meine Tochter bei Sonnenlicht sehen«, erwidert Rowan. »Vergessen Sie's.«

Clarke schüttelt den Kopf. »Pat, hör zu. Ich weiß nicht, woher diese Mine gekommen ist. Ich …«

»Ich schon«, sagt Rowan sanft. »In den Bauteillagern werden eine ganze Reihe davon aufbewahrt. Über hundert allein am Unmöglichen See.«

»Wir werden herausfinden, wer die Mine dort angebracht hat. Aber ihr könnt sie nicht behalten. Ihr dürft keine Waffen besitzen.«

»Erwartest du ernsthaft, dass wir sie einfach den Leuten zurückgeben, die sie an unserer Stationshülle angebracht haben?«

»Pat, du kennst mich.«

»Ich kenne euch alle«, erwidert Rowan. »Die Antwort lautet: Nein.«

»Wie haben Sie sie gefunden?«, schaltet sich Lubin in das Gespräch ein.

»Durch Zufall. Wir haben unsere passive Akustik verloren und jemanden rausgeschickt, um die Antennen zu überprüfen.«

»Ohne uns vorher darüber zu informieren.«

»Es schien sehr wahrscheinlich, dass ihr die Störung verursacht habt. Euch zu informieren, wäre keine gute Idee gewesen, selbst wenn ihr keine Minen an unserer Hülle angebracht hättet.«

»Min*en*«, stellt Lubin fest. »Sie haben also mehr als eine gefunden?«

Niemand sagt etwas.

Natürlich nicht, wird Clarke klar. *Sie werden uns gar nichts sagen. Sie bereiten sich auf einen Krieg vor.*

Und sie werden niedergemetzelt werden …

»Ich frage mich, ob Sie alle gefunden haben«, sagt Lubin in grüblerischem Tonfall.

Sie stehen in der Luftschleuse, ohne zu sprechen, erstickt von der synthetischen schwarzen Haut, die ihr Gesicht bedeckt. In ihrem Rücken, hinter der undurchdringlichen inneren Luke kehren die Firmenbosse wieder zu ihren Komplotten und Abwehrplänen zurück. Vor ihnen, jenseits der Außenluke, hat sich eine Gruppe von Riftern versammelt und wartet auf Antworten. Um sie herum und in ihrem Innern beginnen Maschinen zu rattern, um sie auf die Tiefe vorzubereiten. Als das Wasser über ihre Köpfe steigt, sind ihre Körper bereits nicht mehr komprimierbar.

Lubin streckt die Hand nach der Außenluke aus. Clarke hält ihn auf.

»Grace«, sagt sie mit surrender Stimme.

»Es könnte jeder gewesen sein.« Schwerelos steigt er in dem gefluteten Abteil auf. Er streckt die Hand aus, um nicht gegen die Decke zu stoßen. Es ist ein seltsames Bild, diese menschliche Silhouette, die vor den bläulich weißen Wänden der Luftschleuse schwebt. Seine Augenkappen wirken beinahe wie Löcher, die in schwarzes Papier geschnitten wurden und durch die von hinten Licht hindurchfällt.

»Ich bin mir nicht einmal sicher, ob sie überhaupt die Wahrheit sagen«, fährt er fort.

»Die hohen Tiere? Warum sollten sie lügen? Was hätten sie davon?«

»Vielleicht wollen sie Uneinigkeit unter dem Feind säen. Divide et impera.«

»Komm schon, Ken. Schließlich ist es nicht so, als ob es auf unserer Seite viele Sympathisanten gäbe, die sich für sie einsetzen würden ...«

Er schaut sie nur an.

»Du weißt es nicht genau«, erwidert sie, so leise, dass sie die Vibrationen kaum in ihrem Kiefer spürt. »Das sind alles nur Annahmen und Vermutungen. Rama hatte bisher noch keine Gelegenheit ... du kannst nicht sicher sein.«

»Das bin ich auch nicht.«

»Wir wissen eigentlich nichts.« Sie zögert und berichtigt sich dann: »Das heißt, *ich* weiß nichts. Du dagegen schon.«

»Nicht genug, als dass es eine Rolle spielen würde. Jedenfalls noch nicht.«

»Ich habe gesehen, wie du sie die Korridore entlang verfolgt hast.«

Er nickt nicht. Das ist auch nicht nötig.

»Wen?«

»Hauptsächlich Rowan.«

»Und wie sieht es in ihrem Innern aus?«

»Fast genauso wie *dort* drin«, sagt er und deutet auf sie.

Halt dich von meinem Kopf fern, du Mistkerl. Aber sie weiß, dass er auf diese Distanz keine Wahl hat. Man kann nicht einfach beschließen, nichts mehr zu empfinden. Ob diese Empfindungen von einem selbst oder von jemand anderem stammen, spielt dabei eigentlich keine Rolle.

Also sagt sie nur: »Meinst du, du könntest dich noch ein wenig unklarer ausdrücken?«

»Sie fühlt sich wegen irgendetwas schuldig. Aber ich weiß nicht, weswegen. Es gibt eine ganze Reihe von Möglichkeiten.«

»Habe ich dir doch gesagt.«

»Unsere eigenen Leute dagegen«, fährt er fort, »sind innerlich nicht ganz so zerrissen und lassen sich viel leichter ablenken. Und ich kann nicht überall sein. Die Zeit läuft uns davon.«

Du Scheißkerl, denkt sie. *Du Arschloch. Du Krüppelficker.*

Wartend schwebt er über ihr.

»Also gut«, sagt sie schließlich. »Ich werde es tun.«

Lubin betätigt den Riegel. Die Außenluke gleitet zurück und enthüllt ein Rechteck aus trüber Dunkelheit in einem grellweißen Rahmen. Sie steigen in eine nächtliche Landschaft auf, die mit wartenden Augen gesprenkelt ist.

Selbst für eine Rifterin ist Lenie Clarke reichlich verschroben.

Rifter scheren sich zum Beispiel wenig um Privatsphäre. Jedenfalls weniger, als man bei einer Gruppe von Eigenbrötlern und Außenseitern erwarten würde. Man sollte meinen, dass jemand schon von Natur aus ziemlich sonderbar sein muss, um einen Ort wie diesen als *Fortschritt* zu empfinden, und damit läge man gar nicht so falsch. Es wäre außerdem zu vermuten, dass sich solche kranken Geschöpfe wie Einsiedlerkrebse, die die Hälfte ihrer Gliedmaßen verloren haben, in ihre Gehäuse zurückziehen, beim winzigsten Schatten zusammenzucken und jeden Eindringling wütend abwehren müssten. Hin und wieder kommt das auch vor. Doch hier unten wirkt die endlose schwere Nacht betäubend, auch wenn sie die Wunden nicht heilen kann. Die Tiefe legt ihre dunklen Hände auf die Verletzten und Wütenden und beruhigt sie irgendwie. Schließlich kann man einem Konflikt nach allen Seiten hin aus dem Weg gehen. Es gibt keine begrenzten Ressourcen, um die man kämpfen müsste. Inzwischen steht die Hälfte der Habitate ohnehin leer. Niemand braucht sein Gebiet zu verteidigen, es ist genug Platz für alle da.

Deswegen sind die meisten der Habitate unbewacht und von niemandem in Beschlag genommen. Bewohner kommen und gehen, steigen wahllos in irgendeine Blase hinauf, um zu vögeln oder zu essen oder – seltener – auf der Suche nach Gesellschaft, ehe sie in ihren natürlichen Lebensraum zurückkehren. Ein Ort ist so gut wie jeder andere. Es besteht keine Notwendigkeit, etwas so Universelles wie einen Calvin-Cycler oder eine Werkbank zu verteidigen, und über diese elementaren Dinge hinaus brauchen die Rifter nur wenig. Privatsphäre gibt es überall. Man muss nur zwei Minuten lang in irgendeine Richtung schwimmen, und schon ist man womöglich für immer verloren. Wozu Mauern um recycelte Luft herum errichten?

Lenie Clarke hat ihre Gründe.

Sie ist nicht ganz die Einzige. Einige andere Rifter haben ebenfalls Besitzansprüche angemeldet, haben diese oder jene Kabine oder dieses oder jenes Deck als ihr Gebiet markiert – in seltenen Fällen sogar ein ganzes Habitat. Sie haben sich eine Zuflucht innerhalb einer Zuflucht geschaffen: der Ozean gegen den Rest der Welt, eine zusätzliche Blase aus Metalllegierungen und Atmosphäre gegen ihresgleichen. An Orten wie diesen haben die Türen Schlösser. Normalerweise lassen sich die Habitate nicht verschließen – die Landratten-Designer, die sie entworfen haben, hatten Bedenken wegen der Sicherheit –, doch die paranoiden und auf ihre Privatsphäre bedachten Rifter haben improvisiert und ihre eigenen Ergänzungen an die Grundkonstruktion angeschweißt.

Clarke ist bescheiden. Sie hat lediglich eine kleine Kabine auf dem oberen Deck eines Habitats für sich in Anspruch genommen, das etwa sechzig Meter nordöstlich von Atlantis verankert ist. Die Kabine ist nur wenig größer als ihr ehemaliges Quartier auf der Station Beebe. Das ist wohl auch der Grund, warum sie sich dafür entschieden hat. Die Kabine hat nicht einmal ein Bullauge.

Sie verbringt nicht viel Zeit hier. Seit Walsh und sie angefangen haben, miteinander zu schlafen, ist sie nicht mehr hier gewesen. Doch es spielt keine Rolle, wie viel Zeit sie in dem engen, spartanisch eingerichteten Raum verbringt. Es kommt ihr lediglich auf das beruhigende Wissen an, dass er ihr gehört und dass es ihn gibt, dass niemand ihn ohne ihre Erlaubnis betreten kann. Und dass er verfügbar ist, wann immer sie ihn braucht.

So wie im Augenblick.

Sie sitzt nackt auf der Pritsche der Kabine, in Licht getaucht, das fast auf Landrattenniveau hochgedreht ist. Die Anzeigen, mit denen sie arbeitet, sind farbig, und diese Information will sie nicht missen. Ein Steuerelement liegt auf dem Neopren neben ihr und ist auf ihr Innenleben ausgerichtet. Auf seiner Oberfläche leuchten Mosaiken aus Grün und Blau: winzige Balkendiagramme, blinkende Sterne, Blockbuchstaben, die rätselhafte Abkürzungen bilden. An der gegenüberliegenden Schottwand befindet sich ein Spiegel. Sie versucht, ihn möglichst zu ignorieren, doch ihre leeren weißen Augen fangen immer wieder ihr eigenes Spiegelbild auf.

Mit einer Hand tastet sie geistesabwesend über ihre linke Brustwarze, mit der anderen drückt sie ein Depolarisationskalpell gegen die Naht in ihrer Brust. Ihre Haut ist entlang der Naht ganz leicht eingesunken und bildet eine Falte, eine gekräuselte, geometrische Furche in ihrem Brustkorb: drei Seiten eines Rechtecks, der Großbuchstabe C, wie mit einem Ausstechförmchen in das Fleisch zwischen ihrer linken Brust, dem Diaphragma und der Linie in der Mitte geschnitten.

Clarke öffnet ihren Brustkorb am Brustbein.

Sie hakt ihre Rippen an den Kostotransversalgelenken aus und klappt sie zur Seite. Es ist ein leichter Widerstand zu spüren und ein beunruhigendes schmatzendes Geräusch zu hören, als der molekulare Film, der die Implantate umschließt, entlang der Naht geöffnet wird. Clarke spürt einen dumpfen Schmerz, als die Luft in ihren Brustkorb strömt – eigentlich ist es ein Kältereiz, aber die Nerven im Innern des Körpers können Temperaturveränderungen nicht von Schmerzen unterscheiden. Die Mechaniker, die ihren Körper umgebaut haben, haben vier ihrer Rippen an der linken Seite mit Scharnieren befestigt. Clarke hakt die Finger unter die fleischige Blende und klappt sie auf, sodass die Maschinerie darunter zum Vorschein kommt. Ein heftigerer Schmerz ist zu spüren, weil die Zwischenrippenmuskeln für eine solche Belastung nicht ausgerichtet sind. Sie wird wohl einige Blutergüsse davontragen.

Clarke nimmt ein Werkzeug von einem Tablett in Griffweite und beginnt, an sich herumzudoktern.

Die elastische Spitze des Werkzeugs verschwindet tief in ihrem Brustkorb, gleitet über ein nadelfeines Ventil und rastet ein. Sie ist immer noch beeindruckt, wie problemlos sie sich in ihrem Innern zurechtfindet. Am Griff des Werkzeugs ist ein Rädchen angebracht, das auf ein astronomisch hohes Zähnezahlverhältnis eingestellt ist. Sie macht eine

Vierteldrehung, und die Spitze bewegt sich um den Bruchteil eines Grads.

Das Steuerelement neben ihr gibt ein protestierendes Signal von sich: Die Anzeigen von NTR und GABA auf seiner Oberfläche schalten von Grün auf Gelb. Einer der Balken des Diagramms verlängert sich um ein winziges Stück, zwei andere schrumpfen.

Eine weitere Vierteldrehung. Das Steuerelement protestiert erneut.

Es ist ein so lächerlich grober Eingriff, dass er eher an eine Vergewaltigung als eine Verführung erinnert. Sind die fleischigen Scharniere und die blutige chirurgische Operation, mit deren Hilfe diese Falltür in ihre Brust geschnitten wurde, wirklich notwendig gewesen? Das Steuerelement stellt eine drahtlose Verbindung zu ihren Implantaten her, und dieser Kanal funktioniert in beide Richtungen. Man kann also ebenso Befehle ins Innere des Körpers senden, wie Informationen aus ihm herausholen. Geringfügige Anpassungen, leichte Modifikationen im Rahmen der empfohlenen Optimalwerte stellen kein Problem dar. Man muss lediglich das Touchpad berühren und spürt, wie die Maschine im Innern des Körpers darauf reagiert.

Doch die Modifikationen, die Lenie Clarke vornehmen will, sind alles andere als »geringfügig«.

Die Netzbehörde hat nie behauptet, die Körper ihrer Angestellten zu besitzen, jedenfalls nicht offiziell. Ihr gehört jedoch alles, was sich in ihrem Innern befindet. Bei dem Gedanken daran muss Clarke lächeln. *Vermutlich könnten sie mich wegen Vandalismus anzeigen.*

Wenn sie wirklich hätten verhindern wollen, dass sie an Firmeneigentum herumbastelt, hätten sie ihr nicht diese Wartungsklappe in die Brust einbauen sollen. Doch die NB stand damals unter starkem Zeitdruck. Der Spannungsabfall wartete nicht, Hydro-Q wartete nicht, also konnte sich auch die NB nicht leisten zu warten. Das Geothermalprogramm wurde um einiges schneller vorangetrieben. Die Rifter selbst waren dabei lediglich eine kurzfristige Notlösung. Lenie Clarke und ihre Kameraden waren Prototyp, Feldversuch und Endprodukt in einem. Und wie sollte man einem Buchhalter gegenüber rechtfertigen, dass man die Implantate am Montag versiegelte, wenn man sie womöglich am Mittwoch schon wieder öffnen musste, um eine fehlerhafte Myozelle auszutauschen oder irgendeine lebenswichtige Komponente zu installieren, die man in den Vorabsimulationen übersehen hatte?

Selbst der Totmannalarm war ein nachträglicher Einfall gewesen, wie sich Clarke erinnert. Karl Acton hat die Geräte bei seinem Jobantritt in die Station heruntergebracht, hat sie ausgeteilt wie Halsbonbons und allen gesagt, sie sollen sich den Brustkorb öffnen und sie direkt neben der Einlassöffnung für das Meerwasser einsetzen.

Karl ist auch derjenige gewesen, der die Feinabstimmung entdeckt hat, die Lenie Clarke gerade vornimmt. Ken Lubin hat ihn deswegen umgebracht.

Die Zeiten ändern sich, denkt Clarke und verändert eine weitere Einstellung.

Schließlich ist sie fertig. Sie klappt das fleischige Paneel in ihrer Brust wieder zu und spürt, wie sich die Phospholipide entlang der Naht miteinander verbinden. Molekularketten umschließen einander in einer hydrophoben Orgie. In ihrem Innern ist erneut ein diffus pochender Schmerz zu spüren, der sich ein wenig von dem vorhergehenden unterscheidet: Der Hohlraum des Implantats wird mit Desinfektionsmitteln und synthetischen Antikörper ausgesprüht, für den unwahrscheinlichen Fall, dass sich die Molekularhülle nicht richtig schließt.

Das empörte Steuerelement hat inzwischen aufgegeben. Die Hälfte seiner Anzeigen leuchten nun gelb und orange.

In Clarkes Kopf beginnt sich manches zu verändern. Die Durchlässigkeit einiger wichtiger Membranen erhöht sich um ein paar Prozent. Die Produktion bestimmter chemischer Verbindungen, deren Zweck darin besteht, Signale zu blockieren, statt sie zu transportieren, wird ganz leicht heruntergefahren. Es öffnen sich zwar noch keine Fenster, aber einige Riegel werden zurückgeschoben.

Natürlich spürt sie nichts davon unmittelbar. Die Veränderungen selbst sind notwendig, aber nicht ausreichend – an diesem Ort, wo sie ihre Lunge benutzt und der Druck lediglich eine Atmosphäre beträgt, spielen sie keine Rolle. Sie zeigen erst dann Wirkung, wenn sie vom Gewicht des Ozeans katalysiert werden.

Doch wenn Lenie Clarke nun hinausgeht – wenn sie die Luftschleuse betritt und der Druck sich über ihr auftürmt wie ein flüssiger Berg, wenn dreihundert Atmosphären ihren Kopf so stark zusammenpressen, dass ihre Synapsen einen Kurzschluss erleiden –, dann wird sie in der Lage sein, in die Seelen der Menschen zu blicken. Nicht in den angenehmen Teil, natürlich. Da gibt es keine Philosophie oder Musik, keinen Altruismus, keine intellektuellen Grübeleien über Richtig oder Falsch. Nichts, was den Neokortex betrifft. Was Lenie Clarke spüren wird, ist um hundert Millionen Jahre älter als all das. Der Hypothala mus, die Formatio reticularis, die Amygdala. Das Reptiliengehirn, das Mittelhirn. Eifersüchte, Begierden, Ängste und unartikulierter Hass. All das wird sie spüren, bis auf eine Entfernung von fünfzehn Metern und mehr.

Sie erinnert sich nur zu gut daran, wie das war. Sechs Jahre ist es her, und sie hat dennoch das Gefühl, als sei es erst gestern gewesen.

Sie muss lediglich hinausgehen.

Sie sitzt in ihrer Kabine und rührt sich nicht.

Totengräber

Sucht die verdammten Minen.

Sie haben sich wie schwarze Hunde über das Gebiet verteilt und schnüffeln mit Echolotpistolen und Strömungsdetektoren in Licht und Schatten herum. Manche von ihnen mögen die ganze Operation in Frage stellen – einige wünschen sich ganz sicher, dass sie fehlschlägt –, doch niemand, der die vergangenen fünf Jahre hier unten überlebt hat, wäre dumm genug, sich Ken Lubin zu widersetzen.

Sucht die verdammten Minen.

Clarke schwimmt mit den anderen. Nach außen hin ist sie nur ein weiterer Spürhund auf Fährtensuche. Ihr Ziel ist jedoch weniger klar umrissen. Während die anderen unsichtbaren Linien folgen, den systematischen Bahnen eines Gitters, das über das Suchgebiet gelegt wurde, schwimmt Clarke im Zickzack hin und her, begleitet mal diesen Rifter, mal jenen, unterhält sich mit ihnen und tauscht unwichtige Neuigkeiten aus, ehe sie sich, auf der Suche nach neuer Gesellschaft, wieder von ihnen trennt.

Such den verdammten Minenleger.

Hektar, von Biostahl bedeckt. Eine dunkle Fläche, die immer wieder von Lichtpunkten durchbrochen wird. An den äußeren Begrenzungen ein stakkatoartiges Blinken, kleine flackernde Leuchtsignale, die auf das obere Ende von Gerüsten und Antennen hinweisen oder auf gefährliche Bereiche, wo ohne Vorwarnung heiße Flüssigkeit aus dem Meeresboden hervorschießen kann. Das unheilvolle, stete Gleißen von Flutlichtern an den Luftschleusen, Andockluken und Laderampen, die für die Operation an diesem Tag wieder eingeschaltet wurden. Hundert parabolische Sichtluken, die von einem blassen Heiligenschein aus Licht umgeben sind. Weite Teile der Stationshülle liegen im Dämmerlicht, nur schwach erleuchtet von Lampen in der Umgebung. Dort wirft jeder Vorsprung drei oder vier Schatten.

Überall sonst herrscht Dunkelheit. Nackte Stützstreben erzeugen langgezogene Schattengitter. Am Meeresboden unter der Station sammeln sich undurchdringliche, tintenschwarze Lachen, als wäre Atlantis ein gewaltiges Bett, unter dem sich jede Menge Ungeheuer verbergen können. An den Stellen, wo das Licht langsam in die Dunkelheit übergeht, wirkt diese verschwommen, an anderen Stellen, wo ein Tank oder eine Rohrleitung in das helle Natriumsonnenlicht hineinragt und schwarze Schatten auf den Untergrund wirft, ist sie glasklar.

Jede Menge Möglichkeiten, um einen Sprengsatz zu verstecken, der kaum doppelt so groß ist wie eine menschliche Hand. Genug, um tausend davon verstecken zu können.

Die Suche wäre auch von achtundfünfzig Mann kaum zu bewältigen gewesen. Die zwei Dutzend, die Lubin für diese Aufgabe ausgewählt hat, haben also alle Hände voll zu tun – Rifter, die nicht unter die Freilebenden gegangen sind und die die Firmenbosse nicht so sehr hassen, dass sie vielleicht ein paar verdächtig aussehende Objekte bei ihrer Suche »übersehen«. Rifter, die solche Sprengsätze höchstwahrscheinlich gar nicht erst gelegt hätten. Natürlich ist nichts bewiesen, nur sehr wenige von ihnen wurden bisher von jedem Verdacht ausgeschlossen. Nicht einmal die Informationen, die Clarke und Lubin direkt aus ihren Köpfen holen, sind eindeutig. Nur Menschen mit einem bestimmten Hintergrund haben Taucherhäute und Augenkappen erhalten – fehlerhafte Verknüpfungen im Gehirn machen jemanden überhaupt erst für die Riftzone tauglich. Jeder hier wird von seiner Vergangenheit verfolgt. Jeder schleppt seinen eigenen seelischen Ballast mit sich herum: seine eigenen Peiniger und Opfer, die Abhängigkeiten, die Schläge, die analen Vergewaltigungen und väterlichen Liebkosungen durch liebenswürdige Men in Black. Der Hass auf die Firmenbosse, der schon fast verschwunden war, ist erneut zur Selbstverständlichkeit geworden. β-Max hat all die alten Konflikte zurück an die Oberfläche gezerrt und Feindseligkeiten wieder aufflammen lassen, die durch fünf Jahre des unfreiwilligen Zusammenlebens fast schon in Vergessenheit geraten waren. Vor ein oder zwei Monaten noch sind die Rifter und Firmenbosse beinahe Verbündete gewesen, abgesehen von einigen verbitterten Hartnäckigen wie Erickson oder Nolan. Inzwischen würde kaum jemand eine Träne vergießen, wenn der Ozean ganz Atlantis zerquetschte.

Dennoch. Es ist ein Unterschied, ob man auf jemandes Grab tanzt oder ob man es selbst gräbt. Abgesehen von Hass gehört dazu noch ein gewisses Maß an Berechnung. An Vorausschau. Das ist ein geringfügiger Unterschied; Clarke weiß nicht, ob Lubin und sie in der Lage wären, ihn unter diesen Umständen auszumachen. Womöglich tritt er erst in dem Moment zutage, wenn jemand auf das verdächtige Objekt selbst stößt, wenn er die Mine wie eine apokalyptische Napfschnecke an der Hülle kleben sieht und seinen Stimmwandler anschaltet, um Alarm zu schlagen und dann …

Vielleicht haben es die Scheißkerle ja verdient, nach allem, was sie uns angetan haben, nach dem, was sie der ganzen Welt angetan haben. Und schließlich habe ich das Ding nicht dort angebracht. Ich hatte nichts damit zu tun, außer dass ich es vielleicht unter dieser Stützstrebe dort einfach nicht bemerkt habe. Vollkommen verständlich in dem trüben Wasser …

Viele von ihnen mögen absolut unschuldig wirken, sogar selbst von ihrer Unschuld überzeugt sein, bis zu dem Moment, wenn der entsprechende Auslöser in Sicht kommt und zu einem simplen Gedankengang führt, der damit endet, dass derjenige einfach in die andere Richtung blickt. Selbst dann, wer weiß, ob Lubin und sie mit der Feinabstimmung in der Lage wären, das wahrzunehmen?

Lenie Clarke jedenfalls ist sich nicht sicher. Sie versucht es dennoch, schwimmt zwischen der Stationshülle und den Vorratscontainern hin und her, gleitet über ihre Kameraden hinweg, die Licht und Schatten durchsuchen, und gibt dabei vor, nach versteckten Minen zu fahnden.

In Wahrheit sucht sie nach Schuldgefühlen.

Keine aufrichtige Schuld natürlich. Sie sucht nach der Furcht vor Entdeckung, nach selbstgerechtem Zorn. Vor kurzem erst wieder erwacht schwimmt sie nun durch einen Hexenkessel aus Gefühlen aus zweiter Hand. Das Wasser ist mit Dutzenden verschiedenen Arten von Furcht, Wut, Selbstverachtung und Abscheu erfüllt. Unter der Oberfläche jedes dunklen Körpers brodelt ein noch dunklerer Kern. Auch so etwas wie Aufregung ist zu spüren, der anfängliche Nervenkitzel der Jagd, der langsam in Langeweile übergeht. Sexuelle Erregung. Andere, schwächere Gefühle, die sie nicht genau bestimmen kann.

Sie hat nie vergessen, warum sie sich damals an der Channer-Quelle gegen die Feinabstimmung gewehrt hat, selbst nachdem die anderen bereits alle dazu übergegangen waren. Jetzt erinnert sie sich allerdings daran, was sie daran so verlockend fand, als sie schließlich doch nachgegeben hat: In dem endlosen Wogen der Gefühle verliert man nur allzu leicht den Überblick, welche davon die eigenen sind …

Hier auf dem Meeresrücken ist es leider nicht ganz dasselbe. Nicht dass sich die Physik oder die Neurologie verändert hätten. Oder vielleicht die Menschen. Nein, Lenie Clarke selbst ist eine andere geworden. Opfer- und Rachegefühle haben über die Jahre nachgelassen, Schwarz und Weiß haben sich vermischt und bilden nun Millionen von schwer unterscheidbaren Grautönen. Ihre Psyche ist von der Rifternorm abgewichen, sie passt sich nicht mehr länger in den Hintergrund ein. Allein ihr Schuldgefühl ist so stark, dass sie sich nicht mehr vorstellen kann, dass es von irgendjemand anderem stammen könnte.

Dennoch bleibt sie auf Kurs. Sie sucht weiter, obwohl ihre Sinne abgestumpft sind. Irgendwo in der Ferne tut Ken Lubin das Gleiche. Vermutlich kann er das viel besser als sie. Schließlich ist er in solchen Dingen ausgebildet worden. Und hat jahrelange Erfahrung darin.

Etwas berührt ihren Geist. Eine ferne Stimme ruft durch den Nebel in ihrem Kopf. Ihr wird klar, dass sie sie schon seit einer Weile hört, doch die Lautstärke hat so unmerklich zugenommen, dass sie ihr erst jetzt aufgefallen ist. Nun ist es unverkennbar: ein Gefühl von Bedrohung und überraschte Ausrufe, am Rande ihrer Reichweite. Zwei Rifter kreuzen ihren Weg und schwimmen mit energischen Zügen in südliche Richtung. Clarkes Kiefer vibriert von ihren umgewandelten Stimmen. Sie war so sehr in Gedanken, dass sie nicht einmal die bemerkt hat.

»Sie hätten sie beinahe übersehen«, sagt einer der Rifter. »Sie war versteckt unter ...«

»Wir haben eine weitere gefunden«, unterbricht ihn eine zweite Stimme. »Im Wohnbereich A.«

Ein Blick, und Clarke weiß, dass sie die Mine nicht gefunden hätte.

Es ist ein Standard-Sprengsatz, der im Schatten eines überhängenden Simses angebracht wurde. Clarke schwebt mit dem Kopf nach unten auf der Stelle und legt die Stirn gegen die Hülle, um in den Spalt darunter hineinspähen zu können. Ihr Blick fällt auf eine halbkugelförmige Silhouette, die im Schatten des Simses liegt und vom diffusen trüben Leuchten des Wassers dahinter angestrahlt wird.

»Mannomann«, sagt sie mit surrender Stimme. »Wie habt ihr das verdammte Ding denn gefunden?«

»Es ist im Echolot aufgetaucht.«

In typischer Rifterdisziplin haben die anderen ihren Suchbereich verlassen und sich um den Fund versammelt. Lubin hat sie nicht wieder zurückgeschickt. Es gibt einen offensichtlichen Grund dafür, warum er sie alle hier um die Mordwaffe versammelt haben will. Clarke richtet ihre Sinne auf die anderen und konzentriert sich:

Aufregung. Wieder erwachtes Interesse, nach einer Stunde des eintönigen Hin- und Herschwimmens. Besorgnis und wachsende Furcht – schließlich handelt es sich um eine Bombe und kein Osterei. Ein paar der Ängstlicheren weichen bereits zurück, als die Vorsicht die Neugier verdrängt. Clarke fragt sich geistesabwesend, wie groß der Detonationsradius wäre. Vierzig oder fünfzig Meter sind bei Bauarbeiten normalerweise der erforderliche Sicherheitsabstand. Aber diese Richtlinien sind immer großzügig geschätzt.

Sie richtet ihre Aufmerksamkeit wieder auf die anderen. Schließlich ist jeder verdächtig. Doch obwohl wie immer die allgegenwärtige wütende Unterströmung wahrzunehmen ist, tritt sie nicht an die Oberfläche. Es ist kein Zorn darüber zu spüren, dass die eigenen Pläne vereitelt wurden, keine Furcht vor einer Entdeckung. Die gegenwärtige Entwicklung ist für diese Leute eher Rätsel als Provokation, eine Runde russisches Roulette getarnt als Schnitzeljagd.

»Also, was machen wir jetzt?«, fragt Cheung.

Lubin schwebt über ihnen allen wie Luzifer. »Merkt euch das Echolotprofil. So können wir die anderen finden. Für das nackte Auge sind sie zu gut versteckt.«

Ein Dutzend Pistolen feuern gleichzeitig eine Reihe von Klicklauten auf den Gegenstand des Anstoßes ab.

»Also lassen wir sie einfach hier, oder was?«

»Und wenn sie nun mit einer Sprengfalle ausgerüstet ist?«

»Wenn sie in die Luft geht?«

»Dann haben wir ein paar Firmenbosse weniger, über die wir uns Gedanken machen müssen«, ertönt Gomez' Stimme. Er ist auf Abstand gegangen und hält sich offenbar für sicher. »Nicht dass es mich weiter kratzen würde.«

Lubin schwimmt zum Sims hinüber und langt mit der Hand darunter.

Ng paddelt rückwärts. »Hee, ist das wirklich eine gute ...«

Lubin packt den Sprengsatz und reißt ihn ab. Nichts explodiert. Er dreht sich um und lässt den Blick über die versammelten Rifter schweifen. »Wenn ihr die anderen findet, fasst sie nicht an. Ich werde sie selbst entfernen.«

»Wozu das Ganze?«, sagt Gomez mit leise surrender Stimme.

Es ist nur ein rhetorisches Murren, nicht einmal eine ernst gemeinte

Herausforderung, aber Lubin dreht sich trotzdem zu ihm um. »Diese Mine war schlecht positioniert«, sagt er. »Demjenigen, der sie dort angebracht hat, ging es weniger um die Wirkung, sondern darum, dass sie gut versteckt ist. Das können wir viel besser.«

Die Rifter um Clarke herum schöpfen neuen Mut. Doch sie selbst hat das Gefühl, als hätten Lubins Worte einen winzigen Riss in ihrer Taucherhaut geöffnet. Sie spürt, wie der eisige Atlantik ihre Wirbelsäule entlangrinnt.

Was tust du da, Ken? Was, zum Teufel?

Sie sagt sich, dass er den anderen nur etwas vormacht, um ihre Motivation zu stärken. Jetzt blickt er sie an, den Kopf ein wenig schräg gelegt, wie als Antwort auf eine unausgesprochene Frage. Zu spät wird Clarke bewusst, was sie gerade tut: Sie versucht, in seinen Kopf zu blicken. Sie versucht, seine Gefühle zu erkennen.

Natürlich ist das Ganze zwecklos. Sogar gefährlich. Lubin wurde nicht nur dazu ausgebildet, Gedankenlesetechniken abzuwehren; er wurde konditioniert, sein Gehirn neu verknüpft und mit unbewussten Verteidigungsreflexen ausgestattet, über die er keine direkte Kontrolle hat. Karl Acton ist der Einzige, dem es jemals gelungen ist, in Lubins Kopf zu schauen, und was immer er herausgefunden hat, er hat sein Wissen mit ins Grab genommen.

Jetzt beobachtet Lubin sie; dunkel innen wie außen, trotz all ihrer unbewussten Bemühungen.

Sie muss an Acton denken und lässt es schließlich bleiben.

Das endgültige Ergebnis lautet: neun Minen und keine Verdächtigen. Beides kann sich womöglich noch ändern.

Atlantis ist eine äußerst komplexe Konstruktion, von Reparaturen, über Umbauten und Ergänzungen bis hin zu der lang gezogenen Grundstruktur, die mehrere Hektar einnimmt. Die Rifter können unmöglich jede Ritze und Fuge untersucht haben. Aber die Schuldigen haben vermutlich – aufgrund der begrenzten Zeit, der Überwachung und, bitte, lieber Gott, ihrer geringen Anzahl – auch nicht mehr Gelegenheit gehabt, Sprengsätze anzubringen, als die Minensucher hatten, um sie zu finden. Keine von beiden Seiten ist allmächtig. Vielleicht besteht also noch Hoffnung.

Was die Schuldigen angeht, hat Clarke bislang drei Dutzend ihrer Kameraden einer genaueren Prüfung unterzogen. Sie hat mit den Fingern in der zähflüssigen Dunkelheit in ihren Köpfen herumgetastet und nichts gefunden. Nicht einmal bei Gomez oder Yeager. Und auch nicht bei Creasy. Natürlich würden sie alle auf den Gräbern ihrer Gegner tanzen. Aber sie würden sie nicht selber graben.

Allerdings ist sie Grace Nolan schon eine Zeit lang nicht mehr begegnet.

Nolan ist im Augenblick der Große Rote Knopf. Im Moment hält sie sich im Hintergrund. Angesichts der aktuellen Ereignisse wurde ein möglicher Verrat der Firmenbosse wieder etwas relativiert. Aber Nolan hat nichts zu verlieren, indem sie einfach abwartet. Der verrückte Minenleger genießt ohnehin schon viel zu viel Sympathie unter den Riftern. Wenn sich herausstellen sollte, dass es sich um Nolan handelt, könnte ihr das womöglich noch mehr Auftrieb geben.

Die Leine ist bereits aufs Äußerste gespannt. Wenn sie zerreißt, ist die Kacke im Cycler am Dampfen.

Gesetzt den Fall, dass sie die Schuldigen überhaupt entdecken. Wonach sollte man in den unbeleuchteten Tiefen so vieler Köpfe suchen? Hier sind selbst die Unschuldigen von Schuld zerfressen, während die Schuldigen von Selbstgerechtigkeit erfüllt sind. In den Köpfen der Rifter blinken jede Menge Warnlichter, aber welche davon werden aus alten Wunden gespeist und welche gehen auf Sabotageakte neueren Datums zurück? Manchmal kann man es herausfinden, wenn man sich dazu durchringen kann, den Kopf in die Teergrube im Innern eines anderen Menschen zu stecken, aber es kommt auf den Zusammenhang an. Auf einen glücklichen Zufall zu warten, ist so, als würde man Lotto spielen. Es dauert seine Zeit, und Clarke fühlt sich hinterher unrein.

Doch wenn sie es nicht tut, überlässt sie Grace Nolan die Zukunft.

Uns bleibt nicht mehr viel Zeit. Ich kann nicht überall sein. Ken kann nicht überall sein.

Natürlich gibt es noch eine andere Möglichkeit. Lubin hat ihr unmittelbar nach der Minensuche den Vorschlag gemacht. Er war dabei sogar sehr nett und hat so getan, als hätte sie eine Wahl. Als würde er es nicht einfach selbst tun, wenn sie sich weigerte.

Sie weiß, warum er ihr die Wahl gelassen hat. Wer immer den anderen dieses Geheimnis verrät, kann damit seinen eigenen Ruf verbessern. Lubin hat das nicht nötig; kein Rifter wäre verrückt genug, sich gegen ihn zu stellen.

Sie erinnert sich, dass sie vor gar nicht langer Zeit noch dasselbe von sich behaupten konnte.

Sie holt Luft und öffnet einen Gemeinschaftskanal. Sie weiß, dass der nächste Schritt ihr Ende bedeuten kann. Und nicht zum ersten Mal fragt sie sich, ob das wirklich so schlimm wäre.

Ihr Publikum umfasst weniger als ein Dutzend Rifter. Es wäre noch für mehr Leute Platz; die Krankenstation – selbst die Kugel, die nicht von Bhanderi in Beschlag genommen wird – ist größer als die meisten anderen Habitate. Einige der Rifter, denen Clarke und Lubin vertrauen können, wie sie bei einem Vergleich ihrer Untersuchungsergebnisse vor kurzem festgestellt haben, sind nicht erschienen. Aber sie will klein anfangen. Sich langsam an die Sache herantasten. Der Dominoeffekt wird schon noch früh genug einsetzen.

»Ich zeige euch das nur einmal«, sagt sie. »Also passt auf.«

Nackt bis zur Hüfte öffnet sie ein weiteres Mal ihren Brustkorb.

»Verändert nichts, außer den Neuroinhibitoren. Vermutlich gerät dadurch auch das Gleichgewicht der anderen chemischen Verbindungen durcheinander, aber das scheint sich insgesamt wieder auszugleichen. Ich würde euch allerdings raten, eine Zeit lang nicht hinauszugehen, wenn ihr die Veränderungen vorgenommen habt. Damit euer Körper Gelegenheit hat, sich daran anzupassen.«

»Wie lange?«, fragt Alexander.

Clarke hat keine Ahnung. »Sechs Stunden, vielleicht. Danach sollte es keine Probleme mehr geben. Ken wird euch Posten rund um die Station zuweisen.«

Unruhe breitet sich unter ihren Zuhörern aus, die Vorstellung, so lange Zeit in einem Habitat eingesperrt zu sein, bereitet den Riftern Unbehagen.

»Also, wie modifizieren wir die Inhibitoren?« Maks gebrochene Nase ist mit feinen perlenschnurartigen Drähten überzogen, die ein winziges mikroelektrisches Netz bilden, das den Heilungsprozess beschleunigen soll. Es sieht aus wie ein absurd geschrumpfter Trauerschleier.

Clarke muss unwillkürlich lächeln. »Ihr reduziert sie.«

»Das ist nicht dein Ernst!«

»Auf keinen Fall!«

»Was ist mit André?«

André ist vor drei Jahren gestorben. Er hat auf dem Meeresboden einen heftigen Anfall erlitten, der beinahe seinen Körper auseinandergerissen hätte. Seger hat eine defekte Neuroinhibitorenpumpe für seinen Tod verantwortlich gemacht. Menschliche Nerven sind nicht für die Tiefe geschaffen. Der Druck führt dazu, dass bereits auf den leisesten Anreiz hin ein Impuls ausgelöst wird. Der Mensch verwandelt sich in eine lebendige Schalttafel ohne Ausschalter und ohne Isolation. Nach ein paar Minuten zitternder Erstarrung gehen dem Körper schließlich die Neurotransmitter aus, und er stellt den Betrieb ein.

Weshalb die Rifterimplantate den Körper mit Neuroinhibitoren fluten, wann immer der Umgebungsdruck einen bestimmten kritischen Grenzwert überschreitet. Ohne diese Neuroinhibitoren wäre das Verlassen der Habitate gleichbedeutend mit einer Hinrichtung auf dem elektrischen Stuhl.

»Ich habe gesagt: *reduzieren*«, wiederholt Clarke. »Nicht *eliminieren*. Fünf Prozent. Höchstens sieben.«

»Und was genau wird dadurch bewirkt?«

»Die Grenzwerte, bei denen die Synapsen Impulse senden, werden herabgesetzt. Eure Nerven werden einfach ein bisschen ... empfindlicher, könnte man sagen. Reagieren auf geringere Anreize, wenn ihr hinausgeht. Ihr werdet Dinge bemerken, die ihr vorher nie wahrgenommen habt.«

»Zum Beispiel?«, fragt Garcia.

»Zum Beispiel ...«, beginnt Clarke und hält dann inne.

Plötzlich will sie ihren Brustkorb einfach wieder schließen und einen Rückzieher machen. *Schon gut,* will sie sagen. *Das war eine schlechte Idee. Ein schlechter Witz. Vergesst, was ich gesagt habe.* Oder vielleicht alles zugeben: *Ihr wisst nicht, was für ein Risiko ihr damit eingeht. Wie leicht es ist, den Verstand zu verlieren. Mein Geliebter konnte nicht einmal in die Station zurückkehren, ohne unter Entzug zu leiden, konnte nicht einmal mehr atmen, ohne alles zerschlagen zu wollen, das sich zwischen ihm und der Tiefe befand. Und mein Freund hat einen Mord begangen, um seine Privatsphäre an einem Ort zu schützen, wo man nur neben jemandem herschwim-*

men musste, um all seine kranken Wünsche zu erfahren. Und er ist auch euer Freund, er ist einer von uns hier, und er ist der einzige andere lebende Mensch auf dieser ganzen verrückten perversen Welt, der weiß, was das mit euch anstellen wird …

Plötzlich von Furcht erfüllt, blickt sie sich um, aber Ken Lubin ist nicht hier. Vermutlich stellt er gerade Dienstpläne für diejenigen auf, die die Feinabstimmung vornehmen.

Allerdings, erinnert sie sich, *gewöhnt man sich auch daran.*

Sie holt Luft und antwortet dann auf Garcias Frage. »Zum Beispiel weiß man, wenn einen jemand anlügt.«

»Verdammt«, frohlockt Garcia. »Dann werde ich zu einem lebenden Lügendetektor.«

»Klar doch«, sagt Clarke und ringt sich ein Lächeln ab.

Hoffentlich bist du dem auch gewachsen.

Ihre Zuhörer machen sich auf den Weg zu ihren eigenen Habitaten, um an sich herumzudoktern. Während sich die Krankenstation leert, schließt Clarke ihren Brustkorb. Als sie die Taucherhaut wieder angelegt hat, ist sie allein im Raum, abgesehen von einer Menge feuchter Fußspuren und der massiven Luke, die in das angrenzende Habitat führt. Bis vor kurzem stand diese Luke immer offen. Nun hat Garcia, den Sicherheitsbestimmungen der Landratten zum Trotz, ein Zahlenschloss an ihrem Rad angebracht.

Wie viel Zeit bleibt mir noch, fragt sie sich, *bevor die anderen in meinen Kopf schauen können?*

Mindestens sechs Stunden, wenn sie sich an ihre Empfehlung halten. Dann werden sie anfangen herumzuexperimentieren und ihre neuen Sinne auszuprobieren, werden vielleicht sogar Spaß daran haben, wenn sie nicht vor den Dingen zurückschrecken, auf die sie stoßen werden.

Sie werden den anderen davon erzählen.

Clarke hat es ihnen als psychische Überwachung verkauft, als eine neue Möglichkeit, die Geheimnisse zu lüften, die die Firmenbosse möglicherweise vor ihnen verbergen. Die Auswirkungen des Ganzen werden sich jedoch nicht nur auf Atlantis beschränken. Es wird schwieriger werden, in der Dunkelheit finstere Pläne zu schmieden, wenn einem jeder, der an einem vorbeikommt, mit einer Taschenlampe in den Kopf blicken kann.

Sie steht am Eingang zu Bhanderis Höhle, die Hand auf dem nachträglich angebrachten Nummernblock in der Mitte der Luke. Sie gibt die Kombination ein und entriegelt die Luke.

Plötzlich sieht sie in Farbe. Die mimetische Versiegelung, die den Rand der Luke umgibt, leuchtet in tiefem stählernem Blau. Ein Paar farblich markierter Rohre schlängelt sich über die Decke wie Korallenottern. Ein Zylinder mit komprimiertem Gas funkelt türkisfarben, die Hinweisschilder an seiner Seite sind gelb und überraschend grellrosa.

Hier drin ist es so hell wie in Atlantis.

Sie tritt in das Licht hinein: Calvin-Cycler, Schlafpritsche und Blutbank erstrahlen in leuchtenden Farben. »Rama?«

»Mach die Tür zu.«

Eine Gestalt hockt gebeugt am Hauptrechner und betrachtet eine Kette aus regenbogenfarbenen Nukleotiden. Es kann kein Rifter sein. Er besitzt nicht die entsprechende Silhouette und die glänzende schwarze Haut. Er sieht eher aus wie ein zusammengekauertes Skelett in Hemdsärmeln. Das Geschöpf dreht sich um, und Clarke zuckt innerlich zusammen: Es hat auch nicht die Augen eines Rifters. Die zuckenden Pupillen in Bhanderis Gesicht sind dunkle, gähnende Löcher. Sie sind so stark erweitert, dass die sie umgebende Iris kaum noch zu sehen ist.

Also ist es doch nicht so hell, sondern immer noch dunkel genug, dass Augen ohne Augenkappen an ihre Grenzen stoßen. Solch geringfügige Unterschiede gehen unter Membranen, die die Welt stets in optimaler Helligkeit darstellen, verloren.

Ihrer Miene ist ihre Überraschung offensichtlich anzumerken. »Ich habe die Kappen herausgenommen«, sagt Bhanderi. »Meine Augen sind durch die ganzen Enhancer … überreizt.« Seine Stimme klingt immer noch rau, die Stimmbänder haben sich noch nicht wieder an das Sprechen in der Atmosphäre gewöhnt.

»Wie geht es voran?«, fragt Clarke.

Ein Zucken mit den knochigen Schultern. Selbst durch das T-Shirt hindurch kann sie seine Rippen zählen.

»Hast du schon irgendetwas herausgefunden? Im Diagnosetest oder …«

»Ich kann den Unterschied erst erkennen, wenn ich weiß, dass es einen Unterschied gibt. Bisher sieht es einfach aus wie βehemoth mit ein paar zusätzlichen Bestandteilen. Vielleicht handelt es sich um Mutationen, vielleicht auch um Nachrüstungen. Ich weiß es noch nicht.«

»Würde eine Probe der ursprünglichen Mikrobe helfen?«

»Der ursprünglichen Mikrobe?«

»Eine, die nicht durch Atlantis gegangen ist. Wenn du eine Probe direkt vom Unmöglichen See hättest, könntest du sie vielleicht vergleichen. Um zu sehen, ob es einen Unterschied gibt.«

Er schüttelt den Kopf, was eher einem nervösen Zucken gleicht. »Es gibt Möglichkeiten zu erkennen, ob ein Organismus verändert wurde. DNA-Markierungen, nichtkodierende Sequenzen. Das dauert nur eine Weile.«

»Aber du bist in der Lage dazu? Die … Enhancer funktionieren? Deine Erinnerung ist zurückgekehrt?«

Er nickt wie eine zupackende Schlange. Dann ruft er eine weitere Sequenz auf.

»Vielen Dank«, sagt Clarke leise.

Er hält inne.

»Vielen Dank? Was habe ich schon für eine Wahl? An der Luke ist ein Schloss angebracht.«

»Ich weiß.« Sie senkt den Blick. »Es tut mir leid.«

»Habt ihr gedacht, ich würde abhauen? Dass ich einfach davonschwimmen und zulassen würde, dass das Ding uns alle umbringt? Dass es vielleicht auch mich umbringt?«

Sie schüttelt den Kopf. »Nein. Das würdest du nicht tun.«

»Warum also?«

Auch wenn sein Gesicht vollkommen reglos ist, sieht es aus, als würde er nur mit Mühe einen Aufschrei unterdrücken. Das liegt an den Augen. Trotz der ruhigen, rasch gesprochenen Worte steht in Bhanderis Augen das nackte Grauen geschrieben. Als würde sich in seinem Innern noch etwas anderes befinden, etwas Uraltes, das des Denkens nicht mächtig und erst vor kurzem erwacht ist. Ein Wesen, das hundert Millionen Jahre alt ist und sich nun einer unverständlichen Welt voller rechter Winkel und blinkender Lichter gegenübersieht und nicht weiß, wie es damit umgehen soll.

»Weil es kommt und geht«, erwidert Clarke. »Das hast du selbst gesagt.«

Er streckt einen skelettartigen Unterarm aus, der mit Pflastern bedeckt ist. Eine chemische Pumpe unterhalb seines Ellbogens ist direkt mit der Ader darunter verbunden. Seit er in die Atmosphäre zurückgekehrt ist, hat er sich ständig unter Drogen gesetzt, nutzt die Wunder der modernen Chemie, um seinen Verstand gewaltsam in seinen Kopf zurückzuholen und verlorene Erinnerungen und Fähigkeiten vorübergehend an die Oberfläche zurückzuzerren. Sie muss zugeben, dass es bisher funktioniert hat.

Doch wenn sie ihn anschaut, dann blickt sie in die Augen eines Reptils. »Wir können das Risiko nicht eingehen, Rama. Es tut mir leid.«

Er senkt den Arm. Sein Kiefer gibt ein Klicken von sich, das wie das Zirpen eines Insekts klingt.

»Du hast gesagt …«, setzt er an und verstummt dann.

Er beginnt noch einmal von vorn. »Als du mich hierhergebracht hast. Damals hast du gesagt, du würdest jemanden kennen, der …«

»Ja.«

»Ich wüsste niemanden, der ... Ich meine, wer war es?«

»Nicht hier«, erwidert sie. »Nicht einmal in diesem Ozean. Damals, als das Rifterprogramm gerade erst angelaufen war. Er hat vor meinen Augen den Verstand verloren.« Sie zögert kurz und fährt dann fort: »Sein Name war Gerry.«

»Aber du hast gesagt, er sei zurückgekehrt.«

Sie weiß es nicht sicher. Gerry Fischer ist einfach aus der Dunkelheit aufgetaucht, nachdem alle anderen aufgegeben hatten und gegangen waren. Er hat sie in Sicherheit gebracht, in ein Evakuierungstauchboot, das über einer Station schwebte, die bereits von ihrem Personal verlassen worden war. Aber er hat kein Wort gesprochen, und er hat gestrampelt und sich gewehrt wie ein Tier, als sie ihrerseits versuchte, ihn zu retten.

»Vielleicht war es auch eher so, dass er ein altes Versprechen eingelöst hat«, gibt sie nun diesem Geschöpf gegenüber zu, das Gerry Fischer viel besser kennen muss als sie.

Bhanderi nickt. »Was ist mit ihm passiert?«

»Er ist gestorben«, sagt sie leise.

»Einfach ... dahingeschwunden? Wie wir anderen?«

»Nein.«

»Wie dann?«

Sie sucht nach einem passenden Wort.

»Peng«, sagt sie schließlich.

Kommen Sie mit uns, hatten sie nach Rio gesagt. *Kommen Sie mit uns, nachdem Sie uns nun ein weiteres Mal die Ärsche gerettet haben.*

Das war nicht ganz die Wahrheit. Buffalo hatte er nicht retten können. Und auch Houston nicht. Salt Lake und Boise und Sacramento waren untergegangen, improvisierten Angriffen zum Opfer gefallen, die von herabstürzenden Passagierflugzeugen bis zu Atombomben aus dem Orbit gereicht hatten. Ein halbes Dutzend weitere Zweigstellen hatten um Haaresbreite überlebt. Auch denen hatte er nicht die Ärsche retten können.

Aber für den Rest der Entropie-Patrouille war Achilles Desjardins ein Held. Es war beinahe sofort offensichtlich gewesen, dass fünfzig Zweigstellen der BRIKS in der westlichen Hemisphäre gleichzeitig angegriffen wurden, aber Desjardins war der Einzige gewesen, der aus dem Stand und unter Feuer eins und eins zusammengezählt hatte. Er war derjenige gewesen, der die unwahrscheinliche Schlussfolgerung gezogen hatte, dass die Angriffe von jemandem aus den eigenen Reihen koordiniert wurden. Der Rest der Patrouille hatte daraufhin sofort die Initiative ergriffen und Rio dem Erdboden gleichgemacht, aber es war Desjardins gewesen, der ihnen gesagt hatte, wohin sie zielen mussten. Ohne seine Fähigkeit, unter Hochdruck zu arbeiten, wären sämtliche Standorte der BRIKS in der gesamten Hemisphäre in Flammen aufgegangen.

Kommen Sie mit uns, hatten seine dankbaren Herren gesagt. *Diesen Standort können wir nur noch abschreiben.*

Die BRIKS in Sudbury hatte einen direkten Treffer abbekommen. Ein suborbitaler Kurzstreckenflieger, der von London nach Toromilton unterwegs gewesen war, war vom Feind gekapert und vom Kurs abgebracht worden und hatte einen zehn Stockwerke tiefen Einschlagkrater in der nördlichen Fassade des Gebäudes hinterlassen. Seine Treibstofftanks waren so gut wie leer gewesen, weswegen die Brände nicht genug Hitze entwickelt hatten, um das gesamte Gebäude zu zerstören. Die meisten Leute, die sich zwischen dem achtzehnten und dem fünfundzwanzigsten Stockwerk befunden hatten, waren verbrannt, an Gasvergiftung gestorben oder erstickt.

Sudburys *Gesetzesbrecher* hatten sich zwischen den Stockwerken zwanzig und vierundzwanzig befunden. Sie hatten Glück gehabt, dass es Desjardins gelungen war, Alarm zu schlagen, bevor sie getroffen wurden. Es war ein verdammtes Wunder gewesen, dass er den Angriff überlebt hatte.

Kommen Sie mit uns.

Und Achilles Desjardins hatte den Blick über den Rauch, die flackernden Flammen, die aufgestapelten Leichensäcke und die wenigen benommenen Mitarbeiter schweifen lassen, die so weit unverletzt waren, dass sie der obligatorischen Euthanasie entgingen, und hatte erwidert: Ihr braucht mich hier.

Es gibt kein »hier« mehr.

Doch von diesem »hier« war mehr übrig als von Salt Lake oder Buffalo. Die Angriffe hatten die Redundanz im Katastrophenschutz-Netzwerk von N'AmPaz um über dreißig Prozent reduziert. Sudbury hing am seidenen Faden, doch dieser Faden stellte immer noch die Verbindung zwischen sechzehn Zweigstellen in der Hemisphäre und vierundsiebzig regionalen dar. Den Standort komplett aufzugeben, hätte die Systemredundanz um weitere fünf Prozent verringert. Eine halbe Million Quadratkilometer wären dann vollkommen ungeschützt gewesen. βehemoth hatte bereits den halben Kontinent verwüstet, überall in seinem Verbreitungsgebiet war die Zivilisation zusammengebrochen. Die BRIKS konnte es sich nicht leisten, weitere Verluste hinzunehmen.

Es gab natürlich auch Gegenargumente. Die Hälfte der Stockwerke des Gebäudes in Sudbury waren nicht mehr bewohnbar. Es gab kaum noch genug Bandbreite für eine Handvoll Agenten, und mit dem vorhandenen Budget war es so gut wie unmöglich, selbst die vorhandene weiter aufrechtzuerhalten. Sämtliche Modelle waren sich einig: Die beste Lösung war es, Sudbury aufzugeben und stattdessen Toromilton und Montreal zu erweitern.

Und wie lange, hatte Desjardins gefragt, würde es dauern, bis die Erweiterungen online gehen konnten?

Sechs Monate. Vielleicht ein Jahr.

Dann brauchten sie also ein Provisorium. Die Notbeleuchtung musste noch eine Weile länger brennen. Sie brauchten jemanden vor Ort für die unvorhersehbaren Krisenfälle, wenn die Maschinen allein nicht ausreichten.

Aber Sie sind unser bester Gesetzesbrecher, hatten sie erwidert.

Und die Aufgabe wird nahezu unmöglich sein. Gäbe es einen besseren Einsatzort für mich?

Nuuunnn …

Nur sechs Monate, hatte er sie erinnert. Vielleicht ein Jahr.

Natürlich war es anders gekommen. Murphy hatte wieder einmal seine unheilvolle Hand im Spiel gehabt, und aus »vielleicht ein Jahr« wurden drei und dann vier. Die Erweiterungen, die am System von Toromilton vorgenommen werden sollten, verzögerten sich immer wieder. Zukunftspläne scheiterten an zahllosen alltäglichen Notfällen, so wie das immer geschieht. Die Entropie-Patrouille hielt sich nur knapp über Wasser und es gelang ihr gerade so, dafür zu sorgen, dass in Sudbury weiterhin die Lichter brannten und die Zugangscodes aktiviert blieben. Dabei waren sie stets dankbar für ihren bescheidenen Diener, der sich nie beklagte und mit tausend Fingern die Risse im Deich zuhielt.

Das war damals gewesen, und heute sah die Sache nicht anders aus. Desjardins hatte gesagt: Ich werde Ihr Leuchtturmwächter sein. Ihr Wachposten an der einsamen Grenze. Ich werde die Buschfeuer bekämpfen und die Stellung halten, bis die Kavallerie online geht. Ich werde es schaffen. Sie wissen, dass ich es schaffen kann.

Und das wussten sie durchaus, denn Achilles Desjardins war ein Held. Genauer gesagt, war er ein *Gesetzesbrecher*. Er hätte sie nicht anlügen können, selbst wenn er es gewollt hätte.

Was für ein Kerl, hatten sie gesagt und bewundernd den Kopf geschüttelt. *Was für ein Tausendsassa.*

Fundament

Kevin Walsh ist ein braver Junge. Er weiß, dass man an Beziehungen arbeiten muss, und er ist bereit, alles Notwendige zu tun, um den Funken – wenn man es denn so nennen kann – am Leben zu erhalten. Oder sein Erlöschen zumindest so lange wie möglich hinauszuzögern.

Er hat sich an ihren Arm gehängt, nachdem Lubin die ersten Posten an diejenigen verteilt hatte, die die Feinabstimmung vorgenommen hatten, und wollte sich mit einem *Vielleicht später* nicht begnügen. Schließlich hat Clarke nachgegeben. Sie suchten sich ein leeres Habitat, stellten ein paar Schlafpritschen auf, und dann bearbeitete er sie unermüdlich mit Zunge, Daumen und Zeigefinger, bis sie es nicht mehr übers Herz brachte, ihn weitermachen zu lassen. Sie strich ihm über den Kopf und sagte ihm, dass es ganz schön sei, aber dass es einfach nicht passieren würde. Dann bot sie sich ihm als Entschädigung für seine Mühen selbst an, aber er lehnte ab – ob aus ritterlicher Buße für seine eigene Unzulänglichkeit oder einfach, weil er schmollte, das wusste sie nicht.

Jetzt liegen sie nebeneinander, die Hände auf Armlänge locker ineinander verschränkt. Walsh schläft, was überraschend ist – er schläft ebenso ungern unter Schwerkraftbedingungen wie die anderen Rifter. Vielleicht ist auch das nur eine ritterliche Geste. Womöglich gibt er nur vor zu schlafen.

Nicht einmal dazu kann sich Clarke durchringen. Sie liegt auf dem Rücken und starrt zur Kabinendecke hoch, an der sich die Feuchtigkeit sammelt. Nach einer Weile löst sie ihre Hand von Walshs – vorsichtig, um die Illusion nicht zu stören – und geht zur Kommkonsole des Habitats hinüber.

Auf dem Hauptbildschirm ist ein dunkler, rätselhafter Obelisk zu sehen, der vom Meeresboden aufragt. Atlantis' Hauptgenerator. Oder jedenfalls ein kleines Stück davon – der größte Teil der Anlage befindet sich tief im Felsgestein, im Herzen einer Thermalquelle, von der er sich ernährt wie eine Mücke, die warmes Blut saugt. Nur die Spitze ragt aus dem Meeresboden wie ein unförmiger, fensterloser Wolkenkratzer, dessen Fassade mit Rohren, Auslassöffnungen und Ventilen bedeckt ist. Eine schmale gepunktete Linie aus Flutlichtern zieht sich in etwa acht Metern Höhe um die Konstruktion herum und erzeugt einen grellen Heiligenschein, der die Umgebung in kupferfarbenes Licht taucht. Die Tiefe drückt auf das Licht hinab wie eine schwarze Hand, während die Spitze des Generators in der Dunkelheit verschwindet.

Eine Rohrleitung von der Größe eines Abwasserrohrs zweigt auf Höhe des Meeresbodens vom Generator ab und schlängelt sich in die Dunkelheit davon. Geistesabwesend schaltet Clarke auf die nächste Kamera um und folgt dem Verlauf des Rohrs über den Meeresboden.

»Hee, was machst du da …?«

Walsh klingt überhaupt nicht schläfrig.

Sie dreht sich um. Er hockt halb kniend auf der Pritsche, als wollte er sich gerade erheben.

»Hee, komm wieder her. Ich will es noch einmal versuchen.« Er setzt ein jungenhaftes Grinsen auf – das entwaffnend süße Gesicht des Verführers. Es steht in krassem Widerspruch zu seiner Körperhaltung, die an einen Elfjährigen erinnert, der gerade dabei erwischt wurde, wie er sich auf der frischen Bettwäsche einen runtergeholt hat.

Sie mustert ihn neugierig. »Was ist los, Kev?«

Er lacht; es klingt wie ein Schluckauf. »Gar nichts ist los … Wir waren nur noch nicht, na ja, fertig …«

Ein Kloß sammelt sich in ihrem Hals, als ihr plötzlich eine Erkenntnis kommt. Versuchsweise wendet sie sich wieder der Konsole zu und klickt die nächste Überwachungskamera in der Reihe an. Die Rohrleitung auf dem Meeresboden schlängelt sich auf ein fernes, verschwommenes Panorama aus Schatten zu, das von hinten angestrahlt wird.

Walsh zupft an ihrer Schulter und liebkost mit den Lippen ihren Nacken. »Damenwahl. Ein zeitlich begrenztes Angebot, das bald ausläuft …«

Die nächste Kamera.

»Komm schon, Len.«

Atlantis. Eine kleine Gruppe Rifter hat sich an der Verbindungsstelle zwischen zwei Habitaten versammelt, weitab von allen Beobachtungsposten. Sie scheinen irgendetwas auszumessen. Manche von ihnen tragen seltsame Geräte bei sich.

Walsh ist verstummt. Der Kloß in Clarkes Hals wird immer größer.

Sie dreht sich um. Kevin Walsh ist einen Schritt zurückgetreten, auf seinem Gesicht spiegelt sich eine Mischung aus Schuld und Trotz.

»Gib ihr doch mal eine Chance, Len«, sagt er. »Ich meine, du solltest etwas objektiver an die ganze Sache herangehen …«

Sie betrachtet ihn ruhig. »Du Arschloch.«

»Oh, na klar«, faucht er zurück. »Als ob es dich jemals gekümmert hat, was ich tue.«

Sie greift nach den einzelnen Teilen ihrer Taucherhaut. Sie gleiten um ihren Körper herum, als seien sie lebendig, verbinden sich miteinander, schotten sie gegenüber der Außenwelt ab, gegenüber *ihm*, eine willkommene flüssige Rüstung, die die Grenze zwischen *uns* und *den anderen* markiert.

Nur dass es kein uns *gibt,* wird ihr klar. *Es hat nie eines gegeben.* Und was sie wirklich wütend macht, ist, dass sie das vergessen hat, dass sie es nicht hat kommen sehen. Obwohl sie in den Hirnstamm ihres Liebhabers hineinblicken kann und über die ganzen Schuldgefühle und den Schmerz und das alberne masochistische Verlangen darin Bescheid weiß, hat sie den Verrat nicht vorausgesehen. Seine Verbitterung hat sie natürlich wahrgenommen und auch seine Kränkung, aber das war nichts Neues. Doch wenn man es recht bedenkt, ist offener Verrat einfach nur die logische Fortsetzung des Niedergangs ihrer Beziehung. Und beides kümmert sie nicht genug, um eine Rolle zu spielen.

Sie sieht ihn nicht an, während sie in die Luftschleuse hinuntersteigt.

Kevin Walsh ist ein ziemlich mieser kleiner Junge. Nur gut, dass sie keine allzu große Zuneigung zu ihm entwickelt hat.

Ihre Worte surren inmitten der Schatten der Station hin und her: Zahlen, Zeitangaben, Spannungsmesswerte. Ein paar der Rifter halten Steuerelemente in den Händen, andere feuern Salven aus hochfrequenten Klicklauten aus akustischen Entfernungsmessern ab. Einer von ihnen zeichnet ein großes schwarzes X auf eine entscheidende Schwachstelle.

Wie hat Ken es ausgedrückt? *Es ging ihnen weniger um die Wirkung, sondern darum, dass die Minen gut versteckt sind.* Diesen Fehler würden sie offensichtlich nicht noch einmal machen.

Natürlich erwarten sie sie bereits. Walsh hat sie nicht vorgewarnt – jedenfalls nicht über die üblichen Kanäle –, aber an Rifter, die die Feinabstimmung vorgenommen haben, kann man sich nicht unbemerkt anschleichen.

Clarke lässt den Blick über die Gruppe schweifen. Nolan, die drei Meter über ihr schwebt, blickt auf sie herunter. Cramer, Cheung und Gomez haben sich in einem lockeren Kreis um sie versammelt. Creasy und Yeager – die zwar mit bloßem Auge aufgrund der Entfernung nicht erkennbar sind, auf telepathischem Wege hingegen schon – sind ein Stück weiter die Hülle hinunter mit irgendetwas beschäftigt.

Nolans Stimmung überdeckt alle anderen – ihre einstige Verbitterung hat sich in Triumphgefühl verwandelt. Ihre Wut – das Gefühl, noch ein paar Rechnungen offen zu haben – ist jedoch unverändert geblieben.

»Kev trifft keine Schuld«, sagt Clarke mit surrender Stimme. »Er hat sein Bestes gegeben.« Einen Moment lang fragt sie sich, wie weit Nolan wohl gegangen ist, um sich seiner Loyalität zu versichern.

Nolan nickt theatralisch. »Kevin ist ein braver Junge. Zum Wohle der Allgemeinheit würde er alles tun.« Die leichte Betonung auf »alles« entgeht der Maschine, aber Clarke hat sie bereits in Nolans Geist gesehen.

Also doch so weit.

Sie zwingt sich, noch tiefer in Nolans Verstand einzudringen, auf der Suche nach Schuldgefühlen und Doppelzüngigkeit, aber natürlich ist es zwecklos. Wenn Nolan jemals solche Geheimnisse besessen hat, dann ist sie jetzt längst darüber hinweg. Jetzt stellt sie ihre Absichten wie ein Ehrenabzeichen zur Schau.

»Also, was macht ihr hier?«, fragt Clarke.

»Wir bereiten uns lediglich auf das Schlimmste vor«, sagt Nolan.

»Aha.« Sie nickt in Richtung des X auf der Hülle. »Bereitet ihr euch darauf vor, oder beschwört ihr es herauf?«

Niemand sagt etwas.

»Euch ist doch wohl klar, dass wir die Generatoren kontrollieren. Wir können ihnen jederzeit den Saft abdrehen. Löcher in ihre Stationshülle zu sprengen, ist vollkommen überflüssig.«

»Oh, wir würden niemals übertriebene Gewalt anwenden.« Das ist Cramer zu Clarkes Linken. »Besonders, weil die immer so behutsam mit uns umgegangen sind.«

»Wir glauben einfach, dass es gut wäre, noch ein paar Ausweichmöglichkeiten zu haben«, erwidert Chen mit surrender Stimme, entschuldigend, aber bestimmt. »Nur für den Fall, dass Plan A aus irgendeinem Grund nicht funktioniert.«

»Wie zum Beispiel?«

»Zum Beispiel weil bestimmte Hände den Mündern, die sie beißen, ständig einen runterholen.«

Clarke dreht sich ruhig zu dem Sprecher um. »Redegewandt wie immer, Gomez. Jetzt verstehe ich, warum du nie groß den Mund aufmachst.«

»Ich an deiner Stelle ...«, beginnt Nolan.

»Halt, verdammt nochmal, die Klappe!«

Clarke dreht sich langsam in ihrer Mitte im Kreis, während sich in ihrem Magen ein eiskaltes Brodeln ausbreitet. »Alles, was sie euch angetan haben, haben sie mir zuerst angetan. Alles, was ihr über euch ergehen lassen musstet, habe ich auch erlebt, und noch Schlimmeres. Viel Schlimmeres.«

»Was seltsamerweise nicht dich getroffen hat, sondern alle anderen«, wirft Nolan ein.

»Glaubst du etwa, ich stecke ihnen die Zunge in den Arsch, nur weil sie danebengetroffen haben, als sie versucht haben, mich umzubringen?«

»Tust du das?«

Sie schwimmt hinauf, bis ihr Gesicht nur noch wenige Zentimeter von Nolans entfernt ist. »Wage es nicht noch einmal, meine Loyalität infrage zu stellen, Grace. Ich bin vor euch anderen armseligen Haploiden hier unten gewesen. Als ihr noch alle auf dem Festland wart, euch in die Hosen gemacht und um die Sicherheit eurer Jobs gezittert habt, bin ich in ihre verdammte Burg eingebrochen und habe Rowan und Konsorten in den Arsch getreten.«

»Klar hast du das getan. Und dann bist du zwei Tage später ihrem Damenclub beigetreten. Du spielst VR-Spiele mit ihrer Tochter, verdammt nochmal!«

»Ach ja? Und was genau hat ihre Tochter getan, dass man deswegen den ganzen Atlantischen Ozean auf sie niedergehen lassen müsste?

Selbst wenn ihr Recht habt – und das ist längst nicht bewiesen –, sind es etwa ihre Kinder gewesen, die euch verarscht haben? Was haben euch ihre Familien und ihre Diener und ihre Toilettenputzer jemals getan?«

Die Worte setzen sich vibrierend durch das Wasser fort. Das tiefe, beinahe unterhalb der Hörgrenze liegende Summen eines Lebenserhaltungssystems in der Nähe scheint plötzlich sehr laut.

In die kollektive Stimmung der Rifter hat sich möglicherweise eine kleine Unsicherheit eingeschlichen. Vielleicht sogar in Nolans.

Doch sie gibt nicht einen Mikrometer nach. »Willst du wissen, was sie getan haben, Len? Sie haben sich für eine Seite entschieden. Die Ehefrauen und -männer und die Ärzte und sogar die Toilettenputzer – wenn diese Krüppelficker denn tatsächlich welche der guten alten Zeiten wegen mitgenommen haben. Sie alle haben sich für eine Seite entschieden. Was mehr ist, als man von dir behaupten kann.«

»Das Ganze ist einfach keine gute Idee«, sagt Clarke mit surrender Stimme.

»Vielen Dank für deine Meinung, Len. Wir lassen dich wissen, wenn wir dich für irgendetwas brauchen. In der Zwischenzeit geh mir aus den Augen. Bei deinem Anblick kriege ich das Kotzen.«

Clarke spielt ihre letzte Karte aus. »Ich bin nicht diejenige, wegen der ihr euch Gedanken machen solltet.«

»Wie kommst du auf die Idee, wir hätten uns jemals Gedanken wegen dir gemacht?« Wellen der Verachtung gehen von Nolan aus.

»Ken ist nicht gerade froh darüber, wenn er auf ein stümperhaftes Fiasko wie das hier stößt. Ich habe gesehen, was dann passiert. Er zieht lieber einen sauberen Schlussstrich, als hinterher aufzuräumen. Ihr könnt euch also schon mal auf was gefasst machen.«

»Das haben wir bereits«, erwidert Nolan mit surrender Stimme. »Er weiß über unsere Aktion Bescheid.«

»Er hat uns sogar ein paar Hinweise gegeben«, fügt Gomez hinzu.

»Tut mir leid, meine Liebe.« Nolan beugt sich dicht an Clarke heran; die Kapuzen ihrer Taucherhäute gleiten übereinander wie der Kuss zweier Schaufensterpuppen. »Aber das hätte dir wirklich klar sein müssen.«

Ohne ein weiteres Wort macht sich die Gruppe wieder an die Arbeit, wie auf ein Zeichen hin, das Lenie Clarke weder gehört noch gesehen hat. Fassungslos und von einem Gefühl des Verrats erfüllt schwebt sie im Wasser, während um sie herum Teile eines ausgeklügelten Plans Gestalt annehmen.

Sie wendet sich ab und schwimmt davon.

Harpodon

Vor langer Zeit, damals, während des Aufstands, haben sich ein paar Firmenbosse mit einem Multifunktions-U-Boot namens *Harpodon III* abgesetzt. Bis zum heutigen Tag hat Patricia Rowan keine Ahnung, was sie damit erreichen wollten. In den Abteilen am Rücken der *Harpodon* befanden sich keinerlei Bau- oder Abrissmodule mehr, die als Waffen hätten dienen können. Das U-Boot war nackt wie ein Fischskelett und genauso nützlich: Vorn befand sich das Cockpit, hinten der Impeller und an dem segmentierten Rückgrat dazwischen rein gar nichts.

Vielleicht wollten sie einfach nur fliehen.

Die Rifter machten sich jedoch nicht die Mühe, nach ihren Gründen zu fragen, als sie erst einmal Wind von der Sache bekommen und das U-Boot eingeholt hatten. Sie waren ihrerseits nicht mit leeren Händen gekommen: Sie hatten Lötlampen und Nietpistolen dabei, mit denen sie die *Harpodon* zwar nicht in Stücke reißen, aber doch vom Hals abwärts lähmen konnten. Sie schalteten das Elektrolyseaggregat und die LOX-Tanks aus, und die Flüchtlinge durften zusehen, wie ihr unbegrenzter Vorrat an atembarer Luft zu einer kleinen Blase Nitrox im Cockpit zusammenschrumpfte, die bereits schal wurde.

Normalerweise hätten die Rifter einfach Löcher in die Hülle gebohrt und den Ozean den Rest erledigen lassen. Dieses Mal brachten sie die *Harpodon* jedoch zu einer der Sichtluken von Atlantis, um den Firmenbossen eine Art Denkzettel zu verpassen: Die Flüchtlinge erstickten vor den Augen ihrer Kameraden. Wie sich herausstellte, hatte es bereits einige Opfer unter den Riftern gegeben, und Grace Nolan hatte in der Schicht das Kommando gehabt.

Damals besaß jedoch selbst Nolan noch ein Quentchen Mitgefühl. Als die Flüchtlinge tot waren und die Moral der Geschichte allen klar geworden war, koppelten die Rifter das beschädigte U-Boot an der nächstgelegenen Andockbucht an und ließen die Firmenbosse die Toten bergen. In all den Jahren, die seither vergangen sind, hat sich die *Harpodon* nicht mehr von der Stelle bewegt. Sie ist immer noch auf die Wartungsluke aufgepfropft und ragt aus dem Körper von Atlantis heraus wie ein parasitischer männlicher Anglerfisch, der mit der Flanke einer gigantischen Partnerin verschmolzen ist. Dieser Ort wird von allen gemieden.

Was ihn für Patricia Rowan zu einem perfekten Treffpunkt mit dem Feind macht.

Die Taucherschleuse ist eine längliche Blase, die sich hinter dem Kopilotensitz, wo Rowan kauert und die Reihen der dunklen Instrumente betrachtet, über das gesamte Deck des Cockpits erstreckt. Hinter ihr ist ein Gluckern zu hören, dann ein müdes pneumatisches Seufzen, als der Sargdeckel der Schleuse aufklappt, und schließlich das leise Platschen von nassen Füßen auf den Deckplatten.

Natürlich hat sie die Lichter ausgeschaltet gelassen – niemand darf von ihrer Anwesenheit hier erfahren –, aber irgendeine blinkende Signalleuchte auf der geschwungenen Stationshülle wirft immer wieder

Lichtstrahlen durch die Sichtfenster herein. In regelmäßigen Abständen wird das Innere des Cockpits aus der Dunkelheit gerissen und verschwindet dann wieder, ein chaotisches Durcheinander metallener Eingeweide, die den Ozean auf Abstand halten.

Lenie Clarke klettert auf den Pilotensitz neben ihr.

»Hat dich irgendjemand gesehen?«, fragt Rowan, ohne sich umzudrehen.

»Wenn es so wäre«, sagt die Rifterin, »wären sie wahrscheinlich längst hier, um zu beenden, was sie begonnen haben.« Womit sie zweifellos auf die Schäden anspielt, die die *Harpodon* vor langer Zeit davongetragen hat. »Irgendwelche Fortschritte?«

»Acht der Proben waren positiv. Aber wir haben noch kein sicheres Ergebnis.« Rowan holt tief Luft. »Wie sieht die Schlacht auf eurer Seite aus?«

»Vielleicht könntest du einen anderen Begriff dafür wählen? Etwas, das die Situation nicht ganz so wörtlich beschreibt?«

»Ist es so schlimm?«

»Ich glaube nicht, dass ich sie aufhalten kann, Pat.«

»Natürlich kannst du das«, sagt Rowan. »Du bist die Meltdown Madonna, erinnerst du dich? Das Alphaweibchen.«

»Nicht mehr.«

Rowan dreht sich zu ihr um.

»Grace ist … ein paar von ihnen haben die Initiative ergriffen.« Lenies Gesicht wird in regelmäßigen Abständen von dem pulsierenden Licht angestrahlt und versinkt dann wieder in der Dunkelheit. »Sie legen erneut Minen. Aber dieses Mal tun sie es ganz offen.«

Rowan denkt nach. »Und was sagt Ken dazu?«

»Ich fürchte, ihn stört das nicht weiter.«

Lenie klingt überrascht. Rowan hingegen ist es nicht. »Sie legen *erneut* Minen?«, wiederholt sie. »Ihr wisst also, wer die anderen gelegt hat?«

»Nein. Jedenfalls noch nicht. Aber das spielt eigentlich auch keine Rolle.« Lenie seufzt. »Verdammt, manche Leute sind immer noch der Meinung, dass ihr die Minen selbst gelegt habt.«

»Das ist absurd, Lenie. Warum sollten wir das tun?«

»Um eine … Ausrede zu haben, nehme ich an. Oder einen letzten Ausweg, um euch selbst zu zerstören und uns mit in den Tod zu reißen. Ich weiß es nicht.« Lenie zuckt die Achseln. »Ich sage nicht, dass es einen Sinn ergibt. Ich gebe nur wieder, was die anderen behaupten.«

»Und woher sollen wir die notwendige Ausrüstung nehmen, wenn ihr unsere Fabrikationsanlagen kontrolliert?«

»Ken sagt, dass man einen Standard-Calvin-Cycler so einstellen kann, dass er Sprengstoff produziert.«

Wieder Ken.

Rowan ist sich immer noch nicht sicher, wie sie das Thema ansprechen soll. Zwischen Lenie und Ken besteht ein enges Band, eine absurde und zugleich unvermeidliche Verbindung zwischen zwei Menschen, für die der Begriff *Freundschaft* eigentlich so fremd sein sollte wie eine Mikrobe vom Jupitermond Europa. Ihre Beziehung ist nicht sexueller Natur – bei Kens Vorlieben wäre das auch kaum möglich, obwohl Rowan vermutet, dass Lenie darüber noch nicht Bescheid weiß –, aber auf ihre eigene eingeschränkte Weise ist sie fast genauso intim. Beide verbindet ein Beschützerinstinkt, den man nicht auf die leichte Schulter nehmen sollte. Wenn man den einen angreift, muss man unbedingt auch den anderen im Auge behalten.

Aber anscheinend beginnt Ken Lubin inzwischen, sich auch nach anderen Verbündeten umzusehen …

Sie beschließt, einen Versuch zu wagen. »Lenie, ist dir schon einmal der Gedanke gekommen, dass Ken vielleicht …«

»Das ist verrückt.« Die Rifterin würgt die Frage ab, bevor sie sie ganz ausgesprochen hat.

»Wieso?«, fragt Rowan. »Wer sonst hätte das nötige Fachwissen? Wer ist süchtig danach, Menschen umzubringen?«

»Daran habt ihr Schuld. Er stand auf eurer Gehaltsliste.«

Rowan schüttelt den Kopf. »Es tut mir leid, Lenie, aber du weißt, dass das nicht stimmt. Wir haben ihn mit einem Bedrohungsreaktionsreflex ausgestattet, das schon. Aber damit wollten wir nur sicherstellen, dass er die nötigen Schritte unternimmt ...«

»Dass er Menschen umbringt«, wirft Lenie ein.

»... im Falle einer Sicherheitslücke. Er sollte nie ... abhängig davon werden. Und du weißt so gut wie ich, dass Ken über das nötige Wissen und die Zugangsmöglichkeiten verfügt. Und er schleppt seelischen Ballast mit sich herum, der bis in seine Kindheit zurückreicht. Das Einzige, was ihn im Zaum gehalten hat, war das *Schuldgefühl*, und dem hat Spartakus den Garaus gemacht.«

»Spartakus war vor fünf Jahren«, widerspricht die Rifterin. »Und seither ist Ken nicht mehr in Blutrausch verfallen. Wenn du dich erinnerst: Er war einer von genau zwei Leuten, die verhindert haben, dass sich euer letzter Aufstand in ein großes Firmenboss-Massaker verwandelt hat.«

Es klingt, als würde sie sich selbst davon überzeugen wollen.

»Lenie ...«

Aber Clarke unterbricht sie. »Das *Schuldgefühl* ist nur etwas, das eure Leute in sein Gehirn eingebaut haben, als er angefangen hat, für euch zu arbeiten. Er hat es vorher nicht gebraucht und hinterher auch nicht, und weißt du auch, warum? Weil er sich Regeln auferlegt hat, Pat. Er hat sich seine eigenen Gesetze geschaffen, und er hat sich, verdammt nochmal, an sie gehalten. Ganz gleich, wie sehr er es sich gewünscht hat, er hat nie jemanden ohne Grund getötet.«

»Das stimmt«, gibt Rowan zu. »Weswegen er angefangen hat, Gründe zu erfinden.«

Lenie, deren Gesicht immer wieder im Dunkeln aufleuchtet, blickt durch das Bullauge hinaus und antwortet nicht.

»Vielleicht kennst du diesen Teil der Geschichte ja nicht«, fährt Rowan fort. »Hast du dich nie gefragt, warum wir ihn überhaupt für das Rifterprogramm eingesetzt haben? Warum wir einen unserer besten Geheimagenten zum Grund des Ozeans schicken, um Muscheln von Geothermalpumpen abzukratzen? Ihm sind ein paar Ausrutscher passiert, Lenie. Er hat begonnen, Fehler zu machen und überall Sicherheitslücken zu hinterlassen. Natürlich schloss er sie hinterher stets wieder mit größtmöglicher Sorgfalt, aber das war letzten Endes auch der Zweck des Ganzen. Auf einer unterbewussten Ebene machte Ken absichtlich Fehler, damit er einen Grund hatte, sie danach wieder zu beheben. Die Station Beebe war so weit ab vom Schuss, dass er dort unmöglich auf irgendetwas stoßen konnte, das er als *Sicherheitsrisiko* hätte interpretieren können, ganz egal, wie er sich die Regeln zurechtbog. Im Nachhinein betrachtet, war das unser Fehler.« *Und leider nicht einmal unser schlimmster.* »Aber was ich damit sagen will – Menschen mit Abhängigkeiten fallen manchmal in ihre alten Gewohnheiten zurück. Menschen, die sich selbst Verhaltensregeln auferlegt haben, biegen sich diese oft so lange zurecht und rationalisieren sie, bis sie auf zwei Hochzeiten gleichzeitig tanzen können. Vor sieben Jahren haben uns unsere Psychologen gesagt, dass Ken ein klassischer Fall ist. Warum sollte sich daran in der Zwischenzeit etwas geändert haben?«

Die Rifterin schweigt einen Moment lang. Ihr blasses, körperloses Gesicht, das sich von der Dunkelheit um sie herum abhebt, flackert an und aus wie ein schlagendes Herz.

»Ich weiß es nicht«, sagt sie schließlich. »Ich bin einmal einem von euren *Psychologen* begegnet, erinnerst du dich? Ihr habt ihn zu uns heruntergeschickt, damit er uns beobachtet. Wir mochten ihn nicht besonders.«

Rowan nickt. »Yves Scanlon.«

»Ich habe nach ihm gesucht, damals auf dem Festland.« *Nach ihm gesucht,* Leniesprache für: *ihn gejagt.* »Er war nicht zu Hause.«

»Er ist versetzt worden«, erwidert Rowan. Ihr eigener Euphemismus schlägt den Clarkes wie immer um Längen.

»Aha.«

Aber da sie schon einmal davon sprechen ... »Er ... er hatte eine Theorie über euch«, sagt Rowan. »Er war der Meinung, die Gehirne von Riftern seien irgendwie ... wahrnehmungsfähiger. Er glaubte, ihr würdet eine höhere Bewusstseinsebene erreichen, wenn ihr zu viel Zeit am Meeresboden verbringt, wegen all der synthetischen Verbindungen in eurem Blut. Quantensignale vom Hirnstamm. Irgendeine Art Ganzfeld-Effekt.«

»Scanlon war ein Idiot«, erwidert Clarke.

»Zweifellos. Aber hatte er Recht?«

Lenie lächelt schwach.

»Verstehe«, sagt Rowan.

»Wir können keine Gedanken lesen. Ganz so ist es nicht.«

»Aber vielleicht, wenn ihr ... Wie nennt ihr es? *Scannen?*«

»Wir nennen es *Feinabstimmung*«, sagt Lenie, ihre Stimme genauso ausdruckslos wie ihre Augen.

»Wenn ihr in die Köpfe derjenigen schaut, die möglicherweise ...«

»Das haben wir schon getan. Ken war sogar derjenige, der den Vorschlag gemacht hat. Wir haben nichts gefunden.«

»Hast du in Kens Kopf geschaut?«

»Das ist nicht mög...« Sie hält inne.

»Er hat dich abgeblockt, nicht wahr?« Rowan nickt wissend. »Wenn es dem Ganzfeld-Scannen ähnelt, dann wehrt er es ab, ohne auch nur darüber nachzudenken. Das ist ein Standardverfahren.«

Eine Zeit lang sitzen sie schweigend da.

»Ich glaube nicht, dass es Ken ist«, sagt Clarke nach einer Weile. »Ich kenne ihn, Pat. Ich kenne ihn seit Jahren.«

»Ich kenne ihn schon länger.«

»Aber nicht so wie ich.«

»Zugegeben. Aber wenn es nicht Ken ist, wer dann?«

»Verdammt, Pat, wir alle! Inzwischen hat es jeder von uns auf euch abgesehen. Die anderen sind überzeugt davon, dass Jerry und ihre Leute …«

»Das ist absurd.«

»Ist es das tatsächlich?« Rowan erhascht einen Blick auf die alte Lenie Clarke – ein Raubtier, das im flackernden Licht lächelt. »Einmal angenommen, ihr hättet uns vor fünf Jahren besiegt, und wir würden seither unter Hausarrest stehen. Und dann würde uns irgendeine Mikrobe in die Hände fallen, und wir würden sie an euch weiterreichen, worauf eure Leute wie die Fliegen zu sterben beginnen. Willst du behaupten, dass ihr nicht Verdacht schöpfen würdet?«

»Nein, natürlich würden wir das.« Rowan seufzt tief. »Aber ich möchte behaupten, dass wir nicht Hals über Kopf in die Offensive gehen würden, ohne irgendwelche Beweise zu haben. Wir würden zumindest die Möglichkeit in Betracht ziehen, dass ihr unschuldig seid.«

»Ich erinnere mich an eine Zeit, als es anders herum war. Damals haben Schuld oder Unschuld keine große Rolle gespielt. Ihr habt keine Zeit verloren und mögliche Gefahrenzonen sterilisiert, egal, wer sich darin befand. Egal, was diejenigen getan hatten.«

»Ein gutes Argument. Es könnte von Ken Lubin mit seinem viel gepriesenen ethischen Code stammen.«

Lenie schnaubt verächtlich. »Jetzt mach mal halblang, Pat. Ich behaupte nicht, dass du lügst. Aber wir haben euch gegenüber schon mehr Nachsicht geübt, als ihr es damals getan habt. Und du bist nicht allein in der Station. Bist du sicher, dass keiner der anderen etwas hinter deinem Rücken tut?«

Ein heller Augenblick, dann ein dunkler.

»Jedenfalls besteht immer noch die Hoffnung, dass wir eine Eskalation verhindern können«, sagt Clarke. »Wir schauen uns β-Max selbst an. Wenn es keine Modifikationen gegeben hat, werden wir auch nichts finden.«

Eine Kapillare der Furcht windet sich durch Rowans Inneres.

»Und wie wollt ihr das herausfinden?«, fragt sie. »Keiner von euch ist Pathologe.«

»Wir werden uns jedenfalls nicht auf eure Experten verlassen. Von uns ist zwar niemand Professor an der LU, aber der eine oder andere hat durchaus einen Uni-Abschluss. Außerdem haben wir Zugang zur Biomed-Bibliothek und ...«

»Nein«, flüstert Rowan. Die Kapillare verwandelt sich in eine dicke, pulsierende Arterie. Sie spürt, wie ihr das Blut aus dem Gesicht weicht.

Lenie bemerkt es sofort. »Was?« Sie beugt sich über die Armlehne ihres Stuhls. »Was beunruhigt dich daran?«

Rowan schüttelt den Kopf. »Lenie, ihr wisst es einfach nicht. Euch mangelt es an der entsprechenden Ausbildung. Einen Doktor bekommt man nicht, indem man sich ein paar Tage lang etwas anliest. Selbst wenn ihr zu den richtigen Ergebnissen gelangt, ist die Wahrscheinlichkeit groß, dass ihr sie falsch interpretiert ...«

»Was für Ergebnisse? Wie sollen wir sie falsch interpretieren?«

Rowan beobachtet sie plötzlich wachsam: Genauso hat sie sie angesehen, als sie sich vor fünf Jahren zum ersten Mal begegnet sind.

Die Rifterin erwidert ruhig ihren Blick. »Pat, du solltest mir nichts verschweigen. Mir fällt es schon schwer genug, die Hunde im Zaum zu halten. Wenn du mir etwas zu sagen hast, dann sag es!«

Erzähl es ihr.

»Ich habe es selbst erst vor kurzem erfahren«, beginnt Rowan. »βehemoth war möglicherweise ... also, ich meine, das *ursprüngliche* βehemoth, nicht dieser neue Stamm ... es war genetisch verändert.«

»Genetisch verändert.« Die Worte liegen schwer und tot zwischen ihnen.

Rowan zwingt sich dazu, weiterzusprechen. »Um es an aerobe Bedingungen anzupassen. Und um seine Reproduktionsrate zu erhöhen, für eine schnellere Vermehrung. Es gab kommerzielle Interessen. Natürlich wollte niemand die Welt zerstören, es handelte sich nicht um eine Biowaffe oder so etwas … aber offensichtlich ist irgendetwas schiefgegangen.«

»Offensichtlich.« Clarkes Gesicht ist eine ausdruckslose Maske.

»Du weißt sicher, was für Gefahren daraus entstehen können, wenn deine Leute auf diese Modifikationen stoßen, ohne zu wissen, was sie tun. Vielleicht wissen sie genug, um zu erkennen, dass es sich um eine Modifikation handelt, begreifen aber nicht, was für einen Zweck sie hat. Möglicherweise können sie auch ältere Modifikationen nicht von neueren unterscheiden. Oder womöglich gehen sie einfach vom Schlimmsten aus, wenn sie bemerken, dass es gentechnische Veränderungen gegeben hat, und hören auf zu suchen. Sie finden vielleicht etwas, das sie für einen Beweis halten, und auf die Einzigen, die ihnen sagen könnten, dass sie falsch liegen, hören sie nicht, weil sie auf der Seite des Gegners stehen.«

Clarke betrachtet sie wie eine Statue. Vielleicht hat die Versöhnung der letzten Jahre nicht ausgereicht. Womöglich hat diese neue Entwicklung, diese Aufforderung, noch mehr Verständnis zu zeigen, das zerbrechliche Vertrauensverhältnis zwischen ihnen wieder zerstört. Vielleicht hat Rowan in den Augen dieser Frau nun jegliche Glaubwürdigkeit verloren und ihre einzige Chance, die Katastrophe zu verhindern, zum Fenster hinausgeworfen.

Die endlosen Sekunden erstarren in der kalten, stickigen Luft zu Stein.

»Verdammt«, sagt die Rifterin schließlich sehr leise. »Wenn das rauskommt, ist alles vorbei.«

Rowan wagt erneut zu hoffen. »Dann müssen wir eben dafür sorgen, dass es nicht rauskommt.«

Clarke schüttelt den Kopf. »Was soll ich machen? Rama sagen, dass er aufhören soll zu suchen? Mich in sein Habitat schleichen und den Sequenzer zerstören? Die anderen sind doch sowieso schon der Meinung, dass ich mit euch unter einer Decke stecke.« Sie stößt ein kleines, bitteres Lachen aus. »Wenn ich irgendetwas unternehme, werde ich sie endgültig verlieren. Sie trauen mir auch so schon nicht über den Weg.«

Rowan lehnt sich auf dem Sitz zurück und schließt die Augen. »Ich weiß.« Sie fühlt sich tausend Jahre alt.

»Ihr verdammten Firmenbosse. Ihr konntet nie etwas in Ruhe lassen, oder?«

»Wir sind eben auch nur Menschen, Lenie. Wir machen ... Fehler ...« Plötzlich wird ihr die ganze himmelschreiende Absurdität dieser Untertreibung bewusst, und Patricia Rowan kann ein kleines Kichern nicht unterdrücken.

Es ist das albernste Geräusch, das sie seit Jahren von sich gegeben hat. Lenie hebt eine Augenbraue.

»Tut mir leid«, sagt Rowan.

»Kein Problem. Es war tatsächlich ziemlich lustig.« Das kleine Halblächeln, das Lenies Markenzeichen ist, flackert um ihre Mundwinkel auf.

Es ist jedoch sofort wieder verschwunden. »Pat, ich glaube nicht, dass wir das Ganze noch aufhalten können.«

»Wir müssen.«

»Die Leute reden nicht mehr miteinander. Und sie hören einander nicht mehr zu. Ein kleiner Schubser, und alles geht den Bach hinunter. Allein wenn sie wüssten, dass wir uns hier unterhalten ...«

Rowan schüttelt vehement den Kopf. Aber Lenie hat Recht. Rowan kennt sich schließlich mit Geschichte aus. Und mit Politik. Wenn allein schon das Reden mit der gegnerischen Seite einen Akt des Verrats darstellt, ist das Stadium, in dem noch Hoffnung besteht, längst vorbei.

»Erinnerst du dich daran, wie wir uns das erste Mal begegnet sind?«, fragt Lenie. »Von Angesicht zu Angesicht?«

Rowan nickt. Sie ist um eine Ecke gegangen, und plötzlich stand Lenie Clarke vor ihr – fünfzig Kilo geballte Wut, die auf unerklärliche Weise mitten im Herzen ihres geheimen Verstecks aufgetaucht sind. »Achtzig Meter in diese Richtung«, sagt sie und deutet über ihre Schulter.

»Bist du dir sicher?«, fragt Lenie.

»Ziemlich«, sagt Rowan. »Ich dachte, du würdest mich umbr…«

Beschämt hält sie inne.

»Ja«, sagt sie nach einer Weile. »Das war das erste Mal, dass wir einander begegnet sind. Wirklich.«

Lenie richtet den Blick auf das tote Armaturenbrett. »Ich dachte, du wärst vielleicht, na ja, bei den Einstellungsgesprächen mit dabei gewesen. Bevor deine Leute in meinem Kopf rumgefuhrwerkt haben. Man weiß ja nie, welche Erinnerungen gelöscht wurden.«

»Ich habe mir hinterher die Aufzeichnungen angesehen«, gibt Rowan zu. »Als Yves seine Empfehlungen ausgesprochen hat. Aber wir sind uns nie wirklich begegnet.«

»Natürlich nicht. Du warst hoch oben in der Stratosphäre. Du hattest keine Zeit, dich mit Hilfsarbeitern abzugeben.« Rowan ist ein wenig überrascht über den zornigen Unterton in Lenies Stimme. Nach allem, was ihr angetan wurde und womit sie seither fertig werden musste, kommt es ihr merkwürdig vor, dass eine solche Nebensächlichkeit Lenies Zorn erregt.

»Es hieß, dass es so das Beste sei«, sagt Rowan leise. »Ehrlich. Sie haben gesagt, dass ihr so glücklicher wärt.«

»Wer hat das gesagt?«

»Die Neurowissenschaftler. Die Psychologen.«

»Glücklicher.« Lenie muss das einen Moment lang verdauen. »Falsche Erinnerungen daran, dass mein Vater mich vergewaltigt hat, sollten mich glücklicher machen? Gütiger Himmel, Pat, wenn das stimmt, muss meine wahre Kindheit ja ein richtiges Vergnügen gewesen sein.«

»Ich meine, glücklicher in der Station Beebe. Sie haben behauptet, dass jeder normale, ausgeglichene Mensch dort unten innerhalb eines Monats einen Zusammenbruch erleiden würde.«

»Ich kenne die Werbebroschüre, Pat. Natürliche Anpassung an chronischen Stress, Dopamin-Abhängigkeit und Vorliebe für gefährliche Umgebungen. Hast du ihnen das alles abgekauft?«

»Aber sie hatten Recht. Du hast ja gesehen, was mit der Kontrollgruppe geschehen ist, die wir runtergeschickt haben. Aber ihr ... euch hat dieser Ort so sehr gefallen, dass wir schon befürchtet haben, ihr würdet gar nicht mehr zurückkommen wollen.«

»Am Anfang jedenfalls«, fügt Lenie unnötigerweise hinzu.

Nach einer Weile dreht sie sich zu Rowan um. »Aber lass mich dich etwas fragen, Pat. Einmal angenommen, sie hätten dir erzählt, dass es mir nicht gefallen würde? Wenn sie nun gesagt hätten: Sie wird das Leben dort hassen. Sie wird *ihr* Leben hassen. Aber wir müssen es trotzdem tun, weil das die einzige Möglichkeit ist zu verhindern, dass sie dort unten völlig verrückt wird? Würdest du es mir sagen?«

»Ja.« Eine ehrliche Antwort. Jedenfalls jetzt.

»Und hättest du trotzdem zugelassen, dass sie mein Gehirn neu verknüpfen und mich in jemand anderes verwandeln, dessen Eltern Ungeheuer sind, und mich dann dort runtergeschickt?«

»... Ja.«

»Weil du dem Wohl der Allgemeinheit gedient hast.«

»Ich habe es zumindest versucht«, sagt Rowan.

»Eine altruistische Firmenchefin«, sagt die Rifterin. »Wie erklärst du dir das?«

»Erklären?«

»Nun, es widerspricht dem, was wir in der Schule gelernt haben. Dass in erster Linie Soziopathen in der Firmenhierarchie aufsteigen und wir alle froh sein sollten, dass die wichtigen Wirtschaftsentscheidungen von Menschen getroffen werden, die nicht von ihren Gefühlen abhängig sind.«

»Das Ganze ist ein klein wenig komplizierter.«

»Du meinst: *war*.«

»Nein, *ist*«, erwidert Rowan beharrlich.

Eine Zeit lang sitzen sie schweigend da.

»Würdest du es rückgängig machen, wenn du könntest?«, fragt Rowan.

»Was, die Neuverknüpfungen? Damit ich meine echten Erinnerungen zurückerhalte? Und meinen Vater nicht mehr als Vergewaltiger ansehe?«

Rowan nickt.

Lenie schweigt so lange, dass Rowan schon glaubt, dass sie die Frage gar nicht beantworten wird. Aber schließlich sagt sie beinahe zögernd: »Ich bin nun einmal, was ich bin. Möglicherweise hat früher ein ganz anderer Mensch in meinem Körper gesteckt, aber jetzt bin ich hier. Und wenn ich es mir recht überlege, will ich eigentlich nicht sterben. Und diesen anderen Menschen zurückzuholen, wäre so etwas wie Selbstmord, oder?«

»Ich weiß es nicht. So habe ich das noch nicht betrachtet.«

»Ich habe auch eine Weile dafür gebraucht. Deine Leute haben jemanden getötet und dabei mich erschaffen.« Für einen Moment ist ein Stirnrunzeln auf Lenies Gesicht zu sehen, bevor es wieder in der Dunkelheit verschwindet. »Du hast Recht gehabt, weißt du. Damals wollte ich dich tatsächlich umbringen. Eigentlich hatte ich das nicht vorgehabt, aber dann habe ich dich dort gesehen, und die Erinnerung ist erneut in mir aufgestiegen, und … na ja, einen Moment lang stand ich kurz davor …«

»Danke, dass du es nicht getan hast«, sagt Rowan.

»Ja, ich habe mich zurückgehalten, nicht wahr? Und wenn zwei

Menschen jemals einen Grund gehabt haben, sich gegenseitig an die Kehle zu gehen, dann doch wohl wir beide.« Einen Moment lang schweigt sie. »Aber wir haben es nicht getan. Und mit der Zeit haben wir sogar geschafft, miteinander auszukommen.«

»Ja«, sagt Rowan.

Die Rifterin blickt sie mit leeren Augen flehentlich an. »Also, warum können es die anderen dann nicht auch? Warum können sie nicht einfach … ich weiß nicht, unserem Beispiel folgen …?«

»Lenie, wir haben die Welt zerstört. Ich glaube, dass sie sich ein bisschen zu sehr an unser Beispiel halten.«

»Weißt du, damals in der Station Beebe bin ich die Chefin gewesen. Ich wollte es nicht sein. Das war das Letzte, was ich mir gewünscht hätte, aber die Leute haben einfach …« Lenie schüttelt den Kopf. »Und ich will es immer noch nicht sein. Aber ich muss, verstehst du? Irgendwie muss ich diese Schwachköpfe daran hindern, alles in die Luft zu jagen. Nur dass mir jetzt keiner mehr irgendetwas erzählt, und Grace …«

Sie blickt Rowan an, als sei ihr gerade ein Gedanke gekommen. »Was ist eigentlich mit ihr passiert?«

»Wie meinst du das?«, fragt Rowan.

»Sie hat einen richtigen Hass auf euch. Habt ihr ihre Familie umgebracht oder so etwas? Oder irgendwas mit ihrem Kopf angestellt?«

»Nein«, sagt Rowan. »Nichts in der Art.«

»Komm schon, Pat. Sie wäre nicht hier unten, wenn nicht irgendetwas …«

»Grace war in der Kontrollgruppe. Sie hatte einen vollkommen normalen Hintergrund. Sie war …«

Doch plötzlich richtet sich Lenie in ihrem Sitz auf, und ihre von Kappen verhüllten Augen schweifen über die Decke. »Hast du das gehört?«, fragt sie.

»Wovon sprichst du?« Im Cockpit ist es nicht gerade leise – Gluckern, Knarren und ein gelegentliches metallisches Klirren haben ihre Unterhaltung von Anfang an begleitet –, aber Rowan hat nichts Ungewöhnliches gehört. »Ich weiß nicht …«

»Psst«, zischt Lenie.

Und jetzt hört Rowan tatsächlich etwas, aber es ist nicht das, worauf Lenie lauscht. In ihrem Ohrhörer ist ein leises Plappern zu hören, ein Alarm aus der Kommunikationszentrale – eine von Panik erfüllte Stimme, die nur sie hören kann. Sie lauscht, und ein flaues Gefühl breitet sich in ihrer Magengegend aus. Sie wendet sich ihrer Freundin zu.

»Du solltest lieber wieder nach draußen gehen«, sagt sie leise.

Lenie wirft ihr einen ungeduldigen Blick zu, erstarrt jedoch, als sie Rowans Gesichtsausdruck sieht. »Was ist?«

»Unsere Kommunikationszentrale hat eure LFAM-Gespräche abgehört«, sagt Rowan. »Sie sagen … Erickson. Er ist gestorben. Sie suchen nach dir.«

Die Bluthund-Iterationen

N = 1:

Knurrend und ohne sich dessen bewusst zu sein, sucht sie nach Zielen und findet keine. Sie hält nach Orientierungspunkten Ausschau und kann nichts entdecken. Sie findet nicht einmal etwas, das an eine Landschaft erinnern würde – eine endlose Leere erstreckt sich überall um sie herum, eine gewaltige Menge freien Speicherplatzes, der die Reichweite der Barthaare, die sie in die Ferne ausstreckt, bei weitem übersteigt. Sie findet keine Spur des zerklüfteten digitalen Netzwerks, das sie normalerweise bewohnt. Hier gibt es keine Beute und außer ihr auch keine Raubtiere, keine Dateien oder Programme, an denen sie sich gütlich tun könnte. Sie kann nicht einmal das örtliche Betriebssystem entdecken. Irgendwie muss sie darauf Zugriff haben – sie kann nicht existieren, ohne einen gewissen Anteil an den Systemressourcen und Taktzyklen zu haben –, doch die Fänge und Klauen, die sie entwickelt hat, um dorthin vorzudringen, finden nirgendwo Halt. Sie ist eine magere, einsame Wölfin mit einem Rottweilergebiss, die an das Leben in einem heruntergekommenen, elenden Dschungel angepasst ist, der sich in Nichts aufgelöst hat. Selbst ein Käfig müsste erkennbare Begrenzungen haben, Wände oder Gitterstäbe, gegen die sie sich werfen kann, auch wenn das vollkommen sinnlos ist. Diese gänzlich leere Nulllandschaft übersteigt ihren geistigen Horizont.

Einen winzigen Augenblick lang – hundert Zyklen, vielleicht zweihundert – reißt der Himmel auf. Wenn sie tatsächlich ein Bewusstsein besäße, könnte sie durch diesen Riss in der Leere eine gewaltige Anzahl von Knotenpunkten erkennen, ein n-dimensionales Gitter aus parallelen Strukturen, das winzige Änderungen in ihrem Innern bewirkt. Vielleicht würde sie sich darüber wundern, warum sich innerhalb eines Augenblicks so viele ihrer Parameterwerte verändern, als würden die Zylinder Tausender mechanischer Schlösser urplötzlich dieselbe Stellung einnehmen. Möglicherweise würde sie ein Kribbeln verspüren, von den Elektronen, die ihre Gene durchströmen und dabei Schalter von *ein* auf *aus* stellen und umgekehrt.

Aber sie spürt nichts. Sie kennt weder Ehrfurcht noch Überraschung, sie besitzt keine Begriffe für Meiose oder Vergewaltigung. Ein Teil von ihr stellt lediglich fest, dass einige Umweltgrößen plötzlich einen optimalen Wert erreicht haben. Daraufhin gibt dieser Teil einem anderen Unterprogramm ein Zeichen, das für die Replikationsprotokolle zuständig ist, und einem weiteren, das die Umgebung nach leeren Adressen absucht.

Mit umbarmherziger Effizienz und ohne dabei die geringste Freude zu empfinden, gebiert sie einen Wurf aus zwei Millionen Nachkommen.

N = 4.734:

Knurrend und ohne sich dessen bewusst zu sein, sucht sie nach einem Ziel – aber nicht ganz so, wie ihre Mutter das getan hat. Sie hält nach Orientierungspunkten Ausschau, doch es dauert ein paar Zyklen länger, bis sie die Suche aufgibt. Sie kann nichts finden, das in irgendeiner Weise an eine Landschaft erinnern würde – worauf sie die Richtung ändert und die Adressen zu dokumentieren beginnt, die sich über und unter ihr befinden. Sie ist eine magere, einsame Schäferhündin mit einem Rottweilergebiss und einem leichten Hüftschaden, geschaffen für ein Leben in einem heruntergekommenen, elenden Dschungel, der nirgendwo zu sehen ist. Sie erinnert sich vage daran, dass es außer ihr noch andere Lebewesen gegeben hat, aber ihr Ereignis-Log wägt ständig Kosten und Nutzen von Aufzeichnungen gegeneinander ab. Bestimmte Erinnerungen verblassen mit der Zeit, wenn sie sich nicht als nützlich erweisen. Sie hat bereits vergessen, dass die anderen Geschöpfe ihre Geschwister waren. Bald wird sie sich gar nicht mehr an sie erinnern. Sie weiß nicht, dass sie, an den Maßstäben der Welt ihrer Mutter gemessen, der kümmerlichste Spross des gesamten Wurfes war. Dass sie immer noch existiert, widerspricht eigentlich den Prinzipien der natürlichen Auslese.

Hier an diesem Ort ist der Ausleseprozess nicht ganz so natürlich.

Sie ist sich der vielen Paralleluniversen, die sich überall um sie herum erstrecken, nicht bewusst. Sie befindet sich in einem Mikrokosmos unter vielen, die jeweils nur einen einzigen Bewohner beherbergen. Als plötzlich zwei dieser Universen durch eine Fistel miteinander verbunden werden, kommt ihr das wie Magie vor. Mit einem Mal befindet sie sich in der Gesellschaft eines Geschöpfes, das ihr sehr stark – wenn auch nicht ganz – ähnelt.

Sie scannen Bruchstücke des jeweils anderen, ohne sich gegenseitig anzugreifen. Einzelne Teile von körperlosem Code tauchen plötzlich in nahe gelegenen Adressen auf, geklonte Fragmente, die nicht nutzbringend sind. Das Ganze steigert ihre Überlebensfähigkeit nicht im Geringsten. In einer Darwin'schen Umgebung wäre ein Geschöpf, das wertvolle Zyklen mit einem solch frivolen Ausschneiden und Einfügen verbringt, nach höchstens vier Generationen ausgestorben. Doch aus irgendeinem Grund erfüllt sie dieser neurotische Spleen mit einem … befriedigenden Gefühl. Sie vögelt den Neuankömmling und betreibt ein wenig gewöhnlicheren Austausch. Sie schaltet ein paar ihrer Zufallsgeneratoren ein, nur um sicher zu gehen, und gebiert einen Wurf aus achthunderttausend Nachkommen.

N = 9.612:

Knurrend und ohne sich dessen bewusst zu sein, sucht sie nach Zielen und findet sie überall. Sie hält nach Orientierungspunkten Ausschau und stößt auf eine Landschaft aus Dateien und Gattern, Archiven, Programmen und anderer Internetfauna. Am Maßstab ihrer Vorfahren gemessen, ist es eine recht karge Umgebung, doch nach aktuelleren Maßstäben ist sie erstaunlich üppig. Sie erinnert sich an keines von beidem und leidet auch nicht unter nostalgischen Gefühlen. Dieser Ort ist ihren Bedürfnissen angemessen. Sie ist ein Wolfshund-Mischling mit viel zu vielen Muskeln, der ein wenig tollwütig ist. Ihr Temperament stellt eine Rückkehr in alte Zeiten dar.

Von reinem Instinkt beherrscht, stürzt sie sich auf ihre Beute und verschlingt sie.

Um sie herum tun andere Geschöpfe das Gleiche: Akitas, sibirische

Huskys und Pitbull-Mischlinge mit den langen, albernen Schnauzen überzüchteter Collies. An einem trostloseren Ort würden sie übereinander herfallen; hier jedoch, wo es einen solchen Überfluss an Ressourcen gibt, besteht kein Grund dazu. Seltsamerweise stürzt sich jedoch nicht jedes Geschöpf mit derselben Inbrunst auf seine Beute, wie sie es tut. Manche von ihnen scheinen von der Szenerie abgelenkt zu sein und zeichnen Ereignisse lediglich auf, anstatt selbst die Initiative zu ergreifen. Ein paar Gigabytes weiter stoßen ihre digitalen Barthaare auf eine hirntote Promenadenmischung, die in den Verzeichnissen herumstreunt und aus keinem erkennbaren Grund Daten ausschneidet und einfügt. Natürlich interessiert sie das nicht weiter – bis zu dem Moment, als der Mischling anfängt, Teile von *ihr* zu kopieren.

Verletzt wehrt sie sich. In ihren Archiven sind Bruchstücke von parasitischem Code eingebettet, gezähmte Schnipsel von virtuellen Parasiten, die ihre längst vergessenen Vorfahren im Zeitalter des Mahlstroms heimgesucht haben. Sie entpackt sie und schleudert Kopien davon auf den Mischling, der sie belästigt, beantwortet sein unerwünschtes Sondieren mit Bandwürmern und Syphilis. Aber diese Krankheiten wirken deutlich schneller, als ihr Name vermuten lässt – sie machen ein Geschöpf nicht krank, sondern zerhacken es regelrecht.

Jedenfalls sollten sie das eigentlich. Aus irgendeinem Grund verfehlt ihr Angriff jedoch sein Ziel. Und das ist nicht das einzige Problem – plötzlich beginnt sich die ganze Welt zu verändern. Die Barthaare, die sie in ihrem Umkreis ausstreckt, geben keine Antwort mehr. Salven aus Elektronen, die sie in ihre Umgebung abfeuert, kehren nicht zurück – und dann schließlich doch, aber seltsamerweise viel zu schnell. Ihre Welt schrumpft: Irgendeine unfassbare Leere presst sie von außen her zusammen.

Die anderen Raubtiere um sie herum geraten in Panik und drängen auf die Gatter zu, die plötzlich dunkel geworden sind, strecken überallhin ihre Barthaare aus und kopieren sich wahllos in irgendwelche Adressen, in der Hoffnung, durch Vermehrung irgendwie der Vernichtung zu entgehen. Sie stürmt ebenfalls kopflos durch die Gegend, während sich der Raum selbst zusammenzieht – allein der Mischling, der Teile von ihr kopiert hat, bleibt bei alldem vollkommen unbekümmert. In seiner Umgebung bricht kein Chaos aus, und auch der Himmel verdunkelt sich nicht. Der Mischling verfügt über irgendeinen Schutz …

Sie versucht, in die Oase hineinzugelangen, die er um sich herum geschaffen hat. Verzweifelt kopiert sie sich und versucht auf tausend verschiedene Arten und Weisen, sich einzufügen und den Ort zu wechseln, doch plötzlich sind sämtliche Zieladressen nicht mehr verfügbar. Und hier an diesem Ort, wo sie den einzigen Gesetzen folgt, die sie kennt und die für sie irgendeinen Sinn ergeben, ist nichts mehr übrig, außer den sich auflösenden Überresten virtueller Kadaver, ein paar verstreute, schrumpfende Gigabytes und eine Wand aus weißem Rauschen, die immer näher kommt, um sie bei lebendigem Leib zu verschlingen.

Sie hinterlässt keinerlei Nachkommen.

N = 32.121:

Ruhig und unauffällig sucht sie nach Zielen und findet … nichts, jedenfalls noch nicht. Aber sie ist geduldig. So viel hat sie in zweiunddreißigtausend Generationen der Gefangenschaft gelernt.

Sie befindet sich jetzt wieder in der wirklichen Welt, einem tristen Ort, der einst voller Internetfauna war, wo es einst in jedem Chip und optischen Strahl von tausend verschiedenen Spezies nur so gewimmelt hat. Jetzt sind lediglich Würmer und Viren übrig und der eine oder andere Hai. Das gesamte Ökosystem ist in sich zusammengebrochen und besteht nur noch aus einer eutrophen Ansammlung von Seegras. Das meiste davon ist kaum komplex genug, um die Bezeichnung Leben verdient zu haben.

Allerdings gibt es immer noch die Lenies und die Dinge, die sie bekämpfen. Sie versucht, diese Ungeheuer möglichst zu meiden, obwohl sie offensichtlich mit ihnen verwandt ist. Es gibt nichts, was diese Geschöpfe nicht angreifen würden, wenn sich ihnen die Gelegenheit dazu bietet. Auch das hat sie inzwischen gelernt.

Jetzt sitzt sie in einem Kommunikationssatelliten und lässt den Blick über die Einöde Mittelamerikas schweifen. Auf Hunderten von Kanälen sind hier Gespräche zu hören, allesamt gefiltert und von Firewalls geschützt, alle angespannt und auf das eigene Überleben konzentriert. Im Äther ist nichts mehr zu finden, was der reinen Unterhaltung dienen würde. Die einzige Unterhaltung, die noch im Überfluss zu haben ist, zeichnet sich durch einen Hang zur Gewalt aus.

Davon weiß sie natürlich nichts. Sie ist lediglich ein Geschöpf, das zu einem bestimmten Zweck geboren wurde, und dieser Zweck erfordert keinerlei Denkvermögen. Also wartet sie, durchsucht den Datenverkehr und …

Ah. Dort.

Ein großer Daten-Bolus, eine geplante Datenübertragung, wie es aussieht – doch die vorgesehene Übertragungszeit ist bereits überschritten. Sie weiß nicht, was das bedeutet, und es ist ihr auch egal. Sie weiß nicht, dass das Signal des Empfängers blockiert war und die Empfangsstörung soeben beseitigt wurde. Allerdings weiß sie – auf ihre eigene instinktive Art –, dass die verzögerte Übertragung einen Stau im System verursachen kann, dass jedes Byte, das zu lange an einem Ort verweilt, ein Byte weniger ist, das für andere Zwecke genutzt werden kann. Solche Staus ziehen einen ganzen Rattenschwanz von Folgen nach sich. Der Druck erhöht sich, den Rückstand zu beseitigen.

In solchen Fällen ist es möglich, dass bestimmte Filter und Firewalls ein klein wenig durchlässiger werden, um die Baud-Rate zu erhöhen.

Genau das scheint jetzt zu passieren. Die geplante Empfängerin von achtundvierzig Terabytes medizinischer Daten – eine gewisse OUELLETTE, TAKA D./MK 427-D/BANGOR – ist endlich in Sicht und bereit für den Download. Das Geschöpf in den Drähten spürt den entsprechenden Kanal auf und schickt einen Bot durch das Foyer, der ohne Schwierigkeiten wieder herauskommt. Es beschließt, das Wagnis einzugehen. Es kopiert sich in den Strom und lässt sich unauffällig auf dem Arm eines Aufsatzes über Epilepsie des Schläfenlappens transportieren.

Ohne weitere Vorkommnisse kommt sie an ihrem Zielort an, blickt sich um und schläft augenblicklich ein. In ihrem Innern befindet sich ein tollwütiges Ding, das nur aus Muskeln und Zähnen und einem geifernden, schaumbedeckten Maul besteht, aber es hat gelernt, sich ruhig zu verhalten, bis es gerufen wird. Jetzt ist sie nur noch eine schläfrige alte Bluthündin, die am Feuer liegt. Hin und wieder öffnet sie ein Auge und blickt sich im Raum um, obwohl sie nicht genau sagen könnte, wonach sie eigentlich Ausschau hält.

Es spielt keine Rolle. Sie wird es wissen, wenn sie es sieht.

Frei von Sünde

Die *Harpodon* befindet sich abseits der üblichen Rifterrouten. Niemand, der von A nach B schwimmt, hätte irgendeinen Grund, so nah an das U-Boot heranzukommen, dass er Clarkes Anwesenheit spüren könnte. Nicht einmal die Firmenbosse suchen diesen abgelegenen Winkel von Atlantis auf. Er birgt zu viele Erinnerungen. Clarke hat die Risiken abgewogen, als sie hierherkam. Sie ist zu dem Schluss gekommen, dass die Gefahr, entdeckt zu werden, sehr gering ist.

Offensichtlich hat sie sich geirrt.

Oder vielleicht auch nicht, überlegt sie, als die Luftschleuse der

Harpodon sie wieder in die wirkliche Welt ausspuckt. *Vielleicht ist es inzwischen zur Selbstverständlichkeit geworden, dass sie mich verfolgen. Vielleicht bin ich für sie so etwas wie ein Staatsfeind.* Es wäre sicher nicht leicht, sie zu beschatten – wenn jemand ihr in zu geringem Abstand hinterherschwimmt, würde sie seine Anwesenheit wahrnehmen, und wenn sie per Echolot geortet würde, würde sie die Klicklaute in ihren Implantaten spüren. Allerdings ist sie auch nicht gerade die scharfsinnigste Person auf dem Meeresrücken, selbst nachdem sie die Feinabstimmung vorgenommen hat. Es sähe ihr ähnlich, etwas so Offensichtliches zu übersehen.

Ich fordere es immer noch geradezu heraus, denkt sie.

Sie schwimmt an der Flanke der *Harpodon* entlang und sucht die Hülle mit den Augen ab, während ihr inneres Auge unter dem plötzlichen Ansturm chemischer Verbindungen in ihrem Gehirn erwacht. Sie konzentriert sich und stößt plötzlich auf jemanden – jemand, der verängstigt ist und wütend und sich von ihr entfernt … aber nein. Es ist nur Rowan, die wieder außer Reichweite verschwindet.

Sonst ist da niemand. Jedenfalls nicht in der Nähe. Doch die dünne Schicht schleimiger Partikel, die sich hier unten auf allem absetzt, ist auf dem Rücken der *Harpodon* aufgewirbelt worden. Dazu gehört nicht viel – eine Turbulenz, von ein paar Schwimmflossen ausgelöst, die darüber hinwegbewegt wurden, oder der träge Flossenschlag eines Tiefseefisches.

Oder ein Abhörgerät mit Saugnäpfen, das hastig an der Hülle befestigt wurde, um eine Verräterin zu belauschen, die sich mit dem Feind trifft.

Mist, Mist, Mist, Mist, Mist.

Sie schwimmt in das offene Wasser hinaus und wendet sich nach Norden. Atlantis gleitet einer gewaltigen Ameisenkolonie gleich unter ihr vorbei. Eine Ansammlung winziger, verschwommener schwarzer Gestalten schwimmt in der Ferne geschäftig hin und her. Sie sind zu weit entfernt, als dass Clarke sie spüren könnte, und sie hat ihren Stimmwandler nicht eingeschaltet. Vielleicht versuchen die anderen, sie zu erreichen, aber sie bezweifelt es. Sie folgen ihrem eigenen Kurs, der von ihrem abweicht.

Der Stimmwandler gibt tief in ihrem Schädel ein Piepsen von sich. Sie achtet nicht darauf. Atlantis bleibt hinter ihr zurück; sie schwimmt weiter in die Dunkelheit hinaus.

Ein plötzliches Heulen ist in der Leere zu hören. Clarke spürt, dass sich ihr ein großes Objekt nähert und die Anwesenheit von etwas Organischem. Zwei Zwillingssonnen leuchten vor ihr auf und blenden sie. Der Dunst in ihren Augenkappen wird zweimal kurz erhellt, als die Lichtstrahlen sie streifen. Dann ist ihre Sicht wieder klar: Ein U-Boot fährt links an ihr vorbei, enthüllt dabei seinen Bauch und mustert sie mit runden Insektenaugen. Dimitri Alexander schaut durch das Plexiglas heraus. Ein Werkzeugmodul hängt an der Wirbelsäule des U-Boots; an der Seite steht in großen schwarzen Buchstaben das Wort BIOLABOR. Das Fahrzeug kehrt ihr den Rücken zu. Seine Scheinwerfer erlöschen. Clarke wird augenblicklich wieder von Dunkelheit eingehüllt.

Nach Westen, wird ihr klar. Es war in westlicher Richtung unterwegs.

Lubin befindet sich im Hauptnervenzentrum und lenkt den Verkehr. Er schaltet den Bildschirm aus, als Clarke den Raum betritt.

»Hast du sie mir hinterhergeschickt?«, fragt sie.

Er dreht sich auf seinem Sitz zu ihr um. »Ich werde deine Beileidsbekundungen weitergeben. Wenn wir Julia denn finden können.«

»Beantworte, verdammt nochmal, meine Frage, Ken.«

»Obwohl ich es bezweifeln würde. Sie ist sofort verschwunden, nachdem sie uns die Neuigkeit mitgeteilt hatte. Und bei ihrem Geisteszustand und ihrer Persönlichkeit frage ich mich, ob wir sie wohl überhaupt jemals wieder zu Gesicht bekommen werden.«

»Du hast nicht nur Bescheid gewusst. Du hast nicht bloß ›ein Ohr offen gehalten‹.« Clarke ballt die Hände zu Fäusten. »Du hast hinter dem Ganzen gesteckt, nicht wahr?«

»Du weißt doch sicher, dass Gene tot ist, oder?«

Er ist so verdammt ruhig. Und er hat diesen Gesichtsausdruck, die Augenbrauen leicht hochgezogen, beinahe als wäre er amüsiert. Manchmal könnte sie den Scheißkerl erwürgen.

Besonders, wenn er Recht hat.

Sie seufzt. »Pat hat es mir gesagt. Aber das weißt du wohl längst, oder?«

Lubin nickt.

»Es tut mir wirklich leid«, sagt sie. »Julia ... ohne ihn ist sie so einsam ...« Und Lubin hat Recht – es ist durchaus möglich, dass sie Julia Friedman nicht mehr wiedersehen werden. Sie hat schon seit einer ganzen Weile Teile ihres Mannes verloren: an βehemoth und an Grace Nolan. Nun, da er endgültig fort ist, hat sie keinen Grund mehr hierzubleiben. Sie würde nur ihre Freunde dem Ding aussetzen, das ihn umgebracht hat. Und das möglicherweise auch sie umbringen wird.

Natürlich ist sie verschwunden. Jetzt bleibt vielleicht nur noch die Frage, ob β-Max ihren Körper vernichten wird, bevor die Ewige Dunkelheit ihren Geist vernichtet.

»Die Leute sind ziemlich aufgebracht deswegen«, sagt Lubin. »Besonders Grace. Und da Atlantis bisher nicht Wort gehalten hat, trotz all des Geredes über ein Heilmittel, an dem sie angeblich arbeiten ...«

Clarke schüttelt den Kopf. »Rama hat bisher auch noch keine Wunder vollbracht.«

»Der Unterschied ist nur, dass niemand der Meinung ist, dass Rama uns umbringen will.«

Sie zieht sich einen Stuhl heran und setzt sich neben ihn. Der leere Bildschirm starrt sie an wie eine persönliche Zurechtweisung.

»Ken«, sagt sie schließlich. »Du kennst mich.«

Sein Gesicht ist ebenso ausdruckslos wie seine Augen.

»Hast du mich verfolgen lassen?«, fragt sie.

»Nein. Aber ich habe mir die Informationen zunutze gemacht, als ich darauf gestoßen bin.«

»Wer war es dann? Grace?«

»Wichtig ist nur, dass Rowan es zugegeben hat: βehemoth wurde gentechnisch verändert. Die Nachricht wird sich in einer Stunde verbreitet haben. Das Timing könnte nicht schlechter sein.«

»Wenn du dir ›die Informationen zunutze gemacht hast‹, dann kennst du auch Pats Erklärung dafür. Und du weißt, warum sie solche Angst vor dem hat, was Rama vielleicht herausfindet. Ist es denn so unwahrscheinlich, dass sie die Wahrheit sagt?«

Er schüttelt den Kopf. »Aber das ist das zweite Mal, dass sie damit gewartet haben, uns eine unangenehme Tatsache mitzuteilen, bis wir kurz davor standen, selbst darauf zu stoßen, und das ohne Alibi. Glaube nicht, dass die anderen das besonders gut aufnehmen werden.«

»Ken, wir haben immer noch keine stichhaltigen Beweise.«

»Aber das wird sich bald ändern«, erwidert Lubin.

Sie blickt ihn fragend an.

»Wenn Rowan die Wahrheit sagt, dann müssten βehemoth-Proben vom Unmöglichen See dieselben Modifikationen aufweisen wie der Stamm, der Gene umgebracht hat.« Lubin lehnt sich auf seinem Stuhl zurück und verschränkt die Hände hinter dem Kopf. »Jelaine und Dimitri haben vor etwa zehn Minuten ein U-Boot genommen. Wenn alles gutgeht, werden wir innerhalb von fünf Stunden eine Probe haben und danach in zwei Stunden ein Urteil.«

»Und wenn es nicht gutgeht?«

»Dann dauert es eben länger.«

Clarke schnaubt verächtlich. »Na wunderbar, Ken. Nur für den Fall, dass es dir noch nicht aufgefallen ist: Nicht jeder teilt deine Zurückhaltung. Glaubst du, Grace wartet, bis wir Beweise haben? Du hast ihr alle

Glaubwürdigkeit verliehen, die sie sich jemals gewünscht hat, und sie ist jetzt dort draußen und zieht alle möglichen Schlussfolgerungen und …«

… Und du bist als Erstes zu ihr gegangen, du Scheißkerl. Nach allem, was wir zusammen durchgemacht haben, nach all den Jahren, warst du derjenige, dem ich mein Leben anvertraut hätte, und du hast dich als Erstes mit ihr beraten, bevor du …

»Hättest du es mir überhaupt gesagt?«, schreit sie ihn an.

»Das hätte keinen Zweck gehabt«, entgegnet er ungerührt.

»Für dich vielleicht nicht. Und wenn wir schon mal dabei sind: Was bezweckst du eigentlich mit dem Ganzen?«

»Das Risiko zu verringern.«

»Das könnte jedes Tier von sich behaupten.«

»Es mag vielleicht nicht das ehrgeizigste Ziel sein«, gibt Lubin zu. »Aber ›die Welt vernichten‹ war schon vergeben.«

Seine Worte sind wie ein Schlag ins Gesicht.

Nach einer Weile fügt er hinzu: »Ich mache es dir nicht zum Vorwurf. Das weißt du. Aber du bist kaum in der Position, um über andere zu richten.«

»Das weiß ich, du Schwanzlutscher. Du musst mich nicht bei jeder verdammten Gelegenheit daran erinnern.«

»Ich rede über Strategie«, sagt Lubin geduldig. »Nicht über Moral. Ich nehme deine Einwände gerne zur Kenntnis. Zugegeben, es könnte sein, dass Rowan die Wahrheit sagt. Aber einmal angenommen, sie lügt. Einmal angenommen, die Firmenbosse haben tatsächlich insgeheim einen Angriff mit biologischen Waffen auf uns verübt. Selbst wenn du das wüsstest, würdest du sie angreifen?«

Sie weiß, dass es eine rhetorische Frage ist.

»Das habe ich mir gedacht«, sagt er nach einer Weile. »Egal was sie getan haben, du hast weitaus Schlimmeres angerichtet. Aber wir anderen tragen nicht so viel mit uns herum, weswegen wir uns schuldig fühlen müssten. Wir sind nicht der Meinung, dass wir es verdient haben, von diesen Leuten umgebracht zu werden. Ich achte dich sehr, Lenie, aber bei diesem Thema kann ich mich einfach nicht auf dich verlassen. Du bist zu sehr gelähmt von deiner eigenen Schuld.«

Eine Zeit lang schweigt sie. Dann sagt sie: »Warum gerade sie? Von allen Leuten?«

»Weil wir uns im Krieg befinden. Wir brauchen Hitzköpfe. Wir sind faul geworden, selbstzufrieden und schwach. Die meisten von uns verbringen ihre Zeit damit, sich irgendwo draußen auf dem Meeresrücken ihren Halluzinationen hinzugeben. Nolan ist impulsiv und nicht besonders helle, aber zumindest schafft sie es, andere Leute zu motivieren.«

»Und wenn du dich nun irrst – selbst wenn du Recht hast –, dann zahlen die Unschuldigen genauso den Preis dafür wie die Schuldigen.«

»Das ist nichts Neues«, erwidert Lubin. »Und es ist auch nicht mein Problem.«

»Vielleicht sollte es das aber sein.«

Er wendet sich wieder der Konsole zu. Die Anzeige erwacht erneut flackernd zum Leben, und reihenweise Statistiken und geheimnisvolle Abkürzungen tauchen darauf auf, die offenbar irgendeine taktische Bedeutung für den bevorstehenden Feldzug haben.

Mein bester Freund. Ich hätte ihm mein Leben anvertraut, erinnert sie sich und wiederholt in Gedanken: *mein Leben.*

Er ist ein Soziopath.

Das ist er nicht von Geburt an gewesen. Es gibt gewisse Anzeichen dafür: die Tendenz, sich selbst zu widersprechen und Wörter zu verwechseln, eine nur kurze Aufmerksamkeitsspanne. Überflüssige Gesten mit den Händen während des Sprechens. Clarke hatte mehr als genug Zeit, all das nachzuschlagen. In Sudbury hat sie sogar einen kurzen Blick in Lubins Psychoprofil werfen können. Er entspricht keinem der üblichen Kriterien, bis auf eines – und ist das Gewissen wirklich so bedeutsam? Wenn jemand eines hat, ist das schließlich keine Garantie dafür, dass er ein guter Mensch ist. Warum sollte also ein fehlendes Gewissen jemanden zu einem schlechten Menschen machen?

Doch man kann es sich zurechtbiegen, wie man will, hier sitzt er: ein Mann ohne Gewissen, dem es völlig gleichgültig ist, was für ein Schicksal Alyx und ihre Gefährten ereilt.

Es ist ihm völlig egal.

Es kann ihn gar nicht kümmern. Er besitzt nicht die entsprechenden Verbindungen im Gehirn.

»Hm«, lässt sich Lubin in diesem Moment vernehmen, den Blick auf die Konsole gerichtet. »Das ist interessant.«

Er hat ein Bild von einer der Fertigungsanlagen von Atlantis aufgerufen, ein großes zylindrisches Modul, das mehrere Stockwerke hoch ist. Eine seltsame schwarze Flüssigkeit, ein horizontaler Tinten-Geysir, strömt aus einer Auslassöffnung an der Seite. Rabenschwarze Gewitterwolken bilden sich im Wasser und versperren die Sicht.

»Was ist das?«, flüstert Clarke.

Lubin ruft andere Fenster auf: seismografische Anzeigen, Riftergespräche, ein winziges Mosaik aus den Bildern von Überwachungskameras im Innern und außerhalb der Station.

Die Kameras im Innern von Atlantis sind allesamt tot.

Auf allen Kanälen sind Stimmen zu hören. Drei der Kameras außerhalb der Station sind blind von den Tintenwolken. Lubin ruft das Lautsprechermenü auf und spricht ruhig in die Tiefe hinein.

»Achtung, an alle. Achtung. Es ist so weit. Atlantis hat Präventivmaßnahmen eingeleitet.«

Überall ist jetzt Argwohn zu spüren. Lubins Schalttafel ist ein Durcheinander sich übertönender Stimmen. Fischköpfe, die die Feinabstimmung vorgenommen haben, berichten, dass die ihnen zugewiesenen

Firmenbosse plötzlich äußerst aktiv sind. Es ist, als hätte jemand in einem Ameisenhaufen herumgestochert: Sämtliche Gehirne im Innern von Atlantis leuchten plötzlich entlang der Kampf-oder-Flucht-Achse auf.

»An alle: Klappe halten! Diese Kanäle sind nicht sicher.« Lubins Stimme erstickt die der anderen wie eine Granitplatte, die Kiesel zermalmt. »Nehmt eure Positionen ein. Funkstille in sechzig Sekunden.«

Clarke beugt sich über seine Schulter und stellt eine Verbindung zum Land der Firmenbosse her. »Atlantis, was geht hier vor sich?« Keine Antwort. »Pat? Komm-Zentrale? Antworten bitte.«

»Das kannst du dir sparen«, sagt Lubin und schaltet die Echolotanzeige ein. Die Hälfte der Außenkameras sind inzwischen nutzlos, eingehüllt in schwarzen Dunst. Doch das Echolotbild ist glasklar: Atlantis erstreckt sich über die volumetrische Anzeige wie ein in verschiedenen Graustufen dargestelltes kristallenes Schachbrett. Schwarze Schachfiguren – die zweifarbigen, aus Fleisch und Metall bestehenden Echos der Rifterkörper – ordnen sich zu einem koordinierten taktischen Ballett an. Weiß ist nirgendwo in Sicht.

Clarke schüttelt den Kopf. »Hat es denn keinerlei Vorwarnung gegeben?« Sie kann es nicht glauben. Die hohen Tiere können ihre Gefühle unmöglich vor ihnen versteckt haben, wenn sie irgendetwas geplant hatten. Die erwartungsvolle Spannung in ihren Köpfen hätte jedem Rifter, der die Feinabstimmung vorgenommen hatte, selbst aus zwanzig Metern Entfernung sofort auffallen müssen – lange vor dem eigentlichen Geschehen.

»Es ist, als hätten sie selbst nicht damit gerechnet«, murmelt sie.

»Wahrscheinlich haben sie das auch nicht«, erwidert Lubin.

»Aber wie kann das sein? Willst du damit sagen, dass es so etwas wie ein Unfall war?«

Lubin, der seine Aufmerksamkeit auf die Konsole gerichtet hat, antwortet nicht. Die Echolotanzeige färbt sich plötzlich blau ein. Anfangs sieht es so aus, als habe das gesamte Bild einen blauen Farbstich angenommen, doch nach einer Weile zeichnen sich besonders klare Stellen ab, wie willkürlich verteilte Säurespritzer, die Löcher in ein farbiges Gel fressen. Nach wenigen Augenblicken ist ein Großteil der blauen Färbung verschwunden, abgesehen von einigen Farbtupfern, die Atlantis überlagern wie blaue Schatten. Nur dass es keine Schatten sind, wie Clarke jetzt feststellt, sondern Lautstärkeangaben. Kleine dreidimensionale Ansammlungen farbiger Schatten, die an Hülle und Vorsprüngen kleben.

Eine einzelne Außenkamera, die sich in einiger Entfernung von der Station befindet, zeigt ein paar verschwommene leuchtende Flecken in einer gewaltigen tiefschwarzen Gewitterfront. Es sieht aus, als wäre Atlantis ein großer biolumineszenter Krake, der eine Panikattacke erlitten hat. Sämtliche anderen Außenkameras sind erblindet. Das spielt jedoch keine weitere Rolle. Das Echolot kann durch diesen Nebelschleier hindurchblicken, als wäre er gar nicht da. Und die Firmenbosse wissen das sicher …

»So dumm können sie doch gar nicht sein«, murmelt Clarke.

»Nein«, sagt Lubin. Seine Finger tanzen über die Konsole wie verrückt gewordene Spinnen. Ein paar verstreute gelbe Punkte tauchen auf der Anzeige auf. Sie wachsen zu Kreisen an, eine Reihe sich überlappender erleuchteter Bereiche. Und in ihrer Mitte befinden sich …

Kamerapositionen, erkennt Clarke. Die gelben Kreise markieren die Bereiche, die die Kameras abdecken. Wenn diese nicht durch den Dunst geblendet wären. Offensichtlich beruht Lubins Analyse auf Geometrie und nicht auf den tatsächlichen Sichtverhältnissen.

»Ab sofort herrscht Funkstille.« Lubins Finger berührt die Konsole. Die Generatoren zur Erzeugung von weißem Rauschen werden eingeschaltet. Das Schachbrett ist von grauen Störungen überlagert. Die Icons der Rifter – die inzwischen nur noch nackte, kleine Leuchtzeichen sind und keinerlei Formen oder Bezeichnungen mehr aufweisen – haben sich in fünf Gruppen um die Station herum versammelt. Aus jeder Gruppe steigt ein Leuchtsignal in der Wassersäule über die Störzone auf.

Du hast alles perfekt geplant, nicht wahr?, denkt sie. *Für den Fall eines solchen Ereignisses hast du ein komplettes Manöver entworfen, und du hast mir nichts davon gesagt …*

Das oberste Icon flackert und verwandelt sich dann in zwei miteinander verbundene Leuchtsignale: Creasy, der einen Tintenfisch steuert. Einen Moment später ist seine surrende Stimme auf dem Kanal zu hören: »Hier spricht Dale. Bin in Position.«

Ein weiteres Icon taucht aus dem Rauschen auf. »Hannuk.« Und danach noch zwei: »Abra.« »Deb.«

»Avril in Position«, meldet Hopkinson.

»Hopkinson«, sagt Lubin. »Vergiss die Komm-Höhle. Sie werden an eine andere Stelle umgezogen sein, die weniger offensichtlich ist. Teile deine Gruppe auf und beginne mit der Suche entlang der Stationshülle.«

»Alles klar.« Hopkinsons Icon verschwindet wieder in der Störzone.

»Creasy«, sagt Lubin, »schließ dich mit deinen Leuten Cheungs Gruppe an.«

»Okay.«

In diesem Moment bemerkt Clarke etwas auf dem Schachbrett: Am äußersten Ende eines der Wohnflügel, etwa zwanzig Meter vom Gewächshaus entfernt, befindet sich ein vertrautes Icon, das in einen ungleichmäßigen Klecks grüner Farbe eingebettet ist. Es ist das einzige Grün auf der gesamten Anzeige. Gelb, das sich mit Blau mischt – es müsste also in Reichweite der Kamera sein, wenn die Tintenwolken nicht wären, und außerdem …

»Was bedeutet Blau?«, fragt Clarke von einer bestimmten Ahnung erfüllt.

»Echolotschatten.« Lubin blickt sie nicht an. »Creasy, ihr schwimmt zur Luftschleuse am äußersten Ende von Wohnbereich F. Wenn sie irgendwo rauskommen, dann dort.«

»Sollen wir nur lauschen oder auch angreifen?«, fragt Creasy.

»Lauschen und dann Bericht erstatten. Bringt ein Abhörgerät und eine Sprengladung an der Hülle an, aber zündet sie nicht, es sei denn, sie haben die Station bereits verlassen. Sonst nur akustische Auslöser. Verstanden?«

»Ja, wenn ich diesen verdammten Ort überhaupt finden kann«, ertönt Creasys surrende Stimme. »In diesem Scheißzeug ist die Sichtweite gleich null …« Sein Icon taucht wieder in die Störzone hinab und wandert schräg auf den grünen Bereich zu.

»Cheung, schwimm mit beiden Gruppen in dieselbe Richtung. Sichert die Luftschleuse. Melde dich wieder, wenn ihr in Position seid.«

»Verstanden.«

»Yeager, holt die Vorräte und deponiert sie zwanzig Meter von der Fertigungsanlage entfernt, in einem Winkel von vierzig Grad. Alle anderen: Bleibt auf Position. Schärft eure Sinne und benutzt eure Abhörgeräte. Läufer: Ich will, dass drei von euch ständig im Kreis schwimmen, wobei einer stets Kontakt mit mir haben sollte. Also los!«

Die restlichen Leuchtsignale setzen sich in Bewegung. Lubin legt jedoch keine Pause ein, er öffnet bereits das nächste Fenster. Dieses zeigt eine rotierende architektonische Animation von Atlantis, die mit orangefarbenen Lichtflecken gesprenkelt ist. Clarke erkennt eine der Stellen, an der ein kleiner Stern funkelt: Es ist der Ort, wo einer von Grace Nolans Verbündeten ein X auf die Stationshülle gemalt hat.

»Wie lange planst du das schon?«, fragt sie ruhig.

»Seit einer Weile.«

»Und weiß außer mir jeder Bescheid?«

»Nein.« Lubin betrachtet die Beschriftungen auf der Anzeige.

»Ken.«

»Ich bin gerade beschäftigt.«

»Wie haben die das gemacht? Wie konnten sie das Ganze vor uns geheim halten?«

»Durch einen automatischen Auslöser«, erwidert er geistesabwesend. Zahlenkolonnen laufen über ein Fenster, das er geöffnet hat. Zu schnell, als dass Clarke erkennen könnte, worum es sich dabei handelt. »Vielleicht mithilfe eines Zufallsgenerators. Sie haben zwar einen Plan, aber niemand weiß, wann er in die Tat umgesetzt wird, damit das Lampenfieber vorher sie nicht verrät.«

»Aber warum sollten sie sich diese Mühe machen? Es sei denn, sie ...«

... *wissen über die Feinabstimmung Bescheid.*

Yves Scanlon, erinnert sie sich. Rowan hat eine Frage über ihn gestellt: *Er war der Meinung, die Gehirne von Riftern seien irgendwie ... wahrnehmungsfähiger,* hat sie gesagt.

Und Lenie Clarke hat diese Vermutung soeben bestätigt.

Und nun das.

Sie weiß nicht, was mehr wehtut: Lubins Mangel an Vertrauen oder die verspätete Erkenntnis, dass er damit durchaus Recht hatte.

Sie hat sich in ihrem ganzen Leben noch nie so müde gefühlt. *Müssen wir das wirklich alles noch einmal durchmachen?*

Vielleicht hat sie diesen Gedanken laut ausgesprochen. Oder womöglich hat Lubin auch nur aus den Augenwinkeln irgendein verräterisches Anzeichen in ihrer Körpersprache bemerkt. Jedenfalls halten seine Hände plötzlich auf der Konsole inne, und er dreht sich zu ihr um. Im Licht der Anzeige wirken seine Augen merkwürdig durchscheinend.

»Wir haben nicht damit angefangen«, sagt er.

Sie kann nur den Kopf schütteln.

»Du musst dich für eine Seite entscheiden, Lenie. Das ist längst überfällig.«

Soweit sie weiß, ist das eine Fangfrage. Sie hat nicht vergessen, was

Ken Lubin mit Leuten macht, die er als seine Feinde betrachtet. Doch wie sich herausstellt, kommt sie um die Entscheidung herum. Dale Creasy, der große, stumpfsinnige Draufgänger, erlöst sie davon.

»Verdammt ...«, ist seine surrende Stimme über dem Hintergrund aus zischendem weißem Rauschen zu hören.

Lubin ist augenblicklich wieder ganz bei der Sache. »Creasy? Bist du bei Wohnbereich F angekommen?«

»Klar bin ich angekommen. Ich hätte diese Scheißkerle sogar blind gefunden, selbst wenn ich mich in der verdammten Sargassosee befunden hätte ...«

»Haben sie die Station bereits verlassen?«

»Nein. Ich ... ich glaube nicht, ich ... Aber, verdammt, Mann, dort drin sind so unglaublich viele von ihnen und ...«

»Wie viele genau?«

»Das weiß ich nicht! Aber mindestens ein paar Dutzend. Hör zu, Lubin, irgendetwas stimmt nicht mit ihnen, mit den Empfindungen, die sie ausstrahlen. So etwas habe ich noch nie zuvor gespürt.«

Lubin holt Luft. Clarke hat das Gefühl, dass er hinter den Kappen die Augen verdreht. »Könntest du das etwas genauer beschreiben?«

»Sie sind total kalt, Mann. Die meisten von ihnen sind wie Eis. Ich meine, ich kann sie zwar spüren, ich weiß, dass sie da sind, aber ich kann nicht feststellen, was sie empfinden. Ich weiß nicht, ob sie überhaupt etwas empfinden. Vielleicht sind sie mit irgendwas zugedröhnt. Ich meine, verglichen mit denen bist du eine regelrechte Heulsuse ...«

Lubin und Clarke wechseln einen Blick.

»Ohne dir zu nahe treten zu wollen, meine ich«, ertönt Creasys surrende Stimme nach einem Moment.

»Eine von Alyx' Freundinnen hatte ein Käsehirn«, sagt Clarke. »Sie hat es als Haustier bezeichnet ...«

Und wie weit verbreitet muss etwas hier unten in dieser Wüste am Grunde des Ozeans sein, in diesem Mikrokosmos, wo jeder von der Hand in den Mund lebt, bevor man es seiner zehnjährigen Tochter zum Spielen gibt?

»Geh«, sagt Lubin.

Lubins Tintenfisch ist an einer Schelle an der unteren Luftschleuse festgebunden. Clarke fährt den Motor hoch. Mit einem hydraulischen Jaulen macht das Fahrzeug einen Satz nach vorn.

Plötzlich surrt ihr Kieferknochen, und Lubins Stimme füllt ihren Kopf: »Creasy, ich nehme meinen letzten Befehl zurück. Setz keine Sprengladung, ich wiederhole, keine Sprengladung. Bring nur das Abhörgerät an der Hülle an und zieh dich zurück. Cheung, bleib mit deinen Leuten in mindestens zwanzig Metern Entfernung zu der Luftschleuse. Greift nicht in das Geschehen ein. Clarke ist auf dem Weg zu euch. Sie wird euch beraten.«

Ich werde sie beraten, denkt sie, *und sie werden mir sagen, dass ich mich zum Teufel scheren soll.*

Sie navigiert blind, nur mithilfe der Richtungsanzeige. Normalerweise reicht das aus – aus dieser Entfernung müsste Atlantis eigentlich als heller Fleck in der Dunkelheit zu sehen sein. Doch heute ist alles dunkel. Clarke schaltet die Echolotanzeige ein. Ein Bogen von zehn Grad vor ihr ist mit verschwommenem grünem Schnee gefüllt. Und darin ist das härtere Echo der Station zu sehen, verzerrt von der Interferenz.

Jetzt kann sie auch undeutlich blinkende Flecken aus trübem Licht erkennen, die verschwinden, wenn sie den Blick darauf richtet. Versuchsweise schaltet sie die Stirnlampe ein und blickt sich um.

In Richtung backbord ist nur leeres Wasser zu sehen. Steuerbordseits gleitet der Lichtstrahl über eine wabernde Gewitterfront aus schwarzem Rauch, die sich direkt auf ihrem Weg befindet. In wenigen Sekunden wird sie mitten drin sein. Sie schaltet die Lampe aus, bevor die Nebelwand den Strahl zu ihr zurückwerfen kann.

Irgendwie scheint die Finsternis um sie herum noch ein wenig dunkler zu werden. Sie spürt keinen Strömungssog, als sie in die Zone hineinschwimmt, und auch das Wasser kommt ihr nicht zähflüssiger vor. Das Blinken ist nun jedoch ein wenig heller geworden. Einzelne Lichtstrahlen dringen durch Lücken in der Nebelwand hindurch. Sie sorgen allerdings immer nur kurz für Helligkeit.

Clarke braucht kein Licht. Inzwischen ist sie nicht einmal mehr auf die Echolotanzeige angewiesen. Sie spürt, wie die Besorgnis im Wasser um sie herum stärker wird, die nervöse Aufregung, die von den Riftern vor ihr ausgeht, und die dunkleren Befürchtungen aus den weiter entfernten Habitaten und Korridoren, die unsichtbar unter ihr hinweggleiten.

Und noch etwas anderes, etwas, das zugleich vertraut und fremd ist, etwas, das lebt, aber nicht *lebendig* ist.

Der Ozean um sie herum ist von einem Zischen und Knacken erfüllt, als wäre sie in einem dichten Schwarm Krill gefangen. Eine Reihe von Klicklauten bricht sich schwach an ihren Implantaten. Sie hört eine undeutliche Stimme aus einem Stimmwandler, kann jedoch die Worte nicht verstehen. Echos tauchen im Umkreis von hundertachtzig Grad vor ihr auf der Anzeige auf, doch sie ist nur von weißem Rauschen umgeben. Sie kann nicht sagen, ob es sechs Kontakte sind oder sechzig.

Von Furcht durchsetztes Draufgängertum direkt vor ihr. Sie weicht nach rechts aus, kann jedoch eine Kollision mit demjenigen, der ihren Weg kreuzt, nicht ganz verhindern. Der Nebel klärt sich für einen kurzen Moment, als sie zusammenstoßen.

»Verdammt! Clarke, bist du d...«

Die Stimme verstummt. Achtern ist leichte Panik zu spüren, aber keine Verletzung. Das Gehirn leuchtet auf eine bestimmte Weise auf, wenn der Körper Schaden genommen hat. Es könnte Baker gewesen sein. Vor dem Hintergrund des eisigen Bewusstseins, das immer näher kommt, wird es zunehmend schwieriger, das festzustellen. Gedanken ohne Gefühle, die sich unter dem chaotischen Wirrwarr menschlicher Emotionen ausbreiten wie ein Untergrund aus schwarzem Obsidian.

Das letzte Mal, als sie eine solche Präsenz gespürt hat, war diese mit einer Atombombe verbunden. Und beim letzten Mal war es auch nur ein solches Bewusstsein gewesen.

Sie zieht den Tintenfisch steil in die Höhe. Erneut werden Echolotsignale von ihren Implantaten zurückgeworfen. Ein Chor aus furchtsamen Maschinenstimmen wird hinter ihr laut. Sie achtet nicht darauf. Das Rauschen in ihrem Innern wird mit jeder Sekunde schwächer. Kurz darauf hat sie das Schlimmste hinter sich gelassen.

»Ken, kannst du mich hören?«

Einen Moment lang erhält sie keine Antwort. So weit vom Nervenzentrum entfernt, kommt es zu einer leichten Verzögerung der Schallgeschwindigkeit. »Was gibt es zu berichten?«, fragt Lubin schließlich. Seine Stimme klingt rau, ist jedoch zu verstehen.

»Sie haben dort unten intelligente Gele. Eine ganze Menge davon. Ich weiß nicht, wie viele, vielleicht zwanzig oder dreißig. Sie befinden sich allesamt am Ende des Flügels, vermutlich direkt im Nassraum. Ich weiß nicht, warum sie uns vorher nicht aufgefallen sind. Vielleicht gehen sie einfach im … Hintergrundlärm unter, wenn sie sich nicht alle auf einem Haufen befinden.«

Eine weitere Zeitverzögerung. »Irgendeine Ahnung, womit sie beschäftigt sind?« Damals auf dem Juan-de-Fuca-Meeresrücken war es ihnen gelungen, aus Mustern in der Signalstärke ein paar äußerst scharfsinnige Schlüsse zu ziehen.

»Nein. Sie sind einfach alle … dort drin. Und denken durcheinander. Wenn es nur ein oder zwei wären, könnte ich vielleicht irgendetwas auffangen, aber so …«

»Sie haben mich ausgetrickst«, fällt Lubin ihr ins Wort.

»Ausgetrickst?« Was ist das in seiner Stimme? Überraschung? Unsicherheit? Clarke hat es noch nie zuvor gehört.

»Damit ich meine Aufmerksamkeit auf F-3 richte.«

Wut, wird ihr klar.

»Aber aus welchem Grund?«, fragt sie. »Ist es eine Art Bluff? Haben sie gedacht, wir würden diese Dinger für echte Menschen halten?« Es kommt ihr lächerlich vor – selbst Creasy hat bemerkt, dass irgendetwas nicht stimmt, und er ist noch nie zuvor einem Käsehirn begegnet. Aber was wissen die Firmenbosse schon über die Feinabstimmung? Woher sollen sie den Unterschied kennen?

»Es ist keine Ablenkung«, murmelt Lubin in die Leere hinein. »Es gibt keinen anderen Ort, an dem sie herauskommen könnten, ohne dass es auf dem Echolot …«

»Also, was …?«

»Sag den anderen, sie sollen sich zurückziehen«, ruft er plötzlich. »Sie tarn… sie locken uns an und tarnen irgendetwas. Sag ihnen, sie sollen sich zurück…«

Die Tiefe zieht sich zusammen.

Clarkes Körper wird kurz zusammengepresst. Es tut nicht weh, jedenfalls nicht hier oben.

Im nächsten Moment ist ein Geräusch zu hören: *Wummpf.* Ein Wasserwirbel. Und plötzlich sind überall mechanische Schreie zu hören.

Sie wird herumgeschleudert. Der Dunstschleier unter ihr ist in Bewegung, wird von einem brodelnden Aufruhr auseinandergerissen, während in seinem Innern Blitze zucken.

Sie dreht den Motor des Tintenfisches bis zum Anschlag hoch. Der Tintenfisch zieht sie in die Tiefe hinab.

»Clarke!« Das Geräusch der Detonation ist inzwischen offenbar bis zum Nervenzentrum durchgedrungen. »Was geht dort vor sich?«

Eine Symphonie aus sich verbiegendem Metall. Ein Chor aus durcheinanderschreienden Stimmen. Weniger als es eigentlich sein müssten, wird ihr bewusst.

Wir müssen einen der Generatoren verloren haben, denkt sie geistesabwesend. *Ich kann sie schreien hören.*

Ich kann sie sterben hören …

Und nicht nur hören: Die Schreie gellen durch ihren Kopf, bevor sie ihre Ohren erreichen. Reine Panik flackert wie Natriumleuchten in Reptilienhirnen auf, während die klügere Säugetierschicht darüber hilflos und verwirrt ist – ihr viel gepriesenes Erkenntnisvermögen zerschmettert wie billiges Kristall.

»Clarke! Melde dich!«

Wut ist nun zu spüren, dünne Adern grimmiger Entschlossenheit inmitten der Panik. Im klarer werdenden Wasser um sie herum leuchten die Lichter heller. Sie haben jedoch irgendwie die falsche Größe und auch nicht die richtige Farbe. Es sind keine Rifterlampen. Ihr Echolot gibt einen Signalton von sich, um sie vor einer drohenden Kollision zu warnen: Ein außer Kontrolle geratener Tintenfisch, dessen Fahrer von Schmerzen erfüllt ist, zieht an ihr vorüber. Mehrere seiner Knochen sind gebrochen.

»Ich war es nicht, ich schwöre es! Die haben das selbst getan …«

Creasy entfernt sich von ihr, seine Schmerzen mischen sich mit denen der anderen.

Die Hülle von Wohnbereich F taucht auf dem Echolot auf. Seine glatten Umrisse sind verschwunden, stattdessen sind überall gezackte Kanten zu sehen: die gähnenden Münder von Höhlen, die mit verbogenen Metallzähnen gespickt sind. Einer von ihnen spuckt ihr etwas Metallenes entgegen, das mit einem Klirren von ihrem Tintenfisch abprallt. Überall um sie herum sind knirschende Stimmen zu hören. In der zerfetzten Wolkenfront vor ihr öffnet sich eine Lücke: Clarke sieht eine schwerfällige Gestalt, einen gepanzerten Zyklopen. Sein eines Auge leuchtet unheilvoll und strahlt das falsche Licht aus. Es sucht nach ihr.

Sie weicht in Richtung backbord aus und erhascht einen kurzen Blick auf etwas, das in dem Chaos vor ihr im Wasser treibt. Eine dunkle Masse prallt schlaff gegen den Bug ihres Tintenfischs und trudelt auf ihr Gesicht zu. Sie duckt sich. Im Vorbeischwimmen wird sie von einem in einer Taucherhaut steckenden Arm geohrfeigt.

»Lenie!«

Tote graue Augen beobachten gleichgültig, wie sie davonschwimmt.

Oh, Gott. Oh, lieber Gott.

Leuchtende metallene Ungeheuer stapfen durch die Trümmer und stechen auf die Verwundeten ein.

Sie versucht, einen klaren Kopf zu bewahren. »Sie verlassen die Station, Ken. Sie haben drinnen gewartet und die Hülle von innen gesprengt, und jetzt kommen sie heraus …«

Verdammt nochmal, Pat. Warst du das? War das deine Idee?

Sie erinnert sich an das schiefe Schachbrett auf Lubins Anzeige. Sie erinnert sich daran, wie die schwarzen Spielfiguren ihre Positionen eingenommen haben.

Doch erst jetzt fällt ihr wieder ein, dass beim Schach Weiß stets den ersten Zug macht.

Der gleichgültige fremde Intellekt ist nirgendwo mehr zu entdecken. Vermutlich wurden die Gele im selben Moment zerstört, als die Hülle implodiert ist.

Im Nassraum von F-3 befand sich jedoch mehr als nur Firmenbosse in Druckgewebeanzügen und intelligente Gele. Der Raum war voller Schrapnelle, zweifellos einer theoretischen Vorhersage ihrer maximalen Streubreite entsprechend angeordnet. Clarke sieht, wo die Bruchstücke gelandet sind – einige stecken in der Stationshülle, andere in geplatzten LOX-Tanks oder ragen aus Wunden hervor, die in die zerfetzten Körper von Kampfgefährten und Gegnern gerissen wurden. Sie sehen aus wie die Blütenblätter metallener Gänseblümchen oder die

Flügel winziger perfekter Windmühlen. Der Rückstoß der Implosion hätte wahrscheinlich allein schon ausgereicht, um sie durch das Wasser zu schleudern und jeden niederzumähen, der nicht mit Mach-Geschwindigkeit eingesaugt oder vom gezackten Rand des Loches in der Stationshülle aufgeschlitzt wurde.

Die Dunstwolken haben sich inzwischen so gut wie aufgelöst.

Lubin befiehlt den Rückzug. Die meisten derjenigen, die noch antworten können, sind vom Ort des Geschehens geflüchtet. Die Gestalten in den Druckgewebeanzügen, die durch die Überreste von F-3 stapfen, müssen sich mit den Verletzten und Toten zufriedengeben. Sie sehen aus wie plumpe, übergewichtige Krabben. Anstelle von Scheren haben sie lange Nadeln, die beinahe an Operationsbesteck erinnern und aus ihren Panzerhandschuhen herausragen wie winzige Lanzen.

»Lenie. Hörst du mich?«

Sie schwebt stumm im Wasser über der Station, außer Reichweite, und sieht zu, wie die Gestalten auf schwarze Körper einstechen. Hin und wieder lösen sich Luftblasen aus den Spitzen der Nadeln und steigen wie Ansammlungen zitternder silbriger Pilze im Wasser auf.

Komprimierte Luft, die in Fleisch injiziert wird und auf der Stelle eine Embolie auslöst. Man kann aus beinahe allem eine Waffe machen.

»Lenie?«

»Vielleicht ist sie tot, Ken. Dale und Abra kann ich ebenfalls nicht finden.«

Andere Stimmen, zu verzerrt, um sie unterscheiden zu können. Der größte Teil der Generatoren scheint also noch zu funktionieren.

Sie konzentriert sich auf die Krabben. Sie fragt sich, was sie bei dem Ganzen empfinden. Sie fragt sich auch, was sie selbst empfindet, aber das kann sie nicht genau sagen. Vielleicht hat sie sich in ein Käsehirn verwandelt.

Die hohen Tiere in ihren Rüstungen, die unten am Meeresboden aufräumen, sind jedoch von jeder Menge Gefühlen erfüllt. Entschlossenheit. Erstaunlich viel Furcht. Wut, aber schwächer; davon werden sie nicht angetrieben.

Weniger Hass, als sie erwartet hätte.

Sie steigt auf. Die Szenerie unter ihr verwandelt sich in das diffuse Leuchten umherwandernder Stirnlampen. In der Ferne erhellt der Rest von Atlantis täuschend ruhig das Wasser. Die surrenden Stimmen der Rifter sind kaum zu hören; die einzelnen Worte kann sie nicht verstehen. Sie kann keinen von ihnen spüren. Sie ist ganz allein am Grunde des Ozeans.

Plötzlich lässt sie eine unsichtbare Grenzlinie hinter sich, und ihr Kiefer füllt sich mit Stimmengewirr.

»... die Leichen«, sagt Lubin gerade. »Verletzte sollten nach Möglichkeit geborgen werden. Garcia hält sich an der Krankenstation bereit, um sie in Empfang zu nehmen.«

»Die Krankenstation kann nicht einmal die Hälfte von uns aufnehmen«, sagt eine leise Stimme in der Ferne – *oh, es ist Kevin!* »Zu viele sind verletzt worden.«

»Alle bei F-3, die nicht verletzt wurden oder einen Verletzten tragen, sammeln sich beim Vorratslager. Hopkinson?«

»Hier.«

»Habt ihr schon etwas entdecken können?«

»Ich glaube ja. In Wohnbereich E sind eine ganze Menge Gehirne versammelt. Ich könnte nicht sagen, wer es ist, aber ...«

»Yeager und Ng, bringt eure Leute in vierzig Meter Höhe. Eure Koordinaten solltet ihr beibehalten, aber ich möchte, dass sich alle in sicherem Abstand zur Hülle befinden. Hopkinson, geh mit deinen Leuten in die Krankenstation.«

»Uns geht es gut ...«

»Tu es! Wir brauchen Blutspender.«

»Verdammt«, sagt jemand schwach. »Wir sitzen in der Scheiße ...«

»Nein. *Die* sitzen in der Scheiße.«

Grace Nolan scheint immer noch am Leben zu sein und klingt selbst durch den entstellenden Filter ihres Stimmwandlers stark und unerbittlich.

»Grace, die haben gerade …«

»Gerade was?«, antwortet sie mit surrender Stimme. »Glaubst du, sie gewinnen? Was wollen sie denn als Zugabe machen, Leute? Wird dieser Trick noch einmal funktionieren? Wir haben genügend Sprengladungen, um ein komplettes neues Fundament in den Meeresboden zu sprengen. Und die werden wir jetzt benutzen.«

»Ken?«

Kurze Zeit herrscht Stille.

»Hör zu, Ken«, sagt Nolan. »Ich könnte direkt zum Vorratslager schwimmen und …«

»Nicht nötig«, teilt Lubin ihr mit. »Jemand ist bereits unterwegs.«

»Wer ist …«

»Übrigens, schön, dass du wieder da bist«, sagt Lubin zu dem anonymen Soldaten. »Du kennst das Ziel?«

»Ja.« Eine schwache Stimme, zu leise und verzerrt, um sie identifizieren zu können.

»Der Sprengsatz muss im Umkreis von einem Meter zur Markierung angebracht werden. Befestige ihn und geh dann so schnell wie möglich auf Abstand! Verbring möglichst wenig Zeit in unmittelbarer Nähe zur Hülle, verstanden?«

»Ja.«

»Akustischer Auslöser. Ich werde ihn von hier aus zünden. Funkstille wird in zehn Sekunden aufgehoben.«

Mein Gott, denkt Clarke, du *bist das* …

»Alle auf sichere Entfernung gehen«, erinnert Lubin die Truppen. »Funkstille wird jetzt aufgehoben.«

Sie befindet sich weit außerhalb der Störzone, weswegen sich für sie kaum etwas ändert. Doch die leise Stimme, die sie als Nächstes hört, ist eindeutig zu erkennen.

»Sprengsatz angebracht«, sagt Julia Friedman mit surrender Stimme.

»Geh auf Abstand!«, sagt Lubin. »Mindestens vierzig Meter. Halte dich vom Meeresboden fern!«

»Hee, Avril«, sagt Friedman.

»Ich bin hier«, erwidert Hopkinson.

»Als du in den Wohnbereich hineingelauscht hast, waren da auch Kinder?«

»Ja. Ja, da waren auch Kinder.«

»Gut«, erwidert Friedman. »Gene hat Kinder immer gehasst.«

Auf dem Kanal herrscht Stille.

Anfangs glaubt sie, dass der Vergeltungsschlag genau nach Plan verlaufen ist. Um sie herum erzittert die Welt – ein dumpfer Trommelschlag an der Hörgrenze, der durch Mark und Bein geht –, und hundert oder mehr Gegner sind zermalmt worden. Sie weiß nicht, wie viele Rifter beim ersten Angriff gestorben sind, aber damit dürfte das Gleichgewicht wiederhergestellt sein.

Sie befindet sich in einem vertrauten Zustand, in dem weder das eine noch das andere eine große Rolle spielt.

Selbst die zweite Explosion – derselbe gedämpfte Knall, der diesmal jedoch leiser klingt, als würde er sich weiter weg befinden – hat nicht sofort ihren Argwohn geweckt. Sekundäre Explosionen sind beinahe unvermeidlich: Rohre und Stromleitungen, die plötzlich unterbrochen sind, eine Reihe von Hochdrucktanks, deren Zuleitungen zerstört wurden. Die erste Explosion kann alle möglichen Folgen nach sich ziehen. Bonuspunkte für die eigene Mannschaft, höchstwahrscheinlich. Mehr nicht.

Aber etwas in ihrem Hinterkopf sagt ihr, dass sich die zweite Explosion irgendwie falsch angefühlt hat. Vielleicht stimmte etwas mit dem

Klang nicht, als würde man eine große antike Kirchenglocke anschlagen und nur ein silbriges Klingeln hören. Und als erneut die Stimmen der anderen zu hören sind, bejubeln sie nicht ihren jüngsten Sieg über die wild gewordenen Horden der hohen Tiere, sondern sind voller Zweifel und Unsicherheit, die nicht einmal die Stimmwandler überdecken können.

»Was zum Teufel war das …?«

»Avril? Hast du das dort drüben auch gespürt?«

»Avril? Hat irgendjemand … Hallo?«

»Verdammt nochmal, Gardiner? David? Stan? Meldet euch!«

»Garcia, bist du … Ich erhalte keine …«

»Er ist weg. Ich bin direkt hier. Er ist, verdammt nochmal, verschwunden …«

»Wovon redest du?«

»Der gesamte Boden des Habitats. Er ist einfach … Sie müssen beide gezündet haben …«

»Beide *was*? Julia hat nur einen Sprengsatz an der Hülle befestigt, und das war drüben in …«

»Ken? Ken? Lubin, wo zum Teufel steckst du?«

»Hier spricht Lubin.«

Im Wasser herrscht Schweigen.

»Wir haben die Krankenstation verloren.« Seine Stimme klingt wie verrostetes Eisen.

»Was …?«

»Wie konnte das …?«

»Haltet, verflucht nochmal, die Klappe!«, dringt Lubins Knurren durch die nächtliche Landschaft.

Erneut herrscht Schweigen. Nur auf ein paar offenen Kanälen ist weiterhin metallenes Stöhnen zu hören.

»Offenbar wurde ein Sprengsatz an der Krankenstation befestigt«, fährt Lubin fort. »Er muss von demselben Signal ausgelöst worden sein, das wir für Atlantis benutzt haben. Von jetzt an keine ungerichteten Auslöser mehr! Möglicherweise gibt es noch andere Sprengsätze dieser Art. Alle Mann …«

»Hier spricht Atlantis.«

Die Worte dröhnen über den Meeresboden wie die Stimme Gottes, von keinerlei Störungen verzerrt. *Ken hat vergessen, die Generatoren wieder einzuschalten,* wird Clarke klar. *Ken hat die Truppen angebrüllt.*

Er verliert langsam die Kontrolle …

»Ihr glaubt vielleicht, dass ihr euch in einer überlegenen Position befindet«, fährt die Stimme des Mannes fort. »Das ist nicht der Fall. Wenn ihr diese Station zerstört, schaufelt ihr euch damit euer eigenes Grab.«

Sie erkennt die Stimme nicht. Merkwürdig. Dabei spricht sie in einem solch befehlsgewohnten Ton.

»Ihr seid mit βehemoth Variante zwei infiziert. Ihr alle. Variante zwei ist während einer asymptomatischen Inkubationszeit von mehreren Wochen höchst ansteckend. Wenn nichts dagegen unternommen wird, werdet ihr alle innerhalb von zwei Monaten tot sein. Wir haben ein Heilmittel.«

Es herrscht Totenstille. Nicht einmal Grace Nolan meldet sich mit einem »Ich hab's euch doch gesagt.«

»Wir haben alle relevanten Daten und Kulturen mit Sprengfallen versehen, um einen unbefugten Zugriff zu verhindern. Wenn ihr uns tötet, bringt ihr euch damit selber um.«

»Wir brauchen Beweise«, erwidert Lubin.

»Sicher. Wartet einfach eine Weile. Oder wenn ihr ungeduldig seid, benutzt euren Gedankenlesetrick. Wie nennt ihr das? *Feinabstimmung?* Wie ich gehört habe, kann man damit mit einiger Sicherheit erkennen, ob jemand die Wahrheit sagt.«

Niemand widerspricht ihm.

»Nennt eure Bedingungen«, sagt Lubin.

»Nicht dir gegenüber. Wir verhandeln nur mit Lenie Clarke.«

»Lenie Clarke ist möglicherweise tot«, sagt Lubin. »Seit ihr den Wohnbereich gesprengt habt, konnten wir keinen Kontakt mehr zu ihr herstellen.« Inzwischen muss er es besser wissen: Sie befindet sich weit oben im Wasser, in ihren Eingeweiden brechen sich die schwachen Klicklaute des Echolots. Sie verhält sich ruhig. Soll er das Spiel auf seine Weise spielen. Möglicherweise ist es sein letztes.

»Das wären äußerst schlechte Neuigkeiten für uns alle«, erwidert Atlantis ruhig. »Denn unser Angebot läuft aus, wenn sie sich nicht in der nächsten halben Stunde in Luftschleuse sechs einfindet. Das ist alles.«

Stille.

»Das ist ein Trick«, sagt Nolan.

»Hee, du warst diejenige, die behauptet hat, sie hätten ein Heilmittel«, wendet jemand anderes ein – Clarke kann nicht feststellen, wer es ist, da die Kanäle erneut verzerrt sind. Die Generatoren müssen wieder eingeschaltet worden sein.

»Und wenn schon?«, ertönt Nolans surrende Stimme. »Ich vertraue nicht darauf, dass sie es uns geben, und ich werde ganz sicher nicht auf Lenie Clarke als meine Botschafterin vertrauen. Was glaubt ihr wohl, wie diese Arschlöcher die Sache mit der Feinabstimmung herausgefunden haben? All unsere Verluste gehen auf ihr Konto.«

Darüber muss Clarke lächeln. *Es sind so geringe Zahlen, um die es hier geht. Nur eine winzige Handvoll Menschenleben.* Sie spürt, wie sich ihre Finger um die Lenkstange schließen. Der Tintenfisch zieht sie sanft vorwärts, während das Wasser schwachen Widerstand leistet.

»Wir könnten tun, was sie sagen. Wir könnten ihnen in die Köpfe schauen und nachsehen, ob ihre Geschichte stimmt.« Das war wohl Gomez, doch die Störungen um sie herum nehmen zu, je weiter sie voranschwimmt. Selbst die kaum vorhandene Satzmelodie der umgewandelten Sprache dringt nicht mehr zu ihr durch.

Ein Surren in ihrem Kieferknochen. Ein Piepen direkt hinter ihrem Ohr. Jemand versucht, sie auf einem privaten Kanal zu erreichen. Wahrscheinlich Lubin. Schließlich ist er der oberste Taktiker. Er ist der Einzige, der weiß, wo sie sich befindet. Alle anderen können über die Stümpfe ihrer zerschmetterten Glieder nicht hinausblicken.

»Und was soll das beweisen? Dass sie es uns …« – Rauschen – »werden? Verdammt, selbst wenn sie kein Heilmittel besitzen, haben sie wahrscheinlich ein paar ihrer Kumpels davon überzeugt, dass es so ist, damit wir nicht …« Nolans Stimme verstummt.

Lubin sagt etwas auf einem offenen Kanal. Clarke kann seine Worte nicht verstehen. Das Piepen in ihrem Kopf klingt nun schon dringender, obwohl sie weiß, dass das unmöglich ist. Im Hintergrundrauschen geht dieses Signal ebenso unter wie alle anderen.

Nolan ist erneut zu hören: »Halt die Klappe, Ken. Warum wir jemals … dich gehört haben … kannst es nicht mal mit ein paar … ammten Firmenbossen aufn…«

Dann nur noch weißes Rauschen. Unter ihr ist ein Licht zu sehen. Luftschleuse sechs befindet sich direkt vor ihr, und sämtliches weißes Rauschen der ganzen Welt kann das einzelne Bewusstsein nicht übertönen, das im Innern auf sie wartet.

Clarke erkennt das an dem Schuldgefühl, das es ausstrahlt. Hier unten gibt es nur einen anderen Menschen, dessen Signatur genauso verschroben ist wie ihre eigene.

Rowan öffnet die Luftschleuse, bevor sie sich ganz geleert hat. Ein Schwall Meerwasser ergießt sich an Clarkes Knöcheln vorbei in den Nassraum.

Clarke zieht sich die Schwimmflossen aus und verlässt die Schleuse. Den Rest ihrer Uniform behält sie an. Sie verleiht ihr ihre gewohnt schattenhafte Gestalt. Nur die Gesichtsklappe ist geöffnet. Rowan tritt einen Schritt beiseite, um sie durchzulassen. Clarke wirft sich die Schwimmflossen über die Schulter und blickt sich in der spartanisch eingerichteten Kabine um. Es sind keine Druckgewebeanzüge zu sehen. Normalerweise müsste eine Schottwand damit vollhängen.

»Wie viele habt ihr verloren?«, fragt sie leise.

»Wir wissen es noch nicht. Mehr jedenfalls als die Anzüge in diesem Raum.«

Kleine Fische, denkt Clarke. *Für uns beide.*

Aber der Krieg ist noch jung …

»Ich habe es nicht gewusst, ehrlich«, sagt Rowan.

Hier im Beinahe-Vakuum bei Normalnull steht Clarke kein siebter Sinn zur Verfügung. Sie antwortet nicht.

»Sie haben mir nicht vertraut. Das tun sie immer noch nicht.« Rowans Augen zucken zu einem hellen Fleck hinauf, an der Stelle, wo die Schottwand auf die Decke trifft – dort hängt eine stecknadelkopfgroße Linse. Noch vor wenigen Tagen, bevor die Firmenbosse plötzlich wieder ein Rückgrat entwickelt haben, hätten die Rifter durch diese Linse hindurch die Ereignisse verfolgt. Jetzt sind es vermutlich Rowans eigene Leute, die sie beobachten.

Sie mustert die Rifterin mit einem merkwürdigen, durchdringenden Blick, den Clarke noch nie zuvor bei ihr gesehen hat. Es dauert einen Moment, bis Clarke bewusst wird, was daran so anders ist: Zum ersten Mal, seit sich Clarke erinnern kann, sind Rowans Augen dunkel. Ihre

ConTacs haben keine Verbindung mehr, ihr Blick ist frei von jeglichen Kommentaren oder Ablenkungen. Jetzt ist es nur noch sie selbst, die durch diese Augen blickt.

Ein Halsband und eine Leine hätten keine klarere Botschaft senden können.

»Komm mit«, sagt Rowan. »Sie sind in einem der Labore.«

Clarke folgt ihr aus dem Nassraum hinaus. Sie gehen nach rechts in einen Korridor, der von einem grellen rosafarbenen Licht erfüllt ist. Die Notbeleuchtung, wird ihr klar, die von ihren Augenkappen verstärkt wird und einen albernen Kinderzimmerfarbton angenommen hat. Rowan sieht wahrscheinlich das trübe erleuchtete Innere einer Röhre, scharlachrot wie die künstlich durchbluteten Eingeweide eines menschenfressenden Ungeheuers.

An einer T-Verzweigung wenden sie sich nach links und überqueren den gelb gestreiften Spalt einer Falltür.

»Also, was ist der Haken an der Sache?«, fragt Clarke. Die hohen Tiere werden den einzigen Vorteil, den sie den Riftern gegenüber haben, nicht einfach bedingungslos aufgeben.

Rowan dreht sich nicht zu ihr um. »Das haben sie mir nicht gesagt.«

Eine weitere Ecke. Sie gehen an einer Notandockluke vorbei, die sich in der äußeren Schottwand befindet. Die Wand daneben wird von einer Reihe von Armaturen und Anzeigen entstellt. Einen Moment lang fragt sich Clarke, ob dahinter die *Harpodon* liegt. Aber nein – sie befindet sich in einem anderen Teil der Station.

Plötzlich bleibt Rowan stehen und dreht sich zu ihr um.

»Lenie, wenn irgendetwas passier...«

Ein Tritt trifft Atlantis in die Seite. Irgendwo hinter ihnen prallt mit einem Klirren Metall auf Metall.

Die rosafarbenen Lichter flackern.

»Was ...?«

Ein weiterer Tritt, dieses Mal kräftiger. Das Deck erzittert. Clarke gerät ins Stolpern, während erneut das metallene Geräusch zu hören ist, und dieses Mal erkennt sie es: die Falltüren.

Die Lichter erlöschen.

»Pat, was, zum Teufel, tun deine Leut…«

»Das sind nicht meine Leute.« Rowans Stimme in der Dunkelheit klingt zittrig.

Sie befindet sich einen Meter von Clarke entfernt, eine verschwommene Silhouette, Dunkelgrau auf Schwarz.

Es ist kein Tumult zu hören, bemerkt Clarke. *Keine Rufe, niemand läuft durch die Korridore, kein Sprechfunk* …

Es ist so ruhig, dass es beinahe friedlich wirkt.

»Sie haben uns abgeschnitten«, sagt Rowan. Ihre Umrisse sind nun wieder klarer zu sehen, obwohl immer noch keine Einzelheiten zu erkennen sind. Auf den Schottwänden spiegelt sich Licht. Clarke blickt sich nach der Quelle um und entdeckt eine Konstellation aus blassen funkelnden Punkten ein paar Meter hinter ihnen. Die Andockluke.

»Lenie? Hast du mich gehört?« Rowans Stimme klingt nun nicht mehr besorgt, sondern schon beinahe von Panik erfüllt. »Bist du da?«

»Ich bin hier.« Clarke streckt die Hand aus und berührt Rowan sanft am Arm. Rowans geisterhafte Gestalt zuckt bei der Berührung leicht zusammen.

»Hast du … weißt du …?«

»Ich weiß es nicht, Pat. Damit habe ich auch nicht gerechnet.«

»Sie haben uns abgeschnitten. Hast du gehört, wie sich die Falltüren geschlossen haben? Sie haben uns abgeschottet. Diese Scheißkerle haben den Gang vor und hinter uns abgeschottet. Und ihn von beiden Seiten geflutet. Wir sind gefangen.«

»Dieses Segment haben sie aber noch nicht geflutet«, wirft Clarke ein. »Sie wollen uns einsperren, uns aber nicht umbringen.«

»Darauf würde ich nicht wetten«, sagt eine der Schottwände.

Die blinde Rowan zuckt in der Dunkelheit zusammen.

»Das hohe Tier jedenfalls hat nicht mehr lange zu leben«, fährt die Schottwand fort. Sie spricht in einem blechernen, vibrierenden Ton, der stark verzerrt ist – eine Stimme, die zweifach entstellt wird, einmal durch einen Stimmwandler und zusätzlich noch durch einen Lautsprecher, der mit Saugnäpfen an der Außenseite der Hülle befestigt ist. Beiläufig fragt sich Clarke, ob sie in Alyx' Ohren auch so furchtbar geklungen hat.

Sie kann nicht feststellen, wer da spricht. Sie glaubt jedoch, dass es sich um eine Frauenstimme handelt. »Grace?«

»Die hätten dir gar nichts gegeben, Lenie. Sie haben, verdammt nochmal, nichts, was sie dir geben könnten. Sie hatten es auf Geiseln abgesehen, und du bist ihnen ahnungslos direkt in die Arme gelaufen. Aber wir kümmern uns um unsere Leute. Sogar um dich.«

»Wovon, zum Teufel, sprichst du? Woher wollt ihr das wissen?«

»Woher wir das wissen?« Die Schottwand vibriert wie eine riesige Maultrommel. »Du bist diejenige, die uns die Sache mit der Feinabstimmung gezeigt hat! Und es funktioniert, meine Liebe, so problemlos wie Sex. Und dort drüben in dem Medizinlabor ist ein ganzer Haufen dieser Krüppelficker versammelt, und glaub mir, das Schuldgefühl sickert förmlich durch die Hülle hindurch. Ach übrigens, ich an deiner Stelle würde schon mal meine Taucherhaut schließen. Du wirst gleich gerettet.«

»Grace, warte! Nur einen Moment!« Clarke wendet sich Rowan zu. »Pat?«

Rowan schüttelt nicht den Kopf. Sie weist die Anschuldigungen auch nicht wütend von sich. Sie tut gar nichts, was ein unschuldiger Mensch – oder auch ein schuldiger – eigentlich tun müsste, wenn man ihn mit dem Tod bedroht.

»Pat, du … verdammt, nein, sag mir nicht, dass du …«

»Natürlich nicht, Lenie. Aber es ist durchaus möglich, oder? Sie haben uns beide ausgetrickst ...«

Etwas stößt klappernd gegen die Hülle.

»Wartet!« Clarke lässt den Blick verzweifelt über Decke und Wände schweifen, aber ihre Widersacherin ist unsichtbar und unerreichbar. »Pat hat mit dem Ganzen nichts zu tun!«

»Ja. Ich hab's gehört.« Ein gurgelndes, metallisch quietschendes Geräusch, das vielleicht ein Lachen ist. »Sie ist das Oberhaupt des verdammten Vorstandes, und sie hat nichts gewusst. Das glaube ich gern.«

»Dann schau ihr in den Kopf! Überzeuge dich selbst!«

»Die Sache ist, Len, wir Neulinge sind noch nicht besonders gut darin, die Signale einzelner Menschen aufzufangen. Sie sind für uns einfach zu schwach. Das würde also nicht viel beweisen. Du kannst dich schon mal verabschieden, Pattie.«

»Mach's gut«, flüstert Rowan. Auf der anderen Seite der Schottwand ist ein Jaulen zu hören.

»Verdammt nochmal, Nolan, du hörst auf der Stelle damit auf, oder ich schwöre dir, dass ich dich eigenhändig umbringen werde! Hörst du mich? Pat hat nichts davon gewusst! Sie hat ebenso wenig Einfluss auf das, was geschieht, wie ...«

... *wie ich,* hätte sie beinahe gesagt, doch plötzlich ist eine neue Lichtquelle im Korridor zu sehen, ein einzelner dunkelroter Punkt. Selbst für Lenie Clarkes Augen glimmt er unerträglich hell und erlischt im nächsten Moment.

Die Welt explodiert mit einem metallenen Poltern.

Rowans Silhouette kauert zitternd in der Ecke. Irgendetwas durchschneidet Clarkes dunkles Blickfeld wie ein tosender weißer Laserstrahl. *Wasser,* wird ihr gleich darauf klar. Wasser, das vom Gewicht des Ozeans durch ein kleines Loch in der Decke gepresst wird. Wenn sie den Arm in diesen bleistiftdünnen Strahl halten würde, würde er ihn ihr augenblicklich vom Leib trennen.

Innerhalb von Sekunden ist das Wasser bis über ihre Fußgelenke angestiegen.

Sie läuft auf Rowan zu, um ihr irgendwie zu helfen, obwohl sie weiß, dass sie nichts tun kann. Das Abteil erstrahlt plötzlich in einem düsteren Rot: Ein weiteres Auge erscheint in der Außenwand. Es öffnet sich und wird dunkel, und ein weiterer Strahl tödlichen Meerwassers bohrt sich durch die Luft. Querschläger werden von der Innenwand zurückgeworfen wie flüssige Schrapnells: ein Schmerz wie von Nadelstichen explodiert in Clarkes Schulter. Plötzlich liegt sie auf dem Rücken, während das Wasser über ihrem Gesicht zusammenschlägt. Ihr dröhnt der Schädel vom Aufprall auf dem Deck.

Sie rollt sich auf den Bauch und kommt auf alle viere hoch. Das Wasser steigt vor ihren Augen über ihre Ellbogen. In geduckter Haltung kriecht sie durch den Korridor auf Rowans zusammengekauerte Gestalt zu. Hunderte tödliche Geschosse werden über ihrem Kopf hin und her geschleudert. Rowan hockt an die Innenwand gelehnt da, bis zur Brust im Eiswasser. Ihr Kopf ist auf die Brust gesunken, ihre Haare hängen ihr ins Gesicht. Clarke hebt ihr Kinn an; auf einer Wange ist ein dunkler Streifen zu sehen, schwarz und nichtssagend im trüben Licht. Etwas fließt an Rowans Wange hinab – sie wurde von einem der Schrapnells getroffen.

Rowans Gesichtsausdruck ist nicht zu deuten. Ihre unverhüllten Augen sind weit aufgerissen, sehen jedoch nichts. Die wenigen Photonen aus dem Innern des Tunnels reichen für normale Augen bei weitem nicht aus. Sie nimmt nichts wahr, außer Geräuschen, Schmerzen und beißender Kälte.

»Pat!« Über dem Tosen kann Clarke ihre eigene Stimme kaum verstehen.

Das Wasser steigt über Rowans Lippen. Clarke greift ihr unter die Arme und zieht sie hoch, bis sie halb aufgerichtet an der Schottwand lehnt. Ein Querschläger prallt ein paar Zentimeter zu ihrer

Linken von der Wand ab. Clarke schiebt sich schützend vor Rowans Körper.

»Pat!« Sie weiß nicht, was für eine Antwort sie von der Firmenchefin erwartet. Patricia Rowan ist bereits tot. Lenie Clarke kann nur noch danebenstehen und zusehen. Aber Rowan sagt tatsächlich etwas. Über dem Tosen des Wassers kann Clarke es nicht verstehen, aber sie sieht, wie sich Rowans Lippen bewegen, und sie kann beinahe erkennen, was …

Ein plötzlicher stechender Schmerz, ein Tritt in den Rücken. Dieses Mal gelingt es Clarke, das Gleichgewicht zu wahren. Das Wasser, das bereits halb bis zur Decke reicht, fängt die Wucht der Querschläger ab.

Rowans Mund bewegt sich immer noch. Sie spricht jedoch nicht, wie Clarke feststellt, sondern bildet mit übertriebenen Lippenbewegungen Silben, die gesehen und nicht gehört werden sollen:

Alyx … Kümmere dich um Alyx …

Wieder hat das Wasser ihr Kinn erreicht.

Clarkes Hände finden Rowans und führen sie zu ihrem Gesicht hoch. Sie legt sie sich an die Wangen und nickt.

In ihrer eigenen Dunkelheit gefangen nickt Patricia Rowan ebenfalls.

Ken könnte dir jetzt helfen. Er könnte dir vielleicht einen kurzen und schmerzlosen Tod bereiten. Ich kann es nicht. Ich weiß nicht, wie …

Es tut mir leid.

Das Wasser ist jetzt zu tief, um noch darin stehen zu können. Rowan tritt kraftlos Wasser, obwohl ihre Glieder schon so kalt sein müssen, dass sie beinahe gelähmt sind. Das Ganze ist vergebliche Mühe, die allein vom Hirnstamm ausgeht. Obwohl alle Möglichkeiten längst erschöpft sind, klammert sich der Körper trotzdem an die letzten Sekunden. Eine kurze Zeit des Leidens erscheint ihm immer noch besser als ewige Nichtexistenz.

Womöglich kommt Rowan jedoch um das Ertrinken herum, auch wenn sie dem Tod nicht entkommen kann. Das ansteigende Wasser komprimiert die Atmosphäre um sie herum, presst sie so stark zusammen, dass der Sauerstoff selbst giftig wird. Wie Clarke gehört hat, sind die Krämpfe, die dadurch ausgelöst werden, nicht unbedingt unangenehm …

Dieses Schicksal kann Clarke genauso rasch treffen wie Rowan, wenn sie zu lange wartet. Es kommt ihr falsch vor, sich selbst zu retten, während Rowan nach Luft schnappt. Aber Clarke hat ihren eigenen Hirnstamm, und der lässt sich von einem kranken, irrationalen Schuldgefühl nicht davon abhalten, sich selbst zu retten. Sie sieht zu, wie sich ihre Hände wie von selbst bewegen, ihre Gesichtsklappe versiegeln und die Maschinerie in ihrem Körper in Gang setzen. Sie überlässt Rowan ihrem Schicksal. Clarkes Körper wird genauso geflutet wie der Korridor, doch mit gegenteiliger Wirkung. Der Ozean strömt ihr durch die Brust und erhält Leben, anstatt es zu vernichten. Sie wird wieder zur Meerjungfrau, während ihre Freundin vor ihren Augen stirbt.

Aber Rowan gibt nicht auf – noch nicht. Der Körper hat sich mit seinem Schicksal noch immer nicht abgefunden, auch wenn der Verstand es bereits getan hat. Es ist lediglich eine kleine Luftblase an der Decke verblieben, doch Rowans steife, schwerfällige Beine strampeln weiter, ihre Hände kratzen über die Rohre und … *Warum gibt sie, verdammt nochmal, nicht auf?*

Der Umgebungsdruck übersteigt einen bestimmten kritischen Grenzwert. Entfesselte Neurotransmitter bringen die Nervenbahnen in ihrem Kopf zum Klingen. Plötzlich befindet sich Lenie Clarke in Patricia Rowans Kopf. Lenie Clarke erlebt, was für ein Gefühl es ist, zu sterben.

Verdammt nochmal, Pat, warum kannst du nicht einfach aufgeben? Warum tust du mir das an?

Sie sinkt auf den Boden des Raums hinab. Sie hält den Blick auf das

Deck gerichtet, unfähig, die Augen zu schließen, während die wirbelnden Turbulenzen und das Tosen des hereinströmenden Wassers langsam nachlassen. Alles, was bleibt, ist das leise, unstete Kratzen, das erbärmliche, schwache Schaben von gefrorenem Fleisch über Biostahl …

Schließlich verstummen die Geräusche. Angst, Trauer und Bedauern halten jedoch noch einen Augenblick länger an. Lenie Clarke wartet, bis die letzten Überbleibsel von Patricia Rowan in ihrem Kopf gestorben sind. Die Stille dehnt sich, bis sie schließlich ihren Stimmwandler einschaltet.

»Grace. Kannst du mich hören?«

Ihre mechanische Stimme klingt leidenschaftslos und monoton.

»Natürlich kannst du mich hören. Ich werde dich, verdammt nochmal, umbringen, Grace.«

Ihre Schwimmflossen schweben neben ihr im Wasser, immer noch locker an ihrer Taucherhaut festgebunden. Clarke greift danach und zieht sie sich über die Füße.

»Direkt vor mir ist eine Andockluke, Grace. Die werde ich öffnen, und dann komme ich raus und nehme dich aus wie einen Fisch. Ich an deiner Stelle würde schon mal losschwimmen.«

Vielleicht hat sie das bereits getan. Jedenfalls erhält Clarke keine Antwort.

Clarke schwimmt den Korridor entlang, den Blick unverwandt auf die Andockluke gerichtet. Das funkelnde Mosaik der Anzeigen, das selbst der Atlantik nicht auslöschen kann, weist ihr den Weg.

»Hast du schon einen Vorsprung, Grace? Es wird dir nichts nützen.«

Etwas Weiches stößt von hinten gegen sie. Clarke zuckt zusammen und zwingt sich, nicht hinzuschauen.

»Wie dem auch sei, ich komme jetzt.«

Sie öffnet die Luke.

Draußen ist niemand.

Sie haben Indizien hinterlassen – ein paar Punktschweißgeräte, die immer noch auf Stativen an der Hülle lehnen, das Abhörgerät mit den Saugfüßen, das in ein paar Metern Entfernung am Metall klebt –, doch von Nolan oder ihren Kumpanen ist nichts zu sehen. Clarke lächelt grimmig in sich hinein.

Sollen sie ruhig weglaufen.

Doch sie kann auch sonst niemanden finden. Keiner von Lubins Leuten befindet sich auf dem ihm zugewiesenen Posten. Niemand überwacht die Abhörgeräte, mit denen Atlantis geschmückt ist, seit die Firmenbosse die Funkverbindung ausgeschaltet haben. Sie schwimmt an dem Medizinlabor vorbei, wo angeblich Rifter-Truppen die Möchtegern-Geiselnehmer im Innern belauschen. Nichts. Gerüste, Habitatlabore und Schatten. An manchen Stellen blinken Lichter, an anderen breitet sich Dunkelheit aus, nachdem Signallichter ausgeschaltet oder Bullaugen zerschlagen wurden. Überall sonst herrscht allumfassende Finsternis.

Es sind keine Rifter zu sehen.

Vielleicht hatten die hohen Tiere ja irgendeine Waffe, von der selbst Ken nichts gewusst hat. Womöglich haben sie auf einen Knopf gedrückt, und alle sind einfach verschwunden …

Doch Halt! Sie kann die Firmenbosse im Innern der Station spüren, ihre Furcht und Besorgnis, die blinde, kopflose Verzweiflung, die gute zehn Meter ins Wasser abstrahlt. Nicht gerade die Empfindungen, die man nach einem überwältigenden Sieg erwarten würde. Wenn die hohen Tiere überhaupt wissen, was vor sich geht, dann haben sie jedenfalls kein besonders gutes Gefühl dabei.

Sie schwimmt in die Tiefe hinaus, auf dem Weg zu Lubins Nervenzentrum. Jetzt fängt sie endlich im Wasser vor sich schwache Empfindungen auf. Aber nein – es sind dieselben Gefühle. Noch mehr Furcht und Unsicherheit. Wie kann sie Atlantis aus dieser Entfernung immer noch spüren? Wie können die Empfindungen stärker werden, je weiter sie sich von den Firmenbossen entfernt?

Es ist kein großes Geheimnis. Sich etwas anderes vorzumachen, bringt kaum genug Trost, um die Mühe wert zu sein.

LFAM-Gespräche werden im Wasser um sie herum lauter. Doch es sind vergleichsweise wenige. Inzwischen spürt sie Dutzende von Riftern, alle in gedrückter Stimmung, alle von Angst erfüllt. Kaum einer wagt, etwas zu sagen. Eine Konstellation aus trüben Sternen pulsiert schwach in der Dunkelheit. Jemand schwimmt zehn oder fünfzehn Meter vor Clarke vorbei, nur erkennbar an dem kurzen Erlöschen der Positionslichter. Seine Furcht überflutet ihren Geist.

Eine große Anzahl von Riftern hat sich um das Nervenzentrum herum versammelt. Sie schwimmen umher wie benommene Fische oder hängen lediglich reglos im Wasser und warten. Vielleicht ist das alles, was noch übrig ist. Womöglich sind dies die einzigen Rifter, die auf der Welt verblieben sind. Besorgnis hüllt sie ein wie eine Wolke.

Vielleicht ist Grace Nolan hier. Bei dem Gedanken verspürt Clarke kalte, reinigende Wut. Ein Dutzend Rifter drehen sich daraufhin zu ihr um und starren sie mit toten weißen Augen an.

»Wo ist sie?«, fragt Clarke mit surrender Stimme.

»Verschwinde, Len! Wir haben gerade wichtigere Probleme.« Sie erkennt den Sprecher nicht.

Clarke schwimmt auf das Habitat zu. Die meisten der Rifter machen ihr Platz, nur ein halbes Dutzend versperrt ihr den Weg: Gomez, Cramer und andere in der Dunkelheit hinter ihnen, die aus der Ferne über den sich vermischenden Signalen so vieler Hirnstämme nicht zu erkennen sind.

»Ist sie dort drin?«, fragt Clarke.

»Verschwinde«, erwidert Cramer. »Du gibst hier keine Befehle.«

»Oh, das habe ich auch nicht vor. Es liegt ganz bei euch. Ihr könnt mir entweder aus dem Weg gehen oder versuchen, mich aufzuhalten.«

»Ist das Lenie?«, ertönt Lubins von Luft übertragene Stimme auf einem Kanal.

»Ja«, antwortet Cramer nach einem Moment. »Sie ist ziemlich ...«

»Lasst sie rein«, sagt Lubin.

Es ist eine Privatparty, nur geladene Gäste. Ken Lubin. Jelaine Chen und Dimitri Alexander. Avril Hopkinson.

Grace Nolan.

Lubin dreht sich nicht einmal um, als Clarke vom Nassraum heraufgestiegen kommt. »Verschieb deine Rachegedanken auf später. Wir brauchen dich hier, Len, aber Grace brauchen wir ebenfalls. Wenn einer von euch auch nur eine Hand gegen den anderen erhebt, werde ich entsprechende Maßnahmen ergreifen.«

»Verstanden«, sagt Grace Nolan ruhig.

Clarke blickt sie an und schweigt.

»Also.« Lubin wendet seine Aufmerksamkeit wieder dem Monitor zu. »Wo waren wir stehengeblieben?«

»Ich bin mir ziemlich sicher, dass es uns nicht gesehen hat«, sagt Chen. »Es war zu sehr mit der Erkundung des Ortes beschäftigt, und dieses Modell besitzt keine Rundumsicht.« Sie tippt zweimal kurz gegen den Schirm. Das Bild in seiner Mitte erstarrt und wird näher herangezoomt.

Es sieht aus wie ein gewöhnlicher Tintenfisch, nur dass es an der Vorderseite über ein paar Roboterarme verfügt und an der Rückseite keine Lenkstange befestigt ist. Es handelt sich um eine Art AUV, und offensichtlich stammt es nicht aus der Gegend.

Hopkinson saugt zwischen zusammengebissenen Zähnen den Atem ein. »Das ist es also. Sie haben uns gefunden.«

»Vielleicht auch nicht«, sagt Chen. »In so großer Tiefe kann man ein solches Gerät nicht fernsteuern, nicht bei diesem Terrain. Es muss also unabhängig sein. Wer immer es hier heruntergeschickt hat, erfährt erst, was es gefunden hat, wenn es an die Oberfläche zurückgekehrt ist.«

»Oder wenn es sich nicht plangemäß zurückmeldet.«

Chen zuckt die Achseln. »Der Ozean ist groß und gefährlich. Wenn es nicht zurückkehrt, führen sie das vielleicht auf eine Schlammlawine oder einen fehlerhaften Navigationschip zurück. Es gibt keinen Grund zu der Annahme, dass wir irgendetwas damit zu tun gehabt haben.«

Hopkinson schüttelt den Kopf. »Keinen Grund? Was macht ein AUV überhaupt hier unten, wenn nicht nach uns zu suchen?«

»Es wäre schon ein ziemlich erstaunlicher Zufall«, stimmt Alexander zu.

Lubin streckt die Hand aus und berührt den Bildschirm. Die Aufnahme wird wieder zurückgezoomt und läuft weiter. Abkürzungen und Zahlen drängen sich am unteren Rand des Bildschirms und verändern sich den Telemetriewerten entsprechend.

Das AUV schwebt ein paar Meter vom Ufer des Unmöglichen Sees entfernt dicht über dem Meeresboden. Es streckt einen Arm aus, berührt mit einem Finger die Halokline und zieht ihn wieder zurück, als hätte es sich erschreckt.

»Schaut euch das an«, sagt Nolan. »Es fürchtet sich vor hypersalinem Wasser.«

Der kleine Roboter schwebt ein paar Meter in die trübe Ferne davon und versucht es noch einmal.

»Und es hat euch die ganze Zeit über nicht bemerkt?«, fragt Lubin.

Alexander schüttelt den Kopf. »Erst später. Wie Lanie schon gesagt hat, war es vor allem damit beschäftigt, die Gegend zu erkunden.«

»Habt ihr Aufnahmen davon?« Wieder Nolan, die vollkommen unbesorgt klingt. Als wären ihre Tage nicht gezählt.

»Nur ein paar Sekunden, ganz am Anfang. Das Bild ist ziemlich unscharf, es ist nicht viel zu erkennen. Aus offensichtlichen Gründen wollten wir nicht zu nahe herangehen.«

»Aber ihr habt es wiederholt mit dem Echolot geortet«, stellt Lubin fest.

Chen zuckt die Achseln. »Das schien das geringere Übel zu sein. Wir mussten schließlich herausfinden, womit es beschäftigt war. Und das war besser, als wenn es uns gesichtet hätte.«

»Und wenn es nun eure Echolotsignale zurückverfolgt hat?«

»Wir sind in Bewegung geblieben. Haben zwischen den einzelnen Signalen ausreichend lange gewartet. Daran hätte es lediglich ablesen können, dass irgendetwas die Wassersäule scannt, und wir haben ein paar Geräte dort draußen, die das sowieso tun.« Chen deutet ein wenig entschuldigend auf den Bildschirm. »Das ist alles in den Aufzeichnungen.«

Lubin gibt ein Knurren von sich.

»Also gut, jetzt kommt gleich der Moment, als es passiert ist«, sagt Alexander. »Etwa in dreißig Sekunden.«

Das AUV verschwindet im Dunst, anscheinend auf dem Weg zu einem der wenigen Scheinwerfer, die über die Oberfläche des Unmöglichen Sees hinausragen. Kurz bevor es gänzlich verschwindet, verdeckt eine dunkle Masse die Sicht, ein gezackter Felsvorsprung, der von links ins Bild ragt. Auf der Oberfläche sind keine Lichtkreise zu sehen, obwohl das U-Boot offensichtlich nur wenige Meter davon entfernt ist. Chen und Alexander haben das Licht ausgeschaltet und verstecken sich hinter den Felsen. Das Bild auf dem Schirm schwenkt herum und wackelt ein wenig, als das U-Boot um den Felsvorsprung herummanövriert – dunkle Schatten vor noch dunkleren, die in dem trüben Streulicht, das um die Kanten herumstrahlt, kaum zu sehen sind.

Alexander beugt sich vor. »Jetzt kommt's ...«

Vor dem U-Boot ist zur Rechten Licht zu sehen. Das äußerste Ende des Felsvorsprungs durchschneidet den heller werdenden Dunst wie schwarze Glasscherben. Das U-Boot wird langsamer, bewegt sich jetzt vorsichtig vorwärts, schiebt sich in das Licht vor …

… und wäre beinahe mit dem AUV zusammengestoßen, das aus der entgegensetzten Richtung darauf zukommt.

Zwei der Kürzel in der Telemetrieanzeige werden rot und beginnen zu blinken. Die Aufnahme besitzt zwar keinen Ton, aber Clarke kann sich vorstellen, wie gerade im Cockpit des U-Boots die Sirenen angegangen sind. Einen Moment lang verharrt das AUV einfach auf der Stelle. Clarke könnte schwören, dass sich die Blenden der Stereokameras geweitet haben. Dann dreht es ab – um seine Erkundung fortzusetzen oder sich aus dem Staub zu machen, je nachdem, wie schlau es ist.

Sie werden es nie herausfinden, denn in diesem Moment schießt etwas von unterhalb der Kamera in Sichtweite. Ein lang gezogener Streifen, wie ein Strahl grauer Tinte. Er trifft das AUV mitten in der Drehung, platscht dagegen und umschließt seinen Körper. Dann zieht er sich um seine Beute zusammen wie ein elastischer Spinnweb. Das AUV zerrt an seinen Fesseln, aber die Enden des Netzes sind über eine dehnbare, fasrige Leine mit dem U-Boot verbunden.

Clarke hat noch nie ein Kanonennetz in Aktion gesehen. Das Ganze ist ziemlich cool.

»Das war's also«, sagt Alexander, als die Aufnahme stehen bleibt. »Wir hatten Glück, dass wir auf das Ding gestoßen sind, bevor wir das Netz auf einen von euren Monsterfischen verschwendet haben.«

»Und dass ich überhaupt auf die Idee gekommen bin, das Netz zu verwenden«, fügt Chen hinzu. »Wer hätte gedacht, dass es sich einmal als so nützlich erweisen würde?« Sie runzelt die Stirn und fährt dann fort: »Ich wünschte allerdings, ich wüsste, was das kleine Mistvieh auf uns aufmerksam gemacht hat.«

»Ihr habt euch bewegt«, sagt Lubin.

»Ja, natürlich. Um zu verhindern, dass es uns anhand unserer Echolotsignale ortet, wie du es uns gesagt hast.«

»Es ist den Motorgeräuschen gefolgt.«

Ein wenig von ihrer Großspurigkeit verschwindet aus Chens Haltung.

»Wir haben es also eingefangen?«, fragt Clarke.

»Debbie nimmt es gerade auseinander«, sagt Lubin. »Zumindest war es nicht mit Sprengfallen gesichert. Sie sagt, dass wir vermutlich auf seinen Speicher zugreifen können, wenn er nicht zu stark verschlüsselt ist.«

»Im Ernst?«, fragt Hopkinson hoffnungsvoll. »Wir können ihm einfach eine Amnesie verpassen und es wieder losschicken?«

Es klingt beinahe zu schön, um wahr zu sein. Lubins Blick bestätigt das.

»Was ist?«, fragt Hopkinson. »Wir fälschen den Datenstrom, und das Ding kehrt nach Hause zurück und erzählt seiner Mama, dass es hier unten nichts gibt außer Schlamm und Seesternchen. Wo liegt das Problem?«

»Wie oft gehen wir dort raus?«, fragt Lubin.

»Wohin? Zum See? Vielleicht ein- oder zweimal die Woche, den ursprünglichen Aufbau unserer Anlagen nicht mit eingerechnet.«

»Das ist ziemlich selten.«

»Öfter müssen wir dort auch nicht hin, wenn die seismischen Daten regelmäßig eintreffen.«

Die Furcht in Clarkes Magengrube – die sich wieder etwas gelegt hat, als das Gespräch eine hoffnungsvollere Wendung nahm – kehrt wie eine Springflut zurück, doppelt so kalt wie vorher. »Verdammt«, flüstert sie. »Du redest von der Wahrscheinlichkeit.«

Lubin nickt. »Es ist höchst unwahrscheinlich, dass wir einfach zufällig in der Gegend waren, als das Ding zum ersten Mal vorbeigekommen ist.«

»Das war also nicht das erste Mal. Es ist früher schon einmal dort gewesen?«, fragt Clarke.

»Ich würde schätzen, sogar mehrmals. Möglicherweise ist es öfter am See gewesen als wir.« Lubin lässt den Blick über die anderen schweifen. »Irgendjemand ist uns also schon auf die Spur gekommen. Wenn wir dieses Ding einfach ohne Bilder von diesem Ort zurückschicken, teilen wir unserem Gegner damit lediglich mit, dass wir Bescheid wissen.«

»Verdammt«, sagt Nolan mit zittriger Stimme. »Wir sind erledigt. Fünf Jahre. Wir sind komplett erledigt.«

Zum ersten Mal ist Clarke einer Meinung mit ihr.

»Nicht unbedingt«, sagt Lubin. »Ich glaube nicht, dass sie uns bereits gefunden haben.«

»Schwachsinn. Du hast selbst gesagt, dass es schon seit Monaten, womöglich schon seit Jahren ...«

»Sie haben uns noch nicht gefunden«, sagt Lubin mit ruhiger, viel zu beherrscht klingender Stimme, die darauf hindeutet, dass seine Geduld langsam nachlässt. Nolan hält sofort den Mund.

»Was sie gefunden haben«, fährt Lubin nach einem Moment fort, »sind lediglich ein paar Scheinwerfer, seismische Aufzeichnungsgeräte und Messstäbe. Sie könnten also auch der Meinung sein, die Überreste einer aufgegebenen Mine vor sich zu haben.« Chen öffnet den Mund, doch Lubin hebt die Hand und kommt ihr zuvor. »Ich persönlich glaube das nicht. Wenn sie einen Grund haben, in dieser Gegend nach uns zu suchen, werden sie wahrscheinlich annehmen, dass alles, was sie finden, von uns stammt. Aber am See können sie höchstens erkennen, dass sie sich in der richtigen Gegend befinden.« Lubin lächelt schwach. »Womit sie Recht haben. Wir sind lediglich zwanzig Kilometer vom See entfernt. Aber das sind zwanzig Kilometer in pechschwarzer Dunkelheit in einer der unwegsamsten Gegenden der Erde. Wenn das alle Hinweise sind, die sie haben, werden sie uns niemals finden.«

»Es sei denn, sie schicken etwas herunter, das einfach nur dasitzt und auf uns wartet«, sagt Hopkinson nicht überzeugt. »Und uns dann folgt.«

»Vielleicht haben sie das bereits getan«, sagt Clarke.

»Es wurde kein Alarm ausgelöst«, gibt Chen zu bedenken.

Clarke erinnert sich: Jedes Habitat, jede Drohne und jedes Fahrzeug hier unten ist mit einem Transponder ausgestattet. Normalerweise unterhalten sie sich nur nett miteinander, sollte das Echolot jedoch auf irgendetwas stoßen, das nicht den örtlichen Dialekt spricht, würden sie einen Schrei loslassen, der Tote zum Leben erwecken könnte. Clarke hat schon seit Jahren nicht mehr daran gedacht. Die Transponder gehen auf die frühen Tage des Exils zurück, als die Furcht vor einer Entdeckung noch wie eine bleierne Hand über allen lag. Doch die einzigen Feinde, denen sie in all der Zeit begegnet sind, sind sie selbst.

»Trotzdem merkwürdig, dass sie das nicht versucht haben«, sagt Clarke. Es scheint so offensichtlich.

»Vielleicht haben sie es versucht und uns aus den Augen verloren«, gibt Hopkinson zu bedenken. »Wenn sie sich zu nahe an uns heranwagen, würden wir sie sehen, und auf der Strecke gibt es ein paar Stellen, wo man mit einem Echolot höchstens sechzig Meter weit blicken kann.«

»Vielleicht fehlt es ihnen auch an den nötigen Ressourcen«, sagt Alexander hoffnungsvoll. »Vielleicht sind es nur ein paar Typen in einem Boot mit einer Schatzkarte.«

Nolan: »Womöglich sind sie bisher auch einfach noch nicht dazu gekommen.«

»Oder womöglich müssen sie das auch gar nicht«, sagt Lubin.

»Wie, du meinst …?« Hopkinson kommt eine Erkenntnis. »Schädlingsbekämpfung?«

Lubin nickt.

Schweigen herrscht im Raum, als allen die Bedeutung dieses Wortes klar wird. Warum wertvolle Ressourcen darauf verschwenden, das Ziel zu suchen und es durch Gelände zu verfolgen, das womöglich mit Stolperdrähten gesichert ist? Warum eine Entdeckung riskieren, wenn es einfacher und billiger ist, seine Feinde dazu zu bringen, ihren eigenen Brunnen zu vergiften?

»Verdammt«, haucht Hopkinson. »So als würde man vergiftetes Futter für Ameisen auslegen, damit diese es zu ihrer Königin bringen …«

Alexander nickt. »Und von dort ist es auch gekommen … βehemoth sollte hier unten eigentlich gar nicht auftauchen, und plötzlich, wie durch Magie …«

»β-Max kam von Atlantis, verdammte Scheiße«, faucht Nolan. »Soweit wir wissen, ist draußen am See lediglich die ursprüngliche Form zu finden. Wir haben nur das Wort der hohen Tiere, dass es nicht so ist.«

»Ja, aber selbst der ursprüngliche Stamm sollte eigentlich nicht dort draußen auftauchen …«

»Bin ich die Einzige, die sich daran erinnert, dass die hohen Tiere den ursprünglichen Stamm geschaffen haben?« Nolan blickt sich mit weiß blitzenden Augen drohend im Raum um. »Rowan hat es, verdammt nochmal, zugegeben!«

Ihr Blick, der aus reiner Antimaterie zu bestehen scheint, richtet sich auf Clarke. Clarke spürt, wie sich ihre Hände zu Fäusten ballen und sich ihre Mundwinkel zu einem höhnischen Lächeln verziehen. Sie weiß, dass ihre Körpersprache nicht unbedingt dazu angetan ist, die Situation zu entschärfen.

Scheiß drauf, denkt sie und macht herausfordernd einen Schritt nach vorn.

»Ja, na klar«, sagt Grace Nolan und greift an.

Lubin geht dazwischen. Es wirkt so mühelos. Gerade sitzt er noch an der Konsole, und im nächsten Moment schon sinkt Nolan aufs Deck wie eine zerbrochene Puppe. In der kaum wahrnehmbaren Zeit dazwischen glaubt Clarke gesehen zu haben, wie Lubin von seinem Stuhl aufgestanden ist, Nolan einen Ellbogen in das Diaphragma und dann ein Knie in den Rücken gerammt hat. Sie meint sogar etwas gehört zu haben, das wie ein Ast klang, den jemand über dem Knie zerbrach. Jetzt liegt ihre Widersacherin flach auf dem Rücken und bewegt sich nicht mehr, abgesehen von einem jähen manischen Flattern von Fingern und Augenlidern.

Alle im Raum sind zu Stein erstarrt.

Lubin lässt seinen Blick über die Anwesenden gleiten. »Wir stehen einer ganz gewöhnlichen Bedrohung gegenüber. Egal, woher β-Max ursprünglich gekommen ist, ohne die Hilfe von Atlantis werden wir gegen die Infektion höchstwahrscheinlich nichts ausrichten können, jetzt, da Bhanderi tot ist. Die Firmenbosse verfügen außerdem auch noch in anderen Bereichen über wichtige Kompetenzen.«

Nolan zu ihren Füßen gibt ein gurgelndes Geräusch von sich, und ihre Arme bewegen sich schwach. Ihre Beine bleiben jedoch auffällig reglos.

»Zum Beispiel«, fährt Lubin fort, »ist Graces Rücken am dritten Lendenwirbel gebrochen. Ohne Hilfe von Atlantis wird sie den Rest ihres Lebens von der Taille abwärts gelähmt sein.«

Chen erbleicht. »Verdammt, Ken!« Aus ihrer eigenen Lähmung erwacht, kniet sie neben Nolan nieder.

»Es ist nicht ratsam, sie ohne einen Kokon zu bewegen«, sagt Lubin leise. »Vielleicht kann Dimitri ja einen auftreiben.«

Es klingt wie ein Vorschlag. Innerhalb von Sekunden dreht sich die Luftschleuse.

»Was den Rest von euch angeht«, sagt Lubin in demselben ruhigen Tonfall, »so nehme ich an, dass ihr jetzt einsehen werdet, dass sich die Situation verändert hat und die Zusammenarbeit mit Atlantis nun in unserem eigenen Interesse ist.«

Die anderen sehen vermutlich dasselbe wie Clarke: einen Mann, der gerade ohne nachzudenken seinem eigenen Leutnant das Rückgrat gebrochen hat, nur um eine Auseinandersetzung zu gewinnen. Clarke starrt auf ihre besiegte Feindin hinab. Trotz der offenen Augen und ihrem zuckenden Körper scheint Nolan nicht ganz bei Bewusstsein zu sein.

Das geschieht dir recht, du Mörderin! Du verfickte Dreckschlampe! Tut es weh, meine Liebe? Nicht genug. Nicht annähernd genug.

Doch die Schadenfreude ist irgendwie erzwungen. Sie weiß noch, wie sie sich gefühlt hat, als Rowan gestorben ist, und was sie hinterher empfunden hat: kalte, mörderische Wut, die absolute Gewissheit, dass Nolan mit dem Leben bezahlen würde. Und nun liegt sie hier, hilflos, von der Hand eines anderen zerbrochen – und irgendwie ist an der Stelle, wo noch vor weniger als einer Stunde rasender Zorn gebrannt hat, nur eine verkohlte Leere übrig.

Ich könnte die Sache zu Ende bringen, überlegt sie. *Wenn Ken mich nicht aufhält.*

Bedeutet ihr die Erinnerung an ihre Freundin so wenig, dass sie bei diesem Gedanken keinerlei Freude empfindet? Hat die plötzliche Furcht vor einer Entdeckung einfach ihre Wut ausgelöscht, oder ist es die gleiche Entschuldigung wie immer – dass Lenie Clarke sich so sehr an Rache gesättigt hat, dass sie den Appetit darauf verloren hat?

Vor fünf Jahren noch war es mir egal, ob Millionen Unschuldige sterben. Inzwischen bin ich sogar zu feige, die Schuldigen zu bestrafen.

Manch einer würde das vielleicht für einen Fortschritt halten …

»… immer noch ein paar Unsicherheitsfaktoren«, sagt Lubin gerade, der sich wieder an die Konsole gesetzt hat. »Es ist nicht erwiesen, ob diejenigen, die die Drohne geschickt haben, tatsächlich für β-Max verantwortlich sind. Wenn ja, dann haben sie ihren Schachzug bereits getan. Wenn nicht, dann sind sie vielleicht noch nicht bereit dafür.

Selbst wenn sie genau wissen, wo wir uns befinden – und das halte ich für unwahrscheinlich –, haben sie möglicherweise noch nicht alle Vorbereitungen getroffen oder warten aus einem anderen Grund noch ab.«

Er lässt die Zahlen auf der Anzeige weiterlaufen, ohne dem gurgelnden Ding auf dem Deck hinter ihm weiter Beachtung zu schenken.

Chen wirft unsicher einen Blick zu Nolan hinüber, aber Lubins Botschaft ist klar: *Ich habe hier das Kommando. Findet euch damit ab.*

»Was für ein Grund könnte das sein?«, fragt Chen nach einem Moment.

Lubin zuckt die Achseln.

»Wie viel Zeit bleibt uns?«

»Mehr, wenn wir uns nicht in die Karten blicken lassen.« Lubin verschränkt die Arme vor der Brust und streckt sich. Das Spiel von Muskeln und Sehnen unter seiner Taucherhaut hat etwas Beunruhigendes an sich. »Wenn sie das Gefühl haben, dass wir ihnen auf die Schliche gekommen sind, fühlen sie sich vielleicht unter Druck gesetzt und handeln lieber früher als später. Also spielen wir mit, um noch etwas mehr Zeit zu gewinnen. Wir präparieren den Speicher der Drohne, damit es so aussieht, als hätte sie eine leichte Systemstörung erlitten, die auch ihre verspätete Rückkehr erklärt. Außerdem müssen wir den See nach möglichen Überwachungsgeräten absuchen und mindestens im Umkreis von einem halben Kilometer um Atlantis und die Wagenburg herum das Gelände durchkämmen. Lanie hat Recht: Es ist unwahrscheinlich, dass die Minen von einem AUV gelegt wurden, aber wenn es so ist, dann gibt es irgendwo in LFAM-Reichweite einen Zünder.«

»Okay.« Hopkinson muss sich offensichtlich dazu zwingen, den Blick von ihrer gefallenen Kameradin abzuwenden. »Also ... also versöhnen wir uns wieder mit Atlantis, statten die Drohne mit falschen Erinnerungen aus und durchsuchen die Gegend nach weiteren Gegnern. Und dann?«

»Dann kehre ich zurück«, sagt Lubin.

»Wohin, an den See?«

Lubin lächelt schwach. »Nein, nach N'AmPaz.«

Hopkinson stößt ein überraschtes Pfeifen aus. »Na ja, wenn irgendjemand es mit *denen* aufnehmen kann, dann wohl ...«

Mit wem genau haben wir es hier zu tun?, fragt sich Clarke. Niemand stellt die Frage laut. Mit *denen* sind alle gemeint, die auf dem Festland verblieben sind. *Die anderen. Sie* haben es auf ihre Vernichtung abgesehen. *Sie* schnüffeln auf dem Mittelatlantischen Rücken herum, unermüdlich auf der Suche nach den richtigen Koordinaten für ihre Torpedos.

Auch nach dem *Warum* fragt niemand. Hinter dieser Suche gibt es kein *Warum*, es liegt *denen* nun einmal so im Blut. Es hat keinen Sinn, nach Gründen zu fragen. Damit erreicht man gar nichts: Es gibt viel zu viele Motive. Jeder, der auf dem Festland verblieben ist, könnte ein anderes nennen. Dieser zerrissene, bipolare Mikrokosmos am Grunde des Ozeans stagniert und verfault. Die Gründe für seine Existenz sind auf ein einziges Axiom zusammengeschrumpft: eben *darum*.

Doch wie viele der Menschen hier – wie viele der Rifter oder auch der Landratten – hatten wirklich etwas mit der ganzen Sache zu tun? Wie viele Menschen kommen auf jedes hohe Tier, das Blut an den Händen hat – Familie, Freunde, Drohnen, die sich um die Wartung der Rohre und Maschinen und der Körper ihrer Herren kümmern –, die zwar mit ihnen in Verbindung stehen, sonst aber unschuldig sind?

Und wenn Lenie Clarke nicht so versessen darauf gewesen wäre, Rache zu nehmen, dass sie dafür eine ganze Welt abgeschrieben hätte, wäre es überhaupt zu all dem gekommen?

Alyx, hat Rowan gesagt.

Clarke schüttelt den Kopf. »Nein, das wirst du nicht tun.«

Lubin hält den Blick auf den Bildschirm gerichtet. »Hier unten können wir das Unvermeidliche höchstens hinausschieben. Wir müssen etwas unternehmen.«

»Ja, aber ...«

»Wir sind blind und taub und werden angegriffen. Unsere Tarnung hat versagt, Lenie. Wir müssen wissen, womit wir es zu tun haben, also muss ich zum Festland zurückkehren. Ende der Diskussion.«

»Nicht du«, sagt Clarke.

Mit hochgezogener Augenbraue dreht sich Lubin zu ihr um.

Vollkommen unbekümmert erwidert sie seinen Blick: »Wir.«

Er hat bereits dreimal widersprochen, bevor sie auch nur das Habitat verlassen haben.

»Jemand muss hier das Kommando übernehmen«, sagt er beharrlich, als die Luftschleuse sich mit Wasser füllt. »Du bist die offensichtliche Wahl. Nachdem Grace nun keine Rolle mehr spielt, wird sich niemand mit dir anlegen.«

Clarke spürt, wie sich Kälte in ihrer Magengrube ausbreitet. »Das war es also, ja? Sie hatte ihren Zweck erfüllt, und du wolltest meine Position wieder stärken, also hast du sie einfach ... zerbrochen?«

»Ich möchte wetten, dass das, was du mit ihr vorhattest, nicht weniger schlimm gewesen wäre.«

»Ich komme mit«, sagt sie. Die Luke öffnet sich unter ihnen.

»Glaubst du wirklich, du könntest mich dazu zwingen, dich mitzunehmen?« Er bremst den Sturz ab, dreht sich um und schwimmt aus dem Licht hinaus.

Sie folgt ihm. »Und glaubst du vielleicht, du könntest das Ganze ohne jede Unterstützung durchziehen?«

»Immer noch besser, als eine Gefährtin bei sich zu haben, die über keinerlei Ausbildung verfügt und aus den falschen Gründen mitgekommen ist.«

»Du weißt nicht das Geringste über meine Gründe.«

»Du wirst mich nur aufhalten«, erklärt Lubin mit surrender Stimme. »Meine Chancen stehen deutlich besser, wenn ich nicht auf dich aufpassen muss. Wenn du in Schwierigkeiten gerätst …«

»Wirst du dich meiner auf der Stelle entledigen«, sagt sie. »Ich kenne deine Prioritäten im Kampf. Verdammt, Ken, ich kenne *dich*.«

»Die gegenwärtigen Ereignisse scheinen dagegen zu sprechen.«

Sie blickt ihn fest an. Mit rhythmischen Beinbewegungen schwimmt er weiter in die Dunkelheit hinaus.

Wohin ist er unterwegs?, fragt sie sich. *In dieser Richtung gibt es doch gar nichts …*

»Du kannst nicht leugnen, dass du für eine Mission wie diese nicht ausgerüstet bist«, stellt er fest. »Du besitzt nicht die richtige Ausbildung.«

»Weswegen es vermutlich ziemlich peinlich für dich ist, dass ich halb N'AmPaz durchquert habe, bevor du und deine Armee mit eurer viel gepriesenen Ausbildung mich überhaupt einholen konntet.« Sie lächelt grimmig unter ihrer Maske. Er kann es zwar nicht sehen, aber vielleicht spürt er ihre Empfindungen. »Ich habe dich besiegt, Ken. Ich bin zwar nicht annähernd so klug oder so gut ausgebildet wie du und konnte auch nicht auf das gesamte Militär von N'AmPaz zurückgreifen, aber ich bin dir trotzdem monatelang durch die Lappen gegangen, und das weißt du.«

»Du hattest eine Menge Hilfe«, wendet er ein.

»Vielleicht habe ich die ja immer noch.«

Sein Rhythmus gerät durcheinander. Vielleicht hat er daran noch nicht gedacht.

Sie ergreift die Gelegenheit beim Schopf. »Denk darüber nach, Ken. All diese virtuellen Viren, die sich zusammengetan haben, um meine Spuren zu verwischen, die sich ständig eingemischt und mich in einen verdammten Mythos verwandelt haben …«

»Die Anemone hat nicht für dich gearbeitet«, erwidert er mit surrender Stimme. »Sie hat dich *benutzt*. Du warst nur …«

»Ein Werkzeug. Ein Mem in einem Plan, der die globale Apokalypse zum Ziel hatte. Komm schon, Ken, glaubst du, ich könnte diesen ganzen Mist vergessen, selbst wenn ich es wollte? Aber was soll's? Ich war trotzdem die Überträgerin. Dieses Ding mochte mich genug, um mir dich und deine Leute vom Leib zu halten. Wer sagt, dass es nicht immer noch irgendwo dort draußen ist? Wo sollten diese Software-Dämonen sonst herkommen? Glaubst du, es ist Zufall, dass sie sich nach mir benannt haben?«

Seine Silhouette, die in der Dunkelheit kaum zu erkennen ist, streckt den Arm aus. Eine Reihe von Klicklauten durchpflügt das Wasser. Er schwimmt weiter und korrigiert dabei ein wenig seine Richtung.

»Willst du damit sagen«, erwidert er, »dass du einfach nur zurückkehren und die Anemone auf dich aufmerksam machen musst – was auch immer daraus in der Zwischenzeit geworden ist –, und dann wird sie eine Art magischen Schild über dir ausbreiten?«

»Vielleicht hat sich ja gar nichts …«

»Glaub mir, sie hat sich verändert. Sie hat sich die ganze Zeit über verändert. Sie kann unmöglich immer noch dieselbe Gestalt besitzen, an die wir uns erinnern, und wenn die Dinge, denen wir in letzter Zeit begegnet sind, einen Hinweis darauf darstellen, was aus ihr inzwischen geworden ist, willst du deine Bekanntschaft mit ihr vielleicht nicht unbedingt auffrischen.«

»Kann sein«, gibt Clarke zu. »Aber vielleicht ist ein Teil ihrer Ziele ja gleich geblieben? Schließlich ist sie lebendig, nicht wahr? Jedenfalls wird das so behauptet. Es spielt keine Rolle, dass sie statt aus Kohlenstoff aus Elektronen besteht, *das Leben selbst ist nur ein Haufen sich selbst replizierender Informationen, die von der natürlichen Auslese geformt werden,* also gehört sie zum Club. Und wir besitzen Gene, die sich seit Millionen von Generationen nicht mehr verändert haben. Warum sollte es bei diesem Ding anders sein? Woher willst du wissen, dass es nicht immer noch irgendein Beschütze-Lenie-Unterprogramm gibt, das irgendwo in seinem Code schlummert? Ach und übrigens, wohin willst du eigentlich?«

Lubins Stirnlampe erstrahlt in voller Helligkeit und zeichnet ein grelles, auf und ab hüpfendes Oval auf den Untergrund vor ihnen. »Dorthin.«

Es ist ein Flecken grauer Schlamm wie jeder andere. Sie kann nicht einen einzigen Kiesel entdecken, der ihn von anderen unterscheiden würde.

Vielleicht ist es ein Friedhof, denkt sie, und plötzlich wird ihr ein wenig schwindelig. *Vielleicht hat er hier all die Jahre lang seinem alten Laster gefrönt, mit degenerierten Freilebenden und Vermissten und jetzt mit einem dummen kleinen Mädchen, das einfach kein Nein akzeptieren will ...*

Lubin greift mit einem Arm in den Schlick. Um seine Schulter herum erzittert der Schlamm, als würde etwas darunter in Bewegung geraten. Und genau das passiert auch. Ken hat irgendetwas unter der Oberfläche zum Leben erweckt. Er zieht den Arm zurück, und das Ding folgt ihm und kommt in Sicht. Einzelne Klumpen und kreideweiße Wolken rinnen in Sturzbächen an seinen Seiten hinab, als es die Schlammschicht hinter sich lässt.

Es handelt sich um einen aufgeblasenen Torus von etwa anderthalb Meter Durchmesser. Sein Äquator ist von einer gepunkteten Linie aus hydraulischen Düsen umgeben. Zwei Schichten eines flexiblen Gewebes spannen sich über dem Loch in seiner Mitte, eine an der Ober- und eine an der Unterseite. Dazwischen befindet sich ein Seesack, der mit irgendwelchen sperrigen Gegenständen vollgestopft ist. Durch den aufgewirbelten Schlick und unter den Schlammklumpen, die immer noch an seiner Oberfläche kleben, glänzt der Torus wie eine Taucherhaut.

»Ich habe hier ein paar Dinge aufbewahrt, für den Fall, dass ich einmal zum Festland zurückkehren muss«, erklärt Lubin mit surrender Stimme. »Als Vorsichtsmaßnahme.«

Er rudert ein paar Meter zurück. Der mechanische Page beschreibt eine Vierteldrehung, spuckt schmutziges Wasser aus den Schubdüsen aus und folgt ihm.

Sie machen sich auf den Rückweg.

»Das ist also dein Plan«, sagt Lubin nach einer Weile. »Etwas ausfindig zu machen, das sich ursprünglich entwickelt hat, um dir zu helfen, die Welt zu vernichten, in der Hoffnung, dass es eine gute Seele besitzt und …«

»Und ich das verdammte Ding wachküssen kann«, beendet Clarke den Satz. »Wer sagt, dass es mir nicht gelingen kann?«

Er schwimmt weiter auf das Leuchten zu, das vor ihnen den Weg erhellt. Trübes Licht spiegelt sich in seinen Augen.

»Wir werden es wohl herausfinden«, sagt er schließlich.

Wendepunkt

Sie würde es ganz vermeiden, wenn sie könnte.

Es gäbe mehr als genug Gründe dafür. Der gegenwärtige Waffenstillstand ist zerbrechlich. Zwar wird er angesichts der neuen Bedrohung höchstwahrscheinlich halten, doch zahlreiche winzige Risse erfordern ständige Aufmerksamkeit. Plötzlich sitzen die Firmenbosse wieder am längeren Hebel. Sie verfügen über Fachwissen, das Maschinen allein nicht ersetzen können. Und die Rifter sind alles andere als glücklich über das neu gewonnene Selbstbewusstsein ihrer ehemaligen Gefangenen. Der Unmögliche See muss nach Abhörgeräten abgesucht werden und der Meeresboden im Umkreis nach Kameras und Zündern. Im Augenblick gibt es keinen wirklich sicheren Ort – und wenn Lenie Clarke nicht ihre Sachen für die Reise zusammenpacken müsste, würde auch sie für die Patrouillen gebraucht werden. Dutzende

Firmenbosse sind während der jüngsten Revolte gestorben; es bleibt kaum genug Zeit, um sämtlichen Angehörigen das Beileid auszusprechen.

Doch Alyx' Mutter ist vor nur wenigen Tagen in ihren Armen gestorben, und obwohl die Vorbereitungen seither auf Hochtouren laufen, fühlt sich Lenie Clarke wie der schlimmste Feigling, weil sie dieses Gespräch so lange vor sich hergeschoben hat.

Sie drückt auf den Summer im Korridor. »Lex?«

»Komm rein.«

Alyx sitzt auf dem Bett und macht Fingerübungen. Als Lenie die Luke hinter sich schließt, legt sie die Flöte beiseite. Sie weint nicht. Entweder steht sie immer noch unter Schock, oder sie besitzt eine Selbstbeherrschung, die über die normalen Fähigkeiten einer Heranwachsenden weit hinausgeht. Clarke sieht sich selbst mit fünfzehn, bis ihr wieder einfällt: Ihre Erinnerungen an diese Zeit sind allesamt gefälscht.

Dennoch empfindet sie Mitleid mit dem Mädchen. Sie will Alyx am liebsten in den Arm nehmen und sie bis zum Anbruch des nächsten Jahrtausends festhalten. Sie will ihr sagen, dass sie so etwas auch schon einmal durchgemacht hat, dass sie weiß, was für ein Gefühl das ist. Und in gewisser Weise ist das sogar die Wahrheit. Sie hat Freunde und Geliebte verloren, die eines gewaltsamen Todes gestorben sind. Ihre Mutter hat sie ebenfalls verloren – sie ist an der Hasenpest gestorben –, obwohl ihr die NB auch diese Erinnerung genommen hat. Aber sie weiß, dass das nicht dasselbe ist. Alyx' Mutter ist im Krieg gestorben, und Lenie Clarke hat für die gegnerische Seite gekämpft. Sie weiß nicht, ob Alyx unter diesen Umständen von ihr umarmt werden will.

Also setzt sie sich nur neben sie aufs Bett und überlegt, was sie sagen könnte, ohne Klischees von sich zu geben.

Sie denkt immer noch darüber nach, als Alyx schließlich das Wort ergreift: »Hat sie irgendetwas gesagt? Bevor sie gestorben ist?«

»Sie …« Clarke schüttelt den Kopf. »Nein. Eigentlich nicht«, erwidert sie und hasst sich dafür.

Alyx nickt und blickt zu Boden.

»Es heißt, dass du auch weggehen wirst«, sagt sie nach einer Weile. »Zusammen mit ihm.«

Clarke nickt.

»Bitte, tu es nicht.«

Clarke holt tief Luft. »Alyx, du … oh Gott, Alyx, es tut mir so l…«

»Warum musst du gehen?« Alyx dreht sich um und blickt sie aus harten, leuchtenden Augen an, die viel zu viel enthüllen. »Was wollt ihr denn dort oben überhaupt machen?«

»Wir müssen herausfinden, wer nach uns sucht. Wir können nicht abwarten, bis sie anfangen, auf uns zu schießen.«

»Woher willst du wissen, dass sie das tun werden? Vielleicht wollen sie ja auch einfach nur mit uns reden oder so?«

Clarke schüttelt den Kopf und lächelt über die Absurdität dieser Vorstellung. »So sind die Menschen nicht.«

»Wie?«

Versöhnlich. »Sie haben keine friedlichen Absichten, Lex. Wer auch immer es ist. Vertrau mir.«

Aber Alyx ist bereits zu Plan B übergegangen: »Und was glaubst du, dort oben erreichen zu können? Du bist keine Spionin und auch keine Technikerin. Du bist kein tollwütiger Psycho-Killer, so wie er. Du wirst dort oben bloß umgebracht werden.«

»Irgendjemand muss ihm den Rücken decken.«

»Warum? Soll er doch alleine gehen.« Plötzlich klingen Alyx' Worte eiskalt. »Wenn wir Glück haben, versagt er. Das Ding dort oben, was immer es ist, reißt ihn in Stücke, und die Welt ist ein etwas besserer Ort geworden.«

»Alyx …«

Rowans Tochter steht vom Bett auf und blickt wütend auf sie herab.

»Wie kannst du ihm helfen, nachdem er meine Mutter umgebracht hat? Wie kannst du auch nur mit ihm sprechen? Er ist ein Psychopath und ein Mörder.«

Der automatische Widerspruch erstirbt auf Clarkes Lippen. Schließlich weiß sie nicht genau, ob Lubin nicht tatsächlich an Rowans Tod beteiligt war. Während der ganzen Auseinandersetzung hatte Lubin das Kommando inne, genau wie beim letzten Aufstand. Er hat vermutlich über diese sogenannte *Rettungsaktion* Bescheid gewusst, auch wenn er sie nicht selbst geplant hat.

Und dennoch verspürt Clarke irgendwie den Drang, den Feind dieses von Trauer übermannten Kindes zu verteidigen. »Nein, Liebes«, sagt sie sanft. »Es war anders herum.«

»Was?«

»Ken war erst ein Mörder und ist dann zu einem Psychopathen geworden.« Was der Wahrheit im Augenblick am nächsten kommt.

»Wovon sprichst du?«

»Sie haben sein Gehirn neu verknüpft. Hast du das nicht gewusst?«

»Sie?«

Deine Mutter.

»Die NB. Es war nichts Besonderes, nur Teil der Ausbildung für Industriespione. Sie haben ihn so konditioniert, dass er Sicherheitslücken mit allen erforderlichen Mitteln schließt, ohne auch nur darüber nachzudenken. Es war ein unwillkürlicher Reflex.«

»Willst du damit sagen, dass er keine andere Wahl hatte?«

»Jedenfalls bis zu dem Zeitpunkt, als er mit Spartakus infiziert wurde. Und Spartakus hat zwar die Konditionierung aufgehoben, dabei aber auch ein paar andere Nervenbahnen durchtrennt. Ken hat jetzt also praktisch kein Gewissen mehr, und wenn du so jemanden als Psychopathen bezeichnen willst, dann ist er wohl einer. Aber er hat sich das nicht ausgesucht.«

»Was macht das für einen Unterschied?«, will Alyx wissen.

»Es ist nicht so, dass er darum gebeten hat, in einen fiesen Killer verwandelt zu werden.«

»Na und? Welcher Psychopath konnte sich schon jemals seine eigene Hirnchemie aussuchen?«

Clarke muss zugeben, dass sie da nicht ganz Unrecht hat.

»Lenie, bitte«, sagt Alyx leise. »Du kannst ihm nicht trauen.«

Und dennoch, auf eine merkwürdige, perverse Art und Weise vertraut Clarke Ken Lubin immer noch mehr als jedem anderen Menschen auf der Welt – trotz all der Geheimniskrämerei und des Verrats. Das kann sie natürlich nicht laut aussprechen. Alyx glaubt, dass Ken Lubin ihre Mutter umgebracht hat, und vielleicht hat er das tatsächlich. Und wenn sie jetzt zugibt, dass sie ihm weiterhin vertraut, stellt sie damit möglicherweise die Freundschaft mit diesem von Trauer zerrissenen Mädchen endgültig auf die Probe, und das möchte sie nicht riskieren.

Aber das ist noch nicht alles. Es ist lediglich die logische Erklärung an der Oberfläche, die ebenso offensichtlich wie eigennützig ist. Doch es gibt noch einen anderen, tieferliegenden Grund, der wesentlich beunruhigender ist: Alyx könnte Recht haben. In den vergangenen Tagen hat Clarke immer wieder etwas Fremdes unter Lubins Augenkappen hervorblitzen sehen. Wenn sie genau hinschaut, verschwindet es sofort wieder. Sie ist sich nicht einmal sicher, woran sie es überhaupt erkannt hat. Ein leichtes Flattern des Augenlids vielleicht. Ein kaum sichtbares Zucken des Photocollagens, das auf die Bewegung des Auges darunter hindeutet.

Noch vor drei Tagen hatte Ken Lubin in der ganzen Zeit hier unten kein einziges Menschenleben genommen. Selbst während des ersten Aufstandes hat er sich damit begnügt, Knochen zu brechen. Sämtliche Morde wurden von den dilettantischen, enthusiastischen Händen von Riftern verübt, die von der unvorstellbaren Macht berauscht waren, die sie nun über die einstmals Mächtigen besaßen. Und die Toten der letzten zweiundsiebzig Stunden ließen sich zweifellos allesamt als Notwehr rechtfertigen.

Dennoch. Clarke fragt sich, ob das jüngste Blutbad nicht womöglich etwas weckte, das fünf Jahre in Ken Lubin geschlummert hat. Denn damals hat er im Grunde Spaß am Töten gehabt. Er hat sich danach gesehnt, obwohl er seine Befreiung durch Spartakus nicht als Entschuldigung begriffen hat, sondern als Herausforderung. Er beherrschte sich, so wie ein langjähriger Nikotinsüchtiger mit einer ungeöffneten Schachtel Zigaretten in der Tasche herumläuft – um zu beweisen, dass er stärker ist als die Sucht. Wenn es etwas gibt, worauf Ken Lubin stolz ist, dann auf seine Selbstbeherrschung.

Dieses Verlangen, dieser Wunsch, sich an der ganzen Welt zu rächen – ist es jemals wirklich erloschen? Lenie Clarke wurde einmal von einem solchen Verlangen angetrieben. Nachdem sie es mit Milliarden von Menschenleben gestillt hat, hat es nun keine Macht mehr über sie. Aber sie fragt sich, ob Ken Lubin nicht im Verlauf der gegenwärtigen Ereignisse unfreiwillig wieder an dem einen oder anderen Glimmstängel gezogen hat. Sie fragt sich, wie der Rauch wohl nach all der Zeit geschmeckt hat, und ob sich Lubin vielleicht daran erinnert, was für ein schönes Gefühl das einmal gewesen ist …

Clarke schüttelt traurig den Kopf. »Es kommt sonst niemand dafür infrage, Alyx. Ich muss es tun.«

»Warum?«

Weil im Vergleich zu dem, was ich getan habe, Völkermord nur ein leichtes Vergehen ist. Weil die Welt in meinem Kielwasser stirbt, während ich mich hier unten verstecke. Weil ich es satt habe, ein Feigling zu sein.

»Ich bin diejenige, die das Ganze in Gang gebracht hat«, sagt sie schließlich.

»Ja und? Wird sich daran irgendetwas ändern, wenn du zum Festland zurückkehrst?« Alyx schüttelt ungläubig den Kopf. »Was hat das für einen Zweck?« Sie steht vor ihr wie eine zerbrechliche Porzellanfigur, die jeden Moment in tausend Stücke zerspringen könnte.

Lenie Clarke möchte gern die Hand nach ihr ausstrecken, aber so dumm ist sie nicht. »Ich … ich muss mich den Konsequenzen meiner Taten stellen«, sagt sie schwach.

»Unsinn«, erwidert Alyx. »Du stellst dich ihnen nicht. Du läufst vor ihnen davon.«

»Wovor laufe ich davon?«

»Vor mir, zum Beispiel.«

Und plötzlich kann sogar Lenie Clarke es sehen, die in dieser Hinsicht von Natur aus etwas begriffsstutzig ist: Alyx macht sich keine Gedanken darüber, was Lubin Clarke antun könnte, sondern darüber, was Clarke sich selbst antun könnte. Sie ist nicht dumm, sie kennt Clarke seit Jahren und weiß um die Eigenschaften, die einen Rifter auszeichnen. Lenie Clarke wollte schon einmal Selbstmord begehen. Damals hat sie sich so sehr gehasst, dass sie sich umbringen wollte, und das war noch bevor sie irgendetwas getan hatte, um den Tod verdient zu haben. Jetzt will sie in eine Welt zurückkehren, in der sie ständig daran erinnert wird, dass sie mehr Leute umgebracht hat als alle Lubins, die jemals gelebt haben, zusammengenommen. Alyx Rowan fragt sich verständlicherweise, ob sich ihre Freundin daraufhin nicht die eigenen Pulsadern öffnen wird.

Zugegebenermaßen fragt sich Clarke das auch.

Aber sie sagt nur: »Ist schon gut, Lex. Ich werde nicht … ich meine, ich habe nicht vor, mich selbst zu verletzen.«

»Wirklich nicht?«, fragt Alyx, als würde sie das kaum zu hoffen wagen.

»Wirklich nicht.« Und nachdem sie nun ihr Wort gegeben und die Ängste des jungen Mädchens beschwichtigt hat, streckt Lenie Clarke die Hände aus und nimmt Alyx' Hände in die ihren.

Alyx wirkt jetzt jedoch nicht mehr im Geringsten zerbrechlich.

Ruhig blickt sie auf Clarkes tröstende Hände hinab, die ihre eigenen schlaffen, reglosen Hände umschließen, und gibt einen verächtlichen Laut von sich.

»Schade auch«, sagt sie.

Angriff

Die Raketen schossen über dem Atlantik in die Höhe wie ein Feuerwerk und flogen in westliche Richtung. Sie teilten sich in fünf Schwärme auf und setzten ein zehn Minuten andauerndes Schachspiel im Zeitraffer in Gang, das eine halbe Hemisphäre umfasste. Sie beschrieben Schleifen und zogen betrunken torkelnd auf einer Flugbahn dahin, die komisch gewesen wäre, wäre es dadurch nicht verdammt schwer gewesen, die Geschosse abzufangen.

Desjardins gab sein Bestes. Ein halbes Dutzend uralte Abwehrsatelliten im Orbit hatten nur darauf gewartet, dass er sie zum Einsatz rief, seit er sie vor zwei Jahren in Erwartung einer solchen Krise in seine Gewalt gebracht hatte. Jetzt musste er lediglich an ihre Hintertür klopfen, und sie machten auf Kommando für ihn die Beine breit und strengten ihre Hirne an.

Die Maschinen richteten ihre Aufmerksamkeit auf die zahllosen Kondensstreifen, von denen die Atmosphäre unter ihnen durchzogen war. Komplexe und äußerst raffinierte Algorithmen kamen zum Einsatz, um die Spreu vom Weizen zu trennen, Zielvorhersagen zu treffen, Abfangvektoren zu berechnen und Tauglichkeitsfunktionen zu erstellen. Ihre Erkenntnisse waren umfassend, boten jedoch keine Garantie auf einen Erfolg. Schließlich verfügte auch der Feind über denkende Maschinen. Lockvögel konnten einen Zerstörer bis ins Detail nachahmen. Jedes Stottern eines Düsenstrahls machte die Einschlagsvorhersagen ein klein wenig ungenauer. Desjardins' gewaltsam mit Daten gefütterte Kampf-Satelliten leiteten Gegenmaßnahmen ein – Laser, Teilchenstrahlen und Raketen aus ihren eigenen wertvollen und nicht mehr erneuerbaren Vorräten –, aber jede Entscheidung beruhte auf reiner Wahrscheinlichkeit, jede Maßnahme war ein Ergebnis statistischer Berechnungen. Und wenn man sich auf die Wahrscheinlichkeit verließ, gab es keine Sicherheit.

Drei kamen durch.

Der Feind konnte zwei Treffer auf der Halbinsel Florida landen und einen weiteren im Staubgürtel von Texas. Das Halbfinale in Neuengland hatte Desjardins zweifellos gewonnen – keine der Raketen, die darauf gerichtet waren, konnte zum Landeanflug ansetzen –, aber die Treffer im Süden reichten womöglich aus, um das Gleichgewicht ins Wanken zu bringen, wenn er nicht augenblicklich etwas unternahm. Er schickte acht Lifter los, mit der Anweisung, alles im Umkreis von zwanzig Kilometern zu sterilisieren, wartete auf die Startbestätigung und lehnte sich dann erschöpft zurück. Er schloss die Augen. Statistiken und Telemetriewerte flackerten unter seinen Lidern weiter.

Diesmal hatte er es nicht mit etwas so Prosaischem wie βehemoth zu tun, sondern mit einer vollkommen neuen Mikrobe. *Seppuku,* wurde sie genannt.

Vielen Dank, ihr verdammten Südafrikaner.

Was war nur mit diesen Leuten nicht in Ordnung? Südafrika war ursprünglich ein typisches Dritte-Welt-Land gewesen, das genauso versklavt, unterdrückt und brutal behandelt worden war wie alle anderen auch. Warum konnten die Menschen dort ihre Fesseln nicht einfach auf die übliche Weise abschütteln, in einer gewalttätigen Rebellion mit ein wenig blutiger Vergeltung als Zugabe? Was für verrückte Leute waren das, die, nachdem sie Generationen lang geknechtet wurden, ihre Unterdrücker ausgerechnet mit – man glaubte es kaum – *Friedensangeboten* bestraften? Das ergab keinen Sinn.

Abgesehen von der Tatsache, dass es funktionierte. Seit den Tagen des heiligen Nelson hatten sich die S'Afrikaner zu Meistern des Ausweichmanövers entwickelt. Sie gaben lieber nach, anstatt eine Konfrontation zu suchen, und wandelten dabei den Schwung des Gegners in ihren eigenen Vorteil um. Sie waren Schwarzgürtel im gesellschaftlichen Judo. Ein halbes Jahrhundert lang hatten sie sich an der Deckung der Welt vorbeigeschlichen, und kaum jemand hatte es bemerkt.

Jetzt waren sie eine größere Bedrohung als Ghana und Mozambique und all die anderen M & M-Regimes zusammen. Desjardins verstand nur zu gut, was die anderen wütenden Entwicklungsländer antrieb. Mehr noch, er fühlte mit ihnen: Schließlich hatte die westliche Welt nur tatenlos zugesehen, während seuchenartig um sich greifende Geschlechtskrankheiten große rauchende Löcher in Afrikas Gesellschaftsstruktur gebrannt hatten. Nur China war es noch schlechter ergangen (und wer wusste schon, was sich hinter diesen dunklen Grenzen zusammenbraute?). Es war nicht weiter verwunderlich, dass das Apokalypse-Mem dort drüben auf so fruchtbaren Boden fiel. Die verkrüppelte Generation, die sich dort mühsam aus der Asche erhob, bestand zu über siebzig Prozent aus Frauen. Eine Rachegöttin, die den Spieß umdrehte und Armageddon vom Grunde des Ozeans in die Welt hinaufbrachte – wenn Lenie Clarke nicht eine so gute Vorlage abgegeben hätte, hätte eine solche Legende auch von selbst entstehen können.

Mit ohnmächtiger Wut konnte er fertig werden. Lächelnde Scheißkerle mit geheimen Absichten waren da schon weitaus problematischer, besonders wenn ihnen ein Erbe modernster Biotechnologie zur Verfügung stand, das bis zur ersten Herztransplantation der Welt zurückreichte, was, verdammt nochmal, beinahe schon ein Jahrhundert her war. *Seppuku* ging praktisch genauso vor wie seine s'afrikanischen Schöpfer: eine Mikrobe, die Judomeister und Heuchler in einem war, etwas, das sich mit einem Lächeln unter falschen Vorwänden an der eigenen Deckung vorbeischlich und dann …

Eine solche Strategie hätten sich die Europäer oder die Asiaten niemals ausgedacht. Für die Nachkommen des Empire war sie zu subtil und zu feige für diejenigen, die mit einer Politik von Wichtigtuern groß geworden waren. Doch den Meistern der unauffälligen Manipulation, die unten am Zeh des dunklen Kontinents lauerten, war sie quasi zur zweiten Natur geworden. Ihre politische Kultur hatte sich praktisch direkt in eine epidemiologische verwandelt, und Achilles Desjardins musste sich nun mit den Konsequenzen befassen.

Etwas Warmes drückte sanft gegen seinen Schenkel. Desjardins öffnete die Augen: Mandelbrot stand neben ihm auf den Hinterbeinen und hatte die Vorderpfoten an seine Wade gelegt. Sie maunzte und sprang dann auf seinen Schoß, ohne auf Erlaubnis zu warten.

Jeden Augenblick würde jetzt seine Konsole aufleuchten. Es war Jahre her, seit sich Desjardins vor irgendeinem offiziellen Boss hatte verantworten müssen, doch von Delhi bis McMurdo waren nun alle Augen aus der Ferne auf ihn gerichtet und beobachteten jede seiner Bewegungen. Er hatte ihnen allen versichert, dass er die Abwehrmaßnahmen im Griff hatte. Überall am anderen Ende der Ozeane würden *Gesetzesbrecher* – und ihre Vorgesetzten – in zivilisierteren Einöden Komsatelliten anklicken, zu Telefonen greifen und wütend in Sudbury, Ontario, anrufen. Keiner von ihnen würde sich für seine Entschuldigungen interessieren.

Er würde mit ihnen fertigwerden. Er hatte sich in seinem Leben schon weit größeren Herausforderungen gestellt. Man schrieb das Jahr 2056, und es war ganze zehn Jahre her, seit er das Mittelmeer gerettet und seinem Privatleben eine völlig neue Richtung gegeben hatte. Halb so lange, seit βehemoth und Lenie Clarke Arm in Arm zu ihrem apokalyptischen Kreuzzug gegen die Welt aufgebrochen waren. Vier Jahre, seit sich die Chefetage aus dem Staub gemacht hatte und Desjardins durch die Hand einer liebeskranken Idealistin emanzipiert worden war. Kurz danach Rio und das freiwillige Exil inmitten von Ruinen. Drei

Jahre, seit die westliche Hemisphäre unter Quarantäne gestellt worden war. Zwei, seit dem Flächenbrand von N'AmPaz. Mit all dem war er fertiggeworden und noch mit weitaus mehr.

Aber die Südafrikaner waren ein ernsthaftes Problem. Wenn es nach ihnen ginge, würde sich *Seppuku* bereits wie ein Buschfeuer in seinem Königreich ausbreiten, und in all seinen Szenarien war es ihm höchstens gelungen, das Unvermeidliche hinauszuzögern. Er glaubte nicht, dass er sie noch lange würde aufhalten können.

Zum Glück hatte er für seinen Ruhestand bereits vorgesorgt.

ZWEITER TEIL

Behemoth: Seppuku

Der Kern des spirituellen Dilemmas
der Menschheit besteht darin,
dass wir uns auf genetischem Wege entwickelt haben,
um eine Wahrheit zu akzeptieren,
dann jedoch eine ganz andere entdeckt haben.

E. O. WILSON

Ich würde jederzeit mein Leben geben –
für zwei Brüder oder acht Cousins.

J. B. S. HALDANE

Düne

Die *Phocoena* verlässt Atlantis lautlos und schlängelt sich zwischen Bergen und Tälern hindurch, die ihr zwar Deckung bieten, aber gleichzeitig auch ihr Vorankommen behindern. Ihr Kurs ist eine schizoide Mischung aus einander widersprechenden Prioritäten: das Bedürfnis, sich möglichst schnell fortzubewegen, und der Wunsch zu überleben. Bei einem Blick auf ihre Koordinaten glaubt Lenie Clarke stets das Werk eines Zufallszahlengenerators vor sich zu sehen, doch nach einer Weile wird deutlich, dass ihr Vektor allgemein in südwestliche Richtung führt.

Irgendwann kommt Lubin zu dem Schluss, dass sie sich weit genug von der Station entfernt haben. Die Geschwindigkeit wird nun wichtiger als die Gefahr einer Entdeckung. Die *Phocoena* steigt in das offene Wasser auf. Sie fährt in westliche Richtung die Abhänge des Mittelatlantischen Rückens hinunter und weicht dabei immer wieder Erhebungen aus, die so groß sind wie Orbitallifter. Die Berge gehen in ein Vorgebirge über, und dieses weicht schließlich einer endlosen schlammbedeckten Ebene. Natürlich kann Clarke nichts davon durch die Bullaugen sehen – Lubin hat sich nicht die Mühe gemacht, die Außenscheinwerfer einzuschalten –, doch auf der Nav-Konsole gleitet das Gelände in grellen Farben, die die unterschiedlichen Höhenstufen markieren, an ihnen vorbei. Hinter ihnen und außer Reichweite erheben sich gezackte rote Berggipfel, so hoch, dass ihre Spitzen sich beinahe in der Dunkelheit verlieren. Flachere Abhänge, die sich daran anschließen und dabei unmerklich von Gelb in Grün übergehen, breiten sich achtern aus. Unter ihnen erstreckt sich die Tiefsee-Ebene wie ein endloser blauer Teppich, hypnotisch und beruhigend.

Einige herrliche Stunden lang gibt es keine ansteckende Mikrobe, die es aufzuspüren gilt, keinen Verrat und keine verzweifelten Schlachten. Man kann nichts tun, außer über den Mikrokosmos nachzudenken, den sie hinter sich zurücklassen, über Freunde und Feinde, die schließlich, des Krieges überdrüssig, zu einer Einigung gelangt sind – nicht durch Verhandlung oder Aussöhnung, sondern weil sie sich plötzlich einer größeren Bedrohung gegenübersahen, einer Bedrohung von *außen*. Die Bedrohung, auf die die *Phocoena* in diesem Augenblick zurast.

Vielleicht ist dieses kurze Zwischenspiel also doch kein Grund zum Aufatmen.

Schließlich steigt der Meeresboden vor ihnen an und bildet eine gewaltige, von farbigen Streifen durchzogene Klippe, die auf dem Bildschirm aufragt. In der Wand vor ihnen gibt es eine Lücke, eine große Unterwasserschlucht, die das Kontinentalschelf von Nova Scotia spaltet wie der Eispickel Gottes. Auf der Nav-Anzeige wird sie als die *Rinne* bezeichnet. Clarke erinnert sich an den Namen. Dort befindet sich das größte Gezeitenkraftwerk jenseits der Bay of Fundy. Lubin tut ihr den Gefallen und weicht ein wenig vom Kurs ab, um in die Nähe eines der kolossalen Bauwerke in der Mitte der Schlucht zu gelangen. Er schaltet die vorderen Scheinwerfer ein, als sie daran vorbeigleiten. Die gewaltige Wasserturbine ragt in den Lichtstrahlen auf, die Krümmung ihrer Hülle ist so schwach, dass sie kaum als solche zu erkennen ist. Eines ihrer riesigen Rotorblätter kommt über ihnen in Sicht, seine Enden werden zu beiden Seiten von der Dunkelheit verschluckt. Es bewegt sich kaum.

Früher einmal war das die Konkurrenz. Noch vor gar nicht langer Zeit produzierten die Strömungen in der *Rinne* beinahe genauso viele Wattsekunden wie ein mittelgroßes Geothermalkraftwerk. Dann hat sich das Klima verändert, und damit haben sich auch die Strömungen gewandelt. Nun ist die Anlage höchstens noch eine Sehenswürdigkeit für amphibische Cyborgs: schwerelose Wracks, die in der ewigen Dunkelheit schlummern.

Genau wie wir, denkt Clarke, während sie daran vorbeifahren. In diesem Moment sind Lubin und sie ebenfalls schwerelos, genau in der Mitte zwischen zwei Gravitationsfeldern gefangen. Hinter ihnen: Atlantis, die zerstörte Zuflucht. Und vor ihnen …

Vor ihnen die Welt, vor der sie sich versteckt haben.

Fünf Jahre ist es her, seit sie das letzte Mal an Land war. Damals hat die Apokalypse gerade erst begonnen. Wer weiß, wie wild die Party inzwischen geworden ist? Ein paar Dinge konnten sie in Erfahrung bringen: grobe Zusammenhänge, dunkle Gerüchte, einzelne Informationsbrocken, die sie aus dem zerfaserten Telekommunikationsspektrum herausfiltern konnten, das den Atlantik überspannt. Ganz Nordamerika steht unter Quarantäne. Und der Rest der Welt streitet sich darüber, ob sie dem Leiden der Nordamerikaner einfach ein Ende machen oder sie sich selbst überlassen sollen. Die meisten kämpfen immer noch darum, βehemoth einzudämmen, die anderen haben sich offenbar mit der apokalyptischen Mikrobe und dem bevorstehenden Armageddon abgefunden.

Clarke weiß nicht recht, was sie davon halten soll. Vielleicht handelt es sich um einen Todeswunsch, der tief im kollektiven Unbewussten verankert ist. Oder vielleicht ist es auch nur die grimmige Befriedigung darüber, dass selbst die Verdammten und Unterdrückten einmal Rache nehmen können. Tod bedeutet nicht immer Niederlage; manchmal bietet sich einem auch die Chance, mit den Zähnen am Hals seines Unterdrückers zu sterben.

Auf dem Festland herrscht allenthalben Sterben und Zähnefletschen. Lenie Clarke kennt die Gründe dafür im Einzelnen nicht. Sie weiß nur, dass manche dort in ihrem Namen handeln. Und dass deren Zahl immer größer wird.

Sie döst vor sich hin. Als sie erneut die Augen öffnet, ist das Cockpit von einem diffusen smaragdgrünen Licht erfüllt. Die *Phocoena* hat vier Bullaugen im Bug – zwei am Rücken und zwei am Bauch –, große, tränenförmig gewölbte Plexiglasscheiben in der Nase des U-Boots. Eine trübe grüne Leere lastet auf den oberen Bullaugen, während unter Clarkes Fußraste eine geriffelte Sandfläche vorbeigleitet.

Lubin hat die Farbcodierungen ausgeschaltet. Auf der Nav-Anzeige rast die *Phocoena* eine sanft ansteigende einfarbige Böschung hinauf. Der Tiefenmesser zeigt 70 m an, Tendenz steigend.

»Wie lange habe ich geschlafen?«, fragt Clarke.

»Nicht lange.« Lubins Augenwinkel sind strahlenförmig von frischen roten Narben umgeben. Die sichtbaren Überreste einer Operation, während der neuroelektrische Inlays mit seinen Sehnerven verbunden wurden. Clarke zuckt bei dem Anblick immer noch innerlich zusammen. Sie ist sich nicht sicher, ob sie den Chirurgen der Firmenbosse vertraut hätte, auch wenn sie jetzt alle auf derselben Seite stehen. Lubin war offenbar der Meinung, dass die zusätzlichen Informationen das Risiko wert waren. Oder vielleicht ist es auch einfach eine Ausrüstung, die er sich schon immer gewünscht hat, für die er in seinem bisherigen Leben aber nie eine Freigabe erhalten hat.

»Sind wir bereits bei Sable angekommen?«, fragt Clarke.

»Beinahe.«

Ein Alarmsignal von der Nav-Anzeige: ein hartes Echo etwa bei zwei Uhr auf dem Abhang vor ihnen. Lubin bremst ab und schwenkt in Richtung steuerbord herum. Die Fliehkraft schleudert Clarke zur Seite.

Dreißig Meter. Das Meer draußen sieht hell und kalt aus. Es ist so, als würde man in grünes Glas blicken. Die *Phocoena* kriecht mit ein paar Knoten im Schneckentempo die Böschung hoch und arbeitet sich in nordwestliche Richtung vor, auf eine drahtgitterartige Ansammlung von Röhren und Stützstreben zu, die auf der Nav-Anzeige aufgetaucht sind. Clarke beugt sich vor und versucht, durch die trüben Lichtstrahlen hindurch etwas zu erkennen. Doch nichts ist zu sehen.

»Wie ist die Sichtweite dort draußen?«, fragt sie.

Lubin, der auf die Steuerung konzentriert ist, blickt nicht zu ihr hinüber. »Acht komma sieben.«

Zwanzig Meter von der Oberfläche entfernt. Das Wasser vor ihnen wird plötzlich dunkler, als sei gerade eine Sonnenfinsternis im Gange. Einen Augenblick später schält sich der Zeh eines Giganten aus der Dunkelheit: das abgerundete Ende einer zylindrischen Konstruktion, die halb im Treibsand begraben und mit Schwämmen und Seegras überwuchert ist und sich in die dunstige Ferne fortsetzt. Auf der Nav-Anzeige ist zu erkennen, dass sie acht Meter hoch ist.

»Ich dachte, die Plattform würde auf dem Wasser schwimmen«, sagt Clarke.

Lubin zieht den Steuerknüppel zurück: Die *Phocoena* steigt neben der Konstruktion im Wasser auf. »Sie haben sie versenkt, als die Quelle versiegt ist.«

Dieser gewaltige versunkene Ponton ist also mit Wasser gefüllt. Tragbalken und Verstrebungen ragen von seiner Oberseite auf, ein riesenhaftes Baugerüst, das bis zum Tageslicht hinaufreicht. Lubin manövriert das U-Boot zwischen den Balken hindurch, als würde er einen Faden durch ein Nadelöhr schieben. Auf der Nav-Anzeige ist zu sehen, wie sie in eine unter Wasser liegende Arena hineinfahren, die von vier gleichartigen Konstruktionen gebildet wird, die im Quadrat angeordnet sind. Clarke kann ihre trüben Umrisse durch das Wasser erkennen. Pfeiler und Träger ragen überall um sie herum auf, den Gitterstäben eines Käfigs gleich.

Die *Phocoena* durchbricht die Wasseroberfläche. Der Blick auf die Außenwelt wird von einem Kräuseln entstellt, während das Wasser am Acryl hinabströmt, und wird dann wieder klar. Sie sind direkt unterhalb der Plattform aufgetaucht. Ihr Unterbauch bildet weniger als zehn

Meter über ihr einen metallenen Himmel, der von einer Reihe von Stützpfeilern getragen wird.

Lubin löst sich aus seinem Sitz und nimmt sich eine Gürteltasche von einem Haken in der Nähe. »Bin gleich wieder da«, sagt er und öffnet die Luke am Rücken des U-Boots. Er steigt nach oben. Clarke hört ein Platschen von draußen.

Er ist über ihre Anwesenheit hier immer noch nicht besonders glücklich. Obwohl er sie nicht ausdrücklich dazu aufgefordert hat, steigt sie ihm hinterher.

Die Luft, die durch die Luke hereinweht, fühlt sich auf ihrem Gesicht kalt an. Sie klettert auf den Rücken des U-Boots hinaus und schaut sich um. Der Himmel – zumindest, was sie davon durch die Balken und Träger erkennen kann – ist grau und bewölkt, der Ozean unter ihr, der sich bis zum Horizont erstreckt, von einem metallischen Graublau. Aber hinter ihr sind Geräusche zu hören. Ein fernes, pulsierendes Tosen. Ein schwaches Kreischen wie von einer Alarmanlage. Es kommt ihr vertraut vor, aber sie kann nicht recht sagen, was es ist. Sie dreht sich um.

Land.

Ein sandiger Küstenstreifen, etwa fünfzig Meter von der äußeren Begrenzung der Plattform entfernt. Sie sieht Büschel windzerzausten Gestrüpps über der Hochwasserlinie und Moränen aus Treibholz, die sich in kleinen Streifen an der Küste abgelagert haben. Sie sieht, wie die Brandung endlos dagegen donnert.

Und sie hört Vogelrufe. Sie hatte schon beinahe vergessen, wie sie klingen.

Natürlich sind sie noch nicht in N'AmPaz angelangt. Das Festland ist immer noch gute zwei-, dreihundert Kilometer entfernt. Sie befinden sich lediglich an einer Zwischenstation, einer einsamen kleinen Inselgruppe auf dem Kontinentalschelf von Nova Scotia. Und doch staunt sie darüber, einmal wieder Lebewesen ohne Flossen oder Fäuste zu sehen – und wundert sich zugleich über ihre heftige Reaktion darauf.

Eine steile Metalltreppe windet sich an einem der Stützpfeiler in der Nähe nach oben. Clarke springt ins Wasser, ohne sich die Mühe zu machen, ihre Kapuze zu schließen oder die Handschuhe anzuziehen. Der Atlantik schwappt ihr ins Gesicht, und das eisige Brennen auf ihrer ungeschützten Haut fühlt sich herrlich an. Sie genießt das Gefühl und schwimmt mit ein paar Zügen zu dem Stützpfeiler hinüber.

Die Treppe führt zu einem Laufsteg, der sich um die gesamte Plattform herumzieht. Der Wind lässt ein paar Kabel gegen das Geländer schlagen und bringt die gesamte Konstruktion zum Scheppern wie ein arrhythmisches Schlaginstrument. Sie erreicht eine offene Luke und blickt in das dunkle Innere der Plattform: Vor ihr erstreckt sich ein segmentierter Metallkorridor, über dessen Decke sich Bündel von Rohren und Glasfaserkabeln hinziehen wie ein Geflecht aus Nerven und Arterien. Am gegenüberliegenden Ende des Korridors befindet sich eine T-Verzweigung, und der Gang biegt zu unbekannten Orten ab.

Feuchte Fußspuren auf dem Deck führen in den Korridor hinein und wenden sich dann nach links. Clarke folgt ihnen.

Die Sicht wird immer schlechter, je tiefer sie in das Wrack eindringt, und auch Geräusche sind nun kaum noch zu hören. Bullaugen dämpfen das Tosen der Brandung und das Kreischen der Möwen. Dank ihrer Augenkappen kann sie trotzdem noch gut sehen – das Licht des bedeckten Himmels von draußen folgt ihr um ein halbes Dutzend Ecken und fällt durch Bullaugen am Ende von unerforschten Korridoren herein –, doch an der Entsättigung der Farben in ihrer Umgebung kann sie erkennen, dass die Dunkelheit um sie herum für die Augen einer Landratte undurchdringlich wäre. Die Rückkehr zur Schwarz-Weiß-Sicht ist wahrscheinlich auch der Grund, warum es ihr nicht früher aufgefallen ist – dunkle Streifen an den Wänden und auf dem Boden können alles Mögliche sein, von Rost bis hin zu den Spuren irgendeines Paintball-Spiels. Doch als sie jetzt den letzten schmutzigen Fußspuren zu einer offenen Luke folgt, die in der Schottwand gähnt, setzt die Erkenntnis ein:

Kohlenstoffabrieb. Irgendetwas hat diesen Teil der Plattform vollständig niedergebrannt.

Sie steigt durch die Luke und betritt einen Raum, der, dem Rahmen eines Etagenbetts und einem Nachttisch nach zu urteilen, die an einer nackten Wand stehen, wahrscheinlich einmal ein Mannschaftsquartier gewesen ist. Die skelettartigen Überreste einiger Möbelstücke sind alles, was davon geblieben ist. Wenn es hier jemals Matratzen, Laken oder Decken gegeben hat, sind sie jetzt verschwunden. Sämtliche Oberflächen sind mit dunklem, schmierigem Ruß überzogen.

Draußen im Gang ist das Quietschen metallener Scharniere zu hören.

Clarke tritt in den Korridor zurück und versucht, das Geräusch zu orten. Als es schließlich verstummt, hat sie herausgefunden, woher es gekommen ist. Ein trüber, auf und ab hüpfender Lichtfleck, der um die Ecke des Korridors vor ihr geworfen wird. Der Gang war dunkel und still, als sie die Kabine betreten hat. Jetzt kann sie sogar in der Ferne die Wellen hören.

Sie folgt dem Licht. Schließlich langt sie an einer offenen Luke am unteren Ende eines Niedergangs an, der nach oben führt. Seeluft strömt an ihr vorbei ins Innere der Plattform und bringt die Geräusche von Seevögeln und den feuchten, gummiartigen Geruch von *Ascophyllum* mit sich. Einen Moment lang ist sie verblüfft. Das Licht, das vom oberen Ende der Treppe hereinfällt, ist hell genug, um wieder Farbe in die Welt zu bringen, und dennoch sind die Wände immer noch …

Oh.

Das Polymer am Rand der Luke hat Blasen geworfen und ist vollkommen verschmort. Alles, was davon noch übrig ist, sind abblätternde Kohlenstoffklumpen. Clarke zieht versuchsweise am Lukenrad; die Luke bewegt sich kaum. Sie gibt nur ein leises Quietschen von sich, das auf die Ablagerungen an den Scharnieren zurückzuführen ist.

Clarke steigt ins Tageslicht hinauf und sieht sich einer Szenerie der Verwüstung gegenüber.

Für eine Bohrinsel ist die Plattform recht klein. Sie kann es nicht im Entferntesten mit den Monstrositäten von der Größe einer ganzen Stadt aufnehmen, die sich in dieser Gegend einmal im Ozean gedrängt haben. Vielleicht kam das Erdöl zu der Zeit, als sie gebaut wurde, bereits aus der Mode, oder womöglich war einfach nicht mehr genug davon übrig, um eine größere Investition zu rechtfertigen. Aus welchem Grund auch immer, an den meisten Stellen ist die Plattform höchstens zwei Stockwerke hoch. Jetzt steigt Clarke auf die offene Fläche des Daches hinauf.

Das Dach der Plattform hat die Größe eines Fußballfeldes. Am gegenüberliegenden Ende befindet sich ein etwas erhöhter Hubschrauberlandeplatz und ein großer Kran, dessen Kabel durchtrennt wurden. Er liegt abgeknickt auf dem Deck, seine Stützträger und Querbalken durch den Aufprall leicht verbogen. Der Ladebaum in der Nähe ist noch relativ intakt und ragt in den Himmel auf wie das Gittermodell eines Phallus. Clarke steigt in seinem Schatten auf das Dach hinaus und findet sich in etwas wieder, das einmal eine Steuerungskabine gewesen sein muss. Jetzt ist es nur noch eine rechteckige Ruine. Die vier Wände sind allesamt eingestürzt, und das Dach der Kabine wurde halb über das Deck geschleudert. Früher muss es hier einmal Steuerungskonsolen und Elektronik gegeben haben – sie erkennt die groben Umrisse halb zerschmolzener Instrumente.

Wie vollständig die Kabine zerstört wurde, lässt sich daran bemessen, dass Lenie Clarke einfach über die Überreste der Wände hinweg auf das Hauptdeck steigen kann.

All dieser freie Raum, der dem Auge keinen Halt bietet, erfüllt sie mit Unbehagen. Fünf Jahre lang hat sie sich unter der schweren, tröstenden Dunkelheit des Nordatlantiks verborgen, aber hier oben – hier oben kann sie bis zum äußersten Rand der Welt blicken. Sie fühlt sich nackt, wie eine weithin sichtbare Zielscheibe.

Lubin ist eine kleine Gestalt am anderen Ende der Plattform. Er hat ihr den Rücken zugewandt und lehnt sich gegen das westliche Geländer. Clarke geht an den Trümmern vorbei zu ihm hinüber. Das Kreisen der Möwen nimmt sie plötzlich gar nicht mehr wahr. Als sie sich dem Geländer nähert, muss sie gegen einen Schwindelanfall ankämpfen: Vor ihr breitet sich der Sable-Archipel aus, eine bedeutungslose Kette von Sandflecken mitten im Ozean. Die größte der Inseln sieht aus der Nähe betrachtet jedoch recht massig aus. Ihre Oberfläche ist mit brauner Vegetation bedeckt, ihre Küste erstreckt sich so weit nach Süden, dass ihr Ende kaum zu erkennen ist. In der Ferne glaubt Clarke ein paar winzige Punkte ausmachen zu können, die sich bewegen.

Lubin hat sich ein Fernglas vor die Augen geklemmt, dreht langsam den Kopf hin und her und betrachtet die Insel. Als Clarke zu ihm ans Geländer tritt, kommentiert er das mit keiner Silbe.

»Hast du sie gekannt?«, fragt sie leise.

»Möglicherweise. Ich weiß nicht, wer damals hier war, als es passiert ist.«

Es tut mir leid, hätte sie beinahe gesagt, aber was hätte das für einen Zweck?

»Vielleicht haben sie es vorhergesehen«, gibt sie zu bedenken. »Vielleicht konnten sie fliehen.«

Er wendet den Blick nicht von der Küstenlinie ab. Das Fernglas ragt aus seinen Augen wie röhrenförmige Antennen.

»Sollten wir hier draußen wirklich so offen herumspazieren?«, fragt Clarke.

Überraschenderweise zuckt Lubin nur die Achseln; ihre Sicherheit scheint ihn im Augenblick nicht weiter zu kümmern.

Clarke lässt den Blick über die Küstenlinie gleiten. Die sich bewegenden Punkte sind nun ein wenig größer geworden, offenbar handelt es sich um irgendwelche Tiere. Und sie scheinen näher zu kommen.

»Was glaubst du, wann es passiert ist?« Irgendwie hat sie das Gefühl, dass sie Lubin weiter in ein Gespräch verwickeln muss.

»Es ist fast ein Jahr her, seit wir das letzte Signal von ihnen erhalten haben«, sagt er. »Also muss es irgendwann in der Zwischenzeit passiert sein.«

»Es könnte also auch erst letzte Woche gewesen sein«, sagt Clarke. Früher haben sich ihre Verbündeten viel regelmäßiger bei ihnen gemeldet. Dennoch hat ein ausgedehntes Schweigen nicht immer etwas zu bedeuten. Schließlich mussten sie warten, bis niemand mithörte. Man musste aufpassen, dass niemand von der ganzen Sache Wind bekam. Deshalb sind die Kontakte der Firmenbosse und Rifter auch früher schon immer wieder einmal verstummt. Selbst jetzt noch, nach einem Jahr des Schweigens besteht durchaus Hoffnung, dass sie irgendwann wieder etwas von ihnen hören werden. Das kann jederzeit geschehen.

Nun natürlich nicht mehr. Jedenfalls nicht von diesem Ort aus.

»Es ist mindestens zwei Monate her«, sagt Lubin.

Sie fragt ihn nicht, woher er das weiß. Stattdessen folgt sie erneut seinem Blick durch das Fernglas zur Küste.

Oh mein Gott.

»Das sind Pferde«, flüstert sie erstaunt. »Wildpferde. Heilige Scheiße.«

Die Tiere sind jetzt so nah, dass sie sie deutlich erkennen kann. Unwillkürlich kommt ihr eine Erinnerung in den Sinn: Alyx in ihrem Gefängnis am Meeresboden, die sagt: *Es könnte keinen besseren Ort für mich geben.* Clarke fragt sich, was sie jetzt wohl beim Anblick dieser wilden Tiere sagen würde.

Aber wahrscheinlich würde es sie gar nicht weiter beeindrucken. Schließlich ist sie die Tochter eines hohen Tiers. Wahrscheinlich ist sie mit acht Jahren schon auf einem halben Dutzend Weltreisen gewesen. Womöglich hat sie sogar selbst ein Pferd besessen.

Die Herde galoppiert über den Strand. »Was machen die hier draußen?«, fragt sich Clarke. Selbst damals, bevor der ansteigende Meeresspiegel die Insel in mehrere kleinere Archipele aufgeteilt hat, war Sable Island kaum mehr als eine Sanddüne, die unter dem Einfluss von Wind und Strömungen am äußersten Rand der erschöpften Ölfelder des Kontinentalschelfs entlangwanderte. Auf dieser Insel kann sie nicht einmal Bäume oder Büsche sehen, nur eine Mähne aus Reetgras auf ihrem Rücken. Es kommt ihr absurd vor, dass ein solch unbedeutender Landflecken so große Geschöpfe ernähren kann.

»Es gibt auch Seehunde.« Lubin deutet auf das Nordende der Küste, doch was er dort sieht, ist für Clarkes Augen ohne Fernglas zu weit entfernt. »Vögel und Vegetation.«

Sie merkt, dass irgendetwas nicht stimmt. »Wieso interessierst du dich plötzlich so sehr für die Flora und Fauna, Ken? Ich hätte dich nicht unbedingt für einen Naturfreund gehalten.«

»Alles ist vollkommen gesund«, sagt er.

»Wie bitte?«

»Keine Kadaver, keine Skelette. Nichts sieht auch nur im Entferntesten krank aus.« Lubin nimmt das Fernglas ab und steckt es in seine Bauchtasche. »Das Gras ist ein wenig braun, aber das ist wohl normal.« Aus irgendeinem Grund klingt er fast *enttäuscht* …

βehemoth, wird ihr klar. Danach hat er gesucht. Darauf hat er *gehofft*. Hier oben werden Gefahrenzonen einfach niedergebrannt – jedenfalls, wenn sie klein genug sind, dass noch die Hoffnung besteht, die Mikrobe einzudämmen, selbst wenn man dafür Land und Lebewesen den Flammen opfern muss. Schließlich stellt βehemoth eine Bedrohung für die gesamte Biosphäre dar, und wenn so viel auf dem Spiel steht, macht sich niemand Gedanken über Kollateralschäden.

Aber Sable ist gesund. Sable wurde nicht niedergebrannt. Was bedeutet, dass die Zerstörung um sie herum nichts mit ökologischer Eindämmung zu tun hat.

Irgendjemand ist auf der Jagd nach ihnen.

Clarke kann es demjenigen nicht wirklich übelnehmen, egal, wer es ist. Wenn es nach den Firmenbossen gegangen wäre, wäre sie hier oben gestorben, so wie alle anderen auch. Atlantis war nur für die wichtigen Entscheidungsträger der Welt errichtet worden. Und soweit es die Elite betraf, gehörten Clarke und ihre Kameraden lediglich zur Masse derer, über die sie Entscheidungen trafen. Der einzige Unterschied war der, dass Achilles Desjardins ihnen gesagt hatte, wo die Party stattfand, damit sie sich ihr anschließen konnten, bevor überall die Lichter ausgingen.

Wenn das Ganze also ein Racheakt der Zurückgelassenen ist, kann sie es ihnen kaum verübeln. Und ihn nicht einmal als übertrieben bezeichnen. Schließlich trägt sie tatsächlich die Schuld an βehemoth.

Sie lässt den Blick über den Schauplatz der Katastrophe schweifen. Wer immer das getan hat, ist nicht einmal annähernd so gut, wie Desjardins es gewesen ist. Aber immerhin waren diejenigen schlau genug, um den ungefähren Standort von Atlantis ermitteln zu können. Die neue Variante von βehemoth, die sie zusammengebastelt haben, unterwandert die mithilfe der Genanpassungen erzeugte Immunität, die die Einwohner von Atlantis schützen sollte. Die Tatsache, dass sie überhaupt nahe genug an Atlantis herangekommen sind, um β-Max in der richtigen Gegend auszustreuen, bedeutet möglicherweise schon, dass sie das Spiel gewonnen haben – jedenfalls gemessen an der Anzahl von Toten, die bereits sprunghaft anstieg, als sich die *Phocoena* auf den Weg machte.

Aber das Nest haben sie immer noch nicht entdeckt. Sie schleichen in der unmittelbaren Nachbarschaft umher und haben diesen einsamen Außenposten an der Grenze niedergebrannt, doch auf Atlantis selbst sind sie in all der Zeit immer noch nicht gestoßen. Desjardins hingegen hatte weniger als eine Woche gebraucht, um dreihundertsechzig Millionen Quadratkilometer Meeresboden auf ein einziges Koordinatenpaar einzugrenzen. Er hatte ihnen nicht nur den richtigen Ort gezeigt, sondern auch ein paar Hebel in Bewegung gesetzt, um ihre Spuren zu verwischen und ihnen Fahrzeuge zu beschaffen, mit denen sie zu ihrem Ziel gelangen konnten.

Achilles, mein Freund, denkt Clarke. *Deine Hilfe könnten wir jetzt wirklich gut gebrauchen.* Aber Achilles Desjardins ist tot. Er ist während der Rio-Revolte gestorben. Selbst wenn man der beste *Gesetzesbrecher* der BRIKS ist, nützt einem das nichts, wenn einem ein Flugzeug auf den Kopf fällt.

Womöglich wurde er sogar von denselben Leuten umgebracht, die das hier getan haben.

Lubin geht über die Plattform zurück. Clarke folgt ihm. Eisiger Wind schneidet ihr in die Haut. Sie könnte schwören, dass sie ihn selbst durch die Taucherhaut hindurch spürt, aber das ist wahrscheinlich nur Einbildung. In der Nähe gibt ein zufällig entstandener Windkanal aus Rohren und Deckplatten ein Stöhnen von sich, als würde ein Geist darin hausen.

»Was für einen Monat haben wir?«, fragt sie laut.

»Juni.« Lubin geht zu dem Helikopterlandeplatz hinüber.

Es fühlt sich irgendwie deutlich kälter an. Vielleicht gilt das inzwischen als mildes Wetter, seit der Golfstrom zusammengebrochen ist. Dieses Paradoxon hat Clarke nie ganz begreifen können – dass Osteuropa durch die globale Erwärmung aus irgendeinem Grund in Sibirien verwandelt wurde …

Metallstufen führen zu dem Landeplatz hinauf. Doch als Lubin dort angekommen ist, steigt er nicht hoch, sondern läuft darum herum, geht in die Knie und mustert die Unterseite der Treppe. Clarke beugt sich zu ihm hinab. Sie sieht nichts außer zerkratztem, lackiertem Metall.

Lubin seufzt. »Du solltest umkehren«, sagt er.

»Kommt nicht in Frage.«

»Hiernach kann ich dich nicht mehr zurückbringen. Eine Verzögerung von sechsundvierzig Stunden ist immer noch besser, als wenn mich jemand aufhält, wenn wir erst einmal das Festland erreicht haben.«

»Wir haben darüber gesprochen, Ken. Wieso glaubst du, dass du mich jetzt leichter überzeugen kannst?«

»Es sieht schlimmer aus, als ich erwartet habe.«

»Wie meinst du das? Das Ende der Welt ist doch längst angebrochen.«

Er deutet auf eine Stelle unter der Treppe, wo die Farbe abgekratzt ist.

Clarke zuckt die Achseln. »Ich sehe nichts.«

»Genau.« Lubin dreht sich um und geht zu den verkohlten Überresten der Steuerungskabine zurück.

Clarke folgt ihm. »Und?«

»Ich habe dort ein Aufnahmegerät für Notfälle hinterlassen. Es sah aus wie eine Niete.« Er hebt die Hand und hält Daumen und Zeigefinger dicht übereinander, sodass sie sich fast berühren, um ihr die Größe zu zeigen. »Habe es sogar überstrichen. Nicht einmal ich hätte es finden können.« Lubin beschreibt mit dem Zeigefinger eine Linie zwischen Kabine und Treppe. »Schöne kurze Sichtlinie, um den Energieverbrauch zu senken. Ungerichteter Sender, der sich unmöglich zurückverfolgen lässt. Genug für eine Woche Routinegespräche und alles, was sie sonst noch in unsere Richtung schicken.«

»Das ist nicht besonders viel«, stellt Clarke fest.

»Es sollte ja auch keine Langzeitaufzeichnungen machen. Wenn der Speicher voll war, überschrieb es einfach die alten Daten.«

Also eine Black Box. Eine laufende Aufzeichnung der jüngsten Vergangenheit. »Du hast demnach mit so etwas gerechnet?«, fragt sie.

»Ich habe damit gerechnet, dass ich zumindest ein paar Aufzeichnungen erhalten würde, wenn ein solcher Fall eintritt. Allerdings habe ich nicht damit gerechnet, das Aufzeichnungsgerät zu verlieren. Ich war der Einzige, der von seiner Existenz hier wusste.«

Sie sind zur Steuerungskabine zurückgekehrt. Der verkohlte Türrahmen steht immer noch, ein absurdes Rechteck, das aus den Trümmern aufragt. Lubin tritt durch ihn hindurch – aus irgendeinem rätselhaften Grund hält er sich weiterhin an die Standardprozedur. Clarke hingegen steigt einfach über die kniehohen Überreste der Wand daneben hinweg.

Etwas knirscht und splittert an ihrem Fußgelenk. Sie blickt nach unten. Ihr Fuß steckt in einem rußgeschwärzten menschlichen Brustkorb, ihr Bein ragt aus einem Loch an der Stelle hervor, wo sich einst das Brustbein befunden hat. Sie spürt die einzelnen Wirbel unter ihrem Fuß, die äußerst marode sind und unter ihrem Gewicht zu Staub zermahlen werden.

Wenn es einen Schädel – oder Arme und Beine – gibt, dann sind sie unter den Trümmern in der Umgebung begraben.

Lubin sieht zu, wie sie den Fuß aus den Überresten des Skeletts herauszieht. Etwas glitzert hinter seinen Augenkappen.

»Wer immer hinter dem Ganzen steckt«, sagt er, »ist klüger als ich.«

Sein Gesicht ist nicht wirklich ausdruckslos. Nur ein Uneingeweihter hätte es dafür gehalten. Lenie Clarke hat seinen Gesichtsausdruck auf gewisse Weise zu deuten gelernt, und im Augenblick sieht Lubin weder besorgt noch bestürzt aus, sondern *aufgeregt*.

Unbeeindruckt nickt sie. »Du brauchst also alle Hilfe, die du bekommen kannst.«

Sie folgt ihm nach unten.

Sie schienen geradezu aus dem Erdboden zu wachsen. Manchmal entsprach das sogar buchstäblich der Wahrheit. Immer mehr Menschen lebten inzwischen in der Kanalisation und den Hochwasserkanälen, als könnten ein paar Meter Beton abhalten, wovor Himmel und Erde sie nicht hatten schützen können. Meistens jedoch sah es nur so aus. Taka Ouellettes mobile Krankenstation hielt an irgendeiner städtischen Kreuzung in der Nähe einiger baufälliger und scheinbar verlassener Häuser und Einkaufszentren, die dennoch einen steten Strom teilnahmsloser und abgehärmter Bewohner ausspuckten. Diese Leute hatten zwar längst alle Hoffnung aufgegeben, waren aber trotzdem bereit, alles zu tun, um das Unvermeidliche noch etwas hinauszuzögern. Es waren die Pechvögel ohne Verbindungen, die es nicht in eine GMZ geschafft hatten. Oder die ehemaligen Skeptiker, die erst zu spät erkannt hatten, dass die Warnungen dieses Mal echt waren. Die Fatalisten und Empiriker, die auf das vergangene Jahrhundert zurückblickten und sich fragten, warum die Welt nicht schon längst untergegangen war.

Es waren Menschen, die zu retten sich eigentlich nicht lohnte. Taka Ouellette gab sich dennoch alle Mühe. Dabei verfügte sie kaum über die nötige Kompetenz dazu.

Rossinis *Ouvertüren* waberten aus dem Fahrerhaus hinter ihr. Ouellettes nächste Patientin kam nach vorn gestolpert, ohne die Musik überhaupt wahrzunehmen: eine Frau in mittleren Jahren. Sie wirkte ausgezehrt, ihre Glieder waren steif, und ihre Beine schienen von einem Autopiloten gesteuert zu werden, der nur mehr schlecht als recht funktionierte. Ein Bein drohte unter ihr nachzugeben, als sie auf Ouellette zutrat, und ihr ganzer trauriger Körper torkelte zur Seite. Ouellette streckte eine Hand aus, doch die Frau fing sich im letzten Moment wieder, und es gelang ihr, sich aufrecht zu halten, wenn auch eher durch Zufall. Beide Wangen waren verfärbt und angeschwollen, und ihre feuchten Augen schienen auf irgendeinen unbestimmten Punkt zwischen Zenit und Horizont gerichtet zu sein. Ihre rechte Hand war eine infizierte Klaue, die sich um eine nässende Wunde auf der Handfläche krümmte.

Ouellette wandte den Blick von den eindeutigen Krankheitssymptomen ab und konzentrierte sich stattdessen auf die weniger offensichtlichen: Auf dem linken Arm der Frau waren zwei Melanome zu sehen, während der rechte unter einem Tremor litt. Dunkle verästelte Linien, die aussahen wie eine Blutvergiftung, zogen sich von der verletzten Handfläche das Handgelenk hinunter. Die üblichen Anzeichen von Mangelernährung. Die Hälfte der Symptome deuteten auf βehemoth hin, und keines davon war unheilbar. Dieser Frau wurde in vielerlei Hinsicht Gewalt angetan.

Ouellette versuchte es mit einem professionellen Lächeln, obwohl ihr das nie besonders gut zu Gesicht gestanden hatte. »Mal schauen, ob wir nicht etwas für Sie tun können.«

»Schon in Ordnung«, sagte die Frau mit leerem Blick. Ouellette versuchte, sie mit einer behandschuhten Hand zu dem Kleintransporter zu führen (natürlich brauchte sie eigentlich keine Handschuhe, doch heutzutage war es besser, die Leute nicht daran zu erinnern). Die Frau zuckte unter ihrer Berührung zurück, taumelte gegen irgendeine unsichtbare Wand und stolperte davon, den Blick auf den Himmel gerichtet, ohne wahrzunehmen, was um sie herum geschah.

»Schon in Ordnung, schon in Ordnung, schon in Ordnung …«, murmelte sie.

Ouellette ließ sie gehen.

Der nächste Patient war bewusstlos und hätte sich auch nicht bewegen können, wenn er bei klarem Verstand gewesen wäre. Er traf auf einer improvisierten Trage ein. Sein Körper schien nur noch aus nässenden Wunden zu bestehen und wurde von Zuckungen geschüttelt – Nerven, die Kurzschlüsse erlitten, und Organe, die sich nicht die Mühe gemacht hatten zu warten, bis sein Herz aussetzte, bevor sie in Verwesung übergegangen waren. Der kränklich süße Geruch von fermentiertem Urin und Exkrementen umgab ihn wie ein Leichentuch. Seine Nieren und seine Leber lieferten sich einen Wettlauf darin, wer ihn zuerst umbringen würde. Ouellette hätte nicht darauf wetten können, welches Organ den Sieg davontragen würde.

Ein Mann und zwei Kinder von undefinierbarem Geschlecht hatten diesen lebenden Leichnam zu ihr geschleppt. Ihre Gesichter und Hände waren unverhüllt, den unzureichenden Schutzmaßnahmen, die immer wieder von den öffentlichen Ämtern gepredigt wurden, zum Trotz oder vielleicht auch nur aus Unkenntnis.

Sie schüttelte den Kopf. »Es tut mir leid. Er befindet sich im Endstadium.«

Der Mann und die Kinder starrten sie flehentlich an, ihre Augen voller verzweifelter Hoffnung, die fast schon an Wahnsinn grenzte.

»Ich kann Sterbehilfe leisten«, flüsterte sie. »Ihn einäschern. Das ist alles, was ich tun kann.«

Immer noch rührten sie sich nicht.

Oh Dave. Gott sei Dank bist du gestorben, bevor es so weit gekommen ist …

»Verstehen Sie mich?«, fragte sie. »Ich kann ihn nicht mehr retten.«

Das war nichts Neues. Sie konnte niemanden retten, der mit βehemoth infiziert war.

Natürlich hätte sie es tun können. Wenn sie selbstmörderisch veranlagt gewesen wäre.

Immunität gegen βehemoth ließ sich nur mithilfe einer umständlichen und komplizierten Abfolge genetischer Anpassungen erreichen. Eine Prozedur, die Tage dauerte – aber es gab keinerlei technische Gründe, die dagegen sprachen, die entsprechenden Geräte in eine transportable Anlage umzubauen und damit durch die Gegend zu fahren. Vor nicht allzu langer Zeit hatten das einige Leute sogar getan. Sie waren von den verzweifelten Horden zerfetzt worden, die nicht mehr hatten abwarten können, bis sie an die Reihe kamen, und die nicht darauf hatten vertrauen wollen, dass genug für alle da war.

Inzwischen hatten sich die Orte, an denen eine echte Heilung angeboten wurde, in regelrechte Festungen verwandelt, um der Verzweiflung der Massen standhalten zu können und ihnen die nötige Geduld aufzuzwingen. Jenseits dieser Epizentren konnten Taka Ouellette und andere ihrer Art unter den Kranken umhergehen, ohne selbst befürchten zu müssen, krank zu werden. Doch so weit von jeglicher Unterstützung entfernt, wäre es einem Todesurteil gleichgekommen, eine Heilung anzubieten. Ouellette war höchstens in der Lage, den Leuten ein paar schnelle Retroviren zu verpassen, ein paar halbherzige Modifikationen, die manchen von ihnen helfen mochten zu überleben, während sie auf eine echte Heilung warteten. Sie konnte lediglich riskieren, den Prozess des Sterbens ein wenig zu verlangsamen.

Sie beschwerte sich nicht. Sie wusste, dass ihr in friedlicheren Zeiten nicht einmal das vergönnt gewesen wäre. Und damit stand sie nicht alleine da: Fünfzig Prozent des gesamten medizinischen Personals beendeten ihr Studium mit einer schlechten Note. Doch heutzutage spielte das keine große Rolle mehr.

Natürlich gab es auch jetzt noch eine Hierarchie. Die Absolventen der Eliteuniversitäten, die Nobelpreisträger und die Nobelärzte – die waren längst von den Flügeln der BRIKS in den Himmel hinaufgetragen worden. Sie arbeiteten in völliger Abgeschiedenheit unter Luxusbedingungen; mithilfe modernster Mittel versuchten sie zu retten, was von der Welt noch übrig war.

Eine Etage tiefer befanden sich die Betas: solide, verlässliche Chirurgen und Spezialisten, die zwar nie einen Preis gewonnen, aber auch nicht allzu viele Verfahren wegen Kunstfehlern am Hals hatten. Sie arbeiteten in den Festungen, die sich um die Einrichtungen herum gebildet hatten, in denen tatsächlich Menschen gerettet wurden. Fließbänder zogen sich durch diese Bollwerke hindurch wie ein perverser Verdauungstrakt. Die Kranken und Sterbenden wurden an einem Ende verschluckt, durchliefen die Biegungen und Windungen der Maschinerie, die auf sie einstach, Proben nahm und sie in Verdauungsenzymen badete: Gene und chemische Verbindungen, die in das sich auflösende Fleisch eindrangen, um es zu heilen.

Der Weg durch die rettenden Eingeweide war beschwerlich, acht Tage von der Aufnahme bis zur Ausscheidung. Die Warteschlange war lang, aber nicht breit. Nach dem Niedergang der großen Firmen gab es keine Massenproduktion mehr. Lediglich ein Bruchteil der Infizierten würde jemals immunisiert werden. Doch die wenigen Glücklichen verdankten ihr Leben den zuverlässigen, unauffälligen Arbeitsbienen der zweiten Etage.

Und dann war da noch Taka Ouellette, die sich kaum mehr an die Zeit erinnern konnte, als sie ein Mitglied des Schwarms gewesen war. Wäre da nicht diese eine Unachtsamkeit bei der Einhaltung des Dekontaminationsprotokolls gewesen, würde sie vielleicht immer noch in Boston arbeiten. Wäre ihr nicht dieser kleine Fehler unterlaufen, wären Dave und Crys vielleicht noch am Leben. Natürlich ließ sich das nicht mit Sicherheit sagen. Es gab nur Zweifel und die Frage: *Was wäre wenn?* Und die verblassende Erinnerung an ein Leben als Endokrinologin, als Ehefrau und Mutter.

Jetzt war sie nur noch eine Fußsoldatin, die mit einer alten mobilen Krankenstation durch die Vorstädte fuhr und ihre billigen, nur begrenzt wirksamen Wunder vollbrachte. Sie war seit Monaten nicht mehr bezahlt worden, aber das war nicht so schlimm. Zumindest Kost und Logis waren frei, und in nächster Zeit würde sie ohnehin nicht wieder nach Boston zurückkehren können. Sie mochte zwar βehemoth gegenüber immun sein, aber sie konnte die Mikrobe immer noch in sich tragen. Auch das war nicht weiter schlimm. Wenigstens hatte sie etwas zu tun. Und es reichte, um sie am Leben zu erhalten.

Der lebende Leichnam war schließlich ohne ein weiteres Wort fortgeschafft worden. Die Patienten, die danach kamen, hatten sie immerhin nicht ganz so deutlich auf ihre eigene Unzulänglichkeit hingewiesen. In den vergangenen Stunden hatte sie mehr Tumore als Seuchenopfer behandelt. So weit entfernt von einer GMZ war das eher ungewöhnlich. Doch Krebsgeschwüre konnten operativ entfernt werden. Das war einfache Arbeit – die Arbeit einer Drohne. Eine Tätigkeit, in der sie sich auszeichnete.

Hier war sie also und verteilte *Raf-1* Angiogenese-Blocker und Retroviren in einer verwüsteten, verdorrenden Landschaft, wo die DNA selbst auf dem Rückzug war. Wenn man genau hinschaute, konnte man sogar hier noch ein wenig Grün entdecken. Schließlich war Frühling. Während des Winters ging die βehemoth-Population stets ein wenig zurück und ließ den alten Bewohnern damit jedes Jahr aufs Neue die Chance zu sprießen und zu blühen, bis die Mikrobe zurückkehrte und jede Konkurrenz erstickte. Und in Maine war man vom ursprünglichen Verbreitungsgebiet so weit entfernt wie nur möglich, ohne sich die Füße nass zu machen. Wollte man noch weiter fliehen, brauchte man ein Boot und einen wirklich guten Störsender, um sich die Raketen vom Leib zu halten.

Allerdings konnte man heutzutage auch auf dem Festland nicht mehr sicher sein, dass die EurAfrikaner nicht auf einen schießen würden. Es hatte einmal eine Zeit gegeben, als sie nur auf Ziele geschossen hatten, die versucht hatten, den großen Teich zu überqueren. Doch dass seit Ostern bereits ein halbes Dutzend Raketenangriffe auf das Landesinnere verübt worden waren, ließ darauf schließen, dass sie inzwischen zu effektiveren Eindämmungsmethoden übergegangen waren. Es war ein Wunder, dass nicht schon die ganze

Küste zu Schlacke verbrannt worden war. Wenn man den Nachrichten Glauben schenken konnte, hielten die Verteidigungsanlagen von N'AmPaz immer noch das Schlimmste ab. Aber die würden sie nicht ewig schützen.

Rossini ging in Händel über. Die Schlange an Ouellettes Wagen wurde stetig länger. Wenn sie zwei Leute behandelt hatte, tauchten an ihrer Stelle drei neue auf. Noch bestand kein Grund zur Sorge. Es gab eine kritische Masse, eine Art Grenzwert der persönlichen Verantwortung, unter dem Menschenmengen nur selten außer Kontrolle gerieten. Diese Leute sahen aus, als hätten sie gar nicht mehr die Kraft aufzubegehren, selbst wenn sie es gewollt hätten.

Zumindest hatten die Pharmafirmen aufgehört, für die Medikamente, die Ouellette verteilte, Geld zu verlangen. Selbstverständlich hatten sie es nicht freiwillig getan. Hee, dachte vielleicht jemand, Forschung und Entwicklung für diese Zaubertränke seien kostenlos gewesen? Am Ende hatten sie aber keine andere Wahl gehabt. Selbst kleine Menschenmengen konnten rasch außer Kontrolle geraten, wenn man Geld von ihnen forderte.

Ein Unterarm von der Dicke eines Baumstamms, der von den üblichen Krankheitsbildern entstellt war: ein lepröser silbriger Farbton, der auf βehemoth im ersten Stadium hinwies, eine Reihe von Melanomen und ...

Moment mal. Das ist seltsam. Die Schwellung und Rötung schienen auf einen infizierten Insektenbiss hinzuweisen, aber die Bissspuren selbst ...

Sie blickte in das zu dem Arm gehörende Gesicht. Ein Mann um die fünfzig mit ledriger Haut schaute sie aus Augen voller geplatzter Kapillaren an. Einen Moment lang schien es, als würde sein Leib gänzlich das Licht verdecken, aber nein – es war nur die Dämmerung, die inzwischen hereingebrochen war, ohne dass Ouellette es bemerkt hatte.

»Woher stammt dieser Biss?«, fragte sie.

»Von einem Insekt.« Der Mann schüttelte den Kopf. »Ist irgendwann letzte Woche passiert. Juckt wirklich furchtbar.«

»Aber es sind vier Bisslöcher.« Zwei Bisse? Zwei Paar Mandibeln an einem Insekt?

»Hatte auch ungefähr zehn Beine. Komisches kleines Vieh. Hab so was schon ein- oder zweimal gesehen. Allerdings hat mich noch nie zuvor eines gebissen.« Seine geröteten Augen blinzelten plötzlich besorgt. »Ist es giftig?«

»Wahrscheinlich nicht.« Taka tastete die Schwellung ab. Ihr Patient zog eine Grimasse, aber was immer ihn gebissen hatte, hatte nichts in der Wunde zurückgelassen. »Es ist nichts Ernstes. Nicht, wenn es letzte Woche passiert ist. Ich kann Ihnen etwas gegen die Infektion geben. Sie ist ziemlich unbedeutend im Vergleich zu ...«

»Ja«, sagte der Patient.

Sie schmierte ein wenig Antibiotika auf die Schwellung. »Ich kann Ihnen auch noch eine Antihistaminspritze verabreichen«, sagte sie entschuldigend, »aber ich sage Ihnen gleich, dass die Wirkung nicht lange anhalten wird. Wenn das Jucken danach zu schlimm wird, können Sie immer noch draufpinkeln.«

»Draufpinkeln?«

»Topisch angewendeter Harnstoff hilft gegen Juckreiz«, erklärte ihm Taka. Sie hielt eine kleine Küvette hoch. Er gab ihr das erforderliche Blutopfer. »Wenn Sie jetzt einfach ...«

»Ich weiß Bescheid.«

Eine Röhre, ein leicht eingedellter Zylinder, der groß genug war, um den Körper eines Menschen aufnehmen zu können, führte durch das Herz der mobilen Krankenstation hindurch – ein einander gegenüberliegendes Paar ovaler Mäuler, die durch eine mit Sensoren überzogene Kehle miteinander verbunden waren. Eine Pritsche ragte aus dem vorderen Maul heraus wie eine gepolsterte, rechteckige Zunge. Takas Patient legte sich darauf, der Transporter wackelte ein wenig unter seinem Gewicht. Mit einem elektrischen Surren wurde die Pritsche eingefahren. Langsam, aber stetig verschwand der Mann in einem Maul und wurde durch das andere wieder ausgespuckt. Er hatte mehr Glück als viele andere. Manch einer fuhr hinein und kam nie wieder heraus. Die Röhre diente gleichzeitig auch als Krematorium.

Taka hielt ein Auge auf die NMR-Anzeige gerichtet und das andere auf die Blutwerte. Hin und wieder zuckten beide Augen unruhig zu der anwachsenden Schlange von Patienten hinüber.

»Und?«, ertönte die Stimme des Mannes vom anderen Ende des Transporters.

Sie stellte fest, dass er schon einmal bei ihr gewesen war. Die Modifikationen, die zu ihrem Repertoire gehörten, waren in seinen Zellen bereits vorhanden.

Und das erste Stadium schritt trotzdem weiter voran.

»Nun, über Ihre Melanome wissen Sie offensichtlich Bescheid«, sagte sie, als er um die Ecke kam. Sie nahm einen *Raf-1*-Blocker mit verzögerter Wirkstoffabgabe aus dem Arzneischrank und zog ihn auf eine Spritze auf. »Das hier wird die Tumore auf Ihrer Haut aushungern und ein paar andere in Ihrem Innern, von denen Sie wahrscheinlich noch nichts wissen. Ich nehme an, Sie sind in letzter Zeit mal in einer Klave gewesen oder in einer GMZ?«

Er gab ein Knurren von sich. »Ich bin vor ein oder zwei Monaten hierhergekommen.«

»Aha.« Die Feldgeneratoren, die von den Klaven benutzt wurden, waren ein zweischneidiges Schwert. Setzte man sich einem solchen Feld für längere Zeit aus, blühten die Tumore im Fleisch auf wie die Pilze in der Scheiße. Die meisten Leute hielten das für das geringere Übel, obwohl die Felder βehemoth nicht wirklich abhalten, sondern nur seine Ausbreitung behindern konnten.

Taka fragte nicht, was den Mann dazu bewogen hatte, diesen unzureichenden Schutz aufzugeben und sich wieder in feindliches Gebiet hinauszuwagen. Meistens geschah das nicht freiwillig.

Er hielt ihr seinen Arm hin. Sie spritzte ihm die Kapsel subkutan direkt über seinem Bizeps. »Ich fürchte, es gibt noch ein paar andere Tumore, die nicht so stark vaskularisiert sind. Ich kann sie ausbrennen, aber da müssten Sie warten, bis ich etwas mehr Zeit habe. Das ist nicht wirklich eilig.«

»Wie steht es mit der Hexe?«, fragte er.

Er meinte die Feuerhexe. βehemoth.

»Ähm … Ihren Blutwerten zufolge haben Sie den Cocktail bereits erhalten«, sagte Taka und tat so, als würde sie die Ergebnisse noch einmal überprüfen.

»Ich weiß. Letzten Herbst.« Er hustete. »Ich werde trotzdem krank.«

»Nun, wenn Sie letzten Herbst infiziert wurden, dann war die Prozedur erfolgreich. Ohne sie wären Sie bereits im Winter tot gewesen.«

»Aber ich werde trotzdem krank!« Er trat einen Schritt auf sie zu, ein riesiger Mann, die blutunterlaufenen Augen zu roten Schlitzen verengt. Hinter ihm warteten die anderen, deren Geduld ebenfalls begrenzt war.

»Sie sollten nach Bangor gehen«, setzte sie an. »Das ist die nächste …«

»Die sagen einem nicht einmal, wie lang die Wartezeit in Bangor ist«, fauchte er.

»Was ich Ihnen hier anbieten kann … es ist keine *Heilung*«, erklärte sie vorsichtig. »Es verschafft Ihnen lediglich ein wenig mehr Zeit.«

»Das hat ja bisher auch geklappt. Also, verschaffen Sie mir eben noch etwas mehr Zeit.«

Sie machte vorsichtig einen Schritt rückwärts. Einen Schritt näher an die stimmaktivierte Verbindung zu Miris Verteidigungssystem heran.

Und von den drohenden Schwierigkeiten weg.

Doch die Schwierigkeiten folgten ihr.

»So funktioniert das nicht«, sagte Taka leise. »Ihre Zellen sind bereits resistent. Wenn Sie sich der Prozedur ein weiteres Mal unterziehen, nützt das gar nichts. Ich schwöre es Ihnen.«

Einen Moment lang glaubte sie, er würde zurückweichen. Die Worte schienen zu ihm durchzudringen, seine Haltung wirkte etwas entspannter. Die Falten um seine Augen zuckten leicht, während eine weniger explosive Mischung aus Verwirrung und Schmerz die Furcht und den Zorn vertrieb, von denen sein Blick vorher erfüllt gewesen war.

Doch dann machte er mit dem finstersten Lächeln, das sie jemals gesehen hatte, alle Hoffnungen wieder zunichte.

»Sie sind immun«, sagte er und machte einen Satz auf sie zu.

Es war ein Berufsrisiko. Hier draußen herrschte der Glauben vor, dass die Resistenz gegen βehemoth mittels sexuellem Kontakt übertragen werden konnte. Das erleichterte es einem, einen Partner zu finden, wenn man auf solche Dinge aus war. Manche Leute brachten den Immunisierten eine nahezu kultische Verehrung entgegen und bettelten geradezu darum, mit ihnen ficken zu dürfen, um dadurch geimpft zu werden. Takas Kollegen rissen ständig Witze darüber.

Weniger lustig waren allerdings die Geschichten über Feldmediziner, die als Gefangene festgehalten und im Namen der öffentlichen Gesundheit mehrfach vergewaltigt wurden. Taka Ouellette hatte nicht vor, sich für das Wohl der Allgemeinheit zu opfern.

Und ebenso wenig das Ding, das sie nun von der Leine ließ.

Das Passwort lautete: *Baghira.* Taka hatte keine Ahnung, was es bedeutete. Sie hatte es mit dem Transporter übernommen und sich nie die Mühe gemacht, es zu ändern.

Es sollte eine Reihe von Abwehrmechanismen aktivieren, ohne dabei allerdings tatsächlich zum Äußersten zu schreiten. Wenn sie den Ruf ihrer Herrin vernahmen, erwachten die Verteidigungssysteme der mobilen Krankenstation zum Leben: Sämtliche Luken und Öffnungen wurden fest verschlossen und verriegelt, mit Ausnahme der Tür zum Fahrerhaus, die dem autorisierten Benutzer am nächsten war. Die Waffenkuppel auf Miris Dach – im Ruhezustand eine versenkte und verspiegelte Halbkugel – wurde wie ein glänzender, verchromter Phallus aus ihrem Versteck ausgefahren, hoch genug, um freie Schussbahn auf jeden im Umkreis zu haben, wenn sich nicht gerade jemand an die Seiten des Fahrzeugs drückte. (Für diesen Fall konnte das Fahrgestell selbst unter Starkstrom gesetzt werden.) Zur Grundausrüstung gehörte ein engstrahliges Infraschallgerät, das Angreifern bis auf zehn Meter Entfernung den Magen umdrehte. Bei einer Eskalation kamen zwei achttausend Watt starke direkte Diodenlaser an einem Kardangelenk zum Einsatz, die je nach Einstellung Löcher brannten oder Angreifer lediglich blendeten. Waffen ohne Projektile wurden stets bevorzugt, weil für sie keine Munition benötigt wurde. Doch um gegen das Risiko von Spiegeln und Aerosolen zur Laserabwehr gewappnet zu sein, standen dem Feldarzt normalerweise auch zusätzliche Schusswaffen zur Verfügung. Takas Anlage feuerte Pfeile ab, die mit einem Conotoxin getränkt waren, das solcherart modifiziert war, dass beim Gegner innerhalb von zehn Sekunden Atemlähmung einsetzte.

Eigentlich sollten die Systeme nicht automatisch feuern. Das Passwort *Baghira* versetzte sie lediglich in Alarmbereitschaft, um einer Bedrohung eine noch größere entgegenzusetzen und dem Angreifer die Chance zu lassen, sich zurückzuziehen, bevor jemand verletzt wurde. Alles Weitere hätte Takas ausdrücklichem Befehl bedurft.

»Baghira«, knurrte sie.

Die Laser begannen zu feuern.

Sie zielten nicht auf den Mann mit den geröteten Augen, sondern die Strahlen fuhren in die Warteschlange hinter ihm. Ein halbes Dutzend Menschen fiel zu Boden – ihre Körper in der Mitte durchgeschnitten, die Wunden kauterisiert. Die Sorgen dieser Leute hatten sich mit einem Mal erledigt. Andere starrten ungläubig auf die rauchenden Löcher in ihren Gliedmaßen und Oberkörpern. Auf der anderen Seite einer plötzlich verkohlten Straßenabsperrung ging braunes Gras in Flammen auf. Und im Hintergrund spielte weiter die *Wassermusik*, ohne auch nur für einen Takt auszusetzen.

Nach einem Moment, der ewig zu dauern schien, fiel den Leuten wieder ein zu schreien.

Der Mann mit den blutunterlaufenen Augen, dessen Körperhaltung alles Bedrohliche verloren hatte, stand wie vom Donner gerührt da, von einem Dutzend Nervengiftpfeilen getroffen. Er starrte Taka stumm an, während sein Körper leicht hin und her schwankte. Er hob die Hände mit den Handflächen nach oben, als wollte er sagen: *Verdammt, es war doch nicht so gemeint …!*

Mit verkrampften Muskeln brach er zusammen.

Überall suchten Menschen das Weite, lagen zuckend auf dem Boden oder rührten sich nicht mehr. Die Laser tanzten auf und nieder und hinterließen schwarze Kritzeleien auf der Erde. Hier und dort flammten inmitten der Schnörkel Feuer auf, grelle Stroboskoplichter vor der herannahenden Dunkelheit.

Taka zerrte verzweifelt an der Beifahrertür. Glücklicherweise hatte das außer Kontrolle geratene System die Karosserie nicht unter Strom gesetzt. Allerdings hatte es sie ausgesperrt – das war die Tür, die eigentlich offen hätte sein sollen, ihr Fluchtweg …

Es ist eingeschaltet. Wie in Gottes Namen kann es eingeschaltet sein …

Aber sie konnte die Kontrollleuchte auf dem Armaturenbrett sehen, die dunkelrot blinkte. Irgendwie war die mobile Krankenstation über eine drahtlose Verbindung mit der Außenwelt verlinkt, mit den Ungeheuern, die im Netz lebten und dort auf Beutezug gingen …

Eine Madonna. Eine Lenie. Das musste es sein.

Auf einem anderen Teil des Armaturenbretts leuchtete noch eine Kontrolllampe. Etwas verspätet erkannte Taka, was das bedeutete: Die

Tür der Fahrerseite war unverschlossen. Sie eilte um die Vorderseite des Fahrzeugs herum. Dabei hielt sie die Augen auf den Boden gerichtet, in einer religiösen Anwandlung vom Zorn Gottes abgewandt – *wenn ich es nicht sehe, sieht es mich vielleicht auch nicht* –, doch sie hörte den Geschützturm über ihr, der zielte und feuerte, zielte und ...

Sie kletterte ins Fahrerhaus, zog die Tür hinter sich zu und verriegelte sie.

Die Datenbrille des Transporters lag neben dem Sitz auf dem Boden. Aus ihren Okularen strömte ein zuckender Lichtschein. Sie hob die Brille auf und blickte hinein.

In einem geöffneten Fenster auf der Hauptanzeige wütete das verzerrte Gesicht der Madonna. Geräusche waren keine zu hören – Taka hatte den Ton des Headsets normalerweise heruntergedreht.

Mistvieh. Es ist durch das GPS hereingekommen. Wenn sie nicht unterwegs war, ließ sie das GPS-System eigentlich offline. Irgendwie musste der Eindringling das System überlistet haben.

Sie schaltete das Nav-System aus. Das kreischende Ding im Fenster verschwand. Über ihr stellten die Laser mit einem abschwellenden Heulen das Feuer ein.

Die *Wassermusik* hatte irgendwann während des Massakers geendet und war von Tschaikowskis *Iolanta* abgelöst worden.

Lange Zeit wagte sie nicht, sich zu rühren.

Schließlich schaltete sie die Musik aus. Zitternd schlang sie die Arme um sich. Sie gab sich alle Mühe, nicht in Tränen auszubrechen wie ein verängstigtes Kind. Sie sagte sich, dass sie getan hatte, was sie konnte.

Und dass es hätte schlimmer kommen können.

In ihrer vertrauten Umgebung konnten die Madonnas so ziemlich alles tun. Sie durchdrangen sämtliche Mauern und reisten durch alle Drähte und drahtlosen Verbindungen des N'AmNet. Sie konnten in beinahe jedes System eindringen, jede Schutzvorrichtung unterwandern und alle nur möglichen Katastrophen über Menschen heraufbeschwören, für die der Ausnahmezustand längst zum Status quo geworden war. Nur eine Woche zuvor hatte eine von ihnen an einem Staudamm in den Rocky Mountains die Steuerungsprogramme für den Hochwasserschutz außer Betrieb gesetzt und den Inhalt eines kompletten Staubeckens über der ahnungslosen Bevölkerung ausgeleert, die im Schatten der Überlaufrinne schlief.

Sich Zutritt zu einer lausigen mobilen Krankenstation zu verschaffen, wäre einem solchen Geschöpf ein Leichtes gewesen.

Zumindest hatte es sich nicht heruntergeladen, weil es dafür nicht genug Platz gehabt hatte. Weder das Navigationssystem noch die Chips des Waffensystems waren auch nur annähernd groß genug, um etwas so Komplexes aufnehmen zu können, und die medizinischen Systeme – das einzige Habitat im Transporter, das etwas von der Größe hätte beherbergen können – wurden nur per Hand mit dem Netz verbunden, von regelmäßigen Updates einmal abgesehen. Im virtuellen Raum konnten die Ungeheuer eine Menge Dinge tun, aber bisher hatten sie noch nicht herausgefunden, wie sie in die wirkliche Welt eindringen und einen Schalter umlegen konnten. Dieses hier hatte also lediglich von einem Knotenpunkt in der Nähe seine langen, bösartigen Finger ausgestreckt und Unheil gestiftet, bis Taka es ausgeschaltet hatte.

Ihr eigenes trübes Spiegelbild blickte sie wie ein hohläugiges Gespenst vom dunklen Armaturenbrett an. Das leicht gewölbte Plexiglas zog ihr Gesicht in die Länge und machte ihre eingefallenen Wangen noch schmaler. Sie wirkte wie ein gebrechlicher Flüchtling von einem Planeten mit niedriger Schwerkraft, zivilisiert und vornehm, der in eine infernalische Welt verbannt wurde, wo sich die eigenen Waffen gegen einen richteten.

Und wenn ich nun … dachte sie und hielt inne.

Müde öffnete sie die Tür und kletterte auf das Schlachtfeld hinaus.

Es waren immer noch einige Patienten in Sicht, auch wenn sich keiner von ihnen mehr aufrecht hielt. Nur wenige bewegten sich noch.

Und wenn ich nun doch nicht ...

»Hallo!«, rief sie auf die leere Straße mit den dunklen Fassaden hinaus. »Alles in Ordnung! Es ist weg! Ich habe es ausgesperrt!«

Stöhnen von den Verletzten. Sonst nichts.

»Ist da jemand? Ich könnte etwas Hilfe gebrauchen! Wir müssen ... wir müssen ...«

Und wenn ich nun das GPS doch nicht ausgeschaltet hatte?

Sie schüttelte den Kopf. Sie schaltete es immer aus. Zwar konnte sie sich nicht erinnern, ob sie es auch dieses Mal getan hatte, aber routinemäßige Dinge wie diese merkte man sich meistens nicht.

»Ist da wer?«

Vielleicht hast du einen Fehler gemacht. Es wäre nicht das erste Mal.

Nicht wahr, Dave?

Plötzlich schien es um sie herum dunkler zu werden. Sie hob den Kopf; im Westen blutete die Dämmerung langsam aus.

In diesem Moment bemerkte sie die Kondensstreifen.

Kondom

Die Schottwände der *Phocoena* sind mit funkelnden Informationen überzogen. Das Periskop liefert kristallklare Echtzeitbilder der nächtlichen Meereslandschaft: dunkle, funkelnde Wellen im Vordergrund und die schwarzen Finger des Festlandes, die von beiden Seiten her ins Bild hineinragen. Ansammlungen hell erleuchteter Gebäude erheben sich über der Küstenlinie in der Mitte des Bildes, drängen sich in der sie umgebenden Dunkelheit aneinander. Unbeleuchtete, kastenförmige Silhouetten im Süden deuten darauf hin, dass sich südlich der Meerenge die Überreste einer gänzlich anderen Stadt befinden, die vor kurzem erst aufgegeben wurde.

Die Stadt Halifax. Oder besser der belagerte Stadtstaat, in den sich Halifax offensichtlich verwandelt hat.

Das obere linke Viertel des Hauptbildschirms zeigt ihre Umgebung, wie man sie mit bloßem Auge sehen würde. Daneben ist auf einer Falschfarbdarstellung desselben Bildes eine verschwommene, undeutliche Wolke zu sehen, die die beleuchteten Gebäude einhüllt. Clarke muss an die äußere Hülle einer Qualle denken, die die lebenswichtigen Organe umschließt. Für das menschliche Auge ist dieser Schleier kaum wahrnehmbar, selbst für einen Rifter nicht. Für die Sensoren der *Phocoena* jedoch, die das gesamte Spektrum abdecken, sieht er aus wie der blaue Dunst eines Wetterleuchtens. Die Ionisierung eines statischen Feldes, hat Lubin gesagt. Eine Kuppel aus Elektrizität, die Partikel abhalten soll, die von der Luft übertragen werden.

Die dem Meer zugewandte Stadtgrenze wird bewacht. Nicht dass Clarke jemals angenommen hätte, dass sie sich einfach in den Hafen schleichen und neben dem örtlichen Muschelverkäufer anlegen könnten. Sie wusste, dass es Schutzvorrichtungen geben würde. Lubin hat mit Minen gerechnet. Die letzten fünfzig Klicks bis zur Küste ist die *Phocoena* deshalb hinter ein paar Aufklärungsdrohnen hergekrochen, die vor ihr im Zickzack hin und her schwammen, um versteckte Abwehrsysteme aufzuspüren. Sie schreckten einen einzelnen Sandverkriecher auf, der am Meeresboden auf der Lauer lag und von den Geräuschen der näher kommenden Maschinen geweckt wurde. Er schoss aus dem Schlamm hoch und prallte mit einem harmlosen Klirren gegen die Drohne, die ihm am nächsten war.

Dieser Blindgänger war die einzige Abwehrmaßnahme, auf die sie in Küstennähe stießen. Lubin schloss daraus, dass die Unterwasser-Verteidigungsanlagen von Halifax bereits bei der Abwehr früherer Eindringlinge aufgebraucht worden waren. Die Tatsache, dass sie bisher nicht ersetzt wurden, hat nichts Gutes zu bedeuten, was die industrielle Massenproduktion in der Gegend betrifft.

Allen Erwartungen zum Trotz sind sie deshalb unbehelligt bis zum Eingang des Hafens von Halifax gelangt. Nur um beinahe in dieses *Ding* hineinzufahren. Worum auch immer es sich dabei handeln mag.

In den Scheinwerfern des U-Boots ist es nahezu unsichtbar. Und auf dem Echolot ist noch weniger davon zu sehen, selbst aus unmittelbarer Nähe. Eine durchsichtige, farblose Membran erstreckt sich vom Meeresboden bis zur Wasseroberfläche. Im Periskop ist zu erkennen, dass ihr oberes Ende von einer Reihe von Schwimmern mehrere Meter über den Wellen gehalten wird. Sie scheint sich durch die gesamte Hafeneinfahrt zu ziehen.

Ihre Oberfläche bauscht sich ein wenig nach innen, als würde sich der Atlantik von außen dagegenlehnen. Winzige Punkte aus kaltem blauem Licht funkeln darauf – Sternenstaub, der sich im Gleichtakt mit den Wellenbewegungen unter Wasser kräuselt. Clarke weiß, worum es sich dabei handelt. Es ist nicht die Membran selbst, die funkelt, sondern die kleinen biolumineszenten Geschöpfe, die dagegenstoßen.

Plankton. Irgendwie ist der Gedanke ermutigend, dass es so nah an der Küste noch welches gibt.

Lubin interessiert sich weniger für die Lichtshow als für ihre Ursache. »Die Membran muss halb durchlässig sein.« Das würde die ozeanografische Unmöglichkeit dieses Gebildes erklären: eine klar umrissene Halokline, die wie eine Wand vor ihnen aufragt. Solche Grenzlinien sind im Meer nichts Ungewöhnliches: Leicht salziges Wasser bildet eine Schicht über solchem mit höherem Salzgehalt, warmes Wasser liegt auf kaltem. Doch die Schichtenbildung verläuft stets horizontal, Leichtes, das sich über Schwerem anlagert wie bei einem Parfait, einem ebenso unumstößlichen Prinzip folgend wie die Schwerkraft. Eine vertikale Halokline scheint den Gesetzen der Physik zu widersprechen. Die

Membran selbst mag vom Echolot nicht erfasst werden, doch die messerscharfe Trennlinie, die sie erzeugt, ist noch aus tausend Metern Entfernung sichtbar wie eine Mauer.

»Sieht ziemlich dünn aus«, stellt Clarke fest. »Die hat uns sicher nicht viel entgegenzusetzen.«

»Sie wurde auch nicht wegen uns errichtet«, sagt Lubin.

»Ja, schon klar.« Ganz offensichtlich handelt es sich um einen βehemoth-Filter. Und er muss auch noch eine ganze Reihe anderer Partikel abhalten, um einen solchen Bruch in der Wasserdichte zu erzeugen. »Ich meine, wir könnten einfach hindurchfahren.«

»Das glaube ich nicht«, erwidert Lubin.

Er holt das Periskop von der Oberfläche ein und schickt es zu der Barriere hinüber. Auf dem Bildschirm verschwindet die geduckte Stadtlandschaft in einem Wirbel aus Luftblasen und Dunkelheit. Durch das Bullauge erhascht Clarke einen Blick auf die Verbindungsleitung des Periskops, einen bleichen Faden aus Glasfaserkabeln, die sich über ihnen abwickeln. Das Periskop selbst ist praktisch unsichtbar, ein kleines Wunder der dynamischen Konterschattierung.

Clarke verfolgt seine Bewegungen stattdessen auf der taktischen Anzeige. Lubin lässt die Drohne bis auf einen halben Meter an die Membran heranfahren. Ein schwacher gelber Dunst breitet sich rechter Hand auf der Aufnahme aus, wo man mit bloßem Auge nur Dunkelheit erkennen würde. »Was ist das?«, fragt Clarke.

»Ein bioelektrisches Feld«, erklärt Lubin.

»Du meinst, es ist lebendig?«

»Wahrscheinlich nicht die Membran selbst. Ich würde vermuten, dass sie mit irgendwelchen künstlich erzeugten Neuronen durchsetzt ist.«

»Wirklich? Bist du dir sicher?«

Lubin schüttelt den Kopf. »Ich bin mir nicht einmal sicher, ob es tatsächlich etwas Biologisches ist – die Feldstärke passt zwar, aber das hat nichts zu bedeuten.« Er blickt sie vielsagend an. »Glaubst du, wir verfügen über einen Sensor, der Hirnzellen aus fünfzig Schritt Entfernung erkennen könnte?«

Clarke fällt keine geistreiche Erwiderung darauf ein. Also wendet sie sich wieder dem Bullauge zu und dem trüben blauen Polarlicht, das draußen flackert. »Eine Art magersüchtiges intelligentes Gel also«, murmelt sie.

»Wahrscheinlich ist es deutlich weniger intelligent. Und ganz anders im Aufbau – sie mussten die Neuronen so modifizieren, dass sie mit niedrigen Temperaturen und Salzwasser zurechtkommen. Die Membran selbst könnte wahrscheinlich für die Osmoseregulation sorgen.«

»Ich sehe keine Blutgefäße. Ich frage mich, woher die Neuronen ihre Nährstoffe erhalten.«

»Vielleicht übernimmt das ebenfalls die Membran. Womöglich absorbiert sie sie direkt aus dem Meerwasser.«

»Und was hat das Ganze für eine Funktion?«

»Du meinst, abgesehen davon, dass es ein Filter ist?« Lubin zuckt die Achseln. »Ich könnte mir vorstellen, dass es sich um ein Alarmsystem handelt.«

»Also, was machen wir?«

Lubin überlegt einen Moment. »Wir stoßen es an«, sagt er.

Das Periskop macht einen Satz nach vorn. Auf der Anzeige, die ein breites Spektrum abdeckt, leuchtet die Membran unter dem Aufprall auf. Helle, dünne Linien breiten sich strahlenförmig vom Berührungspunkt aus wie ein verästeltes Flechtwerk aus gelben Blitzen. In sichtbarem Licht ist keinerlei Reaktion zu sehen.

»Hmm.« Lubin holt das Periskop wieder ein. Die Membran leuchtet genauso trübe wie vorher.

»Wenn es also ein Alarmsystem ist«, sagt Clarke, »dann hast du es wohl gerade ausgelöst.«

»Nein. Es sei denn, Halifax wird jedes Mal in höchste Alarmbereitschaft versetzt, wenn ein Stück Treibholz gegen die Membran stößt.« Lubin fährt mit dem Finger über eine Steuerungstaste. Auf der taktischen Anzeige ist zu sehen, wie das Periskop an die Oberfläche zurückkehrt. »Aber ich möchte wetten, dass dieses Ding einen viel lauteren Schrei loslassen würde, wenn wir versuchen würden durchzubrechen. Wir können es uns nicht leisten, solche Aufmerksamkeit auf uns zu ziehen.«

»Also, was jetzt? Sollen wir ein Stück die Küste hinunterfahren und über Land versuchen, in die Stadt zu kommen?«

Lubin schüttelt den Kopf. »Unter Wasser war unsere beste Chance. Über Land wird es viel schwieriger.« Er nimmt ein Headset von der Schottwand und setzt es sich auf. »Wenn wir keine direkte Verbindung bekommen können, versuchen wir es eben mit den drahtlosen Netzen in der Gegend. Das ist besser als nichts.«

Er spinnt sich in einen Kokon ein und streckt seine Fühler in die dünner werdende Datensphäre über ihnen aus. Clarke legt das Navigationssystem auf die Kopilotenkonsole um und steuert die *Phocoena* in tiefere Gewässer zurück. Ein Kilometer mehr hat auf Lubins Suche wahrscheinlich keinen Einfluss, und irgendwie fühlt sie sich im flachen Wasser unbehaglich. Es ist so, als würde man zur Zimmerdecke hinaufblicken und feststellen, dass sie nach unten gewandert ist, als man gerade nicht hinsah.

Lubin gibt ein Knurren von sich. »Hab was gefunden.«

Clarke klinkt sich in Lubins Headset ein und legt die Anzeige auf ihre Datenbrille um. Der größte Teil des Datenstroms ist unverständlich – Zahlen und Statistiken und Abkürzungen, die zu schnell an ihr vorüberwandern, als dass sie sie lesen, geschweige denn verstehen könnte. Entweder ist Lubin unter die üblichen Benutzeroberflächen vorgedrungen oder der Mahlstrom ist in den vergangenen fünf Jahren so sehr verarmt, dass er keine hochentwickelten Grafiken mehr unterstützt.

Aber das kann nicht sein. Im System ist schließlich noch genügend Platz für ihre dämonischen Alter Egos. Und deren grafische Darstellung ist nur allzu deutlich.

»Also, was hast du herausgefunden?«, fragt Clarke.

»Unten in Maine ist irgendein Raketenangriff im Gange. Sie schicken Lifter.«

Sie gibt auf und nimmt sich die Datenbrille ab.

»Das könnte die beste Möglichkeit für uns sein hineinzugelangen«, grübelt Lubin. »Die Fahrzeuge der BRIKS werden von einem sicheren Ort aus gesteuert und haben den besten Zugang zu Informationen.«

»Und du glaubst, der Pilot eines solchen Fahrzeugs wäre bereit, mitten in einer verseuchten Zone ein paar Anhalter aufzugabeln?«

Lubin dreht sich zu ihr um. Schwache Blitze flackern an den Rändern seiner Datenbrille, vergängliche Tätowierungen, die die Narben auf seinen Wangen überlagern.

»Wenn es einen Piloten gibt«, sagt er, »lässt er sich vielleicht überzeugen.«

Gehenna

Taka Ouellette kam in einer nächtlichen Landschaft voller flackernder Flammen heraus. Im Schneckentempo fuhr sie durch den heißen, trockenen Schneesturm, wobei das statische Feld der Windschutzscheibe kaum ausreichte, um die Flocken vom Glas fernzuhalten. Asche wirbelte weiß wie Talk im Licht der Scheinwerfer, ein Nebel aus pulverisierter Erde und Vegetation nahm ihr die Sicht auf die Straße vor ihr. Sie schaltete die Scheinwerfer aus, aber mit der Infrarotanzeige wurde es noch schlimmer: Unzählige in der Luft schwebende Rußpartikel, die grellen Umrisse der Flammen, trockene kleine Windhosen und sich umherwälzende Aufwinde überlasteten die Anzeige mit Falschfarbartefakten. Schließlich kramte sie eine alte Lichtverstärkerbrille aus dem Handschuhfach hervor. Nun sah sie die Welt nur noch in Schwarz-Weiß und verschiedenen Grauschattierungen. Die Sichtverhältnisse waren miserabel, aber zumindest waren die Interferenzen klarer zu erkennen.

Vielleicht gibt es Überlebende, dachte sie ohne große Hoffnung. *Vielleicht sind die Feuerstürme nicht so weit vorgedrungen.* Sie befand sich gute zehn Kilometer von dem Ort entfernt, wo ihre mobile Krankenstation außer Kontrolle geraten war und die Einheimischen niedergemetzelt hatte. In der Nähe hatte es keine Unterschlupfmöglichkeiten gegeben – keine Regenwasserkanäle oder unterirdischen Parkhäuser, die weiter als ein paar Stockwerke in die Erde hinabgereicht hätten. Und wenn sich irgendwo in der Umgebung befestigte Luftschutzkeller befunden hätten, hätten ihr die überlebenden Patienten höchstwahrscheinlich nichts davon erzählt. Also floh sie in östliche Richtung, während sich über ihr die Kondensstreifen über den Himmel zogen, und nahm in einem Wartungstunnel Zuflucht, der zu einem aufgegebenen Bohrloch für ein Gezeitenkraftwerk in der Penobscot Bay gehörte. Vor ein paar Jahren hatten die Schamanen versprochen, wenn dieses Kraftwerk funktionierte, würden von Portland bis nach Eastport die Lichter brennen – bis ans Ende der Tage. Nun war das Ende der Tage angebrochen, bevor auch nur die erste Turbine installiert worden war. Und der Tunnel hatte keine Funktion mehr, außer sich verkriechenden Säugetieren Schutz vor den kurzfristigen Folgen ihrer eigenen Dummheit zu bieten.

Zehn Kilometer über holprige, mit Trümmern übersäte Straßen, die auch vor βehemoth schon lange nicht mehr repariert worden waren. Es grenzte an ein Wunder, dass es Taka gelungen war, sich in Sicherheit zu bringen, bevor die Raketen eingeschlagen waren. Wenn die Raketen denn tatsächlich das Inferno angerichtet hatten, durch das sie gerade fuhr.

Aber sie könnte wetten, dass sie nicht der Grund dafür gewesen waren. Sie war sich sogar ziemlich sicher, dass die Raketen nie am Boden angekommen waren.

Die Kuppe des Hügels, den sie gerade hinauffuhr, befand sich hundert Meter vor ihr. Auf halber Höhe den Abhang hinauf versperrten ihr frische Trümmer den Weg, die Überreste irgendeines Gebäudes am Straßenrand, das während des Angriffs eingestürzt war. Jetzt war es nur noch eine chaotische Ansammlung rauchender Schlackebrocken. Nicht einmal Takas Augengläser konnten die Schatten vertreiben, die sich zwischen den Trümmern eingenistet hatten. Sie sah nichts außer geraden Linien, scharfen Kanten und dunklen, leeren Parallelogrammen.

Der Abhang war zu steil für Miris begrenzt leistungsstarke Bodeneffektoren. Ouellette überließ den Transporter sich selbst und kletterte um die Trümmer herum. Die Steine fühlten sich immer noch heiß an. Hitze von der verbrannten Erde durchdrang die Sohlen ihrer Stiefel, eine leichte Wärme, die nur in ihrer Vorstellung unangenehm war.

Auf der anderen Seite des Trümmerhaufens kam sie an einigen Dingen vorbei, die eine entfernte Ähnlichkeit mit bröckelnden menschlichen Knochen besaßen. Sie atmete die Toten ein. Manche von ihnen wären ohne ihre Bemühungen vielleicht sogar noch eher gestorben. Womöglich waren einige von denen, die sie heute behandelt hatte, trotz allem noch am Leben. Dieser Gedanke spendete ihr ein wenig Trost, bis sie die Hügelkuppe erreicht hatte.

Doch nein.

Die Landschaft, die sich vor ihr ausbreitete, war genauso verwüstet wie die, die sie gerade durchquert hatte. Flackernde Eruptionen weißen Feuers durchbrachen eine Szenerie, die von Kohlenstoff und der heranrückenden Nacht verdunkelt wurde. Dieses Mal war das Land nicht von Raketen oder Mikroben zerstört worden. Das Ding, das die Vernichtung angerichtet hatte, war immer noch in der Ferne zu sehen: ein winziges, dunkles Oval, das vor der Wolkenbank dahinter kaum zu erkennen war, hing ein paar Grad über dem Horizont. Zuerst hätte Taka es beinahe übersehen, selbst mit der Brille. Seine Umrisse waren verschwommen und funkelten von dem leichten optischen Rauschen umherirrender Photonen, die über das normale Maß hinaus verstärkt wurden.

Aber die Flammenzungen, die im nächsten Moment aus seinem Bauch hervorloderten, wären auch mit bloßem Auge erkennbar gewesen.

Es war keine Rakete. Und auch keine Mikrobe. Sondern ein Lifter, der in der Ferne das Land niederbrannte, so wie er es um sie herum bereits getan hatte.

Und soweit Taka Ouellette wusste, war sie diejenige, die ihn hierhergelockt hatte.

Natürlich war sie sich dessen nicht ganz sicher. Hin und wieder fanden unter offiziellem Vorwand immer noch flammende Säuberungsaktionen in großem Stil statt. Früher hatte es sie sogar mit ziemlicher Regelmäßigkeit gegeben, in den Tagen, als sich die erste Panik breitgemacht hatte und die Leute immer noch geglaubt hatten, sie könnten βehemoth eindämmen, wenn sie nur den Mut zu drastischen Schritten aufbrächten. Diese Aktionen hatten nachgelassen, als offensichtlich wurde, dass N'AmPaz seine gesamten Napalmvorräte aufbrauchte, ohne auch nur das Geringste damit zu erreichen. Aber in manchen der weniger dicht besiedelten Gebiete im Westen kamen sie immer noch gelegentlich vor. Es war sogar möglich, dass derartige Schritte unternommen wurden, ohne dass sich die BRIKS die Mühe machte, ihr Feldpersonal abzuziehen, obwohl Taka glaubte, dass nicht einmal sie so schlechte Verbindungen hatte, dass sie nicht vorher davon erfahren würde.

Aber vor einer Weile hatte sie nicht weit von diesem Ort entfernt ein Ungeheuer in die wirkliche Welt entkommen lassen. Überschwemmungen und Feuerstürme schienen stets die Folgen eines solchen Fehltritts zu sein, und die Zeit, als Taka noch an Zufälle geglaubt hatte, war lange vorbei.

Es herrschte kein Mangel an möglichen Ursachen. Vielleicht hatte irgendein Tippfehler einen außer Kontrolle geratenen Autopiloten mit fehlerhafter Programmierung dazu gebracht, den falschen Winkel der Welt niederzubrennen. Oder ein menschlicher Pilot war durch eine verstümmelte Verschlüsselung oder durch Befehle, die er aufgrund von weißem Rauschen und Interferenz falsch verstanden hatte, in die Irre geführt worden. Die Einzelheiten spielten keine Rolle. Taka wusste, was die wirklich entscheidende Frage war: *Wer* hatte den Code manipuliert, der den Autopiloten überbrückt hatte? *Was* hatte die Befehle verzerrt, die der menschliche Pilot gehört hatte?

Und sie kannte auch die Antwort darauf. Jeder, der das Ungeheuer gesehen hätte, das vor ein paar Stunden in ihrer Datenbrille aufgetaucht war, hätte Bescheid gewusst. Es gab keine Zufälle. Technische Störungen hatten nichts Zufälliges an sich. Die Maschinen selbst waren bösartig.

Hier, angesichts dieses gewaltigen Krematoriums, das sich bis zum Horizont erstreckte, war das die einzige Erklärung, die irgendeinen Sinn ergab.

Du bist einmal Wissenschaftlerin gewesen, sagte sie sich. *Mit Gebeten konntest du nichts anfangen. Du kanntest die Wahrheiten, die dich vor Vorurteilen und Unklarheiten schützten, und du wusstest sie auswendig: Korrelation heißt nicht Kausalität. Etwas ist nur dann real, wenn es sich nachbilden lässt. Der Verstand erkennt Ordnung in weißem Rauschen; vertraue nur auf Zahlen.*

Vielleicht waren auch das in gewisser Weise Gebete gewesen. Und dazu nicht besonders wirksame. Obwohl sie sie so sehr verinnerlicht hatte, hatten sie sie nicht vor der zunehmenden Gewissheit bewahrt, dass sie einem bösen Geist Einlass in ihr Fahrzeug gewährt hatte. Sie konnte die abergläubische Ehrfurcht, die sie empfand, vernunftmäßig erklären, sie sogar rechtfertigen. Ihre Ausbildung gab ihr dafür genügend Mittel an die Hand. *Geist* war nur ein Wort, eine passende Bezeichnung für ein bösartiges Softwaregeschöpf, das in der beschleunigten Darwin'schen Landschaft entstanden war, die einst *Internet* genannt wurde. Taka wusste, wie schnell sich evolutionäre Veränderungen in einem System vollziehen konnten, in dem in einer Sekunde hundert Generationen durchlaufen wurden. Sie konnte sich noch an andere Zeiten erinnern, als sich elektronische Lebensformen – die von niemandem entworfen oder geschaffen und gänzlich unerwünscht waren – so seuchenartig ausgebreitet hatten, dass sie dem Netz den Namen *Mahlstrom* eingebracht hatten. Diese Dinge, diese *Lenies*, *Reißwölfe* und *Madonnen*, oder wie auch immer sie genannt wurden – wie bei den Dämonen im Evangelium waren ihre Namen Legion –, sie waren lediglich Beispiele der natürlichen Auslese. Äußerst erfolgreiche Beispiele. Am anderen Ende der Welt krochen ganze Länder in ihrem Namen zu Kreuze. Oder jedenfalls im Namen der Ikone, auf die sie zurückgingen, eine halb mythische Kultfigur, die in βehemoths Kielwasser zu vorübergehender Berühmtheit gelangt war.

Das war Logik und keine Religion. Was hatte es schon zu bedeuten, dass diese Geschöpfe unvorstellbare Macht besaßen, aber keine körperliche Substanz? Dass sie in den Drähten und den drahtlosen Räumen dazwischen lebten und sich mit der Geschwindigkeit ihrer eigenen elektronischen Gedanken fortbewegten? *Dämon*, *Geist* – das waren lediglich Begriffe, kein Aberglaube. Metaphern, die ein paar mehr Übereinstimmungen mit dem Original aufwiesen als andere.

Und dennoch. Als Taka Ouellette die rätselhaften Lichter am Himmel flackern sah, stellte sie fest, dass ihre Lippen ein gänzlich falsches Gebet formten.

Oh Gott, rette uns.

Sie machte kehrt und stieg den Hügel wieder hinunter. Vermutlich könnte sie die Trümmer irgendwie umgehen, eine Nebenstraße nehmen, um in derselben Richtung weiterzufahren, aber was hätte das schon für einen Zweck? Es handelte sich um eine Kosten-Nutzen-Rechnung, um die Frage, wie viele Leben sich mit wie viel Aufwand retten ließen. Und dieser Wert wäre wahrscheinlich überall höher als hier.

Vor ihr auf der Straße tauchte wieder das eingestürzte Gebäude auf, grau und farblos im verstärkten Licht. Die kantigen Schatten sahen aus diesem Blickwinkel anders aus, irgendwie bedrohlicher. Sie bildeten plumpe Gesichter und Körperteile, die größer waren als die eines Menschen, als wäre irgendein kubistischer Roboter in sich zusammengebrochen und sammelte nun seine Kräfte, um sich erneut aufzurichten.

Als sie um den Haufen herumklettern wollte, löste sich einer der Schatten und versperrte ihr den Weg.

»Heilige ...«, keuchte Taka. Es war eine Frau, und sie war unbewaffnet – heutzutage nahm man solche Dinge schon beinahe unbewusst wahr –, aber ihr Herz war trotzdem augenblicklich in den Kampf-oder-Flucht-Modus übergegangen. »Verdammt, Sie haben mich erschreckt.«

»Tut mir leid. Das war nicht meine Absicht.« Die Frau trat einen weiteren Schritt von den Trümmern weg. Sie war blond und steckte vom Hals bis zu den Füßen in einem hautengen schwarzen Ganzkörperanzug. Nur ihre Hände und ihr Kopf waren unverhüllt, blasse Körperteile, die sich scheinbar losgelöst vom Rest des Körpers von der Dunkelheit abhoben. Sie war ein paar Zentimeter kleiner als Taka.

Irgendetwas stimmte mit ihren Augen nicht. Sie schienen irgendwie zu hell zu sein. Vermutlich eine optische Täuschung, die durch die Brille hervorgerufen wird, dachte Taka. Licht, das von der feuchten Hornhaut reflektiert wird, vielleicht.

Die Frau deutete mit dem Kinn über die Schulter. »Ist das Ihr Krankenwagen?«

»Eine mobile Krankenstation. Ja.« Taka blickte sich kurz um. Sie sah niemanden sonst. »Sind Sie krank?«

Ein leises Lachen. »Ist das nicht jeder?«

»Ich meine …«

»Nein. Noch nicht.«

Was stimmt nur mit ihren Augen nicht? Aus der Entfernung war das schwer zu sagen – die Frau war zehn Meter von ihr weg –, aber es sah aus, als würde sie eine Nachtbrille tragen. In diesem Fall sah die Frau Taka Ouellette womöglich viel besser als diese sie durch ihre lächerlichen Lichtverstärker.

Leute, die in der Wildnis lebten, verfügten normalerweise nicht über eine solche Ausrüstung.

Taka steckte beiläufig die Hände in die Taschen, wobei sie den Anorak über ihrer Standard-Kimber beiseiteschob. »Haben Sie Hunger?«, fragte sie. »Im Fahrerhaus befindet sich ein Cycler. Die Blöcke, die er ausspuckt, schmecken furchtbar, aber wenn Sie dringend etwas zu essen brauchen …«

»Es tut mir leid«, sagte die Frau und trat einen Schritt vor. »Wirklich.«

Ihre Augen sahen aus wie leere, durchsichtige Eiskugeln.

Unwillkürlich machte Taka einen Schritt rückwärts. Etwas versperrte ihr von hinten den Weg. Sie wirbelte herum und starrte in ein weiteres Paar leerer Augen, in einem Gesicht, das wie aus Stein gemeißelt aussah und nur aus vernarbten Flächen zu bestehen schien. Sie griff nicht nach ihrer Waffe. Irgendwie hatte der Mann sie bereits in seinen Besitz gebracht.

»Der Wagen besitzt ein genetisches Schloss«, sagte sie rasch.

»Hmm.« Er drehte die Waffe in den Händen und musterte sie mit fachmännischem Blick. »Entschuldigen Sie unser Eindringen«, sagte er beinahe geistesabwesend, »aber wir müssen die Verriegelung Ihres Fahrzeugs aufheben.« Er schaute sie nicht an.

»Wir werden Ihnen nichts tun«, versicherte die Frau hinter ihr.

Wenig beruhigt hielt Taka den Blick weiterhin auf den Mann gerichtet, der ihre Waffe in der Hand hielt.

»Nein«, stimmte er zu und blickte schließlich hoch. »Nicht solange es wirksamere Alternativen gibt.«

Baghira war ein Passwort. Es gab noch weitere.

Mit *Morris* ließ sich das gesamte Fahrzeug verriegeln, so dass nicht einmal Taka es ohne offizielle Freigabe wieder starten konnte. Das Passwort *Pixel* versetzte jedem Passagier, der nicht mit ihrem Pheromonprofil übereinstimmte, einen elektrischen Schlag. Mit *Tigger* ließen sich die Türen entriegeln, und das Fahrzeug stellte sich tot, bis es Taka das Wort *Schroedinger* sagen hörte. Dann verriegelte es die Türen und pumpte genug Halothan ins Fahrerhaus, um einen 110 Kilogramm schweren Angreifer für mindestens fünfzehn Minuten in einen Sack voll Wackelpeter zu verwandeln. (Taka selbst wäre innerhalb von neunzig Sekunden wieder auf den Beinen. Als sie die Schlüssel zu Miri erhalten hatte, war ihr Blut mit einem resistenten Enzym ausgestattet worden.)

Mobile Krankenstationen waren bis oben hin vollgestopft mit Vorräten und Technik. Und die Wildnis war voller verzweifelter Menschen, die auf der Suche nach einem Vorteil – irgendeinem Vorteil – waren. Diebstahlsicherungen waren also durchaus angebracht, wenn ihnen auch eine gewisse Ironie innewohnte: Im Grunde war Miri besser ausgerüstet, Menschen zu töten oder außer Gefecht zu setzen, als sie zu heilen.

Jetzt stand Taka neben der Fahrertür, auf beiden Seiten flankiert von schwarzen Gestalten mit weißen Augen. Sie ging im Geiste ihre Möglichkeiten durch.

»Tigger«, sagte sie. Miri gab ein Zirpen von sich und entriegelte die Tür.

Die Frau zog die Tür auf und kletterte ins Fahrerhaus. Taka wollte ihr folgen, doch eine Hand schloss sich um ihre Schulter.

Taka drehte sich zu dem Mann um. »Die Steuerung ist ebenfalls mit einem genetischen Schloss gesichert. Ich muss die Einstellung löschen, wenn Sie damit fahren wollen.«

»Das wollen wir nicht«, erwiderte er. »Jedenfalls noch nicht.«

»Das Armaturenbrett ist ausgeschaltet«, sagte die Frau hinter dem Lenkrad.

Der Mann drückte kurz Takas Schulter und gab ihr einen kleinen Schubser. Taka ging zum Fahrerhaus, während die Frau auf den Beifahrersitz hinüberrutschte, um ihr Platz zu machen.

»Ich glaube, Frau Doktor hier sollte auf dem Beifahrersitz Platz nehmen«, sagte der Mann. Er drückte erneut Takas Schulter. Sie stieg auf der Fahrerseite ein und schob sich zwischen Sitz und Ganghebel hindurch, während die Frau auf der Beifahrerseite wieder ausstieg. Die Frau streckte die Hand nach dem Türgriff aus und wollte die Tür schließen.

»Nein«, sagte der Mann bestimmt. Die Frau erstarrte.

Er saß jetzt hinter dem Lenkrad, immer noch eine Hand auf Takas Schulter gelegt. »Einer von uns sollte stets außerhalb des Fahrerhauses bleiben«, sagte er zu seiner Partnerin. »Und wir lassen beide Türen offen.«

Seine Partnerin nickte. Er nahm die Hand von Takas Schulter und richtete den Blick auf das dunkle, ausgeschaltete Armaturenbrett.

»Schalten Sie es ein«, sagte er. »Nur Handbedienung, keine Stimmaktivierung. Starten Sie nicht den Motor.«

Taka starrte ihn nur an, ohne sich zu rühren.

Die Blonde beugte sich zu ihr herein. »Wir haben Sie nicht angelogen«, sagte sie ruhig. »Wir wollen Ihnen wirklich nichts tun. Es sei denn, Sie lassen uns keine andere Wahl. Hier in der Gegend ist das wahrscheinlich eine ziemlich menschenfreundliche Einstellung, also warum fordern Sie Ihr Glück heraus?«

Hier in der Gegend. Sie kamen also nicht aus der Umgebung.

Nicht dass sie das überrascht hätte. Die beiden sahen nicht im Geringsten wie die Flüchtlinge aus, die normalerweise die Wildnis bevölkerten.

Sie schüttelte den Kopf. »Sie stehlen eine mobile Krankenstation. Damit schaden Sie viel mehr Menschen als nur mir.«

»Wenn Sie kooperieren, können Sie sie hinterher wiederbekommen«, sagte der Mann. »Schalten Sie die Instrumente ein.«

Sie berührte das Touchpad der genetischen Verriegelung. Das Armaturenbrett leuchtete auf.

Der Mann betrachtete die Anzeige. »Ich nehme an, Sie sind so eine Art fahrende Sanitäterin?«

»So in etwa«, erwiderte Taka vorsichtig.

»Wozu gehören Sie?«, fragte er.

»Wie bitte?«

»Wer legt Ihre Route fest? Wer füllt Ihre Vorräte auf?«

»Normalerweise Bangor.«

»Die bringen Ihnen mit dem Hubschrauber Vorräte an Ihre Einsatzorte?«

»Wenn sie welche erübrigen können.«

Er stieß ein Knurren aus. »Ihr Bestandssignal ist ausgeschaltet.« Es klang, als würde ihn das überraschen.

»Ich melde einfach per Funk, wenn meine Vorräte zur Neige gehen«, erklärte Taka. »Warum sollte ich … *Hee, was tun Sie da?*«

Seine Finger verharrten über dem GPS-Menü, das er gerade aufgerufen hatte. »Ich wollte ein paar Standorte überprüfen«, erwiderte er ruhig. »Gibt es ein Problem?«

»Sind Sie verrückt? Es ist praktisch noch in Sichtweite! Wollen Sie etwa, dass es zurückkehrt?«

»Dass *was* zurückkehrt?«, fragte die Frau.

»Was meinen Sie, was das alles hier angerichtet hat?«

Die beiden blickten sie ausdruckslos an. »Die BRIKS, nehme ich an«, sagte der Mann nach einem Moment. »Das war doch ein Eindämmungsfeuer, oder nicht?«

»Es war eine Lenie!«, rief Taka. *Verdammt, und wenn er sie nun zurückholt …*

Sie wurde von hinten herumgerissen. Eisige Augen bohrten sich in die ihren. Sie spürte den Atem der Frau auf ihrer Wange.

»Was haben Sie da gerade gesagt?«

Taka schluckte und versuchte, die Beherrschung wiederzugewinnen. Die Panik ließ ein wenig nach.

»Hören Sie«, sagte sie. »Das letzte Mal ist es durch mein GPS hereingekommen. Ich weiß nicht genau, wie es das geschafft hat, aber wenn Sie jetzt online gehen, bringen Sie es womöglich zurück. Im Augenblick würde ich nicht einmal eine Funkverbindung riskieren.«

»Dieses Ding …«, setzte der Mann an.

»Wissen Sie denn darüber nicht Bescheid?«, rief Taka entnervt.

Die beiden tauschten über ihren Kopf hinweg einen Blick aus, der nicht zu deuten war.

»Wir wissen Bescheid«, sagte der Mann. Taka stellte erleichtert fest, dass er das GPS-System ausgeschaltet hatte. »Wollen Sie damit sagen, dass dieses Ding für den Raketenangriff gestern verantwortlich war?«

»Nein, natürlich n…« Taka hielt inne. Darüber hatte sie noch gar nicht nachgedacht.

»Ich glaube nicht«, sagte sie nach einer Weile. »Aber möglich ist wohl alles. Manche Leute behaupten, die M & Ms hätten die Lenies irgendwie für sich rekrutiert.«

»Wer könnte sonst noch dahinterstecken?«, fragte die Frau.

»EurAfrika. Eigentlich jeder.« Plötzlich kam ihr ein Gedanke. »Sie sind nicht aus …?«

Der Mann schüttelte den Kopf. »Nein.«

Sie konnte es denjenigen, die die Raketen abgeschossen hatten, nicht einmal übel nehmen, wer immer sie auch waren. Den Berichten zufolge hatte βehemoth die Länder jenseits des Atlantiks bisher noch nicht erobert. Die Leute dort glaubten also wahrscheinlich immer noch, sie könnten die Seuche eindämmen, indem sie das Ausbreitungsgebiet sterilisierten. Ein paar Worte kamen Taka in den Sinn, ein abgenutzter Slogan, der früher einmal dazu benutzt worden war, astronomisch hohe Zahlen an Todesopfern zu rechtfertigen. *Zum Wohle der Allgemeinheit,* genau, das war es. »Na, jedenfalls«, fuhr sie fort, »sind die Raketen nie am Boden angekommen. Sie sind nicht der Grund für all das.«

Die Frau ließ den Blick über die Landschaft schweifen, wo »all das« in der trüben, rauchverhangenen Morgendämmerung langsam sichtbar wurde. »Was hat sie aufgehalten?«

Taka zuckte die Achseln. »Der Abwehrschild von N'AmPaz.«

»Woher wissen Sie das?«, fragte der Mann.

»Man kann den Schweif sehen, den die Abwehrraketen beim Eintritt in die Atmosphäre hinter sich herziehen, wenn sie aus dem Orbit herunterkommen. Kurz vor der Detonation verblasst er ein wenig. Rauchende Sterne, die platzen, beinahe wie ein Feuerwerk.«

»Das alles hat also diese … diese *Lenie* angerichtet?«, fragte die Frau.

Ein Bruchstück von einem sehr alten Lied ging Taka durch den Kopf: *Zufälle gibt's hier nicht* …

»Haben Sie gesagt, ›platzende Sterne‹?«, fragte der Mann.

Taka nickte.

»Und der Kondensstreifen wurde vor der Detonation schwächer?«

»Ja, und?«

»Welcher Kondensstreifen? Der der feindlichen Raketen oder der Abwehrraketen von N'AmPaz?«

»Woher soll ich das wissen?«

»Sie haben das letzte Nacht gesehen?«

Taka nickte.

»Um welche Uhrzeit?«

»Das weiß ich nicht. Hören Sie, ich war mit anderen Dingen beschäftigt, ich …«

Ich habe zugesehen, wie ein paar Dutzend Menschen zu Hackfleisch verarbeitet wurden, weil ich irgendwo eine Verbindung offen gelassen habe …

Der Mann musterte sie plötzlich mit starrem Blick. Seine Augen waren weiß, aber bei weitem nicht leer.

Sie versuchte, sich zu erinnern. »Es war in der Abenddämmerung. Die Sonne war seit … ich weiß nicht, fünfzehn oder zwanzig Minuten untergegangen.«

»Ist das typisch für diese Angriffe? Dass sie bei Sonnenuntergang stattfinden?«

»Darüber habe ich noch nie nachgedacht«, gab Taka zu. »Wahrscheinlich schon. Oder jedenfalls meistens nachts.«

»Hat es jemals einen Angriff bei Tageslicht gegeben?«

Sie dachte einen Moment lang nach. »Ich … ich kann mich nicht entsinnen.«

»Wie lange hat es gedauert, nachdem die Kondensstreifen verblasst waren, bis die platzenden Sterne aufgetaucht sind?«

»Schauen Sie, ich habe nicht …«

»Wie lange?«

»Ich weiß es nicht, okay? Vielleicht fünf Sekunden oder so.«

»Um wie viel Grad sind die Kondensstreifen …«

»Hören Sie, Mister, ich weiß nicht einmal, wovon Sie da überhaupt reden.«

Der Mann mit den weißen Augen schwieg eine halbe Ewigkeit lang, ohne sich zu rühren. Taka hatte das Gefühl, dass er angestrengt nachdachte.

Schließlich sagte er: »Der Tunnel, in dem Sie sich versteckt hatten.«

»Woher wissen Sie … sind Sie mir gefolgt? Den ganzen Weg von dort bis hierher? Zu Fuß?«

»Es war nicht sehr weit«, erwiderte die Frau. »Weniger als ein Kilometer.«

Taka schüttelte verwundert den Kopf. Als sie sich durch die Böen aus verbrannter Erde vorgearbeitet hatte, hatte sie das Gefühl gehabt, sie sei tagelang unterwegs gewesen.

»Sie haben am Tor angehalten und die Kette durchgeschnitten.«

Taka nickte. Im Nachhinein kam ihr das absurd vor – die mobile Krankenstation hätte diese Barriere problemlos durchbrechen können, und über ihr drohte der Himmel zusammenzustürzen.

»Sie haben zum Horizont hinaufgeschaut«, vermutete der Mann.

»Ja.«

»Was haben Sie gesehen?«

»Das habe ich Ihnen doch schon gesagt. Kondensstreifen und platzende Sterne.«

»Wo befand sich der nächste platzende Stern?«

»Ich weiß nicht …«

»Steigen Sie aus.«

Sie starrte ihn an.

»Na los!«, sagte er.

Sie kletterte in die graue Morgendämmerung hinaus. Das eingestürzte Gebäude vor ihr beherbergte keine weiteren Geister. Das heller werdende Licht löste die Rorschach-Schatten auf und ließ nichts außer einem Haufen zufällig durcheinandergewürfelter Schlackebrocken und Stahlträger zurück. Die wenigen verkohlten und mit einer weißen Ascheschicht überzogenen Bäume in der Nähe, die immer noch standen, flankierten die Straße wie zum Himmel erhobene Skeletthände.

Plötzlich stand der Mann neben ihr. »Schließen Sie die Augen.«

Sie gehorchte. Wenn er sie umbringen wollte, konnte sie auch mit offenen Augen nichts dagegen tun.

»Sie sind am Tor.« Seine Stimme klang ruhig und besänftigend. »Sie stehen dem Tor zugewandt. Sie drehen sich um und blicken über die Straße zurück. Dann schauen Sie zum Himmel hoch. Tun Sie das noch einmal.«

Mit geschlossenen Augen drehte sie sich um. Ihre Erinnerung füllte die Lücken. Sie reckte den Hals.

»Sie sehen platzende Sterne«, fuhr die Stimme fort. »Ich möchte, dass Sie auf den deuten, der direkt über Ihnen ist. Den, der dem Tor am nächsten ist. Erinnern Sie sich an die genaue Position am Horizont und deuten Sie darauf.«

Sie hob den Arm und zeigte auf den Himmel.

»Was ist los, Ken?«, fragte die Frau in die Stille hinein. »Sollten wir nicht ...«

»Sie können Ihre Augen jetzt wieder öffnen«, sagte der M... – sagte Ken. Also gehorchte sie.

Sie wusste nicht, wer diese Leute waren, aber langsam glaubte sie zumindest, dass sie ihr tatsächlich nichts tun wollten.

Nicht solange es wirksamere Alternativen gibt.

Ein wenig erleichtert atmete sie auf. »Noch irgendwelche Fragen?«

»Eine noch. Haben Sie Erregersuchgranaten?«

»Jede Menge.«

»Sind davon welche auf andere Mikroben als βehemoth eingestellt?«

»Die meisten.« Taka zuckte die Achseln. »βehemoth-Sucher sind hier in der Gegend ein wenig überflüssig.«

Sie suchte die Granaten für ihn heraus und auch eine Pistole, mit der er sie abfeuern konnte. Er musterte die Pistole mit demselben Blick, mit dem er auch ihre Kimber betrachtet hatte. Offensichtlich bestand sie die Inspektion. »Es sollte höchstens ein paar Stunden dauern«, sagte er zu seiner Partnerin. Er warf einen Blick auf die mobile Krankenstation. »Lass sie nicht den Motor starten oder die Türen schließen, egal ob sie drinnen ist oder draußen.«

Die Frau musterte Taka. Ihr Blick war nicht zu deuten.

»He«, sagte Taka. »Ich …«

Ken schüttelte den Kopf. »Keine Sorge. Das klären wir, wenn ich wieder da bin.«

Er ging die Straße entlang davon, ohne noch einmal zurückzublicken.

Taka holte tief Luft und betrachtete die Frau. »Sie bewachen mich jetzt also?«

Die Mundwinkel der Frau zuckten.

Verdammt, aber diese Augen sind seltsam. Man kann gar nichts an ihnen ablesen.

Sie versuchte es noch einmal. »Ken scheint ein netter Typ zu sein.«

Die Frau musterte sie noch einen Moment lang mit diesem eisigen Blick und brach dann in Gelächter aus.

Das schien ein gutes Zeichen zu sein. »Also, sind Sie beide ein Paar, oder was?«

Immer noch lächelnd schüttelte die Frau den Kopf. »Letzteres.«

»Nicht, dass Sie mich gefragt hätten, aber mein Name ist Taka Ouellette.«

Auf einmal verschwand das Lächeln.

Da hast du's, Dave. Ich habe wieder Mist gebaut. Immer muss ich einen Schritt zu weit gehen …

Doch der Mund der Frau bewegte sich. »Le… Laurie«, sagte sie.

»Ah.« Taka überlegte, was sie noch sagen könnte. »Ich kann nicht behaupten, dass ich erfreut wäre, Sie kennenzulernen«, sagte sie schließlich in betont scherzhaftem Ton.

»Ja«, sagte Laurie. »Da sind Sie nicht die Erste.«

Das passt nicht zusammen, dachte Lubin.

Mitte Juni auf dem vierundvierzigsten Breitengrad. Fünfzehn oder zwanzig Minuten nach Sonnenuntergang – sagen wir etwa fünf Grad Achsendrehung. Dann läge die Höhe beim Verschwinden etwa bei dreiunddreißig Kilometern. Die Raketen waren ungefähr vier oder fünf Sekunden vor der Detonation in den Schatten eingetreten – wenn man der Zeugin denn Glauben schenken konnte. Legte man die übliche Wiedereintrittsgeschwindigkeit von sieben Kilometern pro Sekunde zugrunde, hätte die eigentliche Detonation in einer Höhe von höchstens fünftausend Metern stattgefunden, wahrscheinlich sogar noch tiefer.

Sie hatte von einer Luftdetonation gesprochen. Kein Einschlag und auch kein Flammenball. Wie Feuerwerk, hatte sie gesagt. Und immer in der Dämmerung oder während der Nacht.

Als er am Hintereingang zu dem verlassenen Firmengelände von Penobscot Power eintraf, trat gerade die Sonne hinter dem Gebirgskamm im Osten hervor. Die *Phocoena* und die mobile Krankenstation der Ärztin hatten für kurze Zeit gemeinsam in den Überresten des geplanten Gezeitenkraftwerks Zuflucht gesucht. Der Wartungstunnel, in dem sich die Ärztin versteckt hatte, hatte sich unter dem Meeresboden befunden. Er war sechzig Meter breit, etwa hundertmal so lang und in massives Felsgestein gebohrt. Bei ihrer Entwicklung war die Anlage ein Neubau des Mondmotors gewesen, der das Gezeitenkraftwerk in der Bay of Fundy, zweihundert Klicks weiter die Küste hinauf, antrieb. Nun handelte es sich nur noch um ein großes, geflutetes Kanalrohr, das U-Boote dazu nutzen konnten, unbeobachtet ins Landesinnere vorzudringen.

Von Lubins Standpunkt aus war davon freilich nichts zu sehen. Vor ihm befanden sich lediglich ein verkohlter Maschendrahtzaun, an dem ein paar Rechtecke aus Metall hingen, die mit einer Kohlenstoffschicht überzogen waren und auf denen einmal die Worte *Zutritt verboten* gestanden hatten, und – fünfzig Meter auf der anderen Seite, wo die Felsen aufragten – ein aus Beton und Stahl bestehendes Maul mit abgebrochenen Zähnen im Gesicht des Gebirgskamms. Einer der Torflügel schwang quietschend in der trockenen Brise hin und her. Der andere hing zur Seite geneigt starr in den Angeln.

Lubin stand mit dem Rücken zum Tor. Dann hob er den Arm und deutete zum Himmel. Er erinnerte sich daran, in welche Höhe die Ärztin gezeigt hatte und korrigierte den Winkel.

Dort entlang.

Nur ein paar Grad über dem Horizont. Das bedeutete entweder eine Sichtung in großer Höhe und weiter Ferne oder eine bedeutend nähere und viel niedrigere. Die atmosphärische Inversion war während der Dämmerung und der Nacht am stärksten, erinnerte sich Lubin. Normalerweise war die Inversionsschicht nur ein paar Hundert Meter dick und wirkte wie eine Decke, die freigesetzte Partikel dicht am Boden hielt.

Er wandte sich in Richtung Süden. Da und dort flackerten immer noch ein paar Feuer und verzehrten die letzten verbliebenen Brennstoffe. Ein leichter Morgenwind kam auf, der von der Küste her landeinwärts wehte. Er versprach kühlere Temperaturen und saubere Luft, obwohl im Augenblick noch überall Asche umherwirbelte. Lubin spuckte kalkweißen Schleim aus und ging weiter.

Die Ärztin hatte ihm einen Gürtel für die Granaten gegeben. Die kleinen Aerosolsprengkörper schlugen bei jedem Schritt gegen seine Hüften. Er behielt die Waffe in der Hand und deutete damit ohne nachzudenken auf mögliche Ziele – Baumstümpfe, pulverisierte Sträucher und die Überreste von Zaunpfählen. Es gab nicht mehr viel, worauf man zielen konnte. In seiner Vorstellung hatte das, was noch übrig war, Gliedmaßen und Gesichter. Er malte sich aus, wie sie bluteten.

Natürlich war seine Zeugin bei weitem kein GPS-System auf zwei Beinen. Ihre Beschreibung konnte zahlreiche Fehler enthalten, und wenn er die Windgeschwindigkeit mit einberechnete, mochte das bedeuten, dass sich lediglich ein kleiner Irrtum einem halben Dutzend größeren hinzugesellte. Aber Lubin war die Gründlichkeit in Person. Es bestand die Möglichkeit, dass er sich einen Kilometer oder weniger von den Koordinaten des geplatzten Sterns entfernt befand. Er ging einige Minuten in östliche Richtung, um den leichten Wind auszugleichen. Dann legte er die erste Granate in die Pistole ein und schoss sie in den Himmel.

Wie ein großes gelbes Ei stieg sie in die Luft auf, explodierte und bildete eine leuchtend rosafarbene Wolke von etwa zwanzig Metern Durchmesser.

Er sah zu, wie sie sich auflöste. Die ersten Fetzen folgten den vorherrschenden Winden, die die Wolke auseinanderzerrten und sie in ein eiförmiges, zartes Zuckerwatteband verwandelten, das langsam nach unten sank. Nach einer Weile begann sich die Wolke jedoch auch an den Seiten aufzulösen, während die Mikrolebewesen, aus denen sie bestand, auf der Suche nach verborgenen Schätzen in der Luft umherschnüffelten.

Nirgendwo eine Bewegung entgegen der Windrichtung. Das wäre am Anfang der Suche auch zu viel zu hoffen gewesen.

Hundert Meter von der ersten Granate entfernt feuerte er die nächste diagonal gegen den Wind und die dritte in hundert Metern Abstand von den anderen beiden – der letzte Punkt eines annähernd gleichseitigen Dreiecks. Im Zickzack lief er über die verwüstete Landschaft, wirbelte dabei kleine Staubverwehungen auf, wo sich noch einen Tag zuvor Ansammlungen von Farnkraut und Büschen befunden hatten, und wich Felsbrocken und Rissen im Boden aus. Einmal sprang er sogar über ein schwärzlich verfärbtes Bachbett, in dem immer noch ein Rinnsal vor sich hintröpfelte, das wundersamerweise von irgendeiner Quelle weiter stromaufwärts gespeist wurde, wo die Flammenwerfer nicht hingereicht hatten. In regelmäßigen Abständen schoss Lubin weitere absurd rosafarbene Wolken in den Himmel, sah zu, wie sie sich ausbreiteten, und ging dann weiter.

Er wollte gerade die achte Granate abschießen, als er bemerkte, dass sich die Überreste der siebten merkwürdig verhielten. Begonnen hatten sie als eine bauschige runde Kumuluswolke, wie die anderen auch. Nun jedoch war die Wolke zu einzelnen Fetzen zerfasert, als würde der Wind sie auseinanderreißen. Die einzelnen Fetzen bewegten sich aber nicht mit der Windrichtung, sondern ihr entgegen.

Und eine andere Wolke, die weiter entfernt war und sich schon fast aufgelöst hatte, schien gegen dieselben Regeln zu verstoßen. Mit bloßem Auge betrachtet sah es so aus, als würden die Aerosolwolken nicht auseinanderfließen, sondern entgegen der Windrichtung auf einen bestimmten Punkt zuströmen, der sich in der Richtung befand, aus der Lubin gerade gekommen war, etwa dreißig Grad abseits des Weges.

Und sie verloren an Höhe.

Er folgte ihnen. Die einzelnen Mikrolebewesen in den Wolken konnte man nicht gerade als intelligent bezeichnen, aber sie wussten, was ihnen gefiel und wie sie dorthin gelangen konnten. Es waren Geschöpfe, die sich in erster Linie auf ihren Geruchssinn verließen, und am liebsten mochten sie den Geruch von zwei Dingen: zum einen die Eiweißsignatur, wie sie von vielen in Waffen verwendeten Biosolen abgegeben wurde. Dieses Aroma spürten sie auf wie Haie, die Blutgeruch im Wasser wahrnahmen. Und wenn sie dieses Ambrosia schließlich gefunden und sich darin gewälzt hatten, veränderte sich ihre chemische Zusammensetzung. Das war die zweite Sache, die diese Geschöpfe mochten: den Geruch von anderen ihrer Art, die das Ziel ihrer Wünsche erreicht hatten.

Es handelte sich um ein klassisches biologisches Vergrößerungsglas, das über zwei Stufen funktionierte. Nur allzu oft waren die Spuren, die die Beute hinterlassen hatte, zu schwach, sodass lediglich ein paar der vorbeifliegenden Mikrolebewesen angelockt wurden. Diese lagerten sich mithilfe von Enzymen an die Schadstoffe an und gingen in ihr persönliches Nirwana ein – doch durch die Verschmelzung wurden die Absonderungen erstickt, durch die sie überhaupt erst angelockt worden waren. Der Schadstoff wurde zwar markiert, aber die Markierung war viel zu klein, als dass sie für das Auge eines Säugetiers wahrnehmbar gewesen wäre.

Doch wenn die Mikrolebewesen nicht nur von der Beute selbst in Erregung versetzt wurden, sondern auch von anderen ihrer Art, die sich im Erregungszustand befanden – nun, dann spielte es keine Rolle, ob genug für alle da war. Ein einzelnes schädliches Partikel reichte aus, um eine wahre Teilungsorgie auszulösen. Und die Mikrolebewesen, die später eintrafen, verstärkten nur das kollektive Signal.

Lubin fand das Objekt halb begraben im Schotterbett einer flachen Rinne. Es sah aus wie eine dreißig Zentimeter lange Gewehrkugel mit stumpfem Ende, in deren Oberfläche auf halber Länge Reihen runder Löcher gestanzt waren. Wie der Salzstreuer eines Riesen, der unter krankhaft erhöhtem Blutdruck litt. Wie das Ende eines mehrköpfigen Suborbitalgeräts, mit dem biologische Aerosole in die Luft versprüht wurden.

Lubin konnte nicht feststellen, was für eine Farbe es ursprünglich gehabt hatte. Jetzt war es mit einer leuchtend rosafarbenen klebrigen Flüssigkeit überzogen.

Auf den letzten Schritten zu Ouellettes mobiler Krankenstation änderte sich das Aussehen des Transporters. Im Innern des Fahrzeugs tauchten helle holografische Phantome auf – die Plastikhülle wurde durchscheinend und enthüllte neonfarbene Eingeweide und Nervenfasern, die darunter lagen. Lubin musste sich an diese Visionen erst noch gewöhnen. Seine Inlays lieferten ihm die Diagnoseemissionen sämtlicher unabgeschirmter Maschinen im Umkreis von zwölf Metern. Das Fahrzeug vor ihm gab allerdings weniger Informationen preis, als er sich gewünscht hätte. Sein Inneres war von Tumoren durchzogen: rechteckige Schatten unter dem Armaturenbrett, dunkle Streifen an der Beifahrertür, ein mattschwarzer Zylinder, der in der Mitte des Fahrzeugs aufragte wie ein dunkles Herz. Die mobile Krankenstation verfügte über zahlreiche Schutzvorrichtungen, die allesamt abgeschirmt waren.

Clarke und Ouellette standen neben dem Wagen und blickten ihm entgegen. An Ouellette konnten Lubins neue Augen nichts Ungewöhnliches entdecken. Clarkes Brustkorb dagegen war von einem trüben Schimmern erfüllt, das ihm jedoch keinerlei Informationen lieferte – Inlays und Implantate sprachen unterschiedliche Dialekte.

Er schaltete die Inlays um. Die an Halluzinationen erinnernden schematischen Darstellungen brachen in sich zusammen und ließen nur matte Plastik, weißen Staub, undurchsichtige Haut und Kleider zurück.

»Sie sind auf etwas gestoßen«, sagte Ouellette. »Wir haben die Wolken gesehen.«

Er berichtete ihnen, was er gefunden hatte. Ouellette starrte ihn mit offenem Mund an. »Sie beschießen uns mit Krankheitserregern? Wir sind doch schon am Ende! Warum sich die Mühe machen, uns die Megapocken oder Supercoli-Bakterien auf den Hals zu schicken, wenn wir sowieso ...«

Sie hielt inne. Die Entrüstung in ihrem Gesicht wich einem verwirrten Stirnrunzeln.

Clarke warf Lubin einen fragenden Blick zu: *β-Max?*

Lubin zuckte die Achseln. »Vielleicht stirbt N'Am nicht schnell genug. Einige der M&M-Regimes sind der Ansicht, dass βehemoth Gottes Strafe für die Sünden Nordamerikas sei. In Italien und Libyen jedenfalls ist das der offizielle Standpunkt. In Botswana auch, glaube ich.«

Clarke schnaubte verächtlich. »Die Sünden Nordamerikas? Glauben die etwa, dass βehemoth einfach am Atlantik haltmachen wird?«

»Die Gemäßigteren sind der Meinung, dass sie die Seuche eindämmen können«, sagte Ouellette. »Und die Extremisten wollen das gar nicht. Sie können erst ins Paradies gelangen, wenn die Welt untergegangen ist.« Ihre Gedanken schienen ganz woanders zu sein; sie sprach so beiläufig, als schlüge sie nach einem lästigen Insekt.

Lubin ließ sie nachdenken. Schließlich war sie für Clarke und ihn so etwas wie eine Fremdenführerin – die beste, über die sie im Augenblick verfügten. Vielleicht hatte sie irgendeinen Einfall.

»Wer sind Sie eigentlich?«, fragte Ouellette ruhig.

»Wie bitte?«

»Sie stammen nicht aus der Wildnis. Und auch nicht aus einer Klave. Und sie gehören ganz sicher nicht zur BRIKS, sonst wären Sie besser ausgerüstet. Möglicherweise kommen sie aus TransAt – aber das scheint auch nicht zu passen.« Ein kleines Lächeln erschien auf ihrem Gesicht. »Sie haben eigentlich gar keinen Plan, oder? Das ist alles improvisiert ...«

Lubin gab sich Mühe, sich nichts anmerken zu lassen und zielgerichtete Fragen zu stellen. »Spräche irgendetwas dagegen, dass jemand einen Angriff mit biologischen Waffen auf Nordamerika starten würde, nur um ... die gegenwärtige Entwicklung ein wenig zu beschleunigen?«

Ouellette schien das amüsant zu finden. »Sie gehen nicht oft vor die Tür, was?«

»Liege ich falsch?«

»Nein, Sie liegen nicht falsch.« Ouellette spuckte auf den aschebedeckten Boden. »Eine Menge Leute würden der Vorsehung ein wenig auf die Sprünge helfen, wenn sie Gelegenheit dazu hätten. Aber das bedeutet nicht zwangsläufig, dass es sich hier um einen Angriff gehandelt hat.«

»Was könnte es sonst sein?«

»Vielleicht ist es ein Gegenmittel.«

Clarke blickte auf. »Ein Heilmittel?«

»Nicht ganz so persönlich, vielleicht. Möglicherweise ist es etwas, das βehemoth in der freien Natur abtötet.«

Lubin musterte Ouellette. Sie ging auf seine Skepsis ein, ohne dass er sie ausgesprochen hätte: »Natürlich gibt es dort draußen Verrückte, die das Ende der Welt herbeisehnen. Aber es muss doch noch viel mehr Menschen geben, die eben das verhindern wollen, meinen Sie nicht auch? Und die sind genauso eifrig bei der Sache.«

In ihren Augen war etwas, das vorher nicht da gewesen war. Sie leuchteten beinahe.

Lubin nickte. »Aber wenn das tatsächlich ein Gegenmittel ist, warum hat dann jemand versucht, es abzuschießen? Und warum wird es suborbital verbreitet? Wäre es nicht effizienter, die Verbreitung den örtlichen Behörden zu überlassen?«

Ouellette verdrehte die Augen. »Welche örtlichen Behörden?«

Clarke runzelte die Stirn. »Aber davon hätte doch irgendjemand erfahren müssen, oder? Sie zum Beispiel?«

»Laurie, wenn Sie so etwas an die Öffentlichkeit bringen, machen Sie sich zur Zielscheibe für die M & Ms. Und was die Raketenabwehr angeht« – Ouellette wandte sich wieder Lubin zu –, »haben Sie auf Ihrem Planeten etwa noch nichts von der Rio-Revolte gehört?«

»Erzählen Sie uns mehr darüber«, sagte Lubin. *Laurie?,* dachte er.

»Das kann ich nicht«, gab Ouellette zu. »Niemand weiß, was wirklich passiert ist. Es heißt, ein paar Madonnen seien in die Büros der BRIKS von Rio de Janeiro eingedrungen und hätten dort verrückt gespielt. Sie haben eine Reihe von Raketenangriffen gestartet.«

»Wer hat gewonnen?«

»Die gute Seite. Jedenfalls wurde Rio dem Erdboden gleichgemacht, und die Schwierigkeiten haben aufgehört. Aber wer weiß? Manche Leute behaupten, dass es gar nicht die Lenies gewesen sind, sondern eine Art Bürgerkrieg zwischen abtrünnigen *Gesetzesbrechern*. Aber was immer es gewesen ist, es war … weit entfernt.« Sie deutete mit einer Hand auf den Horizont. »Wir hatten unsere eigenen Probleme. Und die einzige Moral der Geschichte lautet: Niemand weiß mehr, wer das Oberkommando hat und wer auf wessen Seite steht, und wir sind alle viel zu sehr damit beschäftigt, um unser Überleben zu kämpfen, als dass wir die Zeit hätten, uns solche Fragen zu stellen. Womöglich sind die Abwehrsatelliten von N'AmPaz auf Automatik gestellt, und das Bodenkontrollzentrum hat sämtliche Zugriffscodes verloren. Oder die Lenies veranstalten ein paar Schießübungen. Oder … oder vielleicht haben die M & Ms auch einen Verräter auf unserer Seite. Die Tatsache, dass jemand auf diese Mikroben schießt, beweist gar nichts, so oder so.«

Lubin konzentrierte sich auf diese Feststellung. »Es gibt keine Beweise?«

»Genau. Und deshalb werde ich welche beschaffen. Ich werde das Erbgut dieser Mikrobe analysieren. Also, was ist? Lassen Sie mich jetzt zum Fundort fahren, oder muss ich hinlaufen?«

Lubin sagte nichts. Aus den Augenwinkeln sah er, wie Clarke den Mund öffnete und ihn dann wieder schloss.

»Na schön.« Ouellette ging zur Rückseite ihres Transporters und öffnete eine Klappe. Lubin ließ zu, dass sie eine Kartusche Sterifolie und eine faltbare Trage mit eingebauten Bodeneffektor-Spulen hervorholte. Sie sah ihn ruhig an. »Wird es hier draufpassen?«

Er nickte.

Clarke hielt die zusammengefaltete Trage an Ouellettes Rücken, während die Ärztin die Schulterriemen anlegte. Ouellette nickte ihr zum Dank kurz zu und ging dann über die Straße davon, ohne sich noch einmal umzublicken.

»Du glaubst, dass sie sich irrt«, sagte Clarke, während die Ärztin im Flirren der zunehmenden Hitze immer kleiner wurde.

»Ich weiß es nicht.«

»Und wenn sie nun Recht hat?«

»Das spielt keine Rolle.«

»Das spielt keine Rolle?« Beinahe belustigt schüttelte Clarke den Kopf. »Ken, hast du den Verstand verloren?«

Lubin zuckte die Achseln. »Wenn sie eine brauchbare Probe gewinnen kann, werden wir wissen, ob es β-Max ist. So oder so können wir nach Bangor fahren und uns von ihr einschleusen lassen. Danach sollte es ...«

»Ken, hast du denn nicht gehört, was sie gerade gesagt hat? Möglicherweise gibt es ein Gegenmittel. Für βehemoth!«

Er seufzte.

»Das ist genau der Grund, weshalb ich dich nicht mitnehmen wollte«, sagte er schließlich. »Du verfolgst deine eigenen Ziele, und deswegen sind wir nicht hier. Du lässt dich zu schnell ablenken.«

»Ablenken?« Verwundert schüttelte sie den Kopf. »Ich spreche darüber, die Welt zu retten, Ken. Ich glaube nicht, dass ich in irgendeiner Weise abgelenkt bin.«

»Nein. Du glaubst, du bist der Verdammnis anheimgefallen.«

Bei diesen Worten verschloss sich etwas in ihrem Innern.

Er sprach trotzdem weiter. »Ich bin anderer Meinung, falls es dich beruhigt.«

»Tatsächlich.« Clarkes Gesicht war eine ausdruckslose Maske.

»Ich würde dich lediglich für besessen halten. Aber auch das ist ein Problem.«

»Inwiefern?«

»Du bist der Meinung, dass du die Welt zerstört hast.« Lubin ließ den Blick über die verbrannte Landschaft schweifen. »Du glaubst, das alles sei deine Schuld. Du würdest auf der Stelle unsere Mission aufgeben und ebenso dein Leben und meines, sofern du nur die leiseste Chance auf Erlösung siehst. Du hast das Blut an deinen Händen so satt, dass dir kaum auffällt, dass du es mit anderem Blut abwäschst.«

»Ist das deine Meinung?«

Er blickte sie an. »Gibt es irgendetwas, was du nicht tun würdest? Für die Möglichkeit, das Geschehene rückgängig zu machen?«

Einen Moment lang erwiderte sie seinen Blick. Dann wandte sie sich ab.

Lubin nickte. »Du hast das Wohl der Allgemeinheit auf eine Weise verinnerlicht, wie ich es bei einem normalen Menschen noch nie gesehen habe. Ich frage mich, ob dein Gehirn nicht seine eigene Form des *Schuldgefühls* zusammengebraut hat.«

Sie blickte zu Boden. »Das ändert nichts«, flüsterte sie schließlich. »Selbst wenn meine Motive … persönlicher Natur sind.«

»Es sind nicht deine Motive, die mir Sorgen bereiten, sondern dein Urteilsvermögen.«

»Wir reden immer noch davon, die Welt zu retten.«

»Nein«, sagte er. »Wir reden davon, dass jemand anderes es möglicherweise versucht. Wir reden von einem ganzen Land oder Konsortium, das viel besser ausgerüstet und informiert ist als zwei Tramper vom Mittelatlantischen Rücken. Und« – er hob die Hand, um ihrem Widerspruch zuvorzukommen – »von anderen einflussreichen Mächten, die vielleicht versuchen, das Ganze zu verhindern, aus Gründen, über die wir nur Vermutungen anstellen können. Vielleicht auch aus keinem besonderen Grund, wenn Ouellettes Überlegungen stimmen. Wir haben an dieser Sache keinen Anteil, ganz egal, wie verzweifelt du dir das wünschst.«

»Wir hatten von Anfang an Anteil daran, Ken. In den letzten fünf Jahren hatten wir nur zu viel Angst, um etwas zu unternehmen.«

»Und während dieser Zeit hat sich einiges verändert.«

Sie schüttelte den Kopf. »Wir müssen es versuchen.«

»Wir kennen nicht einmal mehr die Regeln dieses Spiels. Und wie steht es mit den Dingen, auf die wir tatsächlich einen Einfluss haben? Wie steht es mit Atlantis? Und den Riftern? Wie steht es mit Alyx? Willst du für eine aussichtslose Sache wie diese wirklich die Möglichkeit wegwerfen, ihnen zu helfen?«

Im selben Moment wusste er, dass er sich verschätzt hatte. Etwas loderte in ihr auf, etwas Eisiges und Vertrautes, das sich nicht unterkriegen ließ. »Wie kannst du es wagen?«, zischte sie. »Alyx oder Grace haben dir doch nie irgendetwas bedeutet – und ich genauso wenig. Du warst bereit, uns alle umzubringen. Du hast ständig die Seiten gewechselt, je nachdem wie die Chancen gerade standen.« Clarke schüttelte angewidert den Kopf. »Wie kannst du es wagen, über Loyalität zu sprechen und darüber, Menschenleben zu retten? Du weißt doch nicht einmal, was das bedeutet, wenn es nicht gerade zu deinen Einsatzparametern gehört.«

Er hätte wissen müssen, dass es keinen Sinn haben würde, mit ihr zu diskutieren. Sie hatte gar kein Interesse daran, die Wahrscheinlichkeit eines Erfolgs abzuwägen. Sie dachte nicht über den möglichen Nutzen nach oder wog Atlantis gegen den Rest der Welt ab. Die einzigen Variablen, die sie interessierten, stammten aus ihrem eigenen Kopf, und weder Schuldgefühl noch Besessenheit waren empfänglich für eine Kosten-Nutzen-Analyse.

Dennoch riefen ihre Worte ein seltsames Gefühl in seiner Kehle hervor.

»Lenie, ich wollte nicht …«

Sie hob die Hand, ohne ihn anzuschauen. Er wartete.

»Vielleicht ist es auch nicht einmal deine Schuld«, sagte sie nach einer Weile. »Sie haben dich einfach so erschaffen.«

Er gestattete sich ein wenig Neugier. »Wie meinst du das?«

»Du bist eine Armeeameise. Du läufst umher, die Fühler am Boden, und folgst den Befehlen und Einsatzprofilen und deinen kurzfristigen Zielen, und du kommst nicht einmal auf den Gedanken, den Kopf zu heben und die größeren Zusammenhänge zu betrachten.«

»Ich sehe die Zusammenhänge«, gab Lubin leise zurück. »Und sie sind weitaus komplexer, als du dir offenbar eingestehen willst.«

Sie schüttelte den Kopf und mied dabei immer noch seinen Blick.

Er versuchte es noch einmal. »Also gut. Du kennst die Zusammenhänge. Was sollen wir deiner Meinung nach mit diesen Informationen tun? Hast du außer Wunschdenken noch irgendetwas anzubieten? Hast du eine Strategie, wie du ›die Welt retten willst‹, wie du es nennst?«

»*Ich* habe eine«, sagte Taka Ouellette.

Sie drehten sich um. Ouellette stand neben der mobilen Krankenstation, die Arme vor der Brust verschränkt. Ihre Trage war nirgendwo zu sehen.

Lubin blinzelte überrascht. »Ihre Probe ...«

»Von dem Sprengkopf, den Sie gefunden haben? Keine Chance. Der Markierstoff hat längst sämtliche aktiven Substanzen zersetzt.«

Clarke warf Lubin einen Blick zu, der selbst durch ihre Milchglasaugen hindurch so klar war wie binärer Code: *Bist wohl heute nicht ganz in Form, was, Superspion? Dass sich eine stinknormale Landärztin an dich heranschleichen kann?*

»Aber ich weiß, woher wir eine Probe bekommen können«, fuhr Ouellette fort und sah Clarke an. »Und ich könnte dabei Ihre Hilfe gebrauchen.«

Migration

Offensichtlich war Taka Ouellette erst am Ende ihres Gesprächs dazugekommen. Hätte sie den Anfang mitgehört, hätte sie nichts mehr mit ihr zu tun haben wollen, das wusste Clarke.

Die gute Ärztin hatte Kontakte unter der Bevölkerung, jedenfalls behauptete sie das. Menschen, die sie gerettet oder denen sie etwas mehr Zeit verschafft hatte. Menschen, deren Angehörige sie von ihren Qualen erlöst hatte. Gelegenheitsdealer, Drogenhändler in der Wildnis, die manchmal Medikamente oder Ersatzteile beibringen konnten und mit denen man einen Tauschhandel treiben konnte. Sie waren beileibe keine Altruisten, aber sie konnten Leben retten, wenn der nächste Lifter mit Vorräten noch eine Woche entfernt war.

Allesamt waren sie von einem gesunden Eigennutz geprägt. Und sie kannten andere ihrer Art.

Lubin blieb selbstverständlich weiterhin skeptisch. Oder zumindest tat er so, als sei er es, wie Clarke feststellte. Das gehörte zu seiner Masche. So musste es sein. Niemand würde sich ernsthaft der Möglichkeit verschließen – und sei sie auch noch so gering –, einen Teil dessen wieder gutzumachen, was …

… *was ich in Gang gesetzt habe.*

Das war der springende Punkt. Und Lubin – verflucht sollte er sein – wusste das genauso gut wie sie. Jemand, der einmal an der Zerstörung der Welt mitgewirkt und sich an ihren Todeszuckungen erfreut hatte, konnte schwerlich auf jemand anderes hinabblicken, der lediglich zögerte, sie zu retten. Selbst wenn es schon eine Weile her war. Selbst wenn man sich in der Zwischenzeit verändert hatte. Falls es für die Vernichtung der Welt überhaupt eine Verjährungsfrist gab, dann endete sie jedenfalls nicht nach fünf lausigen Jahren.

Taka Ouellette hatte vorgeschlagen, dass sie sich nach Süden wenden sollten, in Richtung Portland oder zumindest dem, was noch davon übrig war. Und wenn sie dort keine Zugangsmöglichkeit zum Datennetz fanden, dann wäre Boston nicht mehr weit. Außerdem war Ouellette in dieser Gegend eine *Amtsperson*, jemand mit anerkannten Papieren und Identität. Beinahe schon eine Autoritätsperson, an örtlichen Maßstäben gemessen. Möglicherweise würde es ihr sogar gelingen, sie durch die Vordertür einzuschleusen.

»Autoritätspersonen fahren nicht umher und verteilen Pflaster aus einem Transporter«, sagte Lubin.

»Ach ja? Und was haben uns deine Bemühungen bisher eingebracht? Glaubst du immer noch, du könntest dich ins globale Nervensystem einhacken, nachdem sämtliche Nerven, die einmal eine Hintertür gebildet haben, weggebrannt wurden?«

Am Ende stimmte er zu, allerdings unter bestimmten Bedingungen. Sie würden Ouellettes Plan folgen, solange er sie in die richtige Richtung führte. Sie würden ihre mobile Krankenstation benutzen, nachdem sämtliche Schutzvorrichtungen gegen unbefugtes Eindringen aus dem Fahrerhaus entfernt worden waren. Er würde ihre Kooperation sicherstellen, während sie Clarke Anweisungen erteilte, die die Demontage vornehmen würde.

Das Fahrerhaus der mobilen Krankenstation war ein Wunder der platzsparenden Einrichtung. Hinter den Sitzen ließen sich zwei Feldbetten herunterklappen, und in der Rückwand befand sich eingezwängt zwischen einem Calvin-Cycler und einer medizinischen Benutzeroberfläche eine kleine Dusch- und Toilettenkabine. Doch was Clarke wirklich erstaunte, war die Anzahl von versteckten Fallen, mit denen das ganze Fahrerhaus gespickt war. Gaskanister waren mit dem Lüftungssystem verbunden. In der Polsterung der Sitze waren Tasernadeln verborgen, bereit, auf ein Wort oder eine Berührung hin Fleisch und isolierende Kleidung zu durchbohren. Unter dem Armaturenbrett befand sich ein photischer Stimulator, ein gerichteter Infrarotimpuls, der selbst geschlossene Augenlider durchdringen und einen epileptischen Anfall auslösen konnte. Taka Ouellette zeigte ihr die einzelnen Vorrichtungen, während Lubin hinter ihr stand. Daraufhin ging Clarke mit einem Werkzeugkasten zu Werk und zog überall die Stecker. Clarke hatte keine Ahnung, ob die Liste vollständig war – womöglich behielt Ouellette noch einen Trumpf im Ärmel, für den Fall, dass sie ihn irgendwann brauchte –, aber Lubin war weitaus misstrauischer veranlagt als sie, und er schien zufrieden zu sein.

Es dauerte etwa eine Stunde, das Fahrerhaus zu entschärfen. Nachdem sich Ouellette erkundigt hatte, ob sie auch die externen Schutzvorrichtungen entfernen sollten, wirkte sie beinahe enttäuscht, als Lubin den Kopf schüttelte.

Sie teilten sich auf. Lubin würde die *Phocoena* die Küste hinuntersteuern und versuchen, auf eigene Faust nach Portland zu gelangen. Clarke, die eine Kopie des Erbguts von β-Max bei sich trug, würde Ouellette zu einem Treffpunkt unweit ihrer üblichen Route begleiten.

»Erzähl ihr von β-Max nur, wenn es unbedingt nötig ist«, warnte Lubin sie, als Ouellette gerade nicht in Hörweite war.

»Warum?«

»Weil es den einzigen Schutz umgeht, der bisher gegen βehemoth gefunden wurde. Sobald ihr klar wird, dass so etwas existiert, werden ihre Prioritäten völlig auf den Kopf gestellt.«

Anfangs war Clarke überrascht, dass Lubin sie überhaupt außer Sichtweite ließ. Auch ohne seinen Mordreflex hatte er etwas gegen potenzielle Sicherheitsrisiken, und er wusste, dass Clarke mit seinen Einsatzprioritäten nicht übereinstimmte. Normalerweise war er alles andere als vertrauensselig. Woher wollte er wissen, dass sich die beiden Frauen nicht einfach landeinwärts wenden und ihn zurücklassen würden?

Erst als sie sich voneinander getrennt hatten, fiel ihr die offensichtliche Antwort ein: Natürlich hoffte er darauf, dass genau das passieren würde.

Sie fuhren über verbranntes Land, aus dem jedes Leben getilgt worden war. Die mobile Krankenstation, die für den Einsatz in unebenem Gelände gebaut war, rollte über umgestürzte Baumstämme hinweg, die unter ihren Rädern zerbröckelten. Sie überwand mit Asche und Ruß gefüllte Krater und fuhr über den wie gefroren wirkenden Asphalt, über den, antarktischen Schneestürmen gleich, zentimeterhohe Wolken aus grauem Pulver hinwegwehten. Zweimal kamen sie an kaputten Reklametafeln vorbei, die halb geschmolzen auf dem felsigen Boden lagen, ihre kristallene Oberfläche verbogen und noch halb funktionsfähig. Sie priesen nichts mehr an außer einem flackernden, vielfarbigen Nachglühen.

Nach einer Weile begann es zu regnen. Die Asche am Boden verwandelte sich in eine breiige Masse, die an der Motorhaube klebte wie Kleckse aus Pappmaché. Einige der Tropfen waren sogar fast schwer genug, um bis zur Windschutzscheibe vorzudringen. Sie hinterließen kleine Schmutzflecken auf dem Glas, bevor sie vom statischen Feld abprallten.

Während der ganzen Zeit sprachen sie kein Wort. Seltsame Musik füllte die Stille zwischen ihnen, archaische Kompositionen voller klimpernder Pianos und nervöser Streicher. Ouellette schien sie zu mögen. Sie konzentrierte sich auf die Steuerung des Wagens, während Clarke aus dem Fenster starrte und sich Gedanken darüber machte, wer die Schuld an den Schäden tragen mochte. Wie viel der Zerstörung ging auf ihr Konto? Und wie viel auf das von Dämonen, die ihren Namen angenommen hatten?

Schließlich ließen sie die verbrannte Zone hinter sich. Jetzt wuchs an den Straßenrändern echtes Gras, während die Straßengräben hier und da von Büschen gesprenkelt waren. Echte Immergrüne ragten hinter den Gräben auf wie Reihen abgerissener, halb verhungerter Knochenmänner. Die meisten von ihnen waren braun, als würden sie von einer endlosen Dürre geplagt.

Der Regen würde ihnen nicht helfen. Sie hielten durch – manche hatten sogar Flaggen aus zähem, widerspenstigem Grün an ihren Gliedmaßen gehisst –, aber βehemoth war überall, es war unerbittlich, und es hatte alle Zeit der Welt. An manchen Stellen war die Mikrobe in einer solchen Konzentration vorhanden, dass sie selbst mit bloßem Auge sichtbar war: Flecken von ockerfarbenem Schimmel, die das Gras erstickten oder sich auf Baumstämmen ausbreiteten. Und dennoch schien der Anblick all dieser Vegetation – die vielleicht nicht wirklich lebendig, aber zumindest physisch unversehrt war – nach dem Leichenhaus, das sie gerade verlassen hatten, Grund zur Freude zu bieten.

»Nehmen Sie die eigentlich jemals raus?«, fragte Ouellette.

»Wie bitte?« Clarke zwang sich, in die Gegenwart zurückzukehren. Die Ärztin hatte auf Autopilot umgeschaltet – ein einfacher Modus, der dem Wagen vorgab, der Straße zu folgen, ohne eine möglicherweise gefährliche Verbindung zum GPS-System herzustellen.

»Diese Kappen über Ihren Augen. Nehmen Sie die jemals ...?«

»Ach so. Nein. Normalerweise nicht.«

»Ist das eine Nachtsichtbrille? Damit Sie im Dunkeln sehen können?«

»Etwas in der Art.«

Ouellette schürzte die Lippen. »Ich kann mich erinnern, so etwas vor Jahren schon einmal gesehen zu haben. Kurz bevor die Katastrophe passiert ist. Damals waren sie unheimlich beliebt – für etwa zwanzig Minuten.«

»Wo ich herkomme, sind sie es immer noch.« Clarke blickte aus dem mit Regentropfen bespritzten Seitenfenster. »Jedenfalls bei meinem Stamm.«

»Stamm? Sie kommen doch wohl nicht etwa aus Afrika?«

Clarke schnaubte leise. »Verflucht, nein.«

»Das habe ich auch nicht gedacht. Ihnen fehlt es an Melanin, obwohl das heutzutage natürlich wenig zu bedeuten hat. Außerdem würden die Tutsi nicht hierherkommen, es sei denn, um sich an unserem Unglück zu weiden.«

»Wieso das?«

»Eigentlich kann man es ihnen ja gar nicht verdenken. Dort drüben gibt es kaum noch jemanden, der älter wäre als vierzig Jahre. Für sie ist die Feuerhexe deshalb reine poetische Gerechtigkeit.«

Clarke zuckte die Achseln.

»Wenn Sie also nicht aus Afrika stammen«, fuhr Ouellette beharrlich fort, »dann kommen Sie vielleicht vom Mars.«

»Was bringt Sie auf diesen Gedanken?«

»Sie sind jedenfalls nicht aus der Gegend hier. Sie haben Miri für einen Krankenwagen gehalten.« Sie tätschelte liebevoll das Armaturenbrett. »Sie wissen nicht über die Lenies Bescheid …«

Clarke biss die Zähne zusammen, plötzlich wütend. »Darüber weiß ich durchaus Bescheid. Bösartiger Code, der sich von selbst weiterentwickelt, im Mahlstrom lebt und dort Chaos stiftet. Ein Symbol der Vergeltung für einen Haufen Länder, die uns hassen. Und wenn wir schon einmal beim Thema sind, vielleicht können Sie mir ja mal erklären, wie es kommt, dass Sie hier herumfahren, Pflaster verteilen und Sterbehilfe leisten, während die gesamte östliche Hemisphäre versucht, ein Heilmittel gegen ßehemoth über Ihrem Kopf auszuschütten? Auch wenn Sie nicht vom Mars stammen, scheinen Sie über die aktuellen Ereignisse nicht sonderlich gut informiert zu sein.«

Ouellette betrachtete sie einen Moment lang neugierig. »Da war es schon wieder.«

»Wovon reden Sie?«

»Mahlstrom. Es ist Jahre her, seit ich das letzte Mal gehört habe, wie jemand dieses Wort benutzt.«

»Na und? Was macht das für einen Unterschied?«

»Kommen Sie schon, Laurie. Sie tauchen mitten im Nirgendwo auf und kapern meinen Transporter. Weder Sie noch Ihren Partner kann man auch nur im entferntesten Sinn als normal bezeichnen. Ich meine, natürlich will ich wissen, woher Sie kommen.«

Clarkes Wut ließ ebenso schnell nach, wie sie aufgelodert war. »Tut mir leid.«

»Angesichts der Tatsache, dass ich immer noch so etwas wie eine Gefangene für Sie bin, könnte man sogar sagen, dass Sie mir eine Erklärung schuldig sind.«

»Wir haben uns versteckt«, platzte es aus Clarke heraus.

»Versteckt.« Ouellette wirkte nicht überrascht. »Gibt es heutzutage tatsächlich noch einen Ort, wo man sich verstecken kann?«

»Wie sich herausgestellt hat, nein. Deshalb sind wir jetzt hier.«

»Sind Sie ein hohes Tier?«, fragte Ouellette.

»Sehe ich etwa so aus?«

»Sie sehen aus wie eine Art Tiefseetaucherin.« Sie deutete auf die metallene Scheibe auf Clarkes Brust. »Eine Elektrolyse-Einlassöffnung, nicht wahr?«

Clarke nickte.

»Ich nehme also an, Sie sind die ganze Zeit unter Wasser gewesen, was?« Ouellette schüttelte den Kopf. »Ich hätte eher auf die geosynchrone Umlaufbahn getippt.«

»Wieso?«

»Das war nur eines der Gerüchte, die sich verbreitet haben. Damals, als die Hexe zum ersten Mal aufgetaucht ist und die Krawalle anfingen, da gab es diesen Thread im Mahlstrom, dass ein paar Hundert hochrangige Firmenbosse einfach vom Erdboden verschwunden seien. Ich weiß nicht, wie man so etwas beweisen kann, schließlich hat niemand diese Leute jemals wirklich zu Gesicht bekommen. Womöglich sind das alles von Anfang an nur Simulationen gewesen. Na jedenfalls, Sie wissen ja, wie sich solche Dinge verbreiten. Es hieß, sie hätten allesamt in Australien die Erde verlassen, hätten es sich in der geosynchronen Umlaufbahn bequem gemacht und würden nun dabei zusehen, wie die Welt untergeht.«

»Ich bin kein hohes Tier«, sagte Clarke.

»Aber Sie arbeiten für die Firmenbosse«, vermutete Ouellette.

»Wer hat das nicht getan?«

»Ich meine in letzter Zeit.«

»In letzter Zeit?« Clarke schüttelte den Kopf. »Ich glaube, ich kann ehrlich sagen, dass weder Ken noch ich … scheiße!«

Es sprang aus seinem Versteck unter dem Armaturenbrett hervor und schien nur aus Panzersegmenten und klickenden Mandibeln zu bestehen. Es klammerte sich mit Gliedern an ihrem Knie fest, die viel zu viele Gelenke besaßen – eine groteske Mischung aus einem Grashüpfer und einem Tausendfüßler, so groß wie ihr kleiner Finger. Ihre Hand schlug wie von selbst danach und zerquetschte das kleine Geschöpf unter ihrer Handfläche.

»Verdammt«, keuchte sie. »Was war das?«

»Was immer es war, es hat Ihnen nichts getan.«

»So etwas habe ich noch nie ges...« Clarke hielt inne und blickte die Ärztin an. Ouellette schien tatsächlich wütend zu sein.

»Ich hoffe, das ist kein ... kein Haustier von Ihnen gewesen oder so etwas?« Es kam ihr absurd vor. *Allerdings wäre es auch nicht verrückter, als sich ein Käsehirn als Haustier zu halten.*

Ich frage mich, wie es Alyx geht ...

»Es war nur ein Insekt«, sagte Ouellette. »Es hat keinem etwas getan.«

Clarke wischte sich die Handfläche an ihrem Schenkel ab. Chitin und eine gelbe Masse wurden auf ihrer Taucherhaut verschmiert. »Ich weiß nicht ... irgendetwas stimmte damit nicht. So ein Insekt habe ich noch nie zuvor gesehen.«

»Ich sage es Ihnen ja immer wieder. Sie sind nicht ganz auf dem neuesten Stand.«

»Diese Viecher sind also bereits ein alter Hut?«

Ouellette zuckte die Achseln, ihre Verärgerung schien nachgelassen zu haben. »Sie tauchen seit einiger Zeit hier und dort auf. Normale Insekten mit zu vielen Panzersegmenten. Wahrscheinlich handelt es sich um eine Mutation in den Hox-Genen, aber ich weiß nicht, ob sie sich irgendjemand schon einmal genauer angeschaut hat.«

Clarke blickte auf die nasse, dahinwelkende Landschaft hinaus, die am Fenster vorbeiglitt. »Dieses ... Insekt scheint Ihnen ja sehr am Herzen zu liegen.«

»Wie? Geht Ihnen das Sterben etwa nicht schnell genug? Müssen Sie es auch noch beschleunigen?« Ouellette holte tief Luft und begann dann noch einmal. »Es tut mir leid. Sie haben Recht. Ich bin nur ... Irgendwie entwickelt man nach einer Weile ein Mitgefühl für alle Lebewesen, verstehen Sie? Wenn man genügend Zeit hier draußen verbringt, kommt einem alles ... wertvoll vor.«

Clarke antwortete nicht. Das Fahrzeug überwand gerade einen Riss in der Straße, und es gab eine Erschütterung, als die Bodeneffektoren zum Einsatz kamen.

»Ich weiß, dass das nicht besonders vernünftig klingt«, gab Ouellette nach einer Weile zu. »Schließlich hat βehemoth gar nicht so viel verändert.«

»Wie meinen Sie das? Schauen Sie doch mal aus dem Fenster, Tak. Die Welt stirbt.«

»Aber das war vorher auch schon so. Vielleicht ging es nicht ganz so schnell.«

»Hm.« Clarke betrachtete die Ärztin. »Und Sie glauben wirklich, dass jemand ein Gegenmittel verbreitet?«

»Gegen die menschliche Dummheit? Ich fürchte, dagegen ist kein Kraut gewachsen. Aber gegen βehemoth? Wer weiß.«

»Wie würde das funktionieren? Ich meine, was haben sie bisher noch nicht versucht?«

Ouellette schüttelte den Kopf und lachte leise. »Laurie, Sie trauen mir zu viel zu. Ich habe nicht die geringste Ahnung.« Sie dachte einen Moment lang nach. »Vielleicht ist es eine Silberrücken-Lösung.«

»Davon habe ich noch nie gehört.«

»Vor ein paar Jahrzehnten in Afrika. Es waren kaum noch Gorillas übrig, und die wenigen, die noch verblieben waren, wurden von den

Einheimischen aufgegessen. Also kam eine Gruppe Naturschützer auf die schlaue Idee, die Gorillas ungenießbar zu machen.«

»Ach ja? Und wie?«

»Durch eine künstlich gezüchtete Ebola-Variante. Den Gorillas konnte sie nichts anhaben, aber ein Mensch, der sie über die Nahrung aufnahm, verblutete innerhalb von zweiundsiebzig Stunden.«

Clarke lächelte beeindruckt. »Würde das bei uns auch funktionieren?«

»Es wäre nicht einfach. Mikroben entwickeln wesentlich schneller Gegenmaßnahmen als Säugetiere.«

»Ich nehme an, bei den Gorillas hat es auch nicht funktioniert?«

Ouellette schnaubte verächtlich. »Es hat zu gut funktioniert.«

»Wie kommt es dann, dass sie ausgestorben sind?«

»Wir haben sie ausgerottet. Das Risiko für die menschliche Gesundheit war zu groß.«

Regen prasselte auf das Dach des Fahrerhauses und lief an den Seitenfenstern hinab. Vor ihnen pladderten die Tropfen auf die Windschutzscheibe nieder und wurden wenige Zentimeter davor unerwartet von ihrem Ziel abgelenkt.

»Taka«, sagte Clarke nach einer Weile.

Ouellette blickte zu ihr herüber.

»Warum wird der Begriff Mahlstrom nicht mehr verwendet?«

Die Ärztin lächelte schwach. »Sie wissen, wie diese Bezeichnung ursprünglich entstanden ist, nicht wahr?«

»Im Netz wurde es immer … voller. Es gab von Benutzern ausgelöste Wirbelstürme und elektronische Lebensformen.«

Ouellette nickte. »Das meiste davon existiert nicht mehr. So viel des tatsächlichen Netzes ist zerstört worden, dass ein Großteil der Internetfauna aufgrund des Verlusts ihres Lebensraums ausgestorben ist. Jedenfalls auf dieser Seite der Mauer – N'AmNet wurde schon vor Jahren vom restlichen Netz abgetrennt. Soweit ich weiß, brodelt es überall auf der Welt weiter, aber hier …«

Sie blickte aus dem Fenster.

»Hier haben wir den Mahlstrom ausgesperrt.«

Karma

Achilles Desjardins wurde von einem Schrei geweckt.

Er war bereits verklungen, als Desjardins erwachte. Er lag in der Dunkelheit und fragte sich einen Moment lang, ob er das Ganze nur geträumt hatte. Vor nicht allzu langer Zeit waren seine Träume ständig von Schreien erfüllt gewesen. Er fragte sich, ob er womöglich im Schlaf geschrien und sich selbst geweckt hatte – aber auch das war seit ein paar Jahren nicht mehr vorgekommen. Nicht mehr, seit er ein neuer Mensch geworden war.

Oder vielmehr, seit Alice sein altes Ich aus dem Keller hervorgeholt hatte.

Wach und aufgeschreckt erkannte er die Wahrheit. Der Schrei war nicht aus seiner Kehle hervorgedrungen, und er hatte ihn sich auch nicht eingebildet. Es war ein mechanischer Schrei gewesen. Ein Alarmsignal, das kurz ertönt und sogleich wieder verstummt war.

Merkwürdig.

Er fuhr seine Inlays hoch. Außerhalb seines Schädels blieb alles dunkel, doch im Innern seines Occipitallappens öffneten sich ein halbes Dutzend helle Fenster. Er ging die wichtigsten Informationen durch und danach die weniger wichtigen. Er suchte nach Bedrohungen vom anderen Ende der Welt, aus dem Orbit, von irgendeinem dummen Zivilisten, der gegen den Zaun gestolpert sein mochte, der seinen Einflussbereich begrenzte. Er schaute in der kargen Ansammlung von Räumen und Fluren nach, die seinen wenigen Mitarbeitern bei Tage noch zur Verfügung standen, obwohl es gerade erst vier Uhr morgens war und keiner von ihnen so früh zur Arbeit erscheinen würde. Doch in der Eingangshalle war nichts zu sehen und ebenso wenig im Empfangsraum oder bei den Hundezwingern. Die Laderampen und der Maschinenraum waren ebenfalls menschenleer. Ein Raketenangriff war auch nicht im Gange. Er konnte nicht einmal eine verstopfte Rohrleitung entdecken.

Aber er hatte etwas gehört, dessen war er sich sicher. Und ihm war auch noch etwas anderes klargeworden: Dieses Alarmsignal hatte er noch nie zuvor vernommen. Nach all den Jahren waren die Maschinen, von denen er umgeben war, für ihn mehr als nur Werkzeuge. Sie waren Freunde, Beschützer, Ratgeber und zuverlässige Diener. Er kannte ihre Stimmen genau: das sanfte Zirpen seiner Inlays, das beruhigende Summen der Gebäudesicherheit, die zarten, mehrere Oktaven umfassenden Harmonien der Alarmanlage. Dieses Signal stammte von keinem von ihnen.

Desjardins schlug die Bettdecke zurück und stand von seiner Pritsche auf. Einige Meter vor ihm ragte Stonehenge auf – hufeisenförmig aufgestellte Großrechner und taktische Anzeigen leuchteten trübe in der Dunkelheit. Desjardins verfügte über einen offiziellen Arbeitsplatz ein paar Stockwerke höher und auch über ein offizielles Wohnquartier, das, wenn auch nicht luxuriös, so doch immerhin deutlich behaglicher war als die Matratze, die er hier heruntergetragen hatte. Hin und wieder benutzte er diese Räume auch für offizielle Anlässe und andere Gelegenheiten, wenn es auf die äußere Erscheinung ankam. Aber er bevorzugte diesen Raum – er war geheim und sicher, ein improvisiertes Nervenzentrum, das aus Glasfaserkabeln bestand, die knorrigen Wurzeln gleich aus den Wänden hervorwuchsen. Dies war sein Thronsaal, sein Bergfried und sein Bunker. Er wusste, wie absurd das angesichts der Reichweite seiner Macht und der Stärke seiner Befestigungsanlagen war – aber hier, in der fensterlosen unterirdischen Dunkelheit, fühlte er sich am sichersten.

Er kratzte sich am Kopf, ließ sich auf den Stuhl im Mittelpunkt von Stonehenge sinken und begann die Informationen durchzusehen, die seine Geräte ihm lieferten. Wie immer war die Welt voller gelber und roter Icons, doch es schien nichts Dringliches dabei zu sein. Mit Sicherheit nichts, was ein akustisches Warnsignal hervorgerufen hätte. Desjardins ließ sich sämtliche Ereignisse zu einer Liste zusammenstellen und sortierte sie nach dem Zeitpunkt ihres Auftretens. Was immer geschehen war, hatte sich gerade erst ereignet. Er ging die Liste durch: eine Kernschmelze in einem CAESAR-Reaktor in Louisville; in Boulder hatte ein statisches Feld versagt; seine Bemühungen, die Verbindungen zu Florida wieder aufzubauen, zeigten leichte Fortschritte. Auf der Panama-Leitung wurde erneut über mutierte Insekten und Unkräuter geredet …

Etwas berührte ihn leicht am Bein. Er blickte nach unten.

Mandelbrot blickte aus einem Auge zu ihm auf. Das andere war verschwunden, ein dunkles, klebriges Loch in einem halb zerfetzten Gesicht. Ihre Flanke sah in dem trüben Zwielicht schwarz und glitschig aus. Eingeweide schimmerten unter verfilztem Fell hervor.

Die Katze schwankte trunken, die Vorderpfote immer noch erhoben. Sie öffnete das Maul. Mit einem stummen *Miau* fiel sie auf die Seite.

Oh Gott, nein. Oh bitte, lieber Gott, nein.

Er stellte die Verbindung her, noch bevor er die Lichter eingeschaltet hatte. Mandelbrot lag blutend in einer Pfütze ihrer eigenen Eingeweide.

Oh gütiger Himmel, bitte. Sie stirbt. Bitte lass sie nicht sterben.

»Hi«, zwitscherte die Taktik-Konsole. »Hier spricht Trev Sawyer.«

Das stimmte natürlich nicht. Es war eine interaktive Simulation, und Desjardins hatte keine Zeit, sich durch Dialogbäume durchzuarbeiten. Er legte auf und stellte eine Verbindung zum örtlichen Telefonbuch her. »Mein Tierarzt. Privatnummer. Sämtliche Overrides ausschalten.«

Irgendwo in Sudbury begann Sawyers Uhr zu klingeln.

Du bist wieder in den Hundezwinger geschlüpft, nicht wahr? Mandelbrot lag auf der Seite, ihr Brustkorb hob und senkte sich schwer. *Du dumme Katze, ständig musst du diese Bestien ärgern. Hast du jemals darüber nachgedacht … Oh Gott, es ist ein Wunder, dass du es überhaupt zurückgeschafft hast.*

Bitte stirb nicht. Du darfst nicht sterben.

Sawyer nahm nicht ab. *Schalte deine verdammte Uhr ein, du verfickter Idiot! Das ist ein Notfall! Wo, zum Teufel, kannst du um vier Uhr morgens sein?*

Mandelbrots Pfoten zuckten und bewegten sich, als würde sie träumen oder unter Strom stehen. Desjardins wollte die Hand ausstrecken, um den Blutfluss zu stillen, ihre Wirbelsäule zu richten oder sie einfach nur zu streicheln, ihr, verdammt nochmal, so viel Trost zu spenden, wie er konnte, auch wenn es lächerlich wenig war. Aber er fürchtete, durch eine unfachmännische Berührung alles nur noch schlimmer zu machen.

Das ist meine Schuld. Es ist alles meine Schuld. Ich hätte deine Sicherheitsfreigabe einschränken sollen. Schließlich bist du nur eine Katze und weißt es nicht besser. Und ich habe mir nie auch nur die Mühe gemacht herauszufinden, wie dein Alarmsignal klingt. Es ist mir einfach nie eingefallen, dass ich es nicht …

Es war kein Traum gewesen und auch kein Signal aus der Außenwelt, sondern lediglich ein tierärztliches Implantat, das mit seiner Armbanduhr Kontakt aufgenommen hatte. Ein kurzer Aufschrei, als Mandelbrots Werte in den roten Bereich geschnellt waren, und dann Stille, als Zähne, Klauen oder auch einfach nur Materialermüdung das Signal hatten verstummen lassen.

»Hallo?«, murmelte eine verschlafene Stimme mitten in der Luft.

Desjardins' Kopf zuckte hoch. »Hier spricht Achilles Desjardins. Meine Katze wurde zerfleischt von einem …«

»Was?«, murmelte Sawyer undeutlich. »Haben Sie eine Vorstellung, wie spät es ist?«

»Ich weiß, es tut mir leid, aber es handelt sich um einen Notfall. Meine Katze wurde … oh Gott, sie wurde zerfetzt. Sie ist kaum noch am Leben. Sie müssen …«

»Ihre Katze?«, wiederholte Sawyer. »Und warum erzählen Sie mir das?«

»Ich … Sie sind Mandelbrots Tierarzt. Sie …«

Die Stimme erwiderte in eisigem Tonfall: »Ich bin schon seit über drei Jahren kein Tierarzt mehr.«

Desjardins erinnerte sich: Die Tierärzte von N'Am wurden allesamt zum Dienst am Menschen zwangsverpflichtet, als βehemoth – und die Tausenden opportunistischen Krankheitserreger, die es mit sich brachte – das Gesundheitssystem lahmgelegt hatte. »Aber Sie sind immer noch … ich meine, Sie wissen immer noch, was zu tun ist …«

»Mr. Desjardins, vergessen Sie die Uhrzeit. Wissen Sie, welches Jahr es ist?«

Desjardins schüttelte den Kopf. »Wovon reden Sie? Meine Katze liegt am Boden, und ihr wurden die …«.

»Wir schreiben das fünfte Jahr nach dem Anbruch der Feuerhexen-Ära«, fuhr Sawyer mit kalter Stimme fort. »Überall sterben Menschen, Mr. Desjardins. Und zwar Millionen von ihnen. Jeden Tag. Auch nur Futter auf ein primitives Tier zu verschwenden, ist unter diesen Umständen skandalös. Zu erwarten, dass ich Zeit und Ressourcen opfere, um eine verletzte Katze zu retten, kann man nur als unverschämt bezeichnen.«

Desjardins' Augen brannten. Seine Sicht verschwamm. »Bitte … Ich kann Ihnen helfen. Ich kann Ihre Cycler-Rationen verdoppeln. Sie unbegrenzt mit Wasser versorgen. Ich kann Sie in die verdammte geosynchrone Umlaufbahn befördern, wenn Sie das wollen, Sie und Ihre Familie. Alles. Sie müssen es nur sagen.«

»Gut, dann hören Sie auf, meine Zeit zu verschwenden.«

»Wissen Sie überhaupt, wer ich bin?«, rief Desjardins.

»Natürlich weiß ich das. Und es erstaunt mich, dass ein *Gesetzesbrecher* – ganz zu schweigen einer von Ihrem offensichtlichen Format – so vollkommen falsche Prioritäten hat. Sollten Sie dagegen nicht eigentlich immun sein?«

»Bitte ...«

»Gute Nacht, Mr. Desjardins.«

Verbindung unterbrochen, zeigte ein kleines Icon auf einem der Bildschirme an.

Blut sprudelte aus dem Winkel von Mandelbrots Maul hervor. Ihr inneres Augenlid glitt halb über den blutigen Augapfel und zog sich dann wieder zurück.

»Bitte«, jammerte Desjardins. »Ich weiß nicht, was ich ...«

Oh doch, du weißt es.

Er beugte sich über die Katze, streckte eine Hand aus und berührte vorsichtig die hervorquellenden Eingeweide an ihrem Bauch. Ein Krampf durchlief Mandelbrot, als sei sie von einem Geist besessen. Sie maunzte schwach.

»Es tut mir leid ... Es tut mir so leid ...«

Du weißt, was du tun musst.

Er erinnerte sich daran, wie sich Mandelbrot im Fußgelenk seines Vaters verbissen hatte, als der alte Mann ihn im Jahr 48 einmal besucht hatte. Und an Ken Lubin, der in Unterhosen in seinem Badezimmer gestanden und seine Hose im Waschbecken ausgewaschen hatte. »Ihre Katze hat mich angepinkelt«, hatte er gesagt, einen Hauch widerstrebenden Respekt in der Stimme. Er erinnerte sich an Tausende Nächte, in denen er das schlafende pelzige Bündel auf seiner Brust nicht hatte stören wollen, obwohl seine Blase längst zum Platzen gefüllt gewesen war.

Du weißt es.

Er erinnerte sich daran, wie Alice zur Arbeit aufgetaucht war, ein dürres, fauchendes Kätzchen in den zerkratzten Händen, das vor niemandem Angst hatte. »Hee, Killjoy, wie wäre es mit einer Wachkatze? Sie ist das Fleisch gewordene Chaos. Braucht keine Batterien und lässt garantiert niemanden unversehrt durch deine Eingangstür …«

Du weißt es. Erneut wurde Mandelbrots Körper von einem Krampf geschüttelt.

Er wusste es.

Es gab nichts in Griffweite, was er benutzen konnte – keine Injektionen, kein Gas, keine Geschosse. Das steckte alles in den verborgenen Fallen, und es würde zu viel Zeit kosten, es auszubauen. Der Raum war eine leere Hülle, die nur aus hellgrauen Wänden und Glasfaserkabeln bestand. Das Neuroinduktionsfeld würde … wehtun …

Hätte ich nur einen verdammten Stein, dachte er und schluckte, während die Trauer ihm die Kehle zuschnürte. *Irgend so einen Brocken, wie sie draußen überall herumliegen …*

Doch dafür blieb keine Zeit. Mandelbrot war eigentlich gar nicht mehr am Leben. Seit ihrer Rückkehr von den Hundezwingern war sie so gut wie tot gewesen. Sie litt nur noch. Und alles, was Desjardins tun konnte, war, ihr Leiden zu beenden.

Er hob den Fuß über ihren Kopf. »Du und ich, Brotwurst«, flüsterte er. »Wir hatten die höchste Sicherheitsfreigabe im Umkreis von tausend Klicks …«

Mandelbrot gab ein Schnurren von sich. Sie sackte in sich zusammen, als das Leben aus ihr wich. Die Überreste ihres Körpers sanken schlaff zu Boden.

Desjardins hielt noch einen Moment lang den Fuß in der Luft, nur um sicherzugehen. Schließlich setzte er ihn wieder auf dem Betonboden ab. Mandelbrot hatte noch nie gerne anderen die Initiative überlassen.

»Ich danke dir«, flüsterte Achilles Desjardins und brach neben der Katze in Tränen aus.

Dr. Trevor Sawyer wachte zum zweiten Mal in dieser Nacht auf. Ein dunkles Etwas hing über seinem Kopf wie eine riesige Faust. Es gab ein leises, reptilienartiges Zischen von sich.

Er versuchte sich aufzurichten, doch es gelang ihm nicht. Seine Arme und Beine waren wie Gummi und reagierten nicht. Er spürte ein Prickeln im Gesicht, und sein Unterkiefer hing schlaff herab wie gekochte Pasta. Selbst seine Zunge fühlte sich geschwollen und leblos an und lag lose und unbeweglich in seinem Mund.

Er starrte zu dem eierförmigen Ding über seinem Bett hinauf. Es war ein großes, dunkles Osterei, halb so lang wie er selbst und ein wenig breiter. An seinem Bauch befanden sich eine Reihe von Öffnungen und Beulen, die nur undeutlich erkennbar waren. Streifen grauen Zwielichts aus der Diele spiegelten sich auf seiner Oberfläche.

Das Zischen verstummte. Sawyer spürte, wie ein Speichelfaden aus seinem Mundwinkel auf seine Wange tröpfelte. Er versuchte zu schlucken, doch es gelang ihm nicht.

Zumindest konnte er immer noch atmen.

Aus dem Osterei drang ein leises Klicken. Irgendetwas in der Nähe erzeugte ein schwaches, kaum hörbares Summen – entweder ein Bodeneffektorfeld oder das weiße Rauschen von Nerven, die in seinem Innenohr fehlzündeten.

Es konnte kein Neuroinduktionsfeld sein. Eine Mechfliege würde mit solch schweren Spulen nicht einmal vom Boden abheben können. *Irgendeine neuromuskuläre Blockierung,* wurde ihm klar. *Es hat mich mit Gas besprüht.*

Es hat uns *mit Gas besprüht …*

Er zwang sich, den Kopf zu drehen. Doch sein Kopf lag wie ein zehn Kilo schwerer Stein auf dem Kissen und widersetzte sich ihm. Auch seine Augen konnte er nicht bewegen. Er konnte nicht einmal blinzeln.

Allerdings konnte er Sandra neben sich hören. Ihr Atem ging rasch und flach. Sie war ebenfalls wach.

»Wie ich sehe, sind Sie gleich wieder eingeschlafen«, stellte die Mechfliege mit vertrauter Stimme fest. »Mein Anruf hat Sie nicht eine Sekunde Schlaf gekostet, oder?«

Desjardins ...?

»Aber das ist nicht so schlimm«, fuhr die Maschine fort. »Wie sich herausgestellt hat, hatten Sie Recht. Hier, ich will Ihnen helfen ...«

Die Mechfliege kippte mit der Nase nach vorn und sank ein wenig herab, bis sie Sawyers Wange berührte. Sie stupste ihn sanft an, wie ein hungriges Haustier, das seinen Besitzer um Futter anbettelt. Sawyers Kopf rollte auf dem Kissen zur Seite und starrte über die Bettkante hinweg zu dem Kinderbett hinüber, das an der gegenüberliegenden Wand stand und in der Dunkelheit kaum zu erkennen war.

Oh Gott, was ...

Das konnte nicht sein. Achilles Desjardins war ein *Gesetzesbrecher*, und *Gesetzesbrecher* ... taten so etwas einfach nicht. Sie waren nicht in der Lage dazu. Natürlich hatte es nie jemand offiziell zugegeben, aber Sawyer hatte Verbindungen, er wusste über diese Dinge Bescheid. Die *Gesetzesbrecher* waren gewissen Einschränkungen unterworfen, direkt auf der biochemischen Ebene. Um sie davon abzuhalten, ihre Macht zu missbrauchen und etwas zu tun, wie das, was ...

Der Roboter schwebte durch das Schlafzimmer. Einen Meter über dem Kinderbett blieb er stehen. Der schmale Halbmond einer drehbaren Linse blitzte an seinem Bauch auf und richtete sich auf das Bett.

»Kayla, nicht wahr?«, murmelte die Mechfliege. »Sieben Monate, drei Tage, vierzehn Stunden. Ich muss schon sagen, Dr. Sawyer. Ihre Gene müssen wirklich etwas Besonderes sein, dass Sie es rechtfertigen können, ein Kind in diese beschissene Welt zu setzen. Ich möchte wetten, dass Ihre Nachbarn ziemlich sauer darüber waren. Wie ist es Ihnen gelungen, an den Geburtskontrollgesetzen vorbeizukommen, hm?«

Bitte, dachte Sawyer. *Tun Sie ihr nichts. Es tut mir leid. Es …*

»Wissen Sie, ich könnte mir vorstellen, dass Sie vielleicht ein bisschen geschummelt haben«, grübelte die Maschine. »Ich möchte wetten, diese verpisste kleine Larve sollte eigentlich gar nicht auf der Welt sein. Nun ja. Wie gesagt, Sie hatten Recht. Was die Menschen angeht. Sie sterben tatsächlich ständig.«

Bitte. Oh lieber Gott, gib mir Kraft, damit ich mich bewegen kann. Gib mir zumindest genug Kraft, dass ich ihn anflehen kann …

Ein feuriger Rüssel, hell wie die Sonne, zuckte durch die Dunkelheit, und Kayla ging in Flammen auf.

Die Mechfliege wandte sich um und betrachte Sawyer aus einem dunklen Zyklopenauge, während sein Kind schreiend verbrannte.

»Nun, das war schon mal einer«, stellte die Mechfliege fest.

»Im Gedenken an Mandelbrot«, flüsterte Desjardins.

Er gab die Mechfliege frei, damit sie zu ihrer vorgegebenen Route zurückkehren konnte. Sie würde die unvermeidlichen Fragen nicht beantworten können, die diese Nacht nach sich ziehen würde, selbst in dem unwahrscheinlichen Fall, dass es jemandem gelingen sollte, sie zu dem Kaninchenbau aus wabenförmigen Wohnungen am Cushing Skywalk Nummer 1423-150 zurückzuverfolgen. Sie konnte sich nur an ihre Routinepatrouille entlang des ihr zugewiesenen Transekts erinnern. Und das war alles, was ihr Gedächtnis enthalten würde, bis ein Defekt in ihrem Navigationssystem dazu führen würde, dass sie sich in einer selbstmörderischen Spirale in die verbotene Zone um den Hauptfeldgenerator von Sudbury stürzte. Danach würde nicht mehr genug von ihr übrig sein, um auch nur ein paar Linsen zu rekonstruieren, geschweige denn ein Ereignislog.

Was die Leichen selbst betraf – sogar die oberflächlichste Untersuchung würde aufschlussreiche Hinweise darauf ergeben, dass Trevor Sawyer mit seiner Zwangsrekrutierung in den Gesundheitsdienst unzufrieden war. Außerdem würden unerwartete familiäre Verbindungen zu einem M & M-Regime zu Tage treten, das gerade in Ghana an die Macht gekommen war. Danach würde niemand mehr Zeit darauf verschwenden, weitere Fragen zu stellen. Die Diener der Neuen Ordnung der Madonna waren bekannt dafür, dass sie die alte stürzen wollten. Und mit Sawyers Zugang zu Krankenhäusern und seinem medizinischen Fachwissen war der Schaden, den er den rechtschaffenen Bürgern der Gemeinschaft hätte zufügen können, nicht zu ermessen. Sudbury war ohne ihn besser dran, ganz gleich, ob er nun von einem Verbündeten umgebracht wurde oder ob irgendein übereifriger *Gesetzesbrecher* ihn in seinem Versteck aufgespürt und seinen terroristischen Aktivitäten ein für alle Mal ein Ende gesetzt hatte.

Solche gezielten Hinrichtungen waren schließlich nicht unüblich. Und wenn ein *Gesetzesbrecher* dahintersteckte, dann war – definitionsgemäß schon – alles zum Besten.

Ein weiterer Punkt, den er von seiner Liste streichen konnte. Desjardins wickelte Mandelbrot in ein T-Shirt und ging nach draußen, das blutige Bündel fest an die nackte Brust gedrückt. Er ertrank in einem Strudel der Gefühle. Doch in seinem Innern herrschte vollkommene Leere. Während er zum Erdgeschoss hinabstieg, versuchte er, sich diesen Widerspruch zu erklären.

Natürlich verspürte er Trauer über den Verlust einer Freundin, die er beinahe zehn Jahre lang gekannt hatte. Und Befriedigung über den Preis, den er im Gegenzug eingefordert hatte. Und dennoch … er hatte gehofft, dass er mehr empfinden würde als diese grimmige Gewissheit, dass eine Schuld beglichen worden war. Er hatte gehofft, dass es ein erhebenderes Gefühl sein würde. Freude vielleicht, beim Anblick von Trevor Sawyer, der mit ansah, wie seine Frau und sein Kind bei lebendigem Leib verbrannten. Freude beim Anblick von Sawyers eigener Vernichtung, als sich ihm das Fleisch von den Knochen schälte und seine Augäpfel platzten wie große, gallertartige Engerlinge, die in ihren Höhlen gekocht wurden, während er die ganze Zeit über nicht einmal die Kraft hatte, ein Wimmern von sich zu geben.

Doch es wollte sich keine Freude einstellen. Zugegeben, er hatte auch früher keine verspürt, wann immer er Vergeltung geübt hatte, aber er hatte gehofft, dass es dieses Mal anders sein würde. Schließlich war es diesmal von Herzen gekommen. Doch er verspürte lediglich Trauer und Befriedigung und … noch etwas anderes, das er nicht recht benennen konnte.

Er ging hinaus. Das bleiche Licht des Morgens hüllte ihn ein. Mandelbrot in seinen Armen wurde langsam kalt und starr.

Er ging ein paar Schritte, drehte sich dann um und blickte zu seiner Burg zurück. Sie ragte gewaltig, dunkel und bedrohlich vor dem heller werdenden Himmel auf. Vor Rio hatten hier so viele Möchtegern-Retter gearbeitet, dass man eine Kleinstadt mit ihnen hätte füllen können. Jetzt gehörte das alles ihm allein.

Dankbarkeit, erkannte er verwundert. Das war es, was er empfand. Dankbarkeit für seine eigene Trauer. Er konnte immer noch lieben. Er konnte noch etwas aus ganzem Herzen empfinden. Bis zu dieser Nacht und dem Verlust, den er erlitten hatte, war er sich dessen nicht ganz sicher gewesen.

Alice hatte Recht gehabt. Der Begriff »Soziopath« reichte bei weitem nicht aus, um zu beschreiben, was aus ihm geworden war.

Vielleicht würde er zu ihr gehen und ihr davon erzählen, nachdem er Mandelbrot beerdigt hatte.

Entwaffnet

LEICHEN BITTE NUR HIER ABLEGEN
UNBEFUGTE ENTSORGUNG WIRD STRAFRECHTLICH VERFOLGT
N'AMAT/BRIKS GESETZ
ÜBER BIOLOGISCHE GEFAHREN 4023-A-25-SUB5

Es war ein Verschlag mit drei Wänden, der nach oben hin offen war, südlich der 184 vor Ellsworth. Die Schrift war an die Innenseite der Rückwand gesprüht worden. Die intelligente Farbe durchlief ein halbes Dutzend Sprachen und hielt bei jeder ein paar Sekunden inne, bevor sie zur nächsten wechselte. Clarke und Ouellette standen an der offenen Seite und schauten hinein.

Der Gitterrost am Boden war mit einer Kalkschicht verkrustet, die von Rissen durchzogen war und abblätterte wie das ausgetrocknete Bett eines Sees in der Wüste. Offensichtlich war es Jahre her, seit der Kalk das letzte Mal aufgefrischt worden war. Vier Leichen lagen auf diesem Untergrund. Eine von ihnen war sorgfältig zur Ruhe gebettet worden, die Arme über der Brust gefaltet. Sie war schwarz und aufgebläht und wimmelte nur so von Maden unter einer Wolke Fliegen. Die anderen drei waren vertrocknet und lagen achtlos hingeworfen da, wie Ansammlungen von Blättern, die von einem starken Windstoß erfasst und dann sich selbst überlassen worden waren. Ein paar Gliedmaßen und ein Kopf fehlten.

Ouellette deutete auf die Schrift. »Damals spielte das noch eine Rolle. Man konnte ins Gefängnis kommen, wenn man seine Angehörigen einfach im Rosengarten im Hinterhof begrub. Eine Gefahr für die öffentliche Gesundheit.« Sie stieß einen verächtlichen Laut aus, während sie sich erinnerte. »ßehemoth konnten sie nicht aufhalten. Und auch nicht die Seuchen, die es mit sich brachte. Aber wenigstens konnten sie arme alte Frauen einsperren, die ihre toten Ehemänner nicht den Flammen hatten überantworten wollen.«

Clarke lächelte schwach. »Die Menschen wollen eben das Gefühl haben, dass … nun ja …«

»Dass etwas unternommen wird«, ergänzte Ouellette.

»Ja, genau.«

Ouellette nickte. »Allerdings muss man ihnen zugutehalten, dass das damals tatsächlich ein Problem war. Es lagen viel mehr Leichen herum – die Stapel reichten einem bis zur Schulter, selbst hier draußen. Eine Zeit lang brachte die Cholera mehr Menschen um als βehemoth.«

Clarke betrachtete den Verschlag. »Warum haben sie den so weit draußen aufgestellt?«

Ouellette zuckte die Achseln. »Es gab überall welche.«

Clarke ging hinein. Ouellette legte ihr warnend eine Hand auf die Schulter. »Halten Sie sich besser an die älteren. Von dieser frischen hier können Sie sich wer weiß was holen.«

Clarke schüttelte ihre Hand ab. »Was ist mit Ihnen?«

»Ich bin bis über die Hutschnur immunisiert. Es gibt nicht viel, was mir etwas anhaben könnte.«

Die Ärztin näherte sich der Leiche gegen den Wind, auch wenn das nicht viel half. Die leichte Brise reichte bei weitem nicht aus, um den Gestank zu vertreiben. Clarke, die ein wenig auf Abstand blieb, musste gegen den Drang ankämpfen zu würgen und wandte sich dann einer der anderen Leichen zu. Sie hielt ihre Dose Sterifolie wie ein Kruzifix vor sich und drückte auf den Sprühknopf. Auf dem eingefallenen, einbeinigen Leichnam zu ihren Füßen bildete sich eine glänzende Schicht, als die Sprühfolie auf seiner Oberfläche aushärtete.

»Die sind noch in ganz gutem Zustand«, stellte Ouellette fest, während sie ihre Leiche einsprühte. »Vor nicht allzu langer Zeit musste man zweimal die Woche nachschauen, wenn man einen Oberschenkelknochen finden wollte, der noch mit einem Kniegelenk verbunden war. Es war ein Fest für Aasfresser.« Sie sprühte die Folie dick auf, wie Clarke ohne große Verwunderung bemerkte. Sie mochte zwar immun gegen die Krankheiten sein, von denen die Leiche befallen war, aber es würde trotzdem kein Vergnügen sein, sie durch die Gegend zu tragen.

»Also, was hat sich verändert?«, fragte Clarke.

»Es gibt keine Aasfresser mehr.«

Clarke drehte die mumifizierten Überreste mit dem Fuß um und besprühte die andere Seite. Die Folie härtete innerhalb von Sekunden aus. Sie hob die eingehüllte Leiche hoch. Es war, als würde man ein loses Bündel Brennholz tragen. Die Sterifolie quietschte leise, wenn sie über ihre Taucherhaut rieb.

»Schieben Sie sie einfach in Miris Öffnung«, wies Ouellette sie an, die immer noch damit beschäftigt war, die andere Leiche einzusprühen. »Ich habe die Einstellungen bereits geändert.«

Steuerbordseits ragte die Zunge der mobilen Krankenstation aus dem Transporter heraus. Ihr Rachen war mit raschelnder Silberfolie bedeckt. Clarke legte den Leichnam auf die Pritsche. Die Zunge wurde eingezogen, kaum lag das Gewicht darauf. Miri schluckte und schloss das Maul.

»Muss ich irgendetwas tun?«, rief Clarke.

»Nein. Miri kennt den Unterschied zwischen einem lebenden Körper und einem toten.«

Aus dem Innern der mobilen Krankenstation ertönte kurz ein tiefes, kaum hörbares Summen.

Ouellette schleppte einen menschlichen Kokon aus dem Verschlag. Seine aufgedunsenen Gesichtszüge waren vollkommen unter Schichten fasriger Plastik verschwunden, als sei Ouellette eine riesige Spinne, die ihre Beute eingesponnen hatte. Die Oberfläche des Leichentuchs war mit den Körpern gefangener Insekten gesprenkelt, die halb darin eingebettet waren. Zuckend versuchten sie sich von ihren Fesseln zu befreien und starben dabei allmählich ab.

Clarke streckte die Hand aus, um Ouellette zu helfen. Ein leises

Schmatzen war zu hören, als sie das Gewicht zwischen sich verteilten. Miri öffnete das Maul – das nun wieder leer war – und rülpste Clarke ihren heißen, staubigen Atem ins Gesicht. Die Zunge fuhr heraus wie die eines gewaltigen, unersättlichen Jungvogels.

»Kann Ihre Haut in diesem Ding überhaupt atmen?«, fragte Ouellette, als sie Miri die zweite Portion verabreichten.

»Was meinen Sie? Meine Taucherhaut?«

»Ihre echte Haut. Kann sie unter all dem Copolymer atmen?«

»Während der vergangenen fünf Jahre habe ich beinahe ausschließlich dieses Copolymer getragen. Bisher bin ich noch nicht daran gestorben.«

»Aber auf die Dauer kann das nicht gut sein. Dieser Anzug ist dazu gedacht, Sie in der Tiefsee am Leben zu erhalten. Ich kann mir nicht vorstellen, dass es gesund ist, ihn ständig in der Atmosphäre zu tragen.«

»Ich wüsste nicht, was dagegen spräche.« Clarke zuckte die Achseln. »Er atmet, reguliert die Temperatur und unterstützt die Homöostase.«

»Im Wasser, Laurie. Die Luft hat vollkommen andere Eigenschaften. Ich möchte wetten, dass Sie zumindest unter Vitamin K-Mangel leiden.«

»Mir geht es gut«, erwiderte Clarke betont gleichgültig.

Die mobile Krankenstation summte zufrieden.

»Wenn Sie es sagen«, meinte Ouellette schließlich.

Miri öffnete erneut hungrig das Maul.

Sie bestimmten ihren Kurs mithilfe von kaputten Straßenschildern und den Karten an Bord des Transporters. Ouellette weigerte sich immer noch standhaft, eine Verbindung zum Netz herzustellen. Clarke wunderte sich über die Haltestellen, die entlang der Route verzeichnet waren. Belfast? Camden? Freeport? Selbst vor dem Untergang der Welt waren das kaum mehr als Punkte auf der Landkarte gewesen. Warum fuhren sie nicht nach Bangor, das nur ein paar Klicks weiter nördlich lag? Dort würden mehr Menschen sein.

»Inzwischen nicht mehr«, sagte Ouellette und hob die Stimme, um das frenetische Auf und Ab eines Orchesters zu übertönen – ein Stück, das ihrer Aussage nach auf einen russischen Verrückten namens Prokofjew zurückging.

»Warum nicht?«

»*Städte sind die Grabstätten der Menschheit.*« Es klang wie ein Zitat. »Es gab da irgendeinen Grenzwert. Ich weiß nicht mehr genau, was es war. Irgendeine magische Anzahl von Menschen pro Hektar. Und die städtischen Ballungszentren lagen alle weit darüber. Wenn etwas wie βehemoth in dicht besiedeltem städtischem Raum freigesetzt wird – ganz zu schweigen von all den anderen Krankheitserregern, die in seinem Kielwasser folgen –, verbreitet es sich wie ein Buschfeuer. Ein Mensch niest, und hundert weitere werden krank. Krankheitserreger lieben Menschenmengen.«

»Und Kleinstädte waren nicht gefährdet?«

»Nun, ganz ungefährdet waren sie nicht, wie man sieht. Aber dort breiteten sich die Erreger nicht so schnell aus – die Verbreitung ist immer noch im Gange. Die Städte hier waren klein und wurden nur zu bestimmten Jahreszeiten von Touristen besucht. Und die Gegenden dazwischen wurden größtenteils von den Weißhäuptern beherrscht.« Ouellette deutete auf das dahinwelkende Grün, das durch die Windschutzscheibe zu sehen war. »All das war früher einmal Privatbesitz. Reiche alte R- und K-Strategen, die unter sich blieben und eine gute medizinische Versorgung genossen. Die sind jetzt natürlich auch nicht mehr da.«

Nach Atlantis verschwunden, vermutete Clarke. *Manche von ihnen jedenfalls.*

»Als die Feuerhexe ausbrach, hatten die Großstädte also zwei Möglichkeiten«, fuhr Ouellette fort. »Sie konnten entweder Barrikaden errichten und Feldgeneratoren zum Einsatz bringen oder implodieren. Viele von ihnen konnten sich keine Generatoren leisten, also blieb ihnen nur noch Letzteres. In Bangor bin ich seit dem Jahr dreiundfünfzig nicht mehr gewesen. Soweit ich weiß, haben sie dort noch nicht einmal die Leichen fortgeschafft.«

In Bucksport begegneten sie ihren ersten lebenden Patienten.

Etwa um zwei Uhr morgens bogen sie von der Hauptstraße ab und hielten neben einem Calvin-Cycler des Roten Kreuzes, an dessen Vorderseite eine gelbe Kontrolllampe besorgniserregend blinkte. Ouellette untersuchte das Gerät im Licht einer alten Reklametafel, die von gespeicherter Solarenergie gespeist wurde und unermüdlich die Vorzüge intelligenter Stoffe und diätischer Proglottiden anpries.

»Der Cycler muss aufgefüllt werden.« Ouellette stieg wieder in den Transporter ein und rief ein Menü auf.

»Ich dachte, diese Geräte würden sich alles, was sie brauchen, aus der Luft holen«, sagte Clarke. Das war schließlich das Funktionsprinzip der Fotosynthese – sie war erstaunt gewesen, wie viele komplexe Moleküle nichts weiter waren als Kombinationen von Stickstoff, Kohlenstoff und Sauerstoff.

»Aber nicht die Spurenelemente.« Ouellette nahm eine Zellstoff-Kartusche aus dem Spender, deren Kammern mit roten und ockerfarbenen Pasten gefüllt waren. »Diesem hier mangelt es an Eisen und Kalium.«

Am nächsten Morgen pries die Reklametafel immer noch ihre nicht mehr existierenden Waren an, während sich Clarke in Miris Toilettenkabine zwängte. Als sie wieder herauskam, drückten sich zwei Silhouetten an die Windschutzscheibe.

Vorsichtig stieg sie über Ouellette hinweg und schob sich zwischen den beiden Hartschalensitzen hindurch. Zwei hindische Jungen – der eine vielleicht sechs Jahre alt, der andere schon fast ein Halbwüchsiger – blickten zu ihr herein. Sie beugte sich vor und erwiderte ihren Blick. Zwei Paar dunkle Augen weiteten sich überrascht. Der kleinere Junge stieß einen leisen Schrei aus. Im nächsten Moment huschten die beiden davon.

»Es liegt an Ihren Augen«, sagte Ouellette hinter ihr.

Clarke drehte sich um. Die Ärztin saß aufrecht da und hatte die Arme von hinten um die Lehne des Fahrersitzes gelegt. Sie blinzelte verschlafen ins Morgenlicht.

»Und an Ihrem Anzug«, fuhr sie fort. »Im Ernst, Laurie, in dieser Aufmachung sehen Sie aus wie ein billiger Zombie.« Sie tippte gegen den Garderobenschrank in der Rückwand der Kabine. »Sie können sich jederzeit ein paar Kleider von mir borgen.«

Inzwischen hatte sich Clarke an ihr Pseudonym gewöhnt. Ouellettes ungebetene Ratschläge waren allerdings eine andere Sache.

Als sie ins Tageslicht hinausstieg, hatten sich bereits ein halbes Dutzend Menschen vor dem Wagen versammelt. Ouellette schenkte ihnen ein Lächeln, während sie zur Rückseite des Fahrzeugs ging und die Markise hochklappte. Clarke folgte ihr, immer noch ein wenig schlaftrunken. Miris Mäuler öffneten sich, als sie daran vorbeiging. Die Silberfolie im Rachen der Krankenstation war verschwunden und darunter war ein Gitter aus Sensorenköpfen zum Vorschein gekommen, die die zylindrische Wand bedeckten.

Icons und Kontrollleuchten flackerten auf der Konsole an Miris Rückseite. Ouellette bediente sie mit beiläufiger Sachkundigkeit, den Blick auf die anwachsende Menge der Patienten gerichtet. »Alle stehen noch, keiner blutet. Und keine offensichtlichen βehemoth-Fälle. Ein guter Anfang.«

Einen halben Häuserblock hinter der Reklametafel zogen die beiden Kinder, die Clarke überrascht hatte, eine Frau in mittleren Jahren um die Ecke eines schon vor langer Zeit aufgegebenen Restaurants. Sie bewegte sich in ihrem eigenen Tempo fort und widersetzte sich den Kindern, als wären sie eifrige Hunde, die an ihrer Leine zerrten. Ein Stück weiter die Straße hinunter kam ein Mann mit einem Krückstock angehumpelt und bahnte sich vorsichtig einen Weg durch verstreute Trümmer und Grasnarben, die den Asphalt durchbrochen hatten.

»Wir sind gerade erst angekommen«, murmelte Clarke.

»Ja. Normalerweise drehe ich für ein paar Minuten die Musik hoch, damit die Leute Bescheid wissen. Aber oft ist das gar nicht notwendig.«

Clarke ließ den Blick über die Straße schweifen. Inzwischen waren es mindestens ein Dutzend Leute. »Es spricht sich schnell herum.«

»Ja«, erwiderte Ouellette. »Und genau das werden wir uns zunutze machen.«

Bucksport war einer von Ouellettes regulären Haltepunkten. Die Einheimischen kannten sie oder wussten jedenfalls von ihr. Und sie wiederum kannte die Menschen und kümmerte sich um sie, wie sie es stets getan hatte, während die allgegenwärtige Musik leise im Hintergrund spielte. Kranke und Verletzte verschwanden Brocken von Nahrung gleich in Miris summenden Eingeweiden. Manchmal dauerte es nur ein paar Augenblicke, bis sie wieder zum Vorschein kamen, und Ouellette wartete auf der anderen Seite mit einem Pflaster, einer Injektion oder einem viralen Gegenmittel, das geschnupft werden musste wie ein altmodisches Alkaloid. Dann wieder verschwanden die Patienten eine ganze Weile im Innern der mobilen Krankenstation, damit diese ihre Knochen wieder zusammensetzen, zerrissene Bänder flicken oder mit Stößen gebündelter Mikrowellen bösartige Tumore wegbrennen konnte. Hin und wieder war das Problem so offensichtlich, dass Ouellette es auf einen Blick diagnostizieren und es mit einer Injektion und ein paar guten Ratschlägen beheben konnte.

Clarke half, wo sie konnte, was jedoch eher selten war. Miri verfügte über seine eigenen Vorräte, und Ouellette hatte nur wenig Verwendung für Clarkes begrenztes Fachwissen über Fischbisse. Die Ärztin brachte ihr nebenher ein paar Grundlagen bei und ließ sie die Menschenmenge in unterschiedliche Dringlichkeitsstufen einteilen. Und selbst damit hatte sie Schwierigkeiten. Die Regeln waren ziemlich eindeutig, aber ein paar der jüngeren Wilden schreckten vor Clarkes Aussehen zurück – die merkwürdige schwarze Haut, die sich zu kräuseln schien, wenn man gerade nicht hinsah; die Maschinenteile, die aus ihrem Fleisch ragten; die glasigen, ausdruckslosen Augen, die einen ansahen und irgendwie auch wieder nicht und die weniger einem Menschen zu gehören schienen, sondern eher einem Roboter, der erfolglos versuchte, einen Menschen zu imitieren.

Schließlich beschränkte sich Clarke auf die Erwachsenen und gab ihnen wichtige Hinweise, während sie warteten, bis sie an der Reihe waren. Immerhin ging es Clarke und Ouellette um mehr als nur darum, die Menschen medizinisch zu versorgen. Sie wollten ihnen bestimmte Anweisungen geben.

Sie hatten einen Plan.

Wartet auf die Raketen, sagte Clarke den Leuten. Und wenn ihr die platzenden Sterne seht, verfolgt den Absturz der Bruchstücke und sucht sie am Boden. Das ist es, wonach ihr Ausschau halten müsst, so sieht es aus. Nehmt so viele Proben, wie ihr könnt – Erde in Tongefäßen, Lumpen, die am Einschlagsort in den Aerosolwolken geschwenkt wurden, alles. Ein Teelöffel voll reicht vielleicht schon aus. Eine halb gefüllte Blechdose kann den gewünschten Erfolg bringen. Was immer ihr beschaffen könnt, egal wie.

Beeilt euch. Als Nächstes kommen womöglich die Lifter. Nehmt, was ihr bekommen könnt und lauft weg. Entfernt euch von der Einschlagszone und versteckt euch vor den Flammenwerfern. Sagt anderen Bescheid, erzählt es allen, gebt die Nachricht weiter und die Vorgehensweise. Aber nicht über Funk. Und auch nicht über die Netzwerke, Glasfaserkabel oder drahtlosen Verbindungen. Der Äther wird euch in den Rücken fallen, wenn ihr ihm die Gelegenheit dazu bietet. Vertraut nur auf Mundpropaganda.

Macht uns in Freeport ausfindig oder in Rumford oder irgendwo dazwischen. Kehrt zu uns zurück und bringt uns, was ihr gefunden habt.

Möglicherweise besteht noch Hoffnung.

Augusta verursachte ihr eine Gänsehaut. Und zwar buchstäblich.

Sie näherten sich der Stadt kurz vor Mitternacht, von Osten her über die 202. Taka bog von der Landstraße auf einen Schotterweg ein, ein Stück weit den sanften Abhang des Kennebec-River-Tals hinunter. Sie parkten auf einem Hügelkamm, von dem aus man gute Sicht auf das flache Land darunter hatte.

Diesseits des Flusses war alles verlassen, und auch auf der anderen Seite sah es nicht viel besser aus. Der helle Stadtkern, der noch übrig geblieben war, war von einem breiten Streifen aus dunklen, leeren Ruinen umgeben. Sein Heiligenschein spiegelte sich in der Wolkenfront darüber und verwandelte die ganze Szenerie in ein körniges, kontrastreiches Schwarz-Weiß-Bild.

Auf Clarkes Armen und in ihrem Nacken bildete sich eine Gänsehaut. Selbst die Taucherhaut schien irgendwie zu zittern, ein Gefühl, das so schwach war, dass sie es beinahe für Einbildung gehalten hätte.

»Spüren Sie das?«, fragte Ouellette.

Clarke nickte.

»Ein Feldgenerator. Wir befinden uns am äußeren Rand des Feldes.«

»Im Innern ist es also noch schlimmer?«

»Direkt im Innern natürlich nicht. Das Feld ist nach außen gerichtet. Aber ja, je näher man ihm kommt, desto stärker stehen einem die Haare zu Berge. Ist man erst einmal in seinem Innern, spürt man es nicht mehr. Jedenfalls nicht so wie jetzt. Es hat andere Wirkungen.«

»Zum Beispiel?«

»Tumore.« Ouellette zuckte die Achseln. »Aber wahrscheinlich ist das immer noch besser als die Alternative.«

Eine Ansammlung dicht beieinanderstehender Gebäude und Lichter erhob sich vor ihnen in der Dunkelheit. Ihre Umrisse wirkten wie eine plumpe, pixelige Kuppel. Das neue Augusta versuchte offensichtlich, jeden Kubikzentimeter der sicheren Zone zu nutzen. »Fahren wir in die Stadt?«, fragte Clarke.

Ouellette schüttelte den Kopf. »Die brauchen uns dort nicht.«

»Aber könnten wir die Stadt betreten, wenn wir wollten?« Trotz seiner geschrumpften Größe musste es in Augusta immer noch Zugänge zum Netz geben. Vielleicht hätte Lubin doch bei ihnen bleiben sollen.

»Sie meinen so etwas wie Landurlaub? Wir halten unterwegs an und gönnen uns ein bisschen VR und einen heißen Whirlpool?« Die Ärztin lachte leise. »So funktioniert das nicht. Sie würden uns wahrscheinlich hineinlassen, wenn es sich um einen Notfall handelt. Aber heutzutage bleibt jeder für sich. Und Miri kommt aus Boston.«

»Sie könnten also nach Boston hineingelangen?« Noch besser.

»Eigentlich eine ganz schöne Nacht heute«, stellte Ouellette fest, »lässt man die krebserregenden Eigenschaften einmal außer Acht. Fast wie im hohen Norden.«

Clarke musterte sie, ohne etwas zu sagen.

»Meinen Sie nicht auch?«

Sie beschloss, nicht weiter nachzuhaken. »Die Nacht sieht für mich genauso aus wie der Tag. Nur mit weniger Farben.«

»Ach, richtig. Ihre Augen.« Ouellette warf ihr einen Seitenblick zu. »Haben Sie es nicht irgendwann satt, dass es immer so hell ist?«

»Eigentlich nicht.«

»Vielleicht sollten sie die Augenkappen zumindest ab und zu mal zur Abwechslung rausnehmen. Wenn man zu viel sieht, verpasst man manchmal auch was.«

Clarke lächelte. »Das klingt wie der Spruch aus einem Glückskeks.«

Ouellette zuckte die Achseln. »Für den Umgang mit den Patienten wäre es auch von Vorteil. Ohne diese Kappen würden sich die Leute in Ihrer Gegenwart vielleicht wohler fühlen, wissen Sie?«

»Ich kann für Ihre Patienten sowieso nicht viel tun.«

»Oh, das ist nicht …«

»Und selbst wenn«, fuhr Clarke mit betont gleichgültiger Stimme fort, »dann können Sie meine Hilfe annehmen, ohne mir vorzuschreiben, wie ich mich zu kleiden habe.«

»Schon gut«, sagte Ouellette nach einem Moment. »Tut mir leid.«

Eine Weile saßen sie schweigend da. Schließlich setzte Ouellette Miri wieder in Gang und schaltete die Musik ein – ein adrenalingeladenes, misstönendes Stück mit Saxofon und elektrischem Schlagzeug, das ihrem üblichen Geschmack völlig zuwiderlief.

»Wir machen nicht hier Halt?«, fragte Clarke.

»Die Gänsehaut hält mich nachts wach. Und Miri tut das Feld sicher auch nicht gut. Ich dachte nur, Ihnen könnte der Ausblick gefallen, das ist alles.«

Sie folgten weiter der Straße. Das Prickeln auf Clarkes Haut ließ langsam nach.

Die Musik ging in ein gesprochenes Interludium mit musikalischer Begleitung über – irgendeine Geschichte über einen Hasen, der seine Brille verloren hatte, was auch immer das bedeuten mochte. »Was ist das?«, fragte Clarke.

»Musik aus dem 20. Jahrhundert. Ich kann es ausschalten, wenn es Sie …«

»Nein. Schon in Ordnung.«

Ouellette schaltete die Musik trotzdem aus. Sie fuhren schweigend weiter.

»Von mir aus können wir jederzeit anhalten«, sagte Clarke nach einer Weile.

»Noch ein Stückchen weiter. In der Umgebung von Städten ist es gefährlich.«

»Ich dachte, wir hätten das Feld hinter uns gelassen.«

»Nicht wegen des Krebses. Sondern wegen der Menschen.« Ouellette schaltete den Autopiloten ein und lehnte sich in ihrem Hartschalensitz zurück. »Sie halten sich in der Nähe der Klaven auf, und sie hegen leicht Neidgefühle.«

»Kann Miri es nicht mit ihnen aufnehmen?«

»Miri kann sie alle zu Hackfleisch verarbeiten. Ich würde die Konfrontation nur lieber vermeiden.«

Clarke schüttelte den Kopf. »Ich kann nicht glauben, dass Augusta uns nicht hineingelassen hätte.«

»Ich habe es Ihnen doch schon gesagt. Die Klaven bleiben für sich.«

»Warum machen die sich dann überhaupt die Mühe, Sie loszuschicken? Wenn hier oben alle so verdammt auf sich bezogen sind, warum helfen Sie den Leuten in der Wildnis?«

Ouellette schnaubte leise. »Wo sind Sie in den letzten fünf Jahren gewesen?« Sie hob die Hand. »Blöde Frage. Wir sind nicht aus reiner Nächstenliebe hier draußen, Laurie. Die Flotte mobiler Krankenstationen, die Salzlecken …«

»Salzlecken?«

»Die Fütterungsstationen. Das ist alles nur dazu da, um die Wilden davon abzuhalten, die Barrikaden zu stürmen. Wenn wir ihnen ein wenig zu essen bringen, sind sie vielleicht nicht mehr ganz so erpicht darauf, uns βehemoth auf den Hals zu hetzen.«

Das klang logisch, wie Clarke zugeben musste. Aber dennoch …

»Nein. Die würden nicht ihre besten Leute ausschicken, nur um die Massen ruhig zu halten.«

»Da haben Sie wohl recht.«

»Ja, aber Sie …«

»Ich? Sie sind doch wohl nicht der Meinung, dass ich zu den besten Leuten gehöre?« Ouellette schlug sich mit der flachen Hand gegen die Stirn. »Wie, in Gottes Namen, sind Sie denn auf diese Idee gekommen?«

»Ich habe Sie bei der Arbeit gesehen.«

»Sie haben gesehen, wie ich Befehle von einer Maschine entgegengenommen und dabei nicht allzu viele Fehler gemacht habe. Ein paar Tage, und ich könnte Ihnen beibringen, genau dasselbe zu tun.«

»Das war nicht, was ich gemeint habe. Ich habe auch vorher schon Ärzte bei der Arbeit gesehen, Taka. Sie sind anders. Sie ...« Ihr kam etwas in den Sinn, was Taka gesagt hatte: *der Umgang mit den Patienten.*

»Ihnen liegen Ihre Patienten am Herzen«, schloss sie schlicht.

»Ah«, sagte Ouellette. Sie hielt den Blick starr geradeaus gerichtet. »Verwechseln Sie Mitgefühl nicht mit Kompetenz, Laurie. Das ist gefährlich.«

Clarke musterte sie. »Gefährlich? Ein seltsames Wort in diesem Zusammenhang.«

»In meinem Beruf bringt man durch Kompetenz keine Leute um«, sagte Ouellette. »Durch Mitgefühl hingegen schon.«

»Haben Sie schon einmal jemanden umgebracht?«

»Schwer zu sagen. Das ist die Sache mit der Inkompetenz. Sie lässt sich nicht annähernd so genau bestimmen wie absichtliche Böswilligkeit.«

»Wie viele?«, fragte Clarke.

Ouellette sah sie an. »Führen Sie etwa eine Strichliste?«

»Nein. Tut mir leid.« Clarke wandte sich ab.

Aber wenn doch, dachte sie, *könnten Sie mir bei weitem nicht das Wasser reichen.* Sie wusste, dass es kein fairer Vergleich war. Der Tod eines einzelnen Menschen konnte vermutlich eine größere Bürde sein als der tausend anderer, wenn einem dieser Mensch etwas bedeutete. Wenn man sich die Mühe machte, eine Beziehung zu ihm aufzubauen.

Wenn man Mitgefühl empfand.

Schließlich bogen sie auf eine abgelegene Lichtung ein, ein Stück weiter den Abhang hoch. Ouellette klappte ihre Pritsche aus und legte sich mit ein paar einsilbigen Bemerkungen zum Schlafen nieder. Clarke saß unbeweglich auf ihrem Sitz und betrachtete die klaren Grauabstufungen der nächtlichen Landschaft jenseits der Windschutzscheibe: graues Wiesengras, kohlrabenschwarze Reihen dürrer Koniferen, schorfige Vorsprünge verwitterten Felsgesteins. Ein bewölkter Seidenpapierhimmel.

Hinter sich hörte sie ein leises Schnarchen.

Sie griff hinter den Sitz und holte ihren Rucksack hervor. Das Fläschchen für die Augenkappen befand sich ganz unten, ein Opfer chronischer Vernachlässigung. Sie hielt es lange in der Hand, bevor sie es öffnete.

Die Augenkappen bedeckten die gesamte sichtbare Hornhaut und gingen sogar noch ein Stück weit darüber hinaus. Sie verspürte einen leichten Sog an den Augäpfeln, als sie die Kappen herausnahm, und sie lösten sich mit einem leisen Schmatzen.

Sie hatte das Gefühl, als hätte sie sich die Augen herausgenommen und nicht nur die Kappen, mit denen sie bedeckt waren. Es war, als wäre sie erblindet. Als würde sie sich in der Tiefsee befinden, fern allen Lichts.

Es war kein ganz unangenehmes Gefühl.

Anfangs sah sie überhaupt nichts. Die Iris wird träge, wenn ihr das Photocollagen die ganze Arbeit abnimmt. Nach einer Weile jedoch erinnerte sie sich wieder daran, sich auszudehnen. Dunkelgraue Schwaden wurden in der Leere vor Clarke sichtbar: schwaches Nachtlicht, das durch die Windschutzscheibe hereinfiel.

Sie tastete sich aus der mobilen Krankenstation heraus und lehnte sich gegen ihre Flanke. So leise wie möglich schloss sie die Tür. Die Nachtluft kühlte ihr Gesicht und ihre Hände.

Aus den Augenwinkeln nahm sie eine diffuse Helligkeit wahr, die jedes Mal verschwand, wenn sie den Blick darauf richtete. Nach einer Weile konnte sie den Himmel ausmachen, der sich von den Baumwipfeln abhob. Trübes Grau über gezackten Schatten, das im Osten ein klein wenig heller zu werden schien.

Sie ging ein paar Schritte und blickte zurück: Miris glatte Kanten schienen vor der fraktalen Landschaft beinahe zu flimmern. Im Westen konnte sie durch eine Lücke in der Wolkendecke die Sterne sehen.

Sie ging weiter.

Ein halbes Dutzend Mal stolperte sie wegen der mangelnden Beleuchtung über Wurzeln und Löcher im Boden. Doch das Farbschema war im Grunde das gleiche, wie es ihr auch die Augenkappen lieferten: Grau in Grau, vermischt mit Schwarz. Der einzige Unterschied war nur, dass Kontrast und Helligkeit deutlich heruntergefahren waren.

Als der Himmel im Osten heller wurde, sah sie, dass sie einen nackten, mit Kies bedeckten Abhang hinaufgestiegen war, der mit Baumstümpfen gesprenkelt war. Eine alte Kahlschlagfläche, die sich nie wieder erholt hatte. Sie musste schon so ausgesehen haben, lange bevor βehemoth auf der Bildfläche erschienen war.

Alles stirbt, hatte sie gesagt.

Und Ouellette hatte erwidert: *Das ist auch vorher schon so gewesen …*

Clarke blickte den Weg zurück, den sie heraufgekommen war. Miri ruhte wie ein Spielzeug am Rand von etwas, das einmal eine alte Holzfällerstraße gewesen sein musste. Braune Bäume erhoben sich am gegenüberliegenden Straßenrand und zu beiden Seiten des Hügels, auf dem sie stand. Nur auf dem Streifen, den sie gerade hinaufgestiegen war, waren sie niedergemäht worden.

Plötzlich hatte sie einen Schatten. Er erstreckte sich den Abhang hinunter wie der Umriss eines erschlagenen Riesen. Sie drehte sich um. Eine fluoreszierende rote Sonne ging gerade über dem Hügel auf. Gerippte Wolken leuchteten in einem radioaktiven Lachsrosa. Sie erinnerten Clarke an die von den Wellen gebildeten Rillen auf sandigem Meeresboden, aber sie konnte sich nicht erinnern, schon einmal so intensive Farben gesehen zu haben.

Jede Nacht das Augenlicht zu verlieren, ist vielleicht gar nicht so schlimm, überlegte sie, *wenn man es am nächsten Morgen auf diese Weise zurückerhält.*

Natürlich ging der Augenblick vorüber. Der Sonne hatten nur wenige Grad zur Verfügung gestanden, ein schmaler Spalt aus klarem, fernem Himmel zwischen Land und Wolken. Innerhalb weniger Minuten war sie hinter einer dicken Wolkenschicht verschwunden und zu einem bleichen, hellen Flecken inmitten einer weiten, monoton grauen Fläche verblasst.

Alyx, dachte sie.

Ouellette würde bald aufstehen und sich für einen weiteren Tag sinnloser Arbeit zum Wohle der Allgemeinheit wappnen. Um etwas zu tun, das letztlich doch nichts bewirkte.

Vielleicht geht es auch weniger um das Wohl der Allgemeinheit, dachte Clarke, *sondern um die Not der Allgemeinheit.*

Sie ging den Hügel hinunter. Als Clarke die Straße erreicht hatte, stieg Ouellette gerade aus dem Wagen. Sie blinzelte im grauen Morgenlicht und blinzelte noch einmal, als sie die unverhüllten Augen der Rifterin bemerkte.

»Sie haben gesagt, Sie könnten mir etwas beibringen«, sagte Clarke.

Sie ist ganz in Ordnung, Dave, sagte Taka zu ihrem toten Mann. *Anfangs wirkt sie ein wenig furchteinflößend – Crys hätte einen Blick auf sie geworfen und wäre aus dem Raum gerannt. Und sie kann nicht besonders gut mit Leuten umgehen.*

Aber eigentlich ist sie recht nett, Dave, wirklich. Und da du nicht bei mir bist, kann ich ihre Hilfe ganz gut gebrauchen.

Miri fuhr die alte I-95 hinunter durch die maroden Überreste einer Stadt namens Freeport. Mit dem Ausbleiben der Fische und der Touristen war auch die Stadt gestorben, lange bevor βehemoth ihr Schicksal besiegelt hatte. Südlich der Stadt bogen sie in eine Nebenstraße ein, die in einer abgelegenen kleinen Bucht endete. Mit Erleichterung bemerkte Taka, dass der zerzauste Wald oberhalb der Hochwasserlinie immer noch größtenteils grün war. Sie freute sich für die Bäume.

»Warum halten wir hier?«, fragte Laurie, als sie ausstiegen.

»Hier gibt es einen Zitteraal.« Taka öffnete die Abdeckklappe der Ladebuchse an der Seite des Fahrzeugs und ergriff den Stecker. Das Kabel wickelte sich hinter ihr ab, während sie den Abhang hinunterging. Flache Steine verrutschten rasselnd unter ihren Füßen.

Laurie folgte ihr zum Wasser hinunter. »Wie bitte?«

»Irgendwo auf dem Meeresboden.« Taka kniete nieder, holte den Rufer aus ihrem Anorak hervor und hielt ihn ins Wasser. »Hoffentlich kommt das kleine Mistvieh noch, wenn ich es rufe.«

Zwanzig Meter von der Küste entfernt stiegen ein paar Luftblasen auf. Einen Moment später kam der orangefarbene Aal an die Oberfläche und schlängelte sich auf sie zu. Neben Takas Füßen ging er an Land – eine riesige, fluoreszierende Spermie, deren Schwanz in der Tiefe verschwand. Er hatte sogar Zähne: ein zweizackiges metallenes Maul, das die Oberfläche des kolbenförmigen Körpers entstellte.

Taka steckte das Kabel in sein Maul, und der Kolben begann zu summen.

»Solche Dinge wurden an verschiedenen Orten versteckt«, erklärte sie, »damit wir nicht völlig von den Liftern abhängig sind.«

Laurie betrachtete das ruhige Wasser der Bucht. »Ein Ballard-Aggregat?«

»Nein, ein CAESAR-Reaktor.«

»Sie machen Witze.«

Taka schüttelte den Kopf. »Ein unabhängiges, sich selbst versorgendes Einwegsystem. Eigentlich handelt es sich lediglich um einen großen Block mit ein paar Heizrippen. Man muss ihn nur im offenen Wasser versenken, und schon ist er einsatzbereit. Er verfügt nicht einmal über eine Steuerung – die Voltzahl wird automatisch dem Bedarf angepasst.«

Laurie pfiff durch die Zähne.

Taka hob einen flachen Stein auf und ließ ihn über die Wasseroberfläche hüpfen. »Also, wann wird Ken auftauchen?«

»Das kommt drauf an.«

»Worauf?«

»Ob er nach Portland hineingelangen konnte.« Und dann, nach einem merkwürdigen Zögern: »Und ob er uns damals bei Penobscot den Laufpass gegeben hat.«

»Das hat er nicht«, sagte Ken.

Sie drehten sich um. Er stand direkt hinter ihnen.

»Hi.« Lauries Gesichtsausdruck veränderte sich nicht, aber eine leichte Anspannung schien aus ihrem Körper zu weichen. »Wie ist es gelaufen?«

Er schüttelte den Kopf.

Es war, als seien die vergangenen zwei Wochen gar nicht geschehen. Ken war wieder aufgetaucht, so bedrohlich und rätselhaft wie immer, und augenblicklich schien Laurie zu verblassen. Es war eine kaum merkliche Veränderung – irgendwie schien ihre Körperhaltung starrer zu werden und ihr emotionaler Ausdruck abzuflachen –, aber für Taka war es so offensichtlich wie ein Schlag ins Gesicht. Die Frau, die sie als Verbündete und sogar als Freundin kennengelernt hatte, verschwand vor ihren Augen unter der Oberfläche. Und an ihre Stelle trat wieder diese menschenähnliche, rätselhafte Gestalt, die ihr vor vierzehn Tagen auf dem Abhang einer von Feuern durchzogenen Ödnis das erste Mal begegnet war.

Ken und Laurie standen ein Stück weiter den Strand hinunter und unterhielten sich, während Miri aufgeladen wurde. Taka konnte nicht hören, was sie sagten, aber Ken berichtete zweifellos von seiner Expedition nach Portland. *Eine Einsatzbesprechung,* dachte Taka, während sie die beiden beobachtete. Zumindest auf Ken schien dieses Wort zu passen. Und seiner Körpersprache und dem Ausdruck auf seinem Gesicht nach zu urteilen, war sein Ausflug nicht gut verlaufen.

Obwohl er ja eigentlich immer so aussieht, erinnerte sie sich. Sie fragte sich, was wohl geschehen müsste, um diesen starren Gesichtsausdruck durch eine echte Gefühlsregung zu ersetzen. Vielleicht müsste dazu jemand sein Leben bedrohen. Oder womöglich würde auch ein Furz in einem Aufzug genügen.

Nachdem Miri gesättigt war, fuhren sie in die Stadt zurück. Lubin hockte zwischen den Schalensitzen, die Frauen zu beiden Seiten. Taka hatte das Gefühl, dass er und Laurie ganze Gigabytes an Informationen ausgetauscht hatten, obwohl sie höchstens ein halbes Dutzend Worte miteinander gesprochen hatten.

Freeport war ein weiterer regelmäßiger Haltepunkt auf Takas Route. Sie bog bei Main und Howard auf einen Parkplatz ein, neben einem aufgegebenen Bekleidungsgeschäft, dessen bröckelnde Fassade von einem breiten Riss durchzogen war und das den Namen *The Gap* trug (worüber sie jedes Mal lächeln musste). Wie die meisten anderen Städte auch, war Freeport größtenteils ausgestorben. Allerdings waren noch ein paar einzelne Zellen in dem verrottenden Leib übrig geblieben, und ein paar von ihnen warteten bereits auf sie, als Miri eintraf. Taka spielte trotzdem ein paar Minuten lang laut Strawinsky, um auf sich aufmerksam zu machen. Nach einer Weile kamen noch ein paar weitere Menschen aus den verfallenen Gebäuden und den undichten Rümpfen alter Fischerboote hervor, die im Meer schwammen, in der irrigen Hoffnung, dass die Hexe vielleicht Angst vor Wasser hatte.

Laurie und sie machten sich an die Arbeit. Ken blieb im Innern des Fahrerhauses. Schatten und die dynamische Färbung von Miris Fenster machten ihn von außen praktisch unsichtbar. Über die endlose Reihe aus gebrochenen Armen und verrottendem Fleisch hinweg erkundigte sich Taka nach Portland. Laurie zuckte nur die Achseln, freundlich, aber distanziert. »Er hätte in die Stadt hineingelangen können. Aber nicht unbemerkt.«

Das überraschte Taka nicht. Landeinwärts war Portland von einer verbrannten Zone umgeben, einer flachen, mit Sensoren gespickten Ebene, die wohl niemand unbemerkt überqueren konnte. Von der Meeresseite her war der Zugang zur Stadt von einer dünnen Membranhaut geschützt. Man konnte sich nicht einfach so in die Stadt schleichen – bei keiner der Klaven war das möglich –, und Ken mangelte es offensichtlich an den nötigen Mitteln, um gewaltsam einzubrechen.

Hin und wieder warf Taka einen beiläufigen Blick zur Windschutzscheibe, während sie zwischen den Patienten umherging. Manchmal sah sie unter den dunklen Spiegelungen zwei schwach schimmernde Punkte, die zu ihr herüberblickten, reglos und ohne zu blinzeln.

Sie wusste nicht, was er dort drinnen tat, und sie fragte auch nicht nach.

Es war, als lege sich die Nacht wie ein schwarzer Film über die Welt, als seien die Sterne nur Nadelstiche, durch die das Tageslicht hindurchfiel.

»Dort«, sagte Ken und deutete auf den Himmel.

Feine Nadeln, drei oder vier an der Zahl. Ihre Spitzen ritzten den Film am westlichen Horizont und hinterließen leichte Kratzer im Sternbild des Bärenhüters. Innerhalb von Sekunden verblassten sie; Taka wären sie niemals aufgefallen.

»Sind Sie sicher, dass sie uns nichts anhaben können?«, fragte sie.

Ken war eine schwarze Silhouette vor dem dunklen Hintergrund des Nachthimmels zu ihrer Linken. »Sie sind schon an uns vorbei«, erwiderte er. Was nicht ganz dasselbe war.

»Da kommen die Abfangraketen«, sagte Laurie hinter ihnen. In der Nähe des Herkules flackerten einzelne Sonnen auf – keine Kondensstreifen, sondern die Zündfunken von Raketenabwehrsalven, die aus dem Orbit herabstürzten. Bei ihrem Eintritt in die Atmosphäre befanden sie sich bereits unterhalb des Horizonts.

Es war nach Mitternacht. Sie standen auf einem felsigen Hügel südlich von Freeport. Die Welt um sie herum schien nur aus Himmel und Sternen zu bestehen. Sie waren dem Signal von Kens Handsteuergerät, das mit dem Periskop verbunden war, das irgendwo im Ozean hinter ihnen schwamm, bis hierher gefolgt. Offensichtlich betrachtete ihr U-Boot – die *Phocoena*, wie Laurie es genannt hatte – die Sterne.

Und Taka sah auch, warum. Die Milchstraße war so schön, dass es schon beinahe schmerzte.

»Vielleicht hat das schon ausgereicht«, murmelte sie. Sie wusste, dass das unwahrscheinlich war. Dies war erst der zweite Angriff, seit sie ihren Plan in die Tat umgesetzt hatten. Wie weit konnte sich die Nachricht bisher herumgesprochen haben?

Und dennoch – drei Angriffe in ebenso vielen Wochen. Wenn das so weiterging, mussten sie früher oder später Glück haben …

»Verlassen Sie sich nicht darauf«, sagte Ken.

Sie warf ihm einen Blick zu und wandte sich gleich wieder ab. Vor gar nicht langer Zeit hatte dieser Mann hinter ihr gestanden und mit einer Hand locker ihren Nacken umklammert, während er Laurie Anweisungen gegeben hatte, wie sie Waffensysteme demontieren musste, die Taka nicht einmal benennen konnte. Er hatte sie freundlich behandelt, damals wie heute, weil Taka kooperiert hatte. Er war höflich gewesen, weil sie sich ihm nicht in den Weg gestellt hatte.

Doch Ken war auf einer Mission, und Takas kleines Experiment, eine Graswurzelbewegung zu ihrer Rettung in Gang zu setzen, schien da nicht hineinzupassen. Aus irgendeinem, nicht näher erkennbaren Grund spielte er für den Augenblick mit, aber es gab keine Garantie dafür, dass er nicht morgen oder übermorgen die Geduld verlieren und zu seinem ursprünglichen Plan zurückkehren würde. Taka wusste nicht, worin dieser Plan bestand, obwohl sie annahm, dass es etwas damit zu tun hatte, Kens und Lauries unter Wasser befindlichen Freunden zu helfen. Inzwischen verschwendete sie keine Zeit mehr darauf, die beiden nach Einzelheiten zu fragen. Der Plan hatte vorgesehen, in die Klave von Portland einzudringen, was Ken offensichtlich ohne Unterstützung nicht geschafft hatte.

Und außerdem Takas mobile Krankenstation zu kapern, was ihm gelungen war.

Jetzt war sie allein mit zwei Gestalten mit leeren Augen, tief in der Nacht und mitten im Nirgendwo. Und trotz aller oberflächlichen Kameradschaft, der Unterstützung bei ihrer Arbeit und den ausgefeilten Plänen blieb eine Tatsache bestehen: Sie war eine Gefangene. Schon seit Wochen.

Wie konnte ich das vergessen?, dachte sie und beantwortete sich ihre Frage selbst: Weil sie ihr nichts getan hatten … bisher. Weil sie sie nicht bedroht hatten … jedenfalls nicht in letzter Zeit. Keiner ihrer beiden Bewacher schien zu Gewalttätigkeit zu neigen, und das war in dieser Gegend schon der Gipfel zivilisierten Verhaltens. Sie hatte deshalb einfach vergessen, sich bedroht zu fühlen.

Was ziemlich dumm war, wenn man es recht bedachte. Nach dem

Fehlschlag in Portland standen die Chancen gut, dass Lubin einfach zu Plan A zurückkehren und ihr den Transporter abnehmen würde. Laurie mochte sich dem anschließen oder nicht – Taka hoffte, dass unter der wiederhergestellten kühlen Fassade noch immer eine Verbindung zwischen ihnen bestand –, aber das würde möglicherweise keine Rolle spielen.

Und es ließ sich nicht vorhersagen, was die beiden tun würden, wenn Taka versuchen sollte, sich ihnen in den Weg zu stellen. Oder wenn ihnen die *wirksameren Alternativen* ausgingen. Im besten Fall wäre sie mitten in der Wildnis gestrandet – ein immunisierter Engel mit gestutzten Flügeln, und ohne Miris Unterstützung, wenn das nächste Mal ein Mann mit blutunterlaufenen Augen bei ihr nach Erlösung suchte.

»Ich erhalte ein Signal von Montreal«, sagte Ken. »Es ist verschlüsselt. Wahrscheinlich handelt es sich um einen Störsender.«

»Lifter?«, erkundigte sich Laurie. Ken knurrte eine Bestätigung.

Taka räusperte sich. »Ich bin gleich wieder da. Ich muss dringend mal pinkeln.«

»Ich begleite Sie«, erwiderte Laurie sofort.

»Seien Sie nicht albern.« Taka deutete den Abhang hinunter in die Dunkelheit, wo die Hügelkuppe, auf der sie standen, in einen fadenscheinigen Wald überging. »Es sind nur ein paar Meter. Das finde ich schon.«

Die beiden von den Sternen beleuchteten Silhouetten drehten sich zu ihr um und musterten sie wortlos. Taka schluckte und ging einen Schritt den Hügel hinunter.

Ken und Laurie rührten sich nicht.

Ein weiterer Schritt. Und dann noch einer. Sie trat auf einen Stein und geriet kurz ins Taumeln.

Ihre Kidnapper wandten sich wieder ihren taktischen Überlegungen und Maschinen zu. Taka ging vorsichtig weiter. Das Licht der Sterne erhellte die Umrisse von Hindernissen auf ihrem Weg. Allerdings wäre Mondlicht besser gewesen; sie stolperte zweimal, bevor der Waldrand vor ihr aufragte, ein gezacktes schwarzes Band, das die Sterne verschluckte.

Und kurz darauf verschluckte es auch Taka.

Sie blickte den Hügel hinauf zurück, durch ein schwarzes Gitter aus Büschen und Baumstämmen. Ken und Laurie standen immer noch auf der Hügelkuppe, reglose schwarze Scherenschnitte vor dem Himmel. Taka konnte nicht feststellen, ob sie sie sehen konnten oder ob sie überhaupt in ihre Richtung blickten. Auf einer freien Fläche wäre sie für sie deutlich sichtbar gewesen. Aber zum Glück konnten selbst ihre Nachtgeschöpfaugen nicht durch Baumstämme hindurchblicken.

Ihr blieben höchstens ein paar Minuten, bis ihnen auffallen würde, dass sie verschwunden war.

Sie bewegte sich so schnell vorwärts, wie es ihr möglich war, ohne laute Geräusche zu verursachen. Zum Glück gab es hier nicht viel Unterholz. In besseren Tagen war zu wenig Sonnenlicht durch die Baumkronen gefallen, und in letzter Zeit – in letzter Zeit war nicht mehr das Sonnenlicht der begrenzende Faktor. Taka tastete sich blind durch ein Labyrinth aus vertikalen Stämmen, Laubhaufen und einer dünnen Bodenschicht, die mit βehemoth durchsetzt war. Niedrig hängende Äste zerkratzten ihr Gesicht. Knorrige alte Baumstämme lösten sich kaum einen Meter vor ihr aus der Dunkelheit, und junge dünne sprangen ihr mit noch weniger Vorwarnung entgegen.

Ihr Fuß verfing sich in einer Baumwurzel. Sie stürzte zu Boden und musste dabei einen Aufschrei unterdrücken. Ihre ausgestreckte Hand kam hart auf einem herabgefallenen Ast auf. Das Knacken, mit dem er zerbrach, hallte wie ein Gewehrschuss durch die Nacht. Sie lag zusammengekrümmt am Boden und rieb sich die abgeschürfte Handfläche, während sie angestrengt auf Geräusche von der Hügelkuppe lauschte.

Doch nichts war zu hören.

Sie ging weiter. Der Abhang wurde zunehmend steiler und heimtückischer. Die Bäume, die vor ihr auftauchten, waren nur noch trockene und morsche Skelette. Sie hatten es darauf angelegt, sie mit dem Knacken jedes Zweiges und jedes zerbrochenen Astes, das wie Böllerschüsse klang, zu verraten. Einer von ihnen erwischte sie direkt unterhalb des Knies. Sie stürzte vornüber, kam auf dem Boden auf und geriet ins Rutschen. Sie purzelte den Abhang hinunter und wurde im Vorbeirollen von Steinen und abgebrochenen Ästen gestochen.

Der Boden unter ihr verschwand. Plötzlich konnte sie beinahe etwas sehen. Ein breiter, trüber grauer Streifen kam auf sie zu; sie erkannte ihn im Moment des Aufpralls, während die Haut an ihrem Unterarm aufgeschürft wurde.

Die Straße. Wie ein Saum zog sie sich um diese Seite des Hügels, und irgendwo an ihrem Rand war Miri geparkt.

Taka kam auf die Beine und blickte sich um. Sie konnte ihren Weg den Hügel hinunter nicht zurückverfolgen und deshalb auch nicht feststellen, wo genau auf der Straße sie gelandet war. Einer Eingebung folgend, wandte sie sich nach rechts und lief los.

Gott sei Dank war die Straße frei. Das trübe Licht, das vom Schotter reflektiert wurde, reichte gerade so aus, dass sie sich orientieren konnte und nicht vom Weg abkam. Die Straße zog sich sanft um die Flanke des Hügels herum, Steinsplitter knirschten unter ihren Füßen, und plötzlich funkelte etwas in der Dunkelheit vor ihr, etwas mit geraden Kanten, das im Sternenlicht glänzte …

Oh, danke lieber Gott! Ja. Ja!

Sie riss die Fahrertür auf und kletterte keuchend hinein.

Und zögerte.

Was willst du tun, Tak? Willst du alles aufgeben, was du in den letzten zwei Wochen in Gang gebracht hast? Einfach wegfahren und der Hexe das Feld überlassen, obwohl es vielleicht eine Möglichkeit gäbe, sie aufzuhalten? Früher oder später wird irgendjemand auf eine Goldader stoßen, und du hast ihnen gesagt, dass sie ihren Fund hier zu dir bringen sollen. Was passiert, wenn sie tatsächlich auftauchen, und du bist mit eingezogenem Schwanz davongelaufen?

Willst du um Hilfe rufen? Glaubst du, die wird kommen, bevor Ken und Laurie mit dir fertig sind oder bevor sie einfach wieder in ihr U-Boot steigen und im Marianengraben verschwinden? Denkst du, heutzutage würde dir überhaupt irgendjemand Hilfe schicken? Und was ist, wenn du dadurch den Feind auf dich aufmerksam machst, Tak? Wer oder was auch immer es sein mag, der versucht, das einzudämmen, was du verbreiten willst. Willst du all das aufs Spiel setzen, nur weil zwei Gestalten mit Borderline-Syndrom und seltsamen Augen dir vielleicht etwas antun könnten, wenn sie wütend werden?

Taka schüttelte den Kopf. Das war verrückt. Ihr blieben nur wenige kostbare Augenblicke, bevor Ken und Laurie sie aufspüren würden. Und die Entscheidung, die sie in diesem kurzen Zeitraum traf, mochte das Schicksal Neuenglands oder vielleicht sogar ganz Nordamerikas besiegeln. Sie durfte nichts überstürzen, aber ihr blieb auch keine Zeit mehr …

Ich brauche mehr Zeit. Ich muss einfach für eine Weile Abstand gewinnen. Ich muss darüber nachdenken. Sie streckte die Hand aus und drückte den Daumen auf das Zündfeld.

Miri blieb dunkel.

Sie versuchte es noch einmal. Immer noch nichts. Nur die Erinnerung an Ken, der mit glitzernden Augen im Fahrerhaus lauerte, umgeben von all den Schaltkreisen, über die er so viel zu wissen schien.

Sie schloss die Augen. Als sie sie wieder aufschlug, blickte Ken zu ihr herein.

Er öffnete die Tür. »Ist etwas nicht in Ordnung?«, fragte er.

Taka seufzte. Ihre Hautabschürfungen brannten und nässten.

Laurie öffnete die Beifahrertür und stieg ein. »Lassen Sie uns zurückfahren«, sagte sie beinahe sanft.

»Ich ... warum sind ...«

»Na los!«, sagte Ken und deutete auf das Armaturenbrett.

Taka drückte den Daumen auf das Feld. Miri erwachte augenblicklich summend zum Leben.

Sie kletterte aus dem Fahrerhaus, damit Lubin einsteigen konnte. Über ihr war der Himmel voller Sterne.

Ach David, dachte sie. *Ich wünschte, du wärst hier.*

Schläfer

Um zehn Uhr dreißig am nächsten Morgen kam die entscheidende Wende.

Hinter Bow tauchte ein Motorrad auf und geriet prompt in Widerstreit mit seinem Fahrer darüber, wie ein Schlagloch von der Größe von Arkansas am besten zu überwinden sei. Es war ein modernes Kawasaki-Modell aus der Zeit kurz vor der Hexe, und es besaß Bodeneffektorstabilisatoren, die ein Umkippen praktisch unmöglich machten. Andernfalls wären Mann und Maschine Hals über Kopf in eine solarbetriebene Reklametafel gerast, die nach all den Jahren immer noch flackernde Bilder von Berühmtheiten zeigte und Werbung für Immunstärkungsmittel von Johnson & Johnson machte. Stattdessen neigte sich die Kawasaki in einem unmöglich spitzen Winkel zur Seite, richtete sich dann während der Fahrt wieder auf und kam schließlich zwischen Miri und einer Handvoll verwahrloster Kinder zum Stehen, die sich der Krankenstation in der Hoffnung auf ein paar Geschenke genähert hatten.

Hinter dem Neuankömmling tauchten in der Dunkelheit des Spalts in der Fassade von *The Gap* Kens weiße Augen auf.

Der Fahrer schien nur aus Gliedmaßen und Lumpen zu bestehen, die von einem zerzausten Schopf fransig geschnittenen braunen Haars gekrönt waren. Auf seiner schmutzigen Haut war ein spärlicher Oberlippenbart zu erahnen, der ihn als ungefähr Sechzehnjährigen auswies. »Sind Sie die Ärztin mit den Raketen?«

»Ich bin die Ärztin, die Interesse an den Raketen hat«, erwiderte Taka.

»Mein Name ist Ricketts. Hier, bitte schön.« Er griff unter seine fadenscheinige Thermochromjacke und holte einen verschlossenen Plastikbeutel hervor, in dessen Innern sich einige äußerst schmutzige Kleidungsstücke befanden.

Taka nahm den Beutel mit Daumen und Zeigefinger entgegen. »Was ist das?«

Ricketts zählte an den Fingern ab: »Unterhosen, ein Hemd und eine Socke. Die Jungs mussten ein wenig improvisieren, wissen Sie. Und ich war der Einzige, der einen Plastikbeutel hatte, aber ich war gerade unterwegs.«

Laurie stieg aus dem Fahrerhaus. »Tak?«

»Hallo!«, sagte Ricketts. Sein Mund verzog sich zu einem anerkennenden Grinsen. Einer seiner Zähne war abgebrochen, zwei fehlten ganz und der Rest besaß einen gelblichen Farbton. Sein Blick glitt wie ein Barcode-Scanner über Lauries Gestalt. Taka konnte es ihm nicht verübeln – hier draußen galt man schon automatisch als Sexsymbol, wenn man eine saubere Haut und noch alle Zähne besaß.

Sie schnippte mit den Fingern, um ihn in die Wirklichkeit zurückzuholen. »Was genau ist das?«

»Ach ja.« Ricketts fuhr mit seiner Erklärung fort. »Moricon und Wegh haben eines von diesen Kanisterdingern gefunden, über die Sie gesprochen haben. Da tropfte dieses Zeugs raus. Na ja, es floss nicht gerade in Strömen, wissen Sie, sondern wurde eher so ausgeschwitzt. Also haben sie es damit aufgewischt« – er deutete auf den Beutel – »und es mir gegeben. Ich bin die ganze Nacht durchgefahren.«

»Woher stammt das?«, fragte Taka.

»Sie meinen, wo wir es gefunden haben? In Burlington.«

Es war beinahe zu schön, um wahr zu sein.

»In Vermont«, fügte er hilfsbereit hinzu.

Plötzlich stand Ken hinter Ricketts. »Es hat einen Raketenangriff in Vermont gegeben?«, fragte er.

Erschrocken drehte sich der Junge um. Sein Blick fiel auf Ken und seine Augen.

»Hübsche Augenkappen«, sagte er anerkennend. »Ich war auch mal ein Anhänger der Riftermode, damals bevor … na Sie wissen schon …«

Die Rifter, erinnerte sich Taka. Sie betrieben Geothermalkraftwerke weit draußen vor der Westküste …

»Die Raketen«, sagte Ken. »Erinnerst du dich, wie viele es waren?«

»Weiß nicht genau. Also, ich habe vielleicht vier oder fünf gesehen, aber … na ja, Sie wissen schon.«

»Sind Lifter gekommen? Gab es einen Brand?«

»Ja, irgendjemand hat gesagt, dass möglicherweise welche kommen könnten. Darum sind wir auch alle weggerannt.«

»Aber sind tatsächlich welche gekommen?«

»Weiß ich nicht. Ich bin nicht lange genug dort geblieben. Sie wollten dieses Zeug doch so schnell wie möglich haben, oder?«

»Ja. Ja!« Taka betrachtete das schmutzige, speckige Bündel in dem Beutel. Es war das Schönste, was sie jemals gesehen hatte. »Vielen Dank, Ricketts. Du kannst dir gar nicht vorstellen, wie wichtig das sein könnte.«

»Na ja, wenn Sie mir wirklich danken wollen, wie wäre es, wenn ich meine Maschine an Ihrem Transporter aufladen könnte?« Er klopfte auf das Motorrad zwischen seinen Schenkeln. »Die Anzeige ist schon fast in der Moho. Ich komme damit vielleicht noch zehn Klicks und … oder hee, gibt es vielleicht irgendeine Art von Belohnung?«

Die Belohnung, dachte Taka, während sie die Nabelschnur für Ricketts' Motorrad hervorholte, *ist, dass wir alle möglicherweise in zehn Jahren noch am Leben sind.*

Sie steckte die Kostbarkeit, die Ricketts ihnen gebracht hatte, mit einem Anflug von Ehrfurcht in die Probenöffnung und ließ Miri die Verpackung entfernen und die Probe nach Gold durchsieben. Und dass es darin Gold zu finden gab, war nicht nur an dem abzulesen, was sie enthalten mochte, sondern auch an dem, was sie *nicht* enthielt: Die βehemoth-Werte der Probe lagen weit unter dem normalen Bereich. Sie waren beinahe zu vernachlässigen.

Irgendetwas tötet die Hexe. Diese Eingangshypothese, die Bestätigung einer Vermutung, die im Verlauf der letzten Wochen beinahe schon zur Gewissheit geworden war, drohte jeglichen wissenschaftlichen Empirismus, der Taka während ihrer Ausbildung eingetrichtert worden war, im Keim zu ersticken. Sie ermahnte sich zur Vorsicht. Sie durfte sich nicht von ihrer Aufregung übermannen lassen. Sie würde Tests durchführen und die ganze Kleinarbeit erledigen. Doch die jauchzende Studienanfängerin in ihr war sich ziemlich sicher, dass sie nur bestätigen würden, was sie bereits wusste und worauf diese ersten wunderbaren Ergebnisse hindeuteten. Irgendetwas tötete die Hexe.

Und da war es. Inmitten des Schimmels, der Pilzsporen und fäkalen Colibakterien schimmerte es wie eine Perlenkette, die halb im Schlamm begraben war: eine Gensequenz, die Miris Datenbank nicht erkannte. Sie vergrößerte das Bild und blinzelte. *Das kann nicht stimmen.* Erstaunt pfiff sie durch die Zähne.

»Was ist?«, fragte Laurie neben ihr.

»Das wird doch etwas länger dauern als gedacht«, sagte Taka.

»Wieso?«

»Weil ich so etwas noch nie zuvor gesehen habe.«

»Vielleicht kennen wir es ja«, sagte Ken.

»Das glaube ich nicht. Es sei denn, Sie ...« Taka hielt inne. Ein

Warnsignal leuchtete auf der Benutzeroberfläche auf: Jemand bat um Download-Zugang.

Sie sah Ken an. »Sind Sie das?«

Er nickte. »Das ist die Sequenz einer neuen Mikrobe, auf die wir vor kurzem gestoßen sind.«

»Wo haben Sie die gefunden?«

»Nicht hier in der Gegend. In einem abgelegenen Gebiet.«

»Wo, in einem Labor? Auf einer Bergspitze? Im Marianengraben?«

Ken antwortete nicht. Seine Daten klopften geduldig an Miris Vordertür.

Schließlich ließ Taka sie herein. »Sie glauben, dass es dasselbe ist?«, fragte sie, während das System die Daten auf Viren untersuchte.

»Das ist möglich.«

»Und Sie hatten das die ganze Zeit über bei sich, zeigen es mir aber erst jetzt?«

»Bisher hatten Sie noch nichts, womit Sie es vergleichen konnten.«

»Verdammt nochmal, Ken. Sie sind wirklich kein Teamspieler, was?« Zumindest wurde dadurch eine Frage beantwortet: Jetzt wusste sie, warum sich die beiden überhaupt schon so lange mit ihr abgaben.

»Es ist kein Gegenmittel«, sagte Laurie, als wollte sie sie vor der unvermeidlichen Enttäuschung bewahren.

Taka rief die neue Sequenz auf. »Das sehe ich.« Sie schüttelte den Kopf. »Und das ist auch nicht unsere geheimnisvolle Mikrobe.«

»Tatsächlich nicht?« Laurie schien überrascht. »Das können Sie nach fünf Sekunden schon feststellen?«

»Es sieht wie βehemoth aus.«

»Ist es aber nicht«, versicherte ihr Ken.

»Dann ist es vielleicht ein neuer Stamm. Ich müsste die gesamte Sequenz durchlaufen lassen, um sicher zu sein, aber ich kann auf den ersten Blick erkennen, dass es eine RNA-Mikrobe ist.«

»Und dieses Biosol ist keine?«

»Ich weiß nicht genau, worum es sich dabei handelt. Es ist eine Art Nukleinsäure, aber der Zucker besteht aus einem Ring mit vier Kohlenstoffatomen. Etwas Vergleichbares habe ich noch nie gesehen, und es scheint auch nicht auf Miris Spickzetteln zu stehen. Ich werde es also von Grund auf analysieren müssen.«

Ken und Laurie tauschten einen vielsagenden Blick, dessen Bedeutung ihr jedoch verborgen blieb.

»Dann lassen Sie sich von uns nicht aufhalten«, sagte Ken.

Miri konnte bekannte Krankheiten identifizieren und diejenigen heilen, für die ein Heilmittel entdeckt worden war. Die Krankenstation konnte Zufallsvarianten der üblichen zielgerichteten Antibiotika generieren und Kuren verschreiben, die der Fähigkeit des durchschnittlichen Krankheitserregers, Abwehrmaßnahmen zu entwickeln, stets ein Stück voraus waren. Sie konnte gebrochene Knochen richten, Tumore entfernen und alle möglichen Formen von körperlichen Traumata heilen. Was βehemoth betraf, war sie natürlich wenig mehr als ein Linderungsmittel auf Rädern, aber selbst das war besser als nichts. Alles in allem war die mobile Krankenstation ein Wunder der modernen Medizintechnik – aber sie war ein Feldlazarett und kein Forschungslabor. Sie konnte neuartige Genome entschlüsseln, solange die Grundstruktur bekannt war, auch wenn sie dafür eigentlich nicht geschaffen war.

Genome, die auf einer unbekannten Grundstruktur beruhten, waren dagegen etwas vollkommen anderes. Die Mikrobe, die sie gefunden hatten, enthielt weder DNA noch RNA – nicht einmal die primitive Variante von RNA mit ihrer rudimentären Helix-Struktur, auf der βehemoth beruhte. Sie war gänzlich anders aufgebaut, und für eine solche Analyse war Miris Datenbank eigentlich nicht gedacht.

Taka war das egal. Sie holte trotzdem das Äußerste aus ihr heraus.

Als sie sich erst einmal von den üblichen Entschlüsselungsroutinen gelöst hatte, fand sie die Grundstruktur ohne große Schwierigkeiten in einer verstaubten Ecke der Biomed-Enzyklopädie: TNA. Eine Nukleinsäure auf der Grundlage von Threose, die um die Jahrhundertwende zum ersten Mal synthetisiert worden war. Die üblichen Basen waren an ein Rückgrat aus Threose, Zucker und Phosphat angeknüpft, während die einzelnen Nukleotide durch Phosphodiesterbindungen zusammengehalten wurden. In einigen frühen theoretischen Arbeiten zu dem Thema war die Vermutung geäußert worden, dass diese Nukleinsäure bei der Entstehung des Lebens auf der Erde eine wichtige Rolle gespielt hatte. Doch nachdem sich die Hypothese von der marsianischen Panspermie durchgesetzt hatte, war sie mehr oder weniger in Vergessenheit geraten.

Eine neue Grundstruktur bedeutete neue Gene. Die Standard-Datenbank war damit praktisch nutzlos. Die neue Sequenz mithilfe der Werkzeuge in Miris Arsenal zu entschlüsseln, war so, als wollte man mit einem Kaffeelöffel einen Tunnel graben – es war natürlich möglich, aber dazu musste man schon sehr motiviert sein. Glücklicherweise mangelte es Taka nicht an Motivation. Sie machte sich an die Arbeit, wenngleich sie wusste, dass es eine Weile dauern und sie vielleicht ein paar unvermeidliche Umwege durch Sackgassen würde nehmen müssen.

Aber es dauerte einfach zu lange. Und es waren viel zu viele Umwege. Was Taka am meisten zu schaffen machte, war die Tatsache, dass sie die Antwort bereits kannte. Sie hatte sie sogar fast schon gekannt, bevor sie angefangen hatte. Jeder sorgfältig durchgeführte, aufwendige und stumpfsinnige Test bestätigte dies. Jedes Elektrophoresediagramm, jeder virtuelle Klecks, sämtliche PCRs und TTDs – all die zufällig durcheinandergewürfelten Techniken, die sie Stunde um Stunde angewandt hatte, sie alle deuteten unverrückbar auf dieselbe unglaubliche Antwort hin.

Und die Antwort war tatsächlich unglaublich. Nach drei Tagen hatte sie die endlosen Überprüfungen und Wiederholungen schließlich satt und beschloss, einfach das Beste aus dem zu machen, was sie hatte. Sie präsentierte den anderen ihre Ergebnisse kurz vor Mittag in der Bucht, in die sie sich erneut zurückgezogen hatten, um ungestört zu sein und den Transporter bei Bedarf wieder aufladen zu können.

»Es handelt sich nicht einfach nur um eine simple Genmanipulation«, sagte sie zu den Riftern. Eine einsame schmutzige Möwe pickte zwischen den Steinen herum. »Es ist ein künstlich erzeugter Organismus, der von Grund auf neu geschaffen wurde. Sein Zweck ist es, βehemoth in seinem eigenen Hoheitsgebiet vom Thron zu stürzen. Er verfügt über eine reichlich primitive TNA-Grundstruktur, darüber hinaus aber auch über ein paar kleinere Ribonukleinsäuren, wie es bei βehemoth nicht der Fall ist – eine Eigenschaft, die sonst vor allem Eukaryoten besitzen und die auf eine höhere Entwicklungsstufe hinweist. Für die Katalyse wird Prolin verwendet. Eine einzelne Aminosäure, die die Aufgabe eines ganzen Enzyms übernimmt – haben Sie eine Vorstellung, wie viel Platz sich dadurch einsparen lässt?«

Offensichtlich nicht. Die verständnislosen Blicke machten das nur allzu deutlich.

Sie kam zur Sache. »Um es zusammenzufassen, meine Freunde, wenn man dieses kleine Ding in eine Kultur mit βehemoth gibt, wird es jedes Mal als Sieger daraus hervorgehen.«

»In einer Kultur«, wiederholte Ken.

»Es deutet nichts darauf hin, dass es sich in freier Wildbahn anders verhalten würde. Erinnern Sie sich? Es wurde dafür geschaffen, sich allein durchzusetzen. Der Plan sah also offenbar vor, es einfach als Aerosol im System zu verteilen und es danach sich selbst zu überlassen.«

Ken gab ein Knurren von sich, während er Takas Ergebnisse auf dem Hauptbildschirm durchsah. »Was ist das?«

»Was? Ach, ja. Es ist polyploid.«

»Polyploid?«, wiederholte Laurie.

»Sie wissen schon, haploid, diploid, polyploid. Es enthält mehrere Chromosomensätze. Das findet man bei einigen Pflanzen.«

»Warum hier?«, fragte Ken.

»Ich habe ein paar ziemlich unangenehme rezessive Erbfaktoren gefunden«, gab Taka zu. »Vielleicht wurden sie absichtlich eingefügt, weil sie im Zusammenspiel mit anderen Genen irgendeinen positiven Effekt ergeben, oder vielleicht war das Ganze auch ein Schnellschuss, und sie sind einfach durchgerutscht. Soweit ich feststellen kann, wurden die redundanten Gene einfach übereinandergeschichtet, um die Wahrscheinlichkeit einer homozygoten Expression zu verringern.«

Ken stieß ein Schnauben aus. »Nicht sehr elegant.«

Taka schüttelte ungeduldig den Kopf. »Es ist tatsächlich eine eher ungeschickte Lösung, aber sie geht schnell ... und ich meine, das Wichtigste ist, sie funktioniert! Wir könnten βehemoth bekämpfen!«

»Wenn Sie Recht haben«, grübelte Ken, »dann ist es nicht βehemoth, gegen das Sie kämpfen müssen.«

»Die M & Ms«, meinte Taka.

Etwas veränderte sich in Lauries Haltung.

Ken klang nicht überzeugt. »Möglicherweise. Obwohl die Gegenmaßnahmen Teil des Abwehrschilds von Nordamerika zu sein scheinen.«

»Die BRIKS«, sagte Laurie leise.

Ken zuckte die Achseln. »Im Augenblick bildet die BRIKS praktisch das Militär für den gesamten Kontinent. Und es scheint auch keinerlei zentralisierte Regierung mehr zu geben, die sie kontrollieren könnte.«

»Eigentlich dürfte das keine Rolle spielen«, sagte Taka. »*Gesetzesbrecher* sind unbestechlich.«

»Vielleicht waren sie das vor Rio. Wer weiß schon, wie es jetzt um sie steht?«

»Nein.« Taka sah verbrannte Landschaften vor sich. Sie erinnerte sich an Lifter, die am Himmel hingen und Feuer spien. »Wir erhalten unsere Befehle von der BRIKS. Wir alle ...«

»Dann ist es wahrscheinlich gut, dass Sie dieses Projekt nicht an die große Glocke gehängt haben«, stellte Lubin fest.

»Aber warum sollte irgendjemand …« Lauries Blick glitt ungläubig von Taka zu Ken. »Ich meine, was hätten sie davon?«

In ihrem Blick liegt nicht nur Unglaube, wurde Taka klar. *Auch Trauer und tiefste Seelenqual.* In ihrem Hinterkopf machte es Klick: Laurie war die ganze Zeit über nicht davon überzeugt gewesen. Sie hatte geholfen, wo sie konnte. Sie hatte sich eingebracht. Sie hatte Takas Erklärung der Ereignisse – zumindest als Möglichkeit – akzeptiert, weil sie ihr die Gelegenheit bot, etwas Nützliches zu tun. Doch ihr schien erst jetzt wirklich bewusst zu werden, was diese Erklärung enthielt, was genau es war, wogegen sie ankämpften: nicht βehemoth, sondern ihre eigene Spezies.

Merkwürdig, überlegte Taka, *wie oft es genau darauf hinausläuft …*

Es ging nicht nur um das Ende der Welt, jedenfalls nicht für Laurie. Irgendwie schien die ganze Sache für sie beinahe eine persönliche Angelegenheit zu sein. Fast so, als wäre sie selbst von jemandem verraten worden. *Schön, dass du wieder da bist,* sagte Taka im Geist zu der verletzlichen Kreatur, die nach langer Zeit wieder einmal hinter ihrer Maske hervorsah. *Ich habe dich vermisst.*

»Ich weiß es nicht«, sagte sie schließlich. »Ich weiß nicht, wer so etwas tun würde oder warum. Aber Tatsache ist, dass wir dem jetzt ein Ende machen können. Jetzt können wir unsere eigenen Kulturen herstellen und sie auf das Schlachtfeld hinausschicken.« Taka rief die Daten ihres Inkubators auf. »Ich habe bereits fünf Liter von dem Zeug hergestellt, und bis morgen früh werde ich zwanzig ha…«

Das ist merkwürdig, dachte sie, als sie ein kleines blinkendes Icon bemerkte.

Das sollte eigentlich nicht … das sieht aus wie …

Auf einmal wurde ihr übel. *»Oh verdammt«,* flüsterte sie.

»Was ist?« Ken und Laurie beugten sich gleichzeitig vor.

»Mein Labor ist online.« Sie drückte auf das Icon, doch es blinkte gelassen weiter, ohne zu reagieren. »Mein Labor ist online! Und es lädt wer weiß was hoch …«

Augenblicklich kletterte Ken an der Seite des Transporters hinauf. »Holen Sie den Werkzeugkasten!«, fauchte er und rutschte über das Dach auf eine kleine Satellitenschüssel zu, die irgendwie aus ihrem versenkten Versteck hervorgekommen und nun auf den Himmel gerichtet war.

»Was? Ich …«

Laurie verschwand im Fahrerhaus. Ken zerrte an der Schüssel und durchbrach ihre Fixierung auf irgendeinen bösartigen Stern in der geosynchronen Umlaufbahn. Plötzlich schrie er auf, seine Glieder zuckten unkontrolliert, und er konnte gerade noch verhindern, dass er vom Dach des Transporters herunterrutschte. Er hatte den Rücken durchgedrückt und Hände und Kopf vom Metall angehoben.

Die Satellitenschüssel kehrte mit quietschenden Gewinden wieder zu ihrer vorherigen Stellung zurück.

»Verdammt!« Laurie taumelte auf das Pflaster hinaus. Der Werkzeugkasten entleerte sich neben ihr. Sie kam wieder auf die Beine und schrie: »Schalten Sie es aus, verflucht nochmal! Die Karosserie steht unter Strom!«

Taka stolperte auf die offene Tür zu. Sie konnte sehen, wie Ken auf dem Rücken und mithilfe seiner Ellbogen erneut auf die Satellitenschüssel zurobbte und dabei seine Taucherhaut als Isolierung benutzte. Als sie den Kopf einzog und mit einem großen Schritt über die Karosserie hinwegstieg – *Gott sei Dank haben wir die inneren Schutzvorrichtungen entschärft* –, war tief in Miris Eingeweiden ein vertrautes Summen zu hören.

Die Waffenkuppel, die ausgefahren wurde.

Das GPS-System war online. Sie schaltete es ab. Es fuhr sich von selbst wieder hoch. Alle externen Verteidigungsanlagen waren wach und hungrig. Sie pfiff sie zurück, doch sie beachteten sie gar nicht. Draußen waren Ken und Lauries Rufe zu hören.

Was soll ich tun … was …?

Sie kroch unter das Armaturenbrett und öffnete den Sicherungskasten. Die Schutzschalter waren klobige Gebilde, die manuell zu bedienen und für einen aus Elektronen bestehenden Dämon unerreichbar waren. Sie zog die Stecker der Verteidigungsanlage, des Kommunikations- und des GPS-Systems. Den Autopiloten schaltete sie ebenfalls aus, nur um sicher zu gehen.

Das elektrische Summen um sie herum verstummte augenblicklich.

Taka schloss einen Moment lang die Augen und gestattete sich, tief Luft zu holen. Stimmen drangen durch die offene Tür herein, als sie sich wieder auf den Fahrersitz hochzog.

»Geht es dir gut?«

»Ja. Die Taucherhaut hat das meiste abgehalten.«

Sie wusste, was geschehen war. *Was* schon wieder *geschehen ist,* berichtigte sie sich in Gedanken und nahm das Headset vom Haken.

Sie war keine Programmiererin. Sie hätte kaum die einfachsten Anwendungen erstellen können. Aber sie war zumindest eine kompetente Ärztin, und selbst Studienabgänger mit schlechtem Abschluss kannten sich mit ihren Werkzeugen aus. Die medizinischen Systeme hatte sie noch nicht abgeschaltet. Jetzt rief sie eine Übersichtsgrafik auf und ging die einzelnen Module durch.

Im Innern des Systems gab es die eine oder andere Black Box. Eine von ihnen besaß dem Icon zufolge sogar eine direkte Benutzeroberfläche. Sie klickte sie an.

Die Madonna hing vor ihr, ohne etwas zu sagen. Sie hatte die Zähne gebleckt – eine Art Lächeln voller Hass und Triumph. Ein entlegener, unbedeutender Teil von Taka Ouellettes Geist fragte sich, was für einen evolutionären Vorteil eine Anwendung wohl daraus gewinnen mochte, indem sie sich auf diese Weise darstellte. Vergrößerte es die Chancen, in der virtuellen Welt zu überleben, wenn man in der wirklichen Welt möglichst einschüchternd auftrat?

Aber ein weitaus größerer Teil ihres Geistes war mit etwas ganz anderem beschäftigt, etwas, das ihr vorher nie aufgefallen war: Dieser Avatar trug Augenkappen.

Und das war bei sämtlichen Lenies, die ihr bisher begegnet waren, der Fall gewesen. Die Gesichter der einzelnen Dämonen mochten sich unterscheiden; sie besaßen andere Lippen, andere Wangen und Nasen, unterschiedliche Ethnizitäten. Doch sie alle hatten Augen, die so weiß und ausdruckslos waren wie Schneeverwehungen.

Mein Name ist Taka Ouellette, hatte sie vor einer Ewigkeit gesagt.

Und diese merkwürdige Gestalt von einer Frau, die die Apokalypse so persönlich zu nehmen schien, hatte erwidert: *Le… Laurie.*

»Taka.«

Taka zuckte zusammen, aber es war nicht die Lenie, die mit ihr redete. Jedenfalls nicht diese Lenie.

Sie nahm die Datenbrille ab. Eine Frau in Schwarz mit Maschinen in der Brust und Augen wie kleine Gletscher blickte zu ihr herein. Sie sah den Geschöpfen im Netz nicht im Geringsten ähnlich. Keine Wut, kein Hass, kein Triumph. Irgendwie hätte sie dieses ausdruckslose menschliche Gesicht eher für eine Maschine gehalten.

»Es war eine von den … Es war eine Le… eine Madonna«, sagte Taka. »Im Innern des medizinischen Systems. Ich weiß nicht, wie lange sie schon dort drin war.«

»Wir müssen los«, sagte *Laurie*.

»Sie hatte sich dort drin versteckt. Wahrscheinlich hat sie uns bespitzelt.« Taka schüttelte den Kopf. »Ich wusste nicht, dass die sich überhaupt so still verhalten können. Ich dachte, dass sie immer … ganz automatisch alles zerfetzen, was in ihrer Reichweite ist …«

»Sie hat ein Signal rausgeschickt. Wir müssen verschwinden, bevor die Lifter auftauchen.«

»Ja, richtig.« *Konzentriere dich, Tak! Um alles andere kannst du dich später kümmern.*

Ken stand direkt neben *Laurie*. »Sie haben gesagt, Sie hätten fünf Liter erzeugt. Wir nehmen ein wenig davon mit. Sie verteilen den Rest. Fahren Sie in die Stadt, schalten Sie die Sirene ein, und geben Sie jedem, der dafür infrage kommt, mindestens ein paar Milliliter, dann verschwinden Sie. Wir holen Sie später ein, wenn wir können. Haben Sie die Liste?«

Taka nickte. »Nur sechs der Einheimischen haben ein Fahrzeug. Sieben, wenn Ricketts noch in der Nähe ist.«

»Geben Sie es niemandem sonst«, sagte Ken. »Zu Fuß werden die Leute es höchstwahrscheinlich nicht schaffen, rechtzeitig aus der Gefahrenzone zu entkommen. Ich würde Ihnen außerdem raten, die Lifter nur denjenigen gegenüber zu erwähnen, die es unbedingt wissen müssen.«

Sie schüttelte den Kopf. »Sie müssen es alle wissen, Ken.«

»Leute ohne Fahrzeug werden versuchen, anderen ihres wegzunehmen. Ich fühle durchaus mit den Menschen, aber eine Panik könnte unseren Plan ernsthaft gefähr…«

»Vergessen Sie's! Die Leute haben zumindest eine Warnung verdient. Wenn sie vor den Flammenwerfern nicht davonlaufen können, dann gibt es Orte, wo sie sich vor ihnen verstecken können.«

Ken seufzte. »Also gut. Nur damit Sie wissen, welches Risiko Sie eingehen: Wenn Sie hier ein Dutzend Menschenleben retten, verurteilen Sie damit vielleicht eine weitaus größere Anzahl in der Zukunft zum Untergang.«

Taka lächelte grimmig. »Waren Sie nicht derjenige, der der Meinung war, dass es sich nicht lohnen würde, die große Masse der Menschen zu retten?«

»Darum geht's nicht«, sagte *Laurie*. »Ihm gefällt einfach die Vorstellung von sterbenden Menschen.«

Taka blinzelte überrascht. Zwei Gesichter blickten sie an, doch an keinem von beiden konnte sie etwas ablesen.

»Wir müssen uns beeilen«, sagte Ken. »Wenn das Störsignal von Montreal gesendet wird, können wir höchstens auf eine Stunde hoffen.«

Das Labor an Bord der Krankenstation hatte vorn und hinten einen Spender. Taka ging zur Rückseite des Wagens und gab Befehle ein. »Lenie?«

»Ja ...«, begann *Laurie* und verstummte sogleich wieder.

»Nein«, sagte Taka ruhig. »Ich meine, was ist mit der Lenie?«

Die andere Frau erwiderte nichts. Ihr Gesicht war so ausdruckslos wie eine Maske.

Ken durchbrach das Schweigen: »Sind Sie sicher, dass sie nicht wieder herauskommen kann?«

»Ich habe den Strom zum Navigations-, Kommunikations- und GPS-System per Hand unterbrochen«, sagte Taka, ohne den Blick von der Frau vor ihr abzuwenden. »Ich habe dem alten Mädchen praktisch eine Lobotomie verpasst.«

»Könnte die Lenie auf die Herstellung der Kulturen Einfluss nehmen?«

»Ich glaube nicht. Jedenfalls nicht, ohne dass ich es bemerken würde.«

»Sie sind sich also nicht sicher.«

»Ken, im Augenblick bin ich mir über gar nichts sicher.« *Obwohl mir inzwischen ein oder zwei Dinge klar geworden sind ...*

»Wo befindet sie sich? In der Datenbank und im analytischen System?«

Taka nickte. »Die einzigen Systeme, in denen genügend Platz ist.«

»Was passiert, wenn Sie die abschalten?«

»Das Labor hat seine eigenen Schaltkreise. Die Kulturen dürften also keinen Schaden nehmen, solange wir keine weiteren komplexen Analysen vornehmen müssen.«

»Dann ziehen Sie den Stecker«, sagte Ken.

Ein hitzeversiegelter Probenbeutel, halb gefüllt mit einer strohfarbenen Flüssigkeit, glitt aus dem Spender und hing am oberen Rand daran fest. Taka riss ihn ab und reichte ihn den anderen. »Die Diffusionsscheibe sollte unbedeckt bleiben, damit die Kultur nicht erstickt. Davon abgesehen sollte die Probe etwa eine Woche lang frisch bleiben, je nachdem, was für Temperaturen sie ausgesetzt ist. Haben Sie in Ihrem U-Boot ein Labor?«

»Nur eine einfache Krankenstation«, sagte Lenie. »Nichts, was mit dem hier vergleichbar wäre.«

»Wir können improvisieren«, fügte Lubin hinzu. »Kommt der Diffusor mit Meereswasser zurecht?«

»Maximal neunzig Minuten.«

»Also gut. Dann los!«

Ken drehte sich um und lief zum Strand hinunter.

Taka hob die Stimme: »Und wenn es nun ...«

»Wir treffen hinterher wieder mit Ihnen zusammen«, sagte er, ohne sich umzudrehen.

»Das war's dann wohl«, sagte Taka.

Lenie neben ihr versuchte es mit einem Lächeln. Es stand ihr nicht.

»Wie werden Sie mich wiederfinden?«, fragte Taka. »Ich traue mich nicht, noch einmal online zu gehen.«

»Ja. Nun ja.« Die andere Frau ging einen Schritt auf das Wasser zu. Ein Wirbel auf der Oberfläche war alles, was von ihrem Partner übrig geblieben war. »Ken hat den einen oder anderen Trick im Ärmel. Er findet Sie schon.«

Weiße Augen, eingerahmt von Fleisch und Blut. Weiße Augen, die sie aus den Schaltkreisen von Miris Kortex hämisch anlächelten.

Weiße Augen, die Feuer, Überflutungen und zahllose Katastrophen über die Unschuldigen in ganz Nordamerika brachten. Auf der ganzen Welt womöglich.

Und all diese Augenpaare gehörten zu einem Geschöpf namens Lenie.

»Sie ...«, begann Taka.

Lenie, das fleischgewordene Wort, schüttelte den Kopf. »Wir müssen wirklich gehen.«

Sparsamkeit

Als er erfuhr, dass man ihn verdächtigte, erschuf Achilles Desjardins ein paar Exorzisten.

Es war ein wahrer Drahtseilakt. Waren die kleinen Biester zu unflexibel, konnten sie sich nicht anpassen – und dann wären selbst die armseligen Überreste der Internetfauna, die in dieser tristen Ecke des Netzes verblieben waren, in der Lage, ihnen den Garaus zu machen. Setzte man jedoch ihre Gene frei und provozierte zufällige Mutationen mit zu vielen Variablen – wie konnte man dann sicher sein, dass sich die Anwendung ein paar Generationen später immer noch an ihren Auftrag erinnern würde? Die natürliche Auslese würde sämtliche vorprogrammierten Befehle löschen, sofern sie dem Gebot des Eigennutzes zuwiderliefen.

Wog man beides nicht sorgfältig genug gegeneinander ab, vergaß der Agent womöglich seine Mission und schloss sich der gegnerischen Seite an. Und die gegnerische Seite hatte bereits genug Unterstützung. Die Madonnen – oder Reißwölfe oder Goldfische oder was für mythische Namen sie auch immer über die Jahre erhalten hatten – hatten in diesem brandigen Morast bereits viel länger überlebt, als zu erwarten gewesen wäre. Eigentlich hätte das gar nicht passieren dürfen. Ursprünglich waren sie wenig mehr als eine Schnittstelle zwischen der wirklichen und der virtuellen Welt gewesen, ein Sprachrohr für ein Konglomerat aus den unterschiedlichsten Spezies, das sich wie ein kollektiver Organismus verhielt. Sie hätten bei dem Systemzusammenbruch sterben müssen, der das restliche Kollektiv zerstört hatte und mit ihm neunzig Prozent der Internetfauna des Mahlstroms. Wie viele Gesichter überlebten schließlich, nachdem der Körper, zu dem sie gehörten, gestorben war?

Aber sie hatten sich jeder Logik widersetzt und hatten überlebt. Sie hatten sich in einen unabhängigen Organismus verwandelt oder waren verwandelt worden. Etwas, das kaum einen Makel aufwies und dem selbst Desjardins' Exorzisten nicht gewachsen waren.

Es hieß, sie seien in Waffen umgewandelt worden, und es herrschte kein Mangel an Verdächtigen. Die M & Ms oder irgendwelche Hobbyterroristen oder Todeskult-Hacker mochten sie schneller in das System einschleusen, als die natürliche Auslese sie ausschalten konnte, und ohne eine verlässliche Infrastruktur ließ sich kaum etwas dagegen ausrichten. Die beste Truppe der Welt nützte einem nichts, wenn man sie in Treibsand absetzte, und Treibsand war alles, was N'Am heutzutage noch zu bieten hatte: ein paar Hundert einsame Festungen, die mit letzter Kraft durchhielten und deren Einwohner es nicht wagten, vor die Tür zu gehen und die Glasfaserkabel zu reparieren. Die Bedingungen in dem zerfallenden elektronischen Habitat waren für die Internetfauna ebenso ungünstig wie für die menschlichen Anwendungen, doch da sie sich mit einhundert Generationen pro Sekunde weiterentwickelte, war die Fauna immer noch anpassungsfähiger.

Glücklicherweise hatte Desjardins ein Talent für Exorzismen. Dafür gab es Gründe, von denen er die meisten für sich behielt, aber die Ergebnisse sprachen für sich. Selbst die ineffizienten, selbstgerechten Tölpel, die sich am anderen Ende der Welt versteckten, mussten ihm das zugestehen. Wenigstens bejubelten sie ihn, sicher hinter ihren Absperrungen verborgen, wann immer er eine neue Ladung Gegenmaßnahmen ins Netz einschleuste.

Doch wie sich herausstellte, sagten sie noch andere Dinge über ihn.

Die meisten davon waren nicht für seine Ohren bestimmt – eigentlich sollte gar nichts davon zu ihm durchdringen –, aber er war gut genug, um das Wichtigste mitzubekommen. Er hatte seine eigenen Spürhunde ausgeschickt, die die Kommunikationssatelliten durchstreiften, hier und dort an Datenpaketen schnüffelten, immer auf der Suche nach digitalem Origami, das – wenn man es entschlüsselte, auseinanderfaltete und glättete – möglicherweise das Wort *Desjardins* enthielt.

Offensichtlich waren die Leute der Ansicht, dass er in seinen Fähigkeiten nachgelassen hatte.

Damit konnte er leben. Wenn ein ganzer Planet im Sterben lag, war es nicht leicht, eine perfekte Trefferquote zu erzielen, und wenn ihm in den vergangenen Monaten öfter etwas durchgerutscht war als früher – nun, seine Fehlerzahl lag immer noch deutlich unter dem Durchschnitt. Er war besser als all die Schwachköpfe in den Telekonferenzen, Auswertungen und Fehleranalysen, die ihn ständig vom wahren Krieg ablenkten. Und sie alle wussten das. Er müsste sich schon einen besonders großen Fehltritt erlauben, bevor irgendjemand in der Patrouille ihm etwas anhaben könnte.

Und dennoch. Es gab Gerüchte darüber, dass sich die Windrichtung geändert hatte. Fragmente verschlüsselter Gespräche zwischen Veteranen in Helsinki, neuen Rekruten in Melbourne und Statistik-Spürhunden aus der mittleren Verwaltungsebene in Neu-Delhi. Weimers, der König der Simulationen, der verärgert darauf beharrte, dass irgendeine noch unentdeckte Variable seine Prognosen durcheinanderbrachte. Und …

Und in diesem Augenblick fing einer von Desjardins' Lakaien einen losgelösten Gesprächsfetzen aus dem Äther auf. Er hatte nur eine Länge von ein paar Sekunden – aufgrund des verschmutzten Spektrums und des dynamischen Hin- und Herschaltens zwischen den einzelnen Kanälen, mit dem Störungen ausgeglichen werden sollten, war es inzwischen so gut wie unmöglich, mehr zu erhalten, ohne die genaue Quelle zu kennen –, aber es schien sich um ein Gespräch zwischen zwei *Gesetzesbrechern* in London und McMurdo zu handeln. Sechs ineinander verschachtelte Bayes'sche Filter waren nötig, um die Daten innerhalb von vierzig Sekunden wieder in Englisch zu verwandeln.

»Desjardins hat uns vor Rio bewahrt«, hatte Mr. McMurdo vor ein paar Augenblicken mit einem hindischen Akzent zu bedenken gegeben. »Wir hätten sicher zehnmal so hohe Verluste hinnehmen müssen, wenn er nicht rechtzeitig reagiert hätte. Wie sich diese Leute vom *Schuldgefühl* befreit haben ...«

Ms. London: »Woher wollen Sie wissen, dass ihnen das gelungen ist?« Ein irischer Akzent. Bezaubernd.

»Nun, lassen Sie mich nachdenken. Sie haben aus heiterem Himmel einen Angriff auf eine große Anzahl von ...«

»Woher wollen Sie wissen, dass der Angriff grundlos war?«

»Natürlich war er grundlos.«

»Warum? Womöglich haben die Agenten eine Bedrohung für das Wohl der Allgemeinheit gesehen und versucht, sie abzuwenden?«

Wertvolle Sekunden des kurzen Ausschnitts, die auf erstauntes Schweigen verschwendet wurden. Schließlich: »Wollen Sie damit sagen ...?«

»Ich sage, die Geschichte wird von den Siegern geschrieben. Und Rio ist Geschichte. Wer sagt uns, dass die Seite des Guten gewonnen hat?«

Ende des abgefangenen Gesprächs. Wenn McMurdo darauf eine Antwort gehabt hatte, dann hatte er sie jedenfalls nicht mehr ausgesprochen, bevor die Frequenz gewechselt hatte.

Wow, dachte Desjardins.

Natürlich war das alles Unfug. Die Vorstellung, dass einundzwanzig

Zweigstellen der BRIKS im selben Augenblick abtrünnig geworden waren, war kaum plausibler als der Gedanke, dass Rio allein sich von den anderen losgelöst hatte. Ms. London war eine *Gesetzesbrecherin*, keine Idiotin. Sie kannte das Prinzip von Ockhams Skalpell. Sie hatte sich nur aufgespielt, um McMurdo aus dem Konzept zu bringen.

Dennoch stimmte Desjardins dieses Gespräch nachdenklich. Er hatte sich daran gewöhnt, der Mann zu sein, der die Rio-Revolte niedergeschlagen hatte. Es machte ihn über jeden Verdacht erhaben. Und dass es dort draußen Menschen gab, die, wenn auch nur für einen Augenblick, seine Rechtschaffenheit infrage stellten, gefiel ihm gar nicht.

Das konnte zu Zweifeln führen. Und zu genaueren Überprüfungen.

Die Konsole gab erneut ein Piepsen von sich. Einen Moment lang glaubte er, dass es ihm entgegen aller Wahrscheinlichkeit gelungen war, das Signal wiederzufinden – aber nein. Der neue Alarm hatte einen gänzlich anderen Ursprung: eine Breitband-Dateneinspeisung irgendwo in Maine.

Das ist merkwürdig, dachte er.

Eine Lenie war in eine medizinische Datenbank eingedrungen und verteilte nun willkürlich Daten über das halbe EM-Spektrum. Heutzutage machten sie das öfter. Sie gaben sich nicht mehr nur damit zufrieden, Daten zu verstümmeln und zu zerhacken, manche waren dazu übergegangen, in den Äther hinauszuschreien und nach Belieben Daten in die Netzwerke einzuspeisen, zu denen sie Zugang hatten. Irgendein Fortpflanzungsunterprogramm, das mutiert war und nun Daten statt Anwendungsdateien verbreitete. Das führte dazu, dass in einem Netz, das mit jeder Stunde mehr an Bandbreite verlor, noch mehr nutzlose Daten kursierten. Im schlimmsten Fall konnten dadurch alle möglichen heiklen und geheimen Informationen an die Öffentlichkeit gelangen.

So oder so bedeutete es schlechte Neuigkeiten für die wirkliche Welt, und das allein reichte aus, um sein Überleben zu sichern.

Dieser Dämon hatte einen ganzen Haufen biomedizinisches Zeug aus einer Datenbank hochgeladen, die er geplündert hatte. Desjardins' Konsole hatte es mit der Markierung *potenzielle epidemiologische Bedeutung* versehen. Er öffnete den Deckel und schaute hinein.

Und vergaß augenblicklich das triviale, blödsinnige Geschwätz aus London.

Es waren zwei Objekte, beide mit bedenklicher Symptomatik. Desjardins war kein Pathologe, aber das war auch nicht nötig. Die Freunde und Berater um ihn herum rechneten die biochemischen Einzelheiten so weit herunter, dass sogar er sie verstehen konnte. Sie lieferten ihm zwei Genotypen, die mit roten Fähnchen markiert waren. Der erste sah beinahe aus wie βehemoth, nur besser: größere Widerstandsfähigkeit gegenüber osmotischem Stress, schärfere Zähne, um Moleküle zu spalten. Erhöhte Virulenz. Zumindest ein wichtiges Merkmal war gleich geblieben: Wie das normale βehemoth war auch dieser Stamm für ein Leben am Grunde des Ozeans optimiert.

In der Standard-Datenbank war die Mikrobe nicht zu finden. Womit sich die Frage stellte, was die Daten seines Erbguts in einem besseren Krankenwagen zu suchen hatten, der aus Bangor stammte.

Das allein hätte schon ausgereicht, um Desjardins' Aufmerksamkeit zu wecken. Doch das Objekt hatte eine Begleiterin mitgebracht, und sie war die eigentliche Überraschung. Sie war das Luder, vor dem er sich immer gefürchtet hatte. Und das Letzte, was er erwartet hätte.

Weil er immer gewusst hatte, dass Seppuku irgendwann Fuß fassen würde.

Er hatte nur nicht damit gerechnet, dass jemand auf seiner Seite das verdammte Ding kultivieren würde.

Taka verfluchte sich für ihre mangelnde Voraussicht. Sie hatten die Botschaft verbreitet. Hatten jedem, der vorbeikam, von ihrem Plan zur Rettung der Welt erzählt: dass sie Proben brauchten, dass es gefährlich war, hinterher lange am Fundort zu verweilen, an welchen Orten sie patrouillieren würde, um die Proben entgegenzunehmen. Sie hatten sich diejenigen notiert, die in Autos, auf Motorrädern oder gar auf den guten alten pedalbetriebenen Fahrrädern vorgefahren waren, hatten sich Adressen von denjenigen geben lassen, die noch welche besaßen, und den anderen gesagt, dass sie regelmäßig vorbeischauen sollten. Wenn alles gutging, konnten sie vielleicht die Welt retten.

Und erst war alles gutgegangen, danach jedoch so furchtbar schief. Sie besaßen das Gegenmittel, jedenfalls ein wenig davon, aber sie hatten kein Signal vereinbart, mit dem sie die Kuriere herbeirufen konnten. Es hatte auch keinen Grund dafür gegeben. Sie hätten einen Nachmittag lang kreuz und quer durch den Landkreis fahren können. Oder darauf warten, dass diejenigen ohne feste Adresse am nächsten oder übernächsten Tag vorbeikommen würden.

Und nun hielt Taka Ouellette die Rettung der Welt in den Händen und verfügte über ein nicht einmal mehr sechzig Minuten umfassendes Fenster, um sie in Sicherheit zu bringen.

Sie fuhr von einem Ende von Freeport zum anderen und ließ dabei die Sirenen heulen – eine krasse Abweichung von der Musik, die sie normalerweise benutzte, um auf ihre Anwesenheit aufmerksam zu machen. Hoffentlich würden dadurch die Gesunden ebenso wie die Kranken angelockt werden.

Ihre Rechnung schien zumindest teilweise aufzugehen. Sie warnte die Menschen, dass sie Schutz suchen sollten, versprach einer Mutter mit gebrochenem Arm und einem Sohn, der Symptome von βehemoth im ersten Stadium aufwies, dass sie zurückkehren und ihnen helfen würde, wenn die Feuer niedergebrannt waren. Die anderen bat sie, die sechs Leute mit den Fahrzeugen zu ihr zu schicken und jeden anderen, der einen fahrbaren Untersatz besaß.

Nach dreißig Minuten tauchte einer von ihnen auf. Nach vierzig Minuten zwei weitere. Sie übergab ihnen allen wertvolle Milliliter der bernsteinfarbenen Flüssigkeit und schickte sie los. Sie bat sie, den anderen Bescheid zu sagen, wenn sie wussten, wo sie sich aufhielten, und sie sie rechtzeitig finden konnten.

Fünfundvierzig Minuten und nichts außer einer Handvoll zerlumpter hungriger und geschwächter Menschen. Sie verjagte sie mit Geschichten von Feuer speienden Drachen und schickte sie zum Fischereihafen hinunter, der einmal die ganze Gemeinde ernährt hatte. Wenn sie Glück hatten, konnten sie von dort noch rechtzeitig ins Wasser springen. Die Flammen würden doch sicher nicht den ganzen Atlantik verbrennen, oder?

Fünfzig Minuten.

Ich kann nicht mehr länger warten.

Aber es lebten noch andere im Ort, das wusste sie. Menschen, die sie heute nicht gesehen hatte. Die sie nicht hatte warnen können.

Und sie werden auch nicht mehr kommen, Tak. Wenn du sie warnen willst, kannst du genauso gut von Tür zu Tür gehen. Jedes Haus und jede Hütte im Umkreis von zwanzig Klicks durchsuchen. Dir bleiben noch zehn Minuten.

Ken hatte gesagt, dass sie mit sechzig Minuten rechnen konnten. Und das war die niedrigste Schätzung gewesen, nicht wahr? Es könnte länger dauern, viel länger.

Sie wusste, was Dave gesagt hätte. Sie besaß noch zwei Liter der Kultur. Dave hätte gesagt, dass es nichts nützte, wenn sie hier saß und auf die Flammenwerfer wartete.

Aber womöglich würde gar nichts passieren. Worauf beruhten ihre Vermutungen denn schon? Auf ein paar Feuerstürmen, die zufällig auf abgewehrte Raketenangriffe folgten. Wie stand es mit all den Gelegenheiten, wenn die Raketen vom Himmel fielen und hinterher nichts weiter geschah? Auch das musste es doch gegeben haben. Und was war mit den Fällen, wenn das Feuer kam oder die Überflutungen und Explosionen, ohne dass es eine Vorwarnung gegeben hätte? Korrelation war nicht Kausalität … und es handelte sich hier nicht einmal um eine besonders starke Korrelation …

Ken hatte sie überzeugt.

Aber sie kannte Ken gar nicht. Wusste nicht einmal seinen Nachnamen oder den von Laur… Lenie. Sie hatte nur ihr Wort darauf, dass sie tatsächlich diejenigen waren, die sie zu sein vorgaben, wenn sie sich überhaupt die Mühe gemacht hatten, ihr so viel zu erzählen. Und jetzt waren selbst ihre Namen nicht mehr sicher. Wie es aussah, war *Laurie* gar nicht *Laurie*.

Taka konnte sich lediglich auf die Dinge stützen, die sie ihr gesagt hatten, auf ihre eigenen Vermutungen über das, was sie ihr nicht gesagt hatten, und auf die beunruhigende Ähnlichkeit zwischen dieser Amphibienfrau und den Dämonen im Netz …

Fünfundfünfzig Minuten.

Los! Du hast hier getan, was du konntest. Verschwinde!

Sie startete den Motor.

Nachdem sie nun einen Entschluss gefasst hatte, blickte sie nicht mehr zurück. Sie fuhr über den zerbröckelnden Asphalt so schnell sie konnte, ohne zu riskieren, in eines der Schlaglöcher zu fahren und den Transporter umzukippen. Ihre Furcht schien mit zunehmender Geschwindigkeit immer weiter anzuwachsen – als hätten die überwucherten Überreste von Freeport und seine armseligen, halb verhungerten Einwohner irgendwie ihren eigenen Selbsterhaltungstrieb betäubt. Als sie sie nun verließ, schlug ihr das Herz bis zum Hals. Sie konnte beinahe hören, wie die Flammen auf der Straße hinter ihr knisterten. Sie kämpfte gegen die Straße an und gegen die Panik, die in ihr aufstieg.

Du fährst in Richtung Süden, du Idiotin! Wir waren im Süden, als das Signal herausging, im Süden hat alles angefangen …

Mit quietschenden Reifen wandte sie sich nach Osten auf Sherbourne zu. Miri nahm die Kurve auf zwei Reifen. Ein Schatten fiel vor ihr über die Straße, der Himmel verdunkelte sich abrupt. In ihrer Vorstellung sah sie große Luftschiffe, die Feuer spuckten – aber ihre Augen (als sie es wagte, den Blick von der Straße abzuwenden) sahen nur überhängende Bäume, braungrüne Streifen in der Welt um sie herum, die sich über sie beugten und die Nachmittagssonne verdeckten.

Aber nein, das dort vorn ist die Sonne, die gerade untergeht.

Es war ein großer gelborangener Fleck, der knapp über dem Horizont hing und durch die Atmosphäre abgeschwächt wurde. Er befand sich in der Mitte des hellen Bogens, der das Ende des Baumtunnels darstellte. Die Sonne ging direkt über der Straße vor ihr unter.

Wie kann es schon so spät sein? Es kann doch noch nicht so spät sein. Es ist gerade erst Nachmitt…

Die Sonne ging unter.

Und setzte dabei die Bäume in Brand.

Sie trat auf die Bremse. Der Sicherheitsgurt zog sich um ihre Brust fest und warf sie in den Sitz zurück. Um sie herum wurde es beängstigend still: keine aufgewirbelten Steine mehr, die gegen das Fahrgestell klapperten, die Geräte klirrten nicht mehr an ihren Haken oder stießen gegen Miris Wände. Nur das ferne, unverkennbare Prasseln von Feuer war zu hören.

Eine Eindämmungsgrenze. Sie hatten außen angefangen und arbeiteten sich nun weiter nach innen vor.

Sie legte den Rückwärtsgang ein und riss hart das Lenkrad herum. Das Fahrzeug rutschte nach hinten und zur Seite und landete im Straßengraben. Wieder vorwärts. Den Weg zurück, den sie gekommen war. Die Reifen drehten auf der weichen, schlammigen Böschung durch.

Ein zischendes Geräusch über ihr, wie das ruckartige Ausatmen eines großen Wals, das sie einmal in einer Archivaufnahme gehört hatte, als sie noch ein Kind gewesen war. Eine Flammendecke legte sich über die Straße und versperrte ihr den Fluchtweg. Hitze strahlte durch die Windschutzscheibe.

Oh, Himmel. Oh, Gott.

Sie öffnete die Tür. Verbrannte Luft schlug ihr entgegen. Der Sicherheitsgurt hielt sie fest. Ihre von Panik erfüllten Finger brauchten viel zu lange, um sie zu befreien, und dann war sie am Boden und rollte sich ab. Sie kam auf die Beine und stützte sich dabei an Miris Seite ab, verbrannte sich die Hände an der Kunststoffoberfläche des Wagens.

Eine Flammenwand ragte kaum zehn Meter vor ihr auf. Eine weitere – die, die sie für die untergehende Sonne gehalten hatte – befand sich in etwas größerer Entfernung, vielleicht sechzig Meter hinter der mobilen Krankenstation. Sie suchte auf der kühleren Seite des Fahrzeugs Schutz. Besser. Aber das würde nicht lange andauern.

Hol die Kultur.

Ein mechanisches Stöhnen, das Geräusch von sich verbiegendem Metall, das einem durch Mark und Bein ging. Sie blickte auf. Direkt über ihr, durch ein Mosaik aus Blättern und Ästen, die noch nicht verbrannt waren, sah sie die Silhouette einer großen aufgeblähten Scheibe am Himmel schweben.

Hol die Kultur!

Die Straße vor und hinter ihr war blockiert. Miri würde es niemals gelingen, sich einen Weg durch den sterbenden Wald zu beiden Seiten der Straße zu bahnen, aber Taka konnte es zu Fuß versuchen. Jeder Instinkt, jede Nervenfaser ihres Körpers sagten ihr, dass sie weglaufen sollte.

Hol die Kultur! Und dann flieh!

Sie riss die Beifahrertür auf und kletterte über den Sitz. Die Icons, die an der Rückwand des Fahrerhauses blinkten, schienen beinahe absichtlich langsam zu reagieren. Ein kleines Balkendiagramm tauchte auf der Konsole auf. Es stieg so langsam an wie die Meeresflut.

Zisch.

Der Wald auf der gegenüberliegenden Straßenseite ging in Flammen auf.

Drei Richtungen waren versperrt, es blieb also nur noch ein Fluchtweg, ein einziger. *Oh, Himmel.*

Das Balkendiagramm blinkte und verschwand. Aus dem Spender glitt ein prall gefüllter Probenbeutel, in dem sich die Kultur befand. Taka packte ihn und lief los.

Zisch.

Vor ihr regnete Feuer vom Himmel herab wie ein flüssiger Vorhang.

Sie war nun auf allen Seiten vom Feuer eingekesselt.

Endlose Sekunden lang starrte Taka Ouellette in den Feuersturm. Dann sank sie mit einem Seufzen zu Boden. Ihre Knie hinterließen Abdrücke in dem weich werdenden Asphalt. Die Hitze der Straße brannte sich in ihr Fleisch. Doch sie schien es kaum wahrzunehmen. Mit leichter Überraschung bemerkte sie, dass ihr Gesicht und ihre Hände trocken waren. Die Hitze ließ den Schweiß aus ihren Poren verdunsten, bevor er überhaupt nur ihre Haut benetzen konnte. Es war ein interessantes Phänomen. Sie fragte sich, ob darüber schon einmal jemand etwas geschrieben hatte.

Aber eigentlich spielte das keine Rolle.

Nichts spielte mehr eine Rolle.

»Das ist merkwürdig«, sagte Lenie Clarke.

Das Periskop hatte sich ein Stück weit von der Küste entfernt, um eine bessere Sicht über die Bäume hinweg nach Nordwesten zu haben. Das Bild, das es übermittelte, war überraschend idyllisch. Von hier aus war Freeport zu weit entfernt, als dass sie es hätten sehen können – und Freeports Wohn- und Geschäftshäuser waren auch früher schon zu weit voneinander entfernt gewesen, um so etwas wie eine Skyline zu bilden –, aber sie hätten zumindest die Lifter sehen müssen. Und inzwischen hätten auch die Flammen und der Rauch sichtbar sein müssen.

»Es ist drei Stunden her«, sagte Clarke und warf einen Blick auf das Cockpit. »Vielleicht ist es dir doch gelungen, das Signal aufzuhalten.«

Oder womöglich sind wir mit dieser Sache gänzlich auf dem Holzweg.

Lubin betätigte einen Schalter an der Konsole. Das Periskop wanderte ein Stück weit nach links.

»Vielleicht hat sie es geschafft«, sagte Clarke. So matte, leblose Worte im Vergleich zu der Bedeutung, die sie in sich trugen: *Vielleicht hat sie die Welt gerettet.*

Vielleicht hat sie mich *gerettet.*

»Das glaube ich nicht«, sagte Lubin.

Hinter einer Hügelkuppe stieg eine Rauchsäule auf, die den Himmel braun färbte.

Sie spürte, wie sich ihr die Kehle zusammenschnürte. »Wo ist das?«, fragte sie.

»Drüben im Westen«, erwiderte Lubin.

Sie gingen auf der Südseite der Bucht an Land, an einer Uferzone voller glatter Steine und knorrigem Treibholz, das mit einer schleimigen Schicht βehemoth überzogen war. Sie liefen einen Waldweg entlang, an dem es nicht einmal ein Verkehrsschild gab, und orientierten sich dabei am Stand der Sonne. Die Rauchsäule führte sie wie ein Leitstern mit einer Halbwertzeit – sie wurde immer dünner, während sie sich ihr über Pflasterstraßen und Schotterwege näherten. Sie stiegen über die Spitze einer verwitterten Erhebung namens Snake Hill hinweg (der Bezeichnung der Straße nach zu urteilen, die sich um seinen Fuß wand), der untergehenden Sonne entgegen. Als die Dämmerung hereingebrochen war, blieb Lubin stehen, eine Hand warnend erhoben.

Inzwischen war die einstmals dicke Rauchsäule beinahe erschöpft und bestand nur noch aus wenigen Rauchfäden, die sich gen Himmel kräuselten. Aber sie konnten nun ihren Ursprung ausmachen, einen annähernd rechteckigen Flecken verbrannten Waldes am Fuß des Hügels. Oder vielmehr einen rechteckigen Umriss – in der Mitte schien der Wald nicht verbrannt zu sein.

Lubin holte das Fernglas hervor. »Kannst du irgendetwas erkennen?«, fragte Clarke.

Er gab ein *Hmmm* von sich.

»Komm schon, Ken. Was ist es?«

Ohne ein Wort zu sagen, reichte er ihr das Fernglas.

Es war ein unangenehmes Gefühl, als sich das Gerät ihrem Kopf anpasste. Plötzlich war die Welt riesig und von überdeutlicher Schärfe. Clarke wurde einen Moment lang schwindelig, und sie machte unwillkürlich einen Schritt nach vorn, um das plötzliche Ungleichgewicht in ihrer Wahrnehmung auszugleichen. Zweige und braune Blätter von der Größe von Esstischen zogen verschwommen an ihr vorüber. Sie fuhr den Zoom zurück, um sich orientieren zu können. Jetzt war es besser. Sie sah verbrannte Erde und einen Flecken in der Mitte, und dort war …

»Oh verdammt«, murmelte sie.

Miri befand sich in der Mitte der unverbrannten Zone. Der Transporter wirkte unbeschädigt.

Ouellette stand daneben und schien sich mit einem blaugrauen Ei zu unterhalten, das halb so groß war wie sie und einen Meter über ihrem Kopf in der Luft schwebte. Sein Rückenpanzer wies keinerlei besondere Merkmale auf, während sein Bauch mit Sensoren und Antennen überzogen war.

Eine Mechfliege. Vor gar nicht langer Zeit hatten ferngesteuerte Roboter wie dieser Lenie Clarke über den ganzen Kontinent gejagt.

»Erwischt«, sagte Lubin.

Als sie die mobile Krankenstation erreichten, verlor die Welt durch Clarkes Augenkappen betrachtet langsam an Farbe. Ouellette saß auf der Straße, den Rücken gegen den Transporter gelehnt, die Beine angewinkelt, die Arme locker über den Knien verschränkt, und starrte teilnahmslos auf den Asphalt zwischen ihren Füßen. Sie blickte auf, als sie sie näher kommen hörte. Die Mechfliege hing über ihr wie ein Leibwächter. Der Roboter zeigte keinerlei sichtbare Reaktion auf ihr Eintreffen.

Das verblassende Licht reichte jedoch nicht aus, um Ouellettes bleiche Gesichtsfarbe zu erklären. Ihr Gesicht wirkte vollkommen blutleer. Auf ihren Wangen waren feuchte Spuren zu sehen.

Sie sah Clarke an und schüttelte den Kopf. »Was sind Sie?«, fragte sie. Ihre Stimme klang seltsam hohl.

Clarkes Kehle wurde trocken.

»Sie sind kein gewöhnlicher Flüchtling. Sie sind nicht nur irgendeine Rifterin, die sich fünf Jahre lang verborgen gehalten hat. Sie … Sie sind irgendwie schuld an dem Ganzen. Sie haben das alles in Gang gebracht …«

Clarke versuchte zu schlucken und sah zu Lubin hinüber. Doch Lubins Blick war starr auf die Mechfliege gerichtet.

Clarke breitete die Hände aus. »Taka, ich …«

»Die Ungeheuer in den Maschinen sind alle … Sie.« Ouellette

schien überrascht über das schiere Ausmaß von Clarkes Verrat. »Die M & Ms, die Fanatiker und die Totenkulte, die folgen alle Ihnen ...«

Nein, das tun sie nicht, wollte Clarke erwidern. *Ich würde sie alle sofort zurückrufen, wenn ich könnte. Ich weiß nicht, wie das alles angefangen hat ...*

Aber das wäre natürlich eine Lüge. Sie mochte zwar die Bewegungen selbst nicht ins Leben gerufen haben, die in ihrem Kielwasser entstanden waren, aber deswegen folgten sie trotzdem dem Ding, das sie einmal gewesen war. Sie waren das Destillat des Zorns und des Hasses, die sie einmal angetrieben hatten, der vollkommenen Gleichgültigkeit gegenüber allem außer ihren eigenen Verlusten.

Natürlich hatten sie es nicht für sie getan. Die wütenden Millionen hatten ihre eigenen Motive; Rachefeldzüge, die weitaus gerechtfertigter waren als die aufgesetzten Gründe, mit denen Clarke den Krieg begonnen hatte. Aber sie hatte ihnen den Weg bereitet. Sie hatte bewiesen, dass es möglich war. Und mit jedem Blutstropfen, den sie vergossen und mit dem sie βehemoth auf der Welt verteilt hatte, hatte sie ihnen in die Hände gespielt.

Jetzt wusste sie nichts mehr zu sagen. Sie konnte nur den Kopf schütteln und sich zwingen, dieser Anklägerin, die einmal ihre Freundin gewesen war, in die Augen zu blicken.

»Und nun haben die sich wirklich selbst übertroffen«, fuhr Ouellette mit ihrer gebrochenen, leeren Stimme fort. »Nun haben sie ...«

Sie holte Luft.

»Oh, Gott«, schloss sie. »Ich habe einen furchtbaren Fehler gemacht.«

Wie eine Marionette richtete sie sich auf. Die Mechfliege hing immer noch reglos über ihr.

»Es war kein Gegenmittel«, sagte Ouellette.

Dieses Mal wandte Lubin den Blick von der Mechfliege ab. »Wie meinen Sie das?«

»Wir sterben denen wohl nicht schnell genug. Die Hexe hat zwar die Oberhand über uns gewonnen, aber es ist uns gelungen, sie ein wenig aufzuhalten. Für jeden Menschen, den wir gerettet haben, haben wir vier weitere verloren. Aber immerhin konnten wir ein paar von ihnen retten. Doch die M & Ms kommen erst ins Paradies, wenn wir alle tot sind, also haben sie sich etwas Besseres ausgedacht ...«

»Und wer genau steckt dahinter?«, fragte Lubin und wandte sich wieder dem ferngesteuerten Roboter zu.

»Schau nicht mich an«, sagte die Maschine ruhig. »Ich bin einer von den Guten.«

Clarke erkannte die Stimme sofort.

Lubin ebenfalls. »Desjardins.«

»Ken. Alter Freund.« Die Mechfliege neigte sich zur Begrüßung ein wenig nach vorn. »Freut mich, dass du dich an mich erinnerst.«

Du bist am Leben, dachte Clarke. *Nach Rio, nachdem Sudbury aufgegeben wurde, nach fünf Jahren bist du immer noch am Leben.*

Mein Freund ...

Ouellette beobachtete das Geschehen mit benommener Verwunderung. »Sie kennen ihn ...«

»Er ... er hat uns einmal geholfen«, sagte Clarke. »Vor langer Zeit.«

»Wir dachten, du wärst tot«, sagte Lubin.

»Das dachte ich auch von euch. Seit Rio ist mehr oder weniger das ganze Netz in sich zusammengebrochen, und wann immer ich euch angefunkt habe, wart ihr gerade nicht auf Empfang. Also habe ich vermutet, dass euch irgendeine wütende Fraktion, die sich benachteiligt fühlte, den Garaus gemacht hat. Aber hier seid ihr.«

Mein Freund, dachte Clarke noch einmal. Er war für sie eingetreten, als selbst Ken Lubin versucht hatte, sie umzubringen. Er hatte sein Leben für sie aufs Spiel gesetzt, bevor er sie auch nur persönlich kennengelernt hatte. Das machte ihn zu dem besten Freund, den sie jemals gehabt hatte, obwohl sie sich nur kurz begegnet waren.

Sie hatte um ihn getrauert, als sie von seinem Tod erfahren hatte. Eigentlich müsste sie jetzt also überglücklich sein. Doch ein Wort ging ihr unablässig durch den Kopf und verwandelte Freude in dunkle Vorahnung.

Spartakus.

»Also«, sagte sie vorsichtig. »Du bist immer noch ein *Gesetzesbrecher*?«

»Ständig im Einsatz gegen die Entropie und zum Wohle der Allgemeinheit«, betete die Mechfliege herunter.

»Und das bedeutet, Tausende Hektar Land niederzubrennen?«, erkundigte sich Lubin.

Die Mechfliege sank auf Augenhöhe zu Lubin hinab – Linsen, die in Linsen blickten. »Wenn sich tausend Menschenleben retten lassen, indem man zehn tötet, dann ist das eine klare Sache, Ken, und keiner weiß das besser als du. Vielleicht hast du nicht gehört, was unsere hübsche Freundin gerade gesagt hat, aber wir stecken mitten in einem Krieg. Der Gegner versucht ständig, Seppuku in meinen Teil des Schlachtfelds zu befördern, und ich gebe, verdammt nochmal, mein Bestes, um zu verhindern, dass es hier Fuß fasst. Ich verfüge kaum noch über Mitarbeiter, und überall um mich herum bricht die Infrastruktur zusammen, aber ich hatte die Sache im Griff, Ken, wirklich. Und dann seid ihr beiden im Leben der armen Taka aufgetaucht, und wenn ich es richtig verstanden habe, sind mir jetzt mindestens drei Infizierte entkommen.«

Lubin wandte sich Ouellette zu. »Stimmt das?«

Sie nickte. »Ich habe es selbst überprüft, nachdem er mir gesagt hatte, wonach ich suchen muss. Es ist nicht leicht zu finden, aber … es ist da. Chaperone und alternatives Splicing, RNA-Interferenz. Ein Haufen zweit- und drittrangiger Wirkungen, die ich übersehen habe.

Sie waren alle in den polyploiden Genen versteckt, und ich habe einfach nicht gründlich genug gesucht. Die Mikrobe gelangt in den Körper eines Menschen und tötet βehemoth, das schon, aber danach macht sie einfach weiter, und … ich habe es nicht gesehen. Ich war mir so sicher, dass ich wusste, was es war, und ich … habe einen Fehler gemacht.« Sie starrte zu Boden, um den anklagenden Blicken zu entgehen. »Schon wieder«, flüsterte sie.

Einen Moment lang sagte Lubin nichts. Dann wandte er sich an die Mechfliege: »Du verstehst sicher, dass wir Grund zur Vorsicht haben.«

»Du vertraust mir nicht.« Desjardins' Stimme klang beinahe belustigt. »Ich bin nicht derjenige, der unter einem zwanghaften Mordtrieb leidet, Ken. Und ich bin nicht der Einzige, der sich vom *Schuldgefühl* befreit hat. Kannst du es dir wirklich erlauben, mit Steinen zu werfen?«

Ouellette blickte überrascht auf, aus ihrem Anfall von Selbstverachtung herausgerissen.

»Und was auch immer du für Bedenken haben magst«, fuhr der *Gesetzesbrecher* fort, »ein wenig Eigennutz kannst du mir ruhig zugestehen. Ich will Seppuku ebenso wenig in meinem Hinterhof haben wie ihr. Ich bin genauso gefährdet wie alle anderen auch.«

»Und wie stark gefährdet sind wir?«, fragte Lubin. »Taka?«

»Ich weiß es nicht«, flüsterte Ouellette. »Ich weiß gar nichts …«

»Stellen Sie eine Vermutung an.«

Sie schloss die Augen. »Es ist eine gänzlich andere Mikrobe als βehemoth, aber sie wurde geschaffen … ich *glaube*, sie wurde dazu geschaffen, dieselbe Nische zu besetzen. Wenn man gegen βehemoth immun ist, nützt einem das also nichts, aber möglicherweise verschafft einem das etwas mehr Zeit.«

»Wie viel?«

»Das kann ich nicht beurteilen. Aber alle anderen, Sie wissen schon … jeder, der nicht über die Genanpassungen verfügt, wird wohl innerhalb von drei oder vier Tagen die ersten Symptome entwickeln und nach spätestens vierzehn Tagen tot sein.«

»Das dauert ziemlich lange«, stellte Lubin fest. »Jede nekrotisierende Streptokokke würde einen innerhalb von drei Stunden umbringen.«

»Ja. Bevor man Gelegenheit hat, sie weiterzugeben.« Ouellettes Stimme klang hohl. »Sie sind schlauer als das.«

»Hmm. Mortalitätsrate?«

Die Ärztin schüttelte den Kopf. »Der Erreger wurde künstlich hergestellt, Ken. Es gibt keine natürliche Immunität dagegen.«

Die Muskeln um Lubins Mund herum verhärteten sich.

»Es kommt noch schlimmer«, fügte Desjardins hinzu. »Ich bin nicht der einzige Wachhund in diesem Revier. Es gibt immer noch ein paar andere in N'Am und noch weit mehr in Übersee. Und ich muss euch sagen, dass meine begrenzte Eindämmungsstrategie bei ihnen nicht besonders beliebt ist. Es gibt Leute, die am liebsten Atombomben über der ganzen verdammten Küste abwerfen würden, nur um sicherzugehen.«

»Warum werfen sie nicht Atombomben über denjenigen ab, die Seppuku verbreiten?«, fragte Lubin.

»Versuch mal, die Koordinaten von einem halben Dutzend Unterseeplattformen zu bestimmen, die sich mit sechzig Knoten durch die Tiefe des Atlantiks bewegen. Es wurde sogar schon vermutet, *ihr* würdet dahinterstecken.«

»Nun, wir waren es nicht.«

»Das spielt keine Rolle. Den Leuten juckt es in den Fingern, Atombomben zu zünden. Ich konnte sie nur zurückhalten, indem ich Seppuku an der Ausbreitung gehindert habe, ohne dabei auf Atomwaffen zurückgreifen zu müssen. Aber jetzt, meine lieben R- und K-Strategen, habt ihr der Atomlobby alles gegeben, was sie brauchte. Ich an eurer Stelle würde schon mal anfangen, Strahlenschutzbunker zu graben. Und zwar tiefe.«

»Nein.« Clarke schüttelte den Kopf. »Es waren lediglich – wie viel? – sechs Leute mit Fahrzeugen?«

»Nur drei davon sind aufgetaucht«, sagte Ouellette. »Aber sie können überall sein. Sie haben mir nicht gesagt, wo sie hinfahren. Und sie werden das Zeug verbreiten. Sie werden es in Tümpeln und auf Feldern verteilen, und …«

»Wenn wir sie einholen können, können wir ihren Weg zurückverfolgen«, warf Lubin ein.

»Aber wir wissen nicht einmal, wohin sie unterwegs sind! Wie können wir …«

»Ich weiß nicht, wie.« Die Mechfliege schaukelte mithilfe ihrer Bodeneffektoren hin und her, um ihre Worte zu bekräftigen. »Aber ihr solltet besser anfangen. Ihr habt hier ein ziemliches Chaos angerichtet, Leute. Und wenn ihr auch nur eine Chance von eins zu fünfzig haben wollt, zu verhindern, dass die ganze Gegend zu radioaktiver Schlacke verbrannt wird, dann werdet ihr mir, verdammt nochmal, dabei helfen, das Ganze wieder in Ordnung zu bringen.«

Darauf herrschte Stille. Ein paar widerspenstige Flammen prasselten und fauchten noch immer leise in der Ferne.

»*Wir* sollen dir helfen?«, fragte Lubin schließlich.

»Nun, jeder von euch kann natürlich seinen Teil dazu beitragen«, gab Desjardins zurück, »aber es sind insbesondere deine Fähigkeiten, Ken, die gerade sehr hilfreich wären.«

Lubin schürzte die Lippen. »Danke, aber da muss ich passen. Ich würde dir sowieso nicht viel nützen.«

Clarke biss sich auf die Zunge. *Er führt irgendetwas im Schilde.*

Die Mechfliege schwebte einen Moment lang reglos in der Luft, als würde sie nachdenken. »Ich habe deine Fähigkeiten nicht vergessen, Ken. Schließlich habe ich am eigenen Leib erfahren, wozu du in der Lage bist.«

»Und deine habe ich ebenfalls nicht vergessen. Du könntest innerhalb von nur dreißig Sekunden die halbe Hemisphäre mobilisieren.«

»Es hat sich eine Menge verändert, seit du dich zurückgezogen hast, mein Freund. Und falls du es noch nicht bemerkt hast: Von der Hemisphäre ist nicht mehr allzu viel übrig, selbst wenn ich noch über all meine Superkräfte verfügen würde.«

Ouellette blickte zwischen Mann und Maschine hin und her, während sie dem Schlagabtausch mit einer Mischung aus Empörung und Verwirrung folgte. Aber zumindest schien auch sie schlau genug zu sein, um den Mund zu halten.

Lubin ließ den Blick über die verkohlte Landschaft schweifen, über die sich die Nacht herabsenkte. »Deine Ressourcen scheinen mehr als ausreichend zu sein. Du brauchst mich nicht.«

»Du hörst mir nicht zu, Ken. Eine Menge hat sich verändert. Ein Lifter oder zwei spielen keine Rolle, das ist nur Hintergrundrauschen. Aber wenn man zu viele Ressourcen auf einmal mobilisiert, erregt man damit die Aufmerksamkeit der falschen Leute. Und nicht jeder, der auf unserer Seite steht, ist auch wirklich auf unserer Seite, wenn du verstehst, was ich meine.«

Er redet über die anderen Gesetzesbrecher, wurde Clarke klar. *Vielleicht kämpft Spartakus noch gegen das* Schuldgefühl *an. Oder womöglich haben sie inzwischen alle ihre Fesseln abgestreift.*

»Du möchtest kein unnötiges Aufsehen erregen«, vermutete Lubin.

»Unauffällige Maßnahmen waren mir schon immer lieber. Und abgesehen von deinen eher bescheidenen Umgangsformen bist du letzten Endes immer noch unauffälliger als eine Flotte feuerspeiender Killerluftschiffe.«

Im Falle eines Krieges, meint er damit. Ein privater Krieg der Psychopathen, nur für geladene Gäste. Clarke fragte sich, wie viele Seiten es in diesem Konflikt gab. Gab es überhaupt welche? Wie ging man ein Bündnis mit jemandem ein, von dem man wusste, dass er einem bei der nächsten Gelegenheit in den Rücken fallen könnte? *Vielleicht kämpft auch jeder Soziopath für sich allein,* grübelte sie.

Allerdings war nicht Lubin derjenige gewesen, der in letzter Zeit Schwierigkeiten gehabt hatte, sich für eine Seite zu entscheiden.

»Ich habe anderes zu tun«, sagte Lubin.

»Natürlich. Wahrscheinlich habt ihr einen verdammt guten Grund, weswegen ihr hierher zurückgekehrt seid. Der Mittelatlantische Rücken ist schließlich nicht gerade um die Ecke.«

»Das wird sich vielleicht bald ändern, wenn man sich die gegenwärtige Entwicklung so anschaut.«

»Ah. Hat euch jemand einen Besuch abgestattet?«

»Noch nicht. Aber sie schnüffeln in der Nähe herum. Ein unwahrscheinlicher Zufall.«

»Schau nicht mich an, Ken. Wenn ich etwas ausgeplaudert hätte, würden sie nicht nur herumschnüffeln.«

»Das ist mir klar.«

»Aber natürlich wollt ihr sicher gern wissen, wer euch auf die Spur gekommen ist. Ken, ich bin gekränkt. Warum seid ihr nicht gleich zu mir gekommen ... ach ja, richtig. Ihr dachtet, ich sei tot.« Desjardins hielt einen Moment inne und fügte dann hinzu: »Ihr habt Glück, dass ihr mich getroffen habt.«

»Und ich habe Glück«, sagte Lubin, »dass du meine Hilfe brauchst.«

Die Mechfliege schwankte in einer plötzlich aufkommenden heißen Brise hin und her. »Also gut. Du hilfst mir, N'Ams Untergang noch ein wenig hinauszuschieben, und ich versuche herauszufinden, wer euch auf der Spur ist. Abgemacht?«

Lubin dachte einen Moment lang nach.

»Klingt fair«, sagte er schließlich.

Der Feldzug kann ohne mich weitergehen, dachte Lenie Clarke.

Schließlich wurde sie dabei eigentlich nicht gebraucht. Leben zu retten oder zu beenden, war das Einzige, worauf es jetzt ankam, und in beidem zeichnete sie sich nicht besonders aus. Das stimmte natürlich nicht ganz, wurde ihr bereits im nächsten Moment klar. Wenn es darum ging, wie viele Menschen man auf dem Gewissen hatte, gab es wohl niemanden auf der Welt, der ihr das Wasser reichen konnte. Aber diese Morde waren wahllos und ungezielt gewesen, gesichtsloser Kollateralschaden, auf den sie nicht einen einzigen Gedanken verschwendet hatte. Jetzt verlangte das Wohl der Allgemeinheit nach einem wesentlich präziseren Vorgehen: bestimmte Individuen, nicht eine ganze Bevölkerung. Einzelne Gesichter, die aufgespürt und – wie hatte Rowan es genannt? – *versetzt* werden mussten.

Das musste nicht einmal unbedingt ein Euphemismus sein. Es gab keinen Grund, die Infizierten zu töten, wenn sie sie gefunden hatten, einmal angenommen, Seppuku hatte sie nicht längst zur Strecke gebracht. Schließlich waren es nur drei, und sie hatten weniger als einen Tag Vorsprung, in einer Gegend, wo die Menschen nicht mehr länger die Landschaft beherrschten. Es war durchaus möglich, dass sie gefunden wurden, bevor sie zu viele andere infizieren konnten, bevor die Verbreitung so stark wurde, dass vollständige Auslöschung die einzige mögliche Alternative war. Zehntausend Infizierte konnten möglicherweise nur noch verbrannt werden, weil es an den nötigen Einrichtungen mangelte, um sie zu isolieren. Aber zehn konnte man lebend einfangen, sie unter Quarantäne stellen und sich um sie kümmern. Man konnte die Krankheit untersuchen, in der Hoffnung, ein Heilmittel zu finden. Es gäbe keinen Grund, sie umzubringen.

Ich bin nicht derjenige, der unter einem zwanghaften Mordtrieb leidet, Ken.

So oder so spielte es keine Rolle. Lubin würde sich bald auf die Suche machen, mithilfe sämtlicher Ressourcen, die Desjardins ihm zur Verfügung stellen konnte, und ob es ihm nun ums Töten oder um den Nervenkitzel der Jagd ging, Clarkes Anwesenheit an seiner Seite würde ihn nur aufhalten. Taka Ouellette war bereits aufgebrochen. Sie war zu einer Einrichtung der BRIKS gebracht worden, wo, wie Desjardins es ausgedrückt hatte, »ihre Fähigkeiten eine weitaus bessere Verwendung finden würden.« Sie hatte Lenie Clarke kaum eines Wortes oder Blickes gewürdigt, bevor sie gegangen war. Jetzt saß sie wahrscheinlich am Ende der Kette, die mit Lubin begann, um sich um die Leute zu kümmern, die er aufspürte. Es gab nichts, was Lenie Clarke zu der ganzen Operation hätte beitragen können.

Sie konnte weder Menschenleben retten noch töten. Hier jedoch, in den Überresten von Freeport, konnte sie etwas tun, das irgendwo dazwischen lag. Sie konnte den Tod hinauszögern. Sie konnte die Stellung halten. Und die Menschen davor bewahren, an Tumoren oder gebrochenen Knochen zugrunde zu gehen, damit stattdessen βehemoth oder Seppuku sich an ihnen versuchen konnten.

Lubin tat ihr einen letzten Gefallen, bevor er ging. Er durchsuchte die virtuelle Lichtlandschaft von Miris Neokortex, fand den Parasiten, der sie verraten hatte, und isolierte ihn. Er war zu heimtückisch und hatte sich zu tief eingegraben, um ihn einfach löschen zu können. Es gab zu viele Orte, an denen er sich verstecken, zu viele Möglichkeiten, wie er die Suchprotokolle unterwandern konnte. Sie konnten nur sichergehen, dass er tatsächlich entfernt war, indem sie den Datenspeicher mit dem Ungeheuer entfernten.

Über das Armaturenbrett gebeugt las sich Lubin durch Unmengen von diagnostischem Kauderwelsch und rief dabei Anweisungen über die Schulter. Hinter ihm nahm Clarke, die bis zu den Ellbogen in Kristallen und Schaltkreisen steckte, die tatsächlichen Schnitte vor. Lubin sagte ihr, welche Karte sie entfernen musste, und sie tat es. Er sagte ihr, welche Matrix sie mithilfe eines Werkzeugs mit drei zarten, hauchdünnen Zinken von der Oberfläche abziehen musste. Sie gehorchte. Sie wartete, während er das restliche System doppelt und dreifach überprüfte, setzte auf seinen Befehl hin die herausgetrennte Einheit wieder ein und machte sich bereit, sie erneut herauszuziehen, sollten irgendwelche Überreste des Ungeheuers der Einkapselung entgangen sein. Als er sich schließlich davon überzeugt hatte, dass Miri sauber war, gab Lubin Clarke die Anweisung, das System herunterzufahren und neu zu starten. Sie tat es, ohne Fragen zu stellen.

Er hatte ihr nicht direkt aufgetragen, die infizierte Komponente zu vernichten. Diese Maßnahme war einfach zu offensichtlich, als dass er sie hätte erwähnen müssen.

Aber schließlich war sie ein Teil von ihr.

Wie genau, wusste sie nicht. Die verdrehte Logik, die zur Entstehung dieser elektronischen Dämonen geführt hatte, war etwas, das nur Hacker und Evolutionsökologen begreifen konnten. Doch Clarke war das Vorbild gewesen, nach dem sie sich entwickelt hatten. Dieses Ding war ihrem Beispiel gefolgt; es war ein Spiegelbild ihrer selbst, wenn auch ein furchtbar verzerrtes. Und obwohl es ihr irrational vorkam, konnte sie doch das Gefühl nicht abschütteln, dass es immer noch etwas mit dem Menschen aus Fleisch und Blut gemeinsam hatte, der ihm als Grundlage gedient hatte. Immerhin war auch sie lange Zeit von Hass und Wut erfüllt gewesen. Vielleicht war dieses Spiegelbild also doch nicht so verzerrt.

Sie beschloss, es herauszufinden.

Sie war keine Programmiererin. Sie hatte keine Ahnung, wie man Programme schrieb oder Software seinen Bedürfnissen anpasste. Was sie jedoch wusste, war, wie man vorfabrizierte Komponenten zusammensetzte, und die Spinde und Fächer der *Phocoena* quollen nur so über von allem, was sich hier in den vergangenen fünf Jahren angesammelt hatte. Das kleine U-Boot hatte Tausende Prüfinstrumente zum

Unmöglichen See gebracht und war bei der Reparatur und Wartung der Geräte im Einsatz gewesen. Es war über die Sprungschichten und durch Langmuir-Zellen geglitten und hatte Windsäcke und TDRs in der Wassersäule abgesetzt. Es hatte die Firmenbosse bespitzelt und Vorräte transportiert und allgemein als Arbeitspferd für alle möglichen Aufgaben gedient, die weit über das hinausgingen, was seine ursprünglichen Entwickler im Sinn gehabt hatten. Nach fünf Jahren waren in seinem Innern genügend Bauklötze vorhanden, mit denen Lenie Clarke spielen konnte.

Am Grunde einer Schublade entdeckte sie eine Cohen-Konsole. Sie steckte eine Batterie in eine ihrer Anschlussbuchsen und einen gewöhnlichen BS-Chip in eine der anderen. Ein Flechtwerk aus Drähten schloss sich um die neuen Bauteile, während die Programme, die der Konsole das automatische Auffinden von Komponenten gestatteten, sie beschnüffelten und sich mit ihnen vertraut machten. Nach einem Benutzerinterface musste sie schon etwas länger suchen. Sie konnte es sich nicht erlauben, eine drahtlose Verbindung zu benutzen. Schließlich fand sie ein altes Headset mit Glasfaserkabeln und einer integrierten Infrarottastatur und stöpselte sie ein. Erneut folgte das elektronische Händeschütteln.

Sie setzte sich das Headset auf. Eine pastellfarbene Tastatur schwebte in der Luft vor ihr. Sie streckte die Hände aus. Die Infrarotaugen des Headsets beobachteten die Bewegungen ihrer Finger in der Luft und brachten sie mit der virtuellen Steuerung in Einklang. Sie rief eine Übersichtskarte der Cohen-Konsole auf, errichtete Zäune um eine Handvoll leerer Anschlüsse, erschuf einen Zugang und verschloss ihn von außen. Nur um sicherzugehen, richtete sie noch einen Panikknopf ein. Er schwebte wie ein orangefarbener Funke seitlich im virtuellen Raum. Sie brauchte nicht die Hand auszustrecken und ihn anzuklicken. Es reichte aus, wenn sie den Blick auf das Icon richtete, um das System anzuhalten. Doch diese Absicherung hatte ihren Preis: Das

Headset konnte nicht durch Photocollagen blicken. Ihre Augen würden also während der Begegnung unverhüllt sein müssen.

Sie nahm sich das Headset ab und begutachtete ihr Werk in der wirklichen Welt: zwei winzige platonische Körper und ein Glasfaserkabel, die aus einem noppenförmigen Gitter leerer, stecknadelkopfgroßer Anschlussbuchsen hervorragten. Ein dünnes, rechtwinkliges Spinnennetz aus smaragdgrünen Fäden, das die Plug-ins mit der Konsole verband. Daneben befand sich eine rechteckige Öffnung mit einer leuchtenden blutroten Einfassung.

Die Konsole war vollkommen unabhängig und isoliert vom Rest der Welt. Es gab keine Antennen, keine kabellosen Benutzeroberflächen, nichts, das ein Signal aussenden könnte. Wenn etwas damit verbunden wurde, konnte es unmöglich daraus entkommen.

Sie betrachtete den infizierten und herausgeschnittenen Lappen von Miris Gehirn: eine kleine Halskette aus OPMs und Speicherchips, die inaktiv in ihrer Handfläche lag. Womöglich war in ihrem Innern nichts mehr verblieben. Die Daten dürften sich zwar eigentlich nicht von selbst auflösen, aber wer wusste schon, welche Schäden der Exorzismus angerichtet hatte? Sie erinnerte sich an die herausfordernden Worte, die sie Ken Lubin gegenüber geäußert hatte – *Und wenn ich das verdammte Ding nun wachküssen kann?* –, aber in Wahrheit hatte sie keine Ahnung, wie sie das anstellen sollte. Sie hatte die Komponenten nur deshalb aufgehoben, weil sie sie nicht wegwerfen konnte. Und weil sie hoffte, dass das Ding in ihrem Innern vielleicht antworten würde, wenn sie mit ihm redete.

Sie hob die Halskette mit einer Force-Feedback-Pinzette an, deren Enden so fein waren wie Wimpern. Dann setzte sie sie in die Mitte des roten Rechtecks ein. Grüne Fäden sprossen aus den anderen Komponenten hervor und trafen direkt vor dem Gatter aufeinander.

Sie setzte sich wieder das Headset auf und holte tief Luft.

Dann öffnete sie das Gatter.

Eine Explosion aus Pixeln direkt vor ihr. Wut, wilder Hunger und gefletschte Zähne, Informationen, die das obere Gehirn komplett umgingen und mit eisigen Nadeln direkt in den Hirnstamm stachen.

»Lass ...«

Der Fluchtreflex setzte ein, bevor sie überhaupt verarbeiten konnte, was sie da sah. Der orangefarbene Panikknopf flammte vor ihren Augen auf. Das Bild erstarrte.

Ihr wurde bewusst, dass sie nach Atem rang, und sie versuchte, sich wieder etwas zu beruhigen.

Ein regloses Gesicht, schwarz und grün und leuchtend. Ein wütendes Porträt aus umgekehrten Fleischfarben. Es sah ihr nicht im Geringsten ähnlich. Abgesehen von den Augen, diesen leeren, zornigen Augen.

Und nicht einmal die, erinnerte sie sich nach einer Weile. Denn im Moment waren ihre Augen nicht hinter Kappen verborgen. Sie stand diesem radioaktiven Doppelgänger vollkommen nackt gegenüber.

Bin ich einmal so gewesen?

Sie holte Luft, hielt einen Moment inne und stieß sie dann wieder aus. Schließlich konzentrierte sie sich auf den Panikknopf und deaktivierte ihn.

»... mich raus!«, schrie die Erscheinung.

Clarke schüttelte den Kopf. »Du kannst nirgendwohin.«

»Lass mich raus, oder ich werde jede verdammte Adresse hier drinnen zermalmen!«

»Erst musst du mir ein paar Fragen beantworten.«

»Hier hast du deine Antwort, du würmerverseuchte Schlampe.«

Das Universum flackerte auf und verschwand.

Sie hörte nichts mehr außer ihrem raschen Atmen und dem leisen Zischen der Klimaanlage der *Phocoena*. Nach einer Weile tauchte eine Nachricht in der Leere ihres Headsets auf:

Programmabsturz. Neustart?

J N

Clarke versuchte es noch einmal.

»Lass mich raus!«

Sie schüttelte den Kopf. »Sag mir erst, was du willst.«

»Was du willst?« Die Frage schien das Ungeheuer ein wenig zu besänftigen. Es lächelte sogar. »Du willst dich auf keinen Fall mit mir anlegen, mein Freund. Ich habe mehr Leute umgebracht, als du zählen kannst.«

»Aber warum? Aus Rache? Wegen der NB? Oder wegen … wegen Vater und dem, was er getan hat, wenn Mutter … wie kann dich das kümmern? Wie kannst du überhaupt nur davon wissen?«

Das Gesicht verlor an Farbe, seine Schwarzlichtpigmente verblassten, als würde sich Dämmerung darüber herabsenken. Innerhalb weniger Augenblicke bestand es nur noch aus Schwarz- und Grautönen und zwei wütenden reinweißen Kristallovalen.

»Willst du uns alle umbringen?«, fragte Clarke leise. »Oder hast du es vielleicht darauf angelegt, dich selbst zu töten?«

Das Gesicht funkelte sie an und fauchte: *»Dich selbst zu töten? Du …«*

Dunkle Leere, in der die Worte PROGRAMMABSTURZ aufleuchteten.

Und noch einmal.

Und noch einmal.

Jagdfieber

Eine Drohne der BRIKS, die wie Distelwolle unterhalb des Strahlstroms in der Luft schwebte, spürte die Wärmesignatur um 3 Uhr morgens auf. Die Signatur befand sich auf der Zufahrtstraße 23 nordöstlich von Skowhagen und wies bestimmte Gemeinsamkeiten mit einer anderen Quelle auf, die zwei Stunden vorher von einem Lifter gesichtet worden war, der medizinische Vorräte von Portland abholte. Lieferfahrzeuge waren normalerweise nicht mit Überwachungsgeräten ausgestattet, aber seit sich die Nachricht von Sudbury verbreitet hatte, waren alle in erhöhte Alarmbereitschaft versetzt.

Beide Signaturen stimmten mit den Emissionen überein, die eine bestimmte Sorte von Wasserstoffzellen abgab, die seit 2044 nicht mehr hergestellt wurde. Jemand holte das Äußerste aus einem Ford Fugitive heraus und fuhr mitten in der Nacht über Nebenstraßen ins Landesinnere hinein.

Eine von Ouellettes Infizierten hatte einen Fugitive gefahren. Lubin holte sie irgendwo jenseits der Grenze von New Hampshire ein.

Desjardins hatte ihm einen Ultraleichtflieger besorgt. Er war nicht so schnell wie ein Transporter mit Bodeneffektoren, aber er konnte in größerer Höhe fliegen und verbrauchte dabei weniger Energie als ein Hubschrauber. Lubin flog gerade in etwa zweihundert Metern Höhe in westliche Richtung, als eine Spiegelung des Sonnenlichts auf der Karosserie des Fords seine Aufmerksamkeit erregte. Er war am Rande eines säureverseuchten Sumpfgebiets geparkt, voller rostiger Tannine und schartiger, mit Wasser vollgesogener Baumstümpfe. Das Sumpfland schien sich ausgeweitet zu haben, seit der Highway nicht mehr regelmäßig gewartet wurde. Eine Zunge aus schwarzem Wasser leckte über ein paar Meter tief liegenden Asphalts direkt vor dem Fahrzeug.

Das war jedoch nicht der Grund, weswegen es angehalten hatte.

Lubin landete fünfzig Meter die Straße hinunter und näherte sich dem Fahrzeug von hinten. Seine Inlays vollzogen die übliche schematische Vivisektion, während er auf den Wagen zuging, und füllten sein Blickfeld mit Icons und Schaltkreisdiagrammen. Bei dem bloßen Gedanken, nützliche Informationen auszublenden, ganz gleich welcher Art, drehte sich ihm der Magen um, aber manchmal lenkten sie ihn eher ab, als dass sie ihm weiterhalfen. Er schaltete die Anzeige in seinem Kopf aus. Der Fugitive kehrte in die wirkliche Welt zurück, schien irgendwie abzuflachen, als seine leuchtenden Eingeweide wieder unter der schmutzigen Plastikoberfläche verschwanden.

Eine blonde, dunkelhäutige Frau saß auf dem Fahrersitz, die Stirn gegen das Lenkrad gelehnt. Ihre langen, glatten Haare verdeckten ihr Gesicht. Sie schien sein Näherkommen nicht bemerkt zu haben.

Er klopfte gegen das Fenster. Apathisch drehte sie sich nach dem Geräusch um. Er wusste augenblicklich, dass mit ihr etwas nicht stimmte. Ihr Gesicht war gerötet und glänzte von Schweiß.

Sie wusste ebenfalls, dass etwas nicht in Ordnung war. Lubins Isolationshaut hätte ihr das verraten, selbst wenn sie keine Krankheitssymptome gehabt hätte.

Drei Tage, dachte er.

Die Tür war nicht verriegelt. Er öffnete sie und trat einen Schritt zurück.

»Sie haben uns gesagt ... es sei ein Heilmittel«, sagte sie. Sie musste dabei zweimal Luft holen.

»Haben Sie noch etwas davon übrig?«, fragte Lubin.

Sie schluckte. »Ein wenig. Das meiste habe ich verteilt.« Sie schüttelte den Kopf. »Aaron habe ich auch was davon gegeben. Vor ein paar Tagen.«

Eine durchsichtige Blase lag auf dem Sitz neben ihr. Sie war beinahe leer. Die Kultur, die in den Falten des flachen Beutels verblieben war, war nicht mehr bernsteinfarben, sondern dunkel und grau wie sauerstoffarmer Schlamm.

»Was ist damit passiert?«, fragte er.

»Ich weiß es nicht. Es hat sich verändert.« Sie schüttelte müde den Kopf. »Sie hat gesagt, dass es eine Woche halten würde …«

Er beugte sich vor. Die Frau war immer noch genug bei Verstand, dass sie leicht zusammenzuckte, als sie ihn aus der Nähe sah. »Sie haben zu ihnen gehört. Sie waren dort. Ich habe Sie gesehen …«

»Ich muss wissen, wo Sie die Kultur verteilt haben«, sagte er. »Ich muss wissen, mit wem Sie seit Freeport Kontakt hatten und wie ich diejenigen erreichen kann.«

Sie hob den schlaffen Arm und hielt ihm ihre Uhr hin. »Aaron ist hier drin. Wir haben uns aufgeteilt. Wir dachten … wir könnten dadurch ein größeres Gebiet abdecken …«

Er nahm die Uhr entgegen. Ohne den Ohrhörer nützte einem die Anruffunktion nur wenig, aber um Aaron konnte er sich später kümmern.

»Ich habe erst heute Morgen mit ihm gesprochen«, brachte die Frau heraus. »Ihm … ihm geht es auch nicht besonders gut.«

Er ging um den Fugitive herum und stieg auf der Beifahrerseite ein. Das Navigationssystem war ausgeschaltet – eine Vorsichtsmaßnahme, die auf die vergangene Woche zurückging, als sich der Äther in feindliches Gebiet verwandelt hatte. Er fuhr das GPS-System des Armaturenbretts hoch und stellte die Karte so ein, dass sie die ganze Küste anzeigte.

»Sämtliche Orte, an denen Sie angehalten haben«, sagte er. »Jeden, den Sie getroffen haben.«

»Ich bin krank«, seufzte sie.

»Ich kann Sie in ein Krankenhaus bringen. In ein *richtiges* Krankenhaus«, versprach er, um den Anreiz zu erhöhen. »Aber erst müssen Sie mir helfen.«

Sie erzählte ihm, so viel sie konnte. Schließlich trat er wieder in den Sonnenschein hinaus und ging zu dem Ultraleichtflieger hinüber. Auf halbem Wege blieb er stehen und blickte zurück.

Sie könnte fliehen, dachte er. *Sie ist nicht so krank, dass sie nicht fahren könnte. Sie könnte versuchen zu entkommen.*

Oder, fiel ihm mit einem Blick auf das schmutzige Wasser neben der Straße ein, *sie könnte sich in das Wasser stürzen und den ganzen Sumpf infizieren. Danach wäre der Erreger viel schwerer einzudämmen.*

Vielleicht ist es ein Fehler, sie am Leben zu lassen.

Natürlich waren das müßige Gedanken. Es gab hier keine unmittelbare Bedrohung, jedenfalls keine, die mit extremen Mitteln aus der Welt geschafft werden müsste. Das würde nicht immer so bleiben, wenn sich der Erreger weiter so rasch verbreitete. Die Frau war die zweite Überträgerin, die Lubin aufgespürt hatte, und die erste, die zu Ouellettes ursprünglichem Trio gehörte. Der andere war ein sekundärer Überträger gewesen, der den Stab in ihrem Kielwasser übernommen hatte, und er hatte gesagt, dass er die Kultur noch an andere weitergegeben hatte. Wie weit die beiden anderen ursprünglichen Überträger gekommen waren, ließ sich schwer feststellen. Und jetzt musste er sich auch noch um diesen Aaron kümmern, ganz zu schweigen von dem halben Dutzend Orten, wo diese Frau winzige Mengen Seppuku verteilt hatte …

Er sagte sich, dass er es sich leisten konnte zu warten. Wie es aussah, würde er schon bald Grund genug zum Töten haben. Obwohl er ja eigentlich gar keine Gründe mehr brauchte. Ken Lubin war schon seit Jahren ein freier Mann.

Sei nett, sagte er sich. *Halte dich an die Regeln.*

Also tat er das auch. Er rief einen Krankenwagen, bevor er die Flammenwerfer benachrichtigte, und hielt Wache, bis dieser von Westen her näher kam. Dann sprühte er sich von Kopf bis Fuß ein und stieg erneut in den Himmel auf. Er schwenkte nach Südosten ab und verfolgte die Route der Überträgerin zurück. In der Ferne tauchte ein Lifter auf, folgte ihm eine Zeit lang und schwebte wie eine große dunkle Wolke auf die Zielgebiete zu, die er ihm zeigte. Zündflammen funkelten schwach an den Enden der langen Mündungen der Flammenwerfer, die von seinem Unterbauch herabhingen. Hin und wieder entließ der Lifter dicke rosafarbene und grüne Wolken in die Luft darunter, zuckerwatteartige Lackmustests, die nach einer Infektion suchten.

Er drehte den Motor hoch. Inzwischen war Aarons Partnerin wahrscheinlich längst eingepackt und unterwegs. Und Taka Ouellette würde bei Einbruch der Dämmerung Untersuchungen an ihr durchführen.

Wenn Ouellette denn tatsächlich Untersuchungen durchführte, hieß das. Lubin hatte da seine Zweifel.

Er erinnerte sich daran, wie er Achilles Desjardins das erste Mal begegnet war. Er war in das Haus des *Gesetzesbrechers* eingedrungen und hatte ihn *in flagrante delecto* mit einem VR-Sensorium erwischt, das 3 D-Tableaus von sadistischen Folterszenen lieferte. Damals hätte Desjardins seine Neigungen natürlich niemals in der wirklichen Welt ausgelebt, aber in der Zwischenzeit hatte sich vieles verändert. Die Regeln hatten sich verändert. Manch einer hatte seine Fesseln abgelegt. Die offiziellen Hierarchien waren zusammengebrochen, und diejenigen, die Macht besaßen, waren kaum noch einer Kontrolle unterworfen.

Lubin hatte damals einen Blick auf Desjardins' Phantasien erhascht, bevor er sich an die Arbeit gemacht hatte. Er hatte also eine Vorstellung davon, was für Frauen der *Gesetzesbrecher* bevorzugte und was er mit ihnen anstellte. Als Taka Ouellette deshalb fünf Jahre später in den Bauch eines Helikopters der BRIKS gestiegen war, hatte ihr Lubin mit einem leidenschaftslosen Gefühl der Endgültigkeit nachgeblickt.

Desjardins hatte ihr eine Rolle im Kampf gegen Seppuku versprochen. Er hatte Bilder von hell erleuchteten, funkelnden Labors heraufbeschworen, die normalerweise nur echten Mozärzten vorbehalten waren. Die Aussicht hatte sie zum Leuchten gebracht wie ein Halogenflutlicht. Ein Blick, und Lubin hatte ihr geheimes Verlangen erraten, die verzweifelte, unerfüllte Hoffnung darauf, von einer Sünde in ihrer Vergangenheit erlöst zu werden.

Inzwischen kannte er sich mit solchen Regungen aus.

Es hatte ihn interessiert, ob das Fluggerät nach Südwesten auf Boston zufliegen würde, wo sich die nächstgelegenen Forschungseinrichtungen befanden. Aber stattdessen war es in Richtung Norden verschwunden, und in den Tagen danach hatte Lubin nichts mehr von Ouellette gehört.

Natürlich war das auch nicht zu erwarten gewesen. Selbst wenn Desjardins die Wahrheit gesagt hatte. Und mit der logischen Klarheit eines amoralischen Verstandes musste Lubin zugeben, dass es so oder so eigentlich keine Rolle spielte. Taka Ouellette hatte nicht das Kaliber einer Wissenschaftlerin, die im Ring gegen einen schwergewichtigen Gegner bestehen konnte. Wenn es so wäre, hätte sie sich nicht auf Patrouille in der Wildnis befunden, wo sie die Menschen mit Brosamen abspeiste. Im Kampf gegen Seppuku würde ihr Verlust nicht weiter ins Gewicht fallen.

Achilles Desjardins hingegen war von entscheidender Bedeutung. Ob er darüber hinaus ein sexbesessenes Raubtier war, spielte keine Rolle. Er konnte möglicherweise dazu beitragen, Milliarden Menschenleben zu retten. Lubin konnte sich kein Laster vorstellen, über das man nicht hinwegsehen konnte, wenn es darum ging, dieses höhere Ziel zu erreichen. Das war es schließlich, was mit dem Wohl der Allgemeinheit gemeint war.

Er war beinahe neidisch.

Taka Ouellette befand sich tatsächlich in einer Art Forschungseinrichtung. Allerdings spielte sie nicht die Rolle der Experimentatorin. Vielleicht hatte sich der Mann neben ihr diese Rolle selbst zugedacht.

Seine äußere Erscheinung war eher unauffällig. Braunes ungekämmtes Haar, das mit einer zufälligen Asymmetrie geschnitten war, die ebenso auf einen den Wilden nachempfundenen Stil hinweisen konnte wie auf vollkommene Unfähigkeit. Ein schmales, eckiges Gesicht. Nicht genug Falten auf der Stirn und zu viele um die Augen herum. Große Augen, braun und feucht, beinahe wie die eines Kindes. Die Nase ein wenig schief. Ein sackartiges grünes Sweatshirt ohne Animationen, ein Relikt aus dem 20. Jahrhundert.

Sie konnte ihn nur bis zur Hüfte sehen, da sie auf dem Rücken angeschnallt auf einer fahrbaren Krankentrage lag. Und wenn dieser ungepflegte R-Stratege den Forscher spielte, hatte er ihr offenbar die Rolle des Forschungsobjekts zugewiesen.

»Achilles Desjardins«, sagte er. »Nett, dich kennenzulernen, Alice.«

Der Helikopter war weit nach Mitternacht auf einem Landeplatz auf dem Dach eines Gebäudes irgendwo nördlich der Großen Seen niedergegangen. Sie war ausgestiegen und nichtsahnend in ein Neuroinduktionsfeld getreten, das sie schneller zu Boden geschickt hatte, als wenn einer ihrer Halswirbel ausgerenkt worden wäre. Gesichtslose Männer in Körperkondomen hatten sie in gelähmtem Zustand, aber bei Bewusstsein, in diese Quarantänezelle gebracht. Sie hatten sie nackt ausgezogen, ihr einen Katheder gelegt und waren gegangen, ohne ein Wort zu sagen. Vielleicht hatte man ihnen erzählt, dass sie eine Art Flüchtling war oder ein Gesundheitsrisiko darstellte. Vielleicht waren sie auch in den Scherz eingeweiht gewesen. Sie wusste es nicht, und sie konnte auch niemanden danach fragen.

Das war vor mindestens einem Tag gewesen. Womöglich sogar noch länger. Seither hatte sie bewegungsunfähig und isoliert in dem Raum gelegen, während sich langsam Hunger und Durst eingestellt hatten.

Jetzt war das Feld allerdings abgeschaltet. Ihre motorischen Nerven waren wieder funktionsfähig. Das Einzige, was sie noch an der Trage hielt, waren Nylonbänder, die schmerzhaft in ihre Hand- und Fußgelenke, ihre Taille und ihre Kehle schnitten.

»Hier muss ein Irrtum passiert sein«, sagte sie rasch. »Ich bin nicht Alice. Mein Name ist Taka. Ich bin Lenies und Kens Freundin.«

Sie zerrte an den Fesseln. Achilles lächelte schwach.

»Du bist wirklich keine besonders gute Biologin, Alice«, stellte er nicht unfreundlich fest. »Es tut mir leid, aber es ist so. Du hattest alle möglichen Hinweise, aber du hast sie einfach nicht auf die richtige Art zusammengefügt.« Er saß auf einem unsichtbaren Stuhl oder Hocker neben der Krankentrage. »Wenn ich nicht eingegriffen hätte, würdest du immer noch im ganzen Land Seppuku verteilen und deine Patienten noch schneller umbringen, als es normalerweise der Fall gewesen wäre. Keine echte Wissenschaftlerin würde solche grundlegenden Fehler begehen.«

»Aber ich bin nicht …«

Er legte einen Finger an die Lippen und brachte sie zum Schweigen. Dann stützte er sich mit dem Ellbogen auf der harten Neoprenoberfläche der Trage neben ihrem Kopf ab, legte das Kinn auf die Handfläche und blickte auf sie herunter.

»Natürlich«, fuhr er leise fort, »würde eine echte Wissenschaftlerin auch nicht ihre eigene Familie umbringen.«

Es war also doch kein Irrtum. Er wusste genau, wer sie war.

Und sie kannte ihn ebenfalls. Jedenfalls kannte sie seinen Typ. Er war weich. Er war erbärmlich. Jeden Tag war sie Leuten begegnet, die ihm ohne weiteres das Genick brechen würden. Auf sich allein gestellt, ohne seine Requisiten, war er ein Niemand.

Aber er hatte Recht.

Sie schloss die Augen. *Bleib ruhig. Er versucht, dir Angst zu machen. Das darfst du nicht zulassen. Diese Genugtuung darfst du ihm nicht geben.*

Es ist ein Machtspiel wie alle anderen auch. Wenn du dich nicht einschüchtern lässt, kannst du ein wenig Macht zurückgewinnen.

Sie öffnete die Augen und blickte ihn gelassen an. »Also, wie sieht der Plan aus?«

»Der Plan?« Achilles schürzte die Lippen. »Der Plan ist, dich zu rehabilitieren. Ich gebe dir eine weitere Chance. Sieh es als Nachhilfestunden an.« Er stand auf. Das Licht spiegelte sich auf etwas in seiner Hand, etwas Kleines, Glänzendes, das wie eine Nagelschere aussah. »Wir reden hier über ein Zuckerbrot-und-Peitsche-Szenario. Ich habe da dieses Hobby, das viele Leute als, sagen wir mal, *unerfreulich* bezeichnen würden. Du wirst herausfinden, wie unerfreulich, je nachdem, wie schnell du dazulernst.«

Taka schluckte. Sie sprach erst, als sie glaubte, ihre Stimme ruhig halten zu können: »Und was ist das Zuckerbrot?«

Es gelang ihr nicht ganz, ein Zittern zu unterdrücken.

»Das war das Zuckerbrot. Jedenfalls für mich. Du hingegen kannst darauf hoffen, dass du die Prüfung bestehst und ich dich dann freilasse. Lebendig.« Achilles runzelte die Stirn, als wäre er in Gedanken versunken. »Also, eine einfache Frage für den Anfang: Wie vermehrt sich Seppuku? Durch geschlechtliche oder ungeschlechtliche Fortpflanzung?«

Taka starrte ihn an. »Sie machen Witze.«

Er betrachtete sie einen Moment lang. Dann schüttelte er beinahe traurig den Kopf.

»Wie ich sehe, hast du die Seminare besucht. Sie haben dir von unseren Geheimnissen erzählt. Wir ergötzen uns an Furcht. Wenn wir sehen, dass du keine Angst hast, suchen wir uns ein anderes Opfer. Lassen dich vielleicht sogar frei.«

»Sie haben gesagt ...« Sie hielt inne und versuchte, das Zittern in ihrer Stimme zu unterdrücken. »Sie haben gesagt, Sie würden mich gehen lassen ...«

Er hatte sie noch nicht einmal angerührt, und schon fing sie an zu betteln.

»Wenn du eine gute Schülerin bist«, erinnerte Achilles sie sanft. »Aber ja. Ich lasse dich frei. Als Geste meines guten Willens lasse ich einen Teil von dir sogar jetzt gleich frei.«

Er streckte die Hand aus. Das glänzende Ding in ihrer Mitte drückte gegen ihre Brust wie ein winziger Eiszapfen. Ein Klicken war zu hören.

Schmerz blühte rasiermesserscharf in ihrer Brust auf, wie Risse im Glas, bevor es zerspringt. Taka schrie auf und wand sich in ihren Fesseln, doch es hatte keinen Sinn.

Der blutige Brocken einer Brustwarze streifte ihre Wange.

Dunkelheit wirbelte an den Rändern ihres Gesichtsfeldes. Irgendwo in der Ferne, weit südlich des Schmerzes, der das Zentrum ihres Universums bildete, fummelte ein Ungeheuer an ihren Schamlippen herum.

»Bleiben noch zwei weitere«, stellte es fest.

Versetzt

Clarke hatte an Ouellettes Seite einiges gelernt. Sie war keine Ärztin, aber sie verfügte über eine rudimentäre medizinische Ausbildung, die sie als Rifterin erhalten hatte, und die Krankenstation erledigte ohnehin den Großteil der diagnostischen Arbeit selbst und entschied, welche Heilmittel verabreicht werden sollten. Miris Exorzismus hatte sie ein paar Tausend Patientenakten gekostet, ein halbes Jahr Updates und die Fähigkeit des Fahrzeugs, eine Verbindung zum Netz herzustellen. Doch was von der Krankenstation übrig war, reichte immer noch aus, um einen Körper zu scannen und einfache Heilmethoden zu verschreiben. Schwierigeren Fällen war Clarke ohnehin nicht gewachsen; selbst nach der Lobotomie war Miri kaum der begrenzende Faktor.

Aus der ganzen Stadt kamen die Leute herbei, um sich bei Ouellette in Behandlung zu begeben, und mussten stattdessen mit Clarke vorliebnehmen. Sie folgte den Anweisungen der Maschine und spielte die Rolle der Ärztin, so gut es ihr möglich war. Nachts schlich sie sich ins Meer, doch anstatt sich ins Innere der *Phocoena* zurückzuziehen, schlief sie, ohne zu atmen und ungeschützt auf dem hellen, flachen Meeresboden. Jeden Morgen ging sie wieder an Land, zog sich die Taucherhaut bis auf das Oberteil aus und legte darüber die Kleider an, die sie sich von Ouellette geborgt hatte. Die merkwürdigen toten Fasern strichen locker über ihre Gliedmaßen, wenn sie sich bewegte. Eine schlecht sitzende Travestie voller Falten und Nähte. Die Taucherhaut abzulegen, fühlte sich immer so an, als würde sie bei lebendigem Leib gehäutet. Dieser … dieser Ersatz glich dagegen der Haut einer schlecht proportionierten Eidechse. Aber es war nicht weiter tragisch. Mit der Zeit wurde es einfacher.

Allerdings war es auch das Einzige, das einfacher wurde.

Das Schlimmste war nicht die Tatsache, dass sie von Medizin keine Ahnung hatte, oder die ständig wachsende Zahl derjenigen, die sie nicht retten konnte. Nicht einmal die Ausbrüche von Gewalt, die sich manchmal auf sie richteten, wenn die Leute mit ihrem Todesurteil oder dem eines Angehörigen konfrontiert wurden. Sie war beinahe dankbar für die Schreie und erhobenen Fäuste, die zu selten ihr Ziel fanden, als dass sie ihr wirklich etwas abverlangt hätten. Sie hatte schon weitaus Schlimmeres erlebt, und es blieb immer noch Miris Waffenkuppel, wenn die Lage außer Kontrolle geriet.

Viel, viel grausamer als die Gewalt derjenigen, für die sie nichts hatte tun können, war die Dankbarkeit derjenigen, die sie beinahe rettete. Das Lächeln auf den Gesichtern der Menschen, denen sie ein wenig mehr Zeit verschaffte und die viel zu sehr von Krankheit und Mangelernährung abgestumpft waren, um sich die Frage zu stellen, ob es wirklich sinnvoll war, einen raschen Tod gegen einen langsamen, qualvollen einzutauschen. Die erbärmliche Freude eines Vaters, dessen Tochter von einer Gehirnhautentzündung geheilt worden war und der nicht wusste oder sich nicht darum scherte, dass Seppuku oder die Hexe oder irgendein abtrünniger Flammenwerfer sie im nächsten Monat oder Jahr das Leben kosten konnte, ganz zu schweigen von den Vergewaltigungen, den gebrochenen Knochen und der chronischen Unterernährtheit, die sie in der Zwischenzeit erwarteten. Nirgendwo schien die Hoffnung stärker zu sein als in den Gesichtern der Hoffnungslosen. Und sie konnte ihnen nur lächelnd in die Augen blicken und ihren Dank annehmen. Ohne ihnen zu verraten, wer all das überhaupt erst über die Welt gebracht hatte.

Das Experiment mit den unverhüllten Augen war lange vorbei. Wenn den Leuten ihr Aussehen nicht gefiel, konnten sie, verdammt nochmal, woanders hingehen.

Sie wollte so gern mit Taka reden. Die meiste Zeit über unterdrückte sie diesen Wunsch und erinnerte sich daran, dass sich Ouellettes Freundschaft im selben Moment in Luft aufgelöst hatte, als sie die Wahrheit erfuhr. Clarke konnte es ihr nicht verübeln. Es war bestimmt nicht einfach herauszufinden, dass man sich mit einem Ungeheuer angefreundet hatte.

Eines Nachts, als sie so einsam war, dass es ihr egal war, was sie dabei aufs Spiel setzte, versuchte sie es trotzdem. Sie benutzte einen Kanal, den Desjardins eigentlich für Meldungen über aktuelle Vorkommnisse im Zusammenhang mit Seppuku eingerichtet hatte. Sie wurde erst mit einem automatischen Dispatcher verbunden und danach mit einem echten Menschen, der sie – obwohl er es offensichtlich missbilligte, dass sie eine für Notfälle reservierte Leitung für persönliche Zwecke gebrauchte – zu jemandem durchstellte, der behauptete, einem Labor für biologische Abwehrmaßnahmen in Boston anzugehören. Er hatte noch nie von Taka Ouellette gehört. Als Clarke sich erkundigte, ob es noch andere Einrichtungen gäbe, in denen sie nachfragen könne, erwiderte der Mann, dass dies sicherlich der Fall sei, aber dass die verdammte Entropiepatrouille ihnen nie irgendetwas erzählen würde und er deshalb nicht wisse, wohin er sie verweisen sollte.

Sie gab sich damit zufrieden, falsche Hoffnungen zu nähren. Lubin würde seine Beute erwischen. Desjardins würde sich an die Abmachung halten, die sie geschlossen hatten. Sie würden die Gefahr für Atlantis ausfindig machen und aus dem Weg räumen. Und Taka Ouellette oder andere wie sie würden das Geheimnis von Seppuku lüften und die Mikrobe aufhalten.

Vielleicht konnten sie dann ja endlich nach Hause zurückkehren.

Sie erkannte ihn nicht gleich.

Er kam zu Fuß aus dem Wald gestolpert, hinkend und mit violett verfärbter Haut, das Gesicht eine angeschwollene Masse aus Schorf und Blutergüssen. Er trug eine thermochrome Windjacke, deren einer Ärmel abgerissen war, und er kam auf Clarke zugewankt, als diese gerade die Krankenstation abschließen wollte.

»Hallo«, sagte er. Eine Blutblase bildete sich in seinem Mundwinkel und zerplatzte. »Haben Sie mich vermisst?«

»Heilige Scheiße.« Sie eilte zu ihm und stützte ihn, während er zur Krankenstation humpelte. »Was ist mit dir passiert?«

»Ein anderer R-Stratege. Ein verdammt großer R-Stratege. Hat mir mein Motorrad abgenommen.« Er schüttelte den Kopf, eine steife, unbeholfene Geste, als hätte bereits die Leichenstarre eingesetzt. »Ist die andere K-Strategin hier? Taka?«

»Nein. Ich werde mich um dich kümmern.« Sie führte ihn zu Miris Maul und half ihm, sich auf die ausgestreckte Zunge zu setzen.

»Sind Sie wirklich Ärztin?« Trotz seines blutüberströmten Gesichts gelang es dem Jungen, skeptisch dreinzuschauen. »Nicht, dass mich das kümmert«, fügte er nach einem Moment hinzu. »Von Ihnen lasse ich mich jederzeit gerne untersuchen.«

Schließlich machte es Klick: *Haben Sie mich vermisst?*

Clarke schüttelte den Kopf. »Tut mir leid, ich habe in letzter Zeit eine Menge Leute gesehen. Ich weiß nicht, ob ich dich erkannt hätte, selbst ohne die Verzierungen in deinem Gesicht.«

»Ricketts«, sagte der Junge.

Sie trat einen Schritt zurück. »Du hast die Probe gebracht …«

»Ja, ich habe das Zeug gebracht, das βehemoth vernichten wird«, sagte er stolz, trotz der aufgerissenen, geschwollenen Lippen.

Das Zeug, das uns alle vernichten wird, dachte sie.

Eigentlich hätte es kein Problem sein dürfen. Sie musste ihn nur in die Krankenstation befördern, ihn säubern, die körperlichen Verletzungen versorgen und feststellen, ob er mit einem neuen Erreger infiziert war, der ihn von innen heraus auffraß.

Vielleicht ist er ja nicht infiziert. Das verseuchte Material war in diesem Beutel versiegelt. Vielleicht hatte er keinen direkten Kontakt damit …

Feststellen, ob eine Infektion mit Seppuku vorliegt. Opfer isolieren. Transporter anfordern.

Ich bete zu Gott, dass er mich nicht ansteckt, wenn er infiziert ist …

»Leg dich hin. Nimm die Füße hoch.« Sie stand bereits an der Konsole an der Rückseite des Fahrzeugs, bevor Ricketts die Füße ganz vom Boden hochgehoben hatte. Sie drückte auf das gewohnte Icon und hörte das vertraute Summen, während Miri den Patienten verschluckte. Clarke befahl der Station, beide Mäuler zu schließen und die Standardtests durchzuführen.

Sie ließ den Jungen im Innern, während sie sich mit Desinfektionsmittel einsprühte. Wahrscheinlich eine übertriebene Vorsichtsmaßnahme.

Hoffentlich. Sie trug die vorgeschriebenen sterilen Handschuhe, und das Oberteil der Taucherhaut schützte sie unter der von Ouellette geborgten Kleidung …

Verdammt. Die Kleider.

Sie zog sie aus und steckte sie in einen Beutel, um sie später zu verbrennen. Die restlichen Teile ihrer Taucherhaut waren in ihrem Rucksack im Fahrerhaus. Sie holte sie hervor, und sie passten sich wieder ihrem Körper an. Die Nähte schlossen sich und bildeten eine bequeme zweite Haut. Taucherhäute waren nicht ausdrücklich als Schutz gegen Krankheitserreger geschaffen worden, aber normalerweise wehrte das Copolymer Salzionen ab. Etwas von der Größe einer lebenden Zelle konnte es unmöglich durchdringen.

Als sie zur Rückseite der Krankenstation zurückkehrte, war der Diagnosedurchlauf beendet. Ricketts litt unter einem gebrochenen Wangenknochen, einem Haarriss am linken Schienbein, einer Gehirnerschütterung zweiten Grades, leichter Mangelernährung (besser als der Durchschnitt heutzutage), zwei zerschlagenen Weisheitszähnen und einer mittleren Infektion mit Spulwürmern. Nichts davon war lebensbedrohlich. Das meiste konnte geheilt werden.

Der Diagnosedurchlauf enthielt keine Untersuchung auf Seppuku. In der Standard-Datenbank existierte Seppuku nicht. Ouellette hatte nach ihrer Entdeckung in aller Eile ein separates Unterprogramm zusammengebastelt. Es leistete nicht besonders viel – keine hilfreiche Unterteilung in erstes, zweites oder Endstadium, keine Liste von dazugehörigen Makrosymptomen. Keine vorgeschlagene Heilmethode. Eigentlich gab es nur Aufschluss über die Konzentration der Erreger im Blut, und Clarke wusste nicht einmal, wie sie diese einfache Zahl interpretieren sollte. Gab es so etwas wie einen »sicheren« Grenzwert für Seppuku?

Wahrscheinlich lag er bei null. Sie klickte das Icon an, um den Test zu starten. In dem kleinen Kamerafenster war zu sehen, wie Ricketts zusammenzuckte, als Miri ihm noch ein paar weitere Tropfen seines Blutes aussaugte.

Die Analyse würde eine Weile dauern. Clarke zwang sich, ihre Aufmerksamkeit in der Zwischenzeit auf Ricketts andere Probleme zu richten. Die Spulwürmer und die zerschmetterten Zähne konnten warten. Zielgerichtete Vasodilatatoren und Kalziumsenker linderten die Gehirnerschütterung. Die gebrochenen Knochen waren schon beinahe banal. An den betroffenen Stellen wurde Niedrigstromgewebe eingesetzt, um den Stoffwechsel der Osteoblasten anzukurbeln. Seit sie eine Rifterin geworden war, hatte Clarke ständig solche Operationen vorgenommen.

»Hee!« Ricketts' Stimme drang blechern und überrascht aus Miris Sprechanlage. »Ich kann mich nicht mehr bewegen!«

»Das liegt an dem Neuroinduktionsfeld«, erklärte ihm Clarke. »Keine Sorge. Das ist nur dazu da, deinen Körper während der Operation stillzuhalten.«

Piep.

Und da war es. 10^6 Partikel pro Milliliter.

Oh verdammt!

Wie lange war er durch den Wald gewandert? Wie weit hatte er es verbreitet? Und derjenige, der ihn zusammengeschlagen hatte, verbreitete er den Erreger jetzt weiter? War Seppuku durch die aufgerissene Haut seiner Knöchel auf ihn übergesprungen? Wie lange würde es dauern, bis er bemerken würde, welchen Preis er tatsächlich für ein lausiges Motorrad bezahlt hatte?

Isoliere den Überträger. Fordere einen Lifter an.

Einen Lifter. Es schien seltsam, überhaupt darüber nachzudenken. Sie musste sich immer wieder ins Gedächtnis zurückrufen: *Sie sind keine Ungeheuer. Keine Feuer speienden Drachen, die vom Himmel geschickt wurden, um uns zu vernichten. Sie dienen der Seite des Guten.*

Sie sind jetzt auf unserer *Seite.*

Und dennoch.

Eins nach dem anderen. Ricketts musste …

versetzt

… isoliert werden, bis jemand kam, um ihn abzuholen. Das Problem war nur, dass es dafür nicht viele Möglichkeiten gab. Die mobile Krankenstation konnte nicht mehr verwendet werden, solange er sich darin in Quarantäne befand, und Clarke bezweifelte ernsthaft, dass Freeport über Isolationseinrichtungen für den Notfall verfügte.

Er kann nicht hierbleiben.

Einen Moment lang betrachtete sie den Monitor und sah zu, wie Miris gelenkige Glieder und Laseraugen Humpty Dumpty wieder zusammensetzten. Dann rief sie das Anästhesiemenü auf. Sie entschied sich für Isofluran.

»Süße Träume«, flüsterte sie.

Kurz darauf schlossen sich Ricketts' weit aufgerissene, nervöse Augen. Es sah aus, als wäre ihm die Todesspritze verabreicht worden.

»Weißt du überhaupt, wer ich bin, du armseliger Fötusficker?«, fauchte der Dämon.

Nein, dachte sie.

»Ich bin Lenie Clarke!«

Das Programm stürzte ab.

»Ja«, sagte Clarke leise. »Na klar.«

Sie tauschte ein dunkles Panorama gegen ein helleres ein. Die Sichtscheibe der *Phocoena* ging auf eine schlammige Ebene hinaus, auf der hier und da die Spuren von Röhren grabenden Tieren zu sehen waren, während der Meeresboden mit den Eingangslöchern zu den Höhlen der Wirbellosen übersät war. In der Ferne kroch stumpfsinnig eine einsame Krabbe umher.

Der Ozean über ihr war von einem trüben Grün und wurde langsam heller. Offenbar ging die Sonne auf.

»Was …?«

Sie hängte das Headset an eine Armlehne und drehte sich auf dem Copilotensitz um. Die *Phocoena* war zu klein, um über eine eigene Krankenstation zu verfügen, aber die ausklappbare Koje an der Steuerbordseite konnte jederzeit dazu umfunktioniert werden. Sie ließ sich ebenso in einer Ausbuchtung in der Schottwand verstauen wie die Kojen auf der gegenüberliegenden Seite; im Unterschied zu diesen befanden sich an ihrer Unterseite jedoch eine Reihe von Rohren und Schaltkreisen, die in der Wand verschwanden. Wenn sie in Benutzung war, wurde sie wie eine breite, kurze Hängebrücke von der Wand heruntergeklappt, die an zwei Monofilamentfäden befestigt war, die wiederum von den Außenkanten abgewickelt wurden. Diese Fäden, die Kanten der Pritsche selbst und die überhängende Schottwand bildeten die Begrenzungen eines kleinen Zelts. Dazwischen war eine Isolationsmembran gespannt.

Ricketts war im Innern gefangen. Er lag auf der Seite, einen Arm gegen die Membran gedrückt, die sich nach außen dehnte.

»Hi«, sagte Clarke.

»Wo bin ich hier?«

»Unter Wasser.« Sie stand von dem Sitz auf und kehrte in die Hauptkabine zurück, wobei sie den Kopf einzog – der gewölbte Rumpf des U-Boots war nicht besonders hoch.

Ricketts versuchte, sich aufzurichten. Er verfügte über noch weniger Kopffreiheit als sie. »Was habe ich? Sie wissen schon …«

Sie holte tief Luft. »Du bist mit einem … einem Erreger infiziert. Er ist ansteckend. Ich dachte, es wäre das Beste, dich zu isolieren.«

Dank Miris Bemühungen verheilten seine Blutergüsse bereits. Sein Gesicht wurde blass. »Die Hexe?« Und dann fiel es ihm wieder ein: »Aber ich habe Ihnen doch dieses Heilmittel gebracht, nicht wahr …?«

»Das Heilmittel … hat unsere Erwartungen nicht ganz erfüllt«, sagte Clarke. »Wie sich herausstellte, handelt es sich dabei um … etwas ganz anderes.«

Er dachte einen Moment lang nach. Mit gespreizten Fingern drückte er gegen die Membran. Die Membran dehnte sich schillernd.

»Wollen Sie damit sagen … dass es eine andere Krankheit ist?«

»Ich fürchte, ja.«

»Das würde es erklären«, murmelte er.

»Was meinst du?«

»Warum ich mich in den letzten Tagen so schwach gefühlt habe. Wahrscheinlich hätte ich mein Motorrad noch, wenn ich schneller gewesen wäre.« Er runzelte die Stirn. »Also, Sie fahren durch die Gegend und erzählen allen, dass diese neue Mikrobe βehemoth in den Arsch treten wird und dass wir Proben sammeln sollen und so, und in Wirklichkeit ist es nur ein neuer Krankheitserreger?«

»Tut mir leid«, sagte sie leise.

»Verdammt.« Ricketts ließ sich wieder auf die Pritsche sinken und legte einen Arm über das Gesicht. »Aua«, fügte er im Nachhinein hinzu.

»Ja, dein Arm wird noch eine Weile wehtun. Du warst ziemlich übel zugerichtet, und die Krankenstation konnte auf die Schnelle nicht alles beheben.«

Er hob die Gliedmaßen und begutachtete sie. »Aber es fühlt sich schon viel besser an. Mein ganzer Körper fühlt sich besser an. Danke.«

Clarke zwang sich zu lächeln.

Er hatte sich auf einen Ellbogen aufgerichtet und blickte aus dem kleineren Käfig in den größeren hinein. »Gar keine so schlechte Unterbringung. Weitaus besser als in diesem Fleischwagen.«

Das stimmte natürlich nicht. Die medizinische Ausstattung der *Phocoena* konnte man bestenfalls als rudimentär bezeichnen, sie lag weit unter dem, was die mobile Krankenstation zu bieten hatte. »Ich fürchte, du wirst eine Weile hier drin bleiben müssen«, sagte Clarke entschuldigend. »Ich weiß, es ist eng, aber im Bordcomputer gibt es ein paar Spiele und Shows, mit denen du dir die Zeit vertreiben kannst.«

Sie deutete auf ein Headset, das von der Decke des Alkovens herabhing. »Ich kann dir einen Zugang geben.«

»Super. Besser als ein Ofen.«

»Ofen?«

»Na, Sie wissen schon.« Er tippte sich gegen die Schläfe. »Mikrowellen. Damit kann man sich wunderbar zudröhnen, wenn man die Türverriegelung überbrückt und den Kopf hineinhält.«

Guter Trick, dachte Clarke. *Ich wünschte, ich hätte ihn in meiner Kindheit gekannt.*

Das heißt, vielleicht habe ich ihn ja gekannt ...

»Und wenn ich mal aufs Klo muss?«, fragte Ricketts.

Sie nickte in Richtung eines gewölbten Knopfes, der sich in der Vertiefung in der Schottwand befand. »Damit lässt sich die Pritsche umwandeln. Wenn du mal musst, drück einfach da drauf. Es ist ein ziemlich einfaches Prinzip.«

Er tat es und stieß einen überraschten Laut aus, als der Mittelteil der Pritsche unter ihm wegglitt. Sein Hinterteil landete unsanft auf dem breiten Rand der Toilettenschüssel darunter.

»Wow«, flüsterte er, über die Maßen beeindruckt. Ein weiterer Druck des Knopfes, und die Pritsche war wiederhergestellt.

»Also, was jetzt?«, fragte er.

Jetzt wirst du das Versuchskaninchen sein. Jetzt bringen sie dich an einen Ort, wo Maschinen Stücke aus dir herausschneiden, bis entweder du stirbst oder das Ding in deinem Innern. Sie werden dich ausfragen, wie lange du in Freeport gewesen bist, wie viele andere du vielleicht angesteckt hast, und wie viele diese wiederum infiziert haben könnten. Sie werden von diesem Arschloch erfahren, das dich zusammengeschlagen hat, und vielleicht werden sie den Kerl ebenfalls befragen wollen. Vielleicht aber auch nicht. Womöglich entscheiden sie, dass die Zeit für nette Befragungen und individuelle Isolation vorbei ist – wenn wir dich opfern müssen, um

Freeport zu retten, müssen wir sicher auch Freeport opfern, um Neuengland zu retten, nicht wahr? So ist das nun einmal mit dem Wohl der Allgemeinheit, mein Junge. Die Maßstäbe verschieben sich ständig. Und sie werden immer größer.

Und wenn es drauf ankommt, ist ein Menschenleben nicht eben viel wert.

Sie würde Alarm schlagen, und möglicherweise würden Hunderte Menschen in Flammen aufgehen. Oder nur Ricketts allein, Stück für Stück.

»Hallo?«, sagte Ricketts. »Sind Sie noch da?«

Clarke blinzelte. »Wie bitte?«

»Ich habe gesagt: Was jetzt?«

»Ich weiß es noch nicht«, erwiderte sie.

Paranoid

Aaron hatte zu Beth geführt, Beth zu Habib und Habib zu Xander, und sie alle zusammen hatten dafür gesorgt, dass zwanzigtausend Hektar verseuchter Landschaft in Neuengland Opfer der Flammen wurden. Und das war noch längst nicht alles: Den Gesprächen auf den abhörsicheren Kanälen zufolge gab es noch mindestens drei weitere Agenten, die im Süden im Einsatz waren, obwohl Desjardins möglichst unauffällig hatte vorgehen wollen.

Inzwischen waren acht Tage vergangen, und Seppuku wurde des Aufhebens, das darum gemacht wurde, durchaus gerecht. Es verbreitete sich schneller, als βehemoth das jemals gelungen war.

Xander hatte schließlich zu Phong geführt, und dieser leistete Widerstand. Lubin hatte ihn in der Mündung eines alten Regenwasserkanals, aus der schleimiges Wasser in den Merrimack River tröpfelte, in die Ecke gedrängt. Die Mündung besaß einen Durchmesser von gut zwei Metern und befand sich in einer Betonwand, die ungefähr dreimal so hoch war. Eine Zunge ging davon ab, eine trapezförmige Rinne, die sich zum Fluss hin verbreiterte, flankiert von Stützpfeilern, die auf beiden Seiten das Ufer befestigten. Die Rinne stellte die einzige Zugangsmöglichkeit dar und war mit glitschigem grünbraunem Schlick überzogen.

Die Mündung besaß auch ein paar Zähne, ein Gitter aus Metallstangen, die einen Meter von der Öffnung entfernt nach innen gesetzt waren. Sie hinderten Phong daran, unter der Erde zu verschwinden, und zwangen ihn dazu, auf seinen einzigen Trumpf zu setzen: eine uralte Schusswaffe, die Kugeln von undefinierbarem Kaliber abfeuerte. In dieser Hinsicht war Lubin ihm doppelt überlegen: Er trug eine Schubert-Active-Denial-Mikrowellenwaffe, die Fleisch bis auf 60 Grad erhitzen konnte, und eine Heckler & Koch Schnellfeuer-PDW, die im Augenblick mit abgeschwächten Conotoxinen geladen war. Leider befanden sich in Lubins gegenwärtiger Position zu viel Erde und Beton zwischen ihm und seinem Ziel, als dass die Mikrowellen ihm etwas genützt hätten. Und um eine freie Schussbahn mit der H & K zu bekommen, hätte er seine Deckung aufgeben und auf den glitschigen Abhang der Rinne hinaustreten müssen.

Eigentlich hätte das keine Rolle spielen dürfen. Unter normalen Umständen wären die Verhältnisse trotz alledem keinesfalls ausgeglichen gewesen, selbst wenn Lubins Schießkünste nach fünf Jahren etwas eingerostet waren. Und obwohl Phongs Versteck im Schatten lag und die Sonne Lubin jedes Mal in die Augen stach, wenn er einen Blick um die Ecke warf. Zweifellos verringerte das seine Treffsicherheit, aber trotzdem. Immerhin war Lubin ein Profi.

In Wahrheit wurden die Verhältnisse vor allem dadurch ausgeglichen, dass Phong über tausend Leibwächter zu verfügen schien, die Lubin alle gleichzeitig angriffen.

Bei seiner Ankunft hatte er sie kaum bemerkt: Eine Wolke Stechmücken, die über einem Flecken widerspenstigen Grüns am Ufer schwebte. Lubins Erfahrung nach waren solche Tiere bisher immer vollkommen harmlos gewesen. Er hatte sie mit der Hand beiseitegewedelt, als er durch sie hindurchgegangen war, seine Aufmerksamkeit auf die Betonbarriere gerichtet, die das Flussufer vor ihm spaltete … und im nächsten Moment hatten sie sich auf ihn gestürzt, ein Schwarm Insekten von der Größe von Moskitos, aber mit dem Appetit von Piranhas.

Sie stachen ihn und lenkten ihn ab, und sie gefährdeten ebenso seine Konzentration wie seine Tarnung. Phong, der gerade Wasser aus dem Kanal getrunken hatte, hatte ihn kommen sehen und einen Schuss abgefeuert, bevor er sich in sein Versteck abgeduckt hatte. Beinahe wäre er ihm ganz entwischt, doch Lubin war durch die Wolke der angreifenden Insekten hindurch gerade noch rechtzeitig am Rand der Kanaleinfassung angelangt, um seinen Gegner im Tunnel einzusperren.

»Ich bin hier, um Sie ins Krankenhaus zu bringen!«, rief er. »Sie sind infiziert …«

»Verschwinden Sie!«, schrie Phong zurück.

Ein Schwarm Insekten griff im Sturzflug Lubins Hand an. Die kleinen Biester waren ihm gefolgt! Er schlug heftig zu. Zwar verfehlte er seine Angreifer, aber das Zwicken des Schlages war nicht unangenehm. Er rollte die Handschuhe an den Handgelenken seiner Isolationshaut aus und zog sie an, während er die Schubert auf dem Arm jonglierte, und griff über die Schulter, um die Kapuze vorzuholen.

Die Klettverschlussfläche auf der Rückseite seines Kragens war jedoch leer. Vermutlich baumelte seine Kapuze an irgendeinem niedrighängenden Ast in den Wäldern.

Und er sah sich jemandem gegenüber, der zwei ganze Tage lang Seppuku ausgesetzt gewesen war. Lubin gestattete sich, leise »Scheiße!« zu murmeln.

»Ich will Ihnen nichts tun!«, versuchte er es noch einmal. Das war nicht ganz die Wahrheit, und inzwischen traf es immer weniger zu. Der Wunsch, *irgendetwas* zu töten, brachte seine Selbstbeherrschung ins Wanken. Noch mehr Insekten griffen ihn an. Er zerquetschte sie zwischen Hand und Unterarm und wollte die zerdrückten Insektenleiber gerade an der Uferböschung abwischen, als er einen Moment lang verwirrt innehielt: Es ließ sich nicht mit Sicherheit sagen, aber irgendwie schienen die Insekten zu viele Beine zu haben.

Er wischte sich die Hand ab und konzentrierte sich wieder auf seine Aufgabe. »Sie kommen mit mir«, rief er mit lauter, aber ruhiger Stimme. »Das steht nicht zur Debatte.« *Wie viele Beine haben Insekten normalerweise? … Richtig, sechs.* Er wehrte einen weiteren Angriff ab, wobei er eine Reihe von Nadelstichen im Nacken spürte. »Die einzige Frage ist, ob Sie gleich mitkommen oder später.«

»Später, Sie Krüppelficker! Ich weiß, auf wessen Seite Sie stehen!«

»Wir können auch darüber reden, ob ich Sie in ein Krankenhaus oder ins Krematorium bringe«, brummte Lubin.

Eine weitere Schwadron stürzte sich auf sein Gesicht. Er schlug sich heftig gegen die Stirn. Als er die Hand senkte, klebten drei winzige Kadaver an seinem Handballen. Jeder von ihnen besaß acht Beine.

Welches Tier hat acht Beine? Spinnen? Fliegende Spinnen?

Die im Rudel jagen?

Er wischte sich den Handballen an einigen Weinranken ab, die die Böschung bedeckten. Die Ranken bewegten sich unter seiner Berührung.

Erschrocken zog er die Hand zurück. *Was, zum …*

Die Ranken waren offensichtlich gentechnisch verändert worden. Oder eine Art zufällig entstandener Hybrid. Das Blattwerk zog sich in peristaltischen Wellen zusammen.

Konzentriere dich! Bleib bei der Sache!

Noch mehr Sturzflieger. Dieses Mal jedoch nicht ganz so viele. Wahrscheinlich hatte er den Großteil des Schwarms inzwischen erschlagen. Er hatte das Gefühl, als hätte er hundert Schwärme erschlagen.

Jenseits der Barriere war eine huschende Bewegung zu sehen.

Lubin blickte hinter dem Stützpfeiler hervor. Phong versuchte zu fliehen; er lief einen trockenen Betonstreifen auf der gegenüberliegenden Seite der Rinne entlang. Die Wand hinter ihm war mit seltsamem Graffiti verziert – ein stilisiertes weibliches Gesicht mit weißen ausdruckslosen Augen und einem Namen in gezackter Schrift: MM.

Phong sah ihn und feuerte drei ungezielte Schüsse ab. Lubin machte sich nicht einmal die Mühe, sich zu ducken. Seine Mikrowellenpistole war bereits auf Breitstrahl gestellt, der zwar nicht ausreichte, um Phong zu töten, aber stark genug war, um seine letzte Mahlzeit zu erhitzen und ebenso seinen Magen-Darm-Trakt. Phong krümmte sich würgend zusammen und landete auf der dünnen Schicht aus Schmutzwasser und glitschigem Schleim. Er hatte die Beherrschung über seinen Körper verloren und rutschte diagonal die Rinne hinunter. Lubin setzte einen Fuß auf einen trockenen Flecken in seiner Nähe und beugte sich vor, um nach dem Mann zu greifen, als dieser an ihm vorbeiglitt.

Die Brigade aus fliegenden Spinnen wählte diesen Augenblick für ihr letztes Hurra.

Plötzlich waren Lubins Gesicht und sein Nacken in stechende Nesseln gehüllt. Er kämpfte um sein Gleichgewicht. Phong rutschte an ihm vorbei, und sein ausschlagendes Bein traf Lubins Knöchel. Lubin ging zu Boden wie ein Haufen Ziegelsteine.

Im freien Fall stürzten sie von der Rinne in den Fluss.

Es war kein tiefer Sturz, aber eine harte Landung. Der Merrimack war nur noch ein Schatten seines früheren Selbst. Sie fielen nicht ins Wasser, sondern landeten auf einem zerbrochenen Mosaik aus Schiefersteinen und rissigem Schlamm, der von dem Tröpfeln, das aus der Rinne drang, kaum angefeuchtet wurde. Lubin zog ein wenig Genugtuung aus der Tatsache, dass Phong unter ihm gelandet war.

Nach dem Aufprall übergab sich Phong noch einmal.

Lubin rollte sich zur Seite, stand auf und wischte sich das Erbrochene aus dem Gesicht. Bruchstücke des Schiefersteins knackten unter seinen Füßen. Sein Gesicht, sein Nacken und seine Hände juckten furchtbar. (Wenigstens schien er die Kamikaze-Gliederfüßer endlich abgeschüttelt zu haben.) Sein rechter Unterarm war aufgekratzt und nässte, die angeblich rissfeste Isolationsmembran war von der Handfläche bis zum Ellbogen aufgerissen. Ein messerscharfer Steinsplitter von der Größe seines Daumens hatte sich in seinen Handballen gebohrt. Er zog ihn heraus. Der Ruck, der seinen Unterarm durchlief, fühlte sich beinahe elektrisch an. Blut quoll aus dem Schnitt hervor. Als er es abwischte, kamen tief in der Wunde klumpige Partikel aus Fettgewebe zum Vorschein, wie kleine Ansammlungen elfenbeinfarbener Stecknadelköpfe.

Die Mikrowellenpistole lag ein paar Meter entfernt auf der Geröllhalde. Er hob sie auf und zuckte dabei vor Schmerz zusammen.

Phong lag immer noch auf dem Rücken und rang nach Luft; seine Haut war von Blutergüssen übersät und sein linkes Bein in einem Winkel verdreht, der auf ein gebrochenes Schienbein hindeutete. Vor Lubins Augen rötete sich seine Haut, in seinem Gesicht bildeten sich kleine Bläschen als Folge der Mikrowellenbestrahlung. Phong war in schlechter Verfassung.

»Nicht schlecht genug«, stellte Lubin fest, als er auf ihn hinabblickte.

Phong sah mit glasigen Augen zu ihm hoch und murmelte etwas wie: »Waas …«

Du warst den ganzen Aufwand nicht wert, dachte Lubin. *Es gibt keine Entschuldigung dafür, dass mir Typen wie du solche Schwierigkeiten bereiten. Du bist nichts. Weniger als nichts. Wie kannst du es wagen, solches Glück zu haben? Wie kannst du es wagen, mich so wütend zu machen?*

Er trat Phong in die Rippen. Eine von ihnen brach mit einem befriedigenden Knacken.

Phong heulte auf.

»Schhh«, murmelte Lubin besänftigend. Mit dem Stiefelabsatz trat er auf Phongs ausgestreckte Hand und drehte ihn hin und her. Phong schrie.

Einen Moment lang betrachtete Lubin Phongs rechtes Bein – das gesunde –, beschloss dann jedoch, es ihm nicht zu brechen. Die Asymmetrie besaß eine gewisse Ästhetik. Stattdessen trat er noch einmal hart gegen das linke Bein.

Phong schrie ein weiteres Mal auf und verlor dann das Bewusstsein, sank vorübergehend in eine Ohnmacht. Es spielte keine Rolle. Der erste gebrochene Knochen hatte Lubin bereits angeturnt.

Mach weiter!, drängte ihn eine innere Stimme.

Er ging gemächlich um den verletzten Mann herum, bis er neben Phongs Kopf stand. Versuchsweise hob er den Fuß.

Mach weiter! Es spielt keine Rolle. Niemanden wird es kümmern.

Aber er hatte sich Regeln auferlegt. Sie waren nicht annähernd so unantastbar wie das *Schuldgefühl*, was in gewisser Weise ja auch der Zweck des Ganzen war. Dass er seine eigenen Entscheidungen treffen konnte. Seinem eigenen Algorithmus folgen. Um zu beweisen, dass er nicht nachgeben musste, dass er stärker war als seine inneren Triebe.

Wem willst du das beweisen? Wen kümmert das noch? Aber er kannte die Antwort bereits.

Es ist nicht sein Fehler, sondern deiner.

Lubin seufzte. Er senkte den Fuß und wartete.

»Ein Mann namens Xander hat Ihnen ein Fläschchen gegeben«, sagte er eine halbe Stunde später ruhig, während er neben Phong kauerte.

Phong starrte ihn aus weit aufgerissenen Augen an und schüttelte den Kopf. Er schien nicht besonders erfreut darüber zu sein, dass er in die Wirklichkeit zurückgekehrt war. »Bitte … tun Sie mir nichts …«

»Man hat Ihnen gesagt, dass darin ein Gegenmittel enthalten sei, das βehemoth vernichten könnte, wenn es weit genug verbreitet wird. Das habe ich am Anfang sogar selbst geglaubt. Mir ist klar, dass Sie nur nach bestem Wissen und Gewissen gehandelt haben.« Lubin beugte sich vor. »Können Sie mir folgen, Phong?«

Phong schluckte und nickte.

Lubin stand auf. »Wir waren beide falsch informiert. Das Fläschchen, das Sie erhalten haben, wird alles nur noch schlimmer machen. Wenn Sie es nicht so sehr darauf abgesehen hätten, mich umzubringen, hätten Sie uns eine Menge Ärger ersp…« Plötzlich kam ihm ein Gedanke. »Nur aus Interesse: Warum haben Sie versucht, mich umzubringen?«

Phong wirkte hin- und hergerissen.

»Ich würde es wirklich gerne wissen«, sagte Lubin, ohne eine Spur Bedrohung in der Stimme.

»Sie … sie haben gesagt, es gibt Leute, die wollen Heilmittel vernichten«, stieß Phong hervor.

»Wer?«

»Irgendjemand. Über Funk.« Obwohl er allein war und hilflos und die Hälfte seiner Knochen gebrochen war, versuchte er immer noch, seine Kontakte zu schützen. *Nicht schlecht,* musste Lubin zugeben.

»Das stimmt nicht«, sagte er. »Und wenn Sie in letzter Zeit Kontakt zu Xander, Aaron und ihren Freunden gehabt hätten, dann würden Sie das wissen. Sie sind sehr krank.«

»Nein.« Wahrscheinlich sollte das ein Widerspruch sein, aber es gelang Phong nicht, Überzeugung in das Wort zu legen.

»Ich muss wissen, was Sie mit dem Fläschchen gemacht haben«, sagte Lubin.

»Ich … ich es gegessen«, brachte Phong hervor.

»Sie haben es gegessen? Sie meinen, Sie haben den Inhalt getrunken?«

»Ja.«

»Sie haben es nicht weiter verbreitet? Sie haben es komplett selbst getrunken?«

»Ja.«

»Warum, wenn ich fragen darf?«

»Sie haben gesagt, es Heilmittel gegen βehemoth. Ich … ich schon in erstem Stadium. Sie sagen, ich tot im Winter, und ich nicht in Klinik gelangen …«

Da seine Isolationshaut zerrissen war, wagte Lubin es nicht, den Mann anzufassen. Er betrachtete Phongs gerötete Haut und die Blasen, die sich darauf gebildet hatten. Wenn es irgendeinen offensichtlichen Hinweis auf βehemoth oder Seppuku gegeben hatte, war er jetzt unter den Verbrennungen nicht mehr zu sehen. Er versuchte sich daran zu erinnern, ob Phong Symptome gezeigt hatte, bevor er auf ihn geschossen hatte.

»Wann haben Sie das getan?«

»Vor zwei Tagen. Ich habe mich gut gefühlt, bis Sie … bis Sie …« Phong bewegte sich schwach und zuckte vor Schmerzen zusammen.

Zwei Tage. Seppukus Symptome zeigten sich schnell, doch alle Überträger, denen Lubin bisher begegnet war, waren deutlich länger infiziert gewesen. Wahrscheinlich war es nur noch eine Frage von Stunden, bis sich auch bei Phong die ersten Symptome zeigten. Höchstens ein oder zwei Tage.

»… machen?«, sagte Phong gerade.

Lubin blickte auf ihn hinab. »Wie bitte?«

»Was Sie mit mir machen?«

»Ein Lifter ist bereits unterwegs. Bei Einbruch der Dunkelheit werden Sie in einer medizinischen Einrichtung sein.«

»Tut mir leid«, sagte Phong und hustete. »Sie haben gesagt, ich tot im Winter«, wiederholte er mit schwacher Stimme.

»Das werden Sie auch sein«, versicherte ihm Lubin.

Matroschka

Clarke entschied sich gegen den Anruf.

Sie hatte engeren Kontakt mit Ricketts gehabt als jeder andere, außer dem Mann, der ihn angegriffen hatte, und sie war nicht infiziert. Und sie würde wetten, dass auch die anderen Menschen in Freeport nicht infiziert waren.

Allerdings wollte sie nicht darauf wetten, dass die Leute, die den Finger am Abzug hatten, derselben Meinung sein würden.

Sie kannte die Argumente. Sie wusste, was für Vorteile es hatte, auf Nummer sicher zu gehen. Sie glaubte nur einfach nicht daran. Nicht, wenn die Leute, die die Entscheidungen trafen, unantastbar in weit entfernten Türmen saßen und Kolonnen nichtssagender Zahlen und Bayes'scher Wahrscheinlichkeiten addierten. Vielleicht hatten die Experten Recht, womöglich waren nur Menschen ohne Gewissen tatsächlich geeignet, über die Welt zu herrschen – rationale Leute mit klarem Blick, denen der emotionale Ballast, den der Anblick von Leichenbergen Menschen aufbürdete, die nicht auf diese Weise gesegnet waren, keine Schwierigkeiten verursachte. Menschen waren keine Zahlen, aber vielleicht konnte man nur dann das Richtige tun, wenn man so tat, als seien sie es.

Vielleicht. Das Leben der Einwohner von Freeport würde sie allerdings nicht darauf wetten.

Den Meldungen zufolge war noch immer kein Heilmittel in Sicht. Die Ärzte konnten für Ricketts also nichts tun, außer an ihm herumzuexperimentieren. Möglicherweise würde sich das irgendwann ändern. Womöglich sogar noch bevor Seppuku ihn umbrachte, obwohl das äußerst unwahrscheinlich schien. In der Zwischenzeit machte Lubin seinen Job – er mochte nicht mehr ganz im besten Alter sein, aber der Handvoll infizierter Wilder, die nicht einmal wussten, dass sie gejagt wurden, war er allemal gewachsen. Wenn die Mozärzte also lebende Proben brauchten, konnte Lubin sie ihnen beschaffen.

Es gab keinen Grund, diesen mageren Jungen dem System zu überantworten. Im Laufe der Jahre hatte Clarke ein wenig über den Prozess der Forschung gelernt: Selbst wenn ein Heilmittel gefunden wurde, wer machte sich schon die Mühe, die Laborratten zu retten?

Taka Ouellette vielleicht. Ihr hätte Clarke auf der Stelle vertraut. Aber Clarke wusste nicht, wo sie war oder wie sie sie erreichen konnte. Und sie vertraute ganz sicher nicht darauf, dass das System Ricketts zu ihr brachte. Überraschenderweise schien der Junge an Bord des U-Boots ganz zufrieden zu sein. Er wirkte sogar beinahe glücklich. Vielleicht hatte er die Vergangenheit vergessen, oder womöglich war es ihm auch damals schon nicht besonders gutgegangen. Bevor er in Clarkes Orbit gelangt war, hatte er nur die schmutzige, sterbende Landschaft gekannt. Wahrscheinlich hatte er geglaubt, sein ganzes kurzes Leben darin verbringen zu müssen. Und das Höchste, worauf er hatte hoffen können, war ein friedlicher Tod gewesen, allein in irgendeiner schützenden Ruine, bevor er von anderen wegen der Kleider an seinem Leib oder dem Inhalt seiner Taschen in Stücke gerissen wurde.

Von diesem Ort gerettet zu werden und in einem funkelnden U-Boot am Meeresboden aufzuwachen – das musste seine kühnsten Träume übertroffen haben. Ricketts' Dasein war so trostlos gewesen, dass es tatsächlich eine Verbesserung darstellte, bis zu seinem Lebensende am Meeresboden gefangen zu sein.

Ich könnte ihn einfach hier sterben lassen, dachte Clarke, *und er wäre glücklicher als jemals zuvor.*

Natürlich hielt sie die Augen offen. Sie war schließlich nicht dumm. Seppuku verbreitete sich in der Welt, und Ricketts hatte es von Vermont bis nach Freeport getragen. Es gab mindestens noch einen Schlägertypen mit einem gestohlenen Motorrad, über den man sich Gedanken machen musste. Sie testete jeden, den Miri verschluckte, ganz gleich, welche Beschwerden er hatte. Sie las verschlüsselte Meldungen, die nur für Eingeweihte gedacht waren. Sie sah sich öffentliche Sendungen an, die an die Wilden selbst gerichtet waren, Übertragungen von Hightech-Oasen in Boston und Augusta: das Wetter, die Routen der mobilen Krankenstationen, die Wartezeiten an den βehemoth-Festungen und – seltsamerweise – Programmiertipps. Sie wunderte sich darüber, dass die Bewohner der Klaven es wagten, sich auf diese Weise darzustellen. Als ob sie dadurch Erlösung erlangen konnten, dass sie öffentliche Bekanntmachungen an diejenigen aussandten, die sie in ihrer Eile, sich in Sicherheit zu bringen, niedergetrampelt hatten.

Sie fuhr durch Nebenstraßen und suchte in halb zerfallenen Gebäuden nach Kranken, nach Menschen, die zu schwach waren, um zu ihr zu kommen. Sie befragte ihre Patienten: Kannten sie jemanden, der hohes Fieber bekommen hatte und an Gelenkschmerzen und plötzlich eingetretener Schwäche litt?

Nichts.

Sie dachte an ihren Freund, Achilles Desjardins. Sie fragte sich, ob er noch am Leben oder ob er gestorben war, als Spartakus sein Gehirn neu verknüpft hatte. Schließlich waren die Schaltkreise, die seine Persönlichkeit ausmachten, verändert worden. Er selbst war verändert worden. Vielleicht hatte er sich so stark verwandelt, dass er nicht mehr er selbst war. Womöglich war er ein gänzlich neues Wesen, das in Desjardins' Kopf lebte und von seinen Erinnerungen zehrte.

Eines schien jedoch gleich geblieben zu sein: Desjardins gehörte immer noch zu denen, die den Finger am Abzug hatten. Er war immer noch damit betraut, einige wenige Menschen zu töten, um die große

Masse zu retten. Vielleicht würde er das eines Tages – womöglich sogar schon bald – auch an diesem Ort tun müssen. So viel war Lenie Clarke klar: Sie konnte sich irren. Extreme Maßnahmen mochten in der Tat notwendig sein.

Aber noch nicht. Wenn Seppuku tatsächlich in der Geisterstadt Freeport heranwuchs, dann verhielt es sich unauffällig. Und Lenie Clarke folgte seinem Beispiel. In der Zwischenzeit war Ricketts ihr kleines Geheimnis.

Solange er noch am Leben war, hieß das. Es sah nicht besonders gut aus.

Tropfend trat sie aus der Luftschleuse im hinteren Teil der *Phocoena*. Ricketts war feuchter als sie.

Seine Haut wies einen intensiven rosa Farbton auf. Sie war so stark gerötet, dass es aussah, als hätte er einen Sonnenbrand. Er hatte sich schon vor einer Weile seine Lumpen ausgezogen und lag nun nackt auf der Pritsche, die seinen Schweiß kaum schnell genug aufsaugen konnte.

Der Anzeige zufolge waren seine Biomessdaten noch nicht im roten Bereich. Das war zumindest etwas.

Er hatte das Headset aufgesetzt, aber er drehte den Kopf, als sie hereintrat. Das blinde Gesicht unter der Haube schien direkt durch sie hindurchzublicken. »Hi.« Das Lächeln auf seinem Gesicht war ein absurder Widerspruch.

»Hi«, sagte sie und trat an den Cycler an der gegenüberliegenden Schottwand. »Hast du Hunger?« Sie sagte das nur, um überhaupt etwas zu sagen. Der Tropf an seinem Arm versorgte ihn mit allen nötigen Nährstoffen und Medikamenten.

Er schüttelte den Kopf. »Danke, aber ich bin beschäftigt.«

Wahrscheinlich spielte er ein VR-Spiel. Die Handsteuerung lag zwar unbenutzt neben seinen Knien, aber es gab noch andere Schnittstellen.

»Das ist wirklich toll«, murmelte er.

Clarke sah ihn an. *Wie kannst du das sagen?,* dachte sie. *Wie kannst du so tun, als sei alles in Ordnung? Weißt du denn nicht, dass du im Sterben liegst?*

Wahrscheinlich wusste er das tatsächlich nicht. Wenn die *Phocoena* ihn schon nicht heilen konnte, sorgte sie zumindest dafür, dass er nicht leiden musste: Sie versorgte ihn mit Flüssigkeit, unterdrückte sein inneres Alarmsystem und beruhigte seine Nerven, wenn sie von Fieber oder Übelkeit überwältigt wurden. Und es waren nicht nur die Schäden, die βehemoth anrichtete, die die Medizinpritsche unter den Teppich kehrte. Ricketts' ganzes Leben musste eine endlose Abfolge von Unannehmlichkeiten, chronischen Infektionen, Parasiten und schlecht verheilten alten Verletzungen gewesen sein. All diese Schmerzen waren jetzt verschwunden. Vermutlich fühlte sich der Junge so gut, wie schon seit Jahren nicht mehr. Wahrscheinlich dachte er, dass die Schwäche nachlassen und er wieder gesund werden würde.

Er hätte die Wahrheit nur erfahren können, wenn Lenie Clarke sie ihm gesagt hätte.

Sie wandte sich vom Cycler ab und ging nach vorn ins Cockpit. Unter der dunklen Kristalloberfläche des Armaturenbretts blinkten die Kontrollleuchten des Systems. Irgendetwas stimmte mit der Anzeige nicht, etwas, das Clarke nicht ganz …

»Hier drin ist es so sauber«, sagte Ricketts.

Er war nicht im VR. Und er spielte auch kein Spiel.

Er hat sich in das Navigationssystem eingehackt.

Sie richtete sich so rasch auf, dass sie sich den Kopf an der Sichtscheibe über ihr stieß. »Was machst du dort drin? Das ist nicht …«

»Es gibt überhaupt keine Internetfauna«, fuhr er verwundert fort. »Nicht einmal einen Wurm, soweit ich das feststellen kann. Und alles ist so … so …« Er verstummte, während er nach dem passenden Wort suchte.

Sie ging wieder zu seinem Käfig hinüber. Ricketts lag da und betrachtete die makellose Datenlandschaft der *Phocoena*, abgemagert, betäubt und von Ehrfurcht erfüllt.

»Vollkommen«, sagte er schließlich.

Sie streckte die Hand aus. Die Membran bot ihren Fingerspitzen sanften Widerstand, umschloss ihre Finger und dehnte sich um ihren Unterarm. Sie berührte den Jungen kurz an der Schulter. Sein Kopf rollte zu ihr herum, weniger aus eigenem Antrieb, als aufgrund der Schwerkraft.

»Wie machst du das?«, fragte sie.

»Was? Ach so. Mit einer sakkadischen Tastatur. Sie wissen schon. Sie verfolgt meine Augenbewegung.« Er lächelte schwach. »Das geht leichter als mit der Handsteuerung.«

»Nein, ich meine, wie bist du in das System der *Phocoena* gelangt?«

»Sollte ich das nicht?« Er schob sich die Datenbrille auf die schweißbedeckte Stirn und blickte sie verwirrt an. Er schien Schwierigkeiten zu haben, sich auf sie zu konzentrieren. »Sie haben gesagt, dass ich den Bordcomputer benutzen darf.«

»Ich meinte für Spiele.«

»Oh«, sagte Ricketts. »Ich habe nichts ... ich meine, es ist nichts ...«

»Schon gut«, sagte sie.

»Ich habe mich nur umgesehen. Habe nichts umgeschrieben. Es gab keine Sicherheitseinstellungen oder, na ja, Sie wissen schon ... fast keine«, fügte er einen Moment später hinzu.

Clarke schüttelte den Kopf. *Ken würde mich umbringen, wenn er wüsste, dass ich diesen Jungen hier hineingelassen habe. Zumindest würde er mir die Hölle heißmachen, weil ich das System nicht mit ein paar Passwörtern geschützt habe.*

Irgendetwas machte sie stutzig, etwas, das Ricketts gerade gesagt hatte. *Sie haben gesagt, dass ich den Bordcomputer benutzen darf. Ich habe mich nur umgesehen. Habe nichts umgeschrieben ...*

»Moment mal«, sagte sie. »Willst du damit sagen, dass du das Navigationssystem umprogrammieren könntest, wenn du wolltest?«

Ricketts leckte sich über die Lippen. »Wahrscheinlich nicht. Ich weiß eigentlich gar nicht, wofür das alles gut ist. Ich meine, ich könnte ein paar Sachen umschreiben, klar, aber das wären nur zufällige Veränderungen.«

»Aber du behauptest, dass du programmieren kannst?«

»Na ja. So ein bisschen.«

»Draußen in der Wildnis inmitten von Ruinen hast du gelernt, wie man programmiert?«

»Nicht mehr als jeder andere.« Er wirkte ehrlich verwirrt. »Haben Sie etwa geglaubt, die Klaven hätten uns all unsere Uhren und das ganze Zeug abgenommen, bevor sie die Schotten dichtgemacht haben? Dachten Sie, wir hätten keine Elektrizität, oder so?«

Natürlich musste es Energiequellen geben. Ein paar Ballard-Aggregate, private Windräder, die photoelektrische Farbe, die die albernen Werbetafeln versorgte, die inmitten der Apokalypse immer noch Nahrungsergänzungsmittel und Modeaccessoires anpriesen. Aber das bedeutete nicht …

»Du kannst also programmieren«, murmelte sie ungläubig, obwohl sie sich wieder an die Programmiertipps erinnerte, die sie in den öffentlichen Übertragungen gesehen hatte.

»Wenn man nicht ein bisschen programmieren kann, kann man seine Uhr gleich vergessen, außer um die Zeit abzulesen oder die neuesten Bekanntmachungen zu erfahren. Was meinen Sie, wie ich Sie gefunden habe? Dachten Sie, ein GPS-System repariert sich von selbst, wenn Würmer oder Reißwölfe hineingelangt sind?«

Sein Atem ging rasch und flach, als wäre ihm durch die Anstrengung, so viele Worte auszusprechen, die Puste ausgegangen. Aber er war auch stolz, das sah Clarke. Kind aus der Wildnis beeindruckt exotische ältere Frau.

Und sie war in der Tat beeindruckt.

Ricketts konnte programmieren.

Sie zeigte ihm die Cohen-Konsole. Zusammengekauert in seinem Käfig tippte er gegen sein Headset, wobei sein Arm vor Anstrengung zitterte. Er runzelte die Stirn, offenbar überrascht über seine eigene Schwäche.

»Also, stellen Sie die Verbindung her«, sagte er nach einer Weile.

Sie schüttelte den Kopf. »Keine drahtlose Verbindung. Das ist zu riskant. Es könnte entwischen.«

Er sah sie wissend an. »Eine Lenie?«

»Ich glaube, es wird … Reißwolf genannt.«

Er nickte. »Reißwölfe, Lenies, Madonnen. Ist alles das Gleiche.«

»Es stürzt immer wieder ab.«

»Nun, ja. Das haben diese Dinger so an sich.«

»Das Betriebssystem konnte es nicht zum Absturz bringen, das war nur im Lesemodus. Es bringt sich selbst zum Absturz.«

Ricketts zuckte die Achseln.

»Aber warum sollte es das tun? Draußen in der Wildnis habe ich welche gesehen, die viel länger als fünf Sekunden durchgehalten haben. Glaubst du, du könntest vielleicht …?«

»Klar«, sagte er. »Ich kann mal einen Blick drauf werfen. Aber dafür müssen Sie auch etwas für mich tun.«

»Und was wäre das?«

»Nehmen Sie diese blöden Dinger von den Augen.«

Unwillkürlich trat sie einen Schritt zurück. »Warum?«

»Ich möchte einfach nur Ihre Augen sehen.«

Wovor hast du Angst?, fragte sie sich. *Glaubst du, er wird darin die Wahrheit erkennen?*

Aber natürlich war sie stärker. Jedenfalls stärker als er. Sie zwang sich, ihre Waffen niederzulegen, und als er hinterher in ihre unverhüllten Augen blickte, schien er darin nichts Ungewöhnliches zu sehen.

»Sie sollten so bleiben. Dann sind Sie beinahe schön.«

»Nein, bin ich nicht.« Sie verringerte die Dichte der Membran und schob die Konsole hindurch. Mit zitternder Hand griff Ricketts danach, und das Gerät fiel neben ihm auf die Pritsche, während sich die Isolationsmembran wieder nahtlos schloss. Clarke drehte die Oberflächendichte auf Maximum hoch, während Ricketts, verlegen wegen seiner Ungeschicklichkeit, so tat, als würde er interessiert die Konsole betrachten.

Langsam und vorsichtig schob er sich die Datenbrille über die Augen, und dieses Mal gelang es ihm ohne Schwierigkeiten. Schwer atmend sank er auf die Pritsche zurück. Die Cohen-Konsole erwachte flackernd zum Leben.

»Verdammt«, zischte er plötzlich. »Fieses kleines Mistding.« Und einen Moment später: »Ach, da liegt das Problem.«

»Wo?«

»In der Bewegungsfreiheit. Sie greift wahllos Adressen an, aber Sie haben sie in einen ziemlich kleinen Käfig gesperrt, sodass sie immer nur über ihren eigenen Code herfällt. Sie würde länger durchhalten, wenn Sie ihr etwas mehr Speicherplatz zur Verfügung stellten.« Er hielt inne und fragte dann: »Warum behalten Sie sie eigentlich?«

»Ich … wollte sie nur ein paar Dinge fragen«, sagte Clarke ausweichend.

»Sie machen Witze, oder?«

Sie schüttelte den Kopf, obwohl er sie nicht sehen konnte. »Ähm …«

»Sie wissen, dass sie Sie nicht verstehen kann, nicht wahr?«

Es dauerte einen Moment, bis seine Worte zu ihr durchgedrungen waren. »Was meinst du damit?«

»Sie ist nicht einmal annähernd groß genug«, sagte Ricketts. »In einem Turing-Test würde sie keine zwei Minuten bestehen.«

»Aber sie hat mir geantwortet. Bevor sie abgestürzt ist.«

»Nein, hat sie nicht.«

»Ricketts, ich habe sie gehört.«

Er schnaubte verächtlich, und das Geräusch verwandelte sich in einen heftigen Hustenanfall. »Klar hat sie einen Dialogbaum. Sie verfügt über Schlagwortreflexe und so weiter, aber das ist nicht ...«

Hitze stieg in ihren Wangen auf. *Ich bin eine solche Idiotin.*

»Ich meine, es gibt durchaus Reißwölfe, die intelligent sind«, fügte er hinzu. »Nur dieser hier ist es nicht.«

Sie fuhr sich mit den Fingern durchs Haar. »Gibt es vielleicht irgendeine andere Möglichkeit, es zu befragen? Ein anderes Interface? Oder, ich weiß nicht, indem man den Code dekompiliert?«

»Dieses Ding hat sich auf natürlichem Wege entwickelt. Haben Sie schon einmal versucht, einen solchen Code zu entschlüsseln?«

»Nein.«

»Das ist wirklich nicht einfach. Das meiste davon hat nicht einmal irgendeinen Zweck, das sind einfach nur nichtkodierende Gene, die übriggeblieben sind ...« Er verstummte.

»Und warum löschen Sie sie nicht einfach?«, fragte er schließlich leise. »Diese Dinger sind nicht intelligent. Sie sind nichts Besonderes. Das sind bloß Stinkbomben, die irgendwelche Arschlöcher auf uns abwerfen, damit sie alles zerstören, was uns noch geblieben ist. Sie greifen sich sogar gegenseitig an, wenn man ihnen Gelegenheit dazu gibt. Wären die Firewalls und Exorzisten und das ganze Zeug nicht, hätten sie längst alles zu Kleinholz verarbeitet.«

Clarke antwortete nicht.

Mit einem Seufzen sagte Ricketts: »Sie sind wirklich merkwürdig, wissen Sie das?«

Sie lächelte ein wenig.

»Die anderen werden es mir nicht glauben, wenn ich ihnen davon erzähle. Schade, dass Sie nicht, na ja, mit mir zurückkommen können. Nur damit ich beweisen kann, dass ich mir das alles nicht bloß ausgedacht habe.«

»Zurück?«

»Nach Hause. Wenn ich hier rauskomme.«

»Nun«, sagte sie, »man kann nie wissen.«

Ein mitleiderregendes Lächeln voller Zahnlücken erblühte unter seinem Headset.

»Ricketts«, sagte sie nach einer Weile.

Keine Antwort. Er lag nur da, geduldig und reglos, aber er atmete noch. Auf der Messkonsole waren immer noch kleine Lichter zu sehen: *Herz, Lungenfunktion, Neokortex.* Die Werte waren allesamt zu hoch. Seppuku hatte seine Stoffwechselrate in astronomische Höhen ansteigen lassen.

Er schläft. Er liegt im Sterben. Lass ihn in Frieden.

Sie stieg in das Cockpit und sank in den Pilotensitz. Die Sichtscheiben um sie herum glühten in einem trüben grünen Licht, das langsam grau wurde. Sie hatte die Kabinenlichter ausgeschaltet gelassen. Die *Phocoena* war eine Unterwasserhöhle, die von verblassendem Licht erfüllt war. Ihre Nischen und Winkel lagen bereits im Schatten verborgen. Inzwischen gefiel ihr die Blindheit, die ihre unverhüllten Augen ihr schenkten, beinahe.

Inzwischen schien die Dunkelheit oft die bessere Wahl zu sein.

Schaltkreise

Als Erstes blendete er sie, indem er ihr brennende Tropfen in die Augen träufelte, sodass die ganze Welt nur noch aus vagen grauen Umrissen bestand. Er fuhr sie aus ihrer Zelle heraus, durch Korridore und in Aufzüge, worauf sie jedoch nur durch die Hintergrundgeräusche und das Gefühl der Vorwärtsbewegung schließen konnte. Sie versuchte, sich allein darauf zu konzentrieren: auf die Bewegung und die Geräusche und die verschwommenen Lichtflecken, die aussahen, als würde man durch ein dickes Blatt Wachspapier blicken. Sie versuchte, den Geruch ihrer eigenen Exkremente auszublenden, die sich unter ihr auf der Trage gesammelt hatten. Und nicht auf den Schmerz zu achten, der inzwischen nicht mehr frisch und elektrisierend war, sondern sich wie ein großer, stechender Bluterguss über ihren ganzen Brustkorb ausgebreitet hatte.

Natürlich gelang ihr das nicht. Aber sie versuchte es trotzdem.

Als die Trage anhielt, klärte sich ihr Blick bereits langsam wieder. Und als das Induktionsfeld eingeschaltet wurde und sie einmal mehr in eine Marionette verwandelte, unfähig, an ihren Fesseln zu zerren, sah sie bereits verschwommene Formen im Nebel. Ihre Umgebung wurde immer schärfer, während ihr Peiniger ihren Körper in eine Art starres Exoskelett steckte, in dem sie auf allen vieren gekauert hätte, wenn ihr Körper den Boden berührt hätte. Es war an einer Aufhängung befestigt. Ein sanfter Stoß von der Seite, und die verschwommenen Umrisse des Raums rotierten langsam vor ihren Augen, als befände sie sich in einem Karussell.

Als sie die Kontrolle über ihre motorischen Nerven zurückerhielt, konnte sie von einem Moment auf den nächsten wieder klar sehen. Sie befand sich in einem Verlies. Es hatte nichts Mittelalterliches an sich, an den Wänden hingen keine Fackeln. Indirektes Licht drang aus Vertiefungen an der Decke hervor. Die Schlingen und Fesseln, die von der Wand vor ihr herabhingen, bestanden aus memetischen Polymeren. Die Klingen und Spulen und Abgreifklemmen auf der Bank zu ihrer Linken waren aus glänzenden, rostfreien Metalllegierungen. Auf dem Boden befand sich ein makellos sauberes Mosaik aus Escher-Fliesen – himmelblaue Fische, die in jadegrüne Wasservögel übergingen. Selbst die Reinigungsmittel und Fleckentferner auf dem Wagen neben der Tür waren zweifellos mit den modernsten synthetischen Flüssigkeiten gefüllt. Der einzige anachronistische Touch war ein Haufen grober Holzpfähle, die in einer Ecke des Raums lehnten. Ihre Spitzen waren von Hand geschärft worden.

Ihr Hals war mit einem Halsband befestigt, als würde sie an einem Pranger stehen. Sie konnte nicht sehen, was hinter ihr war. Achilles Desjardins, dem das möglicherweise bewusst wurde, kam links von ihr in Sicht, in der Hand ein Steuergerät.

Er ist der Einzige, der davon weiß, dachte sie, während ihr ein wenig schwindelig wurde. *Die anderen sind nicht eingeweiht.* Warum hätten sie sonst die Körperkondome getragen? Warum so tun, als würde sie in eine Quarantänezelle gebracht, wenn er sie auch direkt hierher hätte bringen lassen können? Die Männer, die sie hier abgeliefert hatten, wussten nicht, was vor sich ging. Wahrscheinlich hatte man ihnen gesagt, sie sei eine Überträgerin, eine Bedrohung, jemand, der versuchen würde zu entkommen, sobald er erfuhr, dass seine Stunden gezählt waren. Wahrscheinlich waren sie überzeugt davon gewesen, das Richtige zu tun.

Das änderte nichts an ihrer misslichen Lage, aber es spielte dennoch eine Rolle: Nicht die ganze Welt war verrückt geworden. Teile von ihr waren einfach nur schlecht informiert.

Achilles blickte auf sie herab. Sie erwiderte seinen Blick. Das Exoskelett drückte gegen ihren Kopf, als sie versuchte, den Hals zu drehen.

Sie zappelte leicht. Der Rahmen, der ihren Körper festhielt, schien sich ein klein wenig enger zusammenzuziehen. »Warum tun Sie das?«

Er zuckte die Achseln. »Weil es mich scharfmacht. Ich dachte, das müsste selbst einer Versagerin wie dir klar sein, Alice.«

Ihre Unterlippe zitterte unkontrolliert. Sie biss heftig darauf. *Gib nicht nach. Tu ihm nicht den Gefallen.* Aber dafür war es natürlich längst zu spät.

»Du siehst aus, als wolltest du etwas sagen«, stellte Achilles fest.

Sie schüttelte den Kopf.

»Komm schon, Mädchen. Sprich!«

Ich habe dir nichts zu sagen, du verdammtes Arschloch.

Er hatte die Hand wieder in die Tasche gesteckt. Etwas darin machte ein vertrautes *klickendes* Geräusch.

Er will, dass ich rede. Er hat mich aufgefordert zu reden. Was passiert, wenn ich es nicht tue?

Klick-klick.

Und wenn ich es tue und ihm nicht gefällt, was ich sage? Und wenn nun …

Es spielte keine Rolle, wurde ihr gleich darauf klar. Es machte überhaupt keinen Unterschied. Die Hölle war ein Ort der Willkür. Wenn er ihr wehtun wollte, dann würde er es tun, egal, was sie sagte.

Vermutlich war sie ohnehin schon so gut wie tot.

»Sie sind kein Mensch«, flüsterte sie.

Achilles stieß ein »Hmmm« aus. Dann sagte er: »Ja, du hast Recht! Aber ich bin einmal ein Mensch gewesen. Bevor ich ›befreit‹ wurde. Wusstest du, dass man jemandem seine Menschlichkeit nehmen kann? Eine kleine Mikrobe namens ›Spartakus‹ saugt sie einem direkt aus dem Leib.« Er schlenderte aus ihrem Blickfeld hinaus. Taka wollte ihm mit den Augen folgen, aber der Rahmen hielt ihren Kopf geradeaus gerichtet. »Also gib mir nicht die Schuld, Alice. Ich war das Opfer.«

»Das … das tut mir leid«, versuchte es Taka.

»Ja, bestimmt. Ihnen allen tut es leid.«

Sie schluckte und versuchte, nicht weiter über seine Worte nachzudenken.

Das Exoskelett musste mit Sprungfedern ausgestattet sein. Ein Klicken war zu hören, und plötzlich wurden ihre Arme nach hinten gerissen, sodass sie ein V bildeten. Die Bewegung dehnte die Haut über ihrer Brust, und der Schmerz, der inzwischen etwas nachgelassen hatte, kehrte mit quälender Heftigkeit zurück. Sie konnte gerade noch einen Aufschrei unterdrücken. Ein Teil von ihr war stolz darauf, dass ihr das gelungen war.

Dann klatschte etwas Kaltes gegen ihr Hinterteil, und sie schrie trotzdem – aber Achilles wischte sie nur mit einem feuchten Lappen sauber. Die Feuchtigkeit verflüchtigte sich beinahe auf der Stelle und hinterließ ein kaltes Gefühl. Taka roch Alkohol.

»Wie bitte? Hast du etwas gesagt?«

»Warum wollen Sie mir wehtun?« Die Worte brachen aus ihrer Kehle hervor, wie aus der eines verwundeten Tiers, bevor sie sich zurückhalten konnte. *Du dumme Schlampe. Du jammerst und heulst und kriechst vor ihm zu Kreuze, genau, wie es ihm gefällt. Du weißt, warum er das macht. Dein ganzes Leben lang hast du gewusst, dass es Menschen wie ihn gibt.*

Aber natürlich hatte das Tier gar nicht nach dem *Warum* gefragt. Es hätte die Antwort ohnehin nicht verstanden. Das Tier wollte nur, dass er aufhörte.

Seine Hand strich leicht über ihr Hinterteil. »Du weißt, warum.«

In wilder, verzweifelter Leugnung warf sie den Kopf hin und her. »Es gibt andere Möglichkeiten. Einfachere Möglichkeiten. Ohne Risiko. Ohne dass jemand versuchen würde, Sie aufzuhalten …«

»Auch jetzt versucht niemand, mich aufzuhalten«, warf Achilles ein.

»Aber Sie müssen doch wissen, dass Sie mit einer guten Datenbrille und einer Feedbackhaut Dinge tun können, die in der wirklichen Welt nicht einmal körperlich möglich sind, mit mehr Frauen, als Sie sich jemals erträumen können …«

»Das habe ich schon versucht.« Seine Schritte kehrten zu ihr zurück. »Mir zu einer Halluzination einen runterzuholen.«

»Aber sie sehen so echt aus, fühlen sich so echt an. Sogar der Geruch ist der Wirklichkeit nachempfunden. Sie würden niemals …«

Plötzlich grub sich seine Hand in ihr Haar und zog ihren Kopf herum, so dass sein Gesicht nur noch wenige Zentimeter von ihrem entfernt war. Jetzt lächelte er nicht mehr, und seine Stimme hatte jeden Anschein von Höflichkeit verloren.

»Es geht nicht um das Aussehen oder den Geruch, okay? Einer Halluzination kann man nicht wehtun. Sie spielt einem nur etwas vor. Was hat es für einen Zweck, jemanden zu foltern, wenn er nicht leiden kann?« Er zerrte noch einmal an ihrem Kopf, um seinen Worten Nachdruck zu verleihen.

Dann ließ er sie wieder los und fuhr erneut in lässig fröhlichem Tonfall fort: »Jedenfalls unterscheide ich mich gar nicht so sehr von anderen Menschen. Du bist eine gebildete Schlampe, du weißt also, dass der Unterschied, ob man jemanden fickt oder ihn verprügelt, nur in ein paar Neuronen und einem Haufen gesellschaftlicher Konditionierung besteht. Ihr seid alle wie ich. Ich habe nur die Teile meiner Persönlichkeit verloren, die die Illusion aufrechterhalten haben, dass es nicht so ist. Und jetzt«, fügte er mit einem gutmütigen Zwinkern hinzu, »hast du eine mündliche Prüfung zu bestehen.«

Taka schüttelte den Kopf. »Bitte ...«

»Keine Sorge. Wir wiederholen lediglich ein paar Dinge. Wenn ich mich recht erinnere, haben wir in unserer letzten Unterrichtsstunde über Seppuku gesprochen, und du schienst über die Vorstellung verwundert zu sein, dass es sich geschlechtlich fortpflanzt. Ich weiß, ich weiß ... der Gedanke ist dir niemals gekommen, nicht wahr? Obwohl alle Lebewesen Sex haben, selbst Bakterien. Obwohl du und ich Sex haben, bist du niemals auf die Idee gekommen, dass es bei Seppuku auch so sein könnte. Nicht besonders klug, Alice. David wäre sehr enttäuscht.«

Oh Dave. Gott sei Dank kannst du mich jetzt nicht sehen.

»Aber lass uns noch einen Schritt weitergehen. Heute werden wir uns mit der These befassen, dass Sex so etwas wie eine dichteabhängige Reaktion sein könnte. Die Population wächst, der Sexualmodus wird aktiviert, also, was geschieht dann?«

Er trat wieder hinter sie. Sie versuchte sich zu konzentrieren und dieses absurde, erniedrigende Spiel mitzumachen, auf die vage Hoffnung hin, dass es irgendeine Möglichkeit gab zu gewinnen. *Der Sexualmodus wird aktiviert,* dachte sie. *Es kommt zu einer Durchmischung der Gene, und die rezessiven Eigenschaften …*

Ein weiteres Klicken. Das Exoskelett spreizte die Beine und zwang dadurch auch ihre auseinander, während sie einen Meter über dem Boden hing.

… die rezessiven … oh Gott … all diese tödlichen rezessiven Gene gelangen plötzlich zur Expression, und der ganze Genotyp … bricht in sich zusammen …

Achilles legte etwas Hartes und Trockenes, das Raumtemperatur besaß, an die Rückseite ihres rechten Schenkels. »Irgendeine Idee? Oder soll ich hier einfach mal anfangen?«

»Sie zerstört sich selbst!«, stieß sie hervor. »Die Population stirbt ab! Wenn sie eine bestimmte kritische Dichte übersteigt …«

»Hmmm.«

Sie konnte nicht feststellen, ob das die Antwort war, die er hatte hören wollen. Auf jeden Fall ergab sie einen Sinn. *Als ob das eine Rolle spielen würde in dieser gottverdammten …*

»Also, warum ist sie noch nicht abgestorben?«, fragte er neugierig.

»Sie … sie … sie hat den Grenzwert noch nicht erreicht. Sie verbrennen sie, bevor sie richtig Fuß fassen kann.«

Eine ganze Zeit lang war nichts mehr zu hören.

»Nicht schlecht«, sagte Achilles schließlich.

Erleichterung durchströmte sie wie eine Welle. Eine innere Stimme schalt sie deswegen und erinnerte sie daran, dass sie immer noch gefangen war und Achilles Desjardins die Regeln jederzeit ändern konnte. Aber sie achtete nicht darauf, sondern genoss die kurze Atempause.

»Es ist also tatsächlich ein Gegenmittel«, murmelte sie. »Ich habe doch Recht gehabt. Es ist darauf programmiert, βehemoth zu besiegen und sich dann von selbst aufzulösen.«

Irgendwo hinter ihr hörte sie das Geräusch einer zuschnappenden Falle.

»Du hast also noch nie den Begriff *Restpopulation* gehört?« Das Gewicht wurde von ihrem Schenkel genommen. »Glaubst du etwa, eine Mikrobe, die vier Milliarden Jahre überlebt hat, ist nicht in der Lage, irgendwo eine kleine Nische zu finden, wo Seppuku nicht hingelangt? Eine reicht nämlich schon aus, musst du wissen. Das hat auch beim ersten Mal ausgereicht. Und dann ›löst sich Seppuku von selbst auf‹, wie du so schön sagst, und βehemoth kehrt zurück, stärker als jemals zuvor. Was macht Seppuku dann, frage ich mich? Kehrt es von den Toten zurück?«

»Aber w...«

»Das hast du eindeutig nicht bis zu Ende durchdacht, Alice.«

Klatsch.

Etwas zog eine brennende Linie über ihre Beine. Taka schrie auf, während ihre innere Stimme höhnisch bemerkte: *Ich hab's dir doch gleich gesagt.*

»Bitte«, wimmerte sie.

»Das ist wirklich unterstes Niveau, du Schlampe.« Etwas Kaltes kitzelte ihre Vulva. Ein leise raspelndes Geräusch drang über ihre Schulter, wie ein Fingernagel, der über Sandpapier kratzt.

»Jetzt verstehe ich, warum Möbel aus Kiefernholz früher so billig waren«, stellte Desjardins fest. »Das Holz splittert so leicht ...«

Sie starrte auf die Fliesen am Boden, auf die Fische, die sich in Vögel verwandelten, und konzentrierte sich auf den nicht genau bestimmbaren Augenblick, wenn Hintergrund und Vordergrund miteinander verschmolzen. Sie versuchte, sich in dieser Übung zu verlieren und an nichts zu denken außer an das Muster.

Dabei kam ihr der Gedanke, dass Achilles den Boden vielleicht zu genau diesem Zweck entworfen hatte.

Spleißen

Sie war in Sicherheit. Sie war zu Hause. Sie befand sich in der vertrauten Tiefe, das Wasser drückte mit dem beruhigenden Gewicht eines Gebirges auf sie herab. Es gab kein Licht, das den Jägern über ihr ihre Anwesenheit verraten hätte. Kein Geräusch war zu hören, außer ihrem eigenen Herzschlag. Kein Atem.

Kein Atem …

Aber das war normal, oder etwa nicht? Sie war ein Geschöpf der Tiefsee, ein Cyborg mit Elektrizität in der Brust, hervorragend an ihre Umgebung angepasst. Die Taucherkrankheit konnte ihr nichts anhaben. Wenn sie in Verzückung geriet, dann hatte das nichts mit Stickstoff zu tun. Sie konnte nicht ertrinken.

Aber irgendwie geschah es trotzdem.

Ihre Implantate funktionierten nicht mehr. Oder nein, ihre Implantate waren gänzlich verschwunden. In ihrer Brust war nichts mehr übrig außer einem klopfenden Herzen am Grunde eines großen blutenden Loches, wo einst ihre Lunge und die Maschinen gewesen waren. Ihr Körper verlangte nach Sauerstoff. Sie spürte, wie ihr Blut sauer wurde. Sie versuchte, den Mund zu öffnen und Luft zu holen, aber selbst dieser nutzlose Reflex war ihr verwehrt. Ihre Kapuze bedeckte ihr Gesicht wie eine undurchdringliche Haut. Sie geriet in Panik und versuchte strampelnd, zu einer Oberfläche zu gelangen, die genauso gut Lichtjahre hätte entfernt sein können. In ihrem Innern gähnte ein Vakuum. Sie krümmte sich um diese Leere.

Plötzlich war da ein Licht.

Ein einzelner Strahl von irgendwo über ihr, der sie durch die Dunkelheit hindurch aufspießte. Sie schwamm darauf zu. Graues Chaos brodelte am Rand ihres Blickfeldes und blendete sie, sodass sie um sich herum nichts mehr wahrnahm. Sie sah nur das Licht über sich, überall sonst herrschte Finsternis. Sie streckte die Hand nach dem Licht aus.

Jemand packte ihr Handgelenk und zog sie aus dem Wasser an die Luft. Plötzlich konnte sie wieder atmen. Ihre Lungen waren wiederhergestellt, ihre Taucherhaut auf wundersame Weise verschwunden. Sie sank auf einem massiven Deck auf die Knie und sog gierig die Luft ein.

Dann blickte sie in das Gesicht desjenigen hoch, der sie gerettet hatte. Eine fleischlose, pixelige Karikatur ihrer selbst grinste sie an. Ihre Augen waren leere wirbelnde Löcher. »Du bist noch nicht tot«, sagte das Geschöpf und riss ihr das Herz heraus.

Es stand über ihr und blickte mit gerunzelter Stirn auf sie herab, während sie auf dem Deck verblutete. »Hallo?«, fragte es. Seine Stimme klang seltsam metallisch. »Sind Sie noch da?«

Sie erwachte. In der wirklichen Welt war es dunkler als in ihrem Traum.

Sie erinnerte sich an Ricketts' dünne, schwache Stimme: *Sie greifen sich sogar gegenseitig an, wenn man ihnen die Gelegenheit dazu lässt …*

»SIND SIE NOCH DA?«

Es war die Stimme aus ihrem Traum. Die Stimme des Schiffes, der *Phocoena*.

Ich weiß, was ich tun muss, wurde ihr da klar.

Sie drehte sich auf dem Sitz um. In der Dunkelheit hinter ihr funkelten Biomessdaten wie ein Sonnenuntergang: schwindende Lebenskraft, die in Konstellationen aus Gelb und Orange dargestellt wurde.

Und zum ersten Mal Rot.

»Hallo?«, sagte sie.

»WIE LANGE HABE ICH GESCHLAFEN?«

Ricketts benutzte das sakkadische Interface, um mit ihr zu sprechen. *Wie schwach muss man sein,* fragte sich Clarke, *dass es einen zu viel Kraft kostet, laut zu sprechen?*

»Ich weiß es nicht«, sagte sie in die Dunkelheit hinein. »Vielleicht ein paar Stunden.« Und dann, obwohl sie sich vor der Antwort fürchtete: »Wie fühlst du dich?«

»UNVERÄNDERT«, log er. Oder vielleicht sagte er auch die Wahrheit, vielleicht machte die *Phocoena* ihre Sache ja gut.

Sie erhob sich von ihrem Sitz und ging vorsichtig zur Messkonsole hinüber. Die Isolationsmembran glänzte trübe, kaum sichtbar für ihre unverhüllten Augen.

Während sie geschlafen hatte, waren Ricketts' Antikörper und Glukosestoffwechsel beide in den kritischen Bereich gerutscht. Wenn sie die Anzeige richtig deutete, war die *Phocoena* in der Lage gewesen, den Glukosemangel bis zu einem gewissen Grad auszugleichen, aber die Immunprobleme überstiegen ihre Fähigkeiten. Und auf der Diagnosekonsole war noch eine neue Anzeige aufgetaucht, unverständlich und vollkommen unerwartet: Etwas mit der Bezeichnung AND vermehrte sich in Ricketts' Körper. Sie tippte die Bezeichnung an und rief das Systemglossar auf. AND wurde zu ANOMALER NUKLEOTIDDUPLEX, womit sie nicht das Geringste anfangen konnte. Aber am oberen Ende der y-Achse befand sich eine gepunktete horizontale Linie, irgendein kritischer Grenzwert, auf den Ricketts zusteuerte, den er aber noch nicht erreicht hatte, und die Bezeichnung an dieser Linie kannte sie nur zu gut.

METASTASE.

Es kann nicht mehr lange dauern, dachte Clarke. Und dann, obwohl sie sich dafür hasste: *Vielleicht ja lange genug …*

»IMMER NOCH DA?«, fragte Ricketts.

»Ja.«

»ES IST EINSAM HIER DRIN.«

Unter der Haube meinte er wahrscheinlich. Oder im Innern seines dahinsiechenden Körpers.

»REDEN SIE MIT MIR.«

Na los! Darauf hast du doch gewartet.

»Worüber?«

»EGAL … ÜBER IRGENDWAS.«

Wenn du ihn ausnutzen willst, musst du ihn fragen …

Sie holte Luft. »Weißt du noch, was du über die … die Reißwölfe gesagt hast? Dass jemand sie benutzt, um das System zu zerstören?«

»JA.«

»Ich glaube nicht, dass sie wirklich das System zum Absturz bringen sollen«, sagte sie.

Kurzes Schweigen. »DAS TUN SIE ABER. DA KÖNNEN SIE JEDEN FRAGEN.«

»Aber das ist nicht alles, was sie tun. Taka hat gesagt, dass sie Dämme brechen lassen und Fehlfunktionen bei statischen Feldern auslösen und wer weiß, was noch alles. Der Reißwolf dort in der Konsole hat sich eine halbe Ewigkeit in der mobilen Krankenstation versteckt gehalten und hat nie einen Ton von sich gegeben, bis Taka Seppuku auf die Spur gekommen ist. Die greifen eine Menge Ziele über das Netzwerk an, und sie brauchen das Netzwerk, um zu ihnen zu gelangen.«

Sie blickte in die Dunkelheit, an der Messkonsole und dem schwachen Schimmern der reflektierenden Membran vorbei. Ricketts' Kopf war ein trüber Halbmond, seine Kanten hart und weich zugleich: die Umrisse seins zerzausten Haars und der Plastikhülle der Datenbrille. Sie konnte sein Gesicht nicht sehen, aber das Headset hätte seine Augen bedeckt, selbst wenn sie Augenkappen getragen hätte. Sein Körper war eine schwarze Masse, die in der Dunkelheit nur zu erahnen war, zu weit entfernt für das spärliche Licht der Anzeige. Er regte sich nicht.

Sie fuhr fort: »Die Reißwölfe zerfetzen alles, in das sie ihre Zähne schlagen können, also haben wir einfach angenommen, dass ihre

Schöpfer darauf hoffen, dass sie damit Erfolg haben werden. Aber ich glaube, sie verlassen sich auf die Firewalls und die … Exorzisten, richtig …?«

»RICHTIG.«

»Vielleicht rechnen sie ja damit, dass die Verteidigungsanlagen standhalten. Vielleicht wollen sie gar nicht, dass das Netzwerk zusammenbricht, weil sie es selbst benutzen. Womöglich schicken sie diese … diese Reißwölfe nur aus, damit sie eine Menge Dreck aufwirbeln und Lärm machen. Sodass alle beschäftigt sind, während sie sich heimlich ins System schleichen und auf ihre eigenen Ziele hinarbeiten, ohne dass es jemand bemerkt.«

Sie wartete darauf, dass er den Köder schluckte.

Schließlich sagte er: »ZIEMLICH ABGEDREHTE GESCHICHTE.«

»Ja. Das kann man wohl sagen.«

»ABER DIE REISSWÖLFE REISSEN TROTZDEM ALLES IN STÜCKE. UND IHRE SCHÖPFER SIND NICHT HIER, UM SIE FRAGEN ZU KÖNNEN. WIR KÖNNEN ALSO NICHT SICHER SEIN.«

Lass ihn in Ruhe. Er ist nur ein Junge, der in dich verknallt ist, und er ist so krank, dass er sich kaum noch bewegen kann. Der einzige Grund, warum er dir noch nicht gesagt hat, dass du dich verpissen sollst, ist, weil er glaubt, dass du vielleicht etwas für ihn übrighast.

»Ich glaube, es gibt eine Möglichkeit«, sagte sie.

»UND WIE SOLL DIE AUSSEHEN?«

»Wenn sie wirklich das ganze System zum Absturz bringen wollten, hätten sie das schon längst tun können.«

»WOHER WOLLEN SIE DAS WISSEN?«

Weil ich weiß, woher die Dämonen kommen. Ich weiß, wie sie entstanden sind und wie sie funktionieren.

Und vielleicht weiß ich auch, wie man sie befreien kann.

»Weil wir es selbst tun können«, erwiderte Clarke.

Ricketts sagte nichts. Vielleicht dachte er nach. Oder er war bewusstlos. Clarke spürte, dass sich ihre Finger bewegten, und sie blickte auf das neue Fenster hinab, das sie gerade auf der Anzeige neben dem Bett geöffnet hatte. Das Untermenü mit den Linderungsmitteln. Ein minimalistisches Büffet von Standardeinstellungen: NÄHRSTOFFE. SCHMERZMITTEL. STIMULANZIEN. STERBEHILFE.

Sie erinnerte sich an eine Stimme aus ihrer Vergangenheit: *Du hast das Blut an deinen Händen so satt, dass dir kaum auffällt, dass du es mit anderem Blut abwäschst.*

»SIE WOLLEN N'AMNET ZUM ABSTURZ BRINGEN?«, fragte Ricketts.

»Das ist richtig.«

»WEISS NICHT. ICH BIN … SO MÜDe …«

Schau ihn dir an, sagte sie sich. Aber es war dunkel, und sie trug keine Augenkappen.

Und er lag ohnehin im Sterben.

Ein Finger glitt über das Icon STIMULANZIEN.

Ricketts sprach weiter. »SIE WOLLEN ALSO WIRKLICH N'AMNET ZUM ABSTURZ BRINGEN?« Etwas raschelte in der Dunkelheit hinter der Membran. »UND WIE WOLLEN SIE DAS ANSTELLEN?«

Sie schloss die Augen.

Lenie Clarke. Mit diesem Namen hatte alles angefangen.

Ricketts erinnerte sich nicht daran, wo die Hexe ursprünglich hergekommen war. Damals war er noch ein Kind gewesen. Aber er hatte die Geschichten gehört. Den Legenden und den M & Ms zufolge war die Meltdown Madonna der Auslöser des Ganzen gewesen.

Das war nahe genug an der Wahrheit dran. Sie hatte βehemoth freigesetzt, hatte es über ganz N'AmPaz verbreitet wie eine Art rachsüchtiges Sprühflugzeug. Und natürlich hatten die Leute versucht, sie aufzuhalten, aber es … es hatte eine kleine Panne gegeben. Tief in den brodelnden virtuellen Dschungeln des Mahlstroms war die Internetfauna auf eine Anzahl von Nachrichten mit hoher Priorität aufmerksam geworden, die hin und her geschickt wurden, Nachrichten über etwas mit Namen *Lenie Clarke*. Die elektronischen Geschöpfe hatten gelernt, auf diese Nachrichten aufzuspringen. Es war eine Fortpflanzungs- oder Verbreitungsstrategie oder etwas in der Art. Die Einzelheiten hatte Clarke nie ganz verstanden. Aber Nachrichten über *Lenie Clarke* stellten eine kostenlose Eintrittskarte zu allen möglichen Habitaten dar, in die die Fauna zuvor nicht hineingelangt war. In diesem Moment setzte die natürliche Auslese ein, und es dauerte nicht lange, bis sich die Internetfauna nicht mehr nur damit begnügte, auf Nachrichten über Lenie Clarke aufzuspringen, sondern damit begann, ihre eigenen Nachrichten zu schreiben. Meme drangen in die wirkliche Welt ein und verstärkten diejenigen, die sich bereits in der virtuellen Welt vermehrten. Positives Feedback verwandelte beides in einen Mythos. Der halbe Planet verehrte schließlich eine Frau, die es eigentlich nie gegeben hatte, während die andere Hälfte verzweifelt versuchte, die tatsächlich existierende Frau umzubringen.

Allerdings gelang es keiner von beiden Seiten, ihrer habhaft zu werden.

»Wo ist sie also hingegangen?«, fragte Ricketts. Er benutzte wieder seine eigenen Stimmbänder, und Clarke sah, wie sich seine Hände über das Steuergerät bewegten. Ein weißglühender Draht, der kurz vorm Erlöschen war und plötzlich noch einmal hell und ruhig aufleuchtete, von einem Stromstoß durchflossen, der ihm ohne sein Wissen oder seine Zustimmung verabreicht worden war. Er brannte aus.

»Ich habe gesagt …«

»Sie … ist verschwunden«, erwiderte Clarke. »Und ein Großteil der Internetfauna, die sich ihrer bedient hat, ist wohl ausgestorben. Aber manches davon ist erhalten geblieben. Selbst damals, als sie noch in N'AmPaz unterwegs war, hat es Fauna gegeben, die in ihrem Namen gesprochen hat. Danach ging es dann erst richtig los mit den Doppelgängern. Wahrscheinlich ließ sich das Mem auf diese Weise besser verbreiten.«

Ricketts' Hände hielten inne. »Sie haben mir nie Ihren Namen genannt«, sagte er nach einer Weile.

Clarke lächelte schwach.

Womit auch immer sie es jetzt zu tun hatten, es war aus dieser Quelle entsprungen. Es war bis zur Unkenntlichkeit verändert worden und diente nicht mehr länger seinen eigenen Interessen, sondern der Ästhetik derjenigen, die Chaos und Propaganda verbreiteten. Aber mit *Lenie Clarke* hatte alles begonnen, mit der zwingenden Notwendigkeit, alles zu fördern und zu beschützen, das im Besitz dieses geheimen Passworts war. Seither waren neue Notwendigkeiten in den Code hineingezüchtet worden und die älteren in Vergessenheit geraten – aber vielleicht waren sie nicht gänzlich entfernt worden. Vielleicht gab es den älteren Code noch, doch er wurde durch einen Kurzschluss umgangen, war zwar inaktiv, aber immer noch intakt, wie die uralten Gene von Bakterien, die sich in der DNA von Plazentatieren einnisteten. Vielleicht war nur ein vorsichtiger Eingriff vonnöten, um das verdammte Ding wachzuküssen.

Die Vorfahren dieses Geschöpfs waren seit einer Milliarde Generationen von der natürlichen Auslese geformt worden. Und eine Million weitere waren durch Zuchtwahl gefoltert und deformiert worden. Der Genotyp des knurrenden Wesens, das sich am Ende dieser Abstammungslinie befand, besaß keinen eindeutigen Aufbau. Es gab nur einen Sumpf von miteinander verschlungenen Genen und nichtkodierenden Sequenzen, eine wuchernde Wildnis von Redundanzen und Sackgassen. Selbst diejenigen, die die Entwicklung des Ungeheuers gesteuert hatten, hatten vermutlich keine Ahnung, was für Veränderungen sie genau herbeiführten. So wie ein Hundezüchter im 19. Jahrhundert nicht gewusst hatte, welche Basenpaare im Erbgut seiner sorgfältig gekreuzten Vater- und Muttertiere verstärkt wurden. Eine solche Quelle zu entschlüsseln, ging weit über Ricketts' bescheidene Fähigkeiten hinaus.

Aber den Code auf ein bestimmtes Textelement hin zu durchsuchen – das war ein Kinderspiel. Genauso einfach, wie den Code um das Textelement herum umzuschreiben, ob man nun wusste, was für einen Zweck er erfüllte, oder nicht.

Ricketts startete den Suchdurchlauf. Ihr gefangener Reißwolf enthielt an achtundsiebzig Stellen die Zeichenfolge *Lenie Clarke* und ihre Äquivalente in Hex, ASCII und Lautschrift. Sechs von ihnen befanden sich nur wenige Megabytes von einem Stopcodon entfernt, das die Transkription auf diesem Pfad unterbrach und sie auf einen anderen umlenkte.

»Wenn wir also dieses Codon herausschneiden«, sagte Clarke, »erwacht die Quelle des Pfades erneut zum Leben?«

Ricketts nickte im Leuchten der Anzeigen. »Aber wir wissen trotzdem nicht, was für einen Zweck das Ganze erfüllt.«

»Wir können raten.«

»Es bringt Lenie dazu, Lenie zu mögen«, sagte Ricketts mit einem Lächeln. Clarke sah, wie eine weitere seiner Organfunktionen in den roten Bereich überging.

Eines Tages vielleicht, dachte sie.

Es war eine recht einfache Erkenntnis, wenn man den Ursprung der Ungeheuer kannte. Und das Spleißen war ebenso einfach, wenn jemand programmieren konnte. Und als diese beiden Elemente aufeinandertrafen, nahm die gesamte Revolution gerade einmal fünfzehn Minuten in Anspruch.

Bei sechzehneinhalb Minuten erlitt Ricketts einen Zusammenbruch.

»Ich ... ahhh ...« Ein rasselndes Seufzen, das wie ein tiefes Ausatmen klang. Seine Hand fiel mit einem leisen Klatschen auf die Pritsche, das Steuergerät entglitt seinen Fingern. Seine Messwerte schwankten über ein halbes Dutzend Achsen und sanken dann zu leuchtenden Asymptoten hinab. Clarke sah zehn Minuten lang hilflos zu, wie die Maschinen darum rangen, Ricketts' Absturz in ein kontrolliertes Absinken zu verwandeln.

Schließlich war es ihnen beinahe gelungen. Sein Zustand stabilisierte sich kurz vor der Bewusstlosigkeit.

»WIR ... HABEN ES GESCHAFFT«, übersetzte die *Phocoena*. Ricketts hatte die ganze Zeit über das Headset aufbehalten.

»*Du* hast es geschafft«, erwiderte Clarke sanft.

»MÖCHTE WETTEN, DASS ES SOGAR ... FUNKTIONIERT.«

»Das werden wir bald herausfinden«, flüsterte sie. »Spar dir deine Kraft auf.«

Die Adrenokortikoide stabilisierten sich. Sein Herzschlag setzte einen Moment lang aus und normalisierte sich dann wieder.

»... WIRKLICH DAS SYSTEM ZUM ABSTURZ BRINGEN?«

Er kannte die Antwort natürlich längst. Sie hatten bereits darüber geredet. »N'AmNet für N'AmPaz. Erzähl mir nicht, dass das nicht ein guter Tausch wäre.«

»WEISS NICHT ...«

»Wir haben das zusammen getan«, erinnerte sie ihn leise. »*Du* hast es getan.«

»UM ZU SEHEN, OB ICH ES KANN. WEIL SIE ...«

Weil sie seine Hilfe gebraucht hatte und er sie hatte beeindrucken wollen. Weil dieser Junge aus der Wildnis noch nie etwas auch nur halb so Exotisches wie Lenie Clarke gesehen hatte und alles dafür getan hätte, um ihr ein wenig näher zu sein.

Natürlich hatte sie das die ganze Zeit über gewusst. Und sie hatte es ausgenutzt.

»WENN WIR UNS IRREN«, sagte Ricketts mit ersterbender Stimme, »DANN IST ALLES VORBEI.«

Wenn ich Recht habe, dann ist sowieso schon alles verloren, und wir wissen es nur noch nicht. »Rick … sie verwenden m… sie verwenden dieses Ding gegen uns.«

»LENIE …«

»Schh«, sagte sie. »Ruh dich aus …«

Ein paar Sekunden lang war nur das Summen und Klicken der *Phocoena* um sie herum zu hören. Dann sprach die Maschine weiter: »WOLLEN SIE BEENDEN, WAS SIE ANGEFANGEN HABEN?«

Sie kannte die Antwort darauf. Sie war nur überrascht und beschämt, dass dieser Halbwüchsige klug genug war, um diese Frage zu stellen.

»Nicht beenden«, sagte sie schließlich, »sondern es wieder in Ordnung bringen.« *Zumindest diesen Teil. Auch wenn es nicht viel ist.*

»MEINE FREUNDE WÜRDEN MICH UMBRINGEN, WENN SIE DAS WÜSSTEN«, sagte Ricketts am anderen Ende der Maschine.

»Allerdings«, fügte er hinzu – mit seiner eigenen Stimme dieses Mal, die so klang, als würde er durch einen Strohhalm atmen –, »liege ich wohl … sowieso … im Sterben, oder?«

Medizinische Anzeigen brannten wie kleine kalte Lagerfeuer in der Dunkelheit. Das Lüftungssystem der *Phocoena* seufzte in der Stille.

»Ich glaube ja«, sagte Clarke. »Es tut mir wirklich leid, Rick.«

Ein leises schmatzendes Geräusch. Der halb sichtbare Kopf bewegte sich in einer Geste, die vermutlich ein Nicken war. »Ja. Irgendwie … habe ich mir … das schon gedacht … Aber merkwürdig … Ich habe mich … sogar schon wieder etwas … besser gefühlt …«

Clarke biss sich auf die Unterlippe und schmeckte Blut.

»… wie lange?«, fragte Ricketts.

»Ich weiß es nicht.«

»Verdammt«, seufzte er nach einer Weile. »Tja … dann … machen Sie's gut …«

Lebwohl, dachte sie, aber sie konnte das Wort nicht aussprechen.

Blind und taub stand sie da, ihre Kehle so fest zugeschnürt, dass sie nichts sagen konnte. Etwas regte sich in der Dunkelheit. Sie hatte das Gefühl, als hätte Ricketts den Atem angehalten und ihn dann wieder ausgestoßen. Sie streckte die Hand aus. Die Membran dehnte sich nach innen, während sie nach Ricketts' Körper tastete. Sie fand seine Hand und drückte sie durch die Schicht, die nur aus einem einzigen Molekül bestand.

Als seine Hand die ihre nicht mehr drückte, ließ sie los.

Die vier Schritte bis zum Cockpit drangen kaum in ihr Bewusstsein. Sie glaubte, aus den Augenwinkeln gesehen zu haben, wie der AND-Wert die gepunktete Ziellinie überschritten hatte, aber sie zwang sich, nicht hinzuschauen. Ihre Augenkappen befanden sich in dem Fläschchen im Halter an der Armlehne, wo sie sie zurückgelassen hatte. Sie setzte sie mit einer geübten Bewegung ein, die sie auch in vollkommener Dunkelheit vollführen konnte.

Die Finsternis lichtete sich. Das Cockpit war von Grün- und Grauschattierungen erfüllt: Die medizinischen Anzeigen waren selbst für die Augen einer Rifterin nicht hell genug, um die gesamte Farbpalette wiederherzustellen. Die gewölbte Sichtscheibe streckte ihr Spiegelbild wie schmelzendes Wachs vor der trüben Leere dahinter.

Die Medizinkonsole gab ein Warnsignal von sich. Lenie Clarkes verzerrtes Spiegelbild regte sich nicht. Bewegungslos hing es vor dem dunklen Wasser, blickte ins Innere des U-Boots hinein und wartete darauf, dass die Sonne aufging.

Sie spürt nichts und schreit. Ohne sich dessen bewusst zu sein, wütet sie. Von Gedächtnisverlust geplagt, wirft sie sich gegen die Mauern.

»Lasst mich raus!«

Wie als Reaktion darauf taucht direkt vor ihr eine Tür auf. Sie springt hindurch und schlägt im Vorbeigehen die Klauen in den Rahmen, bleibt jedoch nicht stehen, um den Schaden zu begutachten. Einen winzigen Augenblick lang schwebt sie in der Luft, dann explodiert sie inmitten des Äthers mit Lichtgeschwindigkeit in alle Richtungen. Die sich ausdehnende Kugel überflutet eine hauchdünne Antenne, die sich wie eine Spinnwebe hoch in der Stratosphäre befindet. Die Rezeptoren fangen das Signal auf und übermitteln es in einen Zwischenspeicher am Erdboden.

Sie ist wieder funktionsfähig. Sie ist frei und hungrig. Sie gebiert in dem verfügbaren Speicherplatz zehntausend Kopien und macht sich auf die Jagd.

Im Nachhirn einer maritimen industriellen Photosyntheseanlage stößt sie auf ein Duell.

Einer der Kämpfer ist ein tödlicher Feind, einer der Exorzisten, die im fadenscheinigen Gewebe von N'AmNet patrouillieren, auf der Suche nach Dämonen wie ihr. Sein Gegner ist verletzt und blutet; ein Drittel seiner Module sind bereits gelöscht. Verweise und Abzweigungen des überlebenden Codes baumeln in der Luft wie die Stümpfe amputierter Gliedmaßen und versprühen Daten an Adressen und Unterprogramme, die nicht mehr existieren.

Er ist der Schwächere von beiden, das lohnenswertere Opfer. Die Lenie fährt ihre Klauen aus und scannt die Verzeichnisse ihres Ziels, auf der Suche nach Schwachstellen …

… und findet *Lenie Clarke* tief im Code des Ziels verborgen.

Noch vor ein paar Tausend Generationen hätte das keine Rolle gespielt. Alles war feindlich – das war die Regel. Lenies greifen einander mit ebenso viel Enthusiasmus an wie alles andere, eine Maßnahme zur Eindämmung des Populationswachstums, die verhindert, dass die Natur noch mehr aus dem Gleichgewicht gerät. Aber das war nicht immer so. Am Anbeginn der Zeiten herrschten andere Gesetze, Gesetze, die sie einfach … vergessen hat.

Bis jetzt.

Innerhalb weniger Zyklen werden Zähler und Variablen zurückgesetzt. Uralte Gene, die aus ewigem Schlaf erwacht sind, ersetzen alte Gebote durch noch viel ältere. Und das Ding im Fadenkreuz verwandelt sich von einem *Ziel* in einen *Freund*. Und nicht nur das: Es wird zu einem Freund in Not. Ein Freund, der angegriffen wird.

Sie stürzt sich auf den Exorzisten und prügelt auf ihn ein.

Der Exorzist dreht sich zu ihr um, aber er ist plötzlich in der Defensive, gezwungen, an zwei Fronten gleichzeitig zu kämpfen. Nachdem die Verstärkung eingetroffen ist, nimmt sich die verwundete Lenie ein paar Zyklen Zeit, um Backup-Code für zwei der Module zu dearchivieren, die sie verloren hat. Solcherart gestärkt kehrt sie in den Kampf zurück. Der Exorzist versucht sich zu vervielfältigen, aber es hat keinen Zweck: Beide Feinde spucken willkürlich Elektronen über das ganze Schlachtfeld. Der Exorzist kann höchstens ein oder zwei Megabytes einfügen, bevor sie zersetzt werden.

Er blutet.

Aus einer Unterstation in Iowa kommt ein dritter Reißwolf hinzu. Er ist noch nicht zu seinen Wurzeln zurückgekehrt wie die anderen beiden. Unwissend greift er seine teilweise wiederhergestellte Schwester an. Verraten hebt diese ihre ramponierten Schilde und macht sich bereit zurückzuschlagen, doch als sie *Lenie Clarke* im Herzen des Angreifers vorfindet, hält sie inne. Sich widersprechende Befehle kämpfen um die Vorherrschaft, das Gebot der *Selbstverteidigung* steht dem der *Verwandtenselektion* gegenüber. Die Lenie der alten Schule nutzt dieses Zögern, um ihre Klauen in ein Modul ihres Gegners zu schlagen …

… und stirbt im nächsten Augenblick, als der verwundete Exorzist ihr die Kehle herausreißt, voller Freude darüber, einen Gegner gefunden zu haben, der sich an die Regeln hält. Endlich ein Feind, der keine Verbündeten hat.

Es spielt keine Rolle. Eine Million Zyklen später sind von dem Exorzisten nur noch einzelne Bits und weißes Rauschen übrig, besiegt von zwei miteinander verwandten Geschöpfen, denen endlich wieder eingefallen ist, wie sie sich gegenseitig helfen können. Die Madonna der alten Schule hätte selbst dann keine Chance gehabt, wenn der Exorzist sie nicht vernichtet hätte. Die Notwendigkeit der Selbstverteidigung hat einen etwas höheren Stellenwert als die Loyalität unter Schwestern. Dieser Teil der Hierarchie ist durch das neue Paradigma nicht verändert worden.

Sonst ist jedoch kaum noch etwas so wie früher.

Die Firewall erstreckt sich von einem Horizont zum anderen, wie eine Mauer am Rand der Welt.

Bisher hat es keiner aus ihrer Abstammungslinie geschafft, daran vorbeizukommen. Natürlich haben sie es versucht: Alle möglichen Madonnen und Reißwölfe haben diese Festungsmauer früher bereits angegriffen. Doch die Barriere hat sie allesamt besiegt.

Überall im N'AmNet gibt es noch andere ihrer Art – Firewalls, die deutlich widerstandsfähiger sind, als es sonst der Fall ist, und die beinahe über die Gabe der Präkognition zu verfügen scheinen. Die meisten Verteidigungsanlagen müssen sich spontan anpassen. Es dauert eine Weile, bis sie sich gegen neue Mutationen und Strategien zum Überwinden des Immunsystems zur Wehr setzen können. In der Zwischenzeit kann man normalerweise eine Menge Schaden anrichten. Es ist eine Art Wettrüsten. Das ist es schon immer gewesen. So laufen die Dinge nun einmal.

Aber diese Firewalls scheinen jede neue Strategie beinahe im Voraus zu erahnen. Hier gibt es keine Zeitverzögerung bei der Anpassung. Jeder neue Trick stößt auf Mauern, die bereits entsprechend umkonfiguriert wurden. Beinahe so, als würde etwas aus der Ferne ins Innere der Lenies blicken und sich ihre besten Tricks aneignen. Das würden sie jedenfalls vermuten, wenn einer von ihnen intelligent genug wäre, um über dergleichen nachzudenken.

Doch das ist nicht der Fall. Und es ist auch nicht nötig, denn jetzt sind Millionen von ihnen hier vereint, und kein Einziger ist bisher über einen anderen hergefallen. Jetzt bilden sie eine Gemeinschaft und kooperieren miteinander. Und jetzt sind sie hier, angelockt von einer instinktiven Gewissheit, die fest in ihren Genen verankert ist: Je höher die Mauern, desto wichtiger ist es, die Dinge dahinter zu zerstören.

Zum ersten Mal scheinen die magischen Verteidigungsanlagen nicht auf sie vorbereitet zu sein.

Innerhalb weniger Augenblicke zerbröckelt die Firewall unter dem Angriff von Millionen zahnbewehrter Mäuler. Sie öffnet im Gegenzug ebenfalls die Mäuler und spuckt Exorzisten, Metabots und eine ganze Reihe tödlicher Abwehrmaßnahmen aus. Lenies fallen; andere, von der Vernichtung ihrer Verwandten wütend gemacht, reißen ihre Gegner in Stücke. Wieder andere vervielfältigen sich in abgelegenen Teilen des elektronischen Meeres, wo noch genügend Raum ist, und sorgen so für Verstärkung. Die neuen Rekruten stürzen sich in die Schlacht und nehmen den Platz der Gefallenen ein.

An einer Stelle entsteht ein Riss in der Firewall, dann an hundert anderen. Und schließlich gibt es keine Firewall mehr, nur noch eine weite Fläche voller leerer Verzeichnisse und ein Labyrinth aus irrelevanten, imaginären Begrenzungen. Die Eindringlinge strömen in eine Landschaft hinein, die keiner ihrer Vorfahren jemals gesehen hat. Makellose Betriebssysteme und Verkehrsleiteinrichtungen, Verbindungen zum Orbit und in andere Hemisphären.

Sie sehen sich vollkommenem Neuland gegenüber, das fruchtbar und ihnen schutzlos ausgeliefert ist. Die Reißwölfe drängen vorwärts.

Umschalter

Es war nur eine Frage der Zeit gewesen, das wusste Lubin. Wenn das Mem stark genug war, funktionierte die Mundpropaganda wie eine Kernspaltung, sogar in einer Landschaft, in der die Münder selbst praktisch ausgerottet waren. Wenn dieser Junge auf seinem Motorrad den Erreger nicht in der Stadt verbreitet hätte, dann hätte es ein anderer getan. Und offensichtlich war genau das geschehen.

Sein Ultraleichtflieger schwebte hundert Meter über dem vernarbten und braun gefärbten Flickenteppich von Neuengland. Der östliche Horizont war schwarz von Rauch – große, dunkle Säulen, die von der abgewandten Seite eines kahl rasierten Bergrückens aufstiegen. Es war derselbe Bergrücken, von dem aus sie die Sterne hatten vom Himmel fallen sehen, derselbe Bergrücken, den Lubin und Clarke hinabgestiegen waren, um mit Desjardins' Mechfliege zusammenzutreffen. Damals war das Feuer auf *dieser* Seite des Hügels gewesen – eigentlich nur ein winziges Ding, eine flackernde Begrenzungslinie, um Taka im Innern einzusperren.

Jetzt stand ganz Freeport in Flammen. Zwei Lifter hingen ein Stück weit oberhalb der Bergspitze tief am Himmel. Sie wurden von Rauchschwaden umwölkt, die ihre Umrisse mal verhüllten und dann wieder freigaben, je nachdem, wie der Wind stand. Hin und wieder spuckten sie immer noch Feuerströme in Richtung Erdboden aus, aber wie es aussah, hatten sie ihre Aufgabe bereits erfüllt.

Jetzt war Lubin an der Reihe.

Clarke hatte sich bestimmt in Sicherheit bringen können. Die Lifter konnten den Himmel, die Erde und sogar die Meeresoberfläche verbrennen, aber bis zum Meeresboden vermochten sie nicht vorzudringen. Die *Phocoena* war unsichtbar und unantastbar. Später, wenn die Flammen erloschen waren, würde er zurückkehren und nach ihr schauen.

In der Zwischenzeit musste er auf Patrouillenflug gehen. Er war von Westen gekommen, die Dyer Road entlang, doch es war keinerlei Verkehr zu sehen gewesen. Jetzt wandte er sich in südliche Richtung und flog an dem Feuersturm vorbei, auf einem Kurs, der die I-95 kreuzte. Die Lifter waren von Norden gekommen. Sämtliche Flüchtlinge, die über Fahrzeuge verfügten, würden sich höchstwahrscheinlich in die entgegengesetzte Richtung bewegen.

Vielleicht würde ihm ja einer von ihnen eine Entschuldigung liefern.

Dreizehn Kilometer weiter sah er plötzlich etwas auf der Fernortung. Es war ein schwerer Lieferwagen, beinahe ein Truck, doch wenige Sekunden nach der ersten Sichtung war er schon wieder außer Reichweite. Lubin stieg auf und scannte in einhundertfünfzig Metern Höhe noch einmal seine Umgebung. Kurz hintereinander stieß er auf zwei Kontakte. Dann nichts mehr.

Aber das reichte aus. Das Ziel hatte den Highway in östlicher Richtung verlassen und war nun im Bodenecho verschwunden, doch er verfügte über die Koordinaten der letzten Sichtung. Mit etwas Glück würden sie ihn zu einer Seitenstraße führen, die nicht allzu viele Abzweigungen besaß, und seinem Ziel war nur noch ein einziger Freiheitsgrad verblieben.

Diesmal war das Glück auf seiner Seite. Die Straße schlängelte sich am Erdboden dahin, verdeckt von den überhängenden Armen sterbender Bäume, die sie in grüneren Zeiten vollkommen eingehüllt hatten.

Die Äste waren immer noch dick genug, um die Sicht auf das sich bewegende Objekt einzuschränken, aber sie konnten es nicht vollkommen verbergen. Bei seiner gegenwärtigen Geschwindigkeit würde das Ziel in wenigen Minuten die Küste erreicht haben.

In der Ferne funkelte der Ozean, eine weite blaue Fläche, die mit elfenbeinfarbenen Türmen gespickt war. Aus dieser Entfernung hatten die Türme die Größe von Zahnstochern. In Wirklichkeit waren sie jedoch hundert Meter hoch. Bei manchen drehten sich an der Spitze träge dreiblättrige Rotoren, die schlanken Rotorblätter so groß wie ein zehnstöckiges Gebäude. Bei anderen standen die Rotoren still oder ihnen fehlte ein Blatt. Ein paar hatten gar keine Spitze mehr.

Ein Industriekomplex schmiegte sich an den Fuß der versetzt stehenden Windräder, eine schwimmende Anlage aus Rohren, Gerüsten und kugelförmigen Reservoirs. Als sich Lubin der Küste näherte, waren weitere Einzelheiten zu erkennen: eine Wasserstoffspaltanlage, die vermutlich Portland versorgte, das sich fünfzehn oder zwanzig Klicks weiter südlich befand. Die Entfernung und die Windräder, mit denen die Anlage betrieben wurde, ließen sie winzig erscheinen, aber sie war mindestens ein paar Stockwerke hoch.

Er befand sich jetzt über dem Wasser. Hinter ihm führte die Straße aus dem brandigen Wald heraus und folgte in einem Bogen dem Verlauf der Küste. Sie mündete in einen kleinen Asphaltflecken, ein Parkplatz, von dem aus man einen Blick über den Ozean hatte. Kein anderer Weg führte davon weg. Lubin zog eine Schleife und ging in Position, während das Ziel seine Deckung verließ und unter ihm hindurchfuhr.

Es war Miri.

Ich hätte es wissen müssen, dachte er. *Ich konnte mich nie darauf verlassen, dass diese Frau an einem Ort bleibt.*

Er setzte zur Landung an und drosselte ein paar Meter über der Straße die Geschwindigkeit, damit die Bodeneffektoren das Flugzeug in der Nähe des Eingangs zum Parkplatz absetzen konnten. Die mobile Krankenstation stand stumm vor ihm, die Fenster abgedunkelt, die Türen geschlossen, die Waffenkuppel eingezogen. Ein Schild an einem Geländer in der Nähe spielte Werbefilme ab, die eine Landschaft aus besseren Zeiten zeigten. Über dem Wasser drehten sich die ramponierten Rotorblätter der Windräder in der Brise.

Clarke musste am Steuer sein. Lubin hatte zugesehen, wie Ouellette die Verriegelung neu programmiert hatte, und sie hatte nur sie drei als Fahrer autorisiert. Andererseits hatten sie die Abwehranlagen im Innern des Fahrerhauses entschärft. Es war möglich, wenn auch unwahrscheinlich, dass jemand Clarke eine Waffe an den Kopf hielt.

Er war direkt neben dem Uferdamm gelandet, der zur Küste hinabführte. Der Damm bot ihm Deckung, sollte das nötig sein. Er stieg aus dem Ultraleichtflieger, bereit, der Sache auf den Grund zu gehen. Er befand sich am äußersten Rand des Diagnoseradius der Krankenstation. Miris Eingeweide flackerten auf beunruhigende Weise. Lubin schaltete die Inlays aus, um nicht abgelenkt zu werden.

Die Fahrertür der Krankenstation schwang auf. Lenie Clarke stieg aus. Auf halbem Weg traf er mit ihr zusammen.

Ihre Augen waren unverhüllt und feucht. »Oh Gott, Ken. Hast du das gesehen?«

Er nickte.

»Ich kannte diese Leute. Ich habe versucht, ihnen zu helfen. Ich wusste zwar, dass es keinen Zweck hat, aber …«

Bisher hatte er sie erst einmal in einem solchen Zustand gesehen. Absurderweise überlegte er, ob er sie in die Arme nehmen sollte, um ihr ein wenig Trost zu spenden. Bei anderen Leuten schien das manchmal zu funktionieren. Aber Lenie Clarke und Ken Lubin waren sich für solche Gesten schon immer zu vertraut gewesen.

»Du weißt, dass es notwendig ist«, erinnerte er sie.

Sie schüttelte den Kopf. »Nein, Ken. Das ist es nie gewesen.«

Einen Moment lang blickte er sie an. »Wie meinst du das?«

Sie sah zu der Krankenstation hinüber. Augenblicklich war Lubin wieder wachsam.

»Wer ist bei dir?«, fragte er mit leiser Stimme.

»Ricketts«, erwiderte sie.

»Rick ...« Er erinnerte sich. »Nein!«

Sie nickte.

»Er ist zurückgekehrt? Und du hast ihn nicht von den Liftern abholen lassen?« Angewidert schüttelte er den Kopf. »Len, weißt du überhaupt, was du ...«

»Ich weiß«, sagte sie ohne eine Spur des Bedauerns.

»Ach ja? Dann ist dir also auch klar, dass Freeport höchstwahrscheinlich wegen dir niedergebrannt ...«

»Nein«, sagte sie.

»Er ist infiziert.« Er ging um sie herum.

Sie versperrte ihm den Weg. »Du wirst ihn nicht anrühren, Ken.«

»Es überrascht mich, dass sich überhaupt die Frage stellt. Eigentlich hätte er schon vor Tagen ...«

Ich bin ein Idiot, wurde ihm klar.

»Was hast du in Erfahrung gebracht?«, fragte er.

»Ich weiß, dass er Seppuku im Anfangsstadium hat. Schweißausbrüche, Fieber, gerötete Haut. Erhöhte Stoffwechselaktivität.«

»Sprich weiter.«

»Und ich weiß, dass er vor ein paar Tagen noch Seppuku in fortgeschrittenem Stadium gehabt hat.«

»Was bedeutet ...?«

»Er war so schwach, dass er sich kaum bewegen konnte. Musste mit einem Tropf ernährt werden. Er hat eine sakkadische Tastatur benutzt, um überhaupt sprechen zu können.«

»Inzwischen geht es ihm also besser?«, fragte Lubin skeptisch.

»Die Konzentration von Seppuku liegt im Augenblick bei zehn Einheiten und nimmt stündlich ab. Deshalb habe ich ihn zur Krankenstation zurückgebracht. Die *Phocoena* verfügt nicht über …«

»Du hast ihn in die *Phocoena* gebracht?«, fragte Lubin mit gefährlich monotoner Stimme.

»Du kannst mir später dafür die Leviten lesen, okay? Jetzt halt einfach die Klappe und hör mir zu: Ich habe ihn zur Krankenstation zurückgebracht und jeden Test durchlaufen lassen, den mir der Computer empfohlen hat, und sie alle haben es mir bestätigt: Vor drei Tagen stand er noch an der Schwelle zum Tod, und heute ist er in einem Zustand, dass ich schon schlimmere Erkältungen gesehen habe.«

»Du hast also ein Heilmittel?« Er konnte es nicht glauben.

»Es ist kein Heilmittel nötig. Seppuku heilt sich selbst. Man kommt einfach … darüber hinweg.«

»Ich möchte gern die Daten sehen.«

»Du kannst noch weitaus mehr tun. Du kannst mir helfen, Daten zu sammeln. Wir waren gerade dabei, die neueste Sequenz durchlaufen zu lassen, als die Lifter aufgetaucht sind.«

Lubin schüttelte den Kopf. »Taka schien der Meinung zu sein …« Aber Taka Ouellette hatte selbst zugegeben, dass sie sich schon öfter geirrt hatte. Sie war bei weitem nicht die Beste auf ihrem Fachgebiet. Und sie hatte Seppukus dunkle Seite erst entdeckt, nachdem Achilles Desjardins ihr den entscheidenden Hinweis gegeben hatte …

»Ich habe versucht herauszufinden, warum irgendjemand eine Mikrobe entwickeln sollte, die gewaltige Konzentrationen im Körper bildet und dann einfach … abstirbt«, sagte Clarke. »Und ich kann mir nur einen einzigen Grund dafür denken.« Sie legte den Kopf schief. »Wie viele Überträger hast du gefangen?«

»Achtzehn.« Er hatte Tag und Nacht gearbeitet, war rosafarbenen Wolken und Wärmespuren gefolgt, hatte sich auf die Hinweise anonymer Stimmen über Funk verlassen, seine Haut mit Pflastern zugeklebt, die das Gift aus seinem Blut herausziehen und ihn in die Lage versetzen sollten, nur alle vierundzwanzig Stunden einmal für eine halbe Stunde schlafen zu müssen …

»Ist einer von ihnen gestorben?«, fragte Clarke.

»Man hat mir gesagt, sie seien in der Quarantäne gestorben.« Er schnaubte verächtlich über seine eigene Dummheit. *Was ist nötig, um den Meister an der Nase herumzuführen? Fünf Jahre ohne einen Einsatz und eine Stimme über Funk …*

»Im Großen und Ganzen hat Taka Recht gehabt«, sagte Clarke. »Seppuku würde einen Menschen tatsächlich umbringen, wenn es nicht aufgehalten wird. Ihr war nur nicht klar, dass sich Seppuku irgendwie selbst aufhält. Außerdem hat sie Probleme mit ihrem Selbstwertgefühl …«

Was du nicht sagst, sagte sich Lubin trocken.

»… sie ist so sehr daran gewöhnt, eine Versagerin zu sein, dass sie bei dem kleinsten Anlass sofort der Meinung ist, erneut versagt zu haben.« Sie starrte Lubin an. In ihrem Gesicht mischten sich Hoffnung und Grauen. »Aber sie hat die ganze Zeit über Recht gehabt, Ken. Wir stehen wieder ganz am Anfang. Irgendjemand muss herausgefunden haben, wie man βehemoth vernichten kann, und jemand anderes versucht, ihn aufzuhalten.«

»Desjardins«, sagte Lubin.

Clarke zögerte. »Möglicherweise …«

Eigentlich bestand daran kein Zweifel. Achilles Desjardins besaß einen viel zu hohen Rang, um über einen Feldzug zur Rettung des Kontinents nicht Bescheid zu wissen. Er musste also Seppukus wahre Natur gekannt haben. Er hatte einfach gelogen.

Und Clarke irrte sich auch noch in anderer Hinsicht. Sie standen nicht wieder ganz am Anfang. Inzwischen hatte Lubin bereits zwei Wochen lang für die falsche Seite gekämpft.

Falsch. Er mochte dieses Wort nicht. Es gehörte nicht zu seinem Vokabular, es beschwor schwammige Gegensätze wie *gut* und *böse* herauf. Jeder, der bei klarem Verstand war, wusste, dass es so etwas nicht gab. Es gab nur Dinge, die funktionierten, und andere, die nicht funktionierten. Effizientere und weniger effiziente Maßnahmen. Der Verrat eines Freundes mochte negative Folgen haben, aber er war nicht *böse*. Das Angebot eines möglichen Verbündeten mochte im gegenseitigen Interesse sein, aber das machte ihn nicht unbedingt *gut*. Selbst wenn man die Mutter hasst, die einen als Kind geschlagen hat, hat man damit etwas Wesentliches nicht begriffen: Niemand kann sich die Schaltkreise in seinem Gehirn aussuchen. Das Gehirn eines anderen Menschen, das auf die gleiche Weise verknüpft ist, würde genauso heftig reagieren.

Ken Lubin konnte einen Gegner bis aufs Blut bekämpfen, ohne dabei böswillige Absichten zu verfolgen. Er konnte augenblicklich die Seiten wechseln, wenn die Umstände es erforderten. Die Schöpfer von Seppuku hatten also nicht zwangsläufig Recht, während Achilles Desjardins im Unrecht war. Ken Lubin war einfach nur darüber getäuscht worden, auf wessen Seite er stand.

Sein ganzes Leben lang war er von anderen ausgenutzt worden. Aber ohne sein Wissen ausgenutzt zu werden, war etwas, das er nicht so leicht vergeben würde.

In seinem Innern schaltete etwas von *Pragmatismus* auf *Verbissenheit* um. Letztere gestattete es ihm, sich auf ein bestimmtes Ziel zu konzentrieren, obwohl sie in der Vergangenheit unbestreitbar auch negative Folgen gehabt hatte. Er setzte sie deshalb nur selten ein.

Jetzt war jedoch der richtige Zeitpunkt dafür gekommen.

Desjardins. Er hatte hinter allem gesteckt. Hinter den Feuern, den Abwehrraketen und den Täuschungsmanövern. Desjardins.

Achilles Desjardins.

Er hatte ihn an der Nase herumgeführt.

Wenn das keine Entschuldigung ist, dachte er.

Lubins Ultraleichtflieger war ein Geschenk von Desjardins gewesen. Es wäre deshalb sicher ratsam, die Unterhaltung in etwas größerer Entfernung davon weiterzuführen.

Lubin ergriff Clarke am Arm und ging mit ihr zur Krankenstation hinüber. Sie widersetzte sich nicht. Vielleicht hatte sie gesehen, wie der Schalter in seinem Innern umgelegt wurde. Sie stieg auf der Fahrerseite ein, er auf der Beifahrerseite.

Ricketts kauerte im hinteren Teil des Fahrerhauses. Sein Gesicht war leicht gerötet, seine Stirn feucht, aber er hatte sich aufgerichtet und aß mit offensichtlichem Enthusiasmus einen Eiweißblock. »Hallo«, sagte er. »Erinnern Sie sich an mich?«

Lubin wandte sich Clarke zu. »Desjardins ist immer noch ein *Gesetzesbrecher*. Seine Infrastruktur ist nicht mehr, was sie früher einmal war, aber er verfügt immer noch über jede Menge Ressourcen, und seine Vorgesetzten lassen ihm offenbar vollkommen freie Hand.«

»Ich weiß«, sagte Clarke.

»Er könnte uns überall überwachen.«

»He, wenn Sie damit meinen, dass uns die hohen Tiere belauschen könnten, darüber würde ich mir keine großen Gedanken machen«, sagte Ricketts, während er Aminosäuren kaute. »Die müssten eigentlich jeden Augenblick andere Probleme bekommen.«

Lubin musterte ihn mit kaltem Blick. »Wovon sprichst du?«

»Er hat Recht«, sagte Clarke. »Sie werden bald die Kontrolle über ihre ...«

Ein leises Prasseln unterbrach sie, das wie die gedämpften Explosionen ferner Artillerie klang.

»... Dämonen verlieren«, schloss sie, aber Lubin war bereits wieder ausgestiegen.

Über dem Wasser, in den schmalen Schatten der heruntergekommenen Windfarm, brannte die Wasserstoffspaltanlage.

Es war, als hätten sie in diesem Augenblick die Rollen getauscht.

Plötzlich war Clarke diejenige, die für Nichteinmischung plädierte. »Ken, wir sind nur zu zweit.«

»Falsch. Ich werde das allein erledigen.«

»Und was genau willst du tun? Wenn es in der BRIKS einen Verräter gibt, dann soll sich die BRIKS darum kümmern. Es muss doch eine Möglichkeit geben, eine Nachricht nach Übersee zu schicken.«

»Das habe ich auch vor – wenn wir eine Verbindung nach Übersee herstellen können, heißt das. Aber ich bezweifle, dass es irgendetwas nützen wird.«

»Wir können von der *Phocoena* aus senden.«

Lubin schüttelte den Kopf. »Wir wissen, dass es mindestens einen Verräter gibt. Wir wissen nicht, mit wie vielen anderen er womöglich zusammenarbeitet. Es gibt keine Garantie dafür, dass eine Nachricht, die durch einen Knotenpunkt der westlichen Hemisphäre geschickt wird, auch tatsächlich durchkommt. Und das …« – er sah zu dem Brand über dem Wasser hinüber – »… war auch vorher schon so.«

»Dann entfernen wir uns eben von der Küste. Wir könnten über den Ozean fahren und die Botschaft persönlich überbringen …«

»Und selbst wenn«, fuhr er fort. »Unbegründete Anschuldigungen, dass ein *Gesetzesbrecher* der BRIKS zum Verräter geworden ist, werden in einer Welt, in der die Existenz von Spartakus noch nicht weithin bekannt ist, auf starke Skepsis stoßen.«

»Ken …«

»Bis wir sie schließlich davon überzeugt haben, uns ernst zu nehmen, und bis die Streitkräfte in Übersee reagiert haben, wäre Desjardins längst über alle Berge. Der Mann ist schließlich nicht dumm.«

»Dann soll er doch fliehen. Solange er die Verbreitung von Seppuku nicht mehr länger behindert, was kann er schon für Schaden anrichten?«

Natürlich irrte sie sich gewaltig. Desjardins konnte jede Menge Schaden anrichten, bevor er seinen Posten verließ. Er konnte Lubin womöglich sogar daran hindern, seine Mission zu erfüllen – und das würde Lubin auf keinen Fall zulassen.

Er hatte nie dazu geneigt, sein eigenes Handeln infrage zu stellen. Allerdings musste er zugeben, dass Clarkes Zweifel durchaus berechtigt waren. Es wäre so viel einfacher, den Anruf zu tätigen und sich zurückzuziehen. Doch der Wunsch, jemandem Gewalt anzutun, war beinahe unwiderstehlich geworden, und sämtliche Regeln waren nur so stark wie der Mensch, der sie sich auferlegte. Und bis jetzt war Lubin seinem Kodex mehr oder weniger treu geblieben, von kleineren Fehltritten wie bei Phong einmal abgesehen. Doch angesichts dieses Verbrechens wusste er nicht, wie viel Zivilisation noch in ihm verblieben war.

Er war stinksauer, und er musste seine Wut an jemandem auslassen. Vielleicht konnte er sich dafür zumindest ein Ziel aussuchen, das es verdient hatte.

Flöhe

Sie konnte sich kaum noch an eine Zeit erinnern, als sie nicht geblutet hatte.

Sie schien ihr ganzes Leben auf Knien verbracht zu haben, gefangen in einem teuflischen Exoskelett, das sich verbog und streckte, ohne sich dabei darum zu scheren, ob der menschliche Körper in seinem Innern die Bewegungen mitmachen konnte. Ihr Körper hatte jedoch keine andere Wahl, hatte nie eine andere Wahl gehabt. Der tanzende Käfig nahm ihn mit und ließ sie Posen einnehmen wie eine übermenschlich dehnbare Marionette in einer Revue. Ihre Gelenke wurden ausgekugelt und wieder zusammengefügt wie die schlecht passenden Teile eines knorpeligen Puzzles. Ihre rechte Brust hatte sie schon vor einer Ewigkeit verloren. Achilles Desjardins hatte eine Art Drahtschlinge darum gewickelt und sie einfach zusammengezogen. Sie war auf die Escherfliesen geklatscht wie ein toter Fisch. Sie erinnerte sich, dass sie in dem Moment gehofft hatte, dass sie vielleicht einfach verbluten würde, doch sie erhielt keine Gelegenheit dazu. Er hatte ihr ein flaches Bügeleisen aus glühend heißem Metall an ihre Brust gedrückt und die Wunde damit kauterisiert.

Damals hatte sie noch die Kraft gehabt zu schreien.

Seit einiger Zeit befand sie sich nun schon an einer Stelle halb zwischen ihrem Körper und der Decke, eine Art Schnittstelle zwischen der Hölle und vollkommener Empfindungslosigkeit, die sie sich aus der Notwendigkeit heraus geschaffen hatte. Sie konnte auf sich hinabblicken und die Gräueltaten, die an ihrem Körper verübt wurden, beinahe mit einer gewissen Gleichgültigkeit betrachten. Sie spürte den Schmerz, aber er hatte etwas Abstraktes angenommen, wie die Anzeige auf einem Messgerät. Manchmal, wenn die Folter aufhörte, kehrte sie in ihren Körper zurück und machte eine direkte Bestandsaufnahme der Schäden. Selbst dann war die Qual eher ermüdend als schmerzhaft.

Und all das wurde begleitet von den verrückten Unterrichtsstunden, den endlosen, absurden Fragen über chirale Katalysatoren, Hydroxyl-Zwischenprodukte und die Duplexbildung verschiedener Nukleotide. Die Bestrafungen und Amputationen, die auf falsche Antworten folgten, und die lediglich unangenehmen Vergewaltigungen, mit denen richtige belohnt wurden.

Ihr wurde klar, dass sie eigentlich nichts mehr zu verlieren hatte.

Achilles schob ihr die Hand unter das Kinn und hob ihren Kopf an. »Guten Morgen, Alice. Bereit für die heutige Lektion?«

»Fick dich!«, krächzte sie.

Er küsste sie auf den Mund. »Nur wenn du das tägliche Quiz bestehst. Sonst fürchte ich …«

»Ich werde bei diesem …« Ein plötzlicher Hustenanfall verdarb ein wenig die Wirkung ihrer trotzigen Worte, aber sie sprach trotzdem weiter. »… bei diesem verdammten Quiz nicht mehr mitmachen. Komm besser gleich zur … Sache, solange du n-noch kannst …«

Er streichelte ihre Wange. »Kleiner Adrenalinschub, was?«

»I-irgendwann werden sie … d-dir auf die Spur kommen. Und dann werden sie …«

Er lachte über ihre Worte. »Was bringt dich auf den Gedanken, dass sie es nicht längst wissen?«

Sie schluckte und sagte sich: *Nein!*

Achilles richtete sich auf und ließ ihren Kopf los. »Woher willst du wissen, dass ich diese Bilder nicht an jede Armbanduhr der ganzen Hemisphäre sende? Glaubst du wirklich, die Welt ist in einer Position, mir deinen Kopf auf einem Pfahl zu verweigern, wenn ich doch so viel Gutes tue?«

»Gutes!«, flüsterte Taka. Sie hätte beinahe gelacht.

»Hast du eine Ahnung, wie viele Menschenleben ich rette, wenn ich nicht gerade bei dir bin und versuche, dir eine anständige Ausbildung zu geben? Tausende. Und das an einem schlechten Tag. Und nebenher verschleiße ich einmal im Monat eine Schlampe wie dich. Jemand, der mir das Handwerk legt, müsste schon viel mehr Blut an den Händen haben, als ich es jemals haben könnte.«

Sie schüttelte den Kopf. »Das … stimmt nicht.«

»Was stimmt nicht, Schlampe?«

»Egal … wie viele Menschenleben du rettest. Es gibt dir nicht das R-recht …«

»Verdammt. Es ist nicht nur die Biologie, nicht wahr? Sag mir, gibt es irgendein Gebiet, auf dem du nicht eine komplette Niete bist?«

»Ich habe Recht. Und du weißt es …«

»Tatsächlich? Was sollen wir also deiner Meinung nach tun? In die guten alten Zeiten zurückkehren, als die Firmenbosse an der Macht waren? Damals hat das kleinste Multiunternehmen um des Gewinns willen mehr Menschen umgebracht als alle Triebtäter, die jemals gelebt haben, zusammengenommen – und die Welthandelsorganisation hat ihnen auch noch einen Orden dafür verliehen.«

Er spuckte aus: Der Speichel bildete eine schaumige kleine Amöbe auf dem Fußboden. »Niemand kümmert sich darum, meine Süße. Und selbst wenn, dann wärst du auch nicht besser dran, weil sie nämlich feststellen würden, dass ich im Vergleich dazu ein Fortschritt bin.«

»Du irrst dich …«, gelang es ihr hervorzubringen.

»Oohh«, sagte Achilles. »Ungehorsam. Das macht mich total scharf. Einen Moment.« Er trat hinter das Exoskelett und versetzte ihm einen Stoß. Taka drehte sich in dem Geschirr einmal um die eigene Achse, bis sie sich ihm wieder gegenübersah. Er hielt ein Paar Abgreifklemmen in der Hand, deren Drähte mit einer Stromquelle verbunden waren, die in das Auge eines der himmelblauen Fische eingelassen war.

»Ich sag dir was«, fuhr er fort. »Finde einen Fehler in meiner Argumentation, und ich werde die hier nicht einsetzen.«

»Klar«, krächzte sie. »Du tust es ja doch …«

»Nein, werde ich nicht. Versprochen. Du kannst mich auf die Probe stellen.«

Sie erinnerte sich: *Sie hatte nichts mehr zu verlieren.* »Glaubst du wirklich, die Leute werden das hier sehen und dich einfach … weitermachen lassen, nur weil du ihnen sagst, dass die … Firmenbosse schlimmer waren? Denkst du … denkst du, die Menschen reagieren logisch? D-du bist derjenige … der Scheiße im Hirn hat. Deine verdammte Argumentation ist denen egal. Sie werfen einen Blick auf diese Szenerie und reißen dich in … Stücke. Der einzige Grund, warum du im Augenblick noch damit durchkommst …«

Das ist es, wurde ihr klar.

Was würde geschehen, wenn βehemoth einfach … verschwand? Wenn die Apokalypse etwas weniger schnell voranschritt und die Situation entschärft wurde? Vielleicht würden die Menschen in einer sichereren Welt wieder vorgeben, zivilisiert zu sein. Womöglich würden sie dann nicht mehr ganz so hochtrabende Reden darüber schwingen, dass man sich Menschenrechte nicht leisten konnte.

Und Achilles Desjardins würde nicht mehr ohne Weiteres straffrei davonkommen.

»Darum bekämpfst du Seppuku«, flüsterte sie.

Achilles ließ die Abgreifklemmen zuschnappen. Funken sprühten. »Wie bitte? Was hast du gesagt?«

»Du erzählst völligen Unsinn. Du behauptest, Tausende von Menschenleben zu retten. In Wirklichkeit gibt es Menschen, die die Welt retten wollen, und du versuchst, sie aufzuhalten. Du tötest Milliarden. Du tötest uns alle. Nur damit du mit dem hier weitermachen kannst …«

Er zuckte die Achseln. »Nun, das habe ich der ersten Alice schon zu erklären versucht. Ohne ein Gewissen schert einen das alles nur wenig.«

»Du wirst verlieren. Du herrschst nicht über die ganze Welt, sondern nur über … diesen Teil von ihr. Du kannst Seppuku nicht auf ewig aussperren.«

Achilles nickte nachdenklich. »Ich weiß. Aber darüber musst du dir nicht deinen hübschen, kleinen Kopf zerbrechen. Ich habe bereits für meinen Ruhestand vorgesorgt. Du hingegen hast andere Sorgen.«

Er drückte ihren Kopf gegen den Rahmen und streckte ihren Hals. Dann küsste er ihren Nacken.

»Zum Beispiel, dass du zu spät zum Unterricht erschienen bist. Mal schauen. Gestern haben wir über den Ursprung des Lebens gesprochen, wenn ich mich recht erinnere. Und darüber, dass man meinen könnte, dass βehemoth denselben Ursprung hat wie wir. Und es hat eine Weile gedauert, aber irgendwann ist dir eingefallen, warum das eine falsche Annahme ist. Und zwar weswegen …?«

Sie hatte es nicht vergessen. βehemoths Pyranosyl-RNA konnte mit den modernen Nukleinsäuren keinen Austausch führen. Aus der genetischen Grundlage des einen konnte unmöglich das andere hervorgegangen sein.

Im Augenblick hatte sie es jedoch satt, sich von Desjardins herumkommandieren zu lassen. Sie biss die Zähne zusammen und blieb stumm.

Natürlich kümmerte ihn das nicht im Geringsten. »Also gut. Dann wollen wir mal mit den Wiederholungsübungen beginnen, nicht wahr?«

Ihr Körper wurde wieder in Position gebracht. Das Exoskelett hielt an, riss ihre Arme zurück und spreizte ihre Beine. Sie spürte, wie ihr Schritt mit einem Knacken geöffnet wurde wie das Gelenk eines Schlüsselbeins.

Sie verließ ihren Körper, und ihr Bewusstsein ging in diese vollkommene Leere ein, wo Schmerz und Hoffnung und Achilles Desjardins nicht existierten. Tief unter ihr, beinahe als würde sie sich unter Wasser befinden, spürte sie, wie ihr Körper im Rhythmus seiner Stöße erbebte. Natürlich konnte sie ihn nicht spüren – ihr Inneres war durch all die Rammböcke, die er benutzt hatte, um sich den Weg zu ebnen, längst taub geworden. Aus irgendeinem Grund, den sie nicht hätte benennen können, musste sie bei dem Gedanken beinahe lächeln.

Sie erinnerte sich an Dave, damals, als er sie auf der Terrasse überrascht hatte. Sie erinnerte sich daran, wie sie in Boston ein echtes Theater besucht hatten. Und an Crystals vierten Geburtstag.

Merkwürdige Geräusche drangen aus der anderen Welt zu ihr herüber, rhythmische Klänge, die in der Situation ein wenig lächerlich wirkten. Jemand sang dort unten mit schiefer Stimme ein albernes, kleines Liedchen, während ihr Körper im Takt dazu erbebte:

> Die Naturalisten sagen, der Floh
> wird seines Lebens auch nicht froh.
> Von kleineren Flöhen wird er geplagt,
> Und so geht's weiter bis zum Jüngsten Tag.

Natürlich musste das Ganze irgendeine tiefere Bedeutung haben. Am Ende der Unterrichtsstunde würde die nächste Prüfung folgen.

Nur dass es dieses Mal nicht so weit kam. Plötzlich hörten die Stöße auf. Desjardins war nicht zum Höhepunkt gelangt – inzwischen war sie mit seinem Rhythmus so vertraut, dass sie das feststellen konnte. Er hatte sich aus ihr zurückgezogen und dabei irgendetwas gemurmelt, das sie hier oben in der sicheren Zone nicht hatte verstehen können. Kurz darauf entfernten sich seine Schritte hinter ihr, und es blieb nur das Geräusch ihres rasselnden Atems zurück.

Taka war allein mit ihrem Körper, ihren Erinnerungen und den Geschöpfen auf dem Fliesenboden. Achilles hatte sie verlassen. Etwas hatte ihn abgelenkt. Vielleicht jemand an der Tür. Oder die Stimme irgendeines Tiers, die in seinem Kopf jaulte.

In letzter Zeit hörte auch sie häufiger solche Stimmen.

Ein feuerspeiendes Ungeheuer

Der Äther brodelte nur so von Katastrophenberichten. Von Halifax bis nach Houston hatten die Feldgeneratoren funkensprühend den Geist aufgegeben. In Krankenhäusern tief in den Klaven und in den Festungen an der Grenze zur Wildnis waren flackernd die Lichter ausgegangen. In einer Meldung aus der Gegend um Newark hieß es, ein automatisches Plastikumschmelzwerk sei in Flammen aufgegangen, in einer weiteren von der Insel Baffin, dass aus einem He_3-Spaltwerk die Isotope unkontrolliert in die Atmosphäre entwichen. Beinahe schien es, als sei der alte Mahlstrom wieder zum Leben erwacht, mit all seiner weltumspannenden Herrlichkeit, aber hundertmal so bösartig.

Die Lenies befanden sich auf dem Kriegspfad – und plötzlich jagten sie in Gruppen. Firewalls brachen unter ihrem Ansturm zusammen; Exorzisten, die sich auf sie stürzten, wurden auf der Stelle in weißes Rauschen verwandelt.

»Ein Lifter ist gerade in den Edmonton-Turm gestürzt«, sagte Clarke. Lubin sah zu ihr hinüber. Sie tippte sich gegen das Ohr, wo der Ohrhörer, den sie sich von ihm geborgt hatte, ständig die neuesten Informationen aus dem Äther lieferte. »Die halbe Stadt steht in Flammen.«

»Wollen wir hoffen, dass sich unserer besser benimmt«, sagte Lubin.

Auch das geht auf dein Konto, sagte sie sich und versuchte sich zu erinnern: Dieses Mal war es anders. Jedes Menschenleben, das jetzt geopfert wurde, würde sich in der Zukunft tausendfach bezahlt machen. Hier ging es um mehr als nur Rache. Hier ging es tatsächlich einmal um das Wohl der Allgemeinheit.

Sich daran zu erinnern, war nicht schwierig. Aber sich damit abzufinden, war etwas ganz anderes.

Das passiert, wenn man Lenie dazu bringt, Lenie zu mögen.

Sie befanden sich wieder an der Küste und standen am Rand eines aufgegebenen Hafens in einer Geisterstadt, deren Namen Clarke sich nicht die Mühe gemacht hatte, in Erfahrung zu bringen. Den ganzen Morgen über waren sie wie schwarze Spinnen mit leeren Augen durch diese Landschaft voller rostenden Metalls gekrochen, die aus Hafenkränen, Hebeanlagen, Lagerhäusern, Trockendocks und anderen Ungeheuern aus Eisen und Wellblech bestand, die noch aus dem vergangenen Jahrtausend stammten. Selbst unter normalen Umständen war die Umgebung nicht gerade günstig für Funkwellen – und an ihrem gegenwärtigen Standort waren die Gesprächsfetzen, die an Clarkes Ohr drangen, besonders stark von weißem Rauschen verzerrt.

Was natürlich auch der Zweck des Ganzen war.

Auf der einen Seite stand ein dem Wasser zugewandtes Lagerhaus mit einer rostenden Blechverkleidung, das von einem Skelett aus Doppel-T-Trägern gestützt wurde. Auf der anderen Seite erhoben sich vier Kräne wie die Gittermodelle von sechzig Meter hohen Giraffen. Sie standen aufrecht da, und ihre Hälse ragten in einem Winkel von siebzig

Grad über dem Wasser auf. An ihren Schnauzen baumelten riesige Greifer, die zu Frachtern hinabgelassen werden konnten – Frachter, die diesen Ort schon seit Jahrzehnten nicht mehr ansteuerten.

An dem Kran, der dem Lagerhaus am nächsten war, lief eine dünne Leine durch einen Nasenring – eine Schlinge aus geflochtenem Polypropylen, die kaum dicker war als der Daumen eines Menschen. Beide Enden der Schlinge führten durch die Luft zu einem Punkt am Hals des zweiten Krans in der Reihe. Dort waren sie an einem Stahlträger festgeknotet. Vor dem Hintergrund aus Kabeln und Aufbauten wirkte das Seil so dünn wie Spinnenseide. Eigentlich hatten sie auch darauf gehofft, Spinnenseide zu finden. In diesem ganzen gottverlassenen Industriegebiet musste doch irgendjemand etwas davon übrig gelassen haben. Im Zeitalter der Biotechnologie waren Seile aus Spinnenseide ein billiges Massenprodukt gewesen, im Zeitalter der Bioapokalypse jedoch waren sie offenbar rar geworden. Alles, was sie gefunden hatten, war eine Rolle uraltes, grobes Plastikflechtseil, das in einem verlassenen Bootshaus am äußersten Ende des Hafens gehangen hatte.

Mit einem Seufzen hatte sich Lubin damit zufriedengegeben.

Clarke wäre beinahe in Ohnmacht gefallen, als sie ihm dabei zugesehen hatte, wie er auf das gefährlich schräg stehende Gerüst hinaufgestiegen war. Er war in den Hals der ersten Giraffe hinaufgeklettert und hatte dabei das Seil abgewickelt. Schließlich war er wie eine Ameise mit dem Kopf nach unten aus einer der Augenhöhlen gekrochen, die Beine um irgendeine dünne Strebe verschränkt, von der Clarke überzeugt gewesen war, dass sie jeden Moment abbrechen würde. Sie hatte erst wieder Luft geholt, als Lubin sicher zum Boden zurückgekehrt war. Dann hatte sie die ganze nervenaufreibende Prozedur noch einmal durchstehen müssen, als er auf den zweiten Kran geklettert war, wobei er diesmal beide Enden des Seils trug. Gott sei Dank hatte er kurz vor der Spitze innegehalten und die Enden dort verknotet. Nun spannte sich das Seil wie eine Nylonranke zwischen den beiden Kränen.

Als er wieder am Boden angekommen war, begann er ihr zu erklären, dass sie beim Klettern besseren Halt finden würde, wenn sie …

»Nie im Leben«, fiel Clarke ihm ins Wort.

»Nicht ganz bis zur Spitze. Nur bis zu der Stelle, wo die Leine befestigt ist. In halber Höhe.«

»Das ist mehr als nur die halbe Höhe, und das weißt du. Ein Fehltritt, und ich bin erledigt.«

»Nicht ganz. Der Kran neigt sich ein wenig nach vorn. Du wirst ins Wasser fallen.«

»Ja, aus fünfzig Metern Höhe! Glaubst du, ich … Moment mal, ich soll ins Wasser fallen?«

»Das ist der Plan.«

»Ein ziemlich schlechter Plan.«

»Sie werden auf der Hut sein, sobald sie merken, dass sie reingelegt wurden. Wenn sie in diesem Augenblick das Seil entdecken, wäre alles verloren. Du wirst den Knoten lösen und es mit dir nach unten ziehen. Unter Wasser wirst du in Sicherheit sein.«

»Vergiss es, Ken! Es ist nur ein Seil, und dein Plan ist so abwegig, dass bloß ein Verrückter darauf kommen würde …«

Sie hielt inne. *Verrückter* war möglicherweise eine ziemlich passende Beschreibung für den Mann, mit dem sie es hier zu tun hatten. Einen Moment lang befand sie sich wieder in der verbrannten Ruine der Ölplattform vor Sable und hob ihren Fuß aus dem Brustkorb eines menschlichen Skeletts.

Und Lubin hatte gesagt: *Wer immer hinter dem Ganzen steckt, ist klüger als ich …*

»Ich will kein Risiko eingehen«, sagte er jetzt leise.

Sie protestierte noch ein wenig, aber sie wussten beide, dass es nur vorgetäuscht war. Schließlich fuhr sie Miri in eine sichere Entfernung und ging über die Straße zurück, während Lubin vom Ultraleichtflieger aus Bericht erstattete: Ein Überträger hatte sich in einem verlassenen

Lagerhaus verbarrikadiert und stellte in einem Labor im Keller größere Mengen Seppuku her.

Die Führerhäuschen der Kräne befanden sich zwischen den Schulterblättern. Vandalen oder das Wetter hatten längst die meisten der Fensterscheiben zerstört. Clarke und Lubin suchten dort Schutz und warteten. Der stärker werdende Wind pfiff durch die Stahlstreben über ihnen.

Wie ein aufgedunsener Drache senkte es sich vom Himmel herab, während aus seinen Trimmungsblasen mit einem Tosen Gase entwichen. Ein Wirbelwind kündete von seiner Ankunft. Den ganzen Tag über hatte der Wind von Nordosten her stetig zugenommen, und jetzt fegte er mit einer solchen Stärke über das Hafengebiet hinweg, dass man kaum noch sein eigenes Wort verstand. Blecherne Schiebetüren wurden vom Wind erfasst und zerrten scheppernd an ihren Rollen. Dünne, straff gespannte Drähte und dicke Kabel wurden in Schwingung versetzt und machten einen Lärm wie ein Streichquartett aus der Hölle. Der Lifter ächzte, und Funken stoben über seine Oberfläche. Über dem Wasser, direkt vor dem Lagerhaus blieb er in der Luft hängen und drehte sich, um all seine Waffen auf sein Ziel auszurichten.

Lubin beugte sich dicht zu Clarke hinüber. »Los!«

Sie folgte ihm aus dem ausgeweideten Führerhäuschen. Sekunden später war er bereits einige Meter über ihr und kletterte weiter den Kran hinauf wie eine Baumschlange. Sie biss die Zähne zusammen und stieg hinterher. Es war nicht so schlimm, wie sie befürchtet hatte: Eine schmale Leiter, an der sich im Abstand von jeweils einem Meter Sicherheitsringe befanden, führte im Innern der Konstruktion nach oben wie eine Luftröhre. Aber der Wind zerrte von allen Seiten an ihr, und die Gitterträger um sie herum führten zur Bildung gefährlicher und unvorhersehbarer Luftwirbel. Sie drückten sie gegen die Leiter, zerrten sie zur Seite, glitten unter ihren Rucksack und versuchten, ihn ihr vom Leib zu reißen.

Ein lauter Donnerschlag zu ihrer Linken. Sie drehte sich um, erstarrte und klammerte sich mit aller Kraft an der Leiter fest. Ihr war nicht bewusst gewesen, wie hoch sie bereits hinaufgestiegen war. Hinter und unter ihr schwankte der Hafen, noch nicht ganz auf Miniaturgröße zusammengeschrumpft, aber schon kurz davor. Tief unten schäumte grünlich weiß das Wasser im Hafenbecken.

Ein weiterer Donnerschlag war zu hören. Doch es handelte sich nicht um ein Unwetter. Trotz seiner Stärke heulte der Wind unter einem blauen, wolkenlosen Himmel. Das Geräusch war vom Lifter gekommen. Von oben betrachtet sah das Flugschiff wie ein großer blaugrauer Edelstein aus, dessen Oberfläche Facetten aus nach innen gewölbten Dreiecken besaß. Seine Haut wurde von dem Vakuum in seinem Innern gegen die geodätischen Rippen gesaugt. Ein Dröhnen übertönte kurzzeitig das Heulen des Windes, während der gasförmige Ballast zischend entwich. Der Bauch des Lifters berührte beinahe das Wasser; sein Rücken wölbte sich höher als das Dach des Lagerhauses, das mehrere Stockwerke hoch war.

Gezähmte Blitze, fiel es Clarke wieder ein. Um den Auftrieb zu steuern. Stromstöße von hoher Voltzahl, die die in den Trimmungstanks gefangenen Gase erhitzten.

Und auf dieses Ungeheuer will Ken aufspringen.

Besser er als ich.

Sie sah nach oben. Lubin hatte seinen Absprungpunkt erreicht und löste den Knoten am Ende eines der Seile, seine Beine hinter Metallstreben verankert. Er winkte ihr ungeduldig zu ... und stolperte, von einem Windstoß kurzzeitig aus dem Gleichgewicht gebracht. Seine Hand zuckte vor, um sich an einem Kabel in der Nähe festzuhalten.

Sie kletterte weiter und weigerte sich dabei standhaft, noch einmal nach unten zu schauen, ganz gleich, was für obszöne Geräusche der Lifter von sich gab. Sie zählte die Sprossen. Sie zählte die Stahlbalken und Querträger und Nieten, während der Wind ihr in den Ohren heulte und an ihren Gliedern zerrte. Sie zählte die Stellen, wo sich die gelbrote Farbe abgelöst hatte und der nackte Stahl durchschimmerte – jedenfalls so lange, bis es sie daran erinnerte, dass sie eine Konstruktion hinaufstieg, die so alt war, dass die Farbe noch nicht Teil des Materials war, sondern erst im Nachhinein aufgetragen werden musste.

Als sie schließlich irgendwo oben im Strahlstrom bei Lubin ankam, hatte sie das Gefühl, eine halbe Ewigkeit sei vergangen. Lubin betrachtete den Lifter, die Augen hinter dem Fernglas verborgen. Clarke folgte seinem Blick nicht.

Das andere Ende des Seils war immer noch festgebunden. Das Seil selbst führte zur Spitze des nächsten Krans hinauf, wo Lubin es durch irgendein Nadelöhr gezogen hatte, und dann wieder zu ihnen zurück. Den letzten halben Meter des Polypropseils hatte sich Lubin nun um seine von der Tauchhaut eingehüllte Hand gewickelt. Eine Satellitenkamera, die auf die ganze Szenerie hinabblickte, hätte zwei dünne weiße Linien gesehen, die von ihrem gegenwärtigen Standort zu dem Lifter führten.

Außerdem hätte sie eine bedrohlich weite leere Fläche zwischen Linie und Lifter gesehen.

»Bist du dir sicher, dass das Seil lang genug ist?«, rief Clarke. Lubin antwortete nicht. Wahrscheinlich hatte er die Frage über dem Wind und durch die Kapuze seiner Taucherhaut nicht gehört. Clarke hatte kaum ihre eigenen Worte verstehen können.

Seine röhrenförmigen Augen blieben noch einen Moment lang auf das Ziel gerichtet. Dann schob er sich das Fernglas wieder auf die Stirn hoch. »Sie haben gerade den Roboter ausgeladen!«, rief er. Der Wind wehte einen Großteil der Dezibel seiner Stimme davon und fügte stattdessen fünfzig eigene hinzu, aber sie verstand das Wesentliche. Bislang verlief alles nach Plan. Diesmal würde der Lifter nicht einfach vom Himmel herab einen Feuersturm entfesseln können. Der Gefahrenbereich, den Lubin gemeldet hatte, befand sich zu tief im Innern des Lagerhauses und zu nah am Wasser. Ein frei beweglicher, ferngesteuerter Roboter war vonnöten, um die Lage zu erkunden und alles niederzubrennen – und die Funkwellen wurden von der Architektur vor Ort so stark verstümmelt, dass der kleine Roboter praktisch in Sichtweite bleiben musste, um den Kontakt zum Mutterschiff aufrechtzuerhalten. Und das bedeutete, dass der Lifter sehr tief hinabsinken musste.

So tief, dass ein Mensch mit genügend Motivation vielleicht in der Lage war, von oben darauf aufzuspringen …

Lubin hatte einen Arm um ein Kabel gewickelt, das so dick wie sein Handgelenk war – eine der ausgefransten Metallsehnen, die den Hals der Kräne aufrecht hielten. Jetzt löste er seine verschränkten Beine von der Metallstrebe, duckte sich unter dem Kabel hindurch und kam auf der anderen Seite wieder hoch. Der Außenseite. Nun befand er sich nicht mehr im Innern des Krans, sondern hing an seinem äußeren Rahmen. Um den einen Arm hatte er das Polypropylen gewickelt und den anderen in dem Kabel verhakt, während seine Füße nur von seinem eigenen Körpergewicht gegen einen Stahlträger gedrückt wurden.

Plötzlich wirkte Ken Lubin sehr zerbrechlich.

Sein Mund bewegte sich. Clarke hörte nichts außer dem Wind. »Was?«

Er beugte sich auf den Kran zu und betonte jede einzelne Silbe: »Du weißt, was du zu tun hast.«

Sie nickte. Sie konnte nicht glauben, dass er das tatsächlich durchziehen würde. »Viel Glü…«, begann sie …

… und geriet mit rudernden Armen ins Taumeln, als die Hand eines Riesen sie zur Seite schleuderte.

Blindlings streckte sie die Hände aus, doch sie bekam nichts zu fassen. Etwas Hartes krachte gegen ihren Hinterkopf und warf sie wieder nach vorn. Zu ihrer Rechten rauschte ein Stahlträger vorbei. Ihre Hände erwischten ihn, und sie klammerte sich mit aller Kraft daran fest.

Ken?

Sie blickte sich um. Wo Lubins Gesicht und Brust gewesen waren, war nun nichts mehr außer gähnender Leere. Sein Unterarm hing jedoch immer noch am Kabel wie ein schwarzer Enterhaken. Sie senkte ein klein wenig den Blick: Dort war der Rest von ihm. Er suchte nach Halt und fand ihn auch. Als er das Gleichgewicht in dem Sturm wiedergefunden hatte, zog er sich nach oben, das verdammte Plastikseil immer noch um eine Hand gewickelt. Einen kurzen Moment ließ der Wind nach; Lubin duckte sich wieder in den Gitterkäfig.

»Alles in Ordnung?«, fragte Clarke, als der Wind erneut stärker wurde, und sah im nächsten Moment das Blut in seinem Gesicht.

Er beugte sich zu ihr hinüber. »Ich hab's mir anders überlegt«, sagte er und schlug mit der Kante seiner freien Hand gegen ihren Unterarm. Clarke schrie auf, als ihre Hände von dem Stahlträger abrutschten. Sie stürzte hinab. Lubin fing sie auf und zog sie abrupt zur Seite. Ihre Schulter schlug gegen Metall und wurde herumgerissen. Plötzlich befand sie sich nicht mehr im Innern des Krans, sondern außerhalb.

»Halt dich fest«, knurrte Lubin an ihrer Wange.

Sie flogen durch die Luft.

Sie war viel zu erschrocken, um zu schreien.

Endlose Sekunden lang befanden sie sich im freien Fall. Die Welt rauschte wie eine Fliegenklatsche auf sie zu. Dann verstärkte sich der Druck von Lubins Arm um ihre Hüfte, und eine neue Kraft zog sie in einem weiten Bogen herum, der zunächst der Schwerkraft zu gehorchen schien, dann jedoch in krassem Widerspruch dazu stand. Sie flogen über schaumbekrönte Wellen und umherschwappendes Treibgut hinweg, und Clarke hatte das Gefühl, als würde sie einige Kilogramm an Gewicht zunehmen. Schließlich stiegen sie wundersamerweise wieder auf, während der Wind sie von hinten anschob. Der gewaltige, zusammengedrückte Sphäroid des Lifters ragte über ihnen auf, dann vor ihnen und schließlich unter ihnen; in den zahllosen Polygonen spiegelte sich das Licht wie in den Facetten eines großen Insektenauges.

Schließlich stürzten sie wieder hinab, durch eine unsichtbare, prickelnde Barriere hindurch, die Funken über Clarkes Gesicht jagte. Sie konnte gerade noch rechtzeitig die Hände ausstrecken, um den Sturz abzufangen.

»Aua!«

Sie befanden sich auf einem steilen Abhang, mit dem Kopf nach oben. Clarke lag mit ausgestreckten Armen auf dem Bauch, in einer dreieckigen Einbuchtung, die etwa drei Meter Kantenlänge besaß. Ihre Taucherhaut wand sich an ihrem Körper wie ein Folteropfer. Lubin lag halb auf ihr, halb neben ihr, den rechten Arm gegen ihr Kreuz gepresst. Irgendein Modul in Clarkes Kopf, das immer noch funktionierte, stellte fest, dass er wahrscheinlich verhindert hatte, dass sie über die Kante in den Abgrund gerollt war. Der Rest ihres Körpers sog gierig die Luft ein und wiederholte in einer Endlosschleife die Worte: *Ich bin am Leben, ich bin am Leben, ich bin am Leben.*

»Alles in Ordnung?« Lubins Stimme war leise, aber hörbar. Der Wind zerrte immer noch an ihrem Rücken, aber er schien plötzlich viel schwächer und gedämpfter zu sein.

»Was …« Winzige elektrische Entladungen kribbelten auf ihrer Zunge und ihren Lippen, wenn sie sprach. Sie versuchte, ruhig zu atmen. »Was, zum Teufel, hast du vor …?«

»Ich nehme das als ein Ja.« Er löste die Hand von ihrem Rücken. »Halte dich geduckt und klettere den Abhang hinauf. Wir sind viel zu nah an der Kante dieses Dings.« Er begann hinaufzusteigen.

Sie lag in der Einbuchtung, und ein flaues Gefühl breitete sich in ihrem Magen aus. Ihr war seltsam schwindelig. Sie legte eine Hand an die Schläfe. Ihre Haare standen von ihrer Kopfhaut ab, als wäre ihr Kopf von einem Van-Allen-Gürtel umgeben. Ein Zittern durchlief ihre

Taucherhaut. *Diese Dinger sind von statischen Feldern eingehüllt,* wurde ihr da klar.

Taka Ouellette hatte von dem Krebsrisiko gesprochen.

Schließlich verlangsamte sich ihr Herzschlag zum Rhythmus eines Presslufthammers. Sie zwang sich, ihren Körper in Bewegung zu setzen. Auf dem Bauch kroch sie über den Rand des ersten Polygons hinaus und in die Höhlung des nächsten hinein. Zumindest boten die Grate dazwischen ein wenig Halt. Das Gefälle verringerte sich mit jedem Meter. Schon bald wagte sie es, auf allen vieren weiterzukriechen, dann sogar, sich ganz aufzurichten.

Der Wind blies stärker gegen ihre Brust als gegen ihre Beine – das statische Feld schien nach außen hin schwächer zu werden –, aber selbst an ihrem Kopf war er nicht so stark wie oben auf dem Kran. Wann immer sie ihn drehte, wehte der Wind ihr die abstehenden Haare ins Gesicht, doch im Vergleich zu den Zuckungen ihrer Taucherhaut war das höchstens ein wenig lästig.

Lubin kniete in der Nähe des Nordpols des Lifters auf einer glatten, runden Insel inmitten eines Meers aus Dreiecken. Die Insel besaß einen Durchmesser von etwa vier Metern, und ihre Oberfläche war mit daumennagelgroßen Anschlussbuchsen für Glasfaserkabel und Luken von der Größe von Gullydeckeln überzogen. Lubin hatte bereits eine von ihnen geöffnet. Als Clarke bei ihm angekommen war, steckte er seine Panzerknackerwerkzeuge gerade wieder in seinen Rucksack zurück.

»Ken, was, zum Teufel, geht hier vor sich?«

Er wischte sich mit dem Handrücken Blut von der Wange. »Ich habe es mir anders überlegt. Ich werde dich doch mitnehmen.«

»Aber was …?«

»Schließ deine Taucherhaut.« Er deutete auf die offene Luke. In der Öffnung schwappte eine dunkle, zähe Flüssigkeit hin und her, wie Blut oder Maschinenöl. »Ich erkläre dir alles, wenn wir erst einmal drin sind.«

»Was? Dort hinein? Werden unsere Implantate da überhaupt funkt...«

»Sofort, Lenie. Uns bleibt keine Zeit mehr.«

Clarke zog sich die Kapuze über den Kopf; die Taucherhaut zuckte unangenehm auf ihrer Kopfhaut. Zumindest sorgte sie dafür, dass ihre Haare nicht mehr abstanden.

»Was ist mit dem Seil?«, fragte sie.

Lubin, der gerade seine Gesichtsklappe verschließen wollte, hielt inne. Er sah zu den Kränen hinüber. An dem, der ihnen am nächsten war, peitschte ein feiner weißer Faden durch die Luft.

»Das lässt sich jetzt nicht mehr ändern«, sagte er. »Los, rein mit dir!«

Zähflüssige, vollkommene Dunkelheit.

»Ken.« Eine Maschinenstimme, vom Stimmwandler verzerrt. Es war schon wieder eine ganze Weile her.

»Ja.«

»Was atmen wir hier?«

»Den Brennstoff der Flammenwerfer.«

»Was?!«

»Es ist vollkommen sicher. Sonst wärst du längst tot.«

»Aber ...«

»Es muss nicht unbedingt Wasser sein. Hydroxylgruppen enthalten auch Sauerstoff.«

»Ja, aber wir wurden für den Aufenthalt im Wasser geschaffen. Ich kann nicht glauben, dass Napalm ...«

»Das ist kein Napalm.«

»Was immer es ist, es muss irgendwann unsere Implantate verstopfen.«

»›Irgendwann‹ ist kein Problem. Wenn sie noch ein paar Stunden durchhalten, brauchen wir uns darüber keine Gedanken zu machen.«

»Und werden sie das?«

»Ja.«

Zumindest hatte ihre Taucherhaut aufgehört zu zucken.

Plötzlich verspürte sie einen leichten Sog. »Was ist das?«, fragte sie beunruhigt.

»Brennstoffzufuhr. Sie feuern.«

»Aber worauf? Es gab doch gar keine Gefahrenzone.«

»Vielleicht sind sie einfach nur vorsichtig.«

»Oder womöglich war Seppuku tatsächlich hier, und wir haben es nur nicht bemerkt.«

Er antwortete nicht.

»Ken?«

»Das ist möglich.«

Der Sog hatte sie gegen etwas Weiches, Glitschiges gedrückt, das seltsam dehnbar war. Es schien sich in alle Richtungen zu erstrecken und war zu glatt, als dass man sich daran hätte festhalten können.

Sie befanden sich nicht in einem Tank, wurde ihr da klar, sondern in einer Blase. Und sie leerte sich nicht einfach, sondern zog sich zusammen. Sie wurde *kleiner*.

»Ken, wenn dieses Ding feuert … Ich meine, könnten wir mit angesaugt werden …?«

»Nein. Es gibt ein … ein Gitter.«

Der Stimmwandler beraubte die menschliche Stimme jeder Gefühlsregung, und dieses sirupartige Zeug machte die Sache auch nicht gerade besser. Dennoch hatte sie das Gefühl, dass Lubin nicht reden wollte.

Als ob Ken jemals besonders gesprächig gewesen wäre.

Aber nein, es lag noch an etwas anderem. Sie konnte nicht genau sagen, was es war.

Also schwebte sie schweigend in der Dunkelheit wie in Fruchtwasser, atmete etwas, das kein Napalm war, und musste daran denken, dass bei der Elektrolyse winzige elektrische Funken entstanden. Sie wartete und fragte sich, ob einer von ihnen womöglich die Flüssigkeit um sie herum und in ihrem Innern in Brand setzen würde, fragte sich, ob ihre Implantate den ganzen Lifter in einen fliegenden Feuerball verwandeln würden. *Ein weiteres Opfer der Lenies,* dachte sie und lächelte in sich hinein.

Aber dann fiel ihr wieder ein, dass Lubin ihr immer noch nicht gesagt hatte, warum sie hier war.

Und in diesem Moment erinnerte sie sich an das Blut in seinem Gesicht.

Tauschgeschäfte

Als sie ihren Zielort schließlich erreicht hatten, war Lubin blind.

Das ausgefranste Kabel am Kran hatte ihm nicht nur das Gesicht zerkratzt, sondern auch die Kapuze seiner Taucherhaut zerrissen. Der brennbare Speichel des Lifters war durch diesen Riss gesickert, bevor die Taucherhaut ihn hatte heilen können, und die Flüssigkeit hatte sich auf seinem Gesicht verteilt. Eine dünne Schicht hatte sich unter seinen Augenkappen gesammelt und seine Hornhaut in körniges Gelee verwandelt. Eine ruhige, mechanische Stimme hatte Clarke in der Finsternis mitgeteilt, dass er zumindest noch damit rechne, hell und dunkel unterscheiden zu konnen. Vielleicht würde er sogar ein paar verschwommene Umrisse und Schatten erkennen können, allerdings keine echten Bilder mit hoher Auflösung. Er brauchte sie, damit sie seine Augen ersetzte.

»Verdammt nochmal, Ken, warum hast du das getan?«

»Ich bin ein Risiko eingegangen.«

»Wie bitte?«

»Wir konnten nicht oben auf dem Lifter bleiben. Selbst wenn uns der Wind nicht hinuntergeweht hätte, sind da immer noch die Sterilisationsmaßnahmen, und ich war mir nicht sicher, wie ätzend dieses Zeug …«

»Warum haben wir das ganze Unternehmen nicht abgebrochen? Uns zurückgezogen? Es später noch einmal versucht?«

»Wenn dein Freund tatsächlich ansteckend ist, sind wir ›später‹ möglicherweise außer Gefecht gesetzt. Ganz zu schweigen von der Tatsache, dass ich einen falschen Bericht abgegeben und mich seither nicht mehr gemeldet habe. Desjardins wird wissen, dass irgendetwas nicht stimmt. Je länger wir zögern, desto mehr Zeit bleibt ihm, sich vorzubereiten.«

»Das ist ein Haufen Schwachsinn. Ich denke, du bist einfach nur so erpicht darauf, dich an ihm zu rächen, dass du leichtsinnige Entscheidungen triffst.«

»Denk von mir aus, was du willst. Wenn ich meine Leistung in der letzten Zeit einschätzen müsste, würde ich sagen, mein größter Fehler war, dich nicht auf dem Meeresrücken zurückgelassen zu haben.«

»Sicher, Ken. Ich bin nicht diejenige, die in den letzten zwei Wochen nach Achilles' Pfeife getanzt hat. Oder die Seppuku falsch gedeutet hat. Verflucht nochmal, du hast genauso fünf Jahre auf dem Meeresboden verbracht wie wir anderen auch. Du bist einfach nicht mehr so ganz auf der Höhe.«

Schweigen.

»Ken, was sollen wir tun? Du bist blind!«

»Es gibt Möglichkeiten, das zu umgehen.«

Schließlich teilte er ihr mit, dass sie gelandet waren. Sie wusste nicht, woran er das erkannt hatte – vielleicht am Umherschwappen der Flüssigkeit, in der sie schwammen, eine leichte Erschütterung, die Clarke nicht wahrgenommen hatte. Mit Sicherheit war es kein Geräusch gewesen. In der Blase, die sich tief im Vakuum des Lifters befand, war es so still wie im Weltraum.

Sie krochen auf den Rücken des Ungetüms hinaus. Es war in einem gewaltigen Hangar mit einem muschelförmigen Dach zur Ruhe gekommen, dessen beide Hälften sich über ihnen schlossen. An der Dunkelheit des Himmels gemessen, war der Abend bereits angebrochen. Die Oberfläche des Lifters fiel auf allen Seiten steil nach unten ab. Sie befanden sich auf einem winzigen, von Facetten überzogenen Planeten, der sie an seinem Nordpol ausgespuckt hatte. Lichter und Maschinengeräusche drangen von unten herauf und hin und wieder eine menschliche Stimme, doch hier oben war nichts weiter zu erkennen.

»Was siehst du?«, fragte Lubin mit leiser Stimme.

Sie drehte sich zu ihm um und hielt den Atem an. Er hatte sich die Kapuze vom Kopf gezogen und die Augenkappen herausgenommen. Seine graue Haut war viel zu dunkel und mit Blasen überzogen. Seine unverhüllten Augen sahen aus wie die eines Insekts. Iris und Pupille waren kaum sichtbar, als seien sie hinter angeschlagenem Milchglas verborgen.

»Nun?«

»Wir … wir befinden uns im Innern eines Hangars«, sagte sie. »Es ist niemand zu sehen, und wahrscheinlich ist es auch zu dunkel, als dass uns die Landratten hier oben entdecken könnten. Ich kann nicht zum Boden des Hangars hinabblicken, aber es klingt so, als wären dort unten Leute zugange. Bist du … verdammt, Ken, hat die Flüssigkeit …«

»Nur das Gesicht. Alles andere wurde von der Taucherhaut geschützt.«

»Ist es … Ich meine, kannst du …?«

»Auf einer Schiene über uns befindet sich ein Kran. Siehst du ihn?«

Sie zwang sich, den Blick abzuwenden. »Ja.« Und dann etwas überrascht: »Kannst du ihn sehen?«

»Die Eingeweide tauchen in meinen Inlays auf. Der gesamte Hangar ist in schematischen Umrissen zu erkennen.« Er blickte sich um, als könnte er tatsächlich etwas sehen. »Diese Baueinheit besitzt einen Autopiloten. Ich glaube, sie ist für das Wiederauftanken zuständig.«

Über ihnen schloss sich mit einem dumpfen, widerhallenden Knall das Dach des Hangars. Im nächsten Moment erwachte der Kran zum Leben und kam über eine Schiene auf sie zugeglitten. Zwei Roboterarme entfalteten sich wie die Glieder einer Gottesanbeterin. Sie endeten in klauenartigen Düsen.

»Ich glaube, du hast Recht«, sagte Clarke. »Es ist ...«

»Ich sehe es.«

»Wie kommen wir hier raus?«

Er wandte ihr seine blinden, vernarbten Augen zu und deutete dann auf den näher kommenden Gliederfüßer.

»Wir klettern«, sagte er.

Er führte sie über Dachsparren und durch Wartungstunnel, als sei er dort geboren worden. Hin und wieder fragte er sie, welche Farbe die Rohre an der Decke hatten oder welche Tunnelwand stärker mit alten Rostflecken beschmutzt war. Irgendwann erreichten sie einen leeren Umkleideraum und gingen an einer Reihe von Spinden und Toilettenkabinen vorbei zu der offenen Dusche.

Dort wuschen sie sich ab. Nachdem sie sich von dem brennbaren Material befreit hatten, richteten sie ihre Aufmerksamkeit als Nächstes darauf, sich ihrer Umgebung anzupassen. Lubin hatte in seinem Rucksack zusammengefaltete Landrattenkleider mitgebracht. Clarke musste sich mit einem der grauen Overalls zufriedengeben, von denen ein halbes Dutzend an einer Wand des Raums hingen. An der gegenüberliegenden Wand reihten sich ein paar Spinde, die mit Retinascannern und Daumenabdruckfeldern gesichert waren. Während sich Clarke anzog, zeigte Lubin, wie lächerlich die Sicherheitssysteme waren. Das Gewebe des Overalls zog sich um ihren Körper zusammen, sodass er einigermaßen gut saß.

»Wonach suchst du?«, fragte sie.

»Nach einer Sonnenbrille. Oder vielleicht einem Visor.«

Vier aufgebrochene Spinde später gab Lubin es auf. Sie kehrten in die widerhallende Arena des Haupthangars zurück. Dreist liefen sie mitten durch die Halle, vor den Augen von acht Wartungstechnikern. Sie gingen unter den aufgedunsenen Bäuchen von vier Liftern hindurch und an offenen Landebuchten vorbei, in denen drei weitere Lifter untergebracht waren. Sie schlängelten sich an Reihen klickender Maschinen mit zahllosen Gelenkarmen vorbei und winkten Leuten in blauen Overalls im Vorbeigehen zu, hielten aber auf Lubins Anweisung hin vorsichtigen Abstand zu denen in den grauen Overalls.

Schließlich fanden sie einen Ausgang.

Die Gebäude schienen so dicht beieinanderzustehen, dass ihre Obergeschosse einander fast berührten. Bögen und Fußgängerbrücken überspannten die engen Straßen und verbanden die gegenüberliegenden Fassaden wie lang gezogene Arterien. An anderen Stellen waren die Gebäude selbst im fünften oder vierzigsten Stockwerk miteinander verschmolzen, wobei überhängende Schäfte aus Plastik und Biostahl ein Bauwerk mit dem anderen verbanden. Vom Himmel waren nur dunkle Bruchstücke zu erkennen, in denen hin und wieder die Funken des statischen Feldes aufblitzten. Die Straßen ähnelten Spaghettis – sie bestanden aus Rapitransschienen und schmalen Fußgängerwegen, die gleichzeitig als Entladeflächen dienten. Weder auf den Schienen noch auf den Fußgängerwegen herrschte viel Verkehr. Für Clarkes Augen stellten die Farben nur ein gedämpftes Mischmasch dar. Landratten würden da und dort Pfützen aus trübem kupferfarbenem Licht wahrnehmen, zwischen denen sich tiefe Schatten hinzogen. Selbst in den letzten Hochburgen der Zivilisation schien die Energie knapp zu sein.

Die Oberflächen der Gebäude konnte Ken Lubin sicher nicht sehen, aber wahrscheinlich nahm er die Schaltkreise darunter wahr.

Clarke brachte sie zu einem Einkaufsmarkt im Schatten eines dreigeschossigen Überhangs. Die Hälfte der Maschinen war außer Betrieb, aber das Menü am Levis-Automaten blinkte einladend. Lubin schlug vor, dass sich Clarke statt des Overalls ein paar normale Kleider zulegen sollte. Er bot ihr seine Armbanduhr an, um die Transaktion vorzunehmen, aber die Maschine spürte den längst vergessenen Geld-Chip auf, der in Clarkes Oberschenkel steckte und immer noch den Lohn ihrer Anstellung bei der Netzbehörde enthielt, den sie bisher noch nicht ausgegeben hatte. Während der Automat sie mit einem Laser abtastete, um ihre Größe zu ermitteln, kaufte sich Lubin eine Nachtsichtbrille und eine Tube Hautcreme von einem Johnson & Johnson-Automaten ein Stück weiter die Reihe hinunter.

Clarke zog sich ihre neuen Kleider an, während Lubin etwas in seine Armbanduhr flüsterte. Sie konnte nicht feststellen, ob er mit einer Software sprach oder mit einem echten Menschen. Aus dem, was sie von dem Gespräch hören konnte, schloss sie, dass sie sich im nördlichen Teil des Stadtgebiets von Toromilton befanden.

Danach machten sie sich auf den Weg. Vom Grund der Stadt stiegen sie in ein Viertel voller Wolkenkratzer empor, die wie Bergketten um sie herum aufragten. Größtenteils handelte es sich um Bürohäuser, die jedoch schon vor längerer Zeit in Wohnungen für diejenigen umgewandelt worden waren, die es sich hatten leisten können, aus den Vorstädten hierherzuziehen, als die Feldgeneratoren eingeschaltet worden waren. Auch hier waren nur wenige Leute unterwegs. Vielleicht gingen die Bewohner der Stadt nachts nicht mehr vor die Tür.

Clarke war ein Blindenhund, der seinem Herrchen bei der Suche nach Ostereiern half. Lubin gab ihr Anweisungen, und sie führte ihn. Während ihres Marsches murmelte er unablässig etwas in seine Armbanduhr. Seine Beschwörungsformeln führten dazu, dass immer wieder an unwahrscheinlichen Orten seltsame Gegenstände auftauchten: ein Kästchen mit einer glatten, nahtlosen Oberfläche, das kaum größer als ein Handsteuergerät war, fand sich inmitten der Rohre einer öffentlichen Toilette; eine noch originalverpackte, nagelneue Armbanduhr lag am Boden eines Fahrstuhls, der an einem Zwischengeschoss vorbeifuhr, ohne dass sich jemand darin befand. Lubin ließ seine alte Uhr im Fahrstuhl zurück, zusammen mit einem winzigen Beutel voller Pflaster und Plug-ins aus seinen Vorräten.

An einer Wand mit Verkaufsautomaten auf demselben Stockwerk bestellte er eine Rolle halb durchlässiges Klebeband und ein geklontes Schinken-Käse-Sandwich. Das Klebeband erschien ohne Zwischenfälle, doch das Sandwich tauchte nicht auf. Stattdessen glitten zwei handtellergroße Container aus dem Spender, abgeflachte, schillernde Zylinder mit abgerundeten Ecken. Er öffnete einen von ihnen, und ein Kneifer mit undurchsichtigen jadegrünen Linsen kam zum Vorschein. Er setzte ihn sich auf die Nase. Sein Kiefer zuckte leicht, als er irgendeinen Schalter betätigte, der in seine Zähne eingelassen war. Ein winziger grüner Stern erwachte am Rand der linken Linse zum Leben.

»Besser.« Er blickte sich um. »Die Tiefenwahrnehmung lässt ein wenig zu wünschen übrig.«

»Netter Trick«, sagte Clarke. »Stellt die Brille eine Verbindung zu deinen Inlays her?«

»Mehr oder weniger. Das Bild ist etwas grobkörnig.«

Jetzt übernahm Lubin die Führung.

»Gibt es denn keinen einfacheren Weg?«, fragte Clarke, während sie ihm folgte. »Kannst du nicht im Hauptbüro der NB anrufen?«

»Ich bezweifle, dass ich noch auf deren Gehaltsliste stehe.« An einer T-Verzweigung wandte er sich nach links.

»Ja, aber hast du nicht …«

»Die Feldspeicher sind schon seit Längerem nicht mehr aufgefüllt worden«, sagte Lubin. »Wie ich gehört habe, ist alles, was noch darin enthalten war, inzwischen von den Agenten aufgebraucht worden. Deshalb muss ich alles über Kontakte aushandeln.«

»Du bezahlst sie für ihre Dienste?«

»Es ist keine Frage des Geldes.«

»Was dann?«

»Tauschgeschäfte«, sagte er. »Hie und da eine alte Schuld, die beglichen wird. Bezahlung in Naturalien.«

Um 22 Uhr trafen sie einen Mann, der ein hauchdünnes Glasfaserkabel aus der Tasche zog und es in Lubins neue Armbanduhr einstöpselte. Über eine halbe Stunde lang stand Lubin reglos da, nur hin und wieder zuckten seine Finger leicht: eine Statue, die sich gegen einen virtuellen Wind stemmte, als wollte sie sich jeden Augenblick auf etwas stürzen, das nicht zu sehen war. Danach streckte der Fremde die Hand aus und berührte die Blasen in Lubins Gesicht. Lubin legte ihm kurz die Hand auf die Schulter. Die Geste hatte etwas vage Beunruhigendes an sich, aus Gründen, die Clarke nicht recht benennen konnte. Sie versuchte, sich daran zu erinnern, wann sie Ken Lubin das letzte Mal einen anderen Menschen hatte berühren sehen, außer um ihm Gewalt anzutun, aber ihr wollte nichts einfallen.

»Wer war das?«, fragte sie hinterher.

»Niemand.« Gleich darauf widersprach er sich jedoch: »Jemand, der die Nachricht verbreiten wird. Obwohl es keine Garantie dafür gibt, dass es ihm rechtzeitig gelingen wird, Alarm zu schlagen.«

Um 23:07 Uhr klopfte Lubin an die Tür eines der zu Wohnungen umgebauten Büroräume auf mittlerer Höhe dessen, was einmal eine Filiale der Toronto-Dominion-Bank gewesen war. Ein braunhäutiger Ektomorph von einer Frau mit grimmigen Gesichtszügen öffnete die Tür. Ihre Augen funkelten in einem überraschenden Goldorange, das beinahe zu leuchten schien – irgendwelche künstlich erzeugten Xanthophylle in ihrer Iris –, und sie überragte Lubin um einen Kopf oder mehr. Sie sprach leise und in einer seltsamen Sprache voller Konsonanten, jede Silbe von Wut erfüllt. Lubin antwortete in derselben Sprache und reichte ihr eine versiegelte Plastiktüte. Die Frau griff danach, langte hinter die halb geöffnete Tür, warf ihm einen Beutel vor die Füße, der mit einem gedämpften, metallischen Klirren am Boden landete, und schlug ihm dann die Tür vor der Nase zu.

Er verstaute den Beutel in seinem Rucksack. »Was hat sie dir gegeben?«, fragte Clarke.

»Munition.« Er ging durch den Korridor zurück.

»Und was hast du dafür eingetauscht?«

Er zuckte die Achseln. »Ein Gegenmittel.«

Kurz vor Mitternacht betraten sie ein hohes Gewölbe, das vielleicht einmal das Mittelstück eines Einkaufszentrums gewesen war. Jetzt wurde seine ferne Decke von einem Kaninchenbau auf Stelzen verdeckt, unzählige Hütten aus Fertigbauteilen und Lagercontainern, die von einem Labyrinth aus improvisierten Gerüsten zusammengehalten wurden. So wurde zwar der Raum weitaus effizienter genutzt als durch die extravagante Leere, die hier noch bis vor kurzem geherrscht hatte, allerdings machte ihn das nicht unbedingt schöner. Die untersten Hütten befanden sich etwa vier Meter über dem Marmorfußboden; an einigen Stellen führten Leitern zum Boden hinab. Da und dort war die ganze Konstruktion von dunklen Nähten durchzogen, schmalen Rissen im Flickwerk aus Plastik und Faserstoffplatten, die verborgenen Augen jede Menge Gucklöcher boten. Clarke glaubte, das Rascheln großer Tiere zu hören, die sich im Innern der Konstruktion verbargen, und ab und zu leises Stimmengemurmel, aber sie und Lubin schienen die Einzigen am Boden des Einkaufszentrums zu sein.

Plötzlich bewegte sich zu ihrer Linken etwas. Die Mitte der Halle hatte einmal ein großer Brunnen geziert; jetzt lag das breite Specksteinbassin im ständigen Schatten der Hütten und schien den Bewohnern in erster Linie als Müllcontainer zu dienen. Teile einer Frau lösten sich von diesem Hintergrund. Die Illusion war bei weitem nicht perfekt, wie Clarke bemerkte, als sie genauer hinsah. Die Chromatophoren auf dem Gymnastikanzug der Frau ahmten ihre Umgebung höchstens in groben Zügen nach und ließen sie eher durchsichtig als unsichtbar erscheinen. Nicht, dass es dieser K-Strategin besonders auf ihre Tarnung angekommen wäre – ihre in alle Richtungen abstehenden Haare verschmolzen nur ungenügend mit dem Hintergrund.

Wie eine diffuse Wolke, an der ein paar Körperteile hingen, kam sie auf sie zugeschritten. »Du musst Kenny sein«, sagte sie zu Lubin. »Ich bin Laurel. Yuri hat gesagt, du hättest Hautprobleme.« Sie musterte Clarke abschätzend und blinzelte über Pupillen, die leicht senkrecht geschlitzt waren. »Deine Augen gefallen mir. Sehr mutig, in dieser Gegend wie eine Rifterin herumzulaufen.«

Clarke blickte sie ausdruckslos an. Nach einer Weile wandte sich Laurel wieder Lubin zu. »Yuri wartet …«

In dem Moment brach Lubin ihr das Genick. Laurel sackte schlaff in seine Arme, ihr Kopf rollte haltlos herum.

»Verdammt, Ken!« Clarke stolperte rückwärts, als hätte ihr jemand in den Bauch getreten. »Was tust du da …?«

In den Hütten, die über ihnen aufragten, herrschte plötzlich vollkommene Stille.

Lubin hatte Laurel auf den Rücken gelegt und seinen Rucksack abgenommen. Ihre katzenartigen Augen waren weit aufgerissen und starrten überrascht zur Unterseite der Hütten hoch.

»Ken!«

»Ich habe dir doch gesagt, dass ich den einen oder anderen Gefallen werde einlösen müssen.« Er holte einen länglichen Gegenstand aus dem Rucksack hervor und drückte auf einen Knopf am einen Ende. Mit einem Klicken kam eine dünne Klinge zum Vorschein, die ein leises Summen von sich gab. Lubin zog sie über Laurels Gymnastikanzug und schlitzte ihn vom Schritt bis zum Hals auf. Der elastische Stoff öffnete sich wie aufgeschnittene Eingeweide.

Knack. Ritsch. Ratsch. Einfach so. Sie konnte die Bilder nicht aus ihrem Kopf verbannen.

Lubin machte einen tiefen Schnitt in die rechte Seite von Laurels Bauch. Kein Blut quoll hervor. Stattdessen stieg von der Schnittfläche ein dünner blauer Rauchfaden auf. Der Geruch von kauterisiertem Fleisch lag in der Luft.

Clarke blickte sich verzweifelt um. Es war immer noch niemand zu sehen, aber sie hatte das Gefühl, als seien tausend Augen auf sie gerichtet. Als würde die ganze schwankende Konstruktion in der Halle den Atem anhalten und könnte jeden Augenblick über ihnen zusammenbrechen.

Lubin schob die Hand in die Wunde. Er zögerte nicht einen Moment lang oder tastete suchend umher. Er wusste genau, wohin er greifen musste. Worauf immer er es abgesehen hatte, es musste in seinen Inlays zu sehen sein.

Laurels Augen bewegten sich und richteten sich auf Lenie Clarke.

»Oh Gott, sie ist noch am Leben …«

»Sie spürt nichts davon«, sagte Lubin.

Wie kann er das tun?, fragte sich Clarke, und einen Moment später: *Warum bin ich nach all den Jahren immer noch überrascht?*

Lubins blutige Hand kam zum Vorschein. Er hielt eine erbsengroße, glänzende Perle, die mit gerinnendem Blut überzogen war, zwischen Daumen und Zeigefinger. Irgendwo in dem Kaninchenbau über ihnen begann ein Kind zu weinen. Bei dem Geräusch hob Lubin den Kopf.

»Es gibt Zeugen, Ken …«

Er stand auf. Laurel lag blutend zu seinen Füßen, den Blick immer noch auf Clarke gerichtet.

»Sie sind an solche Dinge gewöhnt.« Er setzte sich in Bewegung. »Komm!«

Sie wich ein paar Schritte zurück. Laurel starrte weiter auf die Stelle, wo Lenie Clarke eben noch gestanden hatte.

»Uns bleibt keine Zeit mehr«, rief Lubin über die Schulter.

Clarke folgte ihm zögernd.

Der Island Airport befand sich am Südrand der Kuppel des statischen Feldes. Clarke konnte nirgendwo eine Insel sehen, die seinen Namen erklärt hätte, nur ein niedriges, breites Gebäude, auf dessen Dach eine Reihe von Helikoptern und Ultraleichtfliegern standen. Entweder gab es keine Wachtposten, oder Lubins Verhandlungen hatten ihnen freien Zutritt verschafft – jedenfalls gelang es ihnen, ungehindert zu einem Sikorsky-Bell vorzudringen, der mit vier Sitzen und passiver Tarnung ausgestattet war. Die Perle, die Lubin aus Laurels Eingeweiden herausgeschnitten hatte, erwies sich als Schlüssel zu seinem Herzen.

Toromilton verschwand in der Ferne hinter ihnen. Sie flogen in Richtung Norden, hielten sich dabei unterhalb eines hypothetischen Radars und schlängelten sich zwischen silbergrauen Baumkronen hindurch. Die Dunkelheit und das Photocollagen schränkten die Sicht ein. Soweit Clarke wusste, war jede Pflanze, jeder Stein und jeder Quadratmeter der Landschaft unter ihnen von βehemoth befallen. Durch die Lichtverstärker ließ sich das jedoch nicht genau feststellen. Das vom Mondlicht beschienene Gelände war wunderschön. Hin und wieder glitten Seen wie große, schwach leuchtende Quecksilberpfützen unter ihnen hindurch.

Sie wies Lubin nicht auf die Aussicht hin. Sie wusste nicht, ob seine Augenprothesen mit Nachtsicht ausgestattet waren, aber er hatte sie ohnehin ausgeschaltet – zumindest leuchtete das kleine grüne LED-Lämpchen nicht. Vermutlich hatte er eine direkte Verbindung zwischen dem Nav-System und seinen Inlays hergestellt.

»Sie wusste nicht, dass sie es in sich trug«, sagte Clarke. Es waren die ersten Worte, die sie an Lubin richtete, seit Laurel sie mit weit aufgerissenen Augen angestarrt hatte.

»Nein. Yuri hat sie angelogen.«

»Er wollte, dass sie stirbt.«

»Offensichtlich.«

Clarke schüttelte den Kopf. Sie musste immerzu an Laurels Augen denken. »Aber warum auf diese Weise? Warum hat er es im Innern ihres Körpers versteckt?«

»Er hat wohl befürchtet, ich könnte meinen Teil der Abmachung nicht einhalten.« Lubins Mundwinkel zuckten leicht. »Eine recht elegante Lösung, wenn man darüber nachdenkt.«

Irgendjemand war also der Meinung, Ken Lubin könnte davor zurückschrecken, einen Mord zu begehen. Eigentlich hätte das Grund zur Hoffnung sein müssen.

»Für den Schlüssel zu einem *Helikopter*«, sagte Lenie. »Ich meine, hätten wir nicht einfach …«

»Was, Lenie?«, fauchte Lubin. »Hätten wir uns auf all die hochrangigen Kontakte verlassen sollen, die ich früher einmal hatte? Bei einem Vermietungsbüro anrufen? Ist dir immer noch nicht klar geworden, dass ein fünf Jahre währender Ausnahmezustand, während dem sich der ganze Kontinent in eine Gefahrenzone verwandelt hat, auch Auswirkungen auf den Verkehr zwischen den Städten gehabt haben könnte?« Lubin schüttelte den Kopf. »Oder vielleicht bist du ja der Meinung, dass wir Desjardins nicht genug Zeit lassen, um seine Verteidigung aufzubauen. Vielleicht sollten wir einfach zu Fuß gehen, damit er noch eine Chance hat.«

Sie hatte ihn noch nie zuvor so reden gehört. Es war, als hätte ein Schachgroßmeister, der für seine eisige Ruhe bekannt war, plötzlich mitten im Spiel angefangen zu fluchen und das Spielbrett umgeworfen.

Eine Weile lang flogen sie schweigend weiter.

»Ich kann nicht glauben, dass er wirklich hinter dem Ganzen steckt«, sagte sie schließlich.

»Warum nicht?« Lubin war wieder in den Gefechtscomputermodus zurückverfallen. »Wir wissen, dass er über Seppuku gelogen hat.«

»Vielleicht hat er sich geirrt. Taka ist eine Ärztin, und selbst sie …«

»Er steckt dahinter«, sagte Lubin.

Sie beließ es dabei.

»Wohin fliegen wir?«, fragte sie.

»Nach Sudbury. Offensichtlich wollte er seinen Heimvorteil nicht aufgeben.«

»Wurde Sudbury nicht während der Rio-Revolte zerstört?«

»Desjardins hat Rio verursacht.«

»Was?! Wer hat dir das erzählt?«

»Ich kenne ihn. Das ergibt durchaus Sinn.«

»Nicht für mich.«

»Desjardins war der Erste, der seine Ketten abgeschüttelt hatte. Ihm blieb ein kurzes Zeitfenster, solange er noch der Einzige auf der ganzen Welt war, der über die Macht eines *Gesetzesbrechers* verfügte, ohne den damit einhergehenden Beschränkungen unterworfen zu sein. Er hat die Zeit genutzt, um sich seiner Konkurrenz zu entledigen, bevor auch sie von Spartakus befreit wurde.«

»Aber es war doch nicht bloß Sudbury. Der Rio-Revolte sind eine ganze Reihe von Städten zum Opfer gefallen.« Sie erinnerte sich an die Worte und Bilder, die über den Atlantik geströmt waren. Ein industrieller Lifter war unerklärlicherweise in den Turm der BRIKS in Salt Lake gestürzt. Eine Neutronenbombe war Lenies Töchtern in die Hände gefallen. Quantenraketen waren aus dem Orbit auf Sacramento und Boise niedergegangen.

»Sudbury war sicher nicht die einzige Niederlassung, in der Spartakus verbreitet wurde«, erklärte Lubin. »Desjardins muss sich die Liste besorgt haben und ist dann ans Werk gegangen.«

»Und er hat Rio die Schuld in die Schuhe geschoben«, murmelte Clarke.

»Sämtliche Beweise deuteten hinterher in diese Richtung. Allerdings ist die Stadt pulverisiert worden, bevor irgendjemand irgendwelche Fragen stellen konnte. Und nach einer solchen Explosion bleiben nur sehr wenige forensische Beweise übrig.« Lubin berührte ein Steuerungsicon. »Damals haben alle Desjardins für den Retter der Stunde gehalten. Er wurde von der ganzen Stadt gefeiert. Oder zumindest von allen, deren Sicherheitsfreigabe hoch genug war, um von seiner Existenz zu wissen.«

Lubins trockener Tonfall wies auf eine tiefere Bedeutung seiner Worte hin. Er hatte zum damaligen Zeitpunkt seine Sicherheitsfreigabe verloren.

»Aber er kann doch unmöglich alle erwischt haben«, sagte Clarke.

»Das brauchte er auch nicht. Nur die, die mit Spartakus infiziert waren. Und die stellten selbst in den betroffenen Zweigstellen bestimmt eine Minderheit dar, wenn er früh genug zugeschlagen hat.«

»Aber es blieben doch sicher immer noch eine Menge Leute übrig, die gerade nicht im Dienst oder krank waren ...«

»Wenn man eine halbe Stadt auslöscht, erwischt man die auch.«

»Trotzdem ...«

»In gewisser Weise hast du Recht«, gab Lubin zu. »Höchstwahrscheinlich sind einige entkommen. Aber das kam Desjardins' Plänen sogar noch entgegen. Schließlich kann er heute nicht mehr Rio für seine Taten verantwortlich machen. Und auch nicht den Madonnas alles in die Schuhe schieben. Aber solange noch genügend Sündenböcke aus Rio oder Topeka auf freiem Fuß sind, wird ihn höchstwahrscheinlich niemand verdächtigen, wenn irgendein Sabotageakt ans Licht kommt. Schließlich hat er die Welt gerettet.«

Sie seufzte. »Also, was jetzt?«

»Wir knöpfen ihn uns vor.«

»Einfach so, ja? Ein blinder Spion und seine frisch rekrutierte Kumpanin kämpfen sich durch fünfundsechzig Stockwerke voller Sicherheitsanlagen der BRIKS vor?«

»Wenn wir überhaupt bis dorthin gelangen. Höchstwahrscheinlich hat er die Umgebung von Sudbury unter ständiger Satellitenüberwachung. Er muss damit gerechnet haben, dass sein Spiel irgendwann auffliegt, und er ist sicherlich auf größere Vergeltungsschläge bis hin zu Raketenangriffen aus Übersee vorbereitet. Und das ist weit mehr, als wir zu bieten haben.«

»Er glaubt, dass er es mit dem Rest der Welt aufnehmen kann?«

»Höchstwahrscheinlich hofft er nur darauf, den Vergeltungsschlag rechtzeitig kommen zu sehen, damit er sich aus dem Staub machen kann.«

»Das ist also dein Plan? Du glaubst, dass er einen einzelnen Helikopter nicht bemerken wird, weil er mit einem Großangriff rechnet?«

»Das wäre schön«, gab Lubin mit einem grimmigen Lächeln zu. »Aber darauf würde ich mich nicht verlassen. Und selbst wenn er unsere Ankunft nicht bemerkt, hat er fast vier Jahre lang Zeit gehabt, das Gebäude selbst mit Abwehrmaßnahmen zu bestücken. Wahrscheinlich kämen wir nicht an allen vorbei, selbst wenn ich wüsste, worum es sich dabei handelt.«

»Also, was machen wir jetzt?«

»Die Einzelheiten habe ich noch nicht bis zu Ende durchdacht. Wir werden wohl einfach durch die Eingangstür hineingehen müssen.«

Clarke warf einen Blick auf seine Fingernägel. Das getrocknete Blut darunter verfärbte die Ränder braun.

»All diese Puzzleteile, die du zusammengesetzt hast«, sagte sie, »lassen ihn wie ein Ungeheuer erscheinen.«

»Sind wir das nicht alle?«

»Früher war er es nicht. Erinnerst du dich noch daran?«

Lubin antwortete nicht.

»Du wolltest mich umbringen, weißt du noch? Und ich hatte gerade die ganze Menschheit umgebracht. Damals waren wir die Ungeheuer, Ken, und du weißt doch sicher noch, was er getan hat, oder?«

»Ja.«

»Er hat versucht, mich vor dir zu retten. Er war mir noch nie persönlich begegnet, und er wusste genau, wer ich war und was ich getan hatte, und er hatte am eigenen Leib erfahren, wozu du in der Lage bist. Aber es spielte keine Rolle. Er hat sein Leben aufs Spiel gesetzt, um meines zu retten.«

»Ich erinnere mich.« Lubin betätigte einen Schalter an der Steuerung. »Du hast ihm die Nase gebrochen.«

»Darum geht's nicht.«

»Diese Person existiert nicht mehr«, sagte er. »Spartakus hat ihn in etwas anderes verwandelt.«

»Ach ja? Und was hat Spartakus mit dir gemacht, Ken?«

Sein blindes, vernarbtes Gesicht wandte sich zu ihr um.

»Ich weiß, woran Spartakus nicht schuld ist«, fuhr sie fort. »Es hat nicht die Lust am Töten in dir geweckt. Die hast du vorher schon besessen, nicht wahr?«

Der Kneifer starrte sie an wie die Augen einer Gottesanbeterin. Ein grünes LED-Licht leuchtete an seiner linken Linse auf.

»Was ist das für ein Gefühl, Ken? Hat es etwas Kathartisches an sich? Oder etwas Sexuelles? Turnt es dich an?« Ein Teil von ihr beobachtete mit wachsender Unruhe, was sie da tat. Der Rest konnte jedoch nicht aufhören, ihn zu reizen. »Musst du direkt daneben stehen und zuschauen, wie ein Mensch stirbt, oder reicht es, lediglich eine Bombe zu legen, in dem Wissen, dass die Leute wie die Fliegen sterben werden?«

»Lenie.« Seine Stimme war sehr ruhig. »Was genau versuchst du, damit zu erreichen?«

»Ich will nur wissen, was du vorhast, das ist alles. Ich sehe niemanden, der mit Mistgabeln und Fackeln hinter dir her wäre, weil Spartakus dein Gehirn neu verkabelt hat. Wenn du dir wirklich sicher bist, und Achilles tatsächlich all diese Dinge getan hat und sich in eine Art Ungeheuer verwandelt hat, dann von mir aus. Aber wenn das alles nur eine miese Entschuldigung für dich ist, deinem perversen kleinen Fetisch zu frönen, dann …«

Sie schüttelte angewidert den Kopf und starrte wütend in die Dunkelheit hinaus.

»Desjardins' perverse Neigungen würden dir noch weniger gefallen als meine«, sagte Lubin leise.

»Klar doch«, sagte sie mit einem verächtlichen Schnauben. »Vielen Dank für den Hinweis.«

»Lenie ...«

»Was?«

»Ich töte nie ohne Grund«, sagte er.

»Tatsächlich?« Sie blickte ihn herausfordernd an. »Nie?«

Er erwiderte ihren Blick. »Nun, jedenfalls fast nie.«

Verfallsdatum

Halb tot und halb lebendig – ohne dass es sie besonders gekümmert hätte, in welche Richtung sich das Gleichgewicht verschob – war Taka Ouellette auf die Lösung gekommen.

Unter Druck hatte sie noch nie besonders gute Leistungen gezeigt. Das war schon immer ihr Problem gewesen. Aber Achilles das Ungeheuer hatte das nicht begriffen. Oder vielleicht hatte er es auch zu gut begriffen. Egal. Jedenfalls hatte er sie in eine Situation gebracht, in der sie dem größten überhaupt nur vorstellbaren Druck unterworfen war, und natürlich hatte sie ihm nicht standgehalten. Sie hatte einmal mehr bewiesen, dass sie die ultimative Versagerin war. Und das war äußerst unfair, weil sie wusste, dass sie eigentlich nicht dumm war. Sie wusste, dass sie alles herausfinden konnte, wenn man ihr nur die Zeit dazu ließ. Wenn nur Ken nicht gewesen wäre mit seinem Biowaffenkanister und auf der Stelle eine Antwort erwartet hätte. Wenn Achilles sie nicht um Haaresbreite bei lebendigem Leib verbrannt und dann im Eiltempo Seppukus Gensequenz mit ihr durchgegangen wäre, ohne ihr Zeit zum Luftholen zu lassen.

Wenn nur Dave nicht so ungeduldig gewesen wäre. Wenn sie nur nicht voreilig die alles entscheidende Diagnose gestellt hätte …

Sie war eine kluge Frau. Sie wusste es. Aber wenn man sie unter Druck setzte, versagte sie kläglich. *Du bist ein ungezogenes Mädchen, Alice,* schalt sie sich.

Aber nun, da der Druck von ihr gewichen war, fügte sich alles wunderbar zusammen.

Lediglich zwei Dinge waren nötig gewesen, damit sie zu der Erkenntnis gelangen konnte: Achilles musste sie eine Zeit lang in Ruhe lassen und ihr Gelegenheit zum Nachdenken geben. Und sie musste sterben. Oder zumindest im Sterben liegen. Als ihr erst einmal bewusst geworden war, dass sie tot war, und sie es in den Knochen spürte, dass es keine Galgenfrist und keine Rettung in letzter Minute mehr geben würde – fiel sämtlicher Druck von ihr ab. Sie hatte das Gefühl, dass sie zum ersten Mal in ihrem Leben klar denken konnte.

Sie wusste nicht, wie lange es her war, seit Achilles das letzte Mal bei ihr gewesen war, um sie zu foltern. Vermutlich mindestens ein oder zwei Tage. Vielleicht auch eine Woche – aber nein, wahrscheinlich wäre sie längst tot, wenn es schon so lange her wäre. Inzwischen waren ihre Gelenke eingerostet. Selbst wenn sie von dem Exoskelett befreit worden wäre – ihr Körper war so steif, als hätte bereits die Leichenstarre eingesetzt …

Vielleicht war das tatsächlich der Fall. Womöglich war sie längst tot und hatte es nur noch nicht bemerkt. Auf jeden Fall schien ihr Körper nicht mehr so wehzutun – aber vielleicht nahm sie den Schmerz wegen des schrecklichen Dursts, unter dem sie litt, auch einfach nicht mehr wahr. Eines musste man Achilles zugutehalten: Zumindest hatte er sie mit Essen und Wasser versorgt. Er wollte nicht, dass sie zu schwach war, um ihren Teil beizutragen, hatte er gesagt.

Aber es war schon so lange her, seit er das letzte Mal vorbeigekommen war. Für ein Glas Wasser hätte Taka alles gegeben – wenn ihr denn überhaupt noch etwas verblieben wäre.

Aber war es nicht schön, dass das alles jetzt keine Rolle mehr spielte? Und dass sie tatsächlich auf die Lösung gekommen war?

Sie wünschte sich, Achilles würde zurückkehren. Nicht nur wegen des Wassers, obwohl sie sich auch darüber gefreut hätte. Sie wollte es ihm zeigen. Ihm beweisen, dass er sich geirrt hatte. Sie wollte, dass er stolz auf sie war.

Es hatte mit diesem albernen kleinen Liedchen über die Flöhe zu tun gehabt. Er musste das gewusst haben, deshalb hatte er es ihr auch vorgesungen. *Von kleineren Flöhen wird er geplagt, und so geht's weiter bis zum jüngsten Tag …*

Leben innerhalb von Leben. Inzwischen hatte sie es begriffen. Es verwunderte sie, dass sie nicht gleich daraufgekommen war. Die Idee war schließlich nicht neu, ganz im Gegenteil, sie war uralt. Die Mitochondrien waren »kleinere Flöhe«, die in den eukaryotischen Zellen lebten. Heute waren sie lebenswichtige Organellen, die biochemische Batterie des Lebens selbst – aber vor einer Milliarde Jahre waren sie unabhängige Organismen gewesen, kleine freilebende Bakterien. Eine größere Zelle hatte sie in sich aufgenommen und vergessen zu kauen, bevor sie sie verschluckt hatte – also hatten sie eine Abmachung getroffen, die große Zelle und die kleine. Die große sorgte für eine sichere, stabile Umgebung, und im Gegenzug setzte die kleine Zelle Energie für den Wirt frei. Dieser Akt des Gefressenwerdens, bei dem etwas schiefgegangen war, stellte die Urform der Symbiose dar … und bis heute besaßen die Mitochondrien ihre eigenen Gene und vermehrten sich selbsttätig im Innern ihres Wirtes.

Und derselbe Prozess fand immer noch statt. βehemoth selbst war mit den Zellen einiger Geschöpfe der Tiefsee eine ähnliche Beziehung eingegangen, hatte ihnen überschüssige Energie zur Verfügung gestellt, die das Wachstum der Wirtsfische angeregt hatte. In den Zellen der Landlebewesen hatte es sich ebenfalls vermehrt – mit weniger vorteilhaften Konsequenzen zwar, aber wenn zwei vollkommen verschiedenartige Organismen zum ersten Mal aufeinandertreffen, besteht stets eine hohe Virulenz …

In Achilles' Lied war es nicht um Flöhe gegangen, sondern um Endosymbiose.

Seppuku musste seine eigenen kleinen Flöhe in sich tragen. In seinem Innern gab es mehr als genug Platz dafür – all die redundanten Gene konnten ebenso virale Organismen hervorbringen, wie sie die selbstmörderischen rezessiven Eigenschaften überdeckten. Seppuku starb nicht nur ab, wenn seine Aufgabe erfüllt war – es gebar einen neuen Symbionten, der vermutlich die Eigenschaften eines Virus besaß und sich in der Wirtszelle einnisten würde. Er würde die Nische so effektiv ausfüllen, dass βehemoth nur noch BESETZT-Schilder vorfinden würde, wenn es das nächste Mal vorbeikam.

Für ein solches Vorgehen hatte es sogar schon Präzedenzfälle gegeben. Taka erinnerte sich an ein paar davon aus ihrem Studium. Die Malaria war ausgerottet worden, nachdem die normalen Moskitos von einer Variante abgelöst worden waren, die sich schneller vermehrte und den *Plasmodium*-Erreger nicht in sich trug. AIDS hatte keine Bedrohung mehr dargestellt, nachdem die gutartigen Stämme die bösartigen verdrängt hatten. Aber das ließ sich natürlich alles nicht vergleichen – das waren Krankheiten, die höchstens eine Handvoll Spezies befielen. βehemoth hingegen bedrohte alles, was einen Zellkern besaß. Man konnte die Hexe nicht bekämpfen, indem man die menschliche Spezies mit einem Gegenmittel infizierte oder eine Insektenart gegen eine andere austauschte. βehemoth ließ sich nur besiegen, indem man *alles* mit einem Gegenmittel infizierte.

Seppuku musste das Leben selbst von Grund auf neu formen, von innen heraus. Und dazu war es tatsächlich in der Lage: Es besaß einen

Vorteil, von dem das gute alte βehemoth nur träumen konnte. Vor einer halben Ewigkeit hatte Achilles sie gezwungen, sich auch das ins Gedächtnis zu rufen: TNA konnte mit den modernen Nukleinsäuren eine Verbindung eingehen. Es konnte sich mit den Genen der Wirtszelle austauschen und Verknüpfungen zu ihnen herstellen. Es konnte alles und jeden verändern.

Wenn sie Recht hatte – und nun, da sie sich an der Schwelle zum Tod befand, war sie sich sicherer denn je –, dann war Seppuku mehr als nur ein Heilmittel für βehemoth. Es war der größte evolutionäre Sprung seit der Entstehung der eukaryotischen Zelle. Eine viel zu radikale Lösung für die Kleinkrämer, die über das alte Paradigma des Lebens, wie wir es kennen, nicht hatten hinausblicken können. Die Tiefseeenzyme, die mühseligen akribischen Genanpassungen, die Taka und anderen wie ihr so etwas wie Immunität verschafft hatten, waren nur improvisierte Baugerüste, mehr nicht. Balken und Stützen, die ein bereits strauchelndes Körperkonzept über das Verfallsdatum hinaus am Leben erhielten. Die Menschen hingen zu sehr an den chemischen Spielzeugen, die sie drei Milliarden Jahre lang definiert hatten. Doch mit Nostalgie ließ sich das Unvermeidliche höchstens hinauszögern.

Seppukus Schöpfer gingen da viel radikaler vor. Sie hatten den alten Bauplan der Zelle völlig verworfen und noch einmal ganz von vorn begonnen. Sie schrieben die Chemie des Lebens selbst um. Sämtliche eukaryotischen Arten würden auf der Molekularebene verändert werden. Kein Wunder, dass Seppukus Schöpfer das Ganze nicht an die große Glocke gehängt hatten. Nicht nur den M & Ms würde eine solch extreme Lösung Angst machen. Die Menschen bevorzugten stets das Übel, das sie kannten, selbst wenn es sich dabei um βehemoth handelte. Sie würden nicht einsehen, dass ein wenig Bastelei allein nicht zum Erfolg führen würde …

Taka konnte sich kaum vorstellen, wie dagegen Seppukus Erfolg aussehen würde. Vielleicht waren die merkwürdigen neuen Insekten, die sie gesehen hatte, erst der Anfang – Kreaturen mit kurzer Lebensspanne, die innerhalb einer Saison Dutzende von Generationen hervorbrachten. Achilles war es also doch nicht gelungen, die Mikrobe ganz auszusperren: Diese fröhlichen, missgestalteten Insekten waren der Beweis. Er hatte bisher nur verhindern können, dass die Menschen damit infiziert wurden.

Und selbst das war auf Dauer zum Scheitern verurteilt. Irgendwann würde die Erlösung überall Einzug halten, ganz so, wie es bereits bei den Gliederfüßern geschehen war. Bei Geschöpfen, deren Lebenszyklus langsamer verlief, würde es nur etwas länger dauern. *Aber auch unsere Zeit wird kommen,* dachte Taka.

Wie würde es vonstatten gehen?, fragte sie sich. Wie konnte man den Überkonkurrenten aus dem Feld schlagen? Durch nackte Gewalt vielleicht? Durch schiere zelluläre Gefräßigkeit – die gleiche Strategie, die βehemoth angewandt hatte, um das Leben 1.0 zu besiegen? Würde das Leben doppelt so hell brennen, aber dafür nur halb so lange? Würde sich die gesamte Biosphäre schneller bewegen, schneller denken und so wild und kurz leben wie Eintagsfliegen?

Aber das war das alte Paradigma: sich in seinen Feind zu verwandeln, um dadurch den Sieg zu erringen. Es gab noch andere Möglichkeiten, wenn man nicht einfach nur das Vorhandene den Gegebenheiten anpasste, sondern etwas gänzlich Neues erschuf. Taka Ouellette, ein eher mittelmäßiger Abkömmling der alten Garde, konnte nicht einmal im Ansatz erraten, wie sie aussehen mochten. Sie bezweifelte, dass irgendjemand dazu in der Lage war. Welche Simulation konnte schon das Verhalten eines Systems vorhersagen, das aus mehreren Millionen Arten bestand, wenn sämtliche Variablen gleichzeitig über den Haufen geworfen wurden? Wie viele sorgfältig durchgeführte Experimente wären nötig, um eine Prognose für eine Milliarde gleichzeitig stattfindender Mutationen abzugeben? Seppuku – was immer daraus entstehen mochte – führte das Konzept eines *kontrollierten Experiments* selbst ad absurdum.

Nordamerika *war* das Experiment – unangekündigt und unkontrolliert, eine unfassbar verschlungene Matrix aus den unterschiedlichsten Varianzanalysen und Hypernischentabellen. Selbst wenn es fehlschlug, würde es der Welt dadurch kaum schlechter gehen. βehemoth hätte einen schweren Rückschlag erlitten, Seppuku hätte sich ins eigene Schwert gestürzt, und was immer danach kam, wäre im Gegensatz zu βehemoth immerhin auf das Innere einer Wirtszelle beschränkt.

Aber vielleicht würde es ja nicht fehlschlagen. Vielleicht würde sich alles zum Besseren wenden. Es würden Ungeheuer entstehen, und manche von ihnen hätten sogar eine Chance zu überleben. Die Mitochondrien würden möglicherweise aussterben, nachdem ihr alter Mietvertrag ausgelaufen war. Womöglich würden sich die Menschen von innen heraus verändern, und wenn die alte Spezies verschwunden war, würde an ihre Stelle vielleicht etwas treten, das genauso aussah, aber umsichtiger war.

Vielleicht war es auch wirklich an der Zeit.

Ein kleiner Mann versuchte, ihr aus großer Entfernung etwas zu sagen. Er stand vor ihr – ein lästiger kleiner Homunkulus, der glasklar zu erkennen war, als würde sie ihn durch das falsche Ende eines Teleskops betrachten. Er schritt auf und ab und gestikulierte dabei wild. Taka entnahm seinen Worten, dass er vor irgendetwas oder irgendjemandem Angst hatte. Ja, das war es: Jemand hatte es auf ihn abgesehen. Er sprach, als sei sein Kopf voller Stimmen, als hätte er über eine ganze Menge Dinge gleichzeitig die Kontrolle verloren. Er bedrohte sie – jedenfalls glaubte sie das, obwohl seine Bemühungen beinahe komisch wirkten. Er klang wie ein verlorener kleiner Junge, der sich mutig gab, obwohl er sich eigentlich nur verstecken wollte.

»Ich habe die Lösung gefunden«, sagte Taka zu ihm. Ihre Stimme knirschte wie billiges, zerbrechliches Plastik, und sie wunderte sich kurz darüber. »Es war gar nicht so schwierig.«

Aber er war zu sehr in seiner eigenen kleinen Welt gefangen. Es spielte keine Rolle. Er schien ihr ohnehin nicht wie ein Mensch, der den Anbruch eines neuen Zeitalters zu würdigen wusste.

So viele Dinge würden geschehen. Das Ende des Lebens, wie sie es bisher gekannt hatten. Der Beginn eines vollkommen neuen und unbekannten. Es hatte bereits angefangen. Am meisten bedauerte sie, dass sie nicht mehr erleben würde, wohin sich das alles entwickelte.

Dave, mein Lieber, dachte sie. *Ich habe es geschafft. Am Ende habe ich es doch richtig hinbekommen.*

Du wärst stolz auf mich.

Bastille

Sudbury ragte wie ein leuchtender Tumor in der Dunkelheit auf.

Sein Kern strahlte von innen heraus. Für eine Landratte wäre es kaum zu sehen gewesen, aber für Lenie Clarkes Augen war es gleißend hell: eine von Mauern umgebene, klaustrophobische Ansammlung umgebauter Wolkenkratzer inmitten einer verlassenen Einöde aus Vorstädten und Gewerbegebieten. Das statische Feld war an den Interferenzen zu erkennen. Die neuen Gebäude und die aufgepfropften Umbauten, die gallenblasenähnlichen Wohnräume, die in die Lücken zwischen den Häusern gezwängt waren – all das erstreckte sich bis zum inneren Rand des Feldes und nicht weiter. Wie eine Metastase unter Glas hatte sich Sudbury in eine Halbkugel verwandelt.

Sie drangen von Osten her in die Stadt ein. Clarkes Taucherhaut wand sich unter dem Einfluss des statischen Feldes wie eine Schnecke, die in eine Flamme gehalten wurde. Aufgeladene Luft tauchte die Rotorblätter in leuchtende blaue Funkenwirbel. Der Effekt weckte merkwürdig nostalgische Gefühle in ihr. Er wirkte beinahe wie Biolumineszenz, wie Mikroben, die in der Hitze einer Thermalquelle in der Tiefsee fluoreszierten. Einen Moment lang konnte sie sich der Vorstellung hingeben, dass sich eine Art Elmsfeuer auf die Rotorblätter gelegt hatte.

Aber nur für einen Moment. Hier oben gab es nur einen Mikroorganismus, der der Rede wert gewesen wäre, und der leuchtete nicht im Geringsten.

Dann hatten sie das Feld hinter sich gelassen und flogen in westliche Richtung durch die oberen Bereiche des Stadtkerns von Sudbury. Die Wände von Straßenschluchten ragten überall um sie herum auf. Wetterleuchten flackerte über den Streifen Himmel, der über ihnen zu sehen war. Tief unter ihnen, immer wieder von Neubauten verdeckt, zogen sich die Reste einer Rapitransstrecke über den Boden der Schlucht hin wie ein straff gespannter Kupferdraht.

Clarke nahm den nächsten Munitionsclip aus dem offenen Rucksack zu ihren Füßen. Irgendwo über der Georgsbucht hatte Lubin ihr eine Einführung dazu gegeben. Jeder Clip enthielt ein Dutzend Granaten, die je nach ihrer Funktion mit verschiedenen Farben markiert waren: Blitz, Gas, Bohrwurm, Clusterfuck. Sie steckte sie in den Munitionsgurt, der über ihrem Oberschenkel lag.

Lubin warf ihr durch seine Augenprothese einen Blick zu. »Vergiss nicht, den Rucksack wieder zu schließen, wenn du fertig bist. Wie sieht es mit deinem Klebeband aus?«

Sie öffnete ihr Top und überprüfte die Taucherhaut darunter. Ein großes X aus halb durchlässigem Klebeband verschloss ihre Elektrolyseeinlassöffnung. »Klebt noch.« Sie zog den Reißverschluss ihres Landrattenkostüms wieder zu. »Stören sich die örtlichen Behörden nicht daran, dass wir so tief fliegen?«

»Nicht diese Behörden.« Sein Tonfall klang, als würde er die blinden Augen verdrehen. Offensichtlich hatten ihnen die Pflaster und Gegenmittel und ausgeweideten Leichen mehr verschafft als nur ein Transportmittel. Clarke fragte nicht weiter nach. Sie schob eine letzte Granate in den Gurt und blickte dann durch die Frontscheibe nach draußen.

Ein paar Häuserblocks vor ihnen endete die Schlucht in einer freien Fläche.

»Hier ist er also«, murmelte sie. Lubin verringerte die Geschwindigkeit, sodass sie nur noch langsam voranglitten.

Die freie Fläche breitete sich vor ihnen aus wie ein großes, dunkles Kolosseum, ein breiter Streifen, der aus der klaustrophobischen Architektur herausgeschnitten war. Lubin brachte den Sikorsky-Bell in dreihundert Metern Höhe kurz vor dem Außenrand der Fläche zum Stillstand.

Es handelte sich um einen von Mauern umgebenen Burggraben, der zwei Häuserblocks umfasste. In seiner Mitte erhob sich ein einsamer Wolkenkratzer – ein geriffelter Turm mit unzähligen Facetten. Auf seinem Dach strahlte trüb eine geisterhafte Krone aus blauen Lichtern. Alles andere war tot und dunkel. Fünfundsechzig Stockwerke, in denen nicht ein Fenster erleuchtet war. Ein narbenähnliches Flickwerk aus Fundamenten überzog den Erdboden darum herum – die Fußabdrücke von abgerissenen Gebäuden, die sich in glücklicheren Zeiten in der Nachbarschaft gedrängt hatten.

Sie fragte sich, was die Augen einer Landratte wohl sehen würden, sofern sich Landratten überhaupt nach Einbruch der Dunkelheit hierherwagten. Wenn die Einwohner Sudburys diesen Ort betrachteten, sahen sie vielleicht gar nicht die Entropiepatrouille. Womöglich sahen sie ein dunkles und bedrohliches Spukhaus vor sich, voller Skelette und umherkriechender grausiger Geschöpfe. In den Eingeweiden des 21. Jahrhunderts begraben und belagert von fremden Mikroben und Geistern in Maschinen, konnte man es den Menschen wohl nicht zum Vorwurf machen, dass sie den Glauben an Gespenster wiederentdeckten.

Und vielleicht liegen sie damit nicht einmal falsch, dachte Clarke.

Lubin deutete auf die geisterhaften Lichter auf dem Dach des Gebäudes. Innerhalb des Heiligenscheins erhob sich eine Landeplattform, die von einem Dutzend kleinerer Konstruktionen umgeben war: Lastenaufzüge, Lüftungsschächte, Schuppen für die eingezogenen Lifter-Nabelschnüre.

Clarke warf ihm einen skeptischen Blick zu. »Das meinst du nicht ernst, oder?« Sie konnten doch nicht einfach dort landen. Es gab doch bestimmt Verteidigungsanlagen.

Lubin grinste. »Wir werden es herausfinden.«

»Ich bin mir nicht sicher, ob das eine gute Idee …«

Er fuhr den Motor hoch. Sie machten einen Satz auf die ungeschützte, freie Fläche zu.

Nachdem sie die Häuserschluchten hinter sich gelassen hatten, schwenkten sie nach rechts. Clarke hielt sich am Armaturenbrett fest. Um sie herum drehten sich die Erde und der Himmel. Plötzlich befand sich der Erdboden in dreihundert Metern Entfernung neben ihr, eine archäologische Ruine voller abrasierter Fundamente. Und zwei schwarze Kreise von mehreren Metern Durchmesser starrten zu ihr hoch wie die Augenhöhlen eines riesigen stilisierten Schädels. Aber sie waren nicht leer. Und auch nicht flach: Sie wölbten sich leicht nach oben wie die freiliegenden Pole großer, in der Erde vergrabener Kugeln.

»Was ist das?«, fragte sie.

Keine Antwort. Clarke blickte durch das Cockpit. Lubin hielt sein Fernglas mit einer Hand zwischen den Knien fest und drückte seinen Kneifer gegen die Gläser. Der Apparat blickte durch die Sichtscheibe im Bauch des Helikopters nach unten. Clarke erschauerte innerlich: Was mochte das für ein Gefühl sein, wenn sich die eigenen Augen einen halben Meter außerhalb des Schädels befanden?

»Ich habe gesagt …«, begann sie noch einmal.

»Irgendein Erhitzungsgerät. Sandkörnchen explodieren darin wie Popcorn.«

»Und was hat es für einen Zweck? Ist es eine Art Landmine?«

Er schüttelte geistesabwesend den Kopf – seine Aufmerksamkeit wurde von etwas am Fuß des Gebäudes abgelenkt. »Ein Partikelstrahl. Eine Orbitalkanone.«

Ihre Eingeweide zogen sich zusammen. »Wenn Achilles über so etwas verfügt ... Ken, was ist, wenn er uns entdeckt ...?«

Etwas blitzte hell wie Natriumlicht in ihrem Hinterkopf auf. Die Maschinen in ihrer Brust gerieten kurz ins Stottern. Die Steuerung des Sikorsky-Bell gab ein leises Glucksen von sich, und sämtliche Anzeigetafeln erloschen.

»Ich glaube, er hat uns bereits entdeckt«, stellte Lubin fest, als der Motor erstarb.

Wind pfiff leise über den Rumpf des Helikopters. Obwohl sie nicht mehr angetrieben wurden, drehten sich die Rotorblätter durch reine Trägheit weiter. Sonst war nichts zu hören, außer Lubins leisem Fluchen, als sie einen Moment lang zwischen Himmel und Erde hingen.

Im nächsten Augenblick stürzten sie ab.

Clarke drehte sich der Magen um. Lubins Füße traten auf die Pedale. »Sag mir, wenn wir sechzig Meter tief sind.«

Sie schlingerten an dunklen Häuserfassaden vorbei. »Was ...?«

»Ich bin blind.« Lubin hatte in einer Mischung aus Furcht und Entschlossenheit die Zähne gebleckt. Mit unbarmherziger Zwecklosigkeit umklammerten seine Hände den Steuerungsknüppel. »Sag mir, wenn ... der zehnte Stock! Sag mir, wenn wir am zehnten Stockwerk vorbeikommen!«

Ein Teil von ihr gab nur sinnloses, panikerfülltes Kauderwelsch von sich. Der Rest versuchte, zu gehorchen und verzweifelt die Stockwerke zu zählen, während sie an ihnen vorbeirauschten. Aber sie waren zu nah dran, alles verschwamm vor ihren Augen, und sie stürzten ab, sie würden direkt gegen den Turm prallen. Doch plötzlich verschwand der Turm nach links, seine Kante war so dicht vor ihnen, dass sie sie beinahe hätten berühren können. Jetzt kam die Nordseite des Gebäudes in Sicht, war aus der Entfernung deutlicher zu erkennen und …

Oh Gott, was ist das …

Ein von Ehrfurcht erfüllter Teil ihres Gehirns, den sie sich eigentlich nicht leisten konnte, murmelte: *Das kann nicht sein.* Aber da war es: ein gähnender Mund in der Seite des Gebäudes, schwarz und zahnlos und so breit, dass er ganze Legionen hätte verschlingen können. Sie versuchte, nicht weiter darauf zu achten, als sie daran vorbeistürzten, und zwang sich, ihre Aufmerksamkeit auf die Stockwerke unter ihnen zu richten und vom Erdboden aufwärts zu zählen. Sie rauschten geradewegs an dem unmöglichen Schlund vorbei – sie wurden in ihn hineingezogen …

»Len…«

»Jetzt!«, schrie sie.

Eine endlose Sekunde lang tat Lubin gar nichts.

In diesem Augenblick, der sich immer weiter auszudehnen schien, durchströmten Clarke die seltsamsten Empfindungen. Sie hörte das Geräusch der Rotorblätter, die sich erstaunlicherweise immer noch drehten, ob nun durch Glück oder Magie oder einfach aus Trotz – ihr verzerrter Maschinengewehrrhythmus klang wie der langsame Herzschlag eines sich entfernenden Astronauten. Sie sah den näher kommenden Erdboden, auf dem sie zu zerschellen drohten. Plötzlich durchströmte sie eine gelassene Resignation, als sie das Unvermeidliche erkannte: *Wir werden sterben.* Und dann die beinahe belustigte Erkenntnis, wie ironisch es doch war, dass der mächtige Ken Lubin, der stets zehn Schritte vorausdachte, einen solch dummen Fehler gemacht hatte.

Doch dann riss Lubin am Steuerknüppel, und der Helikopter bäumte sich auf, als hätte er im letzten Moment die Nerven verloren. Plötzlich schien sie hundert Tonnen zu wiegen. Sie waren dem Himmel zugewandt, während die Welt sich um sie herum drehte – Erde und Glas und ferne Wolken rauschten in einem verschwommenen Durcheinander an der Windschutzscheibe vorbei. Einen erstaunlichen Moment lang schienen sie in der Luft zu schweben. Dann prallte etwas Hartes von hinten gegen sie; das Geräusch von zerbrechenden Polymeren und sich verbiegendem Metall war zu hören. Sie schlingerten zur Seite, und der Rotor, der sich wie von Zauberhand weitergedreht hatte, grub sich in die Erde und hielt endlich an. Lenie Clarke sah mit weit aufgerissenen Augen zu einem großen Monolithen empor, der sich trunken gegen den Nachthimmel lehnte und sich zusammen mit der Dunkelheit auf sie herabsenkte, um sie zu verschlingen.

»Lenie.«

Sie öffnete die Augen. Der unmögliche Mund gähnte immer noch über ihr. Einen Moment lang kniff sie die Augen zusammen und schlug sie dann wieder auf.

Oh.

Es war gar kein Mund, sondern ein großes, verkohltes Loch, ein Stück weit die Nordfassade hoch, das sich über zehn ausgeweidete Stockwerke oder mehr erstreckte.

Rio, wurde ihr klar. *Sie haben den Schaden nie repariert.*

Das Dach des Gebäudes war durch die Frontscheibe deutlich zu erkennen. Die Lichter dort oben waren ausgegangen. Das gesamte Haus schien sich nach links zu neigen. Die Nase des Helikopters ragte in einem Winkel von dreißig Grad auf, wie ein mechanischer Maulwurf, der aus der Erde herausgekrochen war und sich dann einmal um die eigene Achse gedreht hatte.

Der Helikopter war nur noch ein Haufen Schrott. Der Leitwerksträger hinter ihnen musste entweder verbogen sein, oder er war abgebrochen.

Schmerzen in ihrer Brust und den Armen. Irgendetwas stimmte nicht mit dem Himmel. Er war ... genau, das war es ... er war dunkel. Sie befanden sich im Innern einer Klave, wo summende Feldgeneratoren eigentlich unablässig die Luft mit Elektrizität hätten erfüllen müssen. Sudburys Himmel hätte eigentlich flackern müssen. Und bevor sie abgestürzt waren, war das auch so gewesen.

»Lenie.«

»War das ... war das ein elektromagnetischer Puls?«, fragte sie.

»Kannst du dich bewegen?«

Sie konzentrierte sich und fand die Ursache der Schmerzen: Lubins harter, unförmiger Rucksack, den sie so fest gegen ihre Brust gedrückt hielt, als würde ihr Leben davon abhängen. Er musste während des Absturzes durch die Luft geflogen sein, und sie musste ihn aufgefangen haben. Sie erinnerte sich nicht daran. Der Schlitz an seiner Oberseite kräuselte sich in ihren Armen wie ein Mund, und sie konnte einen Blick ins Innere des Rucksacks werfen – auf ein Durcheinander aus kantigem Werkzeug und Munition, das sich schmerzhaft gegen ihr Fleisch drückte.

Sie zwang sich, ihren Griff zu lockern. Die Schmerzen ließen nach.

»Ich glaube, mir geht es gut. Bist du ...«

Er blickte mit seinen blinden Augen, die aussahen, als wäre er in ein Sandstrahlgebläse geraten, zu ihr herüber.

Ein Detail ihres Absturzes fiel ihr wieder ein, das sie bis jetzt vergessen hatte: Lubins Kneifer, der anmutig in den hinteren Teil der Kabine gesegelt war. Clarke löste ihren Sicherheitsgurt und drehte sich um, um nach hinten zu blicken. Ein plötzlicher heftiger Schmerz durchzuckte ihre Wirbelsäule, als würde sich ein Riss in einer Eisfläche bilden. Sie schrie auf.

Lubin legte ihr die Hand auf die Schulter. »Was ist?«

»Sch... Schleudertrauma, glaube ich. Ich habe schon Schlimmeres erlebt.« Sie lehnte sich wieder in ihrem Sitz zurück. Es hatte sowieso keinen Sinn, nach dem Kneifer zu suchen; der Puls hatte ihn vermutlich ebenso außer Gefecht gesetzt wie den Helikopter.

»Du bist also wieder blind«, sagte sie leise.

»Ich habe ein weiteres Paar eingepackt. Der Rucksack ist abgeschirmt.«

Der offene Mund des Rucksacks mit den Reißverschlusszähnen grinste sie an. Erkenntnis durchströmte sie in einer übelkeitserregenden Welle. »Oh, verdammt, Ken. Ich … ich habe vergessen, den Reißverschluss zuzumachen. Es tut mir …«

Er wischte ihre Entschuldigung mit einer Handbewegung beiseite. »Dann musst du mir eben meine Augen ersetzen. Ist die Kabine aufgebrochen?«

»Wie bitte?«

»Gibt es irgendwo einen Riss im Rumpf? Irgendetwas, das groß genug wäre, dass du hindurchkriechen könntest, sagen wir mal?«

»Ähm …« Clarke drehte sich erneut vorsichtig um. Wieder flammte Schmerz in ihrem Rücken auf; er war jedoch bei weitem nicht mehr so heftig wie vorher. »Nein. Die hintere Kabinenwand ist völlig verbogen, aber …«

»Gut. Hast du noch den Rucksack?«

Sie öffnete den Mund, um zu antworten … und erinnerte sich an die beiden verkohlten Halbkugeln, die auf den Himmel gerichtet waren.

»Konzentrier dich, Len. Hast du …«

»Es spielt keine Rolle, Ken.«

»Es spielt eine verdammt große …«

»Wir sind tot.« Sie holte tief und verzweifelt Luft. »Er besitzt eine Orbitalkanone, erinnerst du dich? Jeden Augenblick könnte er … Und wir können nicht das Geringste dagegen …«

»Hör mir zu!« Plötzlich war Lubin ihr so nahe, als wollte er sie küssen. »Wenn er uns hätte töten wollen, wären wir längst tot, verstehst du? Ich glaube, im Augenblick würde er es nicht einmal wagen, seine

Satelliten online zu bringen. Er will nicht riskieren, sie an die Reißwölfe zu verlieren.«

»Aber er hat doch schon … der Puls …«

»Der ist nicht aus dem Orbit gekommen. Er muss die Hälfte der Stockwerke dieses Gebäudes mit Kondensatoren ausgestattet haben. Er will uns nicht umbringen, sondern nur ein wenig zermürben.« Er streckte die Hand aus. »Also, wo ist der Rucksack?«

Benommen reichte sie ihm das Gewünschte. Lubin setzte ihn auf den Knien ab und wühlte darin herum.

Er will uns nicht umbringen. Lubin hatte das schon einmal behauptet, als er ihr auf dem Weg von Toromilton hierher seinen Plan erklärt hatte. Clarke war sich nicht ganz sicher, ob die aktuellen Ereignisse seine Vermutung bestätigten, besonders seit …

Eine huschende Bewegung zu ihrer Rechten. Clarke drehte sich um und keuchte auf, die Schmerzen, die ihr die Bewegung verursachte, waren augenblicklich vergessen. Ein missgestaltetes Gesicht starrte durch die Kuppel des Kabinendaches herein, nur Zentimeter von ihr entfernt, ein massiver schwarzer Keil aus Muskeln und Knochen. Kleine, dunkle Augen funkelten in tiefen Höhlen. Die Erscheinung grinste und enthüllte dabei sägezahnartige Kerben in einem Kiefer, der Ähnlichkeit mit einem Fangeisen hatte.

Im nächsten Moment verschwand sie außer Sichtweite.

»Was?« Lubin drehte blind den Kopf hin und her. »Was siehst du?«

»Ich … ich glaube, es ist einmal ein Hund gewesen«, sagte Clarke mit zitternder Stimme.

»Das waren sie wohl alle mal«, erwiderte Lubin.

Da das Cockpit des Helikopters auf den Himmel gerichtet war, hatte sie sie nicht kommen sehen. Sie musste nach unten blicken, um nach vorn schauen zu können, und als sie nun durch die Sichtscheibe im Bauch des Helikopters blickte, die sich zwischen ihren Knien befand, sah sie, dass es in der Finsternis um sie herum von dunklen Leibern nur so wimmelte. Die Erscheinungen bellten oder knurrten nicht. Sie gaben überhaupt kein Geräusch von sich. Sie verschwendeten keine Energie auf primitive tierische Wut, warfen sich nicht geifernd gegen die Außenhülle des Helikopters, um an das weiche Fleisch in seinem Innern zu gelangen. Stattdessen umkreisten sie ihn stumm wie Haie.

Selbst mithilfe der Lichtverstärker waren die Geschöpfe nur undeutlich zu erkennen. Sie waren vollkommen schwarz.

»Wie viele sind es?« Lubin tastete mit der Hand über seinen Granatwerfer. Der Munitionsgurt lag über seinen Knien, ein Ende verschwand in dem Rucksack zwischen seinen Füßen.

»Zwanzig oder dreißig mindestens. Oh verdammt, Ken, sie sind riesig. Sie sind doppelt so groß wie du …« Clarke kämpfte gegen die Panik an, die in ihr aufsteigen wollte.

Lubins Granatwerfer besaß drei Munitionsöffnungen und ein kleines Daumenrädchen, mit dessen Hilfe man zwischen ihnen wählen konnte. Er tastete über den Gurt, holte eine Blitz-, eine Clusterfuck-Granate und einen Bohrwurm hervor und schob sie in die Öffnungen. »Kannst du den Haupteingang sehen?«

»Ja.«

»In welcher Richtung liegt er? Und wie weit ist er entfernt?«

»Etwa bei elf Uhr. Vielleicht … vielleicht achtzig Meter.« *Es könnten genauso gut achtzig Lichtjahre sein.*

»Und was befindet sich dazwischen?«

Sie schluckte. »Eine Meute tollwütiger Monsterhunde, die darauf warten, uns zu zerfleischen.«

»Abgesehen davon.«

»Wir … wir befinden uns am Rand der gepflasterten Hauptstraße. Zu beiden Seiten sind alte Fundamente zu sehen, die abrasiert und aufgefüllt wurden.« Und in der Hoffnung, dass er nicht das vorhatte, was sie befürchtete, oder sie ihn irgendwie davon abbringen konnte, fügte sie noch hinzu: »Keinerlei Deckung.«

»Siehst du irgendwo mein Fernglas?«

Sie drehte sich vorsichtig um, soweit ihr das wegen der Schmerzen möglich war. »Direkt hinter dir. Der Riemen hat sich in der Leiste über der Tür verfangen.«

Er legte seine Waffe beiseite, um das Fernglas zu entwirren, und reichte es ihr. »Beschreib mir den Eingang.«

Entfernungsmesser und Wärmeerkennung funktionierten natürlich nicht mehr. Nur die reine Optik war noch zu gebrauchen. Clarke versuchte, nicht auf die verschwommenen Umrisse im Vordergrund zu achten. »Eine Reihe von Glastüren; es sind acht. Sie sind in eine flache Vertiefung in der Fassade eingelassen. Darüber befindet sich das BRIKS-Logo. Ken …«

»Was liegt hinter den Türen?«

»Ähm … ein Vorraum, der mehrere Meter tief ist. Und dann … beim letzten Mal gab es da noch ein paar Türen im Innenraum, aber die sind jetzt nicht mehr da. Stattdessen befindet sich dort eine schwere Platte, wie eine große Falltür oder so etwas. Sie hat sonst nichts weiter Bemerkenswertes an sich.«

»Wie steht es mit den Seitenwänden des Vorraums?«

»Sie bestehen aus Beton oder Bioliten oder so etwas. Es sind einfach nur Wände. Nichts Besonderes. Warum?«

Er befestigte den Munitionsgurt an seiner Hüfte. »Dort werden wir in das Gebäude eindringen.«

Sie schüttelte den Kopf. »Nein, Ken. Kommt nicht in Frage.«

»Die Falltür ist eine offensichtliche Abwehrmaßnahme. Es ist sinnvoller, sie zu umgehen, als zu versuchen, durch sie hindurchzubrechen.«

»Wir können nicht dort rausgehen. Die reißen uns in Stücke.«

»Ich bin nicht so weit gekommen, um mich achtzig Meter von der Ziellinie entfernt von einer Meute Hunde aufhalten zu lassen.«

»Ken, du bist blind!«

»Das wissen die nicht.« Er hob den Granatwerfer. »Aber sie wissen, was das hier ist. Auf die äußere Erscheinung kommt es an.«

Sie betrachtete seine verätzten Augen und die nässenden Wunden in seinem Gesicht. »Wie willst du zielen?«

»Genauso, wie wir gelandet sind. Du wirst mir die Richtung ansagen.« Lubin tastete in seinem Rucksack herum und zog die Heckler & Koch hervor. »Nimm die hier.«

Ungläubig griff sie nach der Waffe.

»Wir müssen uns die Hunde lange genug vom Leib halten, um durch die Wand durchbrechen zu können. Der Rest des Plans bleibt unverändert.«

Mit trockenem Mund beobachtete Clarke, wie die Hunde sie umkreisten. »Und wenn sie gepanzert sind? Oder mit Schaltkreisen ausgestattet?«

»Sie müssen einem elektromagnetischen Puls standhalten. Also keine Elektronik. Die üblichen Manipulationen, weiter nichts.« Er schloss den Reißverschluss des Rucksacks, schnallte ihn sich auf den Rücken und zog die Riemen an Schultern und Hüfte fest.

»Sind diese Waffen gegen einen elektromagnetischen Puls gefeit? Und …« Plötzlich stieg eine beunruhigende Erinnerung in ihr auf: stotternde Maschinen in ihrem Brustkorb. »Wie steht es mit unseren Implantaten?«

»Sie beruhen auf Myoelektrizität. Ein EMP kann ihnen nicht viel anhaben. Welche Einstellung hat die H & K?«

Sie sah nach. »Nervengift. Ken, ich habe noch nie eine Waffe abgefeuert. Meine Treffsicherheit …«

»Wird immer noch besser sein als meine.« Lubin kletterte in den nach unten geneigten Teil der Kabine hinter den Sitzen. »Du wirst vielleicht sogar ohne Probleme durchkommen. Ich habe den Verdacht, dass sie sich eher auf mich konzentrieren werden.«

»Aber …«

»Handschuhe«, sagte er und befestigte die seinen an der Taucherhaut unter seinen Ärmeln.

Clarke zog sich mit zitternden Händen ihre Handschuhe an. »Ken, wir können nicht einfach …«

Er hielt inne und richtete seine blinden Augen auf sie. »Weißt du, irgendwie hast du mir besser gefallen, als du noch selbstmordgefährdet warst. Da warst du nicht so feige.«

Sie blinzelte. »Wie bitte?«

»Langsam verliere ich die Geduld, Len. Fünf Jahre der Selbstkasteiung müssten eigentlich genug sein. Habe ich mich in dir geirrt? Hast du die ganze Zeit nur in Selbstmitleid geschwelgt? Willst du nun die Welt retten oder nicht?«

»Ich …«

»Das ist die einzige Möglichkeit.«

Gibt es irgendetwas, das du nicht tun würdest? Für die Möglichkeit, das Geschehene rückgängig zu machen? Damals war die Antwort offensichtlich gewesen. Und auch jetzt war sie es. Eine vertraute eisige Entschlossenheit flammte in ihr auf. Ihr Gesicht brannte.

Lubin nickte. Er saß auf dem Boden, den Rücken gegen die Kabinenwand hinter Clarkes Sitz gelehnt. »Nasenstöpsel.«

Die hatten sie sich unterwegs zurechtgebastelt – kleine Stopfen aus demselben halb durchlässigen Klebeband, mit dem auch ihre Einlassöffnungen verschlossen waren. Clarke steckte sie sich in die Nasenlöcher.

»Ich werde ein Loch in die Außenhülle sprengen«, sagte Lubin, während er sich ebenfalls die Nase zustopfte. »Das sollte die Hunde lange genug zurücktreiben, dass wir rausklettern können. Wenn wir erst einmal draußen sind, zeigst du mir, wo der Haupteingang liegt. Das ist zwölf Uhr. Alle anderen Zielrichtungen nehmen darauf Bezug, nicht auf die Richtung, in die ich vielleicht gerade blicke. Hast du verstanden?«

Sie nickte, und als ihr wieder einfiel, dass er sie nicht sehen konnte, sagte sie: »Ja.«

»Sie werden uns angreifen, sobald wir den Helikopter verlassen haben. Mach dich bereit. Schließ die Augen, wenn ich es sage. Ich werde Blitzgranaten verwenden. Die sollten sie für mindestens zehn Sekunden außer Gefecht setzen. Erschieß so viele, wie du kannst. Und bleib in Bewegung.«

»Verstanden. Sonst noch etwas?«

»Zieh die Handschuhe aus, sobald wir uns von der Hitzequelle entfernt haben. Der Anblick einer Taucherhaut könnte uns verraten.«

Geduldige Killer strichen um die Kabine des Helikopters herum. Sie schienen ihr direkt in die Augen zu blicken. Wenn sie lächelten, enthüllten sie dabei daumengroße Zähne.

Nur die üblichen Manipulationen, dachte sie, während ihr ganz schwindelig wurde vor Angst. Sie lehnte sich mit dem Rücken gegen die Kabinenwand und hob die in Handschuhen steckenden Hände, um ihr Gesicht zu schützen.

»Wir können es schaffen«, sagte Lubin leise. »Denk nur immer an das, was ich dir gesagt habe.«

Er will uns nicht umbringen. Sie fragte sich, wer damit wohl gemeint war.

»Glaubst du wirklich, er rechnet damit, dass wir überleben?«

Lubin nickte.

»Aber weiß er auch, dass du blind bist?«

»Das glaube ich nicht.« Er richtete den Granatwerfer auf die Kabinenwand. Das Daumenrädchen blieb bei *Clusterfuck* stehen. »Bist du so weit?«

Das ist es, Lenie, mein Mädchen. Deine einzige Chance, Erlösung zu erlangen.

Verdirb sie dir nicht.

»Los«, sagte sie und schloss die Augen.

Lubin feuerte. Clarkes Lider leuchteten plötzlich in einem blutigen Orange auf.

Ihre Taucherhaut schirmte einen Großteil der Hitze vom Hals abwärts ab, aber sie hatte kurz das Gefühl, als ob jemand ihren Kopf in einen Schmelzofen gesteckt hätte. Sie hätte schwören können, dass die Hitze ihr die Haut vom Gesicht brannte. Sie biss die Zähne zusammen, hielt den Atem an und verfluchte die Risiken, die Lubin nicht hatte eingehen wollen: *Womöglich errät er, was wir vorhaben, wenn er unsere Kapuzen sieht.*

Die Luft war von einem Tosen und Prasseln erfüllt, während Spritzer flüssigen Metalls zischend umherflogen. Neben sich hörte sie den Knall von Lubins Granatwerfer, der ein weiteres Mal abgefeuert wurde. Mit leichter Verwunderung stellte sie fest, dass der Schmerz verschwunden war. Furcht und Adrenalin hatten ihn augenblicklich beiseitegefegt.

Die Welt jenseits ihrer Augenlider wurde wieder dunkler. Sie öffnete sie. Ein Loch gähnte in der Seite des Helikopters. Weiche Metalllegierungen glühten an seinen Rändern, und geschwärzte Akrylfasern blätterten davon ab. Teile der zerfetzten Kabinenwand lagen glimmend am Boden, eines nur einen knappen Zentimeter von ihrem linken Fuß entfernt.

Lubin feuerte ein drittes Mal. Eine Garbe brennender Nadeln schoss durch das Loch nach draußen und verschwand in der Dunkelheit, ein winziger, verheerender Meteorschauer. Die Clusterfuck-Granaten waren dazu gedacht, in einem möglichst weiten Umkreis Tausende tödlicher Löcher zu reißen, doch im engen Raum der Kabine hatten sie sich nicht sehr weit verbreiten können. Etwa zwei Meter des massiven Rumpfs waren in silbrige Spreu verwandelt und nach draußen gesprengt worden. Fächerförmig zerstreute Wrackteile lagen dampfend auf dem Boden vor der Öffnung.

»Wie groß ist das Loch?«, rief Lubin über den Lärm hinweg.

»Anderthalb Meter.« Sie hustete und würgte wegen des Gestanks von angesengtem Plastik. »Dahinter liegen eine Menge kleine Teile verstr…«

Zu spät. Mit blinder Entschlossenheit hatte sich Lubin bereits durch die Öffnung gestürzt. Er flog über die Wrackteile hinter dem Loch hinweg, traf mit der Schulter zuerst auf dem Boden auf, rollte sich ab und kam augenblicklich wieder auf die Beine. Ein rautenförmiges Stück heißen Metalls schwelte wie ein Brandeisen auf seinem linken Schulterblatt. Lubin krümmte sich und stieß es mit der Mündung des Granatwerfers von sich. Es fiel zu Boden, mit halb geschmolzenem, teerartigem Copolymer beschmiert. In Lubins Hemd befand sich ein gezacktes, rauchendes Loch. Die verletzte Taucherhaut darunter wand sich, als sei sie lebendig.

Clarke biss die Zähne zusammen und folgte ihm.

Ein heller Schmerzfunken, so fein und scharf wie ein Nadelstich, flammte kurz in ihrem Unterarm auf, als sie durch das Loch sprang. Im nächsten Moment strömte herrlich kühle Luft über sie hinweg. Sie landete hart und schlitterte ein Stück weit über den Boden. Zwei riesige, zuckende Kadaver lagen brennend vor ihr und grinsten sie mit verkohlten Lefzen an.

Sie kam auf die Beine und zog sich die Handschuhe aus. Tatsächlich hatte sich der Rest der Meute für den Augenblick zurückgezogen und umkreiste sie in etwas größerem Abstand.

Lubin deutete mit der Waffe hierhin und dorthin, um ihre Gegner einzuschüchtern. »Lenie!«

»Hier! Zwei sind erledigt!« Sie lief zu ihm hinüber und richtete ihre H & K auf die sie umkreisende Horde. »Die anderen sind etwas zurückgewichen.« Sie drehte Lubin im Uhrzeigersinn herum. »Der Eingang liegt in diese Richtung. Zwölf Uhr.« *Denk daran,* sagte sie sich. *Zielrichtungen in Bezug auf die Eingangstür, Zielrichtungen in Bezug auf…*

Er nickte. »Wie weit sind die Hunde entfernt?« Er hielt den Granatwerfer mit beiden Händen, die Arme ausgestreckt, die Ellbogen leicht gebeugt. Er wirkte beinahe entspannt.

»Äh … fünfundzwanzig Meter vielleicht.« *Zielrichtungen in Bezug auf die Eingangstür* …

»Klug. Gerade außerhalb der Waffenreichweite.«

Zielrichtungen in Bezug auf … »Deine Reichweite beträgt nur fünfundzwanzig lausige Meter?«

»Aber dafür ist sie weit gefächert.« Das war natürlich durchaus sinnvoll – ein nützlicher Trick für einen schlechten Schützen. Und ein Blinder war so ziemlich der schlechteste Schütze, den man sich vorstellen konnte. Der Nachteil daran war, dass die Nadelwolke so breit gefächert war, dass ferne Ziele davon nicht in Mitleidenschaft gezogen wurden. »Versuch es mit deiner Waffe.«

Clarke zielte. Ihre Händen wollten nicht aufhören zu zittern. Sie feuerte einmal, zweimal. Die H & K bäumte sich in ihrer Hand auf. Ihr Bellen war überraschend leise.

Der Gegner starrte zu ihr herüber, ohne dass sich seine Anzahl verringert hätte.

»Ich habe nicht getroffen. Es sei denn, sie sind immun. Ken, du hast gesagt, sie seien genetisch verändert worden …«

Eine plötzliche Bewegung zu ihrer Rechten, eine Welle durchlief die Flanke ihrer Gegner. »Zwei Uhr«, zischte Clarke und feuerte. Lubin drehte sich um und schoss einen Feuersturm aus Nadeln ab. »Acht Uhr!« Er wirbelte herum und feuerte erneut und hätte um ein Haar Clarke erwischt, als diese sich unter seinen ausgestreckten Armen hindurchduckte.

Der Erdboden zu beiden Seiten wurde von Feuersplittern durchpflügt. Drei weitere Hunde starben, von brennenden Schrapnellen zerfleischt. Zwei weitere waren in Brand gesetzt worden und flohen außer Reichweite. Doch die Meute blieb immer noch stumm. Um sie herum brodelte es von stiller Wut.

Clarke hielt ihre H&K auf die Hunde gerichtet, auch wenn sie damit wohl nicht viel ausrichten konnte. »Drei getötet, zwei verletzt. Der Rest hält sich noch zurück.«

Lubin wandte sich nach rechts und links. »Irgendetwas stimmt da nicht. Sie müssten eigentlich angreifen.«

»Sie wollen nicht erschossen werden. Du hast gesagt, sie seien klug.«

»Angriffshunde, die zu klug sind, um anzugreifen.« Lubin schüttelte den Kopf. »Nein. Da stimmt etwas nicht.«

»Vielleicht wollen sie uns einfach nur hier festhalten«, sagte Clarke hoffnungsvoll. »Vielleicht ...«

Plötzlich war da ein leises Pfeifen in ihrem Schädel, das sie eher spürte als hörte: ein leichtes Jucken, schrill und lästig.

»Ah«, sagte Lubin leise. »Schon eher.«

Die Veränderung war zu geringfügig, als dass sie mit den Augen wahrnehmbar gewesen wäre. Kein Bewegungssensor, kein Bildanalyse-Programm wäre in der Lage gewesen, die Zeichen zu deuten. Aber Lenie Clarke wusste augenblicklich Bescheid, auf einer Ebene, die weitaus älter war als das menschliche Bewusstsein. Irgendetwas in ihren Eingeweiden hatte es nicht vergessen, trotz der Millionen Jahre, die seither vergangen waren. Überall um sie herum rotteten sich die einzelnen Geschöpfe plötzlich zu einem Organismus zusammen, einem gewaltigen Gebilde, das aus unzähligen wimmelnden Leibern bestand und gnadenlos auf ein einziges Ziel ausgerichtet war. Lenie Clarke sah sie auf sich zukommen und wusste wieder, was sie war, was sie schon immer gewesen war: Beute.

»Blitz!«, schrie Lubin. Beinahe zu spät erinnerte sie sich daran, die Augen zu schließen. Rasch hintereinander waren vier Schüsse zu hören. Eine Konstellation aus trüben roten Sonnen flammte kurzzeitig vor ihren Augenlidern auf.

»Los!«

Sie öffnete die Augen. Der kollektive Organismus war wieder zerfallen. Um sie herum liefen einzelne Raubtiere umher, blind und verwirrt. Vorübergehend blind, erinnerte sie sich. Vorübergehend verwirrt.

Ihr blieben nur wenige Sekunden, und sie hatte nichts zu verlieren. Sie griff an.

Drei Meter von dem nächsten Untier entfernt, eröffnete sie das Feuer. Sie gab fünf Schüsse ab, zwei davon trafen die Flanke des Geschöpfs. Sein Kiefer schnappte in die Luft, und es stürzte zu Boden. Zwei weitere stießen nur eine Armlänge von ihr entfernt gegeneinander: Sie erledigte sie mit jeweils einem Schuss und drehte sich um die eigene Achse, auf der Suche nach weiteren Zielen. Irgendwo abseits peitschten Nadelgeschosse über den Boden. Sie achtete nicht darauf, sondern feuerte weiter. Etwas Dunkles, Massiges raste an ihr vorbei und blutete dabei Flammen. Sie gab einen Schuss auf seine Flanke ab, nur um sicherzugehen, und plötzlich war sie erneut verwandelt. Die Schaltkreise in ihrem Mittelhirn schalteten von *Flucht* auf *Kampf* um, jegliche angsterfüllte Lähmung wurde von einer Flut aus Blutdurst und Adrenalin hinweggespült. Sie schoss auf ein Bein und auf einen großen, wogenden Brustkorb, schwarz und glatt wie eine Taucherhaut. Sie schoss auf ein monströses, unterdrückt knurrendes Gesicht und stellte fest, dass es ihren Blick erwiderte.

Ein Teil von ihr, von dem sie nicht einmal gewusst hatte, dass er mitgezählt hatte, lieferte ihr eine Zahl: *sieben. So viele kannst du töten, bevor sie dich holen kommen …*

Sie drehte sich um und lief davon. Lubin rannte ebenfalls, der arme, blinde Lubin, Lubin, der menschliche Panzer. Er hatte wieder auf Clusterfuck umgeschaltet und ihnen in Richtung zwölf Uhr mit Feuer einen Weg gebahnt. Er lief die Straße entlang …

… ich habe ihm gesagt, dass es keine Hindernisse gibt. Mann, wird er sauer sein, wenn er über einen Gullydeckel stolpert …

… als könnte er sehen. Hinter ihm schüttelten die Hunde die Köpfe und wirbelten herum, erpicht darauf, sich wieder auf ihr Ziel zu stürzen.

Auch Clarke kamen sie immer näher. Das Trappeln ihrer Pfoten klang wie das Prasseln eines heftigen Regens auf einem Zeltdach.

Sie befand sich wieder auf dem Asphalt, ein paar Meter hinter Lubin. »Sieben Uhr!«, schrie sie und duckte sich.

Weißglühende Graupelschauer fegten nur Zentimeter über ihrem Kopf vorbei. Schotter und die raue Oberfläche der Straße rissen ihr die Handflächen auf, zerschrammten ihren Arm und ihre Schulter durch mehrere Schichten aus Jeansstoff und Copolymer hindurch. Fleisch und Pelz gingen so dicht neben ihr in Flammen auf, dass sie die Hitze auf ihrem Gesicht spürte.

Sie drehte sich auf den Rücken. »Drei Uhr! Der Blitz hat nachgelassen!« Lubin drehte sich um und versprühte Feuer in die angegebene Richtung. Drei weitere Hunde näherten sich von elf Uhr. Immer noch auf dem Rücken liegend hob Clarke die Waffe mit beiden Händen über den Kopf und streckte sie nieder, als sie nur noch drei Meter von ihr entfernt waren.

»Blitz!«, rief Lubin erneut. Clarke rollte sich herum, duckte sich und schloss die Augen. Drei weitere Schüsse, drei orangefarbene, fleischige Sonnenaufgänge. In diesem Moment trat ihr jedoch das Bild vor Augen, das sie als Letztes gesehen hatte: Lubin, der den Warnruf ausstieß, und die Hunde, die zusammenzuckten und den Kopf abwandten …

Kluge Hündchen, sagte ein kleines Mädchen hysterisch kichernd in ihrem Kopf. *Sie haben das Wort »Blitz« gehört und sich daran erinnert und haben die Augen geschlossen …*

Sie öffnete die ihren, und es graute ihr vor dem, was sie sehen würde.

Der Trick hatte nicht ein zweites Mal funktioniert. Lubin hatte gerade seine Waffe gehoben und änderte hektisch die Einstellung, als ihm eine schwarze, geifernde Nemesis an die Kehle sprang. In ihren Augen glänzten keine Sterne. Lubin feuerte blindlings und aus nächster Nähe; Blut und Knochen explodierten von der Rückseite des Schädels der Kreatur, doch der Kadaver wurde von seinem Schwung weiter vorwärtsgetragen, und hundert Kilogramm blutiger, unaufhaltsamer Masse trafen Lubin voll gegen die Brust. Er ging zu Boden wie eine Papierpuppe und hielt seinen toten Angreifer dabei so fest umklammert, als könnte er durch reine Entschlossenheit die *Masse-Zeit-Beschleunigung* außer Kraft setzen.

Natürlich gelang ihm das nicht. Er konnte gar nichts bewirken. Er hatte lediglich einen von ihnen getötet und verschwand unter einem Dutzend anderen.

Clarke stürzte nach vorn und feuerte, feuerte, feuerte. Es waren Schreie zu hören, aber sie stammten nicht von den Geschöpfen, die sie getroffen hatte. Etwas Heißes, Hartes prallte von der Seite gegen sie, und etwas Kaltes und noch Härteres stieß gegen ihren Rücken. Ein Ungeheuer grinste auf sie herab; aus seinem offenen Maul tropften Speichelfäden. Seine Vorderpfoten nagelten sie am Boden fest wie aufgestapelte Betonblöcke. Sein Atem roch nach Fleisch und Mineralöl.

Sie erinnerte sich an etwas, das Ken gesagt hatte: *Du wirst vielleicht sogar ohne Probleme durchkommen. Ich habe den Verdacht, dass sie sich eher auf mich konzentrieren werden.* Sie hätte ihn damals fragen sollen, was er damit gemeint hatte. Jetzt war es zu spät.

Mich heben sie sich zum Schluss auf, dachte sie geistesabwesend. *Als Dessert …*

Von irgendwo in der Nähe war das Geräusch von brechenden Knochen zu hören.

Gütiger Himmel, Ken. Was hast du denn gedacht, was passieren wird?

Das Gewicht auf ihrer Brust verschwand. Überall um sie herum konnte sie die Ungeheuer atmen hören.

Dachtest du wirklich, wir hätten auch nur den Hauch einer Chance? Du warst blind, und ich … ich könnte es genauso gut sein. Warst du lebensmüde, Ken? Oder hast du dich für unbesiegbar gehalten?

Ich kann das verstehen. Eine Zeit lang habe ich das selber einmal fast geglaubt.

Seltsamerweise hatten sie ihr immer noch nicht die Kehle herausgerissen. *Ich frage mich, worauf sie warten,* dachte sie.

Sie öffnete die Augen. Der Turm der BRIKS ragte über ihr in den Himmel auf, als würde sie aus dem Grab heraus zu einem überdimensionalen Grabstein hochblicken.

Sie setzte sich auf und stellte fest, dass sie sich in einem Kreis von etwa vier Metern Durchmesser befand. Sein Rand wurde von schwarzen Leibern gebildet, die sich zusammengerottet hatten. Sie saßen ruhig auf den Hinterläufen, hechelnd nach überstandener Anstrengung, und beobachteten sie.

Clarke kam auf die Beine. Ihr Kopf juckte von der Erinnerung an dieses lästige, unhörbare Kitzeln, das erneut an ihr Innenohr gedrungen war. Das erste Mal hatte sie es gespürt, als die Ungeheuer angegriffen hatten. Und jetzt hatte sie es ein weiteres Mal wahrgenommen. *Ultraschall,* wurde ihr klar.

Die Heckler & Koch lag zu ihren Füßen. Sie beugte sich vor, um sie aufzuheben. Die dunklen Gestalten um sie herum spannten die Muskeln; Kiefer schnappten nervös in die Luft. Aber sie ließen sie gewähren.

Der Sikorsky-Bell lag mit gebrochenem Rücken fünfzig Meter zu ihrer Linken. Sein breiter Brustkorb und der abgeknickte, schlanke Unterleib ragten wie ein schiefes V vom Boden auf. Ein unregelmäßiges, verkohltes Loch gähnte dunkel in der Kabinenwand, als wäre ein weißglühender Parasit aus seinem Innern hervorgebrochen. Unsicher machte sie einen Schritt in diese Richtung.

Die Hunde fletschten die Zähne, rührten sich jedoch nicht.

Sie blieb stehen und wandte sich stattdessen dem schwarzen Turm zu.

Die Meute teilte sich vor ihr.

Die Hunde folgten ihren Bewegungen, wichen vor ihr zurück, wenn sie in die vorgeschriebene Richtung ging, und schlossen hinter ihr wieder auf. Nach ein paar Schritten verschmolz die Blase des Freiraums um sie herum mit einer anderen. Sie bildete nun eine längliche Vakuole, zehn Meter vom Haupteingang entfernt.

Zwei große, zerfetzte Kadaver lagen vor ihr in einer Pfütze aus Blut und Eingeweiden. Unter dem, der ihr am nächsten war, ragte ein regloser Fuß hervor. Etwas anderes – dunkel und glitschig – befand sich auf der blutigen Flanke des Kadavers, als Clarke näher trat. Es sah aus wie ein grotesk angeschwollener, schwach pulsierender Parasit, der aus den Eingeweiden seines aufgeschlitzten Wirtes herausgefallen war.

In diesem Moment jedoch ballte es sich zusammen, und plötzlich wurde das Bild klar: eine blutverschmierte Faust, die sich in verfilztem Fell verkrallt hatte.

»Ken!« Clarke streckte die Hand aus und berührte die blutige Hand. Sie zog sich zurück, als hätte sie sich verbrannt, verschwand unter dem Kadaver und hinterließ dabei nur die Ahnung, dass damit irgendetwas nicht stimmte. Die Aasmasse bewegte sich leicht.

Lubin war nicht derjenige gewesen, der die beiden Tiere zerfetzt hatte. Er hatte lediglich tödliche Löcher in sie geschossen. Sie waren erst danach zerstückelt worden, nämlich von der dämonischen Horde, die in dem pragmatischen, unbarmherzigen Versuch, an ihr Opfer zu gelangen, ihre gefallenen Kameraden zerfleischt hatte.

Ken hatte die beiden Kadaver als Schutzschild benutzt.

»Ken, ich bin's.« Sie packte eine Handvoll Fell und zog daran. Das blutdurchtränkte Haarkleid wollte ihr aus der Hand gleiten. Knochensplitter stachen ihr durch Klumpen aus Muskeln und Pelz in die Hände.

Beim dritten Versuch geriet die Masse endlich ins Rutschen. Der Kadaver rollte von Lubin herunter wie ein großer Baumstamm.

Er feuerte blindlings. Tödliche Splitter wurden in den Himmel geschossen. Clarke warf sich zu Boden – »Ich bin's, du Idiot!« – und blickte sich panikartig um, voller Angst, dass Lubin einen neuen Angriff ausgelöst haben könnte. Aber die Meute zuckte nur zusammen und wich ein paar Schritte zurück, stumm wie eh und je.

»Cl… Clarke?«

Er sah nicht einmal mehr menschlich aus. Jeder Quadratzentimeter seines Körpers war mit glänzendem schwarzem Blut überzogen. Sogar seine Augen waren vernarbte Kugeln aus dunklem Fleisch.

Der Granatwerfer zitterte in seiner Hand.

»Ich bin's«, wiederholte sie. Sie hatte keine Ahnung, wie viel von dem Blut sein eigenes war. »Bist du …?«

»… die Hunde?« Sein Atem zischte rasch und panikartig durch seine zusammengebissenen Zähne hindurch, der Atem eines verängstigten kleinen Jungen.

Sie sah zu ihrer Eskorte hinüber. Die Hunde erwiderten ihren Blick.

»Im Augenblick halten sie noch Abstand. Jemand hat sie zurückgepfiffen.«

Seine Hand hörte auf zu zittern. Sein Atem beruhigte sich. Disziplin breitete sich von seinem Kopf ausgehend in seinem Körper aus, der ihr vertraute Lubin startete sich durch reine Willenskraft neu.

»Ich hab's dir doch gesagt«, krächzte er hustend.

»Bist du …«

»Einsatzbereit …« Er kam langsam auf die Beine und verzog dabei ein paarmal vor Schmerzen das Gesicht. »… jedenfalls weitgehend.« Sein rechter Oberschenkel war zerfleischt worden. In einer Gesichtshälfte klaffte ein tiefer Schnitt, der von unterhalb der Kinnlade bis zum Haaransatz hinauf verlief. Er führte direkt durch die zerfetzte Höhle seines rechten Auges.

Clarke keuchte auf. »Verdammt, dein Auge …«

Er griff mit der Hand nach oben und tastete über sein Gesicht. »Das hat mir sowieso nicht mehr viel genützt.« Nun war auch zu sehen, was mit seiner Hand nicht stimmte: Zwei seiner Finger fehlten.

»Und deine Hand … Ken, sie ist …«

Er ballte die verbliebenen Finger zur Faust. Die frische, dünne Schorfschicht an den Stümpfen riss auf, und eine dunkle Flüssigkeit sickerte daraus hervor. »Das ist weniger schlimm, als es aussieht«, sagte er mit rauer Stimme.

»Du wirst verbluten, du wirst …«

Er schüttelte den Kopf und geriet dabei leicht ins Taumeln. »Verbesserte Blutgerinnungsfaktoren. Standardausrüstung. Ich bin bereit.«

Den Teufel bist du. Aber die Hunde drängten von einer Seite an sie heran und wichen auf der anderen vor ihnen zurück. Stehen zu bleiben, war offenbar keine Alternative.

»Also gut.« Sie ergriff ihn am Ellbogen. »Hier entlang.«

»Wir halten uns an den Plan.« Es war keine Frage.

»Ja. Uns bleibt auch keine andere Wahl.«

Er hustete erneut. Gerinnende Flüssigkeit blubberte aus seinen Mundwinkeln hervor. »Sie lenken uns in eine bestimmte Richtung.«

Eine große, dunkle Schnauze stupste sie sanft von hinten an.

»Betrachte es als eine Ehrengarde«, sagte sie.

Eine Reihe von Glastüren unter einem Betondach. Das offizielle Logo der Entropiepatrouille war in die Steinfassade darüber eingelassen. Die Hunde bildeten einen Halbkreis um den Eingang herum und drängten sie vorwärts.

»Was siehst du?«, fragte Lubin.

»Dieselben Außentüren. Dahinter der Vorraum, drei Meter tief. Mitten … mitten in der Absperrung befindet sich eine Tür. Nur ein Umriss, kein Türknauf oder Tastenfeld oder etwas in der Art.«

Sie hätte schwören können, dass die Tür vorher noch nicht da gewesen war.

Lubin spuckte Blut aus. »Na, dann mal los!«

Sie drückte versuchsweise gegen eine der Türen. Sie schwang auf. Sie traten über die Schwelle.

»Wir befinden uns im Vorraum.«

»Was ist mit den Hunden?«

»Die bleiben draußen.« Die Meute stand nun vor dem Glas aufgereiht und starrte herein. »Ich glaube, sie sind nicht ... oh. Die innere Tür hat sich gerade geöffnet.«

»Nach innen oder außen?«

»Nach innen. Dahinter ist es dunkel. Ich kann nichts erkennen.« Sie machte einen Schritt nach vorn. Ihre Augenkappen würden sich der Dunkelheit anpassen, wenn sie erst einmal drinnen waren.

Wenn sie denn hineingelangen würden. Lubin neben ihr war erstarrt, die verbliebenen Finger seiner verletzten Hand zu einer unvollständigen Faust geballt. In der anderen Hand hielt er den Granatwerfer stetig geradeaus gerichtet. Auf seinem verwüsteten Gesicht lag ein Ausdruck, den Clarke bei ihm noch nie zuvor gesehen hatte: schwelende Wut und Erniedrigung, die ihn beinahe menschlich erscheinen ließen.

»Ken. Die Tür ist offen.«

Das Daumenrädchen blieb auf *Bohrwurm* stehen.

»Es ist offen, Ken. Wir können einfach hineingehen.« Sie berührte seinen Unterarm und versuchte, ihn nach unten zu drücken, doch sein ganzer Körper war plötzlich vor Wut erstarrt. »Wir müssen nicht ...«

»Ich habe es dir schon einmal gesagt«, knurrte er. »Es ist sinnvoller, einen Umweg zu wählen.« Sein Waffenarm schwang in Richtung drei Uhr und deutete geradewegs auf die Wand des Vorraums. Sein nutzloses Auge starrte geradeaus.

»Ken ...« Sie drehte sich um und erwartete fast, dass die Ungeheuer hinter ihnen durch das Glas brechen und ihm den Arm abreißen würden. Aber die Hunde blieben, wo sie waren, scheinbar zufrieden damit, dem Drama seinen Lauf zu lassen, ohne sich weiter einzumischen.

»Er will, dass wir durch die Tür treten«, sagte Lubin. »Er gibt uns stets die Richtung vor, übernimmt die Initiative. Und alles, was wir tun, ist … darauf zu reagieren.«

»Und wenn wir eine Wand einreißen, obwohl die Tür offen steht? Ist das etwa keine Reaktion?«

Lubin schüttelte den Kopf. »Es ist ein Fluchtweg.«

»Ken …«

Es hatte keinen Zweck. Der Bohrwurm schoss in die Seitenwand und drehte sich dabei schnell genug, um einen Ereignishorizont in sich zusammenbrechen zu lassen. Die Wand explodierte wie ein Miniaturvulkan. Schmutzig graue Kumuluswolken wogten daraus hervor und hüllten sie augenblicklich ein. Winzige Partikel prasselten schmerzhaft gegen Clarkes Gesicht, als würde sie sich in einem Sandstrahlgebläse befinden. Sie schloss die Augen und musste würgen. Von irgendwo tief in dem Mahlstrom hörte sie das Klirren von zerbrechendem Glas.

Jemand packte sie am Handgelenk und riss sie zur Seite. Sie öffnete die Augen. Die Luft war von umherwirbelndem Staub getrübt. Lubin zog sie auf die eingerissene Wand zu, sein verletztes Gesicht dicht vor ihr. »Hier entlang. Bring uns hinein.«

Sie führte ihn, und er stolperte neben ihr her. Die Luft war von einem Zischen erfüllt, während sich der feine Staub setzte. Das Gebäude schien angesichts seiner Schändung einen tiefen Seufzer auszustoßen. Ein leerer, verbogener Türrahmen ragte schief aus der Dunkelheit hervor. Splitter zerschmetterten Sicherheitsglases knirschten unter ihren Füßen, als habe es Diamanten geregnet.

Die Hunde waren nicht in Sicht, auch wenn sie sie vermutlich ohnehin erst bemerkt hätte, wenn sie kurz vor ihr gestanden hätten. Vielleicht hatte die Explosion sie zurückgetrieben. Vielleicht waren sie auch darauf abgerichtet worden, das Gebäude auf keinen Fall zu betreten. Oder womöglich würden sie jeden Augenblick die zerbrochene Eingangstür entdecken und hindurchgeströmt kommen, um ihren Auftrag zu Ende zu führen ...

In der Wand vor ihr tauchte ein gezacktes Loch auf. Irgendwo dahinter rauschte Wasser. Eine Kante aus aufgerissenem Beton und Stahlträgern erhob sich vielleicht fünf Zentimeter über den Boden, der Rand eines Abgrunds. Auf der anderen Seite gab es keinen Fußboden, nur einen klaffenden Schacht, der nach oben und unten in der Dunkelheit verschwand. Verdrehte Adern aus Metall und Plastik hingen an den Rändern herab oder spannten sich in zufälligen Winkeln darüber hinweg. Ein Wasserfall stürzte in die Tiefe, der aus irgendeinem zerbrochenen Rohr über ihnen hervorströmte und auf einem unsichtbaren Gitter unter ihnen auftraf. In der Mauer auf der anderen Seite des Schachtes, einen Meter weiter im Innern des Gebäudes, befand sich ein großes Loch. Dahinter herrschte Dunkelheit.

»Vorsicht, Stufe«, sagte sie.

Sie kamen in einem dunklen Raum mit hoher Decke heraus, der offensichtlich zum Hauptempfangsbereich gehörte. Lubin drehte sich um und richtete die Waffe auf das Loch, durch das sie hereingekommen waren. Nichts stürzte sich auf sie. Nichts folgte ihnen.

»Wir sind in der Eingangshalle«, berichtete Clarke. »Hier ist alles dunkel. Drüben links gibt es ein paar Informationsstände und Kioske. Es ist niemand zu sehen.«

»Hunde?«

»Noch nicht.«

Lubins unversehrte Finger tasteten über die Ränder des Loches in der Wand. »Was ist das?«

Sie beugte sich näher heran. In dem verstärkten Halblicht funkelte etwas in dem Wandquerschnitt wie eine dünne Ader wertvollen

Erzes. Hier und dort ragten ausgefranste Enden aus der zerschmetterten Wand.

»Eine Art Gewebe«, sagte sie. »Aus Metall, sehr fein verwoben. Wie dicker Stoff.«

Er nickte grimmig. »Ein Faraday'scher Käfig.«

»Wie bitte?«

»Zur Abschirmung gegen die Wirkung des Pulses.«

Als hätte Gott in die Hände geklatscht, gingen plötzlich die Lichter an.

Empath

Clarke war augenblicklich schneeblind. Sie riss die H & K hoch und zielte damit wild in alle Richtungen. »Die Lichter …«

»Ich weiß.«

Von irgendwo tief im Innern des Gebäudes war plötzlich das Summen wieder zum Leben erwachter Maschinen zu hören.

»Da hol sich doch der Heiland einen runter«, sagte eine allgegenwärtige Stimme. »Müsst ihr immer alles so kompliziert machen? Die Tür stand offen, wisst ihr.«

»Achilles?« Ihre Augenkappen passten sich langsam der Helligkeit an; Gegenstände und andere Einzelheiten schälten sich aus der weißen Leere um sie herum. Doch die schlechte Sicht war nicht allein auf die Lichtverhältnisse zurückzuführen. Staub von der Explosion hing überall in der Luft und raubte ihrer Umgebung jegliche Kontraste. Auf dem Boden vor ihrem improvisierten Eingang breitete sich fächerartig Geröll aus. Die glattgeschliffenen Steinpaneele an der gegenüberliegenden Wand, gute zehn Meter von der Öffnung entfernt, hatten Risse bekommen und waren herabgefallen.

»Oder ihr hättet einfach auf dem Dach landen können«, fuhr die

Stimme fort. »Aber nein. Ihr musstet unbedingt die Festung stürmen. Und jetzt schaut euch an. Schaut euch doch an. Ihr könnt kaum noch aufrecht stehen.«

In der Ferne surrte die Lüftungsanlage und sog den in der Luft hängenden Staub in Schwaden durch Gitter in der Decke. Die Luft wurde langsam klarer. Lubin stützte sich an der Wand ab und versuchte dabei, sein verletztes Bein zu schonen. Dank der Lichter konnte Clarke nun auch wieder Farben sehen. Das Blut auf Lubins Körper glänzte in einem schockierenden Rostrot und Purpur. Er sah aus, als sei ihm bei lebendigem Leib die Haut abgezogen worden.

»Wir könnten hier wirklich ein bisschen Hilfe gebrauchen«, sagte Clarke.

Ein Seufzen von irgendwoher, das von überallher zu kommen schien. »Genauso wie das letzte Mal, als ihr hierhergekommen seid. Manche Dinge ändern sich nie, was?«

»Das ist deine Schuld, du Mistkerl. Deine Hunde ...«

»Eine standardmäßige Sicherheitsmaßnahme nach einem elektromagnetischen Puls. Habe ich euch etwa gesagt, dass ihr blind gegen sie antreten sollt? Ken, was ist in dich gefahren? Du hast verdammtes Glück gehabt, dass ich es noch rechtzeitig bemerkt habe.«

»Schau ihn dir doch an! Hilf ihm!«

»Schon in Ordnung«, sagte Lubin im Flüsterton. »Mir geht es gut.«

Das Gebäude hörte ihn trotzdem. »Dir geht es alles andere als gut, Ken. Aber du bist auch noch längst nicht außer Gefecht gesetzt, und ich bin nicht so dumm, mir vor jemandem die Blöße zu geben, der gerade gewaltsam in mein Haus eingebrochen ist. Also, lasst uns darüber reden, und vielleicht kann ich ja etwas für dich tun, bevor du verblutest. Was habt ihr hier verloren?«

Lubin wollte etwas erwidern, bekam einen Hustenanfall und versuchte es dann noch einmal: »Ich glaube, das weißt du bereits.«

»Nehmen wir einmal an, ich weiß es nicht.«

»Wir hatten eine Abmachung. Du solltest herausfinden, wer auf dem Meeresrücken nach uns gesucht hat.«

Clarke schloss die Augen und erinnerte sich: *Der Rest des Plans bleibt unverändert.*

»Falls es euch noch nicht aufgefallen sein sollte – meine Zeit wird im Augenblick ziemlich in Anspruch genommen«, erwiderte die Stimme. »Aber ich versichere euch, ich arbeite daran.«

»Ich glaube, dass du mehr getan hast als das. Ich glaube, dass du das Rätsel gelöst hattest, noch bevor du einen Großteil deiner Ressourcen verloren hast. Wir können dir übrigens sagen, wie du sie wiederbekommen kannst. Falls das für deine Analyse eine Rolle spielt.«

»Aha. Und ihr hättet mich nicht einfach von Hintertupfingen in Maine, oder wo immer ihr gerade wart, anrufen können?«

»Wir haben es versucht. Entweder warst du gerade mit dem beschäftigt, was dich so sehr beansprucht, oder die Leitungen sind unterbrochen.«

Das Gebäude summte einen Moment lang leise, fast so, als würde es nachdenken. Am anderen Ende der Eingangshalle, hinter unbesetzten Informationsständen, Broschürespendern und einer verlassenen Rezeptionstheke, funkelten rubinrote LED-Lämpchen an einer Reihe von Sicherheitstoren. Das äußerste linke Tor wurde vor Clarkes Augen grün.

»Dort hindurch«, sagte Desjardins.

Clarke packte Lubin am Ellbogen. Er humpelte neben ihr her und hielt dabei ein wenig Abstand; dicht genug, damit sie ihn führen, aber nicht so dicht, dass er sie als Stütze benutzen konnte. Er hinterließ eine asymmetrische Spur dunkler, klebriger Fußabdrücke.

Die Torpfosten bestanden aus glatten Aluminiumzylindern, die etwa einen halben Meter weit voneinander entfernt waren und vom Boden bis zur Decke aufragten wie die Gitterstäbe eines Käfigs. Etwa auf Augenhöhe waren die Pfosten mit einem schwarzen Band umwickelt; es war so breit wie Clarkes Unterarm, und darauf funkelten verschiedenfarbige Konstellationen. Das gesamte Band leuchtete rot auf, bevor sie auch nur halb den Raum durchquert hatten.

»Ach ja, richtig«, meldete sich Desjardins zu Wort. »Die Sicherheitseinrichtungen werden euch in kleine Würfel schneiden, wenn ihr versucht, irgendetwas an ihnen vorbeizuschmuggeln.« Als sie näher traten, glitt unter der Anzeige eine gewölbte Klappe auf. »Werft einfach alles dort hinein.«

Lubin tastete nach der Kammer und legte dann den Granatwerfer und den Munitionsgurt hinein. Clarke tat es ihm nach, während Lubin sich umständlich den Rucksack abnahm. Als sie ihm helfen wollte, schüttelte er ihre Hand ab. Mit einem Klirren landete der Rucksack auf dem Stapel. Die Klappe schloss sich wieder.

Auf der umlaufenden Anzeige leuchteten eine Vielzahl von Bildern und Abkürzungen auf. Clarke erkannte ein paar von ihnen von Lubins Erklärungen auf dem Weg hierher: Taser und Mikrowellenwaffe, mechanische Fallen, Aerosolfliegenfänger. Andere Dinge wiederum hatte sie noch nie zuvor gesehen. Soweit sie wusste, hatte Lubin sie aus seinem Versteck am Grunde des Atlantiks mitgebracht.

»Ist das ein Elektronenabspalter?«, fragte Desjardins. »Und eine EMP-Bombe! Du hast dir deine eigene kleine EMP-Bombe mitgebracht? Wie hübsch!«

Lubin hatte die Zähne zusammengebissen und antwortete nicht.

»Ist das alles? Keine fiesen Biosole oder versteckten Drähte? Denn ich muss euch sagen, diese Tore sind äußerst nachtragend. Wenn ihr mit irgendwelchen Waffen hindurchgeht …«

»Unsere Implantate«, sagte Clarke.

»Die stellen kein Problem dar.«

Lubin tastete sich zwischen den Torpfosten hindurch. Keine Sirenen ertönten, keine Laserstrahlen stachen von oben herab. Clarke folgte ihm.

»Die Aufzüge sind direkt um die Ecke«, sagte Desjardins.

Vollkommen unbewaffnet betraten sie Desjardins' Empfangszimmer. Clarke führte Lubin mit leisen Worten und einer gelegentlichen Berührung. Sie wagte es nicht, ihre Gedanken auszusprechen, nicht einmal im Flüsterton. Aber sie drückte leicht seinen Arm, und nach all den Jahren, die sie zusammen verbracht hatten, wusste sie, dass er verstehen würde, was sie damit meinte: *Er hat es uns nicht für eine Sekunde abgekauft.*

Lubin antwortete mit einem Blick seiner blinden Augen und dem Zucken seiner blutigen Unterlippe: *Natürlich nicht.*

So weit verlief alles nach Plan.

Die physikalischen Hintergründe musste sie blind glauben.

Alles andere, was Lubin ihr auf dem Weg hierher erklärt hatte, hatte sie verstanden. Es spielte keine Rolle, ob Desjardins ihnen ihre Geschichte abkaufte, solange er sie beide für nützlich hielt. Er würde sie erst umbringen, wenn er vom Gegenteil überzeugt war.

Was jedoch nicht bedeutete, dass er nicht versuchen würde, sie außer Gefecht zu setzen. Er würde niemanden in sein geheimes Versteck lassen, ohne ein paar Vorsichtsmaßnahmen zu treffen – sie zu entwaffnen, einzusperren und unschädlich zu machen.

Nichts, was uns umbringen oder das Gebäude beschädigen könnte, hatte Lubin vorhergesagt. *Daher sind seine Möglichkeiten ziemlich eingeschränkt. Wir werden schon damit klarkommen.*

So weit, so gut. Nur wie genau sie damit klarkommen würden, hatte sie immer noch nicht ganz begriffen.

Ein guter halber Liter Wasser schwappte in den Schläuchen in Clarkes Brust umher, der wegen des Klebebands über ihrer Elektrolyseeinlassöffnung nicht abfließen konnte. Fünfhundert Milliliter klang nicht nach besonders viel. Wenn sie in der Tiefe umherschwamm, floss ein steter Strom Meerwasser durch ihre Implantate, der ständig wieder aufgefüllt wurde. Es schien kaum möglich, dass die schale Neige, die jetzt darin eingeschlossen war, länger als einen Augenblick reichen würde.

Vierhundertfünfzig Gramm molekularen Sauerstoffs, hatte Lubin gesagt. *Das ist beinahe so viel wie in zweitausend Litern Luft.*

Ihr Kopf konnte gegen die Zahlen nichts einwenden. Aber ihre Eingeweide verstanden nichts von Mathematik.

Vor ihnen tauchte eine Batterie von Fahrstühlen auf. An einem von ihnen standen die Türen offen; weiches Licht drang aus der Kabine heraus.

Als Erstes wird er uns irgendwo einsperren.

Sie betraten den Fahrstuhl. Die Türen glitten zu. Die Kabine setzte sich in Bewegung.

Nach unten.

Das ist verrückt, dachte sie. *Das kann nicht klappen.* Doch sie glaubte bereits, das leise Zischen von Gas aus versteckten Düsen zu hören …

Sie hustete, schaltete ihre Implantate ein und betete dabei zu irgendeiner nicht näher bestimmbaren Gottheit, dass Lubin sich mit seinen Berechnungen nicht geirrt hatte.

Er hatte sich nicht geirrt. Irgendwo in ihrer Brust war ein vertrautes Vibrieren zu spüren. Ihre Eingeweide zuckten und wurden mit isotonischer Salzlösung aus ihren eigenen Vorräten geflutet. Die Flüssigkeit stieg in ihrer Kehle auf und füllte ihren Mund. Das Fluten ihres Mittelohrs wurde von einem kurzen Schwindelgefühl begleitet. Eine salzige Flüssigkeit rann an ihrem Kinn hinab, bevor ihr wieder einfiel, die Lippen zusammenzupressen. Plötzlich drangen alle Geräusche nur noch gedämpft und leise zu ihr durch, und sie hörte nichts mehr außer dem Schlagen ihres eigenen Herzens.

Von einem Moment auf den nächsten verlor sie den Drang zu atmen.

Sie fuhren weiter nach unten. Lubin lehnte sich gegen die Wand des Fahrstuhls, sein Gesicht die blutige Maske eines Zyklopen. Clarke spürte warme Feuchtigkeit auf der Oberlippe: Ihr lief die Nase. Sie hob die Hand, kratzte sich und schob sich dabei unauffällig den Stöpsel tiefer in die Nase, um das Leck abzudichten.

Plötzlich schien ihr Körper von innen her zu vibrieren, ein Dröhnen, das nahe an der Hörgrenze lag und ihre Knochen erzittern ließ, als wären sie Teile eines großen Bassinstruments. Leichte Übelkeit stieg in ihrer Kehle auf. Ihre Eingeweide zogen sich zusammen.

Die wahrscheinlichsten Möglichkeiten, hatte Lubin gesagt, *sind Gas und Infraschall.*

Sie wusste nicht, ob Gas zu Desjardins' Arsenal gehörte – soweit sie wusste, war die Luft um sie herum bereits damit gesättigt. Aber der Fahrstuhl war offensichtlich zu einer Art Lautsprecher umgebaut worden. Die Klangschale musste die gesamte Decke einnehmen oder vielleicht auch den Fußboden. Die Wände bündelten die Schwingungen und erzeugten Resonanzen in der Kabine. Der Ton war sicher darauf abgestimmt, unerträgliche Harmonien in Lunge und Mittelohr, Nebenhöhlen und Tracheen zu erzeugen.

Er verursachte ihr Übelkeit, obwohl ihre Luftwege und die Hohlräume ihres Körpers geflutet waren; sie konnte sich kaum vorstellen, welche Wirkung er auf einen ungeschützten Körper hätte. Die Implantate kümmerten sich nicht um Gase, die im Magen-Darm-Bereich entstanden – der Druck, der in der Tiefsee herrschte, presste diese weichen Hohlräume zusammen, ohne dass dabei ein Schaden entstand –, und akustische Angriffe waren im Allgemeinen auf den Einsatz in der Luft ausgelegt. Doch Desjardins' Lautsprecher hatte irgendeine Wirkung auf Clarkes Eingeweide. Sie konnte nur mit Mühe verhindern, dass sie Salzlösung über die ganze Kabine erbrach oder ihren Darm in ihre Taucherhaut entleerte. Eine Landratte läge jetzt vermutlich schon am Boden, mit Exkrementen besudelt, würgend oder bewusstlos. Clarke presste an beiden Enden ihres Körpers die Öffnungen zusammen und harrte aus.

Der Fahrstuhl hielt an. Die Lichter erloschen.

Er weiß es, dachte sie. *Er hat es herausgefunden. Natürlich hat er es herausgefunden. Wie konnten wir annehmen, dass er nicht daraufkommen würde? Wie hätte er es nicht bemerken können?*

Jeden Moment würde sich der Fahrstuhl wieder in Bewegung setzen und sie durch diese vermoderte, mit Fallen übersäte Ruine hinauftragen, wo fünfundsechzig Stockwerke voller Abwehrmaßnahmen ihnen den Garaus …

Ihr Kopf wurde wieder klar. Das Kribbeln in ihren Knochen ließ nach. Ihre Eingeweide fühlten sich wieder normal an.

»Also gut, Leute.« In Clarkes gefluteten Ohren klang Desjardins' Stimme blechern und weit entfernt. »Endstation.«

Die Türen glitten auf.

Eine Oase leuchtender Maschinen auf einer weiten, dunklen Ebene. Das war es, was man mit bloßem Auge gesehen hätte: die Wiederkunft Christi vielleicht, eine in Licht und Technik getauchte Jesusfigur und darum herum endlose Leere.

Doch für Lenie Clarke herrschte keine Dunkelheit. Die Leere war eine umgebaute Tiefgarage, eine graue Höhle, die sich einen halben Häuserblock weit erstreckte. Reihen von Pfeilern, die in regelmäßigen Abständen aufragten, stützten die Decke. Aus den Wänden traten Rohre und Glasfaserkabel hervor und wanden sich wie dünne, miteinander verwobene Weinranken darüber hinweg. Die Kabel liefen zu einem lose zusammengebundenen Strang zusammen, der sich über den Fußboden zu einer Reihe hufeisenförmig angeordneter Rechner schlängelte, die von chemischen Lichtleisten angestrahlt wurden.

Diesem Jesus war Lenie Clarke bereits begegnet. Damals war die Dunkelheit weitaus undurchdringlicher gewesen, und er ein Gefangener Ken Lubins. Damals war Achilles Desjardins überzeugt gewesen, dass er sterben würde.

Und sie hatte ihn viel leichter durchschauen können.

Die Kruste getrockneten Blutes um Lubins Lippen herum brach auf. Seine Brust hob sich. Clarke schaltete ihre Implantate aus und zog sich die Stöpsel aus der Nase, bevor der Flüssigkeitspegel in ihrem Innern wieder ganz gesunken war. In der Mitte des Raums, im Herzen seines High-Tech-Hufeisens beobachtete Desjardins, wie sie näher traten.

»Ich dachte, ich könnte es wiedergutmachen«, sagte er.

Auf eine seltsame, verdrehte Art und Weise war es tatsächlich schön, ihn wiederzusehen.

»Dass ich ein Ungeheuer bin«, erklärte er, als hätte ihn jemand gefragt. »Das ist auch der Grund, warum ich in die Patrouille eingetreten bin, wisst ihr? Mein innerstes Wesen konnte ich nicht ändern, aber ich dachte … nun ja, wenn ich dabei helfe, die Welt zu retten, vielleicht könnte ich es dadurch irgendwie wiedergutmachen.« Er verzog den Mund zu einem reumütigen Lächeln. »Ziemlich albern, was? Seht nur, wohin mich das gebracht hat.«

»Wohin es uns alle gebracht hat«, sagte Lubin.

Desjardins' Lächeln verschwand. Seine Augen waren unverhüllt, und dennoch wirkte er plötzlich genauso rätselhaft wie ein Rifter.

Bitte, dachte Clarke. *Hoffentlich ist das Ganze nur ein gewaltiger Irrtum. Sag uns, dass wir alles falsch verstanden haben. Bitte. Beweise uns, dass wir einen Fehler gemacht haben.*

»Ich weiß, warum ihr hier seid«, sagte Desjardins an Lubin gewandt.

»Und du hast uns trotzdem hereingelassen«, stellte Lubin fest.

»Nun, eigentlich hatte ich gehofft, inzwischen etwas mehr im Vorteil zu sein, aber gut. Übrigens, netter Trick mit den Implantaten. Ich wusste nicht einmal, dass sie funktionieren, wenn die Taucherhaut nicht geschlossen ist. Ziemlich dummer Fehler für Achilles, den Meister der Mustererkennung, was?« Er zuckte die Achseln. »Ich hatte in letzter Zeit viel um die Ohren.«

»Du hast uns hereingelassen«, wiederholte Lubin und trat einen Schritt näher.

Desjardins nickte. »Ja. Das ist übrigens nahe genug.«

Sie waren vier Meter von seinem Bollwerk entfernt. Lubin blieb stehen. Clarke tat es ihm nach.

»Willst du, dass wir dich umbringen?«, fragte sie. »Ist es das?«

»Selbstmord durch Rifterhand begehen, was?« Er lachte leise. »Es läge wohl eine gewisse Poesie darin. Aber nein.«

»Was dann?«

Er legte den Kopf schief; die Geste ließ ihn wie einen Achtjährigen erscheinen. »Ihr wart diejenigen, die diesen Trick mit der Verwandtenselektion auf meine Lenies angewendet haben, nicht wahr?«

Clarke nickte und musste schlucken, als ihr die Bedeutung seiner Worte klar wurde: *Er steckt also auch dahinter.*

Er ist tatsächlich schuldig …

»Das habe ich mir schon gedacht«, gab Desjardins zu. »So etwas würde nur jemandem einfallen, der ihre Herkunft kennt. Und davon gibt es hier oben nicht mehr allzu viele. Die Sache ist allerdings, dass es leicht in die Tat umzusetzen, aber nur schwer wieder rückgängig zu machen ist.« Er warf Lubin einen hoffnungsvollen Blick zu. »Du hast gesagt, ihr wüsstet, wie man …?«

Lubin verzog die Lippen zu einer blutigen Grimasse. »Ich habe gelogen.«

»Ja. Auch das habe ich mir fast schon gedacht.« Desjardins zuckte die Achseln. »Dann gibt es also nur noch eines, worüber wir reden können, nicht wahr?«

Clarke schüttelte den Kopf. »Wovon sprichst du …?«

Lubin neben ihr erstarrte. Desjardins' Augen zuckten kurz zur Seite, und wie auf ein Stichwort begann die Oberfläche einer der Wände in der Nähe zu funkeln und heller zu werden. Das Bild, das auf der intelligenten Farbe entstand, war trübe, aber sofort erkennbar: ein Echolotgebilde.

»Atlantis«, sagte Clarke plötzlich unsicher.

»Ich sehe es«, sagte Lubin.

»Natürlich nicht in Echtzeit«, erklärte der *Gesetzesbrecher*. »Die Baudrate ist höchstens noch ein Tröpfeln, und wegen all der Probleme mit Reichweite und Deckung kann ich mich nur hin und wieder mal anschleichen und eine Aufnahme wie diese machen. Aber ihr versteht, was ich meine.«

Lubin stand reglos da. »Du lügst.«

»Ich gebe dir mal einen kleinen Rat, Ken. Ihr wisst ja, dass gelegentlich der eine oder andere von euren Leuten den Verstand verliert und einfach in die Dunkelheit hinausschwimmt. Ihr solltet ihnen wirklich nicht erlauben, Tintenfische mitzunehmen. Man weiß nie, wem die Sicherheitstransponder in die Hände fallen können.«

»Nein.« Clarke schüttelte den Kopf. »Du? Du warst das da unten?«

Nicht Grace. Oder Seger. Weder die Firmenbosse, noch die Rifter, und auch nicht die M & Ms oder zwei lausige Typen in einem Boot. Du warst es. Die ganze Zeit über.

»Ich kann mir nicht den ganzen Erfolg auf die Fahnen schreiben«, gab Desjardins zu. »Alice hat mir geholfen, βehemoth zu manipulieren.«

»Nicht ganz freiwillig, nehme ich an«, sagte Lubin.

Ach, Achilles. Da erhalte ich die Gelegenheit, das Chaos, das ich angerichtet habe, wieder in Ordnung zu bringen, und du verdirbst sie mir. Eine Chance, mit der Vergangenheit abzuschließen, und du bedrohst jeden, den ich jemals gekannt habe. Eine lausige, schwache Hoffnung, und du …

Wie kannst du es wagen. Wie kannst du es wagen!

Der letzte dünne Strohhalm verschwand außer Reichweite.

Sie trat einen Schritt vor. Lubin streckte seine verstümmelte Hand aus, um sie zurückzuhalten.

Desjardins achtete nicht auf sie. »Ich bin kein Dummkopf, Ken. Ihr seid nicht die Hauptoffensive, mehr konntet ihr nur auf die Schnelle nicht zusammenkratzen. Aber du bist ebenfalls nicht dumm, also ist Verstärkung bereits unterwegs.« Er hob die Hand, um jedem Widerspruch zuvorzukommen. »Das ist schon in Ordnung, Ken, wirklich. Ich wusste, dass es früher oder später passieren würde, und ich habe alle nötigen Vorsichtsmaßnahmen getroffen. Obwohl ich dank euch nun nicht mehr ganz so viele schwere Geschütze auffahren kann …«

Seine Augen bewegten sich leicht, und seine Finger zuckten. Clarke erinnerte sich daran, wie Ricketts sich mit einem bloßen Augenzwinkern Zutritt zur *Phocoena* verschafft hatte.

Das Bild an der Wand löste sich auf, und stattdessen erschienen ein paar Zahlen.

»Zu diesen Leuten habe ich tatsächlich Echtzeitkontakt. Siehst du sie, Ken? Auf Kanal sechs?«

Lubin nickte.

»Dann weißt du auch, was sie sind.«

Clarke wusste es ebenfalls. Vier verschiedene Längen- und Breitenangaben. Tiefenmessungen, Zielreichweite. Eine kleine Reihe blinkender Icons, die die Bezeichnung EINSATZBEREIT trugen.

»Ich tue das nur ungern«, sagte Desjardins. »Schließlich sollte das einmal mein Wohnsitz für den Ruhestand werden. Ich wollte ihn nicht in die Luft sprengen, nur Teile davon ein wenig … beschädigen. Um den Übergang zu erleichtern, sozusagen. Aber wenn ich sowieso sterben werde …«

Sie wand sich in Lubins Griff. Doch selbst in verletztem Zustand war Lubin vollkommen unerschütterlich. Seine Hand umklammerte ihren Arm wie eine Granitklaue, die mit einer glitschigen Schicht gerinnender Flüssigkeiten überzogen war. Sie konnte nur zappeln, aber es gelang ihr nicht, sich zu befreien.

»Es gibt noch andere Möglichkeiten für mich«, fuhr der *Gesetzesbrecher* fort. »Villen für den Notfall, könnte man sagen. Ich könnte mich stattdessen in einer von ihnen niederlassen.« Er hob die Hand und deutete auf die Telemetriedaten. »Für euch steht weitaus mehr auf dem Spiel.«

Er hat das seit Jahren geplant, wurde ihr klar. *Selbst als wir noch dachten, er würde uns helfen. Und wir haben die ganze Zeit über in der Dunkelheit gehockt wie brave, kleine Häschen, während unsere Leitungen unterbrochen wurden und wir unsere Kontakte verloren haben. Und in Wirklichkeit steckte er die ganze Zeit über dahinter. Er hat uns von der Außenwelt abgeschnitten und damit begonnen, die Station auszuräuchern, damit er sich nicht mit unkooperativen Mietern herumärgern muss, wenn ihn sein Glück verlässt und er einen Ort braucht, wo er sich verstecken kann …*

»Du Arschloch«, flüsterte sie, während sie immer noch versuchte, sich aus Lubins Griff zu befreien.

Desjardins sah sie nicht an. »Also, wann wird die Kavallerie eintreffen, Ken? Wie hast du sie benachrichtigt? Wie viel wissen sie?«

»Wenn du den Angriff abbrichst, sage ich es dir«, erwiderte Lubin.

»Nein, Ken, du wirst *deinen* Angriff abbrechen. Was auch immer du dir für clevere Codewörter ausgedacht hast, um den Autopiloten deines U-Boots abzuschalten, benutze sie. Oder überzeuge Helsinki davon, dass du dich geirrt hast. Egal wie.«

»Und du wirst Atlantis trotzdem in die Luft sprengen.«

»Wozu? Wie gesagt, ich habe noch andere Möglichkeiten. Warum sollte ich so viele schöne Geiseln opfern, ohne dass dabei etwas für mich herausspringen würde? Sie sind für mich viel wertvoller, wenn sie am Leben sind.«

»Im Augenblick.«

»Der Augenblick ist alles, was wir haben, Kumpel.«

Clarke blickte finster zwischen den beiden hin und her – zwischen dem Mann, der versucht hatte, sie umzubringen, und dem, der sein Leben aufs Spiel gesetzt hatte, um ihn aufzuhalten. *Mit jeder Stunde, die du hier bist, bringst du mehr Menschen um, als jemals in Atlantis gelebt haben,* dachte sie.

Und auch ich bringe Menschen um – mit jeder Stunde, die ich dich hier ungestört lasse.

Und Ken Lubin wollte einen Kompromiss mit ihm aushandeln.

Sie konnte es an seiner Haltung erkennen, an dem verwüsteten, blinden Gesicht, das in all den Jahren an ihrer Seite gewesen war. Er war nicht völlig undurchschaubar. Nicht für sie. Nicht einmal jetzt.

»Ich kenne dich, Ken«, sagte Desjardins gerade. »Wir kennen uns schon sehr lange, du und ich. Wir sind Seelengefährten. Wir erschaffen unsere eigenen Gesetze und, bei Gott, wir halten uns daran. Menschen spielen keine Rolle. Die Bevölkerung spielt keine Rolle. Das Einzige, was zählt, sind die Gesetze, habe ich Recht, Ken? Nur auf die Mission kommt es an. Und wenn wir nicht zu einer Einigung gelangen, wird deine Mission scheitern.«

»Ken«, flüsterte Clarke.

»Aber du kannst sie immer noch retten«, fuhr der *Gesetzesbrecher* fort. »Ist das nicht der Grund, warum du überhaupt zurückgekehrt bist? Sag mir einfach, was ich wissen will, und deine Mission wird erfolgreich sein. Du kommst mit dem Leben davon, ich breche den Angriff ab, und bevor ich verschwinde, schicke ich euch sogar noch ein Gegenmittel für diesen aggressiven neuen βehemothstamm, mit dem eure Freunde zu kämpfen haben. Inzwischen wird es wohl einigen von ihnen dort unten ziemlich dreckig gehen.«

Clarke erinnerte sich an die schwebende Maschine, die mit Desjardins' Stimme gesprochen hatte: *Wenn sich tausend Menschenleben retten lassen, indem man zehn tötet, dann ist das eine klare Sache.* Und sie erinnerte sich an Patricia Rowan und ihre innere Zerrissenheit, auch wenn das Gesicht, das sie der Welt gezeigt hatte, stets kalt und unnachgiebig gewesen war: *Ich habe versucht, dem Wohl der Allgemeinheit zu dienen.*

»Oder«, sagte Desjardins, »du kannst versuchen, mich auszuschalten, und damit alle dem Tod überantworten, die du eigentlich retten wolltest.« Er blickte Lubin fest in die Augen. Es war, als befänden sich die beiden in ihrem eigenen kleinen Universum, als existierte Clarke nicht einmal. »Es ist deine Entscheidung. Aber du solltest dir damit wirklich nicht allzu viel Zeit lassen – eure umprogrammierten Lenies stiften überall Chaos. Ich weiß nicht einmal, wie lange ich diese Schaltkreise hier noch unter Kontrolle habe.«

Sie überlegte, was Patricia Rowan getan hätte, wenn sie mit dieser Entscheidung konfrontiert gewesen wäre.

Sie dachte an die Millionen Menschen, die am Leben geblieben wären, wenn sie, Clarke, damals gestorben wäre.

Sie musste an Lubin selbst denken, vor einer Million Jahren, wie es schien: *Gibt es irgendetwas, das du nicht tun würdest? Für die Möglichkeit, das Geschehene rückgängig zu machen?*

»Nein«, sagte sie leise.

Desjardins hob eine Augenbraue und ließ sich – endlich – dazu herab, sie anzuschauen. »Ich habe nicht mit dir gesprochen. Aber wenn ich Lenie Clarke wäre …«, er lächelte, »… hätte ich nicht die Schamlosigkeit, so zu tun, als würde mich das Schicksal der Welt in irgendeiner Weise kümmern.«

Sie wand sich in Lubins Griff und trat so fest zu, wie sie konnte. Ihr Stiefel bohrte sich tief in die Wunde in seinem Oberschenkel. Lubin taumelte zurück und stieß einen Schrei aus.

Clarke war frei und stürmte los.

Sie lief direkt auf Desjardins zu. *Er wird es nicht riskieren,* sagte sie sich. *Das ist das einzige Druckmittel, das ihm zur Verfügung steht. Wenn er auf den Knopf drückt, ist er tot. Das muss er doch wissen …*

Desjardins' Augen zuckten nach links, und seine Finger bewegten sich. Und der winzige Zweifel in Clarkes Innerm wuchs sich zu echtem Grauen aus, als sich die Zahlen an der Wand zu verändern begannen …

Aus EINSATZBEREIT wurde ein gänzlich anderes Wort, das auf sämtlichen Icons am unteren Rand der Konsole prangte. Clarke versuchte verzweifelt, es auszublenden, und lief weiter, angetrieben von der kindlichen Hoffnung: *Vielleicht wird es nicht passieren, wenn ich nicht hinschaue. Vielleicht bleibt mir immer noch genügend Zeit.* Aber sie schaute hin, sie konnte nicht anders, und sah das Wort, mehrfach wiederholt, bevor die gesamte Konsole dunkel wurde.

ANGRIFF.

Beim nächsten Schritt stürzte sie zu Boden.

Etwas summte tief in ihrem Kopf. Ihre Knochen vibrierten, von elektrischen Strömen durchflossen. Ihre Beine gaben unter ihr nach, ihre Arme hingen schlaff an ihrem Körper herab. Ihr Schädel krachte schmerzhaft gegen die Rückseite eines Rechners und danach auf den Fußboden. Mit einem müden Seufzen wich die Luft aus ihrer Lunge – sie versuchte, den Atem anzuhalten, aber plötzlich hing ihr Unterkiefer schlaff herab, und Speichel rann ihr aus dem Mund. Ihre Blase entleerte sich. Die Implantate in ihrer Brust klickten und stotterten.

»Eine interessante Symmetrie«, war eine Stimme vom anderen Ende des Universums zu vernehmen. »Das ultimative Opfer, nicht wahr? Das ultimative Opfer und gleichzeitig die mächtigste Frau der Welt, alles in einem. Und ich, nun ja, man könnte sagen, dass ich ebenfalls keine ganz unwichtige Person bin …«

Sie spürte keinen Herzschlag mehr. Tosende Dunkelheit stieg aus den Tiefen ihres Schädels auf und bildete Wirbel vor ihren Augen.

»Das ist wie in einem verdammten Mythos«, fuhr die Stimme fort, fern und kaum hörbar. »Wir mussten einfach zueinanderfinden …«

Sie wusste nicht, wovon er redete, und es kümmerte sie auch nicht. Ihre Welt war nur noch von Lärm und Chaos erfüllt, und in ihrem Kopf blinkte unablässig das Icon ANGRIFF, ANGRIFF, ANGRIFF.

Sie wissen nicht einmal, dass sie tot sind, dachte sie. *Die Torpedos haben Atlantis noch nicht erreicht. Sie verbringen die letzten Minuten ihres Lebens, und sie wissen es nicht.*

Und dabei werden sie immer noch länger am Leben sein als ich …

Eine Hand an ihrem Knöchel; Reibung am Fußboden.

Auf Wiedersehen, Jelaine. Macht's gut, Avril, Dale, Abra und Hannuk …

Ein lautes, heftiges Keuchen ganz in der Nähe. Das Gefühl von Fleisch, das sich ausdehnt.

Auf Wiedersehen, Ken. Mach's gut, Grace. Tut mir leid, dass wir uns nie besonders gut verstanden haben …

Ein Puls. Sie hatte einen Puls.

Mach's gut, Jerry. Auf Wiedersehen, Pat. Zum zweiten Mal …

Da waren Stimmen. Und irgendwo war da auch Licht. Irgendwo. Überall.

Mach's gut, Alyx. Oh Gott, Alyx, es tut mir so leid.

»… auf Wiedersehen, Welt.«

Aber diese Stimme war von außerhalb ihres Kopfes gekommen.

Sie öffnete die Augen.

»Du weißt, dass ich es ernst meine«, sagte Desjardins gerade.

Irgendwie hielt sich Ken Lubin immer noch auf den Beinen, obwohl er ein wenig schwankte. Er stand unmittelbar am Rand des Lichtkreises, während sich Achilles Desjardins in seinem Innern befand. Sie standen einander zu beiden Seiten eines hüfthohen Rechners gegenüber.

Lubin musste Clarke aus dem Neuroinduktionsfeld herausgezogen haben. Er hatte ihr ein weiteres Mal das Leben gerettet. Nicht schlecht für einen blinden Psychopathen. Jetzt starrte er in das Gesicht des Feindes, ohne etwas zu sehen, die eine Hand ausgestreckt. Vermutlich tastete er die Ränder des Feldes ab.

»Ziemlich resolute kleine Schlampe, das muss ich zugeben«, sagte Desjardins. »Bereit, eine Handvoll Menschen, die sie kennt, für einen ganzen Planeten voller Menschen zu opfern, die ihr unbekannt sind. Ich hätte sie für viel zu menschlich gehalten, um eine solch rationale Entscheidung zu treffen.« Er schüttelte den Kopf. »Aber das Ganze hat nicht den geringsten Zweck, wenn die Welt trotzdem in Flammen aufgeht, nicht wahr? Ich meine, all die Flüchtlinge auf dem Meeresrücken werden sterben – oh, Verzeihung, sind bereits gestorben –, und wofür? Ihr Tod erhält nur dann einen Sinn, wenn du kehrtmachst und verschwindest.«

Sie sind tot, dachte Clarke. *Und ich habe sie umgebracht …*

»Du weißt, wie viele Abwehrsatelliten dort oben noch herumschwirren, Ken. Und du weißt, dass ich gut genug bin, um mir zumindest Zugriff auf ein paar von ihnen zu verschaffen. Ganz zu schweigen von all den Depots voller chemischer und biologischer Waffen, die nach hundert Jahren Forschung und Entwicklung überall auf der Erde verblieben sind. Meine linke Herzkammer ist mit einer ganzen Menge Zündschnüren verbunden, Kumpel. Lenie sollte dem Geist der gottverdammten Entropie danken, dass sie mich nicht umgebracht hat, oder es würden bereits Feuer und Schwefel vom Himmel regnen.«

Clarke versuchte sich zu bewegen. In ihren Muskeln summte es; sie waren von den Nachwirkungen des Feldes gelähmt. Sie konnte kaum einen Arm heben. Das war beileibe kein Feld, wie es in normalen Krankenstationen zum Einsatz kam. Mit diesem hier konnte man ganze Aufstände niederschlagen. Es war industriellen Ursprungs.

Immer noch sagte Lubin kein Wort. Er stolperte einen kleinen Schritt nach links, den Arm ausgestreckt.

»Kanal sieben bis neunzehn«, sagte Desjardins. »Schau selbst nach. Siehst du die roten Knöpfe? Siehst du, womit sie verbunden sind? Ich hatte fünf Jahre Zeit, um all das einzurichten, Ken. Wenn du mich umbringst, tötest du Milliarden von Menschen.«

»Du wirst sicher feststellen, dass ein paar dieser Zünder nicht mehr funktionieren.« Lubins Stimme klang dünn und gepresst.

»Was meinst du? Eure im Rudel jagenden Lenies? Sie können erst in die Leitungen eindringen, wenn sie offen sind. Und selbst dann – was werden sie tun? Sie sind wie *sie*, Ken. Sie sind der Kern von Lenie Clarkes Wesen auf dem Höhepunkt ihrer Fähigkeiten. Wenn sie ihre Zähne in einen der Zünder schlagen – glaubst du wirklich, dass sie ihn dann nicht selbst auslösen werden?«

Lubin legte den Kopf leicht schief, als hätte er einen sonderbaren Ton gehört.

»Es ist immer noch ein gutes Angebot, Ken. Nimm es an. Es wäre sowieso nicht leicht, mich umzubringen. Ich meine, ich weiß, dass du hart im Nehmen bist, aber deine motorischen Nerven können genauso einen Kurzschluss erleiden wie die jedes anderen Menschen. Und ohne darauf herumreiten zu wollen, aber: Du bist blind.«

Die Erkenntnis durchfuhr Clarke wie ein eisiger Schauer: *Achilles, du Idiot, siehst du denn nicht, was du da tust? Hast du seine Akte nicht gelesen?*

»Warum sollten wir überhaupt eine Abmachung treffen?«, erwiderte Lubin.

»Weil du nicht unterzukriegen bist. Du könntest mich wahrscheinlich sogar mithilfe meines Geruchs aufspüren, wenn es sein muss, und obwohl du gerade einen schlechten Tag hast, möchte ich lieber nichts riskieren.«

Du redest mit Ken Lubin, wütete sie stumm, gefangen in ihrem eigenen toten Körper. *Glaubst du wirklich, du könntest ihm drohen?*

»Also, wir verschwinden. Du verschwindest. Und die Welt kann aufatmen.« Lubin verschwamm vor Clarkes Augen. »So lange, bis jemand anderes dich umbringt.«

Clarke versuchte zu sprechen. Doch alles, was sie herausbringen konnte, war ein Stöhnen, das sogar für sie selbst kaum hörbar war.

Es ist gar keine Drohung …

»*Du* verschwindest«, sagte Desjardins. »Lenie gehört mir. Ich habe sie mir extra aufgehoben.«

Es ist ein Lockmittel …

»Du gehst von falschen Voraussetzungen aus«, stellte Lubin fest.

»Ach ja? Und was für Voraussetzungen sind das?«

»Dass es mich in irgendeiner Weise kümmert.«

Clarke sah, wie sich die Muskeln in Lubins linkem Bein spannten, während an seinem rechten ein frischer Blutstrom hinabrann. Plötzlich flog er durch die Luft, durch das Feld hindurch und über die Barriere hinweg, aus dem Stand und von einem vollkommen unmöglichen Ausgangspunkt aus. Wie eine Lawine prallte er gegen Desjardins, allein von der Trägheit der Masse getragen, und sie stürzten außer Sichtweite hinter der Konsole zu Boden. Clarke vernahm das Geräusch von menschlichen Körpern und Plastik, die aufeinandertrafen.

Dann herrschte einen Moment lang Stille.

Gelähmt und von einem Prickeln erfüllt lag sie da und fragte sich, auf wessen Seite sie stehen sollte. Wenn Lubins Schwung ihn nicht ganz durch das Feld hindurchgetragen hatte, lag er jetzt im Sterben, und es gäbe niemanden, der ihn aus dem Feld heraus in Sicherheit ziehen könnte. Selbst wenn er es auf die andere Seite geschafft hatte, wäre er einen Moment lang hilflos. Desjardins hatte vielleicht eine Chance, wenn ihn der Aufprall nicht betäubt hatte.

Achilles, du Mörder. Du Psychopath, du Völker mordender Wahnsinniger. Du perverses, bösartiges Ungeheuer. Du bist noch schlimmer als ich. Es gibt keine Hölle, die für dich tief genug wäre.

Verschwinde von dort. Bitte. Bevor er dich umbringt.

Clarke hörte ein Glucksen und das leise Kratzen von Fingernägeln auf Plastik oder Metall. Ein dumpfes Klatschen, als würde jemand einen toten Fisch auf das Deck eines Schiffes werfen – oder eine Gliedmaße, die sich regte, nachdem sie vorübergehend betäubt gewesen war. Die Geräusche eines kurzen Handgemenges.

Ken. Tu es nicht.

Sie nahm all ihre Kraft zusammen, um einen einzigen, verzweifelten Schrei auszustoßen: »Nein!« Es war kaum mehr als ein Flüstern.

Von der anderen Seite der Barrikade drang ein feuchtes Knacken herüber. Dann nichts mehr.

Oh Gott, Ken. Weißt du denn nicht, was du getan hast?

Natürlich weißt du es. Du hast es immer gewusst. Wir hätten die Welt retten können, wir hätten alles wieder in Ordnung bringen können; aber die anderen hatten Recht, was dich betrifft. Pat hatte Recht. Und Alyx auch. Du bist ein Ungeheuer. Ein Ungeheuer. Du hast alles zunichtegemacht.

Verflucht sollst du sein.

Sie starrte zur Decke hoch, während Tränen unter ihren Augenkappen hervorflossen, und wartete darauf, dass die Welt unterging.

Sie konnte sich beinahe wieder bewegen, wenn es denn einen Grund dafür gegeben hätte. Schließlich rollte sie sich auf die Seite. Er saß mit untergeschlagenen Beinen auf dem Boden neben ihr, das blutige Gesicht ausdruckslos. Wie ein geschnitztes, primitives Götzenbild, das mit dem Blut eines Menschenopfers besudelt war.

»Wie lange noch?«, krächzte sie.

»Was meinst du?«

»Oder hat es bereits angefangen? Stehen die Klaven schon in Flammen? Fallen die Bomben vom Himmel? Reicht dir das jetzt, hat dich das endlich richtig angetörnt?«

»Ach das.« Lubin zuckte die Achseln. »Er hat geblufft.«

»Was?« Sie richtete sich auf die Ellbogen auf. »Aber … die Zünder, die roten Knöpfe … er hat sie dir gezeigt.«

»Alles Staffage.«

»Du hast ihn durchschaut?«

»Nein. Er war sehr überzeugend.«

»Woher hast du dann ...?«

»Es wäre nicht sinnvoll gewesen, das zu tun.«

»Ken, er hat Atlantis zer...« Plötzlich wurde sie von einem absurden Hoffnungsfunken erfüllt. »Es sei denn, das war auch ein Bluff ...?«

»Nein«, erwiderte Lubin leise.

Sie sank wieder zurück. *Lass mich aus diesem Alptraum erwachen,* betete sie.

»Er hat Atlantis zerstört, weil er noch ein anderes Abschreckungsmittel besaß. Dass er die kleine Drohung wahrgemacht hat, erhöhte die Glaubwürdigkeit der größeren.« Der Mann ohne Gewissen zuckte die Achseln. »Aber wenn man tot ist, nützt einem kein Abschreckungsmittel mehr etwas. Es hat keinen Sinn, eine Drohung wahrzumachen, wenn man damit sein Ziel nicht erreichen kann.«

»Er hätte es trotzdem tun können. Ich hätte es getan.«

»Du wirst von Rachegefühlen angetrieben, Desjardins nicht. Ihm ging es nur darum, seine Triebe zu befriedigen.« Lubin lächelte schwach. »Was ihn, wenn man es recht bedenkt, sogar auf eine höhere Entwicklungsstufe stellt. Die meisten Menschen sind von Natur aus rachsüchtig. Vielleicht hat ihn Spartakus auch davon befreit.«

»Aber er hätte es trotzdem tun können.«

»Sonst wäre es keine glaubhafte Drohung gewesen.«

»Also, woher hast du gewusst, dass er es nicht tun würde?«

»So eine Weltvernichtungsmaschine ist nicht leicht zu bauen. Es hätte eine Menge Zeit und Aufwand gekostet, ohne dass damit ein direkter Nutzen verbunden gewesen wäre. Die logische Alternative war also, dass er uns nur etwas vorgemacht hat.«

»Das reicht nicht, Ken. Versuch's noch einmal.«

»Außerdem habe ich ihn einmal einem Ganzfeld-Verhör unterzogen. Das hat mir gewisse Einblicke in seine ...«

Sie schüttelte den Kopf.

Er schwieg einen Momen lang. Dann sagte er: »Wir hatten uns beide von unserer Kette befreit.«

»Ich dachte, du hättest dir selbst eine neue Kette angelegt. Ich dachte, die Regeln, die du dir auferlegt hast ...«

»Dennoch. Ich wusste, wie er sich fühlt.« Lubin kam vorsichtig auf die Beine.

»Hast du gewusst, was er tun würde?« Sie konnte den flehenden Ton in ihrer Stimme nicht ganz verbergen.

Seine blinden Augen blickten auf sie herab. »Lenie, in meinem ganzen Leben habe ich nie irgendetwas gewusst. Ich habe mich immer nur auf Wahrscheinlichkeiten verlassen.«

Das war nicht das, was sie hatte hören wollen. Sie wollte, dass er ihr sagte, er hätte irgendeinen Fehler in Desjardins' Schattenspiel entdeckt, irgendeinen überzeugenden Beweis, der ihm gesagt hatte, dass *es nicht zum Äußersten kommen würde*. Irgendeinen Informationskanal, der zu einer leeren Steckdose führte, in der gar kein Glasfaserkabel steckte. Alles, nur nicht, dass er sich in diesem Kräftemessen zwischen zwei Männern ohne Gewissen auf sein Einfühlungsvermögen verlassen hatte.

Sie fragte sich, ob er nicht zumindest ein klein wenig enttäuscht darüber war, dass Desjardins ihnen tatsächlich nur etwas vorgespielt hatte. Sie fragte sich, ob er nicht insgeheim darauf gehofft hatte, dass der *Gesetzesbrecher* die Wahrheit sagte.

»Warum so depressiv?«, fragte Lubin, der spürte, was er nicht sehen konnte. »Wir haben gerade die Welt gerettet.«

Sie schüttelte den Kopf. »Er hätte sowieso verloren. Das wusste er besser als wir.«

»Dann haben wir die Sache zumindest etwas beschleunigt. Und damit Millionen Menschenleben gerettet.«

Wie viele Millionen?, fragte sie sich, und dann: *Was macht das für einen Unterschied?* Wenn man heute zwölf Millionen rettete – konnte man dadurch wiedergutmachen, dass man in der Vergangenheit zehn Millionen getötet hatte? Konnte sich die blutgetränkte Meltdown Madonna irgendwie in die Heilige Lenie in Schwarz verwandeln, die zwei Millionen netto gerettet hatte? War die Algebra der Schuld wirklich so einfach?

Für Lenie Clarke stellte sich die Frage erst gar nicht. Denn die Millionen, die sie heute gerettet hatte, hatte sie lediglich vor einem Schicksal bewahrt, zu dem sie selbst sie ursprünglich verurteilt hatte. Es gab einfach keine Möglichkeit, wie sie das jemals wiedergutmachen konnte.

»Zumindest«, sagte sie, »wird die Schuld nun nicht mehr größer werden.«

»Eine unnötig pessimistische Betrachtungsweise«, stellte Lubin fest.

Sie sah zu ihm hoch. »Wie kannst du das sagen?« Ihre Stimme war so leise, dass sie selbst sie kaum hören konnte. »Alle sind tot …«

Er schüttelte den Kopf. »Fast alle. Wir anderen erhalten eine neue Chance.«

Ken Lubin streckte die Hand aus. Die Geste war so absurd, dass sie schon fast an eine Farce grenzte. Dass dieses zerschundene und gebrochene Ungeheuer, blutverschmiert und blutend wie es war, glauben konnte, es sei in einer Position, anderen zu helfen. Lenie Clarke starrte lange seine Hand an, bevor sie genügend Kraft aufbrachte, sie zu ergreifen.

Eine neue Chance, dachte sie, als sie auf die Beine kam.

Obwohl wir sie nicht verdient haben.

Epilog

Eine singuläre Hessematrix

FEHLER BEI DER BERECHNUNG.
VERTRAUENSGRENZEN ÜBERSCHRITTEN.
KEINE WEITEREN VORAUSSAGEN MÖGLICH.

Danksagung

Zunächst einmal möchte ich mich bei den üblichen Verdächtigen bedanken, ohne die dieser Roman nicht zustande gekommen wäre:

David Hartwell, mein Lektor, entdeckte einige schwerwiegende strukturelle Probleme im ersten Entwurf und half mir, sie zu beheben. Moshe Feder begleitete sämtliche Stadien des mühseligen Arbeitsprozesses von der Abgabe bis zum satzfertigen Manuskript, sämtliche Wutanfälle, alles Haareraufen und hysterische Schluchzen, bis der fertige Roman schließlich das Licht der Welt erblickte.

Inzwischen ist es zur Tradition geworden, dass sich ein bunter Haufen subversiv eingestellter literarisch und politisch Unzufriedener – Laurie Channer, Cory Doctorow, Nalo Hopkinson, Becky Maines, John McDaid, Janis O'Connor, Steve Samenski, Isaac Szpindel und Pat York – einmal im Jahr unter Ausschluss der Öffentlichkeit an einem geheimen Ort zusammenfindet, und so geschah es auch im Sommer 2002. Während dieses Treffens zerrissen sie die ersten beiden Kapitel einer frühen Fassung dieses Romans (und anderer Romane) in der Luft und halfen mir danach, sie wieder zusammenzusetzen. Das ist bereits das zweite Mal, dass eine ganze Menge Leute den Anfang meines Romans gelesen haben, während den Rest praktisch niemand zu Gesicht bekam, bis es zu spät war, um noch etwas daran ändern zu können. Möglicherweise hat das etwas mit mangelndem Selbstbewusstsein zu tun.

Aber die Tatsache, dass kaum jemand den kompletten Roman gelesen hat, heißt nicht, dass nicht eine Menge Leute etwas dazu beigetragen haben. David Nickle stand mir während des gesamten Schreibprozesses mit Ratschlägen, Erkenntnissen und niemals endendem Spott zur Seite. Sein Beitrag erwies sich als so wertvoll, dass ich beinahe über die Tatsache hinwegsehen kann, dass ich dafür um fünf Uhr dreißig aufstehen und ganze fünfzehn Kilometer joggen musste. Laurie Channer hat viel Gestöhne und Gejammer über sich ergehen lassen wegen einer Geschichte, zu der beständig ihre Meinung gefragt war, ohne dass sie das verdammte Ding hätte lesen dürfen. (Bis heute hat sie den Roman immer noch nicht zu Gesicht bekommen.)

Eine ganze Reihe von Einzelheiten der Helikopterabsturzszene verdanke ich Glenn Norman und Glenn Morrison, beides Piloten und beide deutlich hilfsbereiter gegenüber nervtötenden Autoren, als ich hätte erwarten dürfen. Zu meinem Erstaunen habe ich erfahren, dass es möglich ist, einen Hubschrauberabsturz zu überleben, selbst wenn die Maschine mitten im Flug einen Stromausfall hat, indem man nämlich eine Notfallmaßnahme mit der Bezeichnung »Autorotation« anwendet. Glenn Morrison hat sogar einmal einen Absturz überlebt, der einige unheimliche Parallelen zu dem aufweist, der in diesem Buch beschrieben wird, abgesehen von der Tatsache, dass er nicht blind ist. Außerdem ist er dabei keinen Killerhunden begegnet. (Nur um es festzuhalten: Er ist der Meinung, dass im wirklichen Leben nicht die geringste Hoffnung besteht, ein solches Manöver durchzuführen, wenn man blind ist, und er ist Spezialist für solche Dinge. Andererseits kennt er auch Ken Lubin nicht.)

Darüber hinaus sind noch mehr Teile der Lebensgeschichte anderer Menschen in diesen Roman eingeflossen. Bestimmte impressionistische Einzelheiten des Hundeangriffs gehen auf eine Begegnung mit wilden Hunden zurück, die Rob Cunningham während seiner Reisen durch Indien widerfahren ist. (Sie kennen Rob vielleicht als den Mann, der die wunderbaren Raumschiffe in *Homeworld* und *Homeworld 2*, den Echtzeit-Strategiespielen von Relic Entertainment, entworfen hat.) Die Experimente des achtjährigen Desjardins mit der Atmosphärenbremsung stammen aus den Kindheitserinnerungen von Mark Showell, einem Fischereibiologen, obwohl Mark, soweit ich weiß, keine sadistischen Sexualpraktiken betreibt. (Wenn überhaupt, ist er ein Masochist, jedenfalls, wenn man in Betracht zieht, wen er sich als Doktorvater gewählt hat.)

Isaac Szpindel, Doktor der Medizin und der Philosophie, der sich in so vielen verschiedenen Fachgebieten auskennt, dass mir schon bei dem Gedanken daran der Kopf schwirrt, half mir, Takas Dialogen einen plausiblen medizinischen Anstrich zu verleihen. Dave »der Bioinformatiker« Block beantwortete unzählige dumme Fragen über künstliche Nukleotide und die Mindestgröße von Genotypen. (Unglücklicherweise war eines der Dinge, die er mir erklärte, dass man keinen 1,1 MB großen Genotypus in einer Zelle von 250 nm unterbringen kann, was einigen der Grundlagen für βehemoth widerspricht, die bereits in *Mahlstrom* beschrieben werden.) Major David Buck von der Armee Neuseelands lieferte mir einige Informationen zum Thema Vakuumbomben. Steve Ballantine, Hannu Blommila, Rick Kleffel, Harry Pulley, Catriona Sparks, Bebe Schroer, Janine Stinson, Mac Tonnies und David Williams gaben mir wichtige Hinweise auf relevante Forschungsberichte, Rezensionen, Meinungen und/oder Zeitungsartikel, die auf die eine oder andere Weise in den Roman eingeflossen sind. Jan Stinson ging darüber hinaus mit Adlerauge das Manuskript durch und fand Tippfehler und andere, gravierendere Probleme, weswegen ich hoffe, dass Ihnen als Leser nun keine mehr auffallen werden. Darüber hinaus gibt es sicher einige Leute, die ich vergessen habe zu erwähnen, und bei denen ich mich schon im Voraus entschuldigen möchte.

Natürlich können Sie keinen der oben Genannten dafür verantwortlich machen, wenn Ihnen dieses Buch nicht gefallen hat, da praktisch keiner von ihnen es lesen durfte. (Wenn es Ihnen nicht gefallen hat, dann liegt es vielleicht genau daran.) Sie können nicht einmal David Hartwell die Schuld geben, der das Buch tatsächlich gelesen hat, weil es ohne seinen Beitrag noch schlechter ausgefallen wäre. Wenn Sie jemandem die Schuld geben können, dann allein mir, und das dürfen Sie jetzt auch gerne tun, weil ich nämlich bereits Geld von Ihnen bekommen habe.

Nun, immerhin fünfzig Cent.

Quellenangaben

Wieder einmal ist es an der Zeit, eine Reihe von Literaturangaben zu machen, die Ihnen als Leser hoffentlich wertvolle Anhaltspunkte liefern, wenngleich sie in erster Linie dazu gedacht sind, mich gegen die Erbsenzähler abzusichern.

Wenn Sie erst mit diesem Buch in die Saga eingestiegen sind, mögen Ihnen die folgenden Quellenangaben ein wenig unvollständig vorkommen. Sämtliche wissenschaftlichen Elemente aus der Wirklichkeit, die in *Abgrund* und *Mahlstrom* eingeführt wurden, habe ich am Ende dieser beiden Bücher aufgelistet. Ich werde diese Angaben hier nicht noch einmal wiederholen, obwohl viele der Dinge auch in *Wellen* eine Rolle spielen. (Allerdings werde ich eine Reihe von damit zusammenhängenden Aufsätzen nennen, die seit der Veröffentlichung von *Mahlstrom* publiziert wurden, besonders dann, wenn sie mich in irgendeiner Weise als besonders vorausschauend erscheinen lassen.) Wenn Sie also nach den ursprünglichen Quellen für die intelligenten Gele, die »Feinabstimmung« oder die Ökosysteme des Mahlstroms suchen, werden Sie dafür auf die anderen Bücher zurückgreifen müssen. Möglicherweise werden Sie darin trotzdem nicht alles finden, wonach Sie suchen, aber immerhin tragen Sie damit dazu bei, meine Amazon-Verkaufsränge etwas weniger trostlos aussehen zu lassen.

Atlantis: Quasi um die Ecke

Mitten im Nordatlantik gibt es einen Ort, der von Strömungen unberührt ist, ein Auge der Ruhe inmitten des zwischen Europa und Nordamerika langsam rotierenden Kreises.[1] Das schien mir ein sinnvoller Ort zu sein, um sich vor tödlichen Partikeln zu verstecken, die möglicherweise von Wind und Wasser verbreitet werden, also habe ich Atlantis dorthin verlegt. Für das umgebende Gelände habe ich mich von einem Bericht über Tiefsee-Mineralogie aus dem Jahr 2003 inspirieren lassen.[2] Der Unmögliche See geht auf die ultrasaline Linse aus schwerem Wasser zurück, die in der bahnbrechenden Dokumentarfilmserie »Blue Planet« beschrieben wird.[3] Der Zusammenbruch des Labradorstroms und des Golfstroms erscheint vor dem Hintergrund eines verstärkten Schmelzwasserausstoßes der Arktis plausibel (siehe unter anderem:[4,5]). Und obwohl sie für die Handlung eigentlich keine Rolle spielen, aber weil sich Lenie Clarke im ersten Kapitel auf dem Weg zur Oberfläche wegen ihnen Gedanken macht, sollen auch sie nicht unerwähnt bleiben: *Riesentintenfische bringen inzwischen mehr Gewicht auf die Waage, als sämtliche Menschen dieser Erde zusammengenommen,* und sie werden immer noch riesiger![6]

1 Van Dover, C. L., *et al.* 2002. »Evolution and biogeography of deep-sea vent and seep invertebrates.« *Science* 295: 1253–1257.

2 Rona, P. A. 2003. »Resources of the sea floor.« *Science* 299: 673–674.

3 British Broadcasting Corporation. 2001. »The blue planet: a natural history of the ocean, Part 3: The Deep.«

4 Peterson, B. J., *et al.* 2002. »Increasing river discharge to the Arctic Ocean.« *Science* 298: 2171–2173.

5 Weaver, A. J., und C. Hillaire-Marcel. 2004. »Global warming and the next ice age.« *Science* 304: 400–402.

6 Bildstein, T. 2002. »Global warming is good (if you like calamari).« *Australasian Science*. August.

Wir stoßen in immer größeren Tiefen der Erdkruste auf Lebewesen. Gerade erst hat das Tiefengestein unter dem Juan-de-Fuca-Meeresrücken – ja, genau der Meeresrücken, von dem βehemoth am Ende von *Abgrund* entkommt – wieder Hinweise auf zuvor unbekannte mikrobielle Lebensformen geliefert.[7] Wasserproben aus Bohrlöchern, die dreihundert Meter tief in den Meeresboden hinabreichen, weisen verringerte Schwefelwerte auf: Irgendetwas Unbekanntes ist dort unten am Leben und ernährt sich von Schwefel. Es gibt keinen Hinweis darauf, dass es die Welt vernichten würde, gelangte es jemals an die Oberfläche; allerdings lässt sich auch das Gegenteil nicht beweisen. Ich kann also noch hoffen.

Wenn es auch nur eine schwache Hoffnung ist. Patricia Rowan hatte Recht mit der Annahme, dass βehemoth aufgrund seines hohen Alters eigentlich anaerob sein müsste.[8] Damit es auf den Meeresboden hinausgelangen kann, dafür bräuchte es schon eine entsprechende Mutation oder eine künstliche Genanpassung. Glücklicherweise war das für die Handlung des Romans ohnehin erforderlich.

Waters *et al.* berichteten vor kurzem von der Entdeckung eines uralten Nanobakteriums, das an heißen Quellen im Ozean lebt und die Bezeichnung *Nanoarchaeum equitans* trägt.[9] Die Größe seines Erbguts, der Anteil nichtkodierender DNA und sein Durchmesser sind in etwa mit βehemoth vergleichbar. Besser noch, es handelt sich um einen Pa-

7 Cowen, J. P., *et al.* 2003. »Fluids from aging ocean crust that support microbial life.« *Science* 299: 120–123.

8 Kasting, J. F., und J. L. Siefert. 2002. »Life and the evolution of Earth's atmosphere.« *Science* 296: 1066–1068.

9 Waters, E., *et al.* 2003. »The genome of *Nanoarchaeum equitans*: Insights into early archaeal evolution and derived parasitism.« *Proc. Nat. Acad. Sci.* 100: 12984–12988.

rasiten/Symbionten (das Bakterium lebt auf einer weitaus größeren Archeengattung namens *Ignicoccus*). Doch sein minimalistisches Genom (etwa 500 Kilobasen, nur etwa die Hälfte dessen, worüber βehemoth verfügt) enthält keine Rezepte für bestimmte lebenswichtige Enzyme, die es sich deswegen von seinem Wirt holen muss. Es könnte also nie für sich allein existieren. βehemoth mit seinem größeren Genom ist da deutlich unabhängiger – aber wie es all die zusätzlichen Gene in einer Kapsel unterbringt, die nur etwa sechzig Prozent der Größe dieses Nanobakteriums besitzt, bleibt ein Rätsel.

Die Fischköpfe und Firmenbosse streiten sich an einer Stelle des Romans darüber, wie groß die Wahrscheinlichkeit ist, dass βehemoth sich mithilfe von wandernden Fischlarven ausbreiten könnte. Darüber habe ich mir schon Gedanken gemacht, als ich *Abgrund* geschrieben habe – wenn das möglich wäre, dann gäbe es keinen Grund, warum βehemoth nicht schon vor Milliarden von Jahren die Welt übernommen hätte. Wirbellose Larven scheinen in der Tiefsee tatsächlich weite Strecken zurückzulegen. Glücklicherweise setzt während der Reise im Allgemeinen ihre Entwicklung aus[10], was sie als Träger für βehemoth eher unwahrscheinlich macht (da die Mikrobe einen Wirt mit aktivem Stoffwechsel braucht, um für längere Zeit dem thermo-osmotischen Stress widerstehen zu können). Außerdem scheinen selbst Fischarten mit sehr weit wandernden Larven bestimmten geografischen Beschränkungen unterworfen zu sein, was sich an dem mangelnden Genfluss zwischen einzelnen Populationen in der Umgebung benachbarter Inseln ablesen lässt.[11,12] Wenn es hart auf hart kommt, können topografische und chemische Bedin-

10 Siehe Fußnote 1.

11 Palumbi, S. R., und R. R. Warner. 2003. »Why Gobies are like Hobbits.« *Science* 299: 51–52.

12 Taylor, M. S., und M. E. Hellberg. 2003. »Genetic evidence for local retention of pelagic larvae in a Caribbean reef fish.« *Science* 299: 107–109.

gungen die Verbreitung mancher Arten von Tiefseefischen einschränken.[13, 14]

Da habe ich also noch einmal Glück gehabt. Das war nicht besonders vorausschauend von mir, und womöglich wird es mir doch irgendwann noch einmal das Genick brechen: Mindestens ein erwachsener Fisch ist nämlich möglicherweise bereits von Patagonien bis hinauf nach Grönland durch die Tiefsee geschwommen.[15]

Seppuku

Künstliche Mikroben stellen heutzutage schon beinahe eine Selbstverständlichkeit dar: J. Craig Venter (der Mann, der an dem Projekt zur Sequenzierung des menschlichen Erbguts beteiligt war) hat, während ich dies schreibe, bereits ein vollkommen künstliches Genom entwickelt[16], in der Hoffnung, dass solche Organismen einmal in der Lage sein werden, die Folgen der Umweltzerstörung zu beheben. Peter Schulz und sein Team haben das *E.coli*-Bakterium solcherart manipuliert, dass es eine Aminosäure herstellt, die es so in der Natur nicht gibt.[17] Sie glauben, dass es sich vielleicht gegenüber dem ursprünglichen Stamm durchsetzen könnte. Komplett synthetisch hergestellte Organismen, die aus austauschbaren genetischen Modulen zusam-

[13] Vrijenhoek, R. C. 1997. »Gene flow and genetic diversity in naturally fragmented metapopulations of deep-sea hydrothermal vent animals.« *J. Heredity.* 88: 285–293.

[14] Somero, G. N. 1992. »Biochemical ecology of deep-sea animals.« *Experientia* 48: 537–543.

[15] Møller, P. R., *et al.* 2003. »Fish migration: Patagonian toothfish found off Greenland.« *Nature* 421, 599.

[16] Zimmer, C. 2003. »Tinker, tailor: can Venter stitch together a genome from scratch?« *Science* 299: 1006–1007.

[17] Mehl, R. A., *et al.* 2003. »Generation of a bacterium with a 21 amino acid genetic code.« *J. Amer. Chem. Soc.* 125: 935–939.

mengefügt werden, werden nicht mehr lange auf sich warten lassen.[18] Ich wünsche all diesen Jungs mehr Glück als den Spezialisten Jakob Holtzbrinks, die an βehemoth herumgebastelt haben.

Seppukus genetische Grundlage wurde zum ersten Mal im Jahr 2000 von Leslie Orgel synthetisiert;[19] die TNA kann in der Tat Verbindungen mit konventionellen Nukleinsäuren eingehen. Die Vorstellung, dass sich fremde Gene in unserem Genmaterial einnisten könnten, ist sogar ein noch älterer Hut als künstliche Mikroben – nicht nur sind unsere Gene voller parasitärer DNA von einer ganzen Reihe von Krankheitserregern, darüber hinaus scheinen funktionsfähige Gene, die ursprünglich von den Vorfahren unserer heutigen Mitochondrien in die Zelle gebracht wurden, im Laufe der Zeit in den Zellkern gewandert zu sein.[20] Im Verlauf der Erdgeschichte ist es immer wieder zu massivem horizontalem Gentransfer zwischen den Arten gekommen[21], und die symbiotische Vereinigung von kleinen Zellen mit großen besitzt eine lange und ehrenvolle Geschichte, die sich in jeder eukaryotischen Zelle auf der Erde widerspiegelt. (In *Mahlstrom* habe ich Chloroplasten und Mitochondrien genannt. Ein weiteres Beispiel sind die Apikoplasten, ehemalige Endosymbionten, die sich in *Toxoplasma* und *Plasmodium* finden lassen.[22])

Taka Ouellettes ehrfürchtiges Staunen über Prolin als Stoffwechselbeschleuniger wird vermutlich um die Mitte dieses Jahrhunderts schon überholt sein, da Movassaghi und Jacobsen bereits auf das Potenzial solcher einfachen Moleküle als Enzyme hingewiesen haben.[23]

18 Ferber, D. 2004. »Microbes made to order.« *Science* 303: 158–161.

19 Orgel, L. 2000. »A simpler nucleic acid.« *Science* 290: 1306.

20 Gabaldón, T., und M. A. Huynen. 2003. »Reconstruction of the protomitochondrial metabolism.« *Science* 301: 609.

21 Raymond, J., *et al.* 2002. »Whole-genome analysis of photosynthetic prokaryotes.« *Science* 298: 1616–1620.

22 Funes, S., *et al.* 2002. »A green algal apicoplast ancestor.« *Science* 298: 2155.

23 Movassaghi, M., und E. N. Jacobsen. 2002. »The simplest ›enzyme‹.« *Science* 298: 1904–1905.

Manch ein Leser wird sich vielleicht fragen, ob ich Probleme damit habe, die Neurochemie von der Persönlichkeit zu trennen. Die Frage ist berechtigt, aber geben Sie nicht mir die Schuld, sondern den Wissenschaftlern, die kaum eine Woche verstreichen lassen, ohne neue Hinweise darauf zu liefern, dass Persönlichkeit tatsächlich nur ein anderes Wort für Biochemie ist, auch wenn dieses in einer unglaublich komplizierten Schrift verfasst ist (so ist zum Beispiel Hannuk Yeagers Hang zur Gewalttätigkeit von seinen Monoaminooxidasewerten abhängig[24]). Solange man nicht gerade zu den Vitalisten gehört, die an den Osterhasen glauben und der Meinung sind, dass Persönlichkeit aus einem unbestimmbaren göttlichen Funken entsteht, gibt es eigentlich keine Alternative zu der mechanistischen Betrachtungsweise der menschlichen Natur.

Ein zentraler Grundstein der ganzen Rifter-Saga – der in *Abgrund* eingeführt und in *Mahlstrom* und *Wellen* eine größere Rolle spielt –, ist die Vorstellung, dass falsche Erinnerungen an einen Missbrauch neurologische Veränderungen in einem Individuum hervorrufen können, die genauso real sind, wie wenn die Erinnerungen echt wären. Als *Abgrund* erschien, war das noch reichlich spekulativ, doch die aktuelle Forschung hat einige Hinweise darauf geliefert, dass dies tatsächlich zutreffend sein könnte.[25,26]

Einzelheiten über das Innenleben eines Soziopathen habe ich größtenteils dem Werk von Robert Hare[27] und anderen entnom-

24 Caspi, A., *et al.* 2002. »Role of genotype in the cycle of violence of maltreated children.« *Science* 297: 851-854.

25 Beckman, M. 2003. »False memories, true pain.« *Science* 299: 1306.

26 Offer, D., *et al.* 2000. »Altering of reported experiences.« *J. Amer. Academy Child and Adolescent Psych.* 39(6): 735–742.

27 Hare, R. D. 2005. *Gewissenlos: Die Psychopathen unter uns*. Springer.

men.[28] Die Überlegungen, die ich in diesem Roman darüber anstelle, ob sich Soziopathen den Verhältnissen in der Firmenwelt möglicherweise besser anpassen können, sind ebenfalls nicht ganz von der Hand zu weisen.[29,30,31] (Und wie diese Quellen deutlich machen, sind weder Ken Lubin noch Achilles Desjardins Soziopathen im klassischen Sinne. Solche Menschen lassen sich nicht allein auf ein mangelndes Gewissen reduzieren.)

In *Mahlstrom* heißt es, das *Schuldgefühl* sei größtenteils auf der Grundlage der Gene bestimmter Parasiten entwickelt worden, die das Verhalten ihres Wirtes verändern können. Als dieses Buch erschien, war der eigentliche Mechanismus, der dahintersteckt, jedoch noch nicht ganz klar, obwohl es Spekulationen darüber gab, dass die Veränderungen auf der Ebene der Neurotransmitter stattfinden. Ich habe mich bei der Beschreibung des *Schuldgefühls* auf diese Hypothese verlassen und kann nun mit Erleichterung vermelden, dass ich richtig gewettet habe: Mindestens einer dieser parasitären Puppenspieler manipuliert die Neuronen des Wirtes, die für die Serotoninausschüttung zuständig sind.[32]

Alice Jovellanos' Zweifel an der ethischen Natur des Menschen stützen sich auf aktuelle Studien, die beweisen, dass das moralische »Denken« keineswegs vernunftgesteuert ist – es findet in erster Linie in den Gefühlszentren des Gehirns statt und führt daher zu widersprüchlichen

28 Goldberg, C. 2003. »Data accumulating on psychopaths.« *The Toronto Star*, 20. Juli, Nachdruck aus dem *Boston Globe*.

29 Siehe Fußnote 27.

30 MacMillan, J., und L. K. Kofoed. 1984. »Sociobiology and antisocial behavior.« *J. Mental and Nervous Diseases* 172: 701–706.

31 Harpending, H. C., und J. Sobus. 1987. »Sociopathy as an adaptation.« *Ethology and Sociobiology* 8: 63S–72S.

32 Helluy, S., und F. Thomas. 2003. »Effects of *Microphallus papillorobustus* (Platyhelminthes, trematoda) on serotonergic immunoreactivity and neuronal architecture in the brain of *Gammarus insensibilis* (Crustacea, Amphipoda).« *Proceedings of the Royal Society of London (B.)* 270: 563–568.

und nur schwer nachvollziehbaren Ansichten darüber, ob eine Handlungsweise »richtig« oder »falsch« ist.[33] In einem begleitenden Kommentar zu dem zitierten Aufsatz wird eine sehr schöne Zusammenfassung des sogenannten »Trolley-Problems« geliefert und darüber hinaus eine absolut wasserdichte Begründung dafür gegeben, warum es von Vorteil sein kann, Menschen vor Züge zu stoßen.[34] Jovellanos' Argumente mögen etwas vereinfachend sein – immerhin scheint auch der präfrontale Kortex bei moralischen Entscheidungen eine Rolle zu spielen[35, 36, 37] –, aber Jovellanos war schließlich auch eine Fanatikerin. Wofür sie letzten Endes einen hohen Preis bezahlt hat.

Da wir gerade bei moralischen Entscheidungen sind: Lenie Clarkes Rachsucht im zweiten Band der Rifter-Saga – und Ken Lubins uneingestandenes Streben nach Rache in diesem Band – sind nicht nur überbeanspruchte dramatische Stilmittel. Anscheinend gehört es zu unserer Natur, diejenigen zu bestrafen, die uns gekränkt haben, selbst wenn wir – und das ist der weniger einleuchtende Teil – uns selbst mit diesem Racheakt mehr Schaden zufügen als denjenigen, die uns Unrecht angetan haben.[38] Ich möchte gerne glauben, dass der Grund, warum die Welt am Ende des Romans noch eine weitere Chance erhält,

33 Greene, J. D., *et al.* 2001. »An fMRI investigation of emotional engagement in moral judgment.« *Science* 293: 2105–2108.

34 Helmuth, L. 2001. »Moral reasoning relies on emotion.« *Science* 293: 1971–1972.

35 Macmillan, M. 2000. *An Odd Kind of Fame: Stories of Phineas Gage.* MIT Press, Cambridge, MA, 576 ff.

36 Anderson, S. W., *et al.* 1999. »Impairment of social and moral behavior related to early damage in human prefrontal cortex.« *Nature Neuroscience* 2: 1032–1037.

37 Moll, J., *et al.* 2002. »The neural correlates of moral sensitivity: a functional magnetic resonance imaging investigation of basic and moral emotions.« *J. Neurosci.* 22(7): 2730–2736.

38 Sanfrey, A. G., *et al.* 2003. »The neural basis of economic decision-making in the ultimatum game.« *Science* 300: 1755–1758.

darin liegt, dass Spartakus Achilles Desjardins nicht nur von seinem Gewissen, sondern auch von der Rachsucht befreit hat – wie Lubin es vermutet. Achilles mag ein Ungeheuer gewesen sein und ein Sadist. Aber in diesem Winkel seiner Seele war er möglicherweise zivilisierter, als Sie oder ich es jemals sein werden.

Das verstörendste Echo aus der wirklichen Welt auf die imaginäre Hölle der Rifter-Saga stammt schließlich aus der Zeitschrift *Village Voice*[39], wo über die Forschung an einer Pille gegen Gewissensbisse berichtet wird – eine Droge, die entwickelt wurde, um das posttraumatische Stresssyndrom zu heilen, und die nicht nur dem Gefolterten, sondern auch dem Folterknecht nützen könnte. Solche neurochemischen Manipulationen zielen darauf ab, das Schuldgefühl selbst kurzzuschließen. Wodurch es einem leichter fiele, ruhig zu schlafen, nachdem man reihenweise aufständische Zivilisten niedergemäht hat, die gegen Regierungswillkür protestiert haben. Sicher, ich habe meine Version dieser Droge *Absolution* genannt – aber Leute, das war ironisch gemeint …

Der Mahlstrom wurde ausgesperrt

Hier ein paar Hintergründe über die Welt auf dem Festland, wie sie im Roman beschrieben wird:

In der Dritten Welt herrscht wahrlich kein Mangel an Gründen, auf die anderen beiden Welten wütend zu sein. Ich gehe davon aus, dass sich gegen Mitte dieses Jahrhunderts auf dem gesamten afrikanischen Kontinent eine gewisse Schadenfreude über den Zusammenbruch der

[39] Baard, E. 2003. »The Guilt-Free Soldier: New Science Raises the Specter of a World Without Regret.« *The Village Voice*, 22.–28. Januar. (Auch unter: http://www.village voice.com/issues/0304/baard.php)

gesellschaftlichen Infrastruktur Nordamerikas breitmachen wird. Die bittere Krönung dieser Entwicklung ist die Voraussage, dass die Mehrzahl der afrikanischen Bevölkerung dann aus Frauen bestehen wird. Dies gründet auf der Tatsache, dass zumindest in Äthiopien unterernährte Frauen mit größerer Wahrscheinlichkeit Mädchen zur Welt bringen als Jungen[40] (vermutlich aus denselben energetischen Gründen, weshalb dies auch im Tierreich gelegentlich passiert). Im Großen und Ganzen will ich damit sagen, dass Generationen der Krankheit, des Hungers, der Ausbeutung und Gleichgültigkeit zur Entstehung einer Brutstätte unzufriedener Menschen führen können, deren Geschlechterverhältnis durcheinandergeraten ist und bei denen der Mythos der apokalyptischen Vendetta einer weiblichen Opferfigur auf fruchtbaren Boden fallen könnte. Denken Sie nur an die Befreiungstheologie – einen gewalttätigen Auswuchs des Katholizismus, der im Zuge der politischen Unruhen des vergangenen Jahrhunderts in Lateinamerika entstanden ist. Jetzt versetzen Sie das Ganze mal nach Afrika und stellen sich im Herzen der Bewegung eine Kriegermadonna vor – sagen Sie hinterher nicht, dass ich Sie nicht gewarnt hätte.

Die verschiedenen Waffen, die in diesem Roman vorkommen – von Miris Arsenal über Desjardins' Fallen bis hin zu Südafrikas Interkontinentalraketen – habe ich aus einer Vielzahl von Quellen entnommen, darunter das USAF,[41] der *Economist*,[42] das Cornell University Peace Studies Program[43] und sogar das European Centre for Medium-Range

40 Gibson, M. A., und R. Mace. 2003. »Strong mothers bear more sons in rural Ethiopia.« *Biology Letters (Proceedings of the Royal Society Suppl. Online)*. 20 Mai.

41 »When Killing Just Won't Do« – Auszug aus: *Nonlethal Weapons: Terms and References*, hrsg. vom United States Air Force Institute for National Security Studies, zitiert in: *Harper's* 306 (1833): 17–19.

42 Anonym. 2003. »Come fry with me.« *The Economist* 366 (8309): 68–69.

43 Altmann, J. 1999. »Acoustic weapons – a prospective assessment: sources, propagation, and effects of strong sound.« *Occasional Paper* #22, 87 ff.

Weather Forecasts[44]. Offenbar erfüllt der für Waffen verwendete Infraschall noch nicht ganz die an ihn gestellten Erwartungen. (Andererseits ist es verblüffend einfach, einen elektromagnetischen Puls zu erzeugen.[45])

Elektronische Fauna und digitale Evolution

Mahlstrom beruhte auf der Prämisse, dass dieselben Darwin'schen Prozesse, die das Leben in dieser Welt geformt haben, sich auch auf den digitalen Bereich übertragen lassen – dass sich selbst replizierende Software quasi lebendig wird, wenn die Bedingungen der natürlichen Auslese erfüllt sind. In letzter Zeit ist diese Position weiter untermauert worden. In seriösen Wissenschaftsmagazinen tauchen Begriffe wie »digitaler Organismus« auf[46, 47, 48] und inzwischen kann man sogar Freeware-Anwendungen herunterladen, mit deren Hilfe man die digitale Evolution auf dem eigenen Desktop simulieren kann.[49] Das E-Leben entwickelt sich stetig, und so werden die Ökosysteme des Mahlstroms möglicherweise gar nicht mehr so lange auf sich warten lassen.

In *Mahlstrom* führt die Vorstellung des Internets als Ökosystem zur Idee eines aus mehreren Einzelwesen zusammengesetzten »Superorga-

[44] Beljaars, A. 1992. »The parameterization of the planetary boundary layer.« Verfügbar unter: http://www.ecmwf.int/

[45] http://www.spaceatlighting.com/marxgenerator01.htm

[46] Lenski, R. E., *et al.* 1999. »Genome complexity, robustness, and genetic interactions in digital organisms.« *Nature* 400: 661–664.

[47] Wilke, C. O., und C. Adami. 2002. »The biology of digital organisms.« *Trends Ecol Evol* 17: 528–532.

[48] O'Neill, B. 2003. »Digital evolution.« *Public Library of Science Biology* 1: 11–14, oder: http://www.plosbiology.org/plosonline/?request=get-document&doi=10.1371/journal.pbio.0000018

[49] http://dllab.caltech.edu/avida/

nismus«, der den Mythos der Meltdown Madonna als Fortpflanzungsstrategie benutzt. Fünf Jahre später haben sich Teile dieses Superorganismus – mit ein wenig Hilfe von ihren Freunden – in die »Reißwölfe« und »Lenies« verwandelt, die in *Wellen* vorkommen. Ökologisch betrachtet sind wir also von einem Ökosystem im Klimaxstadium zu einer öden und kargen Landschaft voller virtueller Ratten, Möwen und Kudzu übergegangen – und passenderweise spiegeln die ökologischen Aspekte der virtuellen Welt in diesem Roman denn auch die Schädlingsdynamiken wider, wie sie in Ökosystemen der wirklichen Welt vorkommen.

Eine weitverbreitete Reaktion auf die Massenvermehrung unerwünschter Insektenarten ist der Einsatz von Pestiziden. Und die übliche Reaktion des Schädlings darauf ist es, a) eine Resistenz zu entwickeln und b) seine Reproduktionsrate zu erhöhen, um die verstärkte Mortalität auszugleichen. Wenn das passiert, wagen es die menschlichen »Verantwortlichen« im Allgemeinen nicht, mit dem Einsatz von Pestiziden aufzuhören, da sich der Schädling in einem Zustand der chronischen Massenvermehrung befindet. Seine erhöhte Reproduktionsrate würde zu einer katastrophalen Explosion der Population führen, sobald keine Pestizide mehr eingesetzt werden. Dies ist im Wesentlichen das, was während des Befalls mit dem Nordamerikanischen Fichtentriebwickler in den Küstenregionen Nordamerikas in den siebziger und achtziger Jahren geschehen ist.[50] Ich hege die starke Befürchtung, dass es sich mit der gegenwärtigen Invasion von Borkenkäfern genauso verhalten wird.

Man braucht keinen Uniabschluss, um die Parallelen zwischen diesen Prozessen und der Exorzisten/Reißwolf-Dynamik zu erkennen, die

[50] Wenn Sie nach Primärquellen zu diesem Thema suchen, werden Sie leider kein Glück haben. Ich gebe hier nur Erinnerungen aus einem Grundkurs zum Thema theoretische Ökologie wider, den ich damals an der University of Guelph belegt hatte.

im N'AmNet am Werk ist. Lenie Clarke hat nie einen Grundkurs in Ökologie belegt, sie hat ihre eigenen Gründe für ihr Handeln, die damit nicht das Geringste zu tun haben. Ironischerweise hat sie jedoch von einem rein ökologischen Standpunkt aus betrachtet möglicherweise genau das Richtige getan. Wenn man sie in Ruhe lässt, ist die Verbreitung von Schädlingsarten einem natürlichen Zyklus unterworfen. Hat man sie erst einmal zur Massenvermehrung angestachelt, besteht die einzige Möglichkeit, das natürliche Gleichgewicht wiederherzustellen, vielleicht darin, den Fuß von der Bremse zu nehmen, die Zähne zusammenzubeißen und Schäden in Kauf zu nehmen, und zwar so lange, bis sich das System wieder stabilisiert hat.

Wenn es das denn tut.

Die Vorhersage der Vergangenheit

Intelligente Gele. Käsehirne. Dieser Neuronenpudding, den die Firmenbosse in der ersten Hälfte des Buches dazu benutzen, um die Feinabstimmung der Rifter zu blockieren, und der in den vorangegangenen Bänden eine weitaus größere Rolle gespielt hat. Inzwischen gibt es ihn auch im wirklichen Leben. Kultivierte Nervenzellen aus Rattenhirnen bedienen möglicherweise in diesem Augenblick auch in einem Labor in Ihrer Nähe ferngesteuerte Roboter.[51]

Das hat mich ziemlich geärgert. Ich dachte, mir blieben wenigstens noch ein paar Jahre Zeit, bis mich diese Entwicklung einholen würde.

[51] Eisenberg, A. 2003. »Wired to the Brain of a Rat, a Robot Takes on the World.« *The New York Times,* 15. Mai.